abraço

CIP-BRASIL. CATALOGAÇÃO NA PUBLICAÇÃO
SINDICATO NACIONAL DOS EDITORES DE LIVROS, RJ

P43a
    Peixoto, José Luís
        Abraço / José Luís Peixoto. - 1. ed. - Rio de Janeiro : Record, 2024.

        ISBN 978-65-5587-943-8

        1. Crônicas portuguesas. I. Título.

24-89142
                    CDD: P869.8
                    CDU: 82-94(469)

Meri Gleice Rodrigues de Souza - Bibliotecária - CRB-7/6439

Copyright © José Luís Peixoto, 2011, 2024

Todos os direitos reservados. Proibida a reprodução, armazenamento ou transmissão de partes deste livro, através de quaisquer meios, sem prévia autorização por escrito.

Texto revisado segundo o Acordo Ortográfico da Língua Portuguesa de 1990.

Direitos exclusivos desta edição reservados pela
EDITORA RECORD LTDA.
Rua Argentina, 171 – Rio de Janeiro, RJ – 20921-380 – Tel.: (21) 2585-2000.

Impresso no Brasil

ISBN 978-65-5587-943-8

Seja um leitor preferencial Record.
Cadastre-se no site www.record.com.br
e receba informações sobre nossos
lançamentos e nossas promoções.

Atendimento e venda direta ao leitor:
sac@record.com.br

Edição apoiada pela DGLAB –
Direção-Geral do Livro, dos
Arquivos e das Bibliotecas

abraço

josé luís peixoto

1ª edição

EDITORA RECORD
RIO DE JANEIRO • SÃO PAULO
2024

Sumário

Os irmãos   11

(seis anos)   13
Conversa com o André   15
Pai e filho   18
Tenho quatro anos   21
As distrações dos cachopos   22
O princípio dos primeiros dias   25
Televisão a preto e branco   28
Miau   32
Respiração   35
Museu interior   38
A mão que me fez   41
Serradura   44
Galveias   47
Atletismo   50
A tapada   54
Os malucos   56
Porque estou aqui   58
A lição das balsas   60
Os meus pecados   63
Cinema   67
Fogo   70
Depois das chamas   73

Bicheza	75
As Alziras	78
A caminho de Lisboa	80
Abre a porta, Zé Luís	83
Acompanhante: pai	86
Eu por ti	88
Amizade entre os povos	91
Chamas a crepitarem na lareira	94
Despedida	96
Amor	99
As lições da professora	102
Porto	105
Amo-te	108
Nitidez	110
Aquilo que fiz depois de ler certos livros franceses	111
Quase estrangeiro	114
A voz que ouço quando leio	118

(catorze anos)	**121**
Conversa com o João	123
A outra pessoa	126
Dentro dos meus olhos	128
Noções elementares de mecânica	130
Estou aqui	133
Passávamos tardes inteiras abraçados	136
Helena	138
Um dos meus ossos	141
Deus, anda cá	144
O, esta era a forma do sinal	146
Cabine telefônica	149
O barulho que sou	152
Tolan	155
Not dead	158
Sim significa não	161
Alma	164

Literatura de viagens	165
O peso do teto	168
Abidjongas	172
Objetos	175
Sete lugares onde já encontrei Portugal	179
Lava-me porco	185
A minha tenda	189
A Kate sem mim	190
Eu, tu e a rapariga da esplanada	193
O homem que dizia adeus	196
Feira do Livro	199
Acerca das livrarias	200
Um vezes um	203
Aqui, aqui e aqui	206
Scrabble	209
Dostoiévski contra o frio	213
Literatura comparada	216
P	220
Rhjtrbhc	223
O texto que acabei de escrever	227
Como escrever um texto literário	231
Objetos que tenho em cima da minha mesa	235
Um mundo que não existe	238
Disco interno	241
Política	244
Impossível é não viver	246
Um seis de cabeça para baixo	248
Esta juventude de hoje em dia	250
Debaixo da roupa, estamos todos nus	252
(trinta e seis anos)	**255**
Conversa comigo próprio	257
Urgência	260
Metrô de Paris	263
Desistir	266

O professor que aprendia	269
Os teus olhos em Cabo Verde	273
O cadáver de James Joyce	277
Podes matar-me	283
O polaco invisível	286
Cão morto, férias, Alzheimer	289
Uma jiboia a comer o Barack Obama	292
Como imagino a primeira vez que fizermos sexo	295
A palavra mais utilizada em canções e poemas	298
Algumas coisas invisíveis	301
Equilíbrio	304
Conto de Natal	307
Não tenho medo de nada, só tenho medo de tudo	310
Atualizações	313
Pacheco	316
Um escritor sem caneta	319
Alcatrão	323
Aqui dentro	326
O fotógrafo	329
A passagem do tempo no aeroporto de Frankfurt	333
Aeroporra	337
Bilhetes para amanhã	340
Os corredores dos hotéis	343
Os leitores japoneses	345
Aqueles que dormem	348
Garrafas de água	351
Tóquio	354
Matriosca	357
Título com facas	360
A morte de Susana San Juan	363
Agoooooora	366
Cegueira	369
Lá estás tu	372
Silêncio entre parêntesis	375
Silêncio, tempestade	377

Respira	380
Incomparação	383
Papel, pedra, tesoura	386
Maus sentimentos	389
Importante	391
Rés do chão	394
Paraty invisível	398
Cuiabá	402
Zé Luís ama Clarice	405
A paixão segundo	408
Oração por Aníbal	411
Fora de formato	414
A corte no Rio	418
Vasco da Gama II	420
Os errados	423
Texto para mim	425
As cidades	427
O acidente	430
Medalha de ouro	433
Carta à senhora que ultrapassei pela direita na semana passada, na zona de Santa Apolônia	435
Homenagem a um coração de lata	437
Fevereiro no estabelecimento prisional	440
Trabalhos sensíveis	442
Eduardo	444
Acerca disto	447
Enredo	450
O conto	453
José	456
Saramago	458
A minha madrinha a nove mil quilômetros do alto da Praça	459
A saudade em 2011	461
Testemunha	464
Como voam os helicópteros	467
Las Vegas	470

Adeus, Olivais Sul	**473**
Uma casa cheia de livros	**475**
Quatro zero	**477**
Novidades	**479**
Manifesto branco	**482**
Nota do autor	**485**

Os irmãos

Em 1998, eu ainda morava em Coimbra. Comprava pão na padaria que ficava ao fundo da rua, comprava o jornal num quiosque, debaixo de uma arcada, onde o dono estava sempre a falar de motas. Agora, recordo-me desses anos como uma espécie de série antiga, o *Dallas*, a *Dinastia*, com a diferença grande de o Bobby, o J.R. ou a Sue Ellen serem pessoas que existem, que têm a sua própria memória. Num ano, a vida pode mudar radicalmente. Em dez anos, a vida pode transformar-se noutra vida. No entanto, as árvores crescem indiferentes, continuam no Jardim da Sereia, a respirar sobre a Praça da República. Entretanto, a minha sobrinha, criança que nasceu numa noite de sexta-feira, tem 22 anos e termina o curso em Coimbra, numa cidade que, de certeza, é bastante diferente daquela em que vivi durante dois anos. Entretanto, o meu filho, nascido na Maternidade Daniel de Matos em 1997, tem crescido, cruzando-se com as minhas memórias, mas sem as reconhecer.

O meu filho mais pequeno, nascido em Cascais em 2004, quer sempre ir comigo buscar o mano. Primeiro, existem duzentos quilômetros em que vamos sozinhos. Temos conversas longas sobre gormitis ou skates de dedos. Pode também pedir-me para pôr um CD de música assustadora, que é como ele chama ao heavy metal. Entre os seus preferidos, encontram-se os primeiros discos de Obituary. Depois, chega o meu filho mais velho, com a sua mochila do Benfica, a roupa passada e dobrada, e existem duzentos quilômetros em que vou calado a ouvi-los e a espantar-me com as expressões que utilizam.

Eu, que fui filho, sou agora pai. Imagino todo o mistério que eles veem quando olham para mim e carrego aquilo que eles não sabem, que é melhor que não saibam. E, muitas vezes, quando lhes conto alguma história minha, explico-lhes que aconteceu antes de terem nascido. Eles olham-me desde as suas idades e não estranham que existisse mundo antes de terem nascido. Já eu, que tenho esta idade, estranho quase tudo.

O mais velho joga ténis, faz vela no Mondego e faz parte da única equipa portuguesa de lacrosse. Eu também nunca tinha ouvido falar nesse desporto americano que se joga com um bastão que tem uma rede na ponta. Quero ouvir, quero saber todas as regras para acreditar que também jogo quando ele joga. Misturado com isto, por baixo disto, eu e a mãe dele estivemos na sala em que nasceu, o seu rosto pela primeira vez. Vimos a enfermeira afastar-se com ele para limpá-lo, não desviamos o olhar por um único instante e, depois, vimo-la voltar e pousá-lo nos braços da mãe. Agora, ouve Green Day.

Muito explicado, o mais novo conta episódios dos pequenos da escola dele, que têm quatro anos; dos bebês, que têm três anos; e dos grandes, que têm sete anos, respeitinho. Também ele tem as suas atividades extracurriculares: o judô, a natação. E, às vezes, diz palavras em inglês, que aprende uma a uma, semanalmente: *tree, beautiful, cat*. Conta também detalhes das explicações do educador, a quem chama "tio". Eu e a mãe dele chegamos ao hospital antes das seis da manhã. Nasceu doze horas depois. Ao lado dela, eu não sabia o que fazer, temia que não pudesse fazer nada. Ela, com dores, a fechar os olhos, a respirar. Nasceu muito sério. Agora, ouve e canta Xutos & Pontapés. Por insistência dele, fomos todos, mano incluído, assistir ao concerto do Estádio do Restelo. Dormiu no meu colo durante a maior parte do tempo.

Sou eu que os junto, é essa a minha tarefa. O mais velho defende o mais novo. Perde de propósito em jogos de Playstation. O mais novo tem uma cegueira imensa pelo mais velho. Nada do que ele faça pode estar errado. Eu sou a testemunha disto. Sou o pai. Respondo às perguntas que me fazem, dou autorização para irem lá ao fundo. O pai deixa, diz um deles.

Sou também eu que os separo. Depois de dois dias inteiros juntos, a dormirem na mesma cama, a acordarem ao mesmo tempo, sou eu que guardo a roupa suja na mochila do Benfica. Sou eu que carrego os presentes no carro. Depois de filmes no cinema em que eles decoram cada pormenor, depois do novo se divertir a lutar contra a minha sombra, depois de comermos crepes com chantilly, depois de eu reparar que o mais velho está quase da minha altura, chega a hora, fim da tarde de domingo, e peço-lhes para darem um abraço. O mais velho dobra-se sobre o mais novo. Ficam assim durante um momento longo, parado. Em silêncio, eu sou o pai a olhá-los, mas, por dentro, em segredo, sou também um menino de cinco ou treze anos que gostava de ser irmão deles.

(seis anos)

Conversa com o André

— André, deixa os brinquedos. Está na hora de ires dormir.
— Por que, pai?
— Porque já é tarde. Olha, são quase onze horas da noite e já não são horas de os meninos de três anos estarem acordados.
— Por que, pai?
— Porque os meninos, e todas as pessoas, têm de descansar. Depois de andarem todo o dia a correr e a brincar e a fazer coisas, têm de descansar. Além disso, amanhã, tens de acordar pronto para mais um dia. Amanhã, vai ser um dia mesmo bom, vais brincar mais, vais passear, vais ver muitas coisas novas.
— Por que, pai?
— Porque é assim todos os dias. Cada dia traz sempre muitas coisas novas. Agora, neste momento, não sabemos ainda tudo aquilo que vamos ver, mas tenho a certeza de que vai ser assim. Amanhã, vais aprender palavras novas e, quando voltar a ser hora de ir dormir, já vais ser um menino mais crescido, a saber coisas que agora ainda não sabes. Vai ser assim todos os dias, todos os dias.
— Por que, pai?
— Porque cada dia é sempre diferente dos outros, mesmo quando se faz aquilo que já se fez. Porque nós somos sempre diferentes todos os dias, estamos sempre a crescer e a saber cada vez mais, mesmo quando percebemos que aquilo em que acreditávamos não era certo e nos parece que voltamos atrás. Nunca voltamos atrás. Não se pode voltar atrás, não se pode deixar de crescer sempre, não se pode não aprender. Somos obrigados a isso todos os dias. Mesmo que, às vezes, esqueçamos muito daquilo que aprendemos antes.

Mas, ainda assim, quando percebemos que esquecemos, lembramo-nos e, por isso, nunca é exatamente igual.

— Por que, pai?

— Porque a memória não deixa que seja igual, mesmo que seja uma memória muito vaga, mesmo que seja só assim uma espécie de sensação muito vaga. É que a memória não é sempre aquilo que gostaríamos que fosse. Grande parte dos nossos problemas estão na memória volúvel que possuímos. Aquilo que é hoje uma verdade absoluta, amanhã pode não ter nenhum valor. Porque nos esquecemos, filho. Esquecemos muito daquilo que aprendemos. E cansamo-nos. E quando estamos cansados, deixamos de aprender. Queremos não aprender por vontade. Essa é a nossa maneira de resistir, mais ou menos, àquilo que nos custa entender. E aquilo que nos custa entender pode ter muitas formas, pode chegar de muitos lugares.

— Por que, pai?

— Porque nos parece que é assim. Mas talvez não seja assim. Aquilo que nos custa entender é sempre uma surpresa que nos contradiz. Então, procuramos convencer-nos das mais diversas maneiras, encontramos as respostas mais elaboradas e incríveis para as perguntas mais simples. E acreditamos mesmo nelas, queremos mesmo acreditar nelas e somos capazes. Somos mesmo capazes.

Não imaginas aquilo em que somos capazes de acreditar.

— Por que, pai?

— Porque temos de sobreviver. Porque, à noite, a esta hora, temos de encontrar força para conseguirmos dormir, descansar, e temos de acreditar que no dia seguinte poderemos acordar na vida que quisemos, que desejamos. Temos de acreditar que poderemos acordar na vida que conseguimos construir e que essa vida tem valor, vale a pena. Muito mais difícil do que esse esforço é considerarmos que fomos incapazes, que não conseguimos melhor, que a culpa foi nossa, toda e exclusiva.

— Por que, pai?

— Porque tivemos sempre boas intenções, porque tentamos sempre proteger aquilo que nos era mais precioso e aqueles que conhecíamos como importantes e válidos, aqueles que tínhamos visto sempre perto de nós a acharem-nos importantes, válidos e a protegerem-nos também. Mas isto que acontece conosco acontece também com aqueles que não conhecemos.

Também esses acreditam que têm boas intenções e que tentam escolher o melhor. E, se escolhem um mal, tentam que seja um mal mínimo. E também eles choram às vezes.

— Por que, pai?

— Porque somos todos iguais na fragilidade com que percebemos que temos um corpo e ilusões. As ambições que demoramos anos a acreditar que alcançávamos, a pouco e pouco, a pouco e pouco, não são nada quando vistas de uma perspectiva apenas ligeiramente diferente. Daqui, de onde estou, tudo me parece muito diferente da maneira como esse tudo é visto daí, de onde estás. Depois, há os olhos que estão ainda mais longe dos teus e dos meus. Para esses olhos, esse tudo é nada. Ou esse tudo é ainda mais tudo. Ou esse tudo é mil coisas vezes mil coisas que nos são impossíveis de compreender, apreender, porque só temos uma única vida.

— Por que, pai?

— Não sei. Mas creio que é assim. Só temos uma única vida. E foi-nos dado um corpo sem respostas. E, para nos defendermos dessa indefinição, transformamos as certezas que construímos na nossa própria biologia. Fomos e somos capazes de acreditar que a nossa existência dependia delas e que não seríamos capazes de continuar sem elas. Aquilo em que queremos acreditar corre no nosso sangue, é o nosso sangue. Mas, em consciência absoluta, não podemos ter a certeza de nada. Nem de nada de nada, nem de nada de nada de nada. Assim, repetido até nos sentirmos ridículos. E sentimo-nos ridículos muitas vezes e, em cada uma delas, a única razão desse ridículo é não conseguirmos expulsar da nossa biologia, do nosso sangue, dos nossos órgãos, essas certezas injustificadas, ou justificadas por palavras sempre incompletas. Mas é bom que seja assim. Porque podemos continuar e, enquanto continuamos, continuamos. Estamos vivos. Ou acreditamos que estamos vivos, o que é, talvez, a mesma coisa.

— Por que, pai?

— Porque o amor, filho.

Pai e filho

Sou o teu pai. Quando te seguro ao colo, entro no teu olhar, passo-te os dedos pelas faces e sinto que também eu tenho duas semanas porque uma parte de mim nasceu contigo há duas semanas. Agora, enquanto dormes, escrevo-te e imagino que, num instante longe deste instante, chegará um dia em que tu serás grande e segurarás uma folha escrita com estas palavras. Estas palavras são uma corda que une este momento presente e passado a esse momento futuro e presente. Daqui, desta ponta da corda, se der um pequeno puxão nas palavras, tu irás senti-lo aí. Se eu disser verdades, tens duas semanas, és pequenino, eu e a tua mãe amamos-te, tenho a certeza que irás sentir estas verdades aí. No entanto, hoje, aqui, eu não posso saber a maneira como irás sentir estas verdades, estes pequenos puxões, porque eu não sei tudo aquilo que irá acontecer entre este momento e o momento em que serás grande e segurarás uma folha escrita com estas palavras. Seguro numa ponta da corda, mas não sei o seu comprimento, a sua forma ou a sua resistência. Ainda assim, sei, imagino, que estás aí e quase que tenho vergonha de falar contigo. É difícil escolher palavras para falar com essa pessoa em que te tornaste. Ainda não conheço esse rosto que lê cada expressão deste meu embaraço. Além disso, tenho medo que estas palavras envelheçam mal ou que eu próprio envelheça mal. Talvez encontres aqui adjetivos que deixem de se usar. Talvez comeces a ler estas palavras e talvez, na tua ideia, eu seja alguma coisa que deixou de se usar. Irás olhar para aquilo em que me tornarei e tentarás entender aquilo que quis dizer-te hoje pelos significados que, nessa idade, tiver dado às palavras. Filho, eu tenho trinta anos e sou o teu pai. Tu tens duas semanas, és pequenino, és querido, eu e a tua mãe amamos-te. Quando percebemos que estás feliz, ficamos felizes. Quando choras, ficamos inquietos e não paramos, fazemos tudo, fazemos tudo até ficares feliz de novo. Filho, eu tenho trinta anos, mas sinto que também tenho duas semanas porque uma parte de mim nasceu contigo há duas semanas. Estas são as palavras que quero dizer-te. Os seus significados são simples e não tenho medo de dizer que são puros porque são puros mesmo. No dia em que leres estas palavras, saberás muitas coisas. Eu também já soube muitas coisas. Ser pai não é apenas saber, ser pai é compreender. Por isso, espero que possas reler estas palavras num dia em que sejas pai também. Eu, que sou o teu pai, tive um pai e tive um avô. Tão bem como eu sei que o meu pai era uma pessoa, quando fores pai, saberás que eu, aquele que hoje te escreve e aquele que há duas semanas começou a viver paralelo a ti, sou uma pessoa. De mim, espera amor e espera uma pessoa. Como as pessoas, às vezes, engano-me, não sei respostas, tenho medo, tenho frio, minto, faço coisas feias, desisto, escondo-me e fujo. Eu compreendo que tu irás enganar-te muitas vezes, não saberás respostas, terás medo, terás frio, mentirás, farás coisas feias, desistirás, esconder-te-ás e, quando todos te procurarem, terás fugido. Eu compreendo-te. Segurei-te ao colo, entrei no teu olhar. Foi há menos de uma hora. Passei-te os dedos pelas faces, tentando imaginar a forma como o teu rosto vai crescer. Estas palavras serão o espelho do teu rosto. O teu rosto ficará parado sobre elas. Gostava que soubesses que, hoje, quis tanto ver esse teu rosto que lê. Se puderes, passa agora os dedos pelas tuas faces. Talvez no dia em que leres estas linhas tenhamos deixado crescer entre nós o pudor de nos tocarmos com afeto simples e puro. Pai e filho. Por isso, passa os dedos pelas faces para sentires aquilo que sentiste hoje, duas semanas de vida, pequenino e amado. Ou então, chama-me para junto de ti. Na outra ponta destas palavras, serei outro. Terá passado tempo que, agora, não posso imaginar. Mas, nesse dia, quando chegar a estas palavras que me preparo para deixar agora, assim que olhar para elas, lembrar-me-ei daquilo que é estar a escrevê-las, ter trinta anos e estar a escrever enquanto tu, com duas semanas, estás a dormir. Será como se eu, hoje, fosse também filho desse eu que irá ler estas palavras. O rosto que tenho hoje estará dentro desse rosto que terei da mesma maneira que o teu rosto de criança estará também naquele de quando leres estas palavras. Filho, eu tenho trinta anos e sou o teu pai. Tu tens duas semanas, és pequenino, és querido, eu e a tua mãe amamos-te. Quando percebemos que estás feliz, ficamos felizes. Quando choras, ficamos inquietos e não paramos, fazemos tudo, fazemos tudo até ficares feliz de novo. Filho, eu tenho trinta anos, mas sinto que também tenho duas semanas porque uma parte de mim nasceu contigo há duas semanas. Estas são as palavras que quero dizer-te. Os seus significados são simples e não tenho medo de dizer que são puros porque são puros mesmo. Chama-me para junto de ti. Mostra-me estas palavras que escrevi hoje e pede-me para te passar os dedos pelas faces com o mesmo carinho e com a mesma ternura com que hoje toquei os teus contornos de menino. Tenho a certeza que não terei esquecido. Por mais que aconteça entre hoje e esse dia, por mais mortes e terramotos, tenho a certeza que não terei esquecido. E obriga-me a jurar que nunca deixaremos crescer entre nós um pudor que impeça de nos abraçarmos, de nos beijarmos, de passarmos os dedos pelas faces um do outro. Pai e filho. Eu sou o teu pai. Tu és o meu filho.

Tenho quatro anos

A primeira recordação que tenho é demasiado inconcreta. Lembro-me de pensar: "Tenho quatro anos."

De vez em quando, certas conversas dirigem-se para um ponto em que se fala das primeiras recordações. Para que uma conversa toque esse ponto é preciso que exista uma certa intimidade e que haja tempo suficiente para se chegar a um assunto tão importante para cada um de nós e tão desinteressante para todos os outros. Sem pensar nisso, esperamos que os outros ouçam as nossas recordações com a mesma vontade que usamos para contá-las. Durante essas conversas, ouço calado recordações em que não consigo acreditar: recordações de quando tinham um ano, de quando tinham um mês. São descritas ao pormenor e, se não acredito, não é porque me soem a mentira, mas porque me parece que são uma repetição daquilo que lhes contaram. Comigo também é assim. Quando tinha um ano, caí nas escadas do meu quintal. Fiz uma ferida na sobrancelha esquerda e levei um ponto. Tenho a cicatriz e hei-de tê-la sempre. Contaram-me essa história tantas vezes que, agora, sou capaz de ver aquelas escadas engrandecidas, o segundo degrau ao nível dos olhos, sou capaz de me ver a subi-las, a cair, a chorar e toda a gente aflita a correr para mim. No entanto, sei que a minha primeira recordação é: "Tenho quatro anos." Não me lembro do sítio onde estava. Lembro-me do meu corpo pequeno e lembro-me de saber que existia.

As distrações dos cachopos

No verão, todos os cachopos podiam ficar a brincar na rua até mais tarde. As pessoas estavam todas sentadas às portas. Os vizinhos ficavam a falar até tarde. À noite, os homens que andavam na cortiça sentavam-se à porta, lavados, em camisola interior ou em tronco nu, de chinelos de enfiar no dedo ou descalços, pés brancos de lixívia. As mulheres, depois de verem a telenovela, sentavam-se ao seu lado. Nessas noites, brincávamos às escondidas ou, como nós dizíamos, aos esconderairos. Quando os homens e as mulheres tomavam atenção na nossa brincadeira, a competição tornava-se mais séria, não queríamos fazer ruim figura. Ficar a brincar na rua até à meia-noite era uma vitória. Na maioria das vezes, íamo-nos esconder para o beco que era perpendicular à minha rua. Entrávamos para um quintal que tinha um portão de ferro e ferrugem que estava sempre aberto ou encostado. Dentro do quintal, havia muitos esconderijos possíveis. Era o quintal do padeiro. Fazia pão durante toda a noite. Quando estava escondido atrás do monte de lenha, encolhido, com as estrelas sobre a cabeça, cheirava-me a farinha e a pão cozido. Também nos escondíamos muitas vezes na carroça que estava sempre parada na nossa rua. Não era um sítio muito bom, porque o dono estava sempre sentado à porta e ralhava quando nos queríamos esconder lá dentro. Quando não tínhamos vergonha, escondíamo-nos atrás das pessoas que estavam sentadas às portas. O rapaz ou a rapariga que procurava os outros encostava os braços a uma parede, encostava lá a cabeça ou, como nós dizíamos, amarguçava lá a cabeça e contava até cem. Todos contávamos muito depressa. Sem pronunciar, uma serpentina de meias sílabas. E raramente contávamos mesmo até cem. Contávamos dez vezes até dez. Depois, ainda com os olhos tapados, gritávamos: "Lá vou eu." O rapaz ou a rapariga voltava-se e a rua estava subitamente vazia de crianças. Ia procurá-los e, quando descobria algum, corria para o sítio onde tinha estado a contar e dizia: "Um dois três fulano", ou "Um dois três beltrano". Outras vezes, antes de ser descoberto, havia algum que saía a correr de onde estava escondido e dizia apenas: "Um dois três." Ficava o último a ser descoberto. Dizia-se apenas: "Ficas tu." Todos entendíamos que ficava a contar e, depois, a procurar os outros. Aquele que ficava reclamava quase sempre. Dizia: "Não vale, tu espreitaste." Essas eram discussões intermináveis.

Eu e os outros cachopos da Rua de São João jogávamos muito à bola. Na maior parte das vezes, usávamos as portas das pessoas como balizas e, de cada vez que marcávamos um golo, tínhamos que fugir, porque vinha lá de dentro a dona da casa para ralhar conosco. As mulheres estavam sempre a queixar-se: "Os cachopos não param quietos", ou "Ai, os cachopos". Outras vezes, usávamos pedras e seis passos para fazer as balizas e, de cada vez que passava um carro, tínhamos de tirá-las. Os jogos duravam muitas horas e podiam ter resultados incríveis como vinte a quinze números e, muitas vezes, o resultado nascia de um acordo. Quando usávamos balizas de pedras, discutia-se sempre que a bola passava por cima das pedras. Dizia-se: "Foi à barra", "Foi fora" ou "Foi golo". Eram discussões sem sentido, porque não havia barra. Acabavam sempre por ser os mais velhos a ter razão.

Ao nível disciplinar, normalmente, não havia faltas. As únicas faltas aconteciam quando um mais novo derrubava um mais velho. Nessas alturas, era falta. Podia até ser pênalti, desde que o mais velho contivesse a vontade de dar uma chapada ao mais novo. Se desse, ficavam quites e o jogo continuava. O poder dos mais velhos sobre os mais novos só era perturbado quando a bola pertencia a um mais novo. Então, quando este se zangava, ia-se embora com a bola debaixo do braço e todos sentíamos aquela situação como desagradável.

Eram jogos de horas e horas que nos deixavam a suar, que nos estragavam os sapatos, que nos sujavam as calças, que nos arrancavam botões às camisas, que nos alargavam as camisolas. Eram jogos que se suspendiam quando passava um carro ou um rebanho de ovelhas. Nessas alturas, aquele que tinha a bola apanhava-a com a mão, juntávamo-nos ao rés da parede, e as ovelhas passavam lentas, lentas, as ovelhas todas, centenas de ovelhas, o som das suas patas, as vozes finas das ovelhas novas, as vozes mais grossas dos borregos; e, quando passava o pastor dizia: "Então, rapazes?" Depois, aquele que tinha a bola na mão atirava-a e começávamos de novo a correr num chão pontilhado por caganitas de ovelha.

O princípio dos primeiros dias

Os meus amigos andavam todos comigo na escola. No primeiro dia em que fui à escola, com seis anos acabados de fazer, foi a minha irmã Anabela que me levou. A maioria dos alunos ia com a mãe. Eu fui com a minha irmã Anabela. Antes de sairmos de casa, tiramos uma fotografia. Era um dia de setembro e de sol. Tanto o mês de setembro como o sol ficaram nessa fotografia. No caminho, encontramos outros rapazes da minha idade que também iam para a escola. Eram vizinhos meus, que eu já conhecia e que faziam o mesmo caminho que eu. A minha irmã ouvia as conversas das mulheres como se fosse a conversar também. Eu ia calado. Levava às costas uma mala amarela que o meu pai me tinha dado pelos anos. Finalmente, tinha uma mala. E era amarela, tão viva e tão nova. Lá dentro, tinha um caderno de linhas e um caderno de contas. Tinha canetas, tinha lápis, tinha uma borracha e uma afiadeira. Levava a mala mais pela vontade de usá-la, do que por necessidade.

Nesse primeiro dia de escola, ficamos no recreio enquanto a professora dizia coisas misteriosas às mães e à minha irmã. Durante esse tempo, ficamos sozinhos no recreio, brincamos. Depois, quando saíram, a campainha tocou pela primeira vez. A campainha era um pequeno sino de metal estridente que a professora agitava. Quando entramos na sala, olhamos para todos os lados. Éramos tímidos ou tínhamos vergonha. A professora mandou-nos sentar. A escolha das carteiras foi feita segundo a crença de que os meninos das carteiras da frente eram mais bem-comportados do que os das carteiras de trás. Sentei-me ao centro. Eram carteiras individuais. Tinham um tampo de fórmica. Eram carteiras altas. Enquanto a professora falava, as mães e a minha irmã ficaram atrás, de pé, encantadas. Não me lembro de uma única palavra daquilo que a professora disse nesse dia.

Enquanto andei na primeira classe, entrava às oito da manhã e saía à uma da tarde. Ficava com a tarde livre para brincar, e isso era bom, mas nunca me habituei a acordar cedo. A minha mãe acordava-me todos os dias com uma tigela de papa. Comia ainda na cama. Sentado, mas ainda a dormir. Depois, fazia o caminho para a escola que demorava cerca de meia hora. Chegava atrasado todos os dias. A professora tinha afixado um cartaz feito em papel quadriculado com o nome de todos os alunos da sala e um mapa com todos os dias de aulas. À chegada, tínhamos de pintar o quadradinho correspondente com uma caneta verde, amarela ou vermelha, consoante chegássemos a horas, atrasados ou muito atrasados. Como todos os outros, antes de entrar, dizia: "Dá licença, minha senhora?" Como todos, não esperava que a professora respondesse, dirigia-me à minha carteira e, depois, dirigia-me ao cartaz. A professora perguntava sempre qual era a cor que nós achávamos que devíamos utilizar. "Amarelo", respondia eu, na esperança de que a professora deixasse passar.

A dona Arcângela foi a minha professora da primeira à quarta classe. Tratávamo-la por "minha senhora". Todas as frases acabavam em "minha senhora": "Posso ir afiar o lápis, minha senhora?", "Posso ir à casa de banho, minha senhora?", "Posso ir ao quadro, minha senhora?". A professora era diferente de todas as mulheres que tinha conhecido até aí. Tinha anéis com pedras em quase todos os dedos. Tinha o cabelo sempre arranjado. Tinha os olhos pintados. Falava de maneira diferente. Falava como as pessoas da televisão. Falava corretamente. A professora, "minha senhora", era uma senhora.

E começavam as manhãs em que as letras surgiam uma a uma, as vogais, as cantigas das vogais cantadas em coro. Cada uma das consoantes desenhada vinte vezes numa linha. As consoantes picotadas em papel de lustro. A letra "B". A letra "C". A letra "D". E o livro de leitura, o Papu em todos os textos: o "B"arco do Papu, o "C"ão do Papu, o "D"ado do Papu. Um "b" e um "a", "bá", um "r", "bar"; um "c" e um "o", "có": "barcó". E, a essa velocidade, o nosso mundo. À janela, um frasco de iogurte, vidro lavado, com um algodão embebido em gotas de água, a proteger um feijão espigado. E nós, todos os dias, todos os dias, a irmos vigiar o feijão. Entre esses, o dia em que a menina mais bem-comportada foi ter com a professora e disse: "Minha senhora, o feijão começou a germinar." Importante e solene.

Durante o recreio, nós comíamos pão com tulicreme que as nossas mães nos enviavam, pão que a minha mãe me guardava na mala amarela. A memória terna e infantil da minha mãe. Durante o recreio, corríamos sem parar porque queríamos chegar muito depressa a todos os lados.

E os números. Os problemas que eram impossíveis de compreender verdadeiramente: "O José tem sessenta e três anos. O seu filho nasceu quando o João tinha trinta anos. Quantos anos tem o filho do José?" Eu tinha seis anos acabados de fazer, recortava formas em folhas de cartolina, imaginava a vida do Papu quando não estava a ensinar os meninos a ler e a escrever e, dentro de um frasco de vidro, no meu interior, havia alguma coisa que começava a germinar para sempre.

Televisão a preto e branco

Tínhamos uma televisão a preto e branco. Sobre o ecrã estava uma tela azul de plástico, segura por dois fios que passavam sobre a televisão e que, atrás, suspendiam dois pesos de chumbo. A tela transformava as imagens a preto e branco, os desenhos animados, as telenovelas, os telejornais, em imagens que se moviam em diversos tons de azul. Aos domingos, o sol entrava pelas janelas, torrentes oblíquas de luz sobre os mosaicos do chão da cozinha. Sei hoje que a minha mãe era nova. A minha avó vinha visitar-nos. A minha avó estava viva. Era a minha avó. Não sei que idade tinha. Começamos a saber a idade das avós apenas mais tarde. Quando somos crianças, sabemos que as mães são velhas porque são mães. As avós são as mães das mães. Sei hoje que a minha avó também era nova. Não conheci a minha avó mais nova do que naqueles dias. Aos domingos, eu podia estar a fazer qualquer coisa, podia estar apenas a passar pela cozinha. A minha avó estava sentada numa cadeira. A minha mãe, sob a janela, atravessada pela luz, estava inclinada sobre o lava-loiças e, com detergente, lavava a tela azul da televisão.

Às vezes, no Natal, os meus pais contavam a história de quando tinham aparecido as primeiras telefonias. As pessoas, todas em silêncio, sentadas na Casa do Povo à noite. Os rapazes a olharem para as raparigas. Essas eram histórias que eu conseguia imaginar, mas eu conseguia imaginar mesmo as histórias que o meu padrinho me contava do tempo da Primeira República. Na televisão a preto e branco, eu e os meus amigos víamos os mesmos desenhos animados e as mesmas telenovelas. Falávamos disso a caminho da escola e no recreio. Quando tínhamos cães acabados de nascer, dávamos-lhes nomes de personagens das telenovelas. Entre os cães que tive, havia o Neco e o Quintanilha. Havia também a nossa cadela mais querida, aquela que vi nascer, que vi morrer, a Grisla, que tinha o nome da mãe de um ursinho dos desenhos animados, o Misha, mascote dos Jogos Olímpicos de Moscou em 1980. No recreio, chamávamos nomes de personagens das telenovelas uns aos outros. Se havia um par de namorados, chamávamos-lhes os nomes do casal mais apaixonado da telenovela. Alguns desses nomes duram até hoje. Alguns desses nomes, já passaram para os filhos. O Nacibe, o Mundinho ou a Gerusa fizeram com que, mais tarde, existissem também o Nacibe pequeno, a filha do Mundinho ou Gerusa pequena. As minhas irmãs compravam revistas brasileiras que tinham entrevistas dos atores das telenovelas. Eu lia essas revistas. Lia as fotonovelas: "Você já não me ama", "Amo sim". Continuava a folhear páginas e dizia: "Olha a Malvina." Eram personagens do *Casarão*, ou da *Escrava Isaura* ou do *Dancing Days*. No início de cada ano letivo, as minhas irmãs reuniam essas revistas, tesouras e rolos de fita-cola sobre a mesa da cozinha. Recortavam as fotografias dos atores das telenovelas e forravam os livros com elas. Depois, forravam essas fotografias com folhas de plástico. Eu haveria de estudar mais tarde por alguns desses livros, livros de geografia, gramáticas, livros com exercícios de matemática resolvidos a lápis. No seu interior tinham frases escritas por caligrafias de raparigas sobre o amor, frases que carregavam a esperança que as raparigas daquelas idades tinham sobre o amor. Raparigas que andavam no oitavo ano. As minhas irmãs, raparigas que dançavam slows em matinês e em festas de anos. À hora da telenovela, oito e meia da noite, não havia ninguém nas ruas. As mulheres que não tinham televisão, as mais velhas, as mais pobres, iam para a casa de vizinhos. Sentavam-se nos sofás. Os homens ficavam nos cafés.

Em nossa casa, as minhas irmãs zangavam-se quando alguém falava durante a telenovela. Pediam aos meus pais e a mim para nos calarmos. Ao fazê-lo, falavam. Dizíamos que elas é que estavam a falar. De uma frase, nascia uma discussão que só parava quando uma das partes, sem estar convencida, deixava de responder.

Eu e os meus amigos sabíamos que existiam televisões a cores, mas nunca tínhamos visto nenhuma. Quando alguns dos rapazes que andavam comigo na escola começaram a ter televisões a cores, não foi algo que nos surpreendesse. Nós sabíamos que existiam televisões a cores. No entanto, foi espantoso ver a Abelha Maia pela primeira vez a cores. As cores. Às vezes, alguns dos rapazes que tinham televisões a cores deixavam-nos ver os desenhos animados na casa deles. As mães entravam e punham-se à frente da televisão. Tentavam oferecer-nos pão com tulicreme. Nós recusávamos de cabeça baixa, dizíamos "Não, obrigado". Outras vezes, viravam-se para os filhos e, como se nós não estivéssemos ali, diziam: "Já te disse para não trazeres esta cachopada toda cá para casa." Às vezes, durante as brincadeiras, os rapazes que tinham televisões a cores diziam: "Se não me passares a bola para marcar golo, se não me emprestares o teu carrinho vermelho, se correres mais depressa do que eu, não te deixo ir a minha casa ver os desenhos animados." Às vezes, os rapazes que tinham televisões a cores escolhiam dois ou três entre o grupo de rapazes que estava a brincar na rua e, na hora dos desenhos animados, iam com eles para casa ver televisão. Nós ficávamos a vê-los enquanto desciam a rua, a afastarem-se, e não conseguíamos fingir que não nos importava.

No dia em que o meu pai trouxe a nossa televisão a cores, já há muito tempo que eu dizia aos meus amigos que íamos ter uma televisão a cores. Poucos se impressionaram. Eu, no entanto, estava impressionado. Fiz a viagem com o meu pai. Quando chegamos à loja, entre televisões, o meu pai disse-me: "É uma destas." Depois, a carregá-la, tão pesada. Depois, a viagem de volta e chegamos a casa. A minha mãe a ver tudo. O meu pai a tirar a televisão de dentro da caixa de cartão, a separar as proteções de esferovite. A televisão a preto e branco a ser tirada do seu lugar como algo que envelheceu. A minha mãe a limpar o pó do móvel e a televisão nova, brilhante. O meu pai começou a sintonizar os dois canais que existiam e a primeira imagem que apareceu foi um jogo entre o Benfica e o Estoril Praia. Eu conhecia os jogadores quase todos, conhecia as cores dos seus equipamentos. Tinha uma caderneta de cromos com as suas fotografias e os seus números. Eu e os rapazes da minha idade trazíamos sempre conosco os cromos que tínhamos repetidos. Trazíamos sempre conosco uma lista, escrita à mão, com os números dos cromos que nos faltavam. O primeiro a acabar a coleção ganhava uma bicicleta que estava na montra do café do terreiro. Todos sabíamos quando alguém tinha acabado a coleção, a bicicleta desaparecia da montra. No primeiro dia em que tivemos televisão a cores, fiquei a ver o jogo de futebol. Teria ficado a ver outra coisa se fosse outra coisa que estivesse a dar na televisão. Depois, cresci.

Hoje, os meus filhos e as minhas sobrinhas têm televisão por cabo. Têm canais que só passam desenhos animados. Há muitas telenovelas diferentes. Às vezes, no Natal, conto-lhes a história de como, quando eu era da idade deles, tinha uma televisão a preto e branco com uma tela azul de plástico. Nem os meus filhos, nem as minhas sobrinhas sabem a minha idade ao certo. Um dia, os meus filhos saberão que, hoje, ainda sou novo. Nesse dia, os meus filhos e as minhas sobrinhas contarão as histórias de hoje a crianças que não conhecerei. Talvez nesse dia eu esteja, na cozinha, de novo com as minhas irmãs, os meus pais e a minha avó a ver a nossa televisão a preto e branco.

Miau

Agora, que os dias estão maiores, que a tarde começa a escurecer quase às oito, vou buscar o meu filho mais pequeno (André, 4 anos) ao infantário e, logo a seguir, vamos inventar histórias para o Jardim de Oeiras. No caminho, se o conseguir convencer, ele canta-me algumas frases de canções que aprendeu na escola. Se se envergonhar, mesmo que não esteja ninguém por perto, canta-mas ao ouvido, sussurradas. Quando chegamos ao jardim, procuramos um pau para cada um, um ramo caído ou um pedaço de cana. Normalmente, o André traz já um boneco na mão, pequenos monstros de plástico, mas o pau acaba por ser o acessório mais importante destes fins de tarde. É uma invenção simples, mas completa. Podemos utilizar o pau para fazer desenhos no chão de terra do jardim. Os desenhos do André são complexos. Olho para eles e penso: isso também eu não sou capaz de fazer. Os desenhos do André têm explicações longas. Muitas vezes, os desenhos têm marcas do passado, do futuro, de ações que ainda não estão a acontecer ali.
Exemplo:
   Eu: O que é isto?
   André: É um cavaleiro da luta.
   Eu: E o que é isto?
   André: É uma corda que ele tem na mão para segurar o cavalo, que foi comer erva para a quinta.
   Eu: E isto?
   André: É um chapéu que era da mãe dele.
   Eu: E isto?

André: É o almoço que ele vai comer amanhã.

Estas conversas fascinam-me. Muitas vezes, eu e a mãe do André trocamos comentários que ele nos diz, conversas inteiras, expressões. Nesses momentos, somos pais dele, admiramo-nos com a liberdade da sua imaginação, com a lógica/ilógica, e acreditamos que o nosso filho é sobredotado. Como disse, somos pais dele. Muitas vezes, a mãe do André diz-me para ter cuidado com os gatos do Jardim de Oeiras. São muitos e não obedecem a ninguém. Há ocasiões em que ficam parados, ao longe, a olhar-nos. Assustam porque parece que vivem noutro mundo, noutra dimensão. Atravessam espaço e tempo para chegar ao Jardim de Oeiras. É outra a sua realidade. Agora, com a crise, tornaram-se mais destemidos, seguem as crianças que comem gelados, atacam os pombos para roubar-lhes no ar os pedaços de pão atirados por avós. Foi por isso que, na semana passada, quando estávamos a fazer desenhos no chão, atirei o pau ao gato.

Era um gato ruivo, tigre. Era gordo ou, pelo menos, grande. O André estava a desenhar um mergulhador com a ponta da varinha, a fazer riscos curvos na terra. Tinha pousado o boneco de plástico que trazia na mão em cima de um banco. O boneco (gormiti) era verde, amarelo e tinha quatro braços que terminavam em tenazes de caranguejo. Eu e o André prestávamos atenção ao mergulhador que surgia na terra, riscos e bolinhas. É um mergulhador? Claro que é um mergulhador. O que é isto? É para o mergulhador respirar. E isto? É um disco para o mergulhador ouvir quando chegar ao carro. Por estarmos distraídos, não reparamos no gato grande, ruivo, que se aproximou do banco e, num repelão, agarrou o boneco na boca e fugiu. O André gritou-lhe, eu gritei e, já se sabe, atirei-lhe o pau. Não lhe acertei. Fez cem metros em segundos, chegou ao limite do jardim e subiu a um muro. Ficou a olhar-nos. Muito frequentemente, os paus que encontramos transformam-se em espadas. Armados, caminhamos na direção do muro. Foi a primeira vez que vi um gato a segurar algo na boca, parecia um cão. Tínhamos dado três ou quatro passos quando uma senhora (dona Chica, 66 anos) começou a falar para mim. Tinha-me visto a atirar o pau, estava indignada. Expliquei-lhe a situação. Olhamos em conjunto para o gato. Ela parecia conhecer todos os gatos e contou-nos que já tinha encontrado aquele mesmo gato muito doente, alguém o tinha tentado envenenar. Foi ela que o tratou, esteve muito mal esse gato, esteve mesmo quase, mas o gato não morreu.

Nunca tinha visto nada assim, dona Chica admirou-se.

Ou assustou-se.

Traçamos um plano, sem violência, com sutileza. Eu e o André ouvimos, ou escutamos, a dona Chica. Nesse momento, eu e o André estávamos de mãos dadas. Segurar a pequena mão dele, sentir os seus dedos pequenos a agarrarem a minha mão é uma justificação óbvia para tudo, para a vida. Vale a pena nascer, crescer, vale a pena a adolescência inteira, todos os sacrifícios, vale a pena a responsabilidade, vale a pena sair pelo desconhecido e ter de estar preparado para o impossível, vale a pena ler obras completas, passar dias fechado apenas a ler, vale a pena comer sopa, aprender a fazer sopa, vale a pena lavar loiça para ter a oportunidade de segurar-lhe a mão. Não sei o que pensava o André, mas eu sou adulto, eu já não sou capaz de tanta confiança, por isso, olhei para a dona Chica e pareceu-me que talvez ela estivesse a falar desde um lugar que só ela podia compreender. Despenteada, com o casaco cheio de pelos de gato, a dona Chica esperava uma resposta, uma confirmação, e eu olhava-a a pensar que talvez fosse louca. O plano era simples. Avançamos devagar, em silêncio, evitando qualquer gesto vagamente ameaçador. Começava a escurecer. A dona Chica, o André e eu éramos as três sombras de um exército improvável. Caminhamos tão lentamente, os cem metros que nos separavam do muro foram tão longos, que começou a anoitecer. Já estávamos muito perto, por baixo do muro, quando o gato nos sentiu e o boneco caiu em cheio nas mãos do André. O Jardim de Oeiras cheirava a milagres. Estava escuro, tínhamos o boneco e, em silêncio, sorrimos com o berro que o gato deu.

Respiração

As planícies estão longe, o oceano e toda a sua distância, o horizonte está longe, o céu é incerto, não sei se existe, os lagos estão longe, os rios estão longe, as estradas desertas e silenciosas estão longe. Este é um corredor com folhas de papel coladas nas paredes, desenhos pintados com lápis de cera, tentativas de letras: as maiúsculas têm forma de maiúsculas, mas há minúsculas que são maiores. Mais ou menos assim:

Pr_imavera

Aguarelas — não se percebe exatamente o que se pretendia representar com os desenhos coloridos a aguarelas, mas as cores são lindas, dissolvem-se em tons.
A educadora chega a falar baixo, quase a sussurrar. Seguem-na os meninos e as meninas da sala dos quatro anos. Não sei por que razão vem a falar de tigres, é uma conversa que vem de antes. Uma das crianças, um rapaz com óculos, afirma e pergunta:
— Os tigres são feitos de riscas grossas, não é?
Talvez. A resposta é complexa, mas, agora, neste momento, a educadora não responde, não ouviu a pergunta e está a pensar noutra coisa. Continua a falar de tigres, frases que incluem a palavra "selva". Partindo do que diz, esboços de palavras, a "selva" é uma imagem com a mesma definição dos desenhos afixados nas paredes do corredor. É possível que toda a realidade seja assim.
Não se sabe de onde vêm e entram na sala onde os estores estão fechados. Há sombras, silêncio e autocolantes com as personagens do Bambi colados

nas paredes. Os colchões já estão estendidos no chão. A conversa dos tigres termina numa conclusão justa, que ninguém questiona. A educadora deixa de falar como se tivesse começado o silêncio absoluto. As crianças descalçam-se, algumas têm as pálpebras pesadas, os rostos pesados, outras estão ainda noutro lugar e vão para dizer alguma coisa com voz normal, com um entusiasmo que só elas identificam. Mal começam, e a educadora olha-as com um rosto que as cala. Algumas terminam o que queriam dizer — queixas de outros meninos, perguntas e/ou pedidos — a sussurrar. A educadora não desenvolve qualquer um desses assuntos.

As crianças deitam-se nos colchões. Passa menos de um minuto e distinguem-se aqueles que traziam um sono antigo, adormeceram já. Há também aqueles que ficam de olhos fechados, como se deslizassem em direção a um sono inevitável. E há aqueles que estão de olhos fechados mas que, às vezes, os abrem e olham em volta para ver o que se está a passar. Chega o momento em que esses — apenas três — são os únicos que continuam acordados. São denunciados por movimentos quase bruscos e rugas na testa. A educadora aproxima-se de um deles e faz-lhe festas no cabelo. Chama-se Afonso. A educadora diz-lhe:

— Vá lá, Afonso. É todos os dias a mesma coisa.

Os ruídos que atravessam as paredes, que chegam da rua ou de outras salas, fazem parte do próprio silêncio. Sem eles, o silêncio seria outra coisa.

Dos três rapazes que ainda não tinham adormecido, restam dois. O Afonso diz qualquer ideia sobre tigres à educadora. Ela não responde. É uma rapariga de 27 anos, chama-se Mónica e pede-lhe que descanse, diz:

— Fecha os olhos e pensa no Natal.

O Afonso aceita essa resposta. Adormece. O outro rapaz adormeceu sozinho, não se sabe aquilo em que pensou. A educadora está agachada e levanta-se devagar. Conhece estes movimentos e esta velocidade. Não pisa os cubos que estão encostados à parede, não pisa a caixa dos legos, não pisa a banca da miniloja de plástico, com legumes de plástico, que está por baixo de uma das janelas fechadas. Aproxima-se da porta e sabe exatamente como abri-la sem fazer barulho.

É grande a lista de coisas que a educadora pode ter ido fazer. Nenhuma delas tem qualquer importância nesta sala. Existem doze colchões pequenos. Em cima de cada um deles está o corpo de um menino ou de uma menina a dormir. Respiram com vagar inocente, como montanhas. Os seus corações batem a esse mesmo ritmo. Cada um tem um cobertor que o tapa mais ou menos até ao rosto, até ao peito, até à cintura. A luz é pouca mas suficiente para distinguir as formas serenas dos seus rostos. Um dia, serão homens e mulheres e é possível que desaprendam de dormir com esta paz. Tudo é possível. Nos seus rostos, já se consegue perceber as rugas desse tempo, cada tragédia que serão capazes de testemunhar, cada segredo que serão capazes de esconder. Nada disso é importante agora, nada disso tem existência agora. Nem as sombras disso. Apenas a possibilidade e o seu exato oposto. Seriam necessários olhos poluídos para encontrar esses erros do futuro. Agora, são doze crianças a dormir a sesta. Esta sala também é um lugar no mundo, existe.

A paz existe.

Os quartetos de cordas estão longe, os pássaros a planar de asas abertas estão longe, as ondas que se estendem e recolhem na areia das praias estão longe, a aragem a atravessar as copas das árvores está longe, a torneira que pinga uma vez e — depois de muito tempo — outra vez está longe. O trânsito não existe, o telemóvel não existe, os vizinhos de baixo a gritarem ao domingo não existem, o telejornal não existe, as máquinas calculadoras não existem.

Precisamos ter a humildade de reaprender a respirar.

Museu interior

Não sei qual foi o primeiro museu que visitei. Sei qual foi o primeiro museu que me lembro de ter visitado: Museu dos Coches, excursão da segunda classe.

Passávamos o ano inteiro à espera dessas excursões. Na véspera, custava-nos adormecer. Acordava muito cedo e a esta hora a que escrevo — sete da manhã — já avançava pelas ruas a caminho da escola. Nesse dia, não usava bata e, em vez da mala amarela que o meu pai me deu quando fiz seis anos, levava uma mala cor de laranja a tiracolo, que a minha tia tinha trazido da Inglaterra e que a minha mãe tinha enchido com sandes (fiambre ou tulicreme) embrulhadas em guardanapos de pano, uma caixa de plástico com ovos mexidos e salsichas cortadas às rodelas, um garfo embrulhado num guardanapo de pano, fruta e duas ou três latas de leite com chocolate. Esse era o tempo em que havia latas de leite com chocolate. Esse era também o tempo em que havia latas de sumos compal. Tutti fruti. Nesse dia, a minha mãe dava-me uma nota de cinquenta escudos e eu levava algumas das moedas que amealhava numa bolsa, costurada pela minha mãe com o tecido que sobrara da minha bata da escola e que se fechava com um cordão que a minha irmã — mana — mais velha (estás a ler isto, Zira?) tinha entrelaçado. Quando chegava à escola, a camioneta estava já parada em frente ao portão, os alunos já a rodeavam. As meninas juntavam-se à volta das professoras e olhavam com discrição mal simulada os meus amigos a empurrarem-se junto à porta. Depois da voz das professoras, corríamos pelo corredor da camioneta, como se alguma coisa séria dependesse do lugar onde nos sentávamos. Havia o querermos ficar à janela e havia a enorme diferença entre sentarmo-nos à frente ou atrás. A camioneta tinha um cheiro quente e agoniante, napa amolecida pelo sol.

Durante o caminho, cantávamos canções que só se ouviam nessas ocasiões — "Senhor chofer, por favor,/ ponha o pé no acelerador./ Se bater, não faz mal/ vai a malta pró hospital" — e enjoávamos. As professoras ficavam sentadas nos bancos da frente e era demasiado tarde quando algum aluno chegava ao pé delas e dizia "Minha senhora, o fulano está com ânsias". Em todas as excursões, havia sempre regadeiras de vómito a escorrerem pelo corredor da camioneta e por baixo dos nossos pés. Esses avisos atrasados eram o único motivo que as professoras permitiam para nos levantarmos do lugar. Tirando esses momentos, só nos podíamos levantar quando a camioneta parava na berma da estrada. Os rapazes faziam xixi juntos. As raparigas afastavam-se e faziam xixi juntas.

No Museu dos Coches caminhamos de mãos dadas e admiramo-nos com tudo o que as professoras diziam sobre reis, acreditamos em tudo. Para descrever aquilo que era para nós estarmos ali naquele lugar solene, a olhar para aqueles coches que tinham transportado reis, seriam necessárias muitas metáforas. Era importante e tenho a certeza de que todos mudamos depois disso. A seguir, almoçamos — ovos mexidos, salsichas — num banco do Jardim Zoológico. Nesse momento de mais liberdade, alguns rapazes aproximaram-se de um homem que jogava ténis por trás de uma vedação e um dos meus colegas perguntou-lhe se já tinha ganho muitos jogos. Respondeu que já tinha ganho muitas vezes e que já tinha perdido muitas vezes. Nunca esqueci. Hoje, tento interpretar a permanência desse detalhe na minha memória. Houve também um homem que estava sentado num banco e que nos perguntou de onde éramos. Fui eu que respondi e disse que éramos das Galveias. Eu achava que toda a gente conhecia as Galveias. Nessa altura, eu era um menino com pronúncia do Alentejo. Quase que sou capaz de ouvir-me a mim próprio, com sete anos, a contar a esse homem que éramos das Galveias. Éramos galveenos, como diziam os velhos que se sentavam às portas.

Depois de vermos os animais — o elefante a levar-nos as moedas de vinte e cinco tostões para tocar a sineta, a ponta da tromba a tocar-nos na palma da mão — fomos para a Feira Popular. Ainda era de dia, mas havia já muitas diversões a funcionar. As professoras não nos deixavam andar em quase nenhuma e, além disso, poucos tinham dinheiro suficiente. Utilizei a nota e as moedas que tinha para comprar prendas inúteis para a minha mãe e para as minhas irmãs. Lembro-me de que comprei um corta-unhas à minha irmã mais nova. Sou mesmo capaz de lembrar-me que o corta-unhas tinha o desenho de uma pequena boneca, com uma blusa vermelha e um turbante verde. Se quisesse, seria capaz de descrever a minúcia do seu rosto e os seus olhos de duas pintinhas.

    Hoje, com esta idade, sou capaz de recordar-me com bastante clareza de todos estes pormenores. Caminho dentro de mim com o mesmo espanto e a mesma comoção com que, nessa altura, passeava pelo museu. Atualmente, já fui a museus — cujos nomes omito porque seriam referências absolutamente desnecessárias, pedantes e gratuitas; ao pior estilo dos burgueses de Bourdieu que iam/vão a museus apenas para dizerem mais tarde que foram. (Será a referência a Bourdieu, ela própria desnecessária, pedante e gratuita? Terá essa referência a futilidade que ela própria critica?) Seja como for, aquilo que me interessa dizer agora é que, hoje, com esta estranha idade, ainda me lembro dos pormenores desse tempo longínquo em que ninguém nos queria mal, ninguém nos odiava, e éramos crianças a descobrir mistérios que se tornaram demasiado simples, evidentes. Éramos rapazes e raparigas da segunda classe a sonhar. Entre eles, estava eu. Sei que ao crescer, perdi muito. A partir daqui, ao crescer mais — agora, começará a dizer-se "ao envelhecer" — hei de perder mais ainda. Hei-de mesmo esquecer-me de como era esperar o ano inteiro por essas excursões. Por isso, esta idade é estranha. Lembrar-me ainda e saber que vou esquecer. Essa é a justificação que dou a mim próprio para escrever estas palavras. Um dia, irei precisar delas para voltar a lembrar-me. Um dia, serão um mapa para voltar a encontrar o caminho que, hoje — trinta e um anos —, agora — quase nove horas da manhã —, ainda sou capaz de encontrar neste museu interior, privado e invisível.

A mão que me fez

Uma tanganhada. Muitas vezes vi o meu pai estender a mão direita para crianças, até para mim quando era pequeno, e dizer: "Dá cá uma tanganhada." Havia um compasso em que as crianças se surpreendiam em silêncio, ficavam a olhar e, depois, devagar, estendiam-lhe também a mão.

Eu tinha três ou quatro anos quando, em horas paradas da tarde, uma mulher aflita atravessou as ruas da vila e o nosso quintal para dar a notícia de que o meu pai tinha tido um acidente, uma máquina tinha-lhe arrancado a mão direita. A minha mãe não conseguia respirar. A mensageira era capaz de traçar com o dedo a linha na zona do pulso onde a lâmina lhe tinha acertado.

As máquinas da carpintaria do meu pai eram feitas do mesmo sonho que o levou a tentar terminar por correspondência um curso de desenho técnico. Essa força fazia parte da sua natureza e, quando se mostrava, era como um balão. Levantava um voo ligeiro, tranquilo, como se planasse sobre os campos. Eram imensas as paisagens que víamos através dos olhos do meu pai a sonhar, eram sem fim os horizontes que a sua vontade erguia. À hora de jantar, a minha mãe receava a realidade e tentava abrandar-lhe o otimismo, mas nunca conseguia completamente. O meu pai sonhava há muitos anos. Como prova, havia o livro que guardava desde rapaz em que se ensinava a fazer sabão e havia a história muito repetida da invenção que idealizara com o irmão mais velho: fazer gasolina a partir de cascas de laranja.

No pátio da carpintaria do meu pai, havia o barulho de máquinas. Havia a serra alta que atravessava troncos presos a um pequeno vagão que deslizava sobre carris. Havia motosserras com correntes de lâminas que, em certas ocasiões, se rebentavam e saltavam desgovernadas. No interior da carpintaria, havia mais máquinas. A rotação das suas lâminas hipnotizava. Eram máquinas que, ao atravessarem ripas, gritavam sons nasais. Lançavam jorros de maravalhas e um nevoeiro de serradura que enchia toda a carpintaria, que se respirava. Foi numa dessas máquinas que o meu pai teve o acidente.

Nessa tarde, a minha mãe esteve mais de duas horas submersa em angústia, a imaginar imagens de sangue, até ligarem do hospital para o telefone da vizinha e se saber que não tinha sido assim. O meu pai tinha tido um acidente com uma máquina, tinha sido grave, mas não tinha perdido a mão e havia esperança de que pudesse voltar a usá-la.

Afinal, a lâmina não lhe tinha cortado o pulso, mas sim a palma da mão e a cabeça de alguns dedos. Depois de tirar as ligaduras, a mão foi cicatrizando. Havia um aparelho feito de alumínio e molas, com partes em cabedal para prender o antebraço e os dedos. Esse aparelho servia para recuperar um pouco da forma da mão. Forçava os tendões, era doloroso. Anos depois, quando eu o encontrava abandonado dentro de algum armário, brincava com ele. Parecia a mão de um robot.

O meu pai e os homens que trabalhavam com ele na carpintaria aleijavam as mãos a cada passo. Nenhum se queixava demasiado quando entalava os dedos entre chapas de madeira ou quando lhes acertava com uma martelada e ficava com as unhas negras, sangue pisado. Era incontável o número de lascas de madeiras que se espetavam nas suas mãos ou a quantidade de vezes que os formões ou os serrotes deslizavam e lhes faziam cortes até ao osso. Se não bastasse soprar ou enrolar a mão num lenço de assoar, havia um armário branco, coberto de pó, entre calendários de mulheres nuas, 1979, 1985, 1982, onde havia álcool e, às vezes, algodão.

Numa ocasião em que estavam a descarregar pinheiros no pátio, houve um tronco que esmagou a mão de um homem. A aliança de casado cortou-lhe o dedo. Foi o meu pai que o recolheu num frasco e que conduziu o homem até ao hospital. Contava sempre essa história como justificação para não usar aliança.

O meu pai conseguia segurar em tudo, fazer tudo, mas o corte enrolou-lhe a mão direita, encaracolou-lhe os dedos e nunca conseguia abri-la completamente. As unhas cresciam à volta da cabeça dos dedos mindinho, anelar e médio, que eram menores do que o seu tamanho natural. Era essa mão, de pele grossa e áspera, que o meu pai usava para fazer ações melindrosas, pentear as sobrancelhas, contar moedas. Era essa mão que usava para fazer festas no rosto terno das netas. Era essa mão que me dava quando íamos à cidade, passeávamos juntos e acreditávamos que o tempo não tinha fim.

Serradura

Durante a semana, o meu pai ficava sempre a trabalhar até pelo menos às oito da noite, hora nova ou hora velha. O meu pai trabalhava todos os fins de semana, sábados e domingos, durante o mesmo horário. Com o dinheiro que juntou a trabalhar nos arredores de Paris, contas anotadas numa agenda, construiu a nossa casa e, com um sócio, comprou e montou a serração. Em França, o meu pai trabalhou cerca de dez anos nas obras. A minha mãe fazia a limpeza de escritórios e trabalhava na casa de uma senhora. A minha irmã mais velha foi muito pequena para França. A minha irmã mais nova nasceu lá. A serração foi comprada quando regressaram. Numa das paredes de fora, no topo, tinha letras esculpidas em cimento, onde se podia ler: "Moagem de Cereais". O uso desse espaço como moagem perdia-se no passado. Mesmo assim, ainda havia muita gente que para informar que ia à serração do meu pai, dizia: "Vou à moagem."

Era enorme. A parte coberta era constituída por uma zona muito grande onde funcionava a carpintaria, por outra onde as peças eram pintadas ou envernizadas, por outra onde se trabalhavam os vidros, por outra onde se estacionava a camioneta, por outra onde se armazenavam materiais e, mais tarde, por outra onde se faziam portas, janelas, marquises, trabalhos em alumínio.

Na divisão principal da carpintaria havia três bancos de carpinteiro e uma mesa ao centro onde se trabalhavam as peças maiores. Cada homem tinha o seu banco de carpinteiro e as suas ferramentas. Havia ainda as máquinas. Três grandes, fixas ao chão, e muitas outras mais pequenas. A um canto, estava uma pequena construção de madeira a que chamavam "o escritório". No escritório, no tempo em que quase ninguém tinha telefone, havia um telefone. A campainha estava fixa sobre a porta e, quando tocava, as pessoas sentiam um pequeno acontecimento a iluminar-se dentro de si. Havia pregos e parafusos de todos os tamanhos e havia papéis espalhados sobre uma secretária. Na carpintaria, a parede que dava para o pátio tinha duas janelas muito grandes, cobertas de pó, e uma porta. Em toda a superfície das paredes e do chão, em todos, todos os cantos havia serradura. No pátio, havia uma zona coberta com folhas de zinco, onde funcionava a serração. Os homens faziam rolar os troncos de pinheiro pelo pátio, tiravam-lhes a casca com um machado e encaixavam-nos num carrinho que deslizava em carris e que os levava de encontro à lâmina da serra. Ouvia-se ao longe.

O pátio da oficina estava coberto por cascas de pinheiro. Não se via um pedaço de terra ou de pavimento. Sobre a terra, havia uma altura de cascas de pinheiro que ninguém conseguia calcular. Sob os nossos pés, o som grosso das cascas de pinheiro amassadas. Às vezes, eu escolhia algumas e esculpia barcos com uma navalha. Eram barcos que haveriam de cruzar os mares, ora agitados, ora calmos, do tanque da roupa que estava no quintal da nossa casa. Atrás de um barracão, estava um monte alto de serradura. Ao longo de anos, os homens tinham carregado às costas muitos panões cheios de serradura. Era ali, naquele monte, mais alto do que o telhado do barracão, que os despejavam. Eu subia lá acima com um papelão e lançava-me a deslizar. Do outro lado do pátio, estavam as pocilgas onde o meu pai criava porcos e marranas que pariam dezenas de leitões. Às vezes, eu pousava os braços sobre as cancelas de madeira, pousava o queixo sobre os braços e ficava a admirar-me com a vida e com as atitudes dos leitões que tinham nascido havia poucos dias. À frente das pocilgas estava a horta de couves, alhos, batatas e laranjeiras.

Eu e os meus amigos costumávamos brincar no pátio. Nessa altura, a serração não tinha muros. Fazíamos casas com tábuas e largávamo-nos a correr. Quando algum se zangava, o que acontecia, o pior que podia fazer era atirar uma mão-cheia de serradura para a cara do outro. A serradura entrava por baixo da roupa. Instalava-se em pontos do corpo que não conhecíamos. Dava comichão que não sentíamos. À noite, quando nos despíamos, as nossas mães seguravam a roupa no ar e perguntavam: "O que é que andaste a fazer?"

No pátio, por todo o lado, havia montes de ripas desordenadas que eram como montes de ossos, costelas, pedaços de madeira que sobravam dos troncos ou das peças, e que não tinham uso. De pé sobre a carroça, a segurar os arreios de uma mula, o homem da padaria entrava pelo pátio e recolhia essas ripas que iriam arder no forno do pão. Nos dias em que isso não acontecia, eu e os meus amigos escolhíamos as mais direitas e pregávamos-lhes pregos. Fazíamos espadas ou, se fosse altura do campeonato mundial ou europeu de hóquei em patins, fazíamos sticks. Na rua, jogávamos hóquei em patins com bolas de ténis. Jogávamos hóquei em patins sem patins, porque nenhum de nós tinha patins, nenhum de nós sabia andar de patins e porque os patins nunca deslizariam nas pedras grossas da rua.

Galveias

A Ti Ana Dezoito, o Ti Peças, a Ti Rosa Gaifana, o Cabeça Torta, a Ti Chica Paula, a Ti Maria Tomásia, a dona Bia, o Caleiro, a Ti Englantina, o Russo, o Ti Pedro Macaco, o Casaquinha, o mestre Ilídio, o Boga, a Rosa Preta, a Ricardina, o Tonho da Adelaide, o Belarmino, o Tripas Verdes, o Alemão, a dona Arcângela, o professor Américo, o João do Táxi, o senhor Agripino, o Casal, a Casala, o Artilheiro, o Ti Bernardino, a Ti Joana Petes, o senhor Heliodoro, a Margarida Gorda, a Bruxinha, o Catorze, o Bolacha, o Artur Peguinho, a Ti Maria Geada, o Quinel, o Ismael, o Pexirra, a Rosália, o Batata, o Batatinha, o Galicha, o Edmundo Gala, o Trinta Cabelos, o Limôni, a Tonha, o Vitorino Balta, o Borreguinho, a Ti Maria Respícia, o Zaías, a Leopoldina, o Cabeça de Raposa, a Maria Estrudes, o Leão, a Custódia Adelaide, o Guerra, o Badeco, o Faia, o Zé Lobo, o Lobadas, o Boíça, o Anão, a Ti Lubânia, a Libânia, a Bela Marcela, a Maria Felicidade, o Rátechil, o Toca-a-Rir, o Arranha-Mamas, o Banana, o Feliz, a Ti Maximina, o Vergili, o Firmino, a Má-Ladroa, a Baguinha, o João de Oliveira, o Batoque, o Setenta, a Carmona, a Ana do Paulo Coxo, o Tostão, o Ti Francisquinho, o Canhoto, o Bugalho, o Paquito, o João das Motas, o João das Cotas, o Patacôncio, o Durico, o Papa-Chicha, o Malagueta.

Percorro mentalmente as ruas das Galveias para recordar estes nomes. Na minha cabeça, desço a Rua da Machuqueira e tomo o caminho do terreiro. Faltam aqui tantos nomes, tantos rostos a olhar-me desde longe, perto. Estes são os que consegui juntar em meia hora, aqui, num quarto de hotel, do outro lado do oceano Atlântico. Se telefonasse à minha mãe, ela havia de ajudar-me a lembrar muitos mais. Não telefono. Com a diferença horária, está de certeza a dormir e sei que havia de dizer-me para não utilizar este ou aquele nome porque as pessoas não gostam de ser chamadas assim. A esses peço desculpa, peço que não levem a mal. Saibam que esses nomes também são o meu nome. Cada um de nós, galveenses, galveenos, chamamo-nos todos estes nomes. Levamo-los para onde formos.

Entre eles, há os que estão lá para a Inglaterra e há os que estão muito mais longe, por detrás do portão de ferro grosso e dos muros brancos que ficam na estrada a caminho de Avis, mas estarão sempre conosco, farão sempre parte de nós. Continuaremos a cumprimentá-los de cada vez que nos cruzarmos com eles nas nossas Galveias interiores. Para alguns deles, seremos sempre um cachopo com a mala da escola às costas; para outros, seremos sempre um companheiro de ir aos ninhos. Mesmo quando formos tão velhos como elas eram, as mulheres de luto haverão de continuar a estender-nos uma nota de vinte escudos na memória e a pedir-nos para lhes fazermos um mandado. Quando voltarmos, irão oferecer-nos bolachas maria. Os homens, sentados à porta, continuarão a perguntar-nos: "De quem é que tu és filho?"

A resposta a essa pergunta não é simples. As Galveias são uma espécie de mãe eterna que temos, composta por todos estes nomes e por aquilo que só nós conseguimos saber: o cheiro do sal grosso sobre o toucinho no balcão da mercearia da Ti Ana Dezoito, o sabor de um copo de água fresca no verão entregue pela mão da Ti Maria Respícia, a voz do Belarmino a pedir-me para lhe passar a bola na Azinhaga do Espanhol. Depois, há as imagens que nos povoam, que atravessam pelo terreiro da nossa cabeça: o Russo a servir copos de vinho rodeado de ratoeiras, piões e objetos incríveis, com os seus quase vinte filhos a entrar e a sair; a Ti Chica Paula sem préstimo nas pernas, a avançar pelo passeio da Rua de São João num banco arrastado com movimentos do corpo, aos solavancos, com desenvoltura impressionante; ou a Ti Margarida Gorda, minha prima, sempre a rir, simpática e imensa, pernas e braços tão grandes que me silenciavam a mim e aos rapazes da minha idade. Não tenho a certeza de que uma vida inteira seja suficiente para contar todas essas histórias.

Os nomes são a condensação dessa verdade, mesmo aqueles que os próprios recusam. O meu pai costumava contar o dito de um homem da terra dele, de Casa Branca, Sousel: "Em Lisboa, sou o senhor Gonzaga; em Évora, sou o Gonzaguinha; só nesta terra ruim é que me chamam Caca ou Caquinha." Afinal, é um nome bastante pior do que qualquer um que exista nas Galveias — embora saiba que, quando terminar este texto, eu, Peixoto pequeno, irei continuar a lembrar-me de muitos outros.

Atletismo

Às seis e meia da tarde, corríamos à volta do jardim. De inverno, era de noite e, quando a minha mãe me via sair com o fato de treino, sabia para onde eu ia. De verão, era de tarde e eu saía de calções, camisola e ténis. Em certas ocasiões, a minha mãe e eu dizíamos a palavra "atletismo". Quando chegava ao jardim, já lá estavam os outros rapazes e uma ou duas raparigas. Formávamos uma roda ao lado da Capela de S. Pedro e começávamos os exercícios de aquecimento. Olhávamos para o professor Laranjeira e imitávamos gestos que já conhecíamos. Esse era o tempo em que éramos crianças. Quando havia algum exercício novo, levávamos algum tempo a rir-nos com as tentativas e, depois, havia um que começava a fazê-lo bem e, logo a seguir, todos começavam a fazer bem esse novo exercício. O professor Laranjeira tinha também um fato de treino e fazia todos os exercícios conosco. Quando ele nos dizia para correr, nós corríamos. Corríamos a distância que ele nos dissesse. Quando parecia demasiado longe, nós sabíamos que não era demasiado longe. O professor Laranjeira conhecia-nos bem e conhecia as distâncias da vila. Dizia-nos: "Vão pela Azinhaga do Espanhol, descem pela Rua da Machuqueira, seguem pela Rua de São João, depois pela Rua da Fonte, sobem a Rua da Sociedade, atravessam o terreiro e vêm aqui ter outra vez." Quando passava à porta da minha casa a correr, eu sentia as luzes acesas na cozinha e sentia a minha mãe a pensar na vida dela. Tínhamos atletismo às segundas, quartas e sextas. Só muito raramente o professor Laranjeira nos dizia que não iria haver treino.

Por acaso, com seis anos, entrei para a ginástica. Aos sábados de manhã, tínhamos ténis sanjo e encontrávamo-nos nos escorregas e nos baloiços da

Fundação. O professor Laranjeira chegava à hora certa. Tinha uma chave que abria as portas altas do salão. Entrávamos todos atrás dele. Puxávamos colchões sobre os tacos de madeira e, passado pouco tempo, começávamos a dar cambalhotas. Não dizíamos "cambalhotas", dizíamos "potrilhas". Dávamos potrilhas. Para a frente, para trás. Só alguns conseguiam sem mãos. Noutros sábados, esse era o salão onde eram feitos os copos-d'água dos casamentos. Eu com uma gravata em miniatura que se prendia ao colarinho com um elástico. A minha gravata. E lembro-me da minha mãe, da minha professora da primeira classe, da freira que nos dava catequese e das mães das outras crianças, sentadas em cadeiras no dia em que fizemos a nossa única exibição. Eu e as outras crianças a darmos cambalhotas, potrilhas, para as nossas mães, para a nossa professora, para a freira, a irmã, que nos dava catequese.

Era a terra onde nasci. Todos os anos, no Carnaval, havia corridas. Foi perto de um carnaval que acabou a ginástica e começou o atletismo. Em frente ao café do senhor João de Oliveira, estavam duas mesas com taças e medalhas sobre os tampos de fórmica. Vinham rapazes e raparigas de outras terras. Carrinhas e autocarros cheios de rapazes e raparigas de outras terras. Brincávamos e, depois, corríamos. As distâncias cresciam com o tempo. Oitocentos metros, mil e duzentos metros, dois mil e quatrocentos metros. No fim, era o professor Laranjeira que dizia o meu nome entre o nome de rapazes de outras terras para me entregar uma medalha. Segundo ou terceiro lugar. Na terra onde nasci, fiquei em primeiro lugar apenas uma vez. E havia sol nessas terças-feiras de Carnaval. Corríamos até à meta pintada com cal no chão do terreiro. Nas ruas, as pessoas conheciam-nos e puxavam por nós. Desde esse tempo, nunca mais ouvi ninguém dizer: "Força aí, Peixoto." Eu era o Peixoto pequeno. O Peixoto, aquele em que as pessoas pensavam quando ouviam esse nome, era o meu pai. Era tranquilo esse tempo em que era o Peixoto pequeno.

Às seis e meia da tarde, corríamos à volta do jardim. Em sábados ou domingos, participávamos em corridas noutras terras. Íamos no jipe branco da Junta de Freguesia. De madrugada, a minha mãe acordava-me com uma tigela de nestum. Por baixo do fato de treino, vestia o equipamento da Casa do Povo: uns calções azuis e uma camisola branca de alças com uma faixa amarela de letras que caíam ao longo dos anos onde, quando eram novas, estava escrito: Casa do Povo de Galveias. A minha mãe dava-me um saquinho com pão embrulhado num guardanapo. Sentia que me dava toda a sua confiança, quando me depositava na palma da mão uma nota de vinte escudos dobrada num quadrado. Às vezes, enjoávamos no jipe. A porta abria-se e havia um que saía, dava passos na berma da estrada. Ficávamos imóveis sob o barulho dos seus vômitos. Às vezes, o condutor zangava-se com o barulho que fazíamos na parte de trás do jipe. Durante as viagens, os maiores faziam mal aos mais pequenos. Havia um rapaz que, durante um período, estava sempre a pegar comigo. Lembro-me da manhã em que, anos mais tarde, toda a gente da vila falou da maneira como, na véspera, tinha morrido de mota, sem ter o capacete preso, de encontro a uma parede.

Após as estradas e o jipe, quando chegávamos, havia altifalantes, corridas de velocidade, de corta-mato, havia distâncias que, com o tempo, eram cada vez maiores e havia medalhas. Havia outras modalidades do atletismo e eu experimentava todas. Salto em comprimento, lançamento do peso, barreiras pintadas a preto e branco. Aquilo que eu sabia fazer era correr. Uma vez, participei numa prova de salto em altura e caí fora do colchão. Primeiro, estava na categoria dos infantis; depois, iniciados; depois, juvenis; depois, juniores. Enquanto iniciado, classifiquei-me sempre para os campeonatos nacionais de velocidade. Essa palavra: Lisboa. Corria oitenta metros livres e, com outros rapazes e raparigas, representava Portalegre. Essa era a maior aventura. As provas duravam um fim de semana. A minha mãe preparava-me tudo, dava-me todos os recados, acompanhava-me à porta e, enquanto descia a rua, ouvia os recados que me continuava a dar. Todos os que eram de fora de Lisboa ficavam na colônia balnear "O Século". Corríamos no Estádio Nacional. Para mim e para todos nós, correr no Estádio Nacional era como estar na televisão. Passávamos o dedo pela pista de tartan, olhávamos para os rapazes que tinham a nossa idade e que eram muito maiores do que nós. Com as letras caídas, tinha C sa d P vo de Galve as escrito na camisola, por baixo do número, e olhava para as camisolas de alças de outros rapazes que corriam pelas equipas que toda a gente conhece: Benfica, Sporting, Boavista. Olhava bem para eles para vê-los bem. As minhas irmãs estudavam em Lisboa e iam ter comigo ao estádio. Eu corria para as minhas irmãs.

Foi numa noite desses fins de semana que dei o meu primeiro beijo. Tinha a minha idade. Não me lembro que distância corria. Era de Castelo Branco ou da Guarda. À noite, o oceano em São João do Estoril, a praia, e os meus

lábios a descobrirem o que eram outros lábios. As minhas mãos a tocarem-
-lhe delicadamente nas costas. Foi no meu último ano de iniciado. O ano
seguinte seria o meu primeiro ano na categoria de juvenis. Com esperança,
tentei o meu máximo para ser apurado para os campeonatos nacionais. Os
outros rapazes tinham mais um ou dois anos do que eu. Não consegui. Ficou
apenas a memória. Hoje, a imagem do seu rosto desvaneceu-se, mas continuo
a lembrar-me dela. Imagino-a casada, com filhos. Imagino-a a não se lembrar
nem de mim, nem daquela noite em que começava qualquer coisa importante
na minha vida.

A tapada

O mundo inteiro era a minha vila, a minha rua, a minha casa e a minha família. Antes de ter idade de ir para a escola, passava os dias a brincar. Fazia corridas à volta da mesa da cozinha com os carrinhos que a minha mãe me comprava na feira, ou fazia construções de legos, ou fazia buracos na terra do quintal com um sacho que se usava para limpar a capoeira. Ainda hoje a minha mãe fala dos meus gritos à Tarzan e da fase em que fazia o pino em todo o lado. Ainda hoje a minha mãe se arrepia ao falar dos meus desenhos. Lembro-me sobretudo de dois cadernos de desenhos: um que enchi de super-heróis que inventava, como o superchaminé, o superárvore ou o superqualquer-coisa, todos eles com formas adequadas ao nome e superpoderes próprios; e outro caderno que enchi de diabos, que tanto podiam ter um como três olhos, que tanto podiam ter duas como quatro pernas, mas que tinham sempre um par de cornos e que, por isso, eram diabos. Como as crianças, tinha um mundo que me pertencia. Na minha casa, na minha rua, era livre. Os cães entravam e saíam sem coleira, os gatos andavam por onde queriam, a minha mãe abria a porta da capoeira às galinhas para comerem pedrinhas, os pombos tinham o pombal aberto e voavam em círculos sob o céu da tapada. Em cuecas, eu subia e descia o muro entre a rua e o quintal. As pessoas viam-me e a minha mãe ralhava um bocadinho.

    A tapada era um pedaço de campo que ficava entre várias ruas, nas traseiras das casas. Era uma boa porção de terra, cheia de oliveiras, com trigo, centeio ou, às vezes, com rebanhos de ovelhas a pastar. Havia um muro caiado entre o quintal e a tapada. Há vinte anos, a tapada era do Cosme. Passava os dias a correr sozinho pela tapada com as mãos cheias de latas, paus e restos de brinquedos. Fazia um barulho de motor com a boca e corria. De vez em quando, baixava as calças ao pé de uma oliveira e fazia as necessidades. O Cosme tinha talvez uns vinte e cinco anos e não falava senão alguns sons infantis. Os pais dele tomavam conta da tapada. Era filho de uma mulher com um rosto muito triste e de um homem com um rosto conformado. Os verdadeiros donos moravam fora da vila. O Cosme correu pela tapada durante muitos anos. Eu apenas pisava essa terra nas raras vezes em que a minha mãe, ao sacudir a toalha, deixava cair um talher. Então, o meu pai agarrava-me pelos braços e baixava-me pelo muro, muito esticado. Depois de apanhar a colher, o garfo ou a navalha, ele voltava a puxar-me para dentro do quintal. Durante o pequeno período que passava na tapada sentia-me inseguro. Sempre que o Cosme me via, ficava impaciente e começava a repetir: "Nino, nino." Normalmente, não estava sozinho e escondia-me atrás da minha mãe. O pior era quando ele se aproximava da nossa casa e começava a apanhar pedras na tapada e a atirá-las para o quintal, enquanto repetia: "Nino, nino." A minha mãe fechava os estores e eu, na penumbra, em silêncio, com medo, parava de brincar com os carrinhos à volta da mesa e ficava a ouvir uma chuva de pedras a cair.

Os malucos

As pessoas diziam "os malucos". Eu era pequeno. Era livre, mas tinha medo. As pessoas diziam "os malucos", e metiam medo às crianças: o mudo, o Cabeça Torta, a Albina, o Octávio, a mulher que fala muito, o Firmino.

Lembro-me pouco do mudo. Andava pelas ruas todo vestido de preto, com uma barba muito comprida e era mudo. Tinha-lhe morrido toda a família e o seu luto era profundo. Tentava falar com as pessoas por gestos enquanto fazia sons que me pareciam ser de pânico.

O Cabeça Torta morava perto de mim e, apesar da simplicidade do seu feitio, era quase igual a qualquer homem da minha vila. Era casado com uma mulher feia, era muito alto e tinha a cabeça de uma forma estranha.

A Albina morava no asilo. Andava sempre acompanhada por uma freira e trazia sempre uma boneca ao colo. Diziam que lhe tinha morrido uma filha. A Albina tinha uma cabeça invulgarmente pequena. Embora fosse amigável e tentasse brincar com os meninos que se aproximavam, eu tinha medo e fugia. As freiras vinham atrás de mim e diziam: "A Albina não faz mal."

O Octávio andava pelas ruas com as mãos atrás das costas a falar sozinho. Tinha sempre a mesma gabardina suja e a mesma boina suja. Sentava-se no café e fumava cigarros seguidos. Tinha as unhas grandes e amarelas. O Octávio não ouvia ninguém e não falava para ninguém. Tinha uns óculos muito grossos e, às vezes, tirava-os para ler qualquer papel que apanhasse: a página de uma revista, a página de um jornal. Encostava o papel aos olhos e lia baixinho. Diziam que tinha ido para Lisboa estudar medicina e que tinha tido um esgotamento. O Octávio vivia sozinho e as pessoas diziam que na sua casa havia excrementos por toda a casa, em cima da mesa, em cima da casa.

A mulher que fala muito vivia a caminho da escola. Este não era o nome dela. Era um nome que só eu lhe dava. Andava sempre muito suja, com o período a escorrer-lhe pelas pernas negras, com uma camisola de lã onde se distinguiam os seios caídos até à cintura. De quando em quando, vinha à porta e, como se estivesse a brigar com alguém gritava: "Essa puta, esse cabrão." Gritava um discurso incompreensível onde quase só se percebiam os palavrões. A mulher que fala muito vivia com dois irmãos solteirões. Os irmãos passavam o dia no campo. Voltavam ao fim da tarde com a burra. Eram velhos e tristes. A casa da mulher que fala muito não tinha qualquer mobília, nem um banco, nem uma mesa, mas tinha sempre o chão varrido.

O Firmino era bêbado. Lembro-me de o ver no terreiro. Os homens a gozarem com ele bêbado. Às vezes, tirava a navalha e começava a dar golpes no ar, como se estivesse a lutar com um adversário invisível. Dizia: "Estou a cortar o vento suão." Vivia sozinho. A maior lembrança que tenho dele foi de quando morreu. Enforcou-se com um arame na chaminé, numa das varas dos chouriços. Nesse dia, passei à porta da casa dele. Havia pessoas a entrar e a sair. Assomei-me à porta e vi as pernas do Firmino a saírem da chaminé, sobre o lume apagado, suspensas no ar.

Porque estou aqui

Foi a minha mãe que me costurou a bata da escola quando fui para a primeira classe. A máquina de costura, como uma metralhadora dos filmes. Tinha um bolso à frente. Podem imaginar-lhe a cor que preferirem. De bata, eu e o Belarmino andávamos na segunda ou na terceira classe, voltávamos para casa. Eu levava a minha mala amarela às costas, carregava cadernos, talvez levasse lápis de cera. Estávamos habituados ao caminho: as hortas, a fonte, a mulher enlouquecida que saía à rua a gritar insultos para o ar, a Rua de São João. Aí, separávamo-nos durante cem metros, até chegarmos à porta das nossas casas.

Não sei o que esperávamos encontrar nesse dia. É possível que falássemos de algum programa que tínhamos visto na televisão, mas também é possível que estivéssemos a falar de muitas outras coisas. As nossas conversas tinham um ritmo, independente do assunto. Talvez fosse já o fim da tarde. Quando vimos as pessoas paradas diante daquela porta aberta, aproximamo-nos. No interior da casa, aquilo que vimos foram as pernas de um homem suspensas da chaminé. Tinha-se enforcado com arames. Nós conhecíamos aquele homem, bêbado, a boina torta, mal enfiada na cabeça. Não tenho a certeza se foram as pessoas que nos mandaram embora ou se fomos nós que desistimos de continuar a ver, mas tenho a certeza de que a imagem desse homem pendurado no interior de uma chaminé era a preto e branco, a sombras. Tenho também a certeza de que a casa tinha um cheiro frio, uma mistura de pão velho e veneno de ratos.

Passaram quase trinta anos sobre esse dia. Podem agora, se tiverem disposição, imaginar os nossos penteados antigos, podem imaginar o nosso silêncio. Eu não me lembro de mais nada. Não sei o que dissemos durante o resto do caminho, não sei o que dissemos quando chegamos a casa, não sei o que pensamos antes de adormecer nessa noite. Se quiserem, podem também imaginar um mês para este episódio. Se estava mais frio, tínhamos uma camisola de malha por baixo da bata e um casaco impermeável por cima. Se estava mais calor, podíamos andar de bata, calções e sandálias. Consigo recordar esse dia no inverno e no verão; consigo imaginá-lo perto do Natal ou já quase nas férias grandes. O cenário que estava atrás de nós é agora feito de formas líquidas, contornos embaciados. Aquilo que ainda consigo ver com precisão são as botas penduradas, sujas, os atacadores sem força, as meias mortas e a fazenda das calças, cinzenta, grossa, talvez áspera. E a mesa forrada a fórmica triste, a distância das sombras. Sou também capaz de ouvir a voz das pessoas à nossa volta. Não lhes distingo as palavras, apenas o tom. Sei que ainda não tinha anoitecido, porque recordo as nuvens com nitidez. Quase as suas formas, quase o seu peso.

    Eu e o Belarmino continuamos a fazer esse caminho por vários anos, até acabarmos a telescola. Mais tarde, à noite, íamos e vínhamos do terreiro. Nesses percursos, vimos muitas coisas a acontecer e falamos muito. Não sei se alguma vez voltamos a falar daquele dia. Agora, já não podemos. Há quase dois anos, eu estava a fazer uma escala no aeroporto de Zurique quando soube, por mensagem de telemóvel, que o Belarmino tinha tido um AVC e tinha morrido. O Belarmino foi o meu primeiro amigo do mundo. Nas ruas da vila ou no campo, éramos dois caganitos de quatro anos. Depois, a crescermos, a crescermos, a mudarmos de voz. Na última vez que falamos, apresentou-me a filha. Sorri, como se me admirasse que um rapaz com quem eu brincava já tivesse uma filha crescida, com óculos.

    No dia do seu funeral, enquanto eu regressava a Lisboa, houve uma pedra pequena que me acertou no para-brisa. Vi-a lançar-se do atrelado de um camião, aproximar-se num arco e acertar no vidro. Não o partiu, mas deixou-lhe uma marca. Uma cicatriz no vidro: encontro simbolismo nessa imagem quotidiana. E continuo aqui. Podem imaginar-me uma expressão que vos pareça apropriada, podem imaginar esta luz, a temperatura do silêncio à minha volta, o antes e o depois. Eu continuo aqui, um corpo, uma presença, neste mistério feito de dias sucessivos, feito de anos baralhados, nesta espécie de tempo.

A lição das balsas

Que os meus filhos não conheçam tantos enforcados como nós conhecemos. Nós passávamos tardes enormes a jogar à bola nas estradas de terra. A sola das sapatilhas raspava riscos nas pedras soltas. Essas tardes tinham o diâmetro das barragens que demoravam uma canseira de pernas a rodear. No tempo que me resta, não creio que volte a viver tardes com esse tamanho. Corríamos através delas. As bolas, raras e meio vazias, eram pretextos de borracha que chutávamos para tentar encontrar certezas acerca do que não entendíamos. Esse era o caso dos enforcados. Mas a promessa de futuro que se estendia diante de nós, apesar de transparente, límpida, criava demasiada distância. Às vezes, sem bola, sem balizas medidas com passos, mas também no início do verão, também em tardes de luz a explodir, experimentávamos palavras com a nossa pronúncia de meninos. Eram palavras cheias de sentido sério, como se nascessem da sombra. Perante esse receio, os rapazes mais velhos enumeravam possibilidades que, naquele momento, pareciam fazer o desenho dos cardos, das copas das oliveiras ou das balsas.

Nós chamávamos "balsas" às silvas e arrumávamo-nos a elas sem cuidado. Escolhíamos amoras que não eram doces, mas eram vermelhas. Não as deixávamos amadurecer porque sabíamos que, ao fim da tarde, esse desgoverno de ramos se enchia de pássaros de todas as qualidades. Eram bichos que atravessavam as balsas como pedras, mas enquanto as pedras eram atiradas de fora para dentro e restolhavam no seu interior, essas aves também restolhavam no seu interior, mas eram atiradas de dentro para fora e **desapareciam** para sempre no céu. Só tínhamos influência de atirar pedradas às balsas uma vez. Essa vez única, ao fim da tarde, levantava uma grande nuvem de pássaros e, depois, de repente, sucedia-se o silêncio antinatural: assombro seguido de contra-assombro. Mas nós estávamos lá todos os dias, esse era o conhecimento que tínhamos daquele lugar, e preferíamos a nuvem cantada, picada, que essa multidão de pássaros arredondava. A calma durava até escurecer, até as nossas mães nos chamarem para jantar. No lusco-fusco, as vozes das nossas mães eram o nosso ponto fraco. Mas, antes, enquanto durava, o ar refrescava-se e parecia que algo de nós se espalhava também nesse pontilhado invisível.

As silvas do campo e as cismas, que as mulheres mencionavam quando falavam dos enforcados, eram uma espécie de sinônimos. Foi assim que aprendemos a lição das balsas. Nas Galveias, nós éramos os rapazes do São João. No terreiro das Galveias, no alto da Praça, a caminho da escola, a descermos pela estrada nova, nós éramos os rapazes do São João. Já tínhamos toda a liberdade e, por isso, aspirávamos a fruta: uma pouca de laranjas, ou de tangerinas, figos, nêsperas, dióspiros na época deles, romãs na época delas. Éramos valentes a subir às árvores. Os arames farpados das herdades não eram feitos para nós. E, no entanto, tantas vezes, recebíamos a seriedade e, com pouco menos ou com pouco mais de dez anos, aceitávamo-la. Os enforcados eram pessoas que cumprimentávamos. Os sinos lentos sobre a vila, o curso nivelado das nuvens, os rebanhos de ovelhas por tosquiar a encherem as ruas, ou um mês, longo, trinta e um dias. No interior das balsas, entre os ramos embaraçados, entre os nós impossíveis de desatar, enleados por ramos cobertos de espinhos, havia um coração de sombra, opaco, havia olhos, podíamos sentir o seu toque.

Nesta altura de junho, na noite de vinte e três, tínhamos ordem para ficar na rua até tarde, na festa. Diante da capela, saltávamos a fogueira e chamuscávamos as pestanas. Eu acreditava que não era por coincidência que essa noite, iluminada, baile, pessoas a falarem alto, era também a véspera do aniversário da minha mãe. Parabéns, mãe. Não vou dizer onde estou a escrever estas palavras, não vale a pena. Vou apenas dizer que, no mundo, onde estivermos, estarão sempre os rapazes do São João, como estátuas invisíveis dentro de nós. Se a bola for parar às balsas, vamos lá todos tirá-la. Aprendemos fundo a seriedade. Agora, com trinta e seis anos, apenas peço ao tempo que os meus filhos não conheçam tantos enforcados como nós conhecemos. Ao longe, comparando a sua tragédia com a infância, sei que todos eles estavam errados: nada está tão emaranhado e nada tem tantos espinhos. Nem as balsas, cravadas na terra. Basta levantar o olhar, basta levantar o olhar: o céu.

Os meus pecados

Foi num sábado. Eram sete e meia da tarde. Tinha acabado a missa de sábado. Quando o senhor prior disse "Ide em paz e que o senhor vos acompanhe", eu e todos os rapazes da minha idade ficamos. Estávamos sentados nos bancos da igreja. Eu tinha oito anos. Andava na terceira classe. A irmã Lúcia esperava conosco. Às vezes, levantava-se. Leves, os seus passos ecoavam no mármore. Eu e os outros rapazes olhávamos para ela, pois não havia mais nada para onde olhar. A irmã Lúcia controlava as entradas e saídas da sacristia. Primeiro, iam as meninas, uma a uma. Estavam sentadas num lado da igreja. Os rapazes estavam sentados no outro lado. Entre nós havia um corredor. A irmã Lúcia tinha-nos ensinado que, quando atravessássemos esse corredor devíamos baixar levemente o joelho e, pelo menos, fingir que nos benzíamos.

No meu ano havia uma desproporção clara entre rapazes e raparigas. Em toda a vila, havia dezasseis rapazes da minha idade e apenas quatro raparigas. Antes da catequese, as meninas ficavam encostadas à porta do salão paroquial à espera da irmã Lúcia, enquanto os rapazes andavam a correr de um lado para o outro, a brincar ou à porrada. Quando a irmã entrava no adro, sentíamos os passos dos seus pequenos sapatos rasos de borracha e ficávamos parados, a transpirar, com as camisas fora das calças. A irmã Lúcia contava-nos histórias de Jesus e dos apóstolos. Os dias que gostávamos mais eram aqueles em que víamos slides. A irmã Lúcia dizia: "Para a semana, vamos ver slides." Depois, na semana seguinte, ou dizia "A máquina dos slides está avariada", ou ia buscá-la e entrava carregando-a e carregando a nossa ideia de que a máquina era muito sensível e importante.

A irmã Lúcia explicou-nos tudo. As confissões seriam feitas na sacristia porque, embora existisse um confessionário, não era usado. Eu tinha uma roupa que a minha mãe me tinha escolhido e esperava. Como durante as missas, olhava para tudo o que acontecia: alguém que tossia, alguém que coçava o nariz, alguém que espirrava. Eu e os outros rapazes tentávamos comunicar. Fazíamos gestos, sussurrávamos palavras furtivas. A irmã Lúcia, quando nos apanhava, abria muito os olhos e, subitamente, fazia cara de má. Eu e todos distinguíamos sussurros no silêncio. Ouvíamos sons sibilados que chegavam do confessionário. Tentávamos ouvir os pensamentos uns dos outros. Quando alguma menina saía da sacristia, vinha ainda com as mãos juntas, lançava um olhar sério para o chão e, um pouco afastada das outras, ajoelhava-se a rezar na primeira fila. Apesar de ser óbvio para todos que as meninas tinham menos pecados do que os rapazes, tentávamos avaliar a gravidade dos seus pecados pelo tempo que demoravam a rezar ave-marias e pais-nossos. As meninas rezavam de olhos fechados.

Entre os rapazes, havia também aqueles que esperavam pela hora da catequese ao lado das meninas. Não brincavam com os outros rapazes, não andavam à porrada. Tinham o livro da catequese forrado com papel de embrulhos de Natal, tinham os cadernos limpos e sem uma dobra, tinham carteiras cheias de lápis afiados. Durante a missa, esses rapazes ficavam sentados na primeira fila. Chegavam antes de a missa começar. Alguns desses rapazes haveriam de ser convidados para ficar ao lado do senhor prior durante a missa. A irmã Lúcia não gostava da palavra "sacristão", chamava-lhes "ajudantes do senhor prior durante a eucaristia". A irmã haveria de falar com eles antes da catequese, dar-lhes-ia detalhes sobre a opa, sobre as horas. Mais tarde, alguns desses rapazes aprenderiam a tocar o sino e, a qualquer hora, podíamos estar a jogar à bola ou podíamos estar na escola, chegaria alguém para chamá-los, dizendo vai lá tocar o sino que morreu a avó deste, a mãe daquele, a mulher do outro. Durante a missa, eu ficava nos bancos de trás. Eu e os rapazes que estavam ao meu lado, trocávamos caras. Às vezes, trocávamos caretas. Quando eu sentia vontade de rir durante o silêncio, ficava a olhar para a imagem de Jesus crucificado. Apesar das cores garridas da imagem, os diversos tons de vermelho, eu sabia que era séria.

Aqueles que ficavam nas filas da frente sabiam sempre o que haviam de dizer em todos os momentos da missa. Eu assustava-me quando toda a gente começava a falar em coro e murmurava pedaços de palavras como se estivesse a dizer alguma coisa. Levantava-me quando via toda a gente a levantar-se.

Ficava de pé e doíam-me as pernas. Ajoelhava-me quando via todos a ajoelharem-se. Quando todos começavam a cantar, eu tentava apanhar o ritmo e fazia: "Na-na-nã." Chegava sempre atrasado. Aos domingos, a minha mãe aquecia duas panelas de água no lume da cozinha do quintal. Acordava-me no momento em que, por toda a vila, já se ouviam os sinos a chamar para a missa. A minha mãe dizia-me: "Acorda que os sinos já estão a tocar." Eu ouvia-os e levantava-me num salto. Chegava em cuecas à cozinha do quintal e a minha mãe já tinha a água dentro de um alguidar. Entrava e ficava de pé enquanto a minha mãe me dava banho. Fazia o caminho de casa até à igreja com a comichão das roupas novas no corpo. Entrava devagar, sentava-me em silêncio e tentava garantir que, até ao fim da missa, a irmã Lúcia me tivesse visto lá. No início da catequese, a irmã Lúcia fazia a chamada. Nós dizíamos presente. Depois, perguntava: "Foste à missa no domingo?" Nós respondíamos que sim. Quando ela desconfiava, dizia: "Não te vi lá." Nós dizíamos que tínhamos ficado nos bancos de trás. A irmã Lúcia desconfiava. Umas vezes acreditava, outras não. E repetia sempre que quem tivesse mais de cinco faltas à catequese ou à missa não iria à excursão a Fátima que iríamos fazer na Páscoa.

Entre os rapazes que ficavam comigo nos bancos de trás, havia alguns que tinham de ajudar os pais ao domingo. Iam com os pais para as hortas, ou carregavam baldes de areia, de água ou de cimento. Muitas vezes, esses rapazes pediam-me para dizer à irmã Lúcia que os tinha visto na missa. Quando toda a gente saía, depois de o senhor prior dizer "Ide em paz e que o senhor vos acompanhe", depois de as raparigas do coro se cansarem de cantar e depois de serem dadas as duas notas finais no órgão, a irmã Lúcia ficava rodeada pelas meninas da minha idade e pelos rapazes que se sentavam na fila da frente. Eu furava entre eles, aproximava-me como um intruso e dizia que os rapazes tal e tal tinham saído mais cedo, mas que, antes, tinham mandado cumprimentos.

Naquele sábado, enquanto esperava, eu pensava em muitas coisas. No dia seguinte, seria o dia da minha primeira comunhão. Sentado num dos bancos de madeira da igreja, olhava para o altar. Olhava para o caminho de Jesus para o Calvário, esculpido em quadros ao longo das paredes. Olhava para o olhar piedoso da Nossa Senhora, para as suas mãos estendidas, os seus dedos finos. Olhava para o peito de Jesus crucificado, marcado por chagas, por sangue, com as costelas a conhecerem-se todas, com o coração à mostra. Tentava adivinhar a história dos santos pelas suas expressões. Nenhum santo sorria. Na igreja, o fresco das sombras, do mármore, misturava-se com o cheiro das velas que ardiam. Cada ruído, um banco que estalava, um suspiro pequeno, era mil vezes aumentado pelo eco. Um rapaz saiu da sacristia. A irmã Lúcia levantou-se, olhou para mim, disse o meu nome. O meu nome ressoou no eco. Disse: "Agora, és tu." Levantei-me devagar. Aproximei-me do corredor. Baixei o joelho, fingi que me benzi. Caminhei na direção do altar, na direção da sacristia. Ouvia os meus passos, lembrava-me das explicações da irmã Lúcia na catequese. Tinha oito anos, andava na terceira classe e não sabia ao certo quais eram os meus pecados.

Cinema

Sem faltar nunca, todos os sábados, à mesma hora, havia um carro que atravessava a vila com altifalantes. Noutros dias, havia vários carros com altifalantes: vendiam loiças, faqueiros, arcas, cobertores, mantas ou roupas. As mulheres vinham com as filhas para a rua, escolhiam, escolhiam e perguntavam: "É a como?" Depois, pediam um desconto. Os condutores dos carros baixavam vinte ou dez escudos, e as mulheres acabavam quase sempre por comprar qualquer coisa. As mulheres começavam cedo a comprar o enxoval para as filhas. Às terças-feiras, havia o homem dos bolos. Não tinha altifalante, mas passava pelas ruas a buzinar. Havia também o homem do peixe. Vinha de motorizada com a mulher e com um atrelado cheio de caixotes de peixe e de gelo. Mesmo quando ia a guiar, ia sempre a fumar o resto de um cigarro. A mulher ia atrás e tocava uma corneta de cobre. Quando as mulheres vinham à porta, o homem parava a motorizada e a mulher, a coxear, dirigia-se para a traseira do atrelado, onde montava uma balança de pesar umas sardinhas, ou uns carapaus, ou umas postas de cação. Não tirava o capacete. Pesava o peixe, fazia os trocos, sempre de capacete. Havia também o velho Durico, que era um cigano muito velho, com a cara cheia de pregas e com a voz muito rouca, que passava de carroça. O velho Durico não fazia barulho nenhum, mas as mulheres viam-no e batiam às portas umas das outras. E as mulheres escolhiam dos vestidos de chita e das camisas de cambraia. Às vezes, apareciam também os amola-tesouras. Vinham numa bicicleta pasteleira, artilhada com uma pedra de amolar ligada à roda de trás. Assobiavam toda a escala de uma gaita, primeiro nota a nota, depois as notas todas de repente. Além de amolarem tesouras e facas, arranjavam varetas de sombrinhas. Muito de vez em quando, havia também os carros dos circos. A minha mãe queria sempre que eu fosse, porque comovia-se com a vida instável dos artistas de circo. A minha mãe achava que eles também precisavam de se governar. E eu ia quase sempre. Mas, sem faltar nunca, todos os sábados, à mesma hora, havia um carro que atravessava a vila com altifalantes. Era o homem do cinema.

    A minha mãe dava-me trinta escudos. Uma nota de vinte com a cara do Gago Coutinho e do Sacadura Cabral e duas moedas brancas de cinco escudos. O barulho do carro a anunciar o filme nos altifalantes começava logo de manhã: "Uma inesquecível aventura de artes marciais." A sessão era às três da tarde. Havia um caminho mais próximo para a Sociedade Filarmônica, mas eu ia dar uma volta muito grande para não passar à porta de uma família com muitos filhos. Eu lembrava-me de outros encontros com eles e, por isso, tinha medo que me roubassem o dinheiro e ia dar uma volta muito grande, com a nota muito dobrada e com as moedas sobrepostas e fechadas na palma da mão. Quando chegava à Sociedade, estava lá o homem do cinema e muitos rapazes à espera. Os bilhetes eram vendidos numa mesa com tampo de fórmica, que era arrumada à porta do salão, com uma mala velha de cartão em cima, cheia de notas de vinte escudos, moedas de cinco escudos, moedas de vinte e cinco tostões e algumas notas de cinquenta escudos. Entregava o dinheiro em troca de um papelinho, rasgado de um livro de rifas. Era o bilhete. Se chegava adiantado, ficava um bocado a ver os homens que jogavam às cartas e ao dominó nas mesas. Às vezes, batiam as cartas ou as peças com muita força nos tampos de fórmica. No pátio, havia homens a jogar matraquilhos a vinte e cinco tostões cada jogo. Havia um homem de bigode que jogava muito bem e que, quando a bola lhe chegava aos avançados, parava-a, fazia-se um silêncio, toda a gente ficava muito atenta e ele dizia: "É a paradinha de Chalana." A seguir, num solavanco repentino, rematava. A bola fazia um estrondo na madeira da baliza.

    A sala onde passavam os filmes era a mesma onde, de vez em quando, havia bailes. Alguns anos mais tarde, haveria de ser nessa sala onde iria aprender as minhas primeiras notas. Primeiro, o solfejo desenhado no ar com o indicador: dó-ó-ó, ré-é-é. Depois, um saxofone antigo, a sofrer durante semanas até ao primeiro início de melodia. Nessa mesma sala, aos sábados, na parede do fundo, estava um lençol estendido. Depois, filas de cadeiras de madeira, as mesmas cadeiras que, durante os bailes, ficavam encostadas às paredes para as mães das raparigas se sentarem. Sentávamo-nos conforme íamos entrando. Não havia lugares marcados. Durante o filme, os rapazes mais velhos davam-nos palmadas por trás da cabeça. Toda a gente falava em voz alta durante o filme, mas eu ficava concentrado a olhar para as imagens riscadas que passavam no lençol. Um feixe de luz, desenhado na escuridão das portadas fechadas das janelas, passava pelo corredor de cadeiras, sobre as cabeças e estendia chineses a lutarem no lençol da parede da Sociedade. Lembro-me de ver todos os filmes do Bruce Lee, lembro-me de que cada movimento que os atores faziam era como uma varinha a cortar o ar. Quando o filme acabava, eu e os rapazes da minha idade envolvíamo-nos em lutas iguais às que tínhamos visto no filme. Imitávamos os gestos e imitávamos as palavras. Mas era a brincar. Não nos aleijávamos, nem nos zangávamos.

Quando chegava a casa, tentava contar o filme todo à minha mãe. Lavava roupa no tanque, enquanto a tarde começava a desaparecer. O cinema acabou, deixou de vir, quando, anos mais tarde, o homem do cinema ficou cego. A sério, o homem do cinema ficou cego.

Fogo

Aquilo que me impressionava mais era o fumo. Eram colunas enormes que, vistas ao longe, desenhadas no céu, não pareciam feitas de fumo, pareciam sólidas. Eram colunas que subiam pelo céu como garras de um pássaro gigante, cujo corpo era a terra e que se agarrava ao céu. Depois de algumas horas, o fumo tapava o sol, e era uma tarde de verão que, de repente, escurecia e que, pelo fumo, se transformava em início da noite. A sirene dos bombeiros era um grito sobre toda a vila. A atravessar-nos o peito, quando se ouvia a sirene, abriam-se as portas de todas as casas ao longo das ruas e as mulheres saíam com o mesmo rosto preocupado. Em grupos, juntavam a informação que tinham. Se ia a passar pela rua nessa altura, as mulheres podiam perguntar-me se sabia onde era o fogo. Se não sabia, as mulheres perguntavam a outros cachopos pequenos que também fossem a passar. Se soubesse, podia dizer: foi na herdade tal, ou foi perto do monte de tal. Então, via as palavras alastrarem à minha frente, as mulheres passavam-nas umas às outras. Debaixo do som da sirene, ouvia-se o som das motorizadas dos homens que estavam a trabalhar nas obras e que, apressados pela urgência da sirene, passavam pelas ruas com escapes de moscardo, dirigindo-se para o quartel dos bombeiros, onde iriam enfiar um fato-macaco azul e onde se iriam empoleirar num camião vermelho e velho.

Até aos treze, catorze anos, não fui ver nenhum fogo. Houve um momento em que a minha mãe me olhou nos olhos, me segurou nos ombros e disse que não queria que fosse para perto dos fogos. Eu seria incapaz de não ouvir aquilo que a minha mãe dissesse a olhar-me nos olhos e a segurar-me nos ombros. Por isso, quando os rapazes da minha idade chegavam de bicicleta e se juntavam no fundo da vila, eu ficava sentado na minha bicicleta a vê-los afastarem-se, pedalando pela estrada de terra. Comigo, ficavam sempre dois ou três rapazes que também não iam. Juntos, pedalávamos até ao adro da igreja ou até à Capela de São Saturnino e, lá de cima, ficávamos a ver o fumo. E o fumo tapava o sol. E era uma tarde de verão que, de repente, escurecia e que, por ação do fumo, se transformava em início da noite. Numa dessas vezes, já depois de jantar, numa noite interminável de verão, cheguei ao terreiro e soube que o meu pai tinha sido uma das pessoas que mais tinha feito para apagar um fogo. Os homens ignoravam-me porque eu era demasiado pequeno. Falavam do meu pai como se não fosse meu pai ou como se eu não existisse. Era demasiado pequeno. Falavam de como o meu pai, com uma motosserra, tinha cortado pernadas e pinheiros inteiros que estavam a arder no topo. O meu pai nunca falou nisso.

Nessa época, eu e os outros rapazes queríamos sempre jogar à bola, andávamos na telescola e, mais ou menos, tínhamos uma vida simples. A meio de um outono, começou a aparecer um rapaz que morava num lugar que ficava a três quilómetros da nossa vila. Era mais velho do que eu quatro anos. Era mais velho do que a maioria dos rapazes, mas todos o tratávamos como se fosse da nossa idade. Não tinha bicicleta e chegava à vila a pé. Às vezes, estávamos no jardim e víamo-lo a chegar pela estrada. Ele não queria, nem sabia, nem gostava de jogar à bola. Se jogava, era pela companhia. Ficava à baliza, posição fixa dos mais pequenos ou daqueles que não sabiam jogar. Noutras horas, muitas vezes o vi saltar muros, entrar em casa de pessoas, fazer aquilo que nós não tínhamos coragem de fazer. Nesses momentos, sentíamos admiração e condenação ao mesmo tempo.

Houve um julho e um agosto em que, depois de dois ou três fogos, começaram a dizer que tinha sido ele. Era fácil imaginá-lo a caminhar pelos campos com uma garrafa de petróleo na mão. Alguns homens juntaram-se e deram-lhe uma sova. Ele deixou de aparecer durante alguns dias. O nome demasiado composto que tínhamos inventado para ele começou a circular pelas bocas das pessoas da vila. Até a minha mãe me perguntou: mas, afinal, quem é esse rapaz? Se soubesse, tinha-lhe respondido.

Passou esse verão. Foi numa noite de outubro. Ele tinha dezanove anos. No dia seguinte e nos dias que se seguiram, havia de ouvir muitas pessoas a repetir que ele tinha dezanove anos. Eu e outros rapazes estávamos no café do terreiro. Estavam também os homens que estavam sempre no café do terreiro. Era quase meia-noite. Era outubro e, por isso, era tarde. Ele apareceu na porta do café. Ficou parado e escorriam-lhe lágrimas pela cara. Gritava baixinho um gemido que parecia ser muitos gemidos ao mesmo tempo porque era uma criança a gemer e era um homem muito velho a gemer e quase parecia um animal, um cão, a gemer. Tinha a pele muito vermelha, roxa. Antes de se aproximarem dele, os homens ficaram parados a olhá-lo. Lembro-me das palavras que ele dizia. Não chegou a entrar. Com os homens e com toda a gente atrás dele, saiu para o terreiro. Ficamos encostados à parede e vimo-lo, sozinho, a deitar-se no chão, a agarrar-se ao corpo como se quisesse rasgar aquele corpo e afastá-lo de si. Ficamos a poucos metros dele, a vê-lo morrer. 60S forte. Lembro-me das palavras que ele dizia. Lembro-me de como começou a perder as forças. Mesmo os homens que já tinham visto muitas coisas ficaram com os olhos profundos. Nos dias seguintes, depois de dizerem o nome demasiado composto que tínhamos inventado para ele, depois de dizerem que tinha dezanove anos, as pessoas diziam que se tinha matado porque a polícia judiciária andava a apertá-lo. Para mim, a polícia judiciária era um nome que diziam na televisão. O que eu sabia mesmo eram os olhos vermelhos dele enquanto gritava sozinho no terreiro. Os outros rapazes, os homens e eu, a poucos metros, a vê-lo morrer. Lembro-me das palavras que dizia. Pedras, dizia que tinha a boca cheia de pedras. Uivava, gemia e gritava. Dizia que tinha o corpo todo cheio de fogo.

Depois das chamas

Era um caminho por onde passávamos de mãos dadas quando éramos namorados e acreditávamos apenas em coisas eternas. Tínhamos treze anos. Era a minha mãe, com um chapéu redondo, todo enfiado na cabeça, e a minha irmã, com calções desbotados, a conversarem com vozes serenas e a procurarem pinhas quase casualmente. Eu, atrás delas, calado. Segurava uma saca com as duas mãos e aceitava as pinhas que apanhavam, e que haveriam de acender a lareira no inverno. Tinha dez anos. Eram as tardes, maio, em que eu e a minha outra irmã brincávamos depois da escola e, de repente, ela ficava em silêncio, desaparecia, deixava de respirar; e eu procurava-a atrás dos troncos finos dos pinheiros, eu dizia: "Já chega, já não tem graça"; e ela só aparecia quando o aperto que eu tinha no coração começava a tornar-se insuportável. Tinha talvez oito ou nove anos. Era o manto de agulhas de pinheiro que cobria os meus passos quando quis ficar sozinho e, acreditando apenas no fim de tudo, quis lembrar-me de passarmos ali de mãos dadas, namorados felizes e a acreditar na felicidade. Tinha treze anos e meio. Era o tempo contado por uma gota de resina a descer lenta para dentro dos vasos de barro que os homens pousavam junto aos troncos. Eram os homens a caminharem de árvore em árvore, a abrirem uma ferida no tronco dos pinheiros com a ponta de um machado, e a resina, quase parada, a descer para dentro dos vasos de barro. Agora, é apenas uma superfície morta de cinza. Nem mesmo a terra. Agora, é apenas o silêncio sobre o silêncio. Nem mesmo uma única cigarra. Agora, é apenas o cheiro do carvão frio.

Era eu, no meu quarto, a fingir que estudava e a deixar o meu olhar atravessar a janela, o meu olhar a passar pelas copas dos pinheiros, sem se fixar em nenhuma e a espalhar todos os meus pensamentos sobre o verde. Era eu a adormecer e o vento, solto na noite, a passar cortado pelas agulhas que, no inverno, suspendiam uma gota limpa de água. Agora, é uma imagem de sofrimento. Agora, é o sabor com que fiquei na boca quando a nossa mãe nos chamou à cozinha para nos explicar que nunca mais iríamos ver a avó. Agora, é o meu pai, no quintal, a virar a cara, desiludido e silencioso quando lhe disse que não tinha passado de ano.

Era o lugar, julho, onde eu ficava até a voz da minha mãe me chamar para jantar, até o carro do meu pai chegar do trabalho, e o som das portas a baterem como se esse som fosse uma marca do fim da tarde. Agora, é o lugar onde não acreditamos que possa nascer nada. Agora, acabou.

Eram esperança e raízes. Agora, são morte e cinzas.

Bicheza

Nós tínhamos cães, gatos, coelhos, galinhas, patos, pombos, ovelhas, porcos e vacas. Às vezes, também tínhamos outras qualidades de animais: canários em gaiolas ao sol, aquários de peixes sobre o frigorífico ou bichos-da--seda em caixas de sapatos. Também tivemos porquinhos-da-índia. Viviam numa coelheira e, um dia, os cães mataram-nos e comeram-nos. Deixaram só as cabecinhas, espalhadas pelo quintal, à espera de serem encontradas e recolhidas pela minha mãe.

Com catorze ou quinze anos, ao fim da tarde, eu chegava ao pátio da oficina do meu pai — os passos a desfazerem cascas de pinheiro, boas para esculpir pequenos barcos à navalha — e dirigia-me à meia dúzia de vacas que possuíamos. Mudava-lhes a água, deixava-lhes palha e uma medida certa de ração. As vacas tinham línguas enormes que me passavam pelas palmas das mãos, pelos braços, e tinham aqueles olhos cheios de tempo, como lagos.

Uma vez, o meu pai pediu-me para carregar e arrumar quatrocentos fardos de palha. Tinham sido deixados no pátio por reboques de trator e precisavam de ser organizados no barracão. Olhando para aquela montanha desequilibrada, pareceu-me um trabalho impossível. Ao fim de dois dias, tinha as pernas feridas — a palha atravessava a ganga — e tinha as mãos feridas — os arames atravessavam as luvas — mas os fardos estavam todos arrumados no barracão e eu sabia que era capaz. Ainda hoje, guardo os pensamentos que tive durante esse tempo. Agradeço ao meu pai por essa força.

Quando as vacas ficaram prenhas, houve uma que, a partir de certa altura, ficou murcha, não se levantava. O vitelo não lhe tinha dado a volta na barriga. Olhava-se para ela e via-se o seu sofrimento. Calhou a ser num domingo. A cheirar a vaca, o meu pai foi pedir ao doutor que viesse vê-la, mas o doutor estava no clube dos doutores, de roupas lavadas, com direito ao seu descanso. Nessa noite, a vaca morreu. Esse animal constituía, precisamente, o lucro de toda a criação.

Também havia as pocilgas, que limpávamos periodicamente com enxadas que raspavam no cimento. As marranas chegavam a parir vinte leitões. Eram bichos valentes, de corpos pesados e olhos baixos, rodeadas por dezenas de filhos a guincharem. Às vezes, quando se largavam no chão para estender uma fileira de tetas, caíam em cima dos leitões, que sufocavam antes que a mãe se conseguisse levantar. Recolhíamos os mortos, segurando-os pelas patas de trás. Os porcos comiam ração e comiam tudo — grandes panelas de cascas de batata e restos de comida que a minha mãe aquecia ao lume em panelas de barro.

A tosquia das ovelhas era feita à tesoura. Na primavera, os animais saíam esguios e aliviados. Enchiam-se sacas de lã branca e castanha. As ovelhas pequeninas chamavam pelas mães com voz de criança. Quando eu tinha quatro ou cinco anos, tínhamos um borrego bravio no quintal. Às escondidas, eu costumava saltar para dentro do redil para toureá-lo. Tiravam-me quando ouviam o meu corpo a bater de encontro às tábuas e ralhavam-me. Durante anos, a pele desse borrego esteve estendida no chão da nossa sala. A minha mãe pedia-me para tirar os sapatos quando brincava na sua superfície. De meias, sentia-me finalmente vitorioso.

Passava horas a observar as galinhas na capoeira, a tentar perceber as suas relações, a investigar com o dedo mindinho se tinham ovo. Além disso, as galinhas cacarejavam e os pombos davam grandes voltas no céu sobre a tapada. As ervas cresciam. Eu e o meu amigo Belarmino entrávamos na vacaria do Ti Mané Botas e ficávamos a vê-lo ordenhar as vacas ou receber as mulheres que chegavam com vasilhas de alumínio. Quando fervido, esse leite fazia uma nata grossa, que eu comia à colher. Ao fim do dia, eu e o Belarmino encostávamo-nos à parede quando o pai dele passava com o seu rebanho de centenas de ovelhas. Apanhávamos muitas vezes boleia nas carroças dos ciganos. Os velhos levantavam-nos pela cintura e montavam-nos nas burras. E passávamos horas perdidas no campo, a cruzarmo-nos com javalis, lebres e rolas. Conhecíamos o lugar dos ninhos de melros e de poupas, tínhamos todo o cuidado para que as mães não enjeitassem os passarinhos carecas. As gatas andavam aluadas e pareciam pessoas a uivar pelos quintais. Os cães aproximavam-se de nós para receberem festas na cabeça. Os morcegos circundavam os candeeiros da vila à noite. Tínhamos grilos em gaiolas e cágados escondidos debaixo dos sofás. A nossa vida era inseparável da vida deles. Era simples, dura e bonita.

As Alziras

No momento em que escrevo estas palavras, a minha irmã mais velha está internada num hospital na Eslováquia. A minha irmã chama-se Alzira Maria.

A primeira Alzira foi a minha madrinha: madrinha da minha mãe, das minhas irmãs, de mim, madrinha de toda a gente. Sempre velha, de muletas, afastava-se pouco da porta de casa. As muletas oblíquas ao chão de paralelos; ao andar, ela inclinava-se sobre as muletas e, depois do entardecer, a sua imagem era uma sombra confusa, pernas e braços. Hoje, quando encontro uma das suas poucas fotografias e lhe fixo o olhar, concluo que sei pouco sobre ela. Recordar faz com que desbotem as cores daquilo que se recorda, recordo a sua voz. A minha madrinha passou a lua de mel a banhos, Estoril, Cascais, tirou um retrato na Boca do Inferno. Ah, as ilusões de uma jovem noiva nos anos trinta. Há chávenas que a minha madrinha guardou desde esse tempo. Passaram décadas expostas na vitrina de um armário da sala de jantar, varrida, arrumada, onde ninguém podia ir porque era no primeiro andar e tinham medo que o chão/teto caísse. A minha madrinha criou a minha mãe. Morreu no dia 16 de Outubro de 1993.

A segunda Alzira é a minha mãe. A minha mãe é uma espécie de sol, ou de morte, é o horizonte, esse é o tamanho da sua realidade. Eu não sou capaz de descrever a minha mãe em poucas linhas. Outro poderia fazê-lo, mas duvido que o fizesse bem. Quando eu era pequeno, houve uma vez em que me perdi dela. De repente, deixei de vê-la e estava numa cidade que não conhecia. Lembro-me de mulheres a baixarem-se para falar comigo, tinha quatro ou cinco anos, e lembro-me de acreditar que poderia não voltar a vê-la; lembro-me de ter essa idade, estar perdido e sentir essa angústia sombria. A minha mãe é o contrário disso. A minha mãe existe em tudo, é infinita.

A terceira Alzira é a minha irmã mais velha que, no momento em que escrevo estas palavras, está internada num hospital na Eslováquia.

Alzira é um nome tão bonito. É de origem árabe. Pelo menos, parece. É um nome cheio de vogais, bom para ser cantado pelo Nat King Cole. Sou da opinião de que, em Portugal, há um déficit incompreensível de Alziras. Poucos pretextos são tão bons para usar um "z".

Todos os anos, na segunda-feira de Páscoa, fazíamos um piquenique na courela dos meus padrinhos, as Alziras juntavam-se. É claro que, na altura, não as víamos assim, as Alziras; na altura, eram a minha madrinha, a minha mãe e a minha irmã. A minha mãe tinha mantas dobradas e coisas simples que precisavam de ser carregadas na carrinha do meu pai. O caminho até à courela não era longo mas era uma viagem. Chegávamos, ficávamos sempre debaixo da mesma árvore, e o meu pai voltava atrás para ir buscar os meus padrinhos. Talheres, caixas de plástico com comida. Não sei que tipo de conversas tinham a minha mãe e a minha madrinha. Talvez a minha irmã tentasse sintonizar alguma estação no rádio do carro. Talvez eu me aproximasse das colmeias, lá em cima, com um pau/espada nas mãos. Tanto faz. Nessas segundas-feiras, as Alziras brilhavam. Sem o saberem, cada uma delas tinha o nome de um anjo.

Pois é, a minha irmã está internada num hospital na Eslováquia. Foi acompanhar a filha, minha sobrinha, a um encontro internacional de dança, sentiu dores na barriga, ambulância, urgências, foi operada no dia seguinte a uma hérnia umbilical. Está a recuperar. Correu tudo bem. Recebeu sangue por causa de uma anemia. Agora, a preocupação é a viagem de volta. Tento imaginar aquela rapariga dos piqueniques da segunda-feira de Páscoa num hospital na Eslováquia, ecos de conversas em eslovaco, talvez a chegada de alguém com um comprimido ou um tabuleiro. E a dor, como um cenário atrás do cenário. Talvez nesse quarto exista um relógio, o ponteiro dos segundos. A minha irmã Alzira Maria. Há muitas coisas que vou perguntar-lhe quando regressar, quero que me conte pormenores: o silêncio, a maneira como as enfermeiras eslovacas pronunciam Alzira.

A caminho de Lisboa

Parece que passaram tantos anos. Quando me lembro do meu padrinho velho, vejo a imagem do seu corpo leve, apoiado numa cana, com um casaco de malha fina, com uma camisa preta, com uma camisola interior branca. Agora, lembro-me da noite em que os fios elétricos pegaram fogo à sua casa, e eu, e o meu pai, e a minha mãe chegamos apenas a tempo de vê-lo, magro, com ceroulas brancas de algodão grosso, com uma camisola interior branca de algodão grosso, embrulhado num cobertor, sentado no sofá da filha, a minha madrinha, sob as vozes de vizinhas que entravam e saíam e que falavam dele, sabendo que ele não as ouvia porque era velho, era mouco, estava triste e, às vezes, chorava. Na rua, para lá da porta aberta da casa da minha madrinha, poucos metros depois, os bombeiros, as pessoas que olhavam e as luzes azuis e intermitentes dos carros de bombeiros. O meu padrinho novo andava atrás do meu pai e, sem esperar resposta, dizia: "Já visto isto, Zé?" Na sala onde costumavam sentar-se a ver telenovelas e telejornais a preto e branco, sob a lâmpada fluorescente de luz branca, a minha madrinha passava de muletas entre as mulheres que davam graças por se ter conseguido tirar o meu padrinho velho a tempo e chegava ao pé da minha mãe, "ó Alzira", para lhe explicar onde estava guardada uma panela grande para ferver o leite que iriam dar aos bombeiros. Agora, parece que passaram tantos anos. Lembro-me da voz rouca com algumas sílabas agudas, a voz velha e gasta do meu padrinho velho sentado numa cadeira à porta de casa quando era talvez maio e quando os fins de tarde eram luminosos, a contar-me histórias da Primeira República. Eu, sentado no poial, ouvia essas histórias durante horas. Passava a minha madrinha e dizia-lhe: "Deixe o rapaz ir brincar, que ele satura-se com essas histórias." E eu dizia-lhe que não com voz suficientemente alta para o meu padrinho velho ouvir também e para ele saber que não, que eu não me saturava a ouvir aquelas histórias.

Eu tinha talvez treze, catorze anos. A minha mãe tinha acabado de me acordar. A roupa estava estendida sobre a cadeira do quarto desde a véspera. A minha mãe e o meu pai estavam acordados havia muito mais tempo e atravessavam a cozinha e o corredor e o quintal. O meu pai carregava sacos para a carrinha e apressava a minha mãe. A minha mãe não gostava de ser apressada. Eu tinha o interior da boca coberto por uma pasta seca de sono e bebia leite por uma caneca de plástico. "De certeza que não falta nada?" E entramos na carrinha. O cheiro da napa dos bancos, aquecida pelo sol, deixava-me enjoado assim que entrava na carrinha. Havia também o cheiro do perfume que o meu pai comprava na feira e que punha depois de fazer a barba. Havia também o cheiro do cabelo da minha mãe armado com laca. O barulho do carro enchia a rua. Nas outras ruas, à nossa passagem, como à passagem de qualquer carro, as pessoas paravam-se encostadas à parede e olhavam para nós. A minha mãe, no banco da frente, talvez ficasse corada. Era, no entanto, impossível saber ao certo porque, nessas manhãs, a minha mãe era como uma boneca: reunia os três ou quatro cremes que tinha e espalhava-os na cara: dois círculos avermelhados nas faces que desenhava com uma esponja redonda e com creme Tokalon.

Nesse dia, quando chegamos a casa da minha madrinha, estavam os três sentados no sofá: o meu padrinho velho, o meu padrinho novo e a minha madrinha. Sentiram a carrinha a chegar, mas continuaram sentados até ao momento em que o meu pai rodou a chave que estava sempre na porta e os viu, à espera, com um monte de sacos e de alcofas à sua frente, no chão. Enquanto o meu pai tentava arranjar lugar na carrinha para guardar tudo, o meu padrinho velho, a sua voz gasta, explicava-lhe que numa das alcofas iam vários gatinhos bebês. Eram gatinhos que tinham de ser alimentados a biberão e que tinham de ir porque não ficava ninguém para tratar deles. A minha madrinha e o meu padrinho novo, cada um de seu lado, falando ora com o meu pai, ora com a minha mãe, desculpavam-se. O meu pai ajudou a minha madrinha a sentar-se no banco da frente. Atrás, o meu padrinho velho ia à janela, eu ia a seu lado, depois o meu padrinho novo e, na outra janela, a minha mãe. Íamos apertados uns de encontro aos outros. De novo, o barulho do motor do carro.

Era ainda de manhã cedo e, finalmente, estávamos prontos para começar a viagem para Lisboa. Passamos pelo terreiro, passamos pela rua do correio, pelo São Pedro e saímos da vila.

    O meu padrinho velho tinha talvez noventa e sete, noventa e oito anos. Era a terceira vez que ia a Lisboa. Havia mais de cinquenta anos, a minha madrinha e o meu padrinho novo tinham passado uma lua de mel no Estoril. Quando acontecia falar nisso, a minha madrinha ia sempre buscar um postal com uma fotografia (photographia) da Boca do Inferno. Após poucos quilômetros, o meu padrinho velho começou a comentar os pomares por onde passávamos com o meu pai: "Ó Zé, aqui os pessegueiros dão-se bem." O meu pai, enquanto conduzia, tinha de gritar para que ele o pudesse ouvir. A sua voz e o barulho do motor enchiam o carro onde íamos apertados uns de encontro aos outros, com sacos no colo. O meu pai tentava explicar-lhe as estruturas de rega industrial dos milheirais por onde passávamos. O meu padrinho velho continuava em silêncio, a olhar pela janela, e ninguém tinha a certeza se estava a ouvir. Num momento, o meu padrinho novo fazia-se de entendido e começava a falar dos prédios e das luzes de Lisboa. Na sua vida, tinha ido a Lisboa talvez uma dúzia de vezes, boleias com pessoas que iam ao hospital. Ficávamos em silêncio porque imaginávamos muito a partir dessas conversas curtas. Pouco depois, a minha madrinha começou a oferecer pão com chouriço ou com queijo a toda a gente. A minha madrinha, tão gorda, a encher todo o banco da frente, esticava um dos seus braços, escolhia um dos sacos que tinha junto aos pés, e oferecia pão a toda a gente: "Não queres um bocadinho de pão, Zé?" O meu pai aceitava. Aceitávamos todos. Então, o carro cheirava apenas a chouriço e a queijo. Começava o calor. Os vidros de trás não abriam.

    A viagem seria muito longa. No início, ouviam-se os gatinhos a miar. Entre as outras caixas, as suas vozes muito agudas, guinchos. Depois, deixaram de se ouvir. Quando chegamos, tinham o pelo todo molhado, estavam vomitados e instáveis. O meu padrinho velho decidiu lavá-los debaixo de uma torneira pública. Nunca soubemos se morreram da viagem ou do banho.

Abre a porta, Zé Luís

Urina. O som familiar da urina a cair na água não perturba a embriaguez gasosa do meu sono. Não interessa onde estou, mas sei que estou em Boston, mas não interessa onde estou porque estou num quarto de hotel e há pouca diferença entre quartos de hotel. Mudam os canais na televisão e o cheiro do detergente na alcatifa. De manhã, haverá sempre o som de aspiradores. É de tarde. Deixei a televisão ligada no canal Discovery Health, onde adormeci a ver um programa sobre obesidade mórbida. A voz do narrador entrou-me no sono, as vozes ocasionais dos obesos, deitados em sofás, deitados em camas, gruas, macas, entraram-me no sono. Agora, essas mesmas vozes falam sozinhas para a colcha desfeita sobre a cama vazia, são como eletricidade. Não lhes presto atenção, têm a mesma existência vaga de, por exemplo, a cidade de Boston. São uma realidade teórica, abafada pela porta fechada da casa de banho e pelo som familiar, grosso, da urina a cair na água da sanita: o alívio de uma comichão entornada para fora do meu corpo.

Lavo as mãos.

Seguro a maçaneta da porta da casa de banho e, quando tento rodá-la, não roda. Mexo no botão que tranca a porta e não acontece nada. Normalmente, quando adormeço à tarde, privilégio de domingos, acordo de duas formas possíveis: devagar, com uma ligeira dor de cabeça; ou devagar, com um prazer morno espalhado pelos músculos. Agora, acordei de repente. Uma tomada de consciência que é como a efervescência súbita da Coca-Cola a subir pela garrafa até transbordar. Uma espécie de antiqualquer-coisa, uma implosão, sim, uma implosão. A casa de banho não tem janelas. A luz é amarela. Deixo de saber qual é a posição correta do botão que tranca a porta. Tento abri-la das duas maneiras possíveis e não acontece nada. Bato com as duas mãos. Espero para distinguir alguma reação e ouço apenas um silêncio feito das vozes dos obesos, sozinhos na televisão do quarto. Dou pontapés na porta. O mesmo silêncio. Bato na parede com as mãos abertas. Grito, tento chamar alguém.

Estou no oitavo andar, como se estivesse enterrado vivo.

Lavo as mãos.

Lavo a cara. No espelho, sou amarelo. Tenho a cor da luz. O espelho é como uma janela para o interior fechado desta casa de banho. Sento-me no bidé. Encho os pulmões de ar. Quando era pequeno e fazia alguma coisa de mal, fechava-me na casa de banho antes que o meu pai chegasse a casa. Essa era a única divisão que tinha chave. Após dez minutos de espera, começava a imaginar que iria passar o resto da minha vida na casa de banho. Em instantes, acreditava nisso. Poderia dormir na banheira, tapar-me com toalhas, não faltaria a água potável e, numa primeira fase, poderia alimentar-me de pasta de dentes. Depois, a longo prazo, teria de atrair insetos comestíveis ou cultivar vegetais no intervalo dos azulejos. Quando o meu pai chegava, havia uma negociação que terminava com a porta a ser aberta devagar. Nem sempre foi assim. Houve uma vez em que, com o meu primo, roubei um cartucho da caçadeira do meu pai e fizemos uma bomba. Abrimos o cartucho com uma navalha, separamos a pólvora dos chumbos, fizemos um enxerto de arames e colocamos-lhe um rastilho. Guardamos a bomba numa gaveta e planeamos explodi-la no campo da bola. Essa hora deserta nunca chegou. A minha mãe descobriu a bomba e contou ao meu pai. Fechei-me na casa de banho. Ao fim da tarde, o meu pai chegou a casa. Abre a porta, Zé Luís. E eu dizia para ele se acalmar. Abre a porta. Zé Luís. Eu punha as culpas no meu primo, dizia que tinha sido ideia dele, e tinha mesmo. Abre a porta, Zé Luís. A voz do meu pai era sólida. Eu tinha oito ou nove anos e pedia perdão. Abre a porta, Zé Luís. Eu chorava e dizia que não queria. E, de repente, um estrondo ampliado pelo eco. Outro estrondo. A porta inteira a ceder na fechadura e nas dobradiças. O meu pai estava a arrombar a porta e a minha voz tremia. Espere. Não faça isso. Eu tremia.

Agora, 1938-2008, faltam poucas semanas para o dia em que o meu pai faria setenta anos. Há quase treze anos, 1938-1996, que sinto falta dele. Estou fechado na casa de banho de um hotel em Boston e penso no que farei para sobreviver se ficar aqui para sempre. Volto a gritar, tento chamar alguém, mas paro. Lembro-me que, antes de adormecer, pendurei na porta do quarto o pequeno letreiro que diz "Não incomode".

Acompanhante: pai

Não percebo como fui capaz de esquecer os arrumadores de carros à porta do hospital, ou o olhar mortiço dos seguranças fardados, ou as conversas das enfermeiras no elevador. Agora, de novo, a vida parou. Os problemas, os chamados *problemas*, as recompensas, as ambições, as obrigações pararam. As obrigações têm de esperar porque agora, de novo, tudo tem de esperar. E já me tinha esquecido da forma como tudo pode parar assim, de repente, sem aviso, de como fica apenas um nevoeiro sobre os objetos. E deixa de haver outros assuntos para pensar e, menos ainda, outros assuntos para escrever. Agora, como antes, avanço pelos corredores do hospital. Como antes, os braços estendidos e um saco de plástico pendurado na ponta dos dedos. Só as minhas mãos mudaram. O saco é ainda o mesmo e leva ainda os pequenos pormenores da nossa esperança, a aragem com que resistimos: frutas, bolachas e brinquedos. Agora, levo brinquedos porque, agora, as minhas mãos mudaram.

Entro no quarto, e a mãe já lá está, nunca de lá saiu. É assim que as enfermeiras nos tratam: mãe, pai. Para as enfermeiras, esse é o nosso único nome. Faz sentido. Para poder entrar, temos um retângulo de cartolina cor-de-rosa com as palavras "Internamento de pediatria", com o nome do nosso filho, o número do quarto, o número da cama e a identificação do acompanhante, no meu caso: pai. O nosso filho está acordado e bem-disposto. O nosso filho, pequeno, sentado numa cama muito maior do que ele. Com cuidado, pego-lhe ao colo. Falamos. A janela do quarto é tão grande. A mãe e eu apontamos para longe, para o rio. Ele olha e entende as explicações, as histórias. Ele acrescenta palavras. E eu sinto-o nos braços, o seu peso. O nosso filho, a mãe e eu sorrimos. Mas, logo depois, ele baixa as pálpebras e diz que lhe dói a cabeça. Pouso-o sobre a cama. Metade da cama está levantada. Encosta-se. A voz enfraqueceu. E o tempo. Assistirmos ao sofrimento do nosso filho é estarmos em carne viva por dentro, é não termos pele, é um incêndio a arder no mundo inteiro, mesmo no mundo inteiro. E cada som do nosso filho a sofrer é silêncio em brasa, é a cabeça cheia de silêncio em brasa, o peito cheio, incandescente, o mundo inteiro em brasa. Não percebo como fui capaz de esquecer todo o cinzento que entra pela janela de um quarto de hospital. Os gemidos do nosso filho de três anos são exatamente iguais aos das pessoas mais velhas, a voz é igual. São os mesmos suspiros, a mesma maneira de pousar o antebraço sobre os olhos. Não percebo como fui capaz de esquecer a mão ligada por onde entram os tubos do soro. E não podemos fazer nada. Não sabemos fazer nada. Deus. A mãe faz-lhe festas, dá-lhe a mão. E o tempo. E fica a mão pequena dentro da mão grande.

Aos poucos, o nosso filho, que faz cara de dragão quando se zanga, que tem poderes e que manda poderes — costuma dizer: vou mandar-te poderes —, o nosso filho, que é um homem-aranha pequenino, adormece. E ficamos com a noite, lenta, a desfazer-se sobre nós. O corpo do nosso filho, moldado pelos lençóis com as iniciais do hospital; a sua respiração irregular; os momentos em que quase acorda com dores; os momentos em que acorda com dores mas em que continua com os olhos fechados. Depois, volta a existir um pouco de tempo para respirar, regressam os sons noturnos do hospital, a máquina que apita, os bebês que choram ao longo do corredor, e o cheiro, e o calor, e as luzes. É então que a mãe e eu sentimos que nascemos em dias específicos, em lugares específicos e avançamos por caminhos, fizemos escolhas, tivemos vocações e segredos apenas para nos encontrarmos neste menino que dorme diante de nós, e que é o rosto da nossa alma. Qualquer alteração aos pormenores do passado faria com que não tivéssemos este absoluto à nossa frente.

E o tempo. Só pode ficar um acompanhante a passar a noite. Essa pessoa não sou eu. Eu tenho de sair. Eu não sou a primeira pessoa da vida de ninguém, não sou a pessoa mais importante da vida de ninguém. E apesar de esta verdade me doer, não me posso queixar. A culpa é apenas minha. Eu tenho de sair. Tenho de enfrentar a cidade concreta abstrata, tenho de decifrar semáforos, atravessar um certo esquecimento e chegar à casa onde espero sozinho.

Eu por ti

Compro-te todas as carteiras de cromos que quiseres. Compro-te os tais bonecos verdes de plástico que são criaturas dos oceanos, dos vulcões, etc. Ligo o computador e ponho-te aquele jogo de carros e pistas e níveis. Esqueci-me dos óculos de três dimensões mas não faz mal, eu compro óculos novos, como compro pipocas e Coca-Cola. Se te esqueceres da palhinha, eu saio da sala, mesmo que o filme já tenha começado, e vou buscar-te uma palhinha. Já sei que queres que tenha riscos vermelhos. Se tiver riscos azuis, eu volto lá. Eu não preciso de ver o filme, já vi demasiados filmes, consigo entendê-los mesmo que entre a meio, mesmo que lhes subtraia metade. Se perder o fim, não há problema. Eu começo a adivinhar o fim logo após o primeiro quarto de hora. Claro que te deixo marcar alguns golos. Há-de parecer-te que quis defendê-los mas não fui capaz. Há-de parecer-te que não fui suficientemente rápido ou que calculei mal a direção da bola. Quando estiveres a comemorar, eu não ficarei demasiado desiludido, apenas o suficiente para dar sabor ao teu feito. Não ficarei estereotipadamente desiludido, tu não és nenhum bebê. Serás sempre o herói de todas as minhas histórias. Nelas, terás um telemóvel e serás o melhor amigo dos extraterrestres. Irei contar-te histórias sempre que me pedires. Mesmo que esteja rouco, mesmo que me estejam a doer os ouvidos, mesmo que me esteja a doer a cabeça, mesmo que me estejam a doer os dentes. Noutras vezes, quando não for possível evitar, hei-de consolar-te. Terei voz serena porque quero que tenhas voz serena. Escolherei as palavras que quero que aprendas.

    Hoje, podes comer um hambúrguer. Podes comer um gelado. Amanhã, quando não puderes, hei-de explicar-te e hei-de encontrar um substituto para a tua vontade de comeres um gelado. Se decidires encher-te daquelas tatuagens que saem com as pastilhas, tudo bem. Ajudo-te a pô-las. Se quiseres tirar todos os meus livros das estantes porque te parece que talvez tenhas deixado um desenho dobrado dentro de um deles, também tudo bem. Ajudo-te a tirá-los e folheio-os as vezes que forem necessárias. Basta dizeres-me que talvez o desenho esteja lá dentro, pintado com canetas de feltro, pintado com lápis de cor, pintado com lápis de cera. Eu empresto-te os meus óculos de sol. Se me perguntares, eu digo-te que sim, que ficas estiloso. Ou melhor, nem precisas de perguntar, eu digo-te logo que ficas estiloso porque quero lembrar-me dessa palavra dita pela tua voz. E faço os trabalhos de casa contigo. Invento maneiras de serem tão divertidos como dizer tonteiras, contar histórias ou procurar gafanhotos nos terrenos onde o teu avô passeia o cão. E amanhã vamos comprar berlindes, vendem-se lá na papelaria, estão na mesma prateleira das carteiras de cromos. Ai, as carteiras de cromos, compro-te todas as que quiseres.

Mas promete-me que não fazes os mesmos erros que eu fiz. Eu sei que daqui a poucos anos não vais querer ouvir-me, entender-me, vais achar que sabes mais do que eu, e é bastante provável que saibas, mas, mesmo nessa altura, quando custar muito, tenta não fazer os mesmos erros do que eu. Se te avisarem uma vez, duas vezes, três, acredita. Se estiver escrito nos livros de ciência e souberes que é assim, acredita. Não penses que te vai poupar a ti. Se ninguém foi poupado, prepara-te para quando chegar a tua vez, fortalece-te nessa espera, acredita. Surpreender-se com aquilo que sempre nos disseram e que sempre testemunhamos à nossa volta, é uma tragédia demasiado banal. Não queiras para ti esse pedaço tão dispensável de prosaico, dor prosaica, frustração, sabor a ferrugem na boca. Aquelas palavras simples, saberás quais são, segue-lhes o centro, por favor. Não queiras ser como aqueles homens tristes, alforrecas, que perderam o eixo dessas palavras e que já não são capazes de mencioná-las sem ironia, como que a desculparem-se, cheios de medo, cobertos de medo. Esses homens sofrem. E eu não quero que sofras assim. Se tiveres de sofrer, e terás, é forçoso, espero que sofras com sentido, que saibas o nome de cada peça do teu sofrimento. Com cada uma delas, independentemente da forma, poderás ajudar-te a construir uma torre, como as nossas torres de legos, de dominós, e poderás ver o mundo lá de cima, tão grande, tão maior do que o globo que tens no quarto, e todo teu, todo teu. E ris-te, dizes uma frase. Cresces. Tão bom estar aqui. Longe, depois, depois de depois, quando só existires tu e uma multidão de crianças, quando os cromos forem memórias afetuosas, quando te lembrares das nossas histórias, quero que sejas amplo e profundo. Quero que sejas sol.

Amizade entre os povos

Como numa multiplicação: dezembro vezes Carnaxide. Estaciono o carro em frente ao Centro Cívico. São quase seis horas e acabou de anoitecer. É bom este frio. São boas as pessoas que o cruzam carregadas com sacos, Natal, casacos grossos com golas. Há muitas vezes em que o frio, as pessoas e os casacos são bons. Cheguei a tempo e, por isso, caminho devagar. Existem as luzes dos carros e as luzes de Natal nas ruas, nas lojas, as luzes das árvores de Natal encostadas às janelas ou às marquises das casas. Eu atravesso na passadeira, há outras pessoas que atravessam ao meu lado. Há uma senhora, idade para ser minha mãe, que me pergunta o caminho para o Auditório Ruy de Carvalho. Sorrio e respondo-lhe que também vou para lá. Caminhamos juntos. Temos muito silêncio.

    A Margarida já chegou e está à minha espera na entrada. Há muitos pais, mães, avós, que conversam e que enchem este lugar com as suas vozes, um novelo embaraçado de vozes, distinguem-se homens, mulheres, gargalhadas, crianças de colo que também querem ser ouvidas. Eu e a Margarida temos as nossas vozes, reconhecemo-las. Ela já tem os bilhetes, já tem a máquina de filmar pronta. É a primeira vez que assistimos à festa de Natal do infantário do nosso filho. Vamos sentar-nos. Sentamo-nos. Olho em volta. Há ainda muita gente a chegar. Olho para a porta, vejo esses rostos que chegam. Tenho a curiosidade de saber que há muitos rostos diferentes no mundo. É incrível a quantidade de variações que são possíveis entre tão poucos elementos: olhos, nariz, lábios, pele, cabelo. São variações sutis, mas no momento de avaliá-las, como faço agora, são variações determinantes. E não acredito no rosto que vejo. Não quero acreditar. É, não é, é, não é, é mesmo, é mesmo. Vem vestido de fato e gravata. Andamos juntos na faculdade, não no mesmo curso. Jogamos matraquilhos juntos. Durante os últimos dois anos, fomos próximos. Depois, no último período do último ano, mesmo antes dos exames e das férias de verão, zangamo-nos. É ridículo que não consiga recordar o motivo dessa zanga. Apenas lembro e sinto, claramente, a sensação de injustiça, o ressentimento.

Não sabia que ele tem um filho no mesmo infantário do meu filho, não sabia nada sobre ele desde a faculdade. Passaram anos. Fato e gravata, essa é a grande mudança. Qual será o emprego que obriga um licenciado em antropologia a usar fato e gravata? São poucos aqueles que andam de fato e gravata por opção. Na faculdade, claro, nós ríamo-nos dos homens de fato e gravata. Estão a baixar as luzes. Vai começar.

Uma história de Natal representada pelos mais crescidos. Seguram microfones para dizer as suas falas, têm o outro braço estendido ao longo do corpo e, com a mesma entoação, dizem interjeições de espanto ou informações sobre o processo de condensação. As crianças. Fomos crianças e, depois, transformamo-nos em nós. Com essa experiência, quando olhamos para elas, acreditamos que também elas se transformarão em nós. Vê-las, sabendo isso e sabendo que elas ignoram essa certeza, faz com que sejamos portadores de um segredo que preferíamos não conhecer, que nos afasta das crianças quando tudo o que queríamos era ser crianças, voltar a merecer um pouco dessa pureza, desse descanso. Entra no palco um grupo de crianças vestidas de corações. Os seus rostos no interior de um círculo. O que serão quando crescerem? Como se afastarão umas das outras? Veem-se os braços da educadora, fora do palco, de lado, a dar indicações sobre o que devem fazer, para onde se devem dirigir. As crianças, vestidas de coração; a seguir, vestidas de envelope; a seguir, de duendes. Os educadores, por vezes, entram no palco, a pedir palmas, a exemplificar as coreografias para as crianças mais pequenas, que alternam um e outro pé, que batem palmas em diversos ritmos, que param a olhar para o público, ou que se aproximam da ponta do palco para chamar a mãe: mããão, mããão.

Num instante diferente de todos os outros, o nosso filho entra no palco com os meninos da sua sala. Entram aos pares, vestidos com roupas de diversas partes do mundo. Uma voz amplificada diz "O Natal é a amizade entre os povos". O meu filho, de collants vermelhos, está vestido de inca.

Primeiro, dançam aqueles que formam casais evidentes: incas com incas, escoceses com escoceses, etc. Depois, trocam de par e dançam uns com os outros, depois fazem uma roda, depois dão beijinhos entre si. A Margarida filmou tudo. Após esse momento, tenho dificuldade de me concentrar. As outras crianças também são engraçadas e fazem muitas coisas divertidas, mas conheço melhor o meu filho. O espetáculo termina. A apresentadora informa, relembra, que o infantário estará encerrado no Natal e no fim de ano. Enquanto as luzes se acendem, fico a pensar acerca da razão pela qual se considera "encerrado" como uma palavra mais formal do que "fechado".

O meu ex-colega de faculdade ainda não se foi embora. Não conto à Margarida. Penso que, se não der demasiada importância, o assunto desaparecerá, dissolver-se-á no tempo e terei, talvez, mais alguns anos de esquecimento. Não se resolvendo, resolve-se. Todo o público espera pelas crianças que, à medida que estão prontas, vestidas com as suas roupas, são trazidas ao palco e recebidas pelos pais, irmãos, avós. Há cada vez menos pessoas. O meu ex-colega não se vai embora. Acho que ele já me reconheceu. Acredito que, também ele, sente o mesmo incómodo. Tento lembrar-me daquilo que nos fez zangar. Se me lembrasse, seria mais fácil, menos estranho. Há cada vez menos pessoas. Converso com a Margarida sobre qualquer coisa para fingir que não estou a reparar nele. Ele mexe no telemóvel, acredito que o faz pelo mesmo motivo.

O nosso filho está pronto. Vem de mão dada com um menino que não conheço. Enquanto eu e a Margarida nos aproximamos do palco, ele, fato e gravata, também se aproxima do palco. O nosso filho, que há minutos dançava vestido de inca, deve ter-se esquecido de que é tímido e apresenta-nos o seu amigo. A Margarida cumprimenta o pai, o meu ex-colega de faculdade. Olhamo-nos nos olhos. Nenhum de nós gagueja ou hesita. Sinto a mão dele na minha. Dizemos "muito prazer" e "feliz Natal".

Chamas a crepitarem na lareira

Levantava-me cedo no dia de Natal, acordava as minhas irmãs e, no cimo das escadas, perguntávamos em coro: "Já podemos ir?" Esse era o momento em que a minha mãe acordava. Ouvíamos a pressa dos seus passos e ouvíamo-la dizer: "Está." E, tentando decifrar o som de embrulhos entre os sons daquela hora da manhã, ficávamos sentados num degrau até ao momento em que voltávamos a perguntar em coro "Já podemos ir?", e perguntávamos outra vez, outra, até ao momento em que ouvíamos: "Já podem vir." E descíamos as escadas num alarido de pijamas, eu era o primeiro e, quando entrávamos na sala, sob as luzes da árvore, sob o calor das chamas a crepitarem na lareira, sob o olhar e o sorriso da minha mãe, estavam as prendas que abríamos devagar, uma a uma, para aproveitarmos toda aquela felicidade durante muito tempo.

Passaram muitos natais assim, mas ninguém sentiu o tempo a passar. De repente, tive quatro sobrinhas. De repente, era eu que ficava a ver o meu filho João com quatro, cinco, seis anos a desembrulhar uma prenda, era eu que olhava e sorria porque sabia o que estava lá dentro e porque, momento a momento, imaginava as suas expressões ao descobrir um reflexo de felicidade. De repente, era eu e as minhas irmãs, no andar de baixo da casa dos meus pais, que ouvíamos um coro de vozes infantis a perguntar-nos: "Já podemos ir?" Era eu e as minhas irmãs que encontrávamos embrulhos onde os tínhamos escondido e que dizíamos: "Esperem um bocadinho." Era eu e as minhas irmãs que sabíamos os segredos, que acendíamos o lume na lareira, que ouvíamos passos e pulos a confundirem-se na descida das escadas depois de dizermos: "Já podem vir."

Foi de repente que chegou o dia de hoje. O André nasceu há um mês e é uma criança pequenina que dorme na sua cama. Passei por ele há pouco. Parei-me a ver a sua respiração. As pálpebras serenas sobre os olhos. Quando chegam ao pé dele, as primas e o mano tentam ter cuidado. Ficam a olhá-lo como se fosse um brinquedo e os seus rostos iluminam-se.

Ao olhar para o André, com um mês, a dormir, sei que, tão de repente, chegará o dia em que a sua voz, no cimo das escadas, fará parte do coro que pergunta: "Já podemos ir?" Na penumbra do quarto, olho para os seus lábios fininhos e tento imaginar-lhe a voz. Seguro a sua mão dentro da minha. Existe o mundo e o tempo a unir-nos para sempre. Aconchego o cobertor no seu peito e sei que, de repente, será ele, no andar de baixo da casa dos meus pais, que ouvirá um coro de vozes de crianças a perguntarem-lhe: "Já podemos ir?" Ele dirá "Está quase" e, quando disser "Podem vir", quando as crianças entrarem na sala, talvez eu esteja a olhá-los e a sorrir, feliz, tão feliz, no movimento das chamas a crepitarem na lareira.

Despedida

Todas as pessoas que andam pelas ruas, que dão encontrões no metro, que buzinam no trânsito, já tiveram um ano. As crianças de um ano existem agora e existiram sempre. As crianças de um ano têm chupetas e têm babetes, começam a dar os primeiros passos e nós, ao olhá-las, sabemos que demorará pouco até que comecem a correr. As crianças de um ano olham-nos muito sérias. É um milagre quando dizem uma palavra, ou um bocadinho de uma palavra. As crianças de um ano usam bonés quando há sol, têm sandálias nos pés pequenos. Seguram um balde de plástico quando vão para a praia. Olham muito para os outros meninos. Vestimos-lhes calções por cima das fraldas. Quando lhes despimos as camisolas, as crianças de um ano não gostam do momento em que a camisola lhes passa na cabeça, em que o colarinho lhes fica preso na testa. As crianças de um ano são capazes de chutar uma bola, podem mesmo ser capazes de dizer a palavra "bola". No entanto, as crianças de um ano não são ainda capazes de imaginar o futuro. Não conseguem. Podemos dizer-lhes "Amanhã acontecerá isto", elas ouvem, mas "amanhã" será uma palavra estrangeira. Qualquer um daqueles livros que se compram durante a gravidez confirma isto com gráficos, citações fiáveis e nomes de investigadores, doutores da Califórnia. O fato de as crianças de um ano não serem capazes de imaginar o futuro é, ao mesmo tempo, o seu conforto e a sua angústia. Se, por um lado, a absoluta ignorância acerca daquilo que lhes irá acontecer é uma ausência feita de proteção, por outro lado, perante uma despedida, as crianças de um ano sofrem sem palavras porque não conseguem conceber o regresso da pessoa que parte. Podemos tentar explicar-lhes, dizer "Volta já daqui a duas horas", "Volta amanhã", "Volta na próxima segunda-feira". Podemos tentar muitas coisas sem sentido. Para as crianças de um ano, as despedidas são sempre definitivas.

Quando alguém vai à mercearia, quando sai de manhã para o emprego, as crianças de um ano consideram a sua ausência definitiva. Por um instante ou por instantes alinhados e sucessivos, acreditam que perderam para sempre tudo o que constituía aquela pessoa e que talvez não fosse exprimível por nenhuma palavra, mesmo que possuíssem todo o vocabulário do mundo, mesmo que essas crianças de um ano fossem, por exemplo, o Roland Barthes. Num só dia, as crianças de um ano perdem a mãe muitas vezes, são órfãs muitas vezes: tudo se transforma em nunca mais, as paredes deixam de ser paredes, a luz que entra pelas janelas ganha silêncio, transforma-se na sua crueldade. Os brinquedos repousam mortos no chão do quarto e no chão da sala. As peças abandonadas de legos transformam-se apenas em peças abandonadas de legos. Noutra hora, foram talvez o início de alguma coisa, duas cores juntas, mas deixaram de ser. Passaram a ser apenas objetos sem utilidade, porque todos os objetos perderam a utilidade, porque todos os objetos caem das mãos perante uma despedida definitiva. As crianças de um ano dão passos incertos entre aquilo que ficou para trás. Por quê? "Por quê?" é a pergunta que as crianças de um ano não sabem colocar, é a pergunta a que não sabem responder. Tudo aquilo que fez sentido e que foi certo permanece sem explicação. É na ausência que as crianças de um ano se apercebem daquilo que acreditaram sem consciência e da forma como essas crenças não faziam sentido, como eram enganadoras. A ausência é feita de chumbo, existe dentro do corpo das crianças de um ano e tem o peso do mundo inteiro porque tudo aquilo que é tocado pelo olhar ou pela memória é aspirado para o seu interior. Chovem perdas permanentes sobre as crianças de um ano, como se Deus ou o tempo quisessem mostrar-lhes uma verdade cruel, quisessem habituá-las a essa verdade. Mas as crianças de um ano têm olhos grandes e não se habituam a uma tempestade desse tamanho ou, mais corretamente, demorarão muito a habituar-se.

Se te falo de tudo isto é porque esse é, com exatidão, o mesmo medo que sinto quando sais de perto de mim. Nesses momentos sou sempre soterrado pela certeza de que nunca mais voltarás. E fico entre os livros desarrumados, entre as pilhas de papéis nos cantos da sala, entre tudo aquilo que pousamos sobre a mesa, ou nas prateleiras, ou no chão. E sou um náufrago do apocalipse. Sou o último quando já nada interessa. Eu fui uma criança de um ano, como tu. Se nos tivéssemos encontrado nessa altura, ter-te-ia dado um beijo na face. Os nossos pais ter-se-iam rido e seria uma das nossas gracinhas. Agora, parece-me tão impossível a repetição do que fomos como seria termos novamente um ano. De qualquer modo, tento viver e, por isso, gostava que soubesses que é este medo que sinto. Mas já não tenho um ano e, para mim próprio, ainda tenho de me obrigar a acreditar que talvez leias estas palavras onde estiveres e que talvez, talvez, talvez queiras voltar.

Amor

Ouve. Há dias em que questiono os gestos mais simples. Respirar, o que é? Nesses dias, as metáforas fazem mais sentido do que beber um copo de água. O que é um copo de água? Um copo é feito de vidro e eu não sei de onde vem o vidro, transparente e frágil, duro, exceto perante o chão, exceto perante uma pedra. Alguém lhe deu a forma de copo, esse conhecimento foi ensinado através de gerações, há estranheza em tudo isso: nesse alguém desconhecido, nessa distância. Depois, há a água, essa substância que chove, oposta ao fogo, que atravessa organismos provisórios. Há o próprio ato de beber, que é uma necessidade fisiológica. Em dias como hoje tudo isso é absurdo, falta-lhe sentido, e as metáforas têm muito mais lógica, crescem do ar, ateiam-se num mundo invisível. Se procuro razões, acredito que somos mais importantes do que a nossa pele. Somos mais importantes do que os nossos pulmões. Os nossos cabelos ficam mortos na almofada, há vassouras a varrê-los no soalho. Para nomear aquilo que comunica entre nós, precisamos de metáforas. Sei que entendes o meu inverno, vejo-o no reflexo dos teus olhos e, no entanto, não são os teus olhos que vejo. Falo dos teus olhos apenas porque esta é a linguagem da nossa condição, da nossa espécie, mas aquilo que temos para dizer e nos une é muito maior e mais importante do que a nossa condição ou do que a nossa espécie.

Por exemplo, damos as mãos. O que importa realmente não são as nossas mãos, feitas de ossos que aprendemos nas aulas de biologia, mas sim uma âncora de oceano. Quando damos as mãos, somos um barco feito de oceano, a agitar-se sobre as ondas, mas ancorado ao oceano pelo próprio oceano. Pode estar toda a espécie de tempo, o céu pode estar limpo, verão e vozes de crianças, o céu pode segurar nuvens e chumbo, nevoeiro ou madrugada, pode ser de noite, mas, sempre que damos as mãos, transformamo-nos na mesma matéria do mundo. Se preferires uma imagem da terra, somos árvores velhas, os ramos a crescerem muito lentamente, a madeira viva, a seiva. Para as árvores, a terra faz todo o sentido. De certeza que as árvores acreditam que são feitas de terra.

Por isto e por mais do que isto, tu estás aí e eu, aqui, também estou aí. Existimos no mesmo sítio sem esforço. Aquilo que somos mistura-se. Os nossos corpos só podem ser vistos pelos nossos olhos. Os outros olham para os nossos corpos com a mesma falta de verdade com que os espelhos nos refletem. Tu és aquilo que sei sobre a ternura. Tu és tudo aquilo que sei. Mesmo quando não estavas lá, mesmo quando eu não estava lá, aprendíamos o suficiente para o instante em que nos encontramos.

Aquilo que existe dentro de mim e dentro de ti, existe também à nossa volta quando estamos juntos. E agora estamos sempre juntos. O meu rosto e o teu rosto, fotografados imperfeitamente, são moldados pelas noites metafóricas e pelas manhãs metafóricas. Talvez outras pessoas chamem entendimento a essa certeza, mas eu e tu não sabemos se existem outras pessoas no mundo. Eu e tu declaramos o fim de todas as fronteiras e inseparamo-nos. Agora, somos uma única rocha, uma única montanha, somos uma gota que cai eternamente do céu, somos um fruto, somos uma casa, um mundo completo. Existem guerras dentro do nosso corpo, existem séculos e dinastias, existe toda uma história que pode ser contada sob múltiplas perspectivas, analisada e narrada em volumes de bibliotecas infinitas. Existem expedições arqueológicas dentro do nosso corpo, procuram e encontram restos de civilizações antigas, pirâmides de faraós, cidades inteiras cobertas pela lava de vulcões extintos. Existem aviões que levantam voo e aterram nos aeroportos interiores do nosso corpo, populações que emigram, êxodos de multidões famintas. E existem momentos despercebidos, uma criança que nasce, um velho que morre. Dentro de nós, existe tudo aquilo que existe em simultâneo em todas as partes.

Questiono os gestos mais simples, escrever este texto, tentar dizer aquilo que foge às palavras e que, no entanto, precisa delas para existir com a forma de palavras. Mas eu questiono, pergunto-me, será que são necessárias as palavras? Eu sei que entendes o que não sei dizer. Repito: eu sei que entendes o que não sei dizer. Essa certeza é feita de vento. Eu e tu somos esse vento. Não apenas um pedaço do vento dentro do vento, somos o vento todo. Escuta, ouve.

Amor.

Amor.

As lições da professora

Foi com ela que aprendi a cozer esparguete. Antes disso, não sabia. Já o comia, já conhecia os princípios teóricos da cozedura, podia até opinar acerca das minhas preferências de consumidor, mais cozido, menos cozido, mas havia várias zonas invisíveis na minha construção mental do processo. Se, por acaso, precisasse de o descrever a alguém, optava por enumerar ao detalhe um dos momentos que conhecia melhor, recordados ainda da minha mãe, entretida com alguma ideia, observada por um rapaz de pouca idade, eu pequeno. A sopa de feijão com massa tinha sempre o mesmo sabor, as mesmas folhas de louro. O meu pai gostava muito dessa sopa, lembrava-o da sua própria mãe, minha avó desconhecida. A pasta e a antipasta chegaram muito mais tarde, na Toscana, em Nápoles ou em Roma, ao lado de uma atriz de *Cinema Paradiso*. Mas tudo isso, mãe e Itália, foi muito antes dela. Com ela, haveria de aprender a cozer esparguete e, por consequência, aprender que é tão redentor lavar as marcas de esparguete seco desenhadas na panela.

Foi com ela que aprendi a organizar a minha biblioteca. Conhecia as sugestões de Perec, as ordens alfabéticas, geográficas e físicas, mas desconhecia a minha própria ordem. Tinha a noção errada de um mundo exterior a mim, que existia com independência de mim e que era feito de autores com nome e época. Nas prateleiras, havia milhares de ações aleatórias a acontecerem dentro dos livros que ainda não tinha lido, sombras de espectros. Ao mesmo tempo, também nas prateleiras, havia uma imensidão de pormenores nos livros que já tinha lido, mas que eram demasiado extensos e elaborados para um só cérebro, meu, eu. Uma casa cheia de livros era como uma cabeça confundida com memórias e atravessada por fantasias, impressões e conclusões baseadas nessa mistura. Ela disse-me: isto é isto. E fez tanto sentido.

Foi com ela que aprendi o caminho desde as Antas, freguesia de Paranhos, até ao centro do Porto, Rua de Santa Catarina. Quando tinha o meu Fiat Punto vermelho já me tinham explicado ruas, mas eu deixava de ouvir quando passava um avião ou quando alguma mulher se inclinava na janela a estender roupa. Eram palavras, movimentos no ar, qualquer coisa próxima do vidro, mas sem essa substância. Onde estava eu e onde estavam essas palavras que me eram ditas? Estávamos em lugares diferentes. De certeza que eu tinha cabelos a crescerem-me na cabeça, barba a crescer-me nas faces. Anteontem, ela desenhou-me rotundas na folha de um bloco, desenhou setas com uma esferográfica. A sua voz ergueu pilares a levantarem um edifício dentro de mim. Agora, conheço o Porto até em sonhos, basta que o ponto de partida seja a Rua Costa Cabral.

Foi com ela que aprendi a dançar salsa. Ainda não sei dançar salsa, mas quero aprender e, por isso, é como se já soubesse. Há aquele movimento que ela faz com o tronco, como se fosse atravessada, de cima para baixo, por uma onda, e há aquele sorriso, complementado por aquele olhar. As minhas mãos podem pousar-lhe na cintura ou podem fazer uma forma que coincide com as suas mãos. No mundo inteiro, desde o início dos tempos, nunca ninguém dançou salsa tão bem como nos imaginamos a dançar.

Foi com ela que aprendi o nome da cor dos meus olhos. Camuflados pelo olhar, estiveram sempre aqui. Aquilo que viram dissolveu-se em algum lugar, submergiu-se em algum poço, águas cheias de limos. Agora, a primavera, estação celebrada em tantos poemas, cantada em tantos tons, quer entrar pelo outono adentro. Já começou outubro e ainda só uso camisolas de manga curta. Há luz refletida pelos automóveis de pintura metalizada. A pouca distância, as crianças aprendem as suas primeiras vogais. Eu vejo tudo isso, tenho consciência da alegria. Os meus olhos são testemunhas da manhã através da sua cor. É tão importante que cada pessoa saiba o nome da cor dos seus próprios olhos. Não é preciso enredar-se em definições, nomes inventados por decoradores ou por fabricantes de tintas, basta um bom espelho, limpo.

Foi com ela que aprendi a trabalhar com o Excel. Afinal, não se trata apenas de um labirinto de grelhas, que podem ser preenchidas para fazer quadros e apresentar em reuniões de prestação de contas. Há também a possibilidade de domar a álgebra, transformá-la num gatinho acabado de nascer, sequioso de festas feitas com a ponta do indicador. Para cada abstração, há movimentos concretos que lhe dão forma. Estar de bem com a matemática é estar de bem com a vida. Respirar x vezes por hora é fundamental. Existe paz no rosto esculpido de Pitágoras. E a paz não se troca por nada porque inclui tudo o que é necessário.

Em *La Belle et la Bête*, de Jean Cocteau, atrás da cadeira do monstro, está escrito em latim: "Todos os homens são monstros quando não têm amor." Muitas vezes, dando grandes voltas, tentei encontrar expressão para estas palavras simples que, intuitivamente, sabia que eram o que queria dizer. Se o tivesse feito, não teria sido capaz de entendê-las. Hoje, por fim, consigo. Foi ela que me ensinou. Fomos nós juntos. Temos as mãos dadas.

Porto

Então, eu comia o Porto. Ali à beira do Douro, abria a boca e enchia-a com o Porto. Pousava-o sobre a língua e mastigava-o com cuidado, para não causar estragos na Torre dos Clérigos, no Pavilhão Rosa Mota ou na estátua do leão e da águia da Boavista. Os portuenses haviam de acreditar que o céu da minha boca era um dia de outono nublado e continuariam a fazer a sua vida normal, voltariam para casa à hora certa do relógio de pulso e os autocarros continuariam a subir e a descer os Aliados sem perturbação. O momento de engolir o Porto seria sereno para a cidade e, para mim, seria o instante em que a memória do seu gosto se tornaria efetiva. O Porto não saberia a molho de francesinha, muito menos a tripas ou a vinho doce, teria um gosto composto por múltiplo, intenso e contraditório, composto por perífrase, hipérbole e oximoro. Eu fechava os olhos, claro, para sentir analiticamente o gosto do Porto. Passava bastante tempo assim, o silêncio tinha vagar para rodear-me.

Sentia todo o caminho do Porto através da minha garganta. Haveria de lembrar-me de goles de água no verão, o fresco da água a descer por mim como uma onda de temperança. Nesse túnel, o Porto, com os seus estádios, com o mercado do Bolhão, haveria de fluir imperturbável, mais lento e justo do que um rio grande, atravessado por pontes de ferro projetadas por Gustave Eiffel. Eu não haveria de me engasgar com o Porto, nem sequer me lembraria dessa possibilidade, nem sequer a consideraria. Seria capaz de respirar grandes volumes de ar fresco e limpo, seria capaz de respirar uma tarde inteira ou mesmo uma primavera inteira, uma infância inteira. Para o Porto, esse caminho no interior da minha garganta seria menos do que uma brisa. Talvez alguns portuenses, os mais sensíveis à umidade, subissem a gola do casaco por instantes, talvez quisessem cobrir o pescoço, sentir tecido na pele fina do pescoço. Os carros continuariam a parar nos sinais vermelhos e a avançar nos sinais verdes, continuariam a encaracolar-se pelos caminhos do silo de estacionamento ou, na rua, continuariam a seguir as indicações de um arrumador com barba, vestido com casacos sobrepostos.

O Porto chegava-me ao estômago à hora certa do entardecer. A tranquilidade seria inquestionável. Todos os poetas da cidade haveriam de ter um acesso súbito de inspiração. O meu estômago não precisava de se dilatar, barrigada, para ser capaz de acolher toda a cidade num plano horizontal, nivelado ao milímetro pelos desníveis habituais das suas ruas e avenidas. Quem estivesse a descer até à Foz continuaria passo após passo; quem estivesse a subir até ao Marquês continuaria passo após passo. As gaivotas planariam voltas perfeitas dentro do meu estômago e, assim, seriam capazes de puxar a noite. Chegaria devagar, ao ritmo intermitente das luzes que se começariam a acender na Baixa.

Por acaso simbólico, a absorção começaria precisamente à hora de jantar. As casas, o ar, as ruas, os viadutos, as montras, os jardins, as pessoas, os carros, as palavras, a pronúncia, os monumentos seriam gradualmente absorvidos pelas paredes do estômago. Atravessá-las-iam como uma sombra que fosse progredindo sobre a cidade, como uma maré de nuvens que fosse tapando a lua e as estrelas, uma a uma. Todos os elementos sólidos e não sólidos da cidade, mesmo os invisíveis, transformar-se-iam em carne, na minha carne, no meu sangue a correr pelas minhas veias e a atravessar-me desde a ponta dos dedos, os mesmos que carregam nestas teclas, até às pequenas artérias que irrigam os meus olhos, o meu cérebro. O Porto seria oxigenado pelos meus pulmões, passaria pelo meu ventrículo esquerdo e, depois, pela aorta. A zona das Antas seria uma extensão da minha pele, a Sé também. Quando eu tocasse alguma coisa, quando segurasse um livro ou ouvisse uma canção, só seria capaz de fazê-lo através do Porto. Na verdade, nem eu próprio seria capaz de distinguir-me do Porto. Seria capaz de dizer "o Porto", seria capaz de dizer "eu", mas apenas o faria por preguiça analítica, por mecanismo desonesto de esquematização. Essa mentira seria fácil de desmascarar em cada palavra dita, escrita, em cada silêncio, porque se eu articulasse um som mínimo, seria o Porto que o estaria a dizer; se eu escrevesse uma letra, seria o Porto a escolhê-la; se eu permanecesse quieto, a olhar para a distância e a pensar em imagens de tempos passados, seria o Porto que existiria no meu lugar, a lembrar-se de dias, passados neste ou noutro século.

Amo-te

Talvez não seja próprio vir aqui, para as páginas deste livro, dizer que te amo. Não creio que os leitores deste livro procurem informações como esta. No mundo, há mais uma pessoa que ama. Qual a relevância dessa notícia? À sombra do guarda-sol ou de um pinheiro de piqueniques, os leitores não deverão impressionar-se demasiado com isso. Depois de lerem estas palavras, os seus pensamentos instantâneos poderão diluir-se com um olhar em volta. Para eles, este texto será como iniciais escritas por adolescentes na areia, a onda que chega para cobri-las e apagá-las. É possível que, perante esta longa afirmação, alguns desses leitores se indignem e que escrevam cartas de protesto, que reclamem junto da editora. Dou-lhes, desde já, toda a razão.

Eu sei. Talvez não seja próprio vir aqui dizer aquilo que, de modo mais ecológico, te posso afirmar ao vivo, por email, por comentário do Facebook ou mensagem de telemóvel, mas é tão bom acreditar, transporta tanta paz. Tu sabes. Extasio-me perante este agora e deixo que a sua imensidão me transcenda, não a tento contrariar ou reduzir a qualquer coisa explicável, que tenha cabimento nas palavras, nestas pobres palavras. Em vez disso, desfruto-a, sorrio-lhe. Não estou aqui com a expectativa de ser entendido. Eu próprio procuro ainda essa compreensão. Estou aqui apenas com o meu rosto, o meu olhar parado, a minha figura. Tudo aquilo que tenho para dizer está por detrás dessa imagem. Hoje, esse é o alfabeto com que realmente escrevo, o significado. Escrevo também com uma grande quantidade de elementos invisíveis, que chegam à pele e a atravessam. É dessa forma que sinto aquilo que tenho para dizer, pele e para lá da pele.

Os teus pais vão ler estas palavras, que embaraçoso. A minha mãe, as minhas irmãs e as minhas sobrinhas vão ler estas palavras e vão pensar: passou-se. Consigo imaginar todas essas reações, mas não consigo evitar que este texto continue a dizer que te amo. Sei que os outros apenas nos poderão ver com os seus próprios olhos. Para eles, seremos qualquer memória, qualquer impressão, um reflexo daquilo que eles próprios sabem, personagens de uma espécie de telenovela. A grande diferença é que nós somos nós e temos este agora imenso, este verbo no presente. Talvez fosse mais confortável, se dispusesse de um verbo mais sofisticado, menos gasto: liquefazer, maturar, discernir. Um tempo verbal mais complexo: se eu te tivesse liquefeito, se eu te tivesse maturado, se eu te tivesse discernido. Talvez. Nunca saberei porque aquilo que tenho para dizer é este verbo, este presente do indicativo de escola primária.

Na sua simplicidade, encandeia e, no entanto, diz tão pouco. Mesmo tentando, transmito-lhes pouco ao informá-los que te amo. Não ficam a saber mais do que se lhes dissesse que me alimento, respiro, existo. E não podem sequer ter a certeza de que eu dependa dessas necessidades vitais. Talvez seja melhor assim, continuem debaixo do guarda-sol, do pinheiro de piqueniques, olhem em volta, virem a página. Talvez seja preferível que a imensidão deste momento não os perturbe, que se mantenha onde está, invisível e tão concreta nas cores da paisagem, nomeada por estas palavras que não a dizem e que, no entanto, existem, impressas, pouco ecológicas e, ainda assim, feitas de uma natureza única, a natureza, que nasce da terra, que se estende no céu, sol, lua, oceano, montanhas, que determina o dia e a noite, a passagem das estações, a idade, e que está contida numa só palavra, num só verbo, que abrigo no meu rosto, que é transparente no meu olhar e que agora, aqui, nas páginas deste livro, preciso de dizer. Talvez não seja próprio dizê-lo aqui, mas talvez seja ainda menos próprio escrevê-lo em todas as paredes da cidade, esculpir precipícios com essa verdade ou rasgar o peito com uma faca e, com a ponta dessa mesma faca, gravá-lo dentro de mim, em sulcos profundos, com o tamanho deste agora.

Nitidez

Agora, as gotas de chuva que caem sobre a piscina, espaçadas e imprevisíveis, parecem-me a imagem que melhor descreve aquilo que existe dentro de mim e, no entanto, sei que se me sentasse a imaginar uma imagem concreta para este sentimento, nunca me lembraria desta visão simples, aqui, à minha frente: gotas de chuva a caírem sobre a piscina.

A minha idade irá parar no momento em que partires. Será uma espécie de morte cinzenta. Serás tu que partes, mas serei eu que desapareço. Para onde fores, haverá pessoas, que já existem agora, que respiram. No teu caminho, serão como pontos intermitentes de brilho. Talvez fales para essas pessoas, talvez elas te chamem pelo nome. Para onde fores, haverá mundo e vida. Aqui, continuará apenas esta varanda onde estou: um balcão inútil sobre a paisagem, que se dissolverá numa cor única assim que partires. Sem surpresas, passarei a mão pelo cimento. Essa será uma carícia imaginária e desperdiçada.

Mas isso será depois, quando existirem lâminas em todas as lembranças, incêndios, horas suspensas e irreversíveis. Agora, estou aqui e ainda não partiste. A despedida já começou em cada palavra porque sei imaginar o silêncio, conheço-o. Engano-me a acreditar que só eu conheço o silêncio. Como em tantas outras tragédias banais, a mentira é um consolo, é sobrevivência. E ainda não partiste, eu ainda estou aqui. Dentro de mim, gotas de chuva caem sobre uma superfície lisa de água, misturam-se com ela e perturbam-na desde o seu interior, desenham uma organização impossível de círculos que se alargam e colidem. Agora, o céu triste. Agora, a tranquilidade, gotas de chuva a caírem sobre a piscina.

Aquilo que fiz depois de ler certos livros franceses

1. Memórias de Adriano, Marguerite Yourcenar
Fui andar de bicicleta. Na minha infância e adolescência eu andava bastante de bicicleta. Em pouco tempo, dava uma volta inteira à vila. Não porque tivesse pressa, mas porque tinha energia que precisava de gastar. Quando terminei de ler esse livro, tinha uma bicicleta vermelha, que foi a substituta da mítica bicicleta azul da minha infância. Com a bicicleta azul, fazia cavalinhos, chegava a andar dezenas de metros seguidos com a roda da frente no ar; com a bicicleta vermelha, tirava as mãos do guiador. Sem limite, podia andar o tempo que quisesse sem as mãos no guiador. Caí várias vezes até aprender, por me desconcentrar, por causa de um buraco ou por causa de qualquer coisa. Cair sem ter as mãos no guiador é desagradável. Tirando isso, sempre gostei muito de andar de bicicleta. Trata-se de uma máquina que respeita o corpo e que se adapta a ele, quase perfeitamente. O ato de pedalar é feito de círculos desenhados no ar por todo o corpo. Existe um movimento de ombros específico para cada maneira de pedalar. Depois, como resultado, o vento no rosto. Mesmo em janeiro, inverno mesmo inverno, é melhor apanhar vento no rosto do que não apanhar. Sentir o toque abstrato do ar, essa matéria, é a certeza inequívoca de que estamos vivos. Se estamos a andar de bicicleta, então, é porque estamos mesmo vivos e temos todos os motivos para sorrir.

2. Uma cerveja no inferno, Rimbaud
Entristeci enquanto olhava através da janela do meu quarto. Lá ao fundo, estava a igreja, o adro e as casas que rodeavam o adro, mas eu não via esse desenho, eu apenas olhava na sua direção. Se tocaram os sinos na torre da

igreja, eu não os ouvi. Mais perto, por baixo da janela, estava a tapada. Isso é algo que sei agora, teoricamente, porque, na altura, eu não olhava sequer para a tapada, o meu olhar sobrevoava-a e lançava-se numa indefinição, explodia talvez. Eu tinha entristecido subitamente, mas parecia-me que tinha sido devagar. Tudo me parecia lento, as cores dissolviam-se umas nas outras, os sons entornavam-se uns para dentro dos outros. Não tinha nenhum motivo para a tristeza. Com meio raciocínio chegaria a essa conclusão, mas evitava-o porque não queria perder o sabor daquela tristeza branda, feita de sons e imagens que existiam num lugar muito distante, onde eu nunca tinha estado, mas que recordava, como a memória de todos os lugares que me esperavam. Alguns aonde, agora, já fui, e todos aqueles aonde ainda irei.

3. *Viagem ao fim da noite*, Céline
Fui comer pão com manteiga. Não era exatamente manteiga, era margarina vegetal. Embora mais fiel à realidade, acho que ficava menos bem ter escrito "Fui comer pão com margarina vegetal". Normalmente, na minha casa, chamávamos-lhe, ainda chamamos, o nome da marca. Assim, quando esse ato teve lugar, eu teria dito "Vou comer pão com Planta". O pão estava guardado na caixa do pão, dentro do armário, na porta por baixo da televisão, sobre uma prateleira forrada com papel de embrulho em tons de cor de laranja, com um padrão de quadrados arredondados, algo aproximado de uma estética dos anos setenta. Por preguiça, nesses anos, eu raramente (nunca) cortava fatias de pão com a faca. Abria a porta do armário, abria a caixa do pão, segurava o pão e, com os dedos, arrancava um pedaço que, posteriormente, barrava com margarina vegetal, Planta. Eu tirava sempre um pouco de côdea, gostava e gosto de côdea, mas o pão ficava com formas inusitadas que desagradavam à minha mãe. Embora suspeite, não sei precisar qual a razão etimológica mas, nessa altura, eu não dizia "um pedaço de pão", não dizia sequer "um naco de pão", dizia "um fanaco de pão". Dessa forma, se tivesse encontrado a minha irmã no quintal, acho que era primavera, acho que era de tarde, teria dito "Vou comer um fanaco de pão com Planta". E foi mesmo isso que fiz. Já não me recordo do momento exato em que mastiguei esse pão específico, mas recordo-me de outras vezes e sei, mesmo bem, que sempre foi um prazer imenso estar cheio de (esganado com) fome e comer um pedaço (fanaco) de pão cheio de margarina vegetal (Planta) mal espalhada.

4. *A religiosa*, Diderot

Fui ver se os rapazes que costumavam jogar à bola em frente à serração do meu pai já tinham chegado. Fui na minha bicicleta azul. Nessa altura, a corrente saltava com muita frequência e eu sujava as mãos todas de óleo para voltar a colocá-la. Cada vez que acontecia, eu pensava que tinha de levá-la a alguém que a arranjasse definitivamente, a apertasse. Quando terminava de colocá-la, esquecia-me desse propósito e pensava que, dessa vez, iria ficar mais tempo sem saltar e, depois, quase milagre, iria arranjar-se sozinha. Os quase-milagres custam muito a acontecer. Quando cheguei à entrada da oficina do meu pai, os rapazes ainda não tinham chegado e a corrente da bicicleta saltou quando ia para fazer um cavalinho. Enquanto estava a pô-la de novo, chegou o primeiro e o segundo rapaz. Limpei às mãos à parede. A marca das minhas mãos pequenas, a óleo, esticadas na parede, ficou lá durante vários anos, vários invernos choveram-lhe toda a sua força. Depois, ainda limpei as mãos nas ervas. Continuaram pretas, mas deixaram de estar pegajosas. Éramos então, três rapazes, sem bola, à espera de jogar à bola. Mas não fazia mal porque tínhamos muitos assuntos acerca dos quais podíamos conversar.

5. *O estrangeiro*, Camus

Não vou dizer aquilo que fiz. Tenho vergonha. Não deveria ter, mas tenho. Eu tinha treze anos e estava sozinho no meu quarto. Toda a gente já fez aquilo que eu fiz naquele momento. Se alguém se levantar a dizer que não o fez, tenho pena dessa pessoa. Alguém que sabe muito e que já viveu muito contava-me há pouco tempo que a maioria das coisas que nos acontecem não são escolha nossa. É preciso uma vida inteira, mais de sessenta anos pelo menos, para se fazer esta afirmação com propriedade. Pedindo emprestada a experiência da voz na qual escutei esta frase, acrescento que, se essa falta de escolha existe, então tem de estar presente nos momentos aparentemente pequenos, uma vez que são eles que, sucessivos e constantes, formam aquilo a que, no cume da montanha, chamamos "a vida". Por isso, aquilo que fiz, treze anos, meu quarto, não foi exatamente uma escolha minha, foi uma circunstância. Feitas as contas, tudo é circunstância. Até poderia contar aquilo que fiz depois daquilo que fiz imediatamente após concluir a leitura de *O estrangeiro*, de Camus, mas acredito que isso já não vos interesse tanto. Parece-me que gostariam de saber o que fiz logo depois de ler *O estrangeiro*, de Camus, afinal esse é o título e o pressuposto deste texto, mas isso não vou dizer.

Quase estrangeiro
(A partir do início de *O estrangeiro*, de Albert Camus)

Hoje, a mãe morreu. Hoje é terça-feira, mas passei toda a manhã a acreditar que era quarta. Vontade inconsciente de que chegue o fim de semana. Ainda cedo, arrastei a cadeira sobre o chão da cozinha, o som da cadeira a ser cruel e a lembrar-me mais a minha própria solidão. Sentei-me à mesa e, a partir dos vários cantos da cozinha, poderia ser visto sozinho e único, talvez patético, patético, a comer o meu pequeno-almoço simples, infantil, e a acreditar que era quarta-feira. Agora, quando penso nessa imagem, não consigo evitar uma mistura de ternura e de pena que é, também ela, patética. É como se, agora, acreditasse que não sou o mesmo que, no início desta manhã, aproveitava pequenos silêncios para cismar em assuntos pequenos e, ao mesmo tempo, sentisse que tenho, agora, uma consciência mais total, que sei que não tenho. É estranho e confuso. Depois, sem aviso, o carteiro tocou à campainha. Olhei para o relógio e, antes de abrir a porta, já sabia que era o carteiro. Eram nove horas. No corredor, enquanto caminhava na direção da porta, pensava que poderia ser uma encomenda, pensava também que não conheço ninguém que me envie encomendas, pensava que podia ser uma revista, pensava também que não sou assinante de revistas. O carteiro a sorrir-me e a estender-me um telegrama. Não quis abri-lo logo. Suportei duas frases sobre o tempo, era bom que chovesse, pois é, mas este sol é tão bom, pois é, e fechei a porta. Com a pouca luz do corredor, li palavras que pareciam duplicadas com o pó de papel químico: "Sua mãe falecida. Enterro amanhã. Sentidos pêsames." Caminhei sem pensar até à cozinha. Não tinha força para segurar o telegrama mas não o deixava cair porque era como se fizesse parte da mão.

Sentei-me outra vez na cadeira e fiquei a olhar para aquilo em que pensava. O silêncio era insuficiente para conter aquele instante. Fui ao calendário que, em janeiro, afixei ao lado do lava-loiças, e percebi que hoje é terça-feira. Quase me senti culpado por ter acordado convencido de que era quarta-feira e, inconscientemente, ter apagado da história do tempo o dia em que a mãe morreu. Mas, depois, voltei a sentar-me, reli o telegrama, e percebi que nada me garantia que a mãe tivesse morrido hoje. As palavras que enviaram do asilo apenas diziam que a mãe morreu e que o enterro é amanhã. Não diziam que morreu hoje. Talvez tenha sido ontem.

O asilo fica em Marengo, a oitenta quilômetros de Argel. Às duas horas, parte um autocarro em que enjoo sempre. A estrada de terra seca e de pedras, misturada com o sol aquecido pelas chapas longas de vidro das janelas, misturada com as curvas seguidas, a contornarem montes pequenos que sobem e, logo a seguir, descem e, logo a seguir, sobem e descem outra vez. Chegarei a Marengo ainda de tarde. As ruas vazias. Os rostos por trás das janelas a verem-me e a esconderem-se. Eu a caminhar sem me deter em nada, sem aproveitar nada para pensar. E quando chegar, os corredores e uma sala. Eu sozinho com a mãe. Uma sala vazia com as nossas solidões. A morte e a morte. Uma consciência qualquer a emanar daquelas paredes durante toda a noite. As paredes impolutas do asilo, nada a apontar, perfeitas para receberem a morte e a solidão. A sala enorme e demasiado pequena até para esticar as pernas, esticar os braços, sentir-me à vontade. Pedi dois dias de folga ao meu patrão. Enquanto me ouvia, por trás do silêncio, dizia nos seus pensamentos tudo aquilo que seria exprimir em voz alta. O meu patrão com a cara de um dia em que está tudo mal. Albert Camus, como o escritor. Senhor Albert ou senhor Camus dito pela voz da secretária, no meio de frases, quando falava ao telefone com clientes e fornecedores, quando dizia "O senhor Albert hoje não está", e ele, ao lado, sem se distrair daquilo que estava a fazer. Pedi-lhe dois dias de folga e ele olhava-me com a cara do meu padrinho quando era novo e nunca se tinha sentado na cadeira onde o encontrava sempre nas tardes de sábado em que chegava ao asilo para visitá-lo, quando ainda não tinha morrido. Durante semanas, ganhei coragem para levar uma fotografia do meu padrinho e mostrá-la ao meu patrão, para que visse como eram parecidos, mas o senhor Albert nunca conheceu o meu padrinho e duvido que gostasse de ser comparado com um homem morto que nunca alcançou mais do que um banco singelo de carpinteiro. Acabei por desistir da ideia mas, quando falava com o meu patrão, eram frequentes as vezes em que me lembrava do meu padrinho. Hoje, perante o seu silêncio e o seu olhar gelado numa reprovação, cheguei a dizer-lhe: "A culpa não é minha." Continuou sem me responder e virou a cara para dar atenção a qualquer outra coisa. Essa era a sua maneira de fingir que aquelas palavras não tinham sido ditas. Talvez lhe devesse ter respondido com o mesmo silêncio. Eu não tinha que me desculpar. Afinal, ele nem me deu os pêsames. Talvez se lembre quando me vir de luto, depois de amanhã. Mesmo para mim, agora, é quase como se a mãe não tivesse morrido. Sinto-me estrangeiro à sua morte, como me sinto estrangeiro à forma como a notícia da sua morte alterou a rotina desta terça-feira. Acredito que tudo será diferente quando regressar ao trabalho na quinta-feira, com a memória viva do enterro e mais próximo do fim de semana.

Almocei no restaurante da Celeste. A mesma mesa e a mesma toalha de quadrados. O filho dela a entrar com a mala da escola às costas, a gritar de entusiasmo e a Celeste a abrir-lhe muito os olhos e, sem explicar, a fazer-lhe um gesto súbito para que se calasse. O rapaz não entendeu, mas calou-se e desapareceu na porta da cozinha, por trás do balcão. Enquanto mastigava pão que não se desfazia na boca, desejei que não o tivesse mandado calar. Preferia aquele entusiasmo inusitado de ser criança e de voltar a casa à hora de almoço e de estar sol, do que o tom fúnebre com que a Celeste se aproximou de mim, pousou um prato de sopa à minha frente e disse: "Mãe, há só uma." Quando saí, insistiu em acompanhar-me à porta, insistiu em olhar-me nos olhos mesmo que eu tentasse fugir e esconder-me. Saí atordoado pela certeza não comprovada de que o seu olhar me seguiu até ao fundo da rua e pela certeza de que, ao voltar para o balcão, deve ter dito algo como: "Pobre desgraçado." Tive de ir a casa do Alfonse para lhe pedir que me emprestasse uma braçadeira preta e uma gravata. O seu tio faleceu há uma meia dúzia de meses. Conversamos sobre quase nada.

Tive de correr para não perder o autocarro.

Depois, os solavancos, o sabor da sopa a voltar-me à boca, o cheiro da gasolina queimada, o esforço do motor, os meus olhos encandeados com a estrada e com o céu, os meus olhos a fecharem-se. Dormi durante quase todo o caminho. Quando acordei, estava inclinado sobre o ombro de um soldado. Segurava a boina na mão e sorria-me sem um dente. Perguntou-me se vinha de longe. Sem esperar pela resposta, falou-me longamente sobre a sua terra: uma fonte, um largo, a mãe já velha. Voltou a perguntar-me se vinha de longe. Disse que sim, firme, uma única sílaba, sem sorrir. Disse que sim para não ter que voltar a falar.

A voz que ouço quando leio

Quando leio, há uma voz que lê dentro de mim. Paro o olhar sobre o texto impresso, mas não acredito que seja o meu olhar que lê. O meu olhar fica embaciado. É essa voz que lê. Quando é séria, ouço-a falar-me de assuntos sérios. Às vezes, sussurra-me. Às vezes, grita-me. Essa voz não é a minha voz. Não é a voz que, em filmagens de festas de anos e de natais, vejo sair da minha boca, do movimento dos meus lábios, a voz que estranho por, num rosto parecido com o meu, não me parecer minha. A voz que ouço quando leio existe dentro de mim, mas não é minha. Não é a voz dos meus pensamentos. A voz que ouço quando leio existe dentro de mim, mas é exterior a mim. É diferente de mim. Ainda assim, não acredito que alguém possa ter uma voz que lê igual à minha, por isso é minha mas não é minha. Mas, claro, não posso ter a certeza absoluta. Não só porque uma voz é indescritível, mas também porque nunca ninguém me tentou descrever a voz que ouve quando lê e porque eu nunca falei com ninguém da voz que ouço quando leio.

Perante um jornal, a voz lê-me pedaços de notícias. Começa a ler e desinteressa-se. Rasga pedaços de textos ou de títulos que me lê sem organização. Quando caminho pela rua, a voz diz-me frases pintadas nas paredes, diz-me palavras que brilham em letreiros iluminados. Caminho e a voz vai falando comigo. Não lhe respondo porque não sei como falar com ela. É uma voz de falar. Penso que é uma voz que não ouve. Abro romances e a voz é paciente a explicar-me paisagens que nunca vi, árvores, estradas, horizontes. Quando me fala de pessoas e coisas verdadeiras, volto atrás. Ao repetir-me um texto, a voz detém-se mais em cada palavra. Pronuncia cada sílaba. Para em frases e repete-as porque quer que eu as entenda completamente. Eu, que não sei se entendo, ouço-a, admirado com as palavras. Não foram poucas as vezes que a voz que ouço quando leio me fascinou com palavras que disse. Muitas vezes as suas pausas acenderam imagens no meu interior, nos lugares escuros que transporto dentro de mim e que não conheço. Muitas vezes essa voz iluminou lugares dentro de mim: túneis que não conhecia. Muitas vezes vejo essa voz avançar por eles com uma tocha. Eu sei que a voz que ouço quando leio não tem medo. Eu sei que essa voz me conhece melhor do que eu me conheço a mim próprio. Diante de poemas, a voz caminha por dentro das palavras. Dentro de cada palavra: túneis de palavras refletidas em espelhos à frente de espelhos. Avança por esses túneis de palavras multiplicadas como se desenhasse mapas dentro de cada palavra. Ao fazê-lo, avança por túneis dentro de mim e ajuda-me a desenhar um mapa de mim. Eu ouço-a. Fico a ouvi-la durante horas e tento não esquecer nada porque quero aprender a perder-me menos vezes de mim próprio.

 Não acredito que o meu olhar leia. Às vezes, não acredito sequer que seja o meu olhar que vê aquilo que vejo. Os cegos passam os dedos sobre as letras e leem. Tenho a certeza que também os cegos têm dentro deles uma voz que lhes diz as palavras. Eu passo os dedos sobre as palavras impressas. Sinto-as, mas não as leio assim. Às vezes não acredito sequer que sejam os meus dedos que sentem aquilo que sinto quando toco qualquer coisa fria, quando toco qualquer coisa. A voz que ouço quando leio é mais concreta do que o meu olhar, é mais concreta do que os meus dedos. Às vezes, cada palavra que me lê traz-me memórias, faz-me pensar. Nessas alturas o meu olhar continua pela página, mas deixo de ouvi-la. Num ponto de sono, num ponto indefinido como aquele em que se adormece, começo a ouvir a voz do meu pensamento. O meu olhar continua pela página e, mais tarde, dou comigo diante de um texto que já não entendo. Regresso à voz que lê, mas não a entendo porque, durante uma neblina de momentos, continuou silenciosa, sem mim, muda. Volto atrás, tento identificar o ponto em que a voz dos meus pensamentos se sobrepôs e se tornou única. E, a partir desse ponto, volto a ouvir a voz que lê dentro de mim. Até, de novo, o pensamento; até, de novo, voltar atrás, e a voz a falar para mim; até, de novo, o pensamento.

 Essa voz que ouço quando leio é parecida com a voz que ouves agora ao ler estas palavras. Ou talvez agora estejas a ouvir a voz do teu pensamento. Talvez agora estas palavras não sejam importantes porque o teu olhar desce pela página, faz o movimento de retas, e voltas no fim das linhas. Mas o teu olhar não lê e talvez neste momento não estejas a ouvir a voz que, dentro de ti, te lê estas palavras em silêncio. Por isso, estas palavras não são importantes. Agora, ouves a voz do teu pensamento e estas palavras são nulas, como se não existissem, são palavras que estão aqui impressas, que vão ficar aqui impressas durante muito tempo, mas que não existem porque não as lês. Passas os olhos por elas, mas ouves a voz do teu pensamento. Não lês. Não ouves a voz que poderia estar agora a ler para ti. Eu poderia continuar a falar-te de tantas coisas inúteis, jardins, equações. Eu poderia descrever-te o silêncio com palavras, mas não valeria a pena porque tu olhas para estas palavras, mas não as lês. Enquanto pensas, estas palavras são o silêncio. Eu não sei aquilo em que pensas. Eu não posso saber aquilo em que pensas. Para falar contigo, eu preciso da voz que ouves quando lês. Se queres ouvir aquilo que acabei agora de te dizer, tens de voltar atrás.

Talvez já tenhas percebido que eu não sou eu. Eu sou a própria voz que ouves quando lês. Hoje, pela primeira vez, quero falar diretamente contigo. Quero dizer que existo nestas palavras. Através delas, quero apenas dizer-te que existo. Estou aqui. As palavras que te digo desde que aprendeste a ler, a ouvir-me, são o meu corpo. Eu sou todas essas palavras. Sou as palavras que deixei dentro de ti e que sabes de cor. Sou as palavras que esqueceste. Durante este tempo, disfarcei-me de muitas vozes, de muitos rostos. Sou todos eles, contigo, em ti.

(catorze anos)

Conversa com o João

— Tens razão. Eu tive catorze anos, mas não tive os teus catorze anos. Tive os meus. As dúvidas eram diferentes e, quando é assim, as certezas também variam. Aquilo que tinha para dizer era moldado pelas palavras que conhecia e, claro, por aqueles a quem as dizia. Hoje, quando comparo o que pensava ser com o que acho que era, impressiono-me com o simples fato de ter existido comunicação. Ou seja, com o fato de me dizerem uma frase, de eu lhes responder com outra e existir, de parte a parte, a sensação de um entendimento. Estávamos a falar idiomas distintos, dávamos significados diversos às palavras mais singelas: ba-na-na, sa-la-da, palavras com a vogal que se aprende na primeira semana de escola, por exemplo. Não vale a pena descrever-te os problemas que tinha. Se o fizesse, poderia menosprezá-los porque, agora, já sei que lhes sobrevivi. O rapaz que eu era quando tinha catorze anos não merece que, aqui, longe dele, nós que não temos os seus medos, as suas inseguranças, o minimizemos. Se fôssemos ele, entenderíamos. Mas posso dizer-te que, entre aqueles com quem passava tempo a falar, havia um homem a quem tinha sido amputada uma perna sem anestesia, um pouco abaixo do joelho, havia uma mulher que tinha perdido uma filha, uma menina criança, uma mulher que tinha visto uma filha morrer à sua frente. Não dá sequer para começar a imaginar o transtorno que horas dessas trazem para o significado das palavras. Além disso, claro, falava com a minha mãe, a tua avó, falava com o meu pai, o teu avô, o rosto daquela fotografia que está no corredor. Hoje, surpreendo-me com o fato de as perguntas terem tido resposta. Havia muitas frases a meio. Havia muitas frases interrompidas porque alguém se perdia a procurar uma palavra que não encontrava, ou porque alguém se distraía,

ou porque alguém dizia os substantivos necessários e dispensava artigos, conjunções e preposições. Havia muitas reticências naquilo que dizíamos uns aos outros. Os silêncios eram quase sempre reticências. Talvez cada um de nós enchesse esses silêncios com os nossos próprios significados, com os significados que precisávamos e com aqueles que éramos capazes de conceber. Ainda assim, mesmo com essa neblina, mesmo com a ajuda dos silêncios, impressiono-me com o entendimento das conversas que mantínhamos. Se precisasse de encontrar uma comparação, diria que é como quando eu e o teu irmão jogamos com as raquetes na praia. Ele atira a bola, eu estico-me todo, sem certeza de conseguir alcançá-la, mas consigo, toco-lhe com a ponta da raquete, toc, e, em desequilíbrio, com a ajuda do vento, consigo atirá-la na sua direção, ele faz um movimento com a raquete, que é muito maior do que ele, e consegue acertar-lhe de novo mas, desta vez, lança-a para o outro lado, eu atiro-me, espalhando areia com os pés e volto a conseguir acertar-lhe, ele atira-a muito alta e eu já não consigo apanhá-la. No fim de jogadas como esta, comemoramos porque, normalmente, ele atira a bola, eu não lhe acerto e tenho de ir apanhá-la, eu atiro a bola, ele não lhe acerta e tem de ir apanhá-la, etc. Se esta comparação é verdadeira, não posso deixar dizer que estamos a melhorar, jogamos cada vez melhor, comemoramos cada vez mais. Talvez com as conversas seja também assim, a prática aperfeiçoa, o entendimento vai-se apurando. Mesmo usando palavras de som igual, mesmas sílabas, mas com significados bastante diferentes, talvez seja possível que a prática leve à convergência desses significados. Afinal, o mundo é um único, não achas?
— Talvez.
— Tens razão. Há tantos mundos quantas as maneiras de o olhar e, por consequência, de o entender. Isso é muito evidente quando regresso ao meu quarto de infância e adolescência, aquele onde, com catorze anos, me deitava a pensar, a imaginar. Hoje, se me deito nessa cama, não tenho o mesmo tempo. Se me aproximo da janela e olho a paisagem, aquilo que vejo mudou, mudei eu. Hoje, procuro as ideias que tinha em gavetas cheias de papéis e de pequenas preciosidades minhas, lixo para todas as outras pessoas. Esse passado transformou-se agora numa certeza tênue, em que só eu acredito. Desculpa estar a falar disso.
— Mas...
— Sim, diz.

— Nada.
— Não faz mal, diz o que ias para dizer.
— Ia só perguntar se posso beber mais um copo de água. Ainda tenho sede.
— Sim, claro. Mais alguma coisa?
— Mais nada. Pode ser?
— Sim, filho. O silêncio é permitido.

A outra pessoa

Há vezes em que a outra pessoa é o eixo de tudo o que é possível conceber. Não se pode imaginar para lá dos seus detalhes, a imaginação é menor. Nesse instante, a outra pessoa é uma espécie de Las Vegas. Depois, adormecemos e acordamos a pensar no seu rosto. Mas a outra pessoa não é apenas uma imagem. É um silêncio morno, monstro, a explodir significados que não somos capazes de entender, mas que distinguimos até no centro do nevoeiro mais sólido e que, se for preciso, defendemos até a nossa pele se gastar, até gastarmos a pele e, claro, morrermos.

Há vezes em que a outra pessoa é um conforto brando, que procuramos em dias certos da semana. Chega a sexta-feira e sabemos a quem telefonar, não imaginamos onde andará durante as terças-feiras ou durante o inverno porque, nesses dias, também nós andamos onde ninguém nos pode encontrar, a saltar entre hotéis dentro do passado, como se esses quartos vazios fossem os degraus de uma escada que, na sua reflexão cinzenta, acabará por se dirigir a sermos crianças e velhos, órfãos e velhos. E, no entanto, poderíamos mandar um postal a essa pessoa. Se tivéssemos a sua direção, teríamos frases banais e otimistas para escrever-lhe. Essa pessoa é terapêutica, como as termas. Lavamo-nos com ela, bebemo-la. Essa pessoa terá, certamente, um entendimento das nossas mãos, deixamo-la fazer uso dele da forma que lhe parecer mais correta. A voz dessa pessoa dissolve-se devagar na memória, pode durar anos. Nesse caso, a memória é como um poço.

Há vezes em que a outra pessoa é uma presença que ainda está ali, mas que comparamos com muitas coisas que já não existem. Então, há ainda o cheiro da roupa suja, da transpiração, há ainda as posições embaraçosas, a intimidade, mas existe também o fim óbvio, a distância. Essa pessoa é um ser que olhamos sem piedade, acreditamos que as cores são finalmente nítidas, os contornos são finalmente definidos e, afinal, a única coisa que aconteceu foi que perdemos por momentos a benevolência. Tudo o que antes nos transcendia passa a ser um breve constrangimento no peito porque estamos, de novo, lançados no vazio. Há liberdade que, como sempre, traz coragem e medo, alívio e incerteza.

Há vezes em que a outra pessoa é uma má recordação e, quanto mais tentamos afastá-la daquilo que nos ocupa o cérebro, mais a vemos afixada em paredes e repetida no telejornal. Racionalmente, pela matemática, poderíamos saber que essa pessoa é igual a milhões de outras, há países que só têm pessoas iguais a essa, os traços dessa pessoa seriam indistintos no meio de qualquer multidão, mas nada disso interessa, somos cegos perante essa verdade. Estamos feridos e, por isso, temos pensamentos terríveis. Podemos construir pequenos infernos privados e viver lá durante longas temporadas, fechamos as janelas, baixamos os estores e, em qualquer estação do ano, a temperatura é sempre a mesma. Dessa maneira, tudo o que antes era vida transforma-se em veneno.

Há vezes em que a outra pessoa é nada, é uma máquina para a qual falamos. Dizemos-lhe frases que aprendemos, se faz favor, obrigado, mas não lhe acertamos com o olhar. Se, por acidente ou acaso, a vemos durante um instante, não temos referências ou vontade de lhe dar seja o que for: um grão de curiosidade, um átomo de interesse, o benefício da dúvida. Essa pessoa pode falar-nos com qualquer língua, nunca a iremos entender.

Há vezes em que a outra pessoa é um extraterrestre ou um fantasma que só aparece em fotografias que tiramos por acaso, um foco inexplicável de luz ou uma sombra inexplicável.

Há vezes em que a outra pessoa é todo o infinito que se pode imaginar a partir de um instante preciso, ou de uma certa forma de olhar, ou de algo que se ouviu dizer. Existe paz porque o futuro é tão vago que nada o pode desviar da sua rota de incerteza.

E há vezes em que a outra pessoa somos nós. Então, não sabemos nada, exatamente como em todas as outras vezes.

Dentro dos meus olhos

A minha mãe aparecia e desaparecia. A casa era um labirinto de sombras. O quintal suportava o tempo nos ramos dos pessegueiros. As ruas da vila aproveitavam o descanso. Era um serão do início de setembro, um silêncio morno, a ideia de um lago. Era a véspera de eu fazer doze anos, estava sentado no último degrau da porta do quintal. As fitas caíam-me pelos ombros, cabelos compridos de plástico colorido, tocavam-me nas costas. Eu estava em tronco nu, ombros finos. Se me encostasse, entrava no mundo da casa: a minha mãe a fazer tarefas secretas, a mover-se entre as coisas, debaixo de luzes apagadas; a casa fresca e escura, ângulos negros desenhados no lugar onde sabíamos estarem os móveis. Se me inclinasse: o quintal. Depois dos muros, as ruas da vila. O quintal não suportava mesmo o tempo nos ramos dos pessegueiros, mas parecia. A noite tinha muitas estrelas. Hoje, não me recordo do que tinha feito nesse dia. Os meus amigos tinham nomes. Nesse tempo, eu e os meus amigos passávamos tardes inteiras juntos. É muito provável que os tenha encontrado nesse dia. Se conversamos, falamos do agosto que ainda trazíamos na cor da pele, ou falamos da escola, que voltava a ser possível. Embora me faltem pormenores, aquilo que sei é que, pela memória, sou capaz de regressar àquele serão, 1986, em que estava sentado no último degrau da porta do quintal. O meu pai tinha adormecido havia muito tempo, o seu sono existia dentro de um dos quartos da casa.

Hoje, eu sei quanta serenidade é necessária para que um pai adormeça antes do seu filho. Aqui, onde estou, sei isso. São paredes à minha volta, a seguir está fevereiro, o frio. Para além do som das teclas do computador, o ponteiro dos segundos de dois relógios, alternados, um aqui e o outro ali. Depois das paredes, às vezes, um autocarro, ou silêncio. Este lugar, este tempo, sob o ponto de vista de quem está rodeado de palavras, a escrever, como é o caso, pode ser comparado a estar sentado no último degrau da porta do quintal, na véspera de fazer doze anos. Como nesse dia, se me encostar ou se me inclinar, entro em mundos diferentes. Em 1986, eu estava numa situação que pode ser comparada a estar aqui, agora, em 2009, e isso é extraordinário, conforme se verá.

Uma razão forte para essa admiração é que, aqui, nesta penumbra, paredes, ouço agora uma ambulância, dois relógios, posso imaginar todo o futuro. Essa é uma possibilidade incontestável. Não sei distinguir o possível do impossível, mas sou capaz de imaginá-los a ambos. E talvez a verdade esteja espalhada ou escondida em alguma parte desse infinito. Se isso não é extraordinário, desisto. Impressionante também é o fato de que quase tudo o que aqui disse sobre mim pode igualmente ser dito sobre ti. Também tu estás num hoje em que podes recordar e em que podes imaginar. Sim, tu. Se não conheces a véspera de fazeres doze anos, com a sombra da tua mãe, etc., é porque conheces outra ocasião que apenas tu saberás e que poderás lembrar hoje ou, mais tarde, num dia em que estejas assim, entre memórias e possibilidades. O tempo não passa depressa, mas passa. O quintal nunca suportou o seu peso nos ramos dos pessegueiros. Apenas parecia muito nitidamente que era assim. Às vezes, ainda parece. Existe a precisão geométrica e os registros; no entanto, depois do amor, provou-se que nada tem de ficar como está ou de ser como é.

Hoje, tenho estas paredes à minha volta e a suspeita de que, entre o que sei está já tanto daquilo que serei. O que ainda não está aqui, iniciou já o seu caminho, dirige-se ao ponto onde me encontrará. É assim contigo também. É necessária paz para aceitar esta certeza simples, é necessária uma mistura de ponderação e entusiasmo para sermos capazes de desenhá-la pelos nossos contornos, tanto quanto possível, claro. Isto que parece banal são os desafios que a vida nos coloca. Aqui, neste momento, somos uma espécie de monstro num jogo de computador, carregamos o passado e o futuro, temos uma forma assustadora. E, no entanto, para lá da abstração, este é um lugar normal, aquecido, e, hoje, aqui onde estou, encostado e inclinado, é dia 6 de Fevereiro de 2009, escrevo agora este texto e, às nove horas da noite, passam doze anos sobre o instante em que o meu filho mais velho nasceu.

Noções elementares de mecânica

Uma máquina: aquilo que entra determina aquilo que sai. Se passamos o dia a receber notícias de crimes, assassínios à facada, corpos esquartejados, teremos medo à noite, caminharemos receosos pelos cantos. Até o espelho será olhado com desconfiança. Se passamos o mês de outubro a jogar Tetris, passaremos o mês de novembro a encaixar formas umas nas outras: árvores em nuvens (objetos líricos), prédios em pontes (objetos de betão), ideias em memórias (objetos abstratos), tudo em tudo (restantes objetos). Se passamos 2010 a comer pregos, teremos uma úlcera em 2011.

Somos uma máquina. Temos olhos e ouvidos, complexos instrumentos de captação. Temos a pele inteira, especialmente a ponta dos dedos. E todos os instrumentos podem ser afinados. Há diversos aparelhos de medição dessa afinação disponíveis no mercado. Uns regem-se pelo sistema métrico decimal (desde 7 de abril de 1795), outros regem-se pelas mais diversas escalas. Nenhuma delas é única, nenhuma é mais certa. Ainda assim, tanto em graus celsius, como em graus fahrenheit, existe um só frio. As marcas de tinta apresentam um extenso catálogo de cores e, no entanto, esta frase não precisa sequer de terminar para estabelecer a sua ideia.

Através de olhos, ouvidos, pele, também nariz e boca, recebemos diversos materiais de construção. Caminhamos em direção a eles, procuramo-los com ou sem cuidado. Esses materiais podem ser ordenados por peso, volume, massa e mil vezes etc. São mais ou menos como a madeira, mais ou menos como o ferro, mais ou menos como a água, mais ou menos como o monóxido de carbono. Ao serem apreendidos pela máquina, esses materiais são sujeitos a um processamento de duração variável. A absorção desses materiais tem consequências no próprio mecanismo da máquina. Há resíduos que permanecem nas paredes das válvulas mesmo depois de anos, mesmo depois de lavagens repetidas com toda a espécie de detergentes. Por esse motivo, é imprescindível que se dedique especial atenção a esses materiais, que se faça uma triagem aturada e criteriosa dos mesmos, com base em todo o conhecimento que o nosso tempo acumulou à conta da experimentação. Esse é um sinal do respeito que devemos aos milhões de cobaias caídas no âmbito do desenvolvimento civilizacional que conseguimos atingir.

A exposição a materiais de características determinadas condiciona a capacidade de processamento. Depois de se habituar à circulação de, por exemplo, rochas graníticas, a tubagem terá dificuldade de lidar com materiais de outra natureza, algodão por exemplo, esferovite por exemplo, e irá avaliá-los pelos critérios com que aprendeu a avaliar rochas graníticas. A tubagem será levada a acreditar que, lá no fundo, tanto o algodão como o esferovite são rochas graníticas. São os resíduos de rochas graníticas nas válvulas que impõem esse raciocínio.

A produção da máquina depende, necessariamente, do seu funcionamento. Aquilo que produz, através das diferentes possibilidades de produção que apresenta, será condicionado de forma direta, objetiva e subjetiva, por esse metabolismo. A qualidade do combustível determina as características da ação a realizar, não apenas ao nível da velocidade. Assim, objetos que poderiam ser redondos, nascem cheios de arestas. Picam aqueles que tentam segurá-los na palma da mão. E o contrário também e outro contrário diferente também.

Resumindo, o material escolhido influi no desempenho interior da máquina e, por consequência, nos resultados apresentados. Concretizando, estou a dizer-te: toma decisões, faz escolhas. Os teus olhos pertencem-te. Os teus ouvidos pertencem-te. A tua pele pertence-te. A tua boca e o teu nariz pertencem-te. Por falar na tua boca, muito daquilo que recebes será devolvido ao mundo através daquilo que fores capaz de exprimir. Depois do pensamento, as palavras. Aquilo que souberes será aquilo que dirás. Ao fazê-lo, irás difundi-lo, espalhá-lo, alargá-lo. Alguns princípios de eletrotecnia: se receberes negativo, acumularás negativo nas baterias, ficarás carregado de negativo e, no momento de acenderes uma lâmpada, terás apenas negativo, dessa forma a lâmpada irradiará luz negativa que tocará com negativo aqueles que estiverem expostos à sua luminosidade. Por sua vez, esses acumularão negativo nas suas próprias baterias e, no momento de acenderem uma lâmpada, será esse negativo que terão para dar. E assim sucessivamente até ao fim dos tempos. Ou seja, tens a oportunidade de contribuir para algo que se propagará até ao fim dos tempos. Inevitavelmente, em algum momento, ser-te-ão requeridos conhecimentos de física quântica e será uma pena se, só nessa altura, te aperceberes do tempo e da paciência que gastaste a jogar Sudoku.

Estou aqui

Quando fechas a porta do quarto, deixas de imaginar o teu rosto. No quarto, deitada sobre a colcha da cama, vês a cor do fim da tarde na janela. Os teus cabelos estão estendidos sobre a almofada. O teto é tão grande como o céu e, às vezes, desce sobre o teu corpo e envolve-o. Os olhares dos posters na parede traçam linhas no ar que acabam no teu rosto. Os posters olham para ti mas tu olhas para ele e, agora, enquanto anoitece na janela do teu quarto, ele não está contigo. Tu não sabes onde ele está. Olhas para ele porque o teu olhar está à porta da escola, o teu olhar está no jardim, o teu olhar está na memória das vezes em que se encontraram e em que sentiste o olhar dele parado no teu. Os teus lábios afastam-se, descolam-se lentamente um do outro, quando te lembras das suas sobrancelhas e das suas pálpebras a descerem devagar sobre os olhos. Hoje podias escrever um poema. Levantas-te da cama, procuras o teu caderno. Lês poemas que escreveste noutros dias a pensar nele. Lês o poema que escreveste no dia em que, na aula de matemática, sentiste um papel dobrado que uma mão entregou na palma da tua mão. No interior desse papel dobrado estava o nome dele e estava "gosta de ti". Viraste-te para trás, olhaste para as raparigas que olhavam para ti com um sorriso e fingiste que não te importavas. Essas eram as raparigas por onde o papel tinha passado. Tu conseguiste imaginar cada uma delas a bater nas costas da rapariga da frente e a passar-lhe o papel para o interior da palma da mão. Conseguiste imaginar cada uma delas a ler o teu nome, escrito na parte de fora com letras redondas. Conseguiste imaginar algumas delas a sussurrarem algumas palavras. E fingiste que não te importavas. Sem que a professora visse, mas tendo a certeza de que todas as raparigas viam, rasgaste o papel em vários pedacinhos. Para teres a certeza de que todas viam, para teres a certeza de qualquer coisa que não sabes, levantaste o dedo no ar e disseste à professora: "Posso pôr estes papelinhos no caixote do lixo?" E levantaste-te, e os teus passos foram seguros e não olhaste para nenhuma das raparigas porque fizeste o teu caminho com passos firmes e com um olhar firme. Agora, no teu quarto, gostavas de ter esse papel inteiro. Nunca soubeste quem o escreveu. Gostavas de ter falado com quem o escreveu, gostavas de ter perguntado: "Como é que sabes que ele gosta de mim?"

Caminhas para a janela do quarto. Há muito tempo que te acostumaste a ver tudo aquilo que imaginas na paisagem da janela do quarto. Existes no teu olhar estendido sobre a distância. Estás como se não soubesses que, daqui a pouco tempo, a voz da tua mãe irá atravessar a porta do quarto para chamar-te para jantar. Hoje podias escrever um poema. Aquilo que pensas enquanto o teu olhar se lança da janela do quarto e se estende no mundo, podia ser um poema. Hoje, no entanto, não é dia de palavras. Aquilo que sentes parecer-te-ia ridículo se o visses escrito no teu caderno. Durante um momento, recordas a caligrafia que demoraste tanto tempo a aperfeiçoar. Recordas o dia em que decidiste abandonar a caligrafia que te ensinaram na escola primária. Depois de uma semana, chegaste à escola e mostraste às tuas amigas: "Esta é a minha nova letra." Hoje podias escrever um poema, mas hoje sentes-te sozinha. E é como se o teu quarto estivesse vazio sem ti, como se fosse visto por olhos que não conhecem a sua história. Os olhares dos posters parecem mais frios e a fita-cola que os segura nos cantos parece imperfeita e ridícula. Daqui a pouco, a voz da tua mãe chamar-te-á para jantar. O que irás fazer à tua solidão? Ao entrares na cozinha, ao contares os talheres para o jantar, ao tirares os pratos rasos do armário, a tua solidão será qualquer coisa que se transformou. Dentro de ti, a tua solidão será qualquer coisa sufocada pelas vozes da telenovela. Diante do prato, encherás o garfo de comida como se assim cobrisses a tua solidão. Agora, olhas pela janela e consegues vê-lo lá longe. Amanhã irás vê-lo na escola, mas, antes de amanhã, terá de passar este tempo longo em que te sentes sozinha. Não tens a certeza de que este tempo longo vá terminar. Não tens a certeza de que, quando estiveres com ele, consigas aproveitar esse instante. Sabes que irão passar horas até que estejas um instante com ele. Sabes que irão passar horas até que passes no corredor e ele, encostado a uma parede, a segurar o dossier, olhará para ti. E será esse o instante em que estarás com ele. E é esse instante que imaginas agora, enquanto olhas pela janela do teu quarto, enquanto te sentes tão sozinha.

    Tu sabes que o tempo passa pelo peluche que te deram quando eras pequena e que adormeceu há anos num canto do quarto. Mas, neste anoitecer que será interrompido pela voz da tua mãe, tu não sentes o tempo a passar. Ao mesmo tempo, sabes que o tempo passa muito depressa sobre o caderno dos poemas. O tempo passa muito depressa. Tens medo que o tempo passe muito depressa por ti. Tens medo que não sintas o tempo a passar. Esperas a voz da tua mãe a chamar-te para jantar e tens medo que apenas se repita o silêncio e o silêncio, fechado nas gavetas da mesinha de cabeceira, o silêncio, rente à alcatifa, debaixo da cama, no bolso de um casaco que está guardado no armário, mas que nunca mais usarás. O silêncio. Para lá da janela do quarto, o teu olhar como uma brisa a atravessar as ruas desertas. Sentes-te sozinha, sentes-te tão sozinha. Gostava de dizer-te que estou aqui mas, em vez disso, fico apenas a ver-te, invisível, sem voz.

Passávamos tardes inteiras abraçados

Por onde andas, Rod Stewart? Aquele toquezinho de rouquidão a desbastar arestas de palavras estrangeiras era um mistério de conforto. Da mesma maneira, aquela tranquilidade nasal do Phil Collins acalmava-nos, dava-nos confiança no futuro, no desconhecido imenso. Phil, estás a ler estas palavras? Se alguém conhecer o Phil pode, por favor, dizer-lhe o quanto ele era importante para nós?

Tenho quase a certeza de que, àquela hora da tarde, longe dali, havia cassetes vhs do Top Gun a serem rebobinadas, mas nós estávamos na escola, esperançados que a professora faltasse. Após a sequência automática de segundos nos relógios de pulso, a estridência do toque atingiu-nos e, sem professora, livros, alguém baixou imediatamente os estores da sala de aula e outro alguém tirou um gravador da mochila. Era um desses gravadores que, em casa, usávamos para ler os jogos do 48k, ZX Spectrum, load aspas aspas. Tínhamos pilhas quase novas e cassetes cheias de slows gravados da telefonia. O privilégio de escolher a música era dado à dona do gravador. Nós andávamos no oitavo ano e, assim que chegava o Lionel Richie, ganhávamos magnetismo no peito. De repente, tínhamos pressa. Na penumbra, os rapazes corriam de braços estendidos para as raparigas.

Agarrávamos com firmeza o par que nos calhava. Respirávamos fundo o ar trágico, sério, que a música nos oferecia, fechávamos os olhos e começávamos a dançar. Uma dobra de joelho e um passo de dois ou três centímetros, outra dobra de joelho e outro passo de dois ou três centímetros, sempre à volta, como um parafuso em câmara lenta. Ou, em alternativa, sem sair do lugar, apenas as dobras de joelho, uma, outra, outra, etc. Mas essa não era a parte importante. Aquilo que mais contava eram as faces coladas, a pele dos rostos a tocarem-se, era a cabeça dela a encontrar a sua forma exata na curva entre o ombro e o pescoço, eram os cabelos dela. Aquilo que mais contava eram as mãos dadas, a temperatura das mãos, eram as mãos pousadas sobre o fundo das costas dela, a cintura, ou as mãos dela à volta do pescoço. Aquilo que mais contava, aquilo que contava eram os peitos colados, cada respiração, cada suspiro. No fim das canções, havia as frases interrompidas de algum locutor de rádio, palavras interrompidas, quem tinha gravado não tinha sido capaz de carregar a tempo no stop: "Foi mais um suce", ou "Chegamos assim ao sinal das qua". Essas meias frases não nos incomodavam, conhecíamo-las de cor. Noutros momentos, noutros lugares, se ouvíamos essas canções sem essas frases, estranhávamos a sua falta. Ali, abríamos os olhos ligeiramente e estávamos entre carteiras e cadeiras afastadas, sobre o pontilhado de luz que atravessava os estores semicerrados e nos cobria.

No fim de cada período, antes do Natal, antes da Páscoa, antes das férias grandes, ficávamos sentados em bancos baixos, cubos almofadados, a beber Pisang Ambon em pequenos goles e a pousar o copo em mesas de vidro que nos davam pelas canelas. Antes, à entrada, para poupar duzentos escudos, tínhamos de encontrar uma rapariga e pedir-lhe para entrar com ela. Se chegávamos cedo, assistíamos à abertura da pista, sons misturados, excertos do anúncio do Old Spice e músicas conhecidas, vozes de robot e solos de bateria, acompanhados por todos os efeitos de luzes a funcionarem ao mesmo tempo. Um pequeno grupo de destemidos ou barraqueiros descia à pista, toda a gente olhava para eles. Ao fim de algum tempo, a pouco e pouco, havia outros que começavam a acompanhá-los. Dez ou quinze minutos e já se podia dançar. Então, quando toda a gente andava aos pulos, de repente, prolongava-se uma nota solene e as máquinas começavam a soprar fumo sobre a pista.

Podia haver uma recusa, duas no máximo, mas à terceira, era quase certo que se arranjava par. As luzes escureciam sobre nós. As músicas ganhavam a intensidade do volume. Em momentos ensaiados, sutis e indisfarçáveis, os corpos podiam apertar-se um de encontro ao outro. Havia transpiração, os cabelos dela colavam-se ao rosto e, enquanto dávamos voltas, lentas ou sem tempo, não havia mais mundo, apenas aquele centro incandescente e a certeza de que chegaria um dia em que toda aquela promessa de felicidade se cumpriria sem limites.

Helena

Desde o início do ano que olhava para ela. Quando passava nos corredores do liceu, ia sozinho e olhava para ela. Ela olhava para mim e, como estava com as amigas, ria-se. Quando estavam juntas, riam-se sempre. Se estivéssemos no pátio, eu podia estar muito longe, elas podiam nem me ver, mas estavam sempre a rir-se. Elas riam-se de tudo. Eu quase entendia aqueles risos que me eram proibidos. Entre as amigas, ela era diferente. Eu conseguia deixar de ouvir os risos das amigas, apagá-los, e ouvir apenas o riso dela. Uma fonte na primavera. Muitas vezes, nas aulas de história, eu escrevia o nome dela nas margens dos cadernos: Helena.

    Foi numa festa de anos. Foi num domingo. Entre os outros rapazes e raparigas, olhamos um para o outro. Com um copo de plástico na mão, aproximei-me dela. Os passos a levarem-me. Nesse caminho de três ou quatro passos, pensei muito no que iria dizer, cheguei perto dela e disse "olá". Eu quase que não acreditava no som da palavra que dizia. Olá. Esperei impaciente que ela dissesse alguma coisa. Momentos intermináveis. Ela respondeu, "olá". E sorriu. A partir desse momento, as outras pessoas começaram lentamente a desaparecer. Lembro-me exatamente da roupa que ela tinha. Começamos a falar e não sabíamos o que fazer com as mãos. Quando falávamos, olhávamos para as mãos. Depois de muito tempo, os nossos olhares cruzaram-se enquanto sorríamos. Voltamos com o olhar às mãos. Depois, houve um instante em que os nossos braços se tocaram **muito** levemente. O tempo passava tão devagar naquele canto da sala. Na janela, **a** luz começou a escurecer. Acenderam as luzes e a música do gira-discos tornou-se ridícula porque a lâmpada do teto iluminava as poucas pessoas que andavam sozinhas pela sala e iluminava a mesa com restos de bolos, migalhas e copos de plástico vazios. Quando cheguei a casa, deitei-me sobre a cama do meu quarto e repeti o seu nome só para poder ouvi-lo: Helena.

No dia seguinte, no primeiro intervalo, procurei-a nos corredores. Encontrei-a no pátio. Estava com as amigas. Estava o sol que há sempre no terceiro período, depois das férias da Páscoa, quando os dias desaparecem na direção do último dia de aulas. Passei por ela e sorri. Continuei a caminhar. Os meus passos tropeçaram no som dos risos delas atrás de mim. Nessa noite, no meu quarto, sentei-me a escrever-lhe uma carta. No papel, eu podia escolher as palavras que diziam aquilo que sentia: o amor. Era uma palavra que eu escrevia: amor. Diante dos correios, antes de ouvir o som do papel, a carta a cair entre as outras cartas, olhei para o envelope: eu frágil. Com a minha caligrafia, sobre a direção dela, o seu nome: Helena.

Depois, quando a via no liceu, procurava uma mudança no seu olhar. Ao chegar a casa, eu, que nunca tinha correio, corria para perguntar à minha mãe se tinha recebido alguma carta. A minha mãe estranhava e dizia que não. Passaram-se os dias. O ano chegava ao fim, os exames. Ela continuava. As amigas, os risos. Eu passava sozinho pelos corredores, pelo pátio. Já não perguntava à minha mãe se tinha recebido cartas. Chegava a casa, deitava-me sobre a cama do meu quarto e acreditava que nunca recuperaria daquela desilusão. Numa dessas tardes, a minha mãe bateu à porta. Ainda do outro lado, ouvi a sua voz a dizer recebeste duas cartas. Saltei da cama, abri a porta, tirei as cartas da mão da minha mãe e olhei para os dois envelopes. O meu nome estava nas duas cartas, a minha morada também, mas as cartas não eram dela. Uma chegava de Trás-os-Montes, a outra chegava do Algarve. Abri os dois envelopes e ambas respondiam à carta que eu tinha escrito. As caligrafias eram diferentes. A primeira tinha duas folhas escritas de um lado e de outro com letra miudinha. A segunda tinha apenas uma folha com letra muito redonda. Em ambas estava escrito que gostavam de me conhecer. Segurei os dois envelopes e, sobre cada uma das direções, Trás-os-Montes, Algarve, estava escrito o mesmo nome: Helena.

No dia seguinte, respondi às duas cartas. Diante dos correios, imaginei aqueles dois envelopes a separarem-se e a percorrerem o país em direções opostas. Nesse dia, à tarde, estava deitado sobre a cama do meu quarto, pensava naquele mistério, quando a minha mãe bateu à porta. "Tens correio."

Abri a porta e a minha mãe entregou-me três envelopes: um do Porto, outro de Lisboa e outro de Coimbra. Li as cartas muito depressa para poder ler a seguinte. Quando acabei de ler a última, voltei a relê-las. Respondi a todas. Nos dias seguintes, em todos os dias que se seguiram, continuei a receber cartas que respondiam àquela onde eu tinha escrito os sentimentos que sentia. Em todas estava escrito que gostavam de me conhecer. Eu respondia a todas. As primeiras cartas chegavam do Alentejo, das Beiras, da Madeira, dos Açores, do Minho. Depois, chegou a primeira carta do Brasil. Chegaram cartas de Angola, Cabo Verde, Moçambique, São Tomé e Príncipe, da Guiné-Bissau. Chegaram cartas de Timor. No último dia de aulas não fui ao liceu porque os professores não marcavam falta e eu tinha muitas cartas para responder. Durante as férias do verão continuaram a chegar cartas. Em julho, chegou a primeira carta de Espanha. Depois, chegaram cartas de Itália, da Finlândia, da Polônia, da Grécia e de toda a Europa. A primeira carta de Macau chegou em Agosto. Chegaram cartas do Japão, da China, dos Estados Unidos, do Canadá, do Botswana, da Namíbia, da África do Sul, da Venezuela, da Argentina e da Austrália. Chegaram cartas de todo o mundo. Chegaram cartas em línguas que eu não entendia e chegaram cartas em alfabetos de que eu nunca tinha ouvido falar. Sobre cada uma das direções, sempre o mesmo nome: Helena.

Entramos para universidades diferentes e nunca mais a voltei a ver. Às vezes, pergunto-me se ainda será tão bonita. Continuo a receber cartas. Tento responder a todas. Sobre a direção, escrito por muitas mãos diferentes, aquele nome inesquecível e infinito:

Helena.

Um dos meus ossos

Agora, parece simples, parece uma história que se conta. No mesmo lugar desse passado, estão os fins de tarde imensos, está todo o mês de julho, está o caminho entre a minha casa e a venda, feito sempre ao rés da parede. Eu tinha doze, treze anos e, entre outras coisas, assistia a matinês do Bruce Lee no salão da Sociedade Filarmônica, roubava laranjas em hortas, assistia infinitamente a jogos de matraquilhos. Eu corria na equipa de atletismo da Casa do Povo, tocava na banda filarmônica, estava integrado. Durante a semana, acordava um pouco antes das sete e apanhava a carreira para a escola: o cheiro dos bancos de napa, as vozes, as gotas a caírem em linhas nos vidros embaciados. Ao fim de semana, acordava quase à mesma hora: a cegueira dos desenhos animados, a Abelha Maia.

Eu era um rapaz concreto de doze ou treze anos. Existia no espaço, movimentava-me. Quem falasse para mim receberia resposta. Foi com essa idade que, subitamente, os espelhos se tornaram nítidos. Antes, os espelhos eram uma janela para fazer caretas ou, na maior parte das vezes, eram uma superfície de cores baças e aleatórias. Então, de repente, tornaram-se nítidos. Estou a falar de 1985, 1986. Num desses anos, através do já referido espelho e da comparação, balneários, mergulhos na barragem, descobri que o meu peito não era igual ao dos outros rapazes da minha idade. No esterno, mesmo no osso, tinha uma dobra, o lado direito era mais alto. Também desse lado, algumas costelas pareciam não ter a forma perfeita, e não tinham mesmo, ainda não têm.

Com essa idade, chegar a essa conclusão foi comprovar algo de que começava a suspeitar: a minha diferença. Agora, parece simples. Na época, era um peso, era uma espécie de noite. E, nesse tempo, eu conhecia as noites negras dos campos, as sombras na tapada atrás da nossa casa. Nos anos que se seguiram, desenvolvi diversas teorias. O meu único método de pesquisa era a observação. Nos jogos da bola, a andar de bicicleta, sentado nos tanques públicos, evitava tirar a camisola. Eu era muito magro. A minha mãe dizia que até se me conheciam as veias. A minha mãe. Ela tinha de saber. Antes e depois dos almoços de domingo, havia momentos em que ficava a olhar a minha mãe como se, com esse silêncio, lhe perguntasse a razão da minha diferença. Eu sentia que, entre nós, havia um segredo, que era como uma torre de pedra. A minha mãe era a pessoa que me conhecia desde o começo do mundo, desde que nasci do seu interior, durante os primeiros anos, durante tudo o que esqueci ou que não soube ver.

Na única vez que contei a alguém, teria uns quinze anos. Esse rapaz não guardou o segredo. Acabamos por brigar ao lado e em cima da mesa de snooker do café. Ele mordeu-me o mamilo com toda a força, as marcas dos seus dentes demoraram vários meses a desaparecer.

Quando deixei de poder adiar a inspeção militar, tinha já vinte e dois anos. Quartel da Ajuda, Lisboa. Durante dois dias, fardas, pessoas e corredores muito diferentes daqueles que eram mitificados pelos rapazes que, quando eu era pequeno, chegavam das sortes. Ainda assim, tive direito a tudo. Eu estava nu, em pelo, em fila, o médico percebeu que o meu peito era diferente e perguntou-me se respirava bem, se tinha dores. Nervoso, respondi que sim e que nunca tive dores. O médico não disse nada, não comentou, mandou-me seguir. Quando passei à reserva territorial, achei que tinha sido por causa do osso do peito.

E aconteceram muitas coisas. Nasceram e morreram pessoas. Parte da natureza de avançar é o afastamento. À medida que nos afastamos, passamos a depender da memória. A memória do frio não é o frio. A memória é um dos pilares da humanidade e da existência, mas a memória do frio não é o frio. Talvez por isso, os anos trouxeram alguma erosão sobre esse peso, essa noite. Mas nunca esqueci. Já depois dos trinta, ainda olhava a minha mãe com a mesma pergunta. Foi assim até ao ano passado. Numa tarde, em casa, vi uma reportagem na televisão sobre uma doença rara que distorcia os ossos e que causava manchas na pele. Suspeitei de umas pequenas pintinhas nos dedos, anotei o nome da doença num papel e marquei uma consulta. Em menos de dez minutos, o médico disse-me que não era nada. O maior trauma da minha adolescência não era nada. Suspirei. Para a libertação ser total, faltava-me falar com a minha mãe. Assim que a vi, esquecendo anos de silêncio, perguntei-lhe. Ela olhou para mim sem entender e disse: o quê?

Tens o que no peito? Estás a falar de quê?

Deus, anda cá

Afinal, não era preciso chamá-lo. Já cá estava.

Eles dizem que Deus vê tudo o que fazemos. Vê o obsceno, vê o repugnante, vê o miserável. Deus vê o invisível. Se existir céu e inferno, fico contente por ti, mas, por mim, sinto um certo receio. Repara, eles não dizem que Deus vê algumas das coisas que fazemos, não dizem que Deus vê apenas aquilo que é mais interessante ou suscetível de ser considerado na equação céu/inferno. Não, eles dizem que Deus vê tudo o que fazemos: tudo. Quando dormimos, Deus olha pacientemente para nós. Já olhei para ti enquanto dormias. Compreendo que Deus não se canse de fazê-lo. Também quando esperamos, Deus assiste à nossa espera. Também quando lavamos o carro numa estação de serviço.

Também quando passeamos no jardim ao domingo.

Ainda assim, quero pedir-te que não imagines Deus como um velho reformado, sem vida própria, submerso em memórias, sozinho, sentado num cadeirão gasto, a ver televisão numa sala com os estores corridos. Nada é assim tão simples. Nem mesmo esse velho reformado é assim tão simples. Deus não vê apenas, Deus sabe. Ao contrário de mim, Deus não se detém perante o teu rosto, tentando perceber se queres ou não queres, se gostaste ou não gostaste, tentando perceber o que significa aquilo que dizes e aquilo que insistes em calar. Deus sabe a distância precisa entre a ponta do teu nariz e o *z* desta palavra: nariz. Sabendo tudo, Deus sabe muita informação desnecessária. Sabe tudo o que sabemos e tudo o que não sabemos. Quando estamos errados, Deus sabe detectar o erro, sabe corrigi-lo e sabe todas as possibilidades de resolução do problema, sem erro, com erro e com todos os erros possíveis.

Deus é muito mais exato do que a matemática.

Melhor do que nós, Deus consegue entender a razão de cada gesto porque conhece todos os pormenores da sua história e relaciona-os através da verdade. Deus consegue ver o passado com a mesma nitidez absoluta com que olha o presente. Nas grandes multidões, nos apertos antes da entrada nos estádios, nos concertos, eles dizem que Deus está lá a seguir cada pessoa e, para a atenção de Deus, cada um desses indivíduos é um mundo inteiro e completo. Eles dizem que Deus só pensa em nós. Passa todo o tempo a ver-nos por dentro e por fora. Testemunha cada episódio da luta que travamos com os nossos instintos, com os nossos impulsos e com os impulsos que surgem no nosso caminho. O nosso caminho não é uma estrada. Não sabemos o que é. Às vezes, parece que Deus nos colocou aqui como ratinhos num labirinto e, enquanto tira notas, espera que encontremos a saída. Nascemos um dia.

Chegamos de onde não sabíamos nada.

E, consoante o que encontramos, fomos aprendendo. Eles dizem que Deus assistiu a todos esses momentos. A sua mente não divagou, não se desinteressou. Eles dizem que Deus nos vê desde o início, desde quando não sabíamos nenhuma palavra. Eu também te vi quando ainda não sabias nenhuma palavra. Eles dizem que Deus nos viu nascer. Eu também te vi nascer. Essa é uma das experiências que partilhei com Deus. Sabes, apesar de estarem quase a passar doze anos sobre esse momento, também eu o consigo ver ainda com nitidez absoluta. Acredito que nunca se apagará de mim. Ao contrário de Deus, eu sempre andei longe, o meu olhar foi espaçado, mas acredita, filho, nunca te esqueci, nunca deixaste de ser parte de mim. Não foi por querer que não pousei o cobertor sobre o teu peito antes de dormires, não foi por querer que não brinquei contigo assim que acordaste. Demorará até que entendas, mas esperarei o tempo que for necessário. Se Deus é pai como eles dizem, então deixa-me contar-te um pouco do amor que Deus tem por ti: Deus acredita que o amor que sente por ti é maior do que ele próprio, Deus acredita que os lugares onde está não são todos porque tem a certeza de que o amor que sente por ti é maior do que todos esses lugares, Deus acredita que não sabe tudo porque o amor que sente por ti é maior do que tudo.

Sendo teu pai, Deus também é teu filho, filho.

O, esta era a forma do sinal

No dia 18 de Abril de 1990, acordei às cinco e meia da manhã. O after-shave do meu pai tinha um cheiro enjoativo. A minha mãe era muito mais gorda do que é hoje. Talvez o meu pai nos estivesse a apressar, isso já não me lembro. Lembro-me da sua voz.

Nesse tempo, quando saíamos, a nossa cadela vinha a correr atrás da camioneta pelas ruas da vila. Corria até o meu pai conseguir acelerar o suficiente, o que só acontecia quando chegávamos à estrada de Avis. A minha mãe olhava para trás e afligia-se. Depois, vínhamos a saber que, nesses dias, a cadela ia procurar a minha mãe aos lugares aonde ela costumava ir habitualmente. Era assim que a minha madrinha sabia que tínhamos ido a algum lugar. No dia 18 de Abril de 1990, íamos a Lisboa.

Na época, a estrada que ligava a Aldeia Velha a Cabeção era de terra e tinha grandes buracos. A cada solavanco, pulávamos na cabine da camioneta. Era de noite, madrugada, e havia lebres que se atravessavam, disparadas à frente dos faróis. A minha mãe sobressaltava-se. A minha mãe era uma menina, nervosa. Íamos a Lisboa para ela tirar o sinal. Quando eu era pequeno, chamava-lhe "o cuzinho". Era um sinal que lhe crescera no peito, por baixo do pescoço. Ela não deixava que ninguém lhe mexesse. Quando alguém se aproximava para tocar-lhe num fio ou perto do pescoço, ela tinha o gesto automático de proteger o sinal.

Num instante, a camioneta acertou numa lebre. O meu pai saiu e eu saí atrás dele. A lebre, estendida sobre a terra, estava quase morta, respirava depressa, era um bicho ferido e desconsolado. O meu pai levantou-a no ar pelas orelhas e acertou-lhe por duas vezes com o punho fechado por detrás da cabeça. Fui buscar um saco de plástico e guardamo-la atrás do banco. Estava boa para comer.

A minha mãe não concordou. Enquanto protestava, eu e o meu pai partilhávamos alguma coisa que era maior do que o silêncio. O dia haveria de começar a nascer. Lisboa aproximava-se de nós. A minha mãe temia pelo sinal porque tinha aparecido sem aviso e, ao longo dos anos, tinha crescido, tinha mudado de cor. Quando o médico lhe disse para o tirar, conformou-se.

No dia 18 de Abril de 1990, Lisboa era maior e muito mais confusa. Tinha mistérios. Era já de manhã quando estacionamos nas traseiras do Hospital Curry Cabral. A minha mãe despediu-se de mim e eu, sem palavras, desejei-lhe boa sorte. O meu pai acompanhou-a. No rádio da camioneta, sintonizei um posto onde falavam do Benfica. Entretive-me a ver passar os comboios e foi nesse tempo que comecei a ter comichão.

Quando o meu pai voltou sozinho, foi ele que descobriu que eu tinha as pernas cheias de pulgas. A lebre. Quando o corpo arrefeceu, as pulgas começaram a abandonar-lhe o pelo. O saco de plástico foi fraco protetor. Juntos, tivemos de esfolá-la ali, nas traseiras do Hospital Curry Cabral. Tive de despir as calças e o meu pai catou-me as pernas. Não sei onde a minha mãe estava, imagino que estivesse anestesiada, num lugar branco.

À hora de almoço, estava pronta, mas um pouco despassarada. Tinha um penso no lugar do sinal. Pedi-lhe que me mostrasse, mas não quis. Apanhamos o metrô e fomos comer um frango ao Bonjardim, nas Portas de Santo Antão. O meu pai pedia sempre picante. Eu e a minha mãe bebíamos Coca-Cola. A minha prenda nesse dia foi um alfinete com o emblema do Benfica.

A camioneta sentiu alívio ao ver-nos. Ainda estava estacionada no mesmo sítio, à nossa espera. Atrás do banco, dentro de um saco de plástico novo, estava a lebre esfolada. Fizemos o caminho de volta, cheios de Lisboa. As estradas, as histórias do meu pai, a fonte onde parávamos sempre para beber água. Horas depois, quando chegamos a casa, a nossa cadela estava à porta. Quando viu a minha mãe abanou a cauda amputada e mijou-se às pinguinhas. Era uma cadela muito sentimental.

Ouvi o relato no meu quarto, numa telefonia verde que tínhamos. A menos de dez minutos do fim, o angolano Vata marcou um golo espetacular com a mão. No Estádio da Luz, o Benfica apurou-se para a final dos clubes campeões europeus. Tive vontade de ir ao terreiro, mas já era tarde. Em vez disso, apanhei alguma coisa bicuda e marquei a data de 18 de Abril de 1990 na parte de trás do alfinete com o emblema do Benfica, o mesmo que agora seguro na palma da mão.

Cabine telefônica

Se me lembro imediatamente das noites de maio e junho é por um capricho da memória. Na verdade, nós passávamos todas as noites, todas as estações, todos os meses, de janeiro a dezembro, à volta da cabine telefônica. No inverno, quando chovia, encostávamo-nos à parede da cooperativa, a poucos metros da cabine, e ficávamos abrigados pela varanda. No verão, chegavam os emigrantes. Passavam horas à volta da cabine a contarem histórias para nos impressionarem, e a impressionarem-nos mesmo. Se me lembro logo das noites de maio e de junho é porque a minha memória as selecionou entre todas as outras, utilizando a lógica incompreensível da própria memória, aproximando-se daquilo que é mais confortável, fugindo daquilo que custa mais, vagueando entre aragens.

À noite, no terreiro, a cabine telefônica era o ponto mais iluminado. As suas luzes eram de um branco que não existia em mais nenhum lugar da vila. Nas ruas, as lâmpadas dos postes eram amarelas, tocavam a escuridão. A luz da cabine telefônica era muito diferente. Depois de jantar, quando nos aproximávamos, a cabine telefônica parecia qualquer coisa que poderíamos ter visto na televisão. As letras onde estava escrito "Telefone" não tinham imperfeições, não tinham linhas a saírem dos contornos, eram absolutamente retas nas partes retas e redondas nas partes redondas.

Mesmo muitos meses depois de ter sido instalada, a cabine telefônica não tinha qualquer risco ou sujidade. Aquele era um lugar que todas as pessoas da terra estimavam, como poderiam estimar um relógio antigo ou qualquer objeto precioso. Muitas vezes, de manhã, ao passar pelo terreiro, vi mulheres que moravam perto da cabine telefônica a lavá-la. Utilizavam água, que despejavam e que escorria, suja, ao longo das regadeiras. Utilizavam líquido dos vidros, que esfregavam com folhas de jornal. Nas outras ruas da vila, era exatamente assim que acontecia também com os caixotes do lixo. As pessoas que moravam perto dividiam entre si os dias em que os lavavam com vassouras, com baldes cheios de água. Depois, viravam-nos ao contrário para secarem.

    Todas as pessoas da terra faziam gosto na forma e na existência da cabine telefônica. Se, por qualquer motivo, chegasse uma pessoa de fora, a nossa tentação era falar-lhe da cabine telefônica. Aos nossos olhos, era a maior atração da vila. Durante o tempo em que a instalaram, houve sempre homens e crianças a assistir a cada avanço dos trabalhos. Os mais entendidos faziam comentários. Eu também lá estive nesses dias de picaretas, de buracos na terra por baixo dos paralelos. Muitos homens ofereceram-se para descarregar a cabine telefônica da traseira de uma camioneta. Hoje, tenho dificuldade em lembrar-me de como eram os dias anteriores a esses. Tenho imagens baças do meu corpo pequeno, com a camisa fora das calças, a correr em tardes de domingo no jardim, entre as laranjeiras, à volta do coreto vazio, a brincar com outros rapazes, mas essas são imagens mal definidas, baças. Aquilo que consigo recordar com toda a nitidez são as noites, maio, junho, em que saía de casa depois de jantar. A minha mãe perguntava-me onde ia e eu respondia que ia ao terreiro. Eram noites onde havia uma despreocupação que não voltei a encontrar. Respirava profundamente. O ar era fresco porque os campos descansavam. Sem me cruzar com ninguém, caminhava pelas ruas, paralelos de granito. Reparava em pequenos pormenores. Pensava nos assuntos que me preenchiam a vida. Atravessava sombras. Quando chegava ao terreiro, o mais normal seria que já lá estivessem outros rapazes da minha idade. Nas raras vezes em que não estava ninguém, sentava-me no pequeno muro da cooperativa e esperava. As noites eram longas. Dez ou quinze minutos eram muito maiores do que dez ou quinze minutos, mas eu tinha tempo e esperava. Chegava sempre alguém. Passávamos as noites a conversar. Agora, penso naquilo que tínhamos para discutir e quase me parece que éramos um grupo de rapazes à volta de uma cabine telefônica. Nessa altura, aquelas palavras eram o mundo.

    Houve muitos rapazes que começaram a fumar nessas noites. Sei que não o faziam pelos cigarros ou pelo fumo, mas porque era uma das poucas coisas que se podia fazer à volta da cabine telefônica. Numa noite inteira, passavam dois ou três carros pelo terreiro. Eram carros que não iam a lugar nenhum, conduzidos por pessoas que conhecíamos. As nossas conversas interrompiam-se para vermos esses carros em movimento, que, por instantes, enchiam o terreiro com os seus faróis. Tínhamos sonhos. Quando alguém tinha moedas, fazíamos telefonemas anônimos. Encostávamos as cabeças à volta do auscultador para ouvirmos pessoas conhecidas, vizinhos que tinham telefone em casa, a dizerem "estou sim?" ou "alô". Nunca dizíamos nada porque começávamos logo a rir-nos e desligávamos o telefone entre miadelas, guinchos ou outros sons que a excitação elétrica nos ditava. Mas as pessoas sabiam sempre que tínhamos sido nós a telefonar. Havia mesmo alguns que, após um telefonema anônimo, se davam ao trabalho de ir ao terreiro. Nós fugíamos, escondíamo-nos e ficávamos a assistir à maneira como essas pessoas se aproximavam da cabine e ficavam a falar sozinhas, a insultar-nos, sabendo que as estávamos a ouvir. Havia noites em que, mesmo sem moedas, fazíamos telefonemas anônimos. Então, só podíamos mesmo ouvir a voz da pessoa que atendia durante alguns instantes. Divertíamo-nos assim.

Nesses anos, não me lembro de ver a cabine telefônica ser efetivamente usada mais do que duas ou três vezes. As pessoas mais velhas diziam que eram demasiado velhas para aprenderem a usá-la e, por isso, continuaram sempre a utilizar os telefones dos correios. Além disso, durante o dia, a cabine estava rodeada de homens reformados, sentados em bancos de madeira, com cajados, a conversarem também e a calarem-se quando se aproximava alguém.

À noite, chegávamos nós.

Ontem, estive na minha terra. Toquei à campainha, mas a minha mãe não abriu. Não estava em casa. Na minha terra, os telemóveis têm muito pouca rede, as vozes ouvem-se dentro de tubos intermitentes. Por isso, lembrei-me da cabine telefônica. Continua bem tratada, limpa. Tem os riscos inevitáveis do tempo. Cumprimentei os homens de boina que se sentam ao seu lado. Ficamos a falar durante algum tempo. "Lá para Lisboa", diziam eles. "Lá para Lisboa", dizia eu também. Quando me comecei a dirigir para a cabine telefônica, foram esses homens que me avisaram para não a utilizar. Avariou-se há vários anos, invernos, verões. Nunca ninguém a veio consertar.

O barulho que sou

Não tínhamos baixista, mas nunca sentimos a sua falta. Durante meses não tivemos baterista. Esse sim, era falado, passávamos tardes inteiras a imaginá-lo. Mas essa ausência não nos atrasou, gravamos a primeira demo tape sem baterista: duas guitarras elétricas e voz. Depois disso, não era possível o regresso ao nada e, durante alguns meses, tivemos um baterista que não tinha bateria e que não sabia tocar bateria. A sua primeira qualidade era ouvir o mesmo tipo de música que nós. Mais ou menos, claro. No caso de alguém perguntar pelas nossas influências, todos tínhamos um conjunto de bandas diferentes para responder, uma lista. Na escola, depois de muito, conheci um amigo do Índio que tocava bateria, que tinha bateria e que gostava de grindcore. Eram os inícios dos anos noventa, era o século XX, era o interior do Alto Alentejo e seria bastante curioso se alguém das matemáticas calculasse as probabilidades de ter acontecido aquilo que aconteceu.

O Índio era um dos colegas de turma com quem, nos anos oitenta, trocava cassetes nos intervalos das aulas. Em toda a escola, entre mais de mil alunos, éramos quatro ou cinco. Partilhávamos toda a música pesada que conseguíamos encontrar. Heavy metal. Quando algum enchia uma cassete gravada da rádio ou de alguém que tinha vindo de fora ou, muito raramente, quando alguém comprava um disco, partilhávamos entre nós. A nossa música era um segredo que quase ninguém tinha interesse de conhecer. As poucas pessoas a quem passávamos os auscultadores faziam caretas ao mínimo contato com o som. Esse ainda não era o tempo do grindcore, dávamos a ouvir bandas como Iron Maiden, Motörhead, Metallica. Insistíamos para que ouvissem um pouco mais, mas era-lhes intolerável, não reconheciam melodia e diziam que era sempre igual. A palavra que mais utilizavam era "barulho". Fomo-nos habituando a essa deceção repetida. A música que nos elevava, que nos agarrava pelo centro e que levantava cada poro da nossa sensibilidade, era repugnante para quase todos. Essa característica era má e era boa. Era triste não dividirmos a intensidade dessa música com aqueles que eram importantes para nós, mas era bom, muito bom, o muro que essa música levantava entre nós e aqueles que agrediam a nossa adolescência. Todo o tamanho dessa música era um mundo sem eles.

Nesse tempo, sempre que faltava um professor, ia à papelaria e folheava a Metal Hammer até a saber de cor. Esperava toda a semana por programas de rádio onde ficava a conhecer bandas como os AC/DC. Esse entusiasmo preenchia-me os dias e, à noite, quando adormecia, sonhava com ele. Aos poucos, saboreando cada passo, ia destapando um universo. Com ele, crescia eu e crescia o meu cabelo. A minha mãe ouvia as mulheres na mercearia a comentarem-lhe o meu penteado e, por graça, oferecia-me uma recompensa de cinco contos. Eu queria que o meu cabelo crescesse depressa. Passou por todas as fases, incluindo a fase "jogador de futebol da América do Sul". Não era um cabelo bonito, mas era forte. Lavado todos os dias, encaracolado em canudos, dava para abanar enquanto ouvia cassetes no meu quarto. O primeiro objeto que comprei com o dinheiro que ganhava a trabalhar no verão foi, aos catorze anos, um gravador. Esse era o aparelho que enchia o meu quarto de música. Depois, aos dezasseis, passei o verão a trabalhar e a pensar na guitarra elétrica que, no outono, comprei em Lisboa. Também um amplificador, também um pedal de distorção, claro.

O fato de eu tocar guitarra elétrica diz um pouco acerca da qualidade musical da banda. Mas a banda tinha muitas outras qualidades. Ensaiávamos no quarto dos dois irmãos que partilhavam comigo a formação original. O mais velho tinha vivido em Inglaterra e tinha trazido alguns discos. Folheamos o dicionário para escolher um nome. Os critérios eram claros: queríamos uma palavra algo perturbadora e longa, com muitas letras. Chegamos a duas possibilidades: "Hipocondríacos" e "Arteriosclerose". Debatemos o assunto. Não me recordo dos argumentos desse debate, tenho pena. A banda ficou a chamar-se "Hipocondríacos".

Gravamos duas demo tapes, fizemos a primeira parte de um concerto de uma banda de thrash metal da margem sul, Brain Dead, e escrevemos o nome "Hipocondríacos" em dezenas de mesas da escola. Respondemos a um número grande de entrevistas em fanzines de fotocópias, enviamos cassetes para países como a Polônia, a Suíça, os Estados Unidos, o Brasil e muitos outros. Ainda hoje me pergunto o que pensariam esses colecionadores de música pesada no momento em que ouviam aquelas cassetes, gravadas no quarto dos irmãos. Só muito dificilmente poderiam imaginar as ruas que eu atravessava para chegar ao ensaio, as paisagens de hortas, as paredes de cal a lascar, os rebanhos de ovelhas com que me cruzava, os velhos que ficavam encostados ao cajado, admirados com o cabelo comprido, admirados com as calças de ganga manchadas com lixívia, admirados com as caveiras das t-shirts, os velhos a seguirem cada um dos meus passos, boa-tarde, e a serem capazes de embaraçar-me as pernas com o olhar. Quatro ou cinco anos após o fim da banda, a minha mãe ainda recebia cartas endereçadas a "Hipocondríacos", chegavam de vários pontos do mundo e queriam trocar cassetes. Acreditamos que foi a primeira banda a tocar hardcore/grindcore em toda a região. Mais cedo ou mais tarde, alguém acabaria por levar o hardcore/grindcore ao Alentejo. No início dos anos noventa, século XX, coube-nos essa honra. Soubemos e sabemos apreciá-la.

Tolan

Era baterista e anarquista. Portugal sempre foi um país de bateristas, sobretudo após a década de sessenta (século XX). Não por causa do ultramar, não por causa da guerra colonial, não por causa do Salazar, mas sobretudo por se poder bater em qualquer coisa, por qualquer objeto ser uma bateria potencial. Em bandas de baixistas medianos, os bateristas sempre foram excepcionais. Em bandas de baixistas excepcionais, os bateristas faziam milagres, embora nem sempre das formas mais óbvias. É genético, tem a ver com um desenvolvimento dos ossos do antebraço, o rádio e o cúbito, que sendo característicos da região mediterrânica, atingem o seu ponto mais alto no sudoeste atlântico europeu, ou seja, em Portugal. Outra possibilidade, terá a ver com as arritmias cardíacas que, desde há anos, são diagnosticadas com frequência nesta região da Europa e que propiciam uma interpretação não linear do ritmo. Já a propensão para o anarquismo é muito mais rara. Se compararmos Portugal com grande parte do globo, somos dez milhões de nativos do signo Virgem, somos uma espécie de Suíça. Respeitamos todas as regras sem questionamento. Se desrespeitamos alguma é porque se trata de uma regra que se convencionou não respeitar. As regras que os portugueses aceitam não são aquelas que estão escritas, são aquelas que vigoram de fato. Tem sido assim desde muito antes dos anos sessenta (também século XX) mas, como outras, foi nessa década que essa tendência se agudizou nessa mesma década. Por causa do ultramar, por causa da guerra colonial, por causa do Salazar e por causa de uma praga de piolhos que afetou o país entre 1965 e 1966, completamente abafada pela imprensa, mas que muitos consideraram que já se encontrava referenciada na Bíblia.

Era baterista, anarquista e chamava-se Tolan. Chamávamos-lhe Tolan. Esse não seria, com certeza, o seu nome de batismo, mas nunca lhe conheci outro nome. Tolan era o nome de um barco que se virou no Tejo nos inícios da década de oitenta e que por lá ficou durante anos. O seu casco boiava nas águas e era uma imagem triste, como uma tartaruga que se virou e não consegue endireitar-se, como uma barata velha que se virou e que está demasiado cansada. O Tolan fazia parte das anedotas contadas nas revistas à portuguesa, era o símbolo concreto da inoperância e da incompetência que os portugueses, cheios de medo, sempre acharam que tinham. Não sei quem foi a primeira pessoa que decidiu chamar Tolan a esse rapaz esquálido. Ele era da minha idade, tinha seis anos em 1980. Ele nasceu e morou sempre em Algés, onde, dada a proximidade com a água, o próprio Tolan deveria ser um assunto presente. Ter conquistado esse nome em Algés deveria significar uma presença social relevante. Não seria difícil distinguir-se dos outros colegas, além de ser anarquista, de passar o tempo a escrever um A com um círculo à volta em tudo, era baterista dos Causa Perdida, mítica banda punk rock de Rio de Mouro. Não tocou na primeira demo tape mas, logo depois, quando as divergências entre a banda e o Ramalho se tornaram insanáveis, o Tolan entrou no line-up. Foi com o Tolan na bateria que os Causa Perdida se estabeleceram. Em 93, tocaram no concerto surpresa de Varukers, na Associação de Jornaleiros, em Santos. Em 94, fizeram a primeira parte de G.B.H. Os Causa Perdida eram contra os CDs. Segundo eles, os CDs traziam lucros à multinacional EMI que financiava os partidos de extrema direita na África do Sul. Às vezes, nos intervalos entre canções dos concertos, eles gritavam: não aos CDs; que significava: não à EMI; que, por sua vez, significava: não à extrema direita sul-africana. Gravaram dois discos em vinil. Não me recordo agora dos títulos. São esses dois LPs que o colecionador interessado no underground português deverá procurar. No início, o Tolan pouco mais tocava do que o típico ritmo punk rock, supá supá supá supá supá, e o pai deixava-o todos os sábados à tarde na garagem de Rio de Mouro, onde ensaiavam. Em 97, quando os Causa Perdida deixaram de dar notícias, o Tolan era considerado por vários fanzines como um dos mais virtuosos bateristas do punk rock ibérico e ia sozinho de comboio para o ensaio. Todas as pessoas se paravam a olhar.

Entre 1993 e 1996, tivemos longas conversas. As abelhas, por exemplo. Lembro-me da conversa em que o Tolan defendia o quanto o mel era um alimento antiético. A exploração das abelhas pelo homem estava a poucos degraus da exploração do homem pelo homem. Eu lembrava-me de ir com o meu padrinho ver as colmeias, lembrava-me de passarmos tardes a crestar favos que escorriam mel, lembrava-me do cheiro do mel e de a minha madrinha trazer um pires de água-mel para molhar miolo de pão e, por esse motivo, nunca podia concordar com ele. Essa estava condenada a ser uma conversa infinita, sem possibilidade de consenso, entre dois vegetarianos com passados diferentes. Houve também uma vez em que, no fim de um concerto, quando estávamos todos a transpirar no backstage, ele me mostrou um dedo a sangrar. Segurei-lhe no dedo, abri-lhe ligeiramente a ferida e notei que tinha uma lasca de vidro amarelo lá dentro. Uma garrafa que se tinha partido perto do palco. O palco era um pequeno estrado a meio metro do chão. Naquele dia, eu tinha as unhas compridas. Abri-lhe a ferida um pouco mais, começou a escorrer sangue muito líquido, e tirei-lhe o vidro com a ponta das unhas. Ergui-o no ar como se fosse uma joia. Sorrimos. Desinfetamos a ferida com vodka.

Agora, neste momento, o Tolan está de pé no centro da minha sala. Está a sintonizar-me os canais da televisão. Há alguns meses, decidi trocar de fornecedor de televisão por cabo. Abri a porta e reconheci-o logo. Carregado com o estojo das ferramentas e um rolo de fio, creio que também me reconheceu. Não dissemos nada para além de boa-tarde. Apontei-lhe a televisão e, antes de eu sair da sala e deixá-lo sozinho a fazer o seu trabalho, houve alguns momentos de silêncio embaraçoso, respiração pelo nariz. Agora, o Tolan tem a luz e as cores dos canais a mudar-lhe na pele da cara. Ouço-o chamar-me. Ensina-me o número onde está cada canal. Vê? O Tolan trata-me por você. Começa a arrumar as ferramentas. Estica-me um bloco com um papel. Assine aqui e aqui. Assino. É a vez de o Tolan assinar. Olho bem para a ponta da caneta na sua mão: Jo-sé Lu-ís.

Not dead

Tenho um punk dentro de mim, debaixo da minha pele. Há vezes em que sou obrigado a pôr-me à sua frente e a segurá-lo pelos ombros, quer fugir, quer dar pontapés nos caixotes do lixo e deixá-los espalhados no meio da rua. Seguro-o como se tentasse evitar uma briga. Não faças isso, não vale a pena. Na maior parte do tempo, esse punk está a dormir, sentado num passeio dentro de mim, encostado a uma parede, com as costas tortas, o pescoço torto, inconsciente, bêbado ou drogado com o perfume dos lugares aonde vou. Esse punk dentro de mim não os suporta, prefere comer restos abandonados na mesa de esplanadas do que jantar de fato e gravata na casa de príncipes, prefere vomitar aguardente destilada pelo estômago do que ter de responder palavras vazias às palavras vazias dessas conversas. Já houve ocasiões em que esse punk quis puxar a toalha da mesa posta, aquilo que mais desejou foi ver o serviço inteiro de jantar suspenso por um instante no ar da sala e, depois, a desfazer-se no chão.

Esse punk não é uma metáfora ou uma ironia. É um punk a sério. Tem um casaco que é sempre o mesmo e tem uma camisola, tem umas calças que são sempre as mesmas, com remendos de G.B.H. e de Chaos UK que não tapam os buracos nos joelhos. Aliás, os remendos não servem para tapar os buracos nas calças, servem para outras coisas. Também os buracos têm uma função que, aqui, agora, seria difícil de explicar. É possível olhar para os olhos desse punk que está debaixo da minha pele. Há vezes em que todo o seu rosto está escuro, coberto de sombras e apenas se distinguem os seus olhos, fixos, a brilhar. É mais ou menos divertido que alguém possa pensar que esse punk é uma metáfora ou uma ironia porque se há algo que ele rejeita no seu discurso são as metáforas e as ironias. Esse punk gosta de escrever frases nas paredes, gosta de repetir refrões quatro vezes e considera que tanto as metáforas como as ironias são subterfúgios que alguns utilizam para não serem diretos, para serem mentirosos, para serem cobardes e se protegerem daquilo que têm para dizer, para se protegerem do olhar dos outros sobre aquilo que têm para dizer. Esse punk engana-se muitas vezes, mas não tem medo de utilizar o verbo "ser".

Em conversas com outras pessoas, estando a falar ou a ouvir, é muito frequente que esse punk me esteja a sussurrar palavras ao ouvido. Tem uma voz riscada por grãos de areia. É como se a sua garganta fosse rugosa, e talvez seja. Esse punk prefere gastar aquilo que tem, prefere gastar-se, a ter tudo muito guardadinho em gavetas, apenas para ser usado em dias especiais, com cuidado para não riscar, para não sujar. Esse punk gosta de sujar-se. As outras pessoas têm dificuldade em entender o prazer imenso de estar sujo, de não tomar banho, de deixar o tempo acumular-se na pele, de torná-la morna, da certeza de vida que existe por baixo de tudo isso. Porque esse punk também tem muito dentro de si, também há muito debaixo da sua própria pele. Eu tenho um punk dentro de mim, debaixo da minha pele, e esse mesmo punk tem muito dentro de si. Não vou enumerar, não vou cair nessa vertigem. Vou apenas assinalá-la. Essa arqueologia pode exigir a vida inteira.

Passamos muito tempo sozinhos, eu e esse punk. Se precisamos um do outro, basta chamarmos. Entendemo-nos bem, sabemos escutar-nos e, para além da idade, somos dois velhos. Ele é um punk velho, que nunca desistiu, que nunca baixou a voz, apesar de tudo o que inventaram para o demover, para mudar o mundo que descobriu com catorze, quinze anos, ou talvez antes. Eu sou um velho que, entre outras coisas, carrega um punk velho dentro de si. Ele conhece aquilo que faço quando não o estou a ouvir, ele perdoa-me aquilo que faço contra as suas convicções. Ele finge que não vê, mas vê. E entende. Eu também conheço aquilo que ele faz e que contraria o que diz, que é o exato oposto daquilo que diz quando se exalta com as pessoas que falam na televisão ou que escrevem nos jornais. Também eu finjo que não vejo, mas vejo. E entendo. Entendo muito bem os instantes em que ele está a tratar de si, despenteado, em que passa as mãos pelo rosto, e é como um menino frágil. Esse punk, que grita rouco, que diz que quer matar este e aquele, que quer partir isto e aquilo, é como um menino frágil, à mercê de mil coisas que o podem matar, partir, e que o matam devagar, que o desgastam, mas às quais ele resiste, porque ele tem memória, ele não esquece.

    Quando estamos sozinhos, falamos de múltiplos assuntos, rimo-nos como pessoas normais. E ele não é esse punk que tenho dentro de mim, mas é uma pessoa com um nome, que chegou de um lugar. E eu não sou eu, sou também uma pessoa com um nome, que também chegou de um lugar. Rimo-nos. E parece-nos que não há outra pessoa que possa compreender as nossas histórias. Talvez seja mesmo assim: ficamos os dois, tatuados e rodeados de livros. Depois, quando estamos no centro de uma multidão, esse punk quer sair, mas eu digo-lhe que não, ninguém pode vê-lo mais do que apenas um pouco, quase nada. Se o vissem, os professores universitários iriam chocar-se. Apenas pelo seu reflexo, acreditariam saber tudo acerca dele. As senhoras que têm netas, filhas, deixariam de achar-me graça, ficariam baralhadas. Por isso, sou obrigado a pôr-me à frente do punk que está dentro de mim, debaixo da minha pele, sou obrigado a segurá-lo pelos ombros. Depois, quando estamos sozinhos, sentamo-nos à mesa e, juntos, ficamos em silêncio durante muito tempo.

Sim significa não

A única vez em que estive na presença da atriz Alexandra Lencastre foi em 1995. O país atravessava um período de alegre contestação. Toda a gente que eu conhecia estava contra o governo e março, a confiar na minha memória, não tinha sido demasiado frio ou chuvoso. Se Portugal fosse um carro, bastava destravá-lo e deixá-lo deslizar, não se vislumbrava a necessidade de esforçar o motor contra qualquer espécie de subida. Os penteados e os bigodes dos anos oitenta estavam extintos. Os hipermercados prosperavam. Não tínhamos telemóvel ou internet, mas se estávamos destinados à felicidade, éramos felizes. Eu tinha vinte anos e estudava em Lisboa. Quem me via não desconfiava mais do que normalmente se desconfia de alguém com essa idade.

Quando fui chamado para comparecer na pré-seleção, num apartamento em Sete Rios, ao lado do Jardim Zoológico, custou-me a acreditar. Para mim, os concursos de televisão eram uma realidade distante. Eu era anarquista, vegetariano, punk friendly e quase virgem. É certo que tinha autorizado a minha irmã a escrever o meu nome nos cupões, mas imaginava que concorressem milhares de pessoas e não conhecia ninguém que alguma vez tivesse participado num concurso de televisão. Eu nem tinha a certeza de que a minha irmã se lembrasse mesmo de enviar os postais. Mas lembrava. Acordei cedo, faltei a uma aula e, com um pullover cinzento, que ainda tenho, respondi às perguntas que me fizeram. Quando saí, não pensei se ia ser apurado, pensei no almoço.

Telefonaram poucos dias depois. Eu não estava em casa. Foi a minha irmã que atendeu. O concurso chamava-se "Trocado em Miúdos". Havia palavras e crianças a tentarem explicá-las. Havia palavras e o seu significado mais inocente. Depois, quem acertasse nas palavras-mistério ia acumulando pontos. Os parceiros dos concorrentes eram figuras públicas. A minha parceira foi a atriz Alexandra Lencastre. Havia palmas gravadas e, por isso, sempre que chegava um momento de aplaudir, fazíamos o gesto, mas não podíamos fazer barulho. Sozinhos no estúdio, com as luzes e com as câmaras, passamos grandes períodos a bater palmas em silêncio. Creio que não haveria grande possibilidade de contestar a nossa vitória. Foi clara. Eu e a atriz Alexandra Lencastre sorrimos um para o outro e não voltamos a ver-nos.

O prêmio foi um fim de semana em Londres para duas pessoas. A minha irmã agradeceu. Levantei o bilhete e os pormenores do hotel numa agência de viagens nas Olaias. À hora em que o concurso ia ser transmitido, a minha irmã, o meu cunhado e eu estávamos em frente à televisão, tínhamos o vídeo ligado e uma cassete preparada. A minha irmã tinha o dedo sobre o botão rec do comando. Esperamos duas horas. A minha irmã telefonou para lá. Sem aviso, o concurso tinha sido suspenso. Não cheguei a aparecer na televisão. Os bilhetes estavam guardados numa gaveta.

Foi assim que viajei pela primeira vez de avião. A minha irmã tinha um guia de bolso e um plano exato para aqueles três dias e meio. Creio que estávamos convencidos de que nunca mais voltaríamos a Londres. À noite, chegávamos ao nosso quarto na Russel Square e não tínhamos força para falar. No dia seguinte, acordávamos às sete. Os dias eram longos como quilômetros. No fim daqueles três dias e meio éramos uma espécie de emigrantes. Um para o outro, dizíamos "lá, na Trafalgar Square", ou "lá, no British Museum". Tínhamos feito tudo. Tínhamos a barriga cheia. E, na minha segunda viagem de avião, regressávamos felizes. Trazíamos porta-chaves para todos, ímãs de frigorífico e chocolates. No aeroporto, as malas chegaram ao tapete rolante como nos filmes. Tínhamos um carrinho para levá-las. Seguindo as indicações para a saída, ao longe, começamos a ver o meu cunhado e o nosso pai. Ao longe, os nossos sorrisos chocaram com os seus rostos sérios. Logo nesse momento percebemos que tinha acontecido algo.

Foi o meu pai que nos disse que a nossa avó tinha morrido. Saímos do aeroporto e fomos para um velório quase deserto em Massamá. Caminhamos na direção da nossa mãe, órfã. A nossa avó estava deitada num caixão. Chamava-se Joaquina e, a mim, chamava-me "o meu Zé Luís". Havia velas elétricas que se acendiam com moedas de vinte escudos. Nessa sala de uma igreja moderna passamos a noite. O enterro aconteceu no dia seguinte, já na nossa terra. Eu e a minha irmã não chegamos a contar as histórias da viagem a Londres. As fotografias foram reveladas e guardadas. Dessa maneira, aprendi uma lição que continua comigo. Dessa maneira, aprendi que há palavras que significam o seu absoluto contrário.

Às vezes, sim significa não.

Alma

A minha avó era uma mulher do campo. Passou a mocidade e a vida adulta a trabalhar no campo, na terra. Chamava-se Joaquina Pulguinhas. A minha avó escrevia cartas muito devagarinho. Com letra tremida, escrevia o nome dos netos nos embrulhos dos presentes. Em casa, viúva, reforma de trinta contos, sozinha, começou a ler livros. Não sei quanto tempo demorava a lê-los, mas sei que os lia com o esforço da atenção, palavra a palavra.

Gaivotas em terra, de David Mourão-Ferreira, foi o livro que a minha avó deixou a meio quando morreu. Na verdade, deixou-o a meio alguns meses antes, quando deixou de reconhecer as pessoas, quando começou a dizer frases sem sentido. Assinalado por um marcador, esse livro permaneceu durante meses sem que ninguém lhe mexesse, ao lado da sua cama. Foi aí que o voltamos a encontrar quando entramos nessa casa, onde ainda estavam todas as suas coisas, mas onde nunca mais estaria a sua presença.

Imagino agora as palavras desses contos a entrarem na minha avó e a afastarem-se no início da senilidade, no cinzento, no desconhecido, na incompreensão ou numa compreensão que será sempre inacessível, num segredo dela. Imagino essas palavras a fragmentarem-se e a transformarem-se noutra matéria, mais livres talvez. Como gaivotas. Sim, como gaivotas a planarem, a deixarem de ter limitações, a deixarem de ter idade, como num mundo mais leve e mais justo, como se deixassem de ter corpo e, de repente, tivessem todas as possibilidades do céu.

Literatura de viagens

As principais viagens que fiz não se destinavam a chegar a algum lado, mas sim a fugir de qualquer coisa. Por sorte, quando se foge de qualquer coisa, chega-se sempre a algum lado.

Eu tinha dezanove anos, estava a dormir num jardim de Bilbao, era de madrugada, quando senti um corpo a cair ao meu lado. Abri os olhos e, à minha frente, estava o olhar vidrado de uma rapariga a contorcer-se. Era uma punk italiana, com rastas e anéis no cabelo, a ter um ataque epilético. Em Bilbao, dormíamos num jardim; em San Sebastián, dormíamos na praia ou numa casa abandonada quase no topo do monte Urgull; em Vitória, dormíamos onde calhava. Eu tinha uma mochila da tropa comprada na feira da ladra, um saco-cama que atava com cordéis, cinco ou seis t-shirts e uma flauta.

Entrei sozinho no comboio em Santa Apolónia. Em Vitória, na primeira noite, estava a dormir ao lado da coluna de um concerto quando conheci um grupo de portugueses. Vinham da festa, iam para a festa, e dedicavam-se a vender pedras de haxixe, do tamanho de uma unha, a turistas franceses. Um deles vivia numa casa ocupada em Londres e tornou-se meu sócio num espetáculo de variedades: ele fazia malabarismos com bolas e eu tocava flauta. Atuávamos em esplanadas e recantos de Vitória, San Sebastián e Bilbao, parávamos quando atingíamos as quatro mil pesetas, duas ou três horas. Nesse grupo, além da meia dúzia de portugueses, havia também um par de polacos, um argelino muito magro, que bebia bastante e que roubava objetos insignificantes a pessoas que tinham muito pouco, e havia também vários espanhóis. Havia um rapaz de Alicante que recordava com um sorriso enternecido as vezes em que ia almoçar com a mãe em restaurantes onde, no fim, fugiam sem pagar. Havia um punk de Madrid que falava pouco, casaco de cabedal até na praia, e que tremia bastante, acordado ou a dormir, por causa dos comprimidos que tomava com cerveja ou que desfazia em pó para fumar da prata. E havia um homem mais velho que eu acompanhava na ronda de roubar moedas das cabines telefônicas. Esse homem tinha talvez a idade que tenho hoje e tinha uma filha no Sul de Espanha. Eu e ele sentávamo-nos em qualquer passeio, nos degraus de uma igreja, no centro de uma praça, e ficávamos a conversar durante horas. Esse homem falava da filha como se falasse de um anjo. Multidões de homens e mulheres, famílias inteiras, passavam em marés, à nossa volta.

Nas raras ocasiões em que estávamos todos no mesmo lugar, éramos como os destroços de um circo. Eu sentava-me num degrau do bairro antigo de San Sebastián, ao lado do bar onde íamos, e sorria para os dois portugueses que passavam a beber os restos dos copos de plástico que as pessoas deixavam no chão, encostados à parede; via-os afastarem-se e não estranhava as tatuagens que, literalmente, lhes apodreciam nos braços. Com a mesma naturalidade, podia estar a ouvir a rapariga de olhos claros, que bebia um pacote de vinho tinto, ou o alemão dos cânticos *hare krishna*, que fumava tabaco preto. Nos meus pés, as sapatilhas iam-se desfazendo. Em Bilbao, costumava dar grandes caminhadas, passava por pontes e por amplos passeios de cimento, admirava o enorme esqueleto do Guggenheim, que estava a ser construído, e dirigia-me à porta lateral de um convento, onde freiras distribuíam *bocadillos* e roupa. Eu não precisava de roupa, tinha lavado as minhas t-shirts em San Sebastián, nos chuveiros da praia. Apenas precisava de um *bocadillo* de tortilha de batata.

Em Bilbao, no jardim, enquanto dormia, havia um português que me vinha pedir para esconder objetos no saco-cama, encostados a mim: autorrádios, carteiras, relógios. De manhã, pagava-me uma sandes e um café. Ele misturava as línguas porque havia anos que vivia fora de Portugal, tinha passado os últimos meses numa clínica de desintoxicação nos arredores de Bilbao, mas tinha fugido. Quando se injetava na perna, nós costumávamos pôr-nos à frente, a tapá-lo das pessoas. Ele gostava muito de falar-me da sua terra, a poucos quilômetros de Torres Vedras. Num serão, porque estava contente comigo, disse-me que, no dia seguinte, íamos dar um caldo juntos, ele oferecia. Essa seria a sua forma de recompensar-me, seria a sua forma sincera de ser meu amigo. Na manhã seguinte, voltei para Portugal sem me despedir. Fiz a longa viagem de comboio em silêncio, sem dormir, a pensar.

O peso do teto

Durante seis meses exatos, vivi num segundo andar em Alfama, quase totalmente desprovido de luz natural. Lembro-me com facilidade da senhoria a dar passos ligeiros, mas cautelosos, sobre o chão de madeira irregular, enquanto me mostrava a casa. Lembro-me de abrir a torneira e de sair um fio de água amarela. A senhoria a sorrir e a desculpar-se com os canos pouco ágeis. A senhoria tinha madeixas pintadas, cor de palha, e, quando lhe perguntei qual a superfície da casa, oscilou a mão no ar e disse: "À volta de trinta e cinto metros quadrados." Realmente, essa tinha sido uma pergunta desnecessária. Eu olhava para os móveis, que estavam incluídos na renda, eu avaliava as fitas dos estores e a senhoria dizia-me: "Esta é a Lisboa genuína."

Esses não foram os seis meses mais felizes da minha vida. Talvez seja por isso que não os recordo com frequência. Se fosse obrigado a calcular o número médio de vezes em que penso nesse tempo e nessa idade, diria que esse período da minha vida me passa pela memória cerca de uma vez por trimestre. A grande maioria das vezes, faço-o em conversas pós-refeições e, quase sempre, para contar a história da casa de banho. Eu não tomo café, faz-me mal, e só em ocasiões raras aceito algum licor, por isso, após almoços e jantares, para ajudar a digerir, converso abundantemente. Em certos dias de chuva, conto a história da casa de banho. Não demora muito a contar. Quando vivia nessa casa de Alfama, talvez no segundo ou terceiro mês dessa estadia, fevereiro ou março, estava a dormir com gosto, eram quatro ou cinco da manhã, quando ouvi um estrondo. Não sei se cheguei a abrir um olho, resmunguei qualquer coisa e virei-me para o outro lado. Os vizinhos que ocupavam o sótão costumavam ter noites agitadas por discussões ou por sexo. Atribuí-lhes a origem do barulho e continuei a dormir. Foi só na manhã seguinte, depois de atravessar a sala em cuecas e t-shirt, que percebi que o estrondo tinha sido feito pela minha casa de banho inteira a cair sobre o andar de baixo. Ao abrir a porta, quando me preparava para lavar a cara e despertar por fim, fiquei à beira de um buraco quadrado e, lá em baixo, para além dos destroços do chão e do teto, estava a sanita, o lavatório e o alguidar de esmalte. As toalhas e o espelho continuavam pendurados na parede. Nessa manhã, não tive outra possibilidade senão despertar a seco. Esta é a história da casa de banho. Na sequência desta pequena narrativa, na fase das perguntas, acabo por explicar que não vivia ninguém no andar de baixo e que fiquei sem casa de banho durante dois meses. Situação essa que, por hábito, caracterizo como bastante desagradável.

Com a exceção desta história, creio que acabo por associar esse tempo de Alfama à longa repetição de uma tarde em que, sozinho, me deprimia deitado na cama, a olhar para o teto, seguindo o movimento irregular do candeeiro, durante as horas que os vizinhos passavam a discutir, ou seguindo o movimento sequenciado, como um baloiço, como uma fila de colegiais a ouvirem a mesma canção, como um pêndulo, durante as horas que os vizinhos passavam a fazer sexo. No entanto, agora que estou a fazer um esforço para recordar-me, chegam-me à mente os mais variados episódios e as personagens mais díspares. Neste âmbito, existe uma personagem de que me lembro logo. O meu vizinho da frente. Numa segunda-feira, desapareceu de repente, levando do meu estendal uma camisola de lã que me tinha sido oferecida pela minha irmã. Sou apegado aos objetos que me dão. Olho para eles e sinto a generosidade, vejo a melhor imagem da pessoa que mos ofereceu. Na época em que o conheci, cheguei a ter a sensação de que haveria de aproveitá-lo para personagem de um dos meus futuros romances. Devagar, fui abandonando essa ideia. Morava no prédio da frente, no quarto alugado de uma pensão que exalava um cheiro que enchia toda a rua: uma mistura de transpiração, mofo e sopa. A rua era estreita, muito estreita mesmo, e a minha janela quase tocava a janela do prédio da frente, ficava talvez a cerca de um metro ou pouco mais. Esse vizinho não tinha uma mão, tinha o braço cortado pelo cotovelo. Quando havia trabalhos em que eram necessárias as duas mãos, ele batia com o cabo de uma vassoura na minha janela e eu, com uma agilidade que hoje me espanta, saltava para dentro do quarto dele. Reservo-me o direito de não especificar os trabalhos que precisavam de ser feitos, dada a natureza íntima dos mesmos.

    Chamava-se Mariano. Não voltei a conhecer ninguém com esse nome. Apesar de ter desaparecido de repente e de ter roubado a camisola de lã que a minha irmã me ofereceu, o vizinho da frente não era má pessoa. Tinha perdido o braço numa serração de madeiras, mas não gostava de falar nisso. Era preciso perguntar três vezes para dar a resposta verdadeira. Antes, inventava respostas absurdas, como por exemplo: mordido por uma baleia, entalado na porta de um elevador, etc. Desde a primeira vez que cruzamos o olhar, estava eu a estender meias, que me tratou com uma familiaridade descabida. Sei que ele bebia bastante, todos os dias, a todas as horas. Mas isso não me incomodava porque eu sabia que, se estivesse na situação dele, beberia ainda mais.

    Depois, há a história que nunca contei a ninguém. Não por ter vergonha de contá-la, ou medo, ou qualquer espécie de inibição, mas quase por não saber contá-la, por não fazer sentido, apesar de ser tão real como esta mesa à minha frente, como esta cadeira onde estou sentado. Nessa casa de Alfama, durante os seis meses em que lá vivi, durante todos os domingos, ao fim da manhã, talvez depois da missa, havia uma mulher silenciosa que me batia à porta. Usava casacos de malha e blusas com golas de renda, que desabotoava com método. Quando eu lhe abria a porta, ela avançava numa linha reta, sentava-se na única cadeira que eu tinha em casa e desabotoava a blusa. Os seus soutiens eram sempre demasiado grandes, demasiado grossos, demasiado pudicos. Ela afastava-os com pragmatismo. Dir-se-ia uma mulher prática, nem feia, nem bonita, silenciosa. Então, encontrávamos uma posição em que eu ficava de joelhos entre as suas pernas. Quando eu acertava os lábios à volta do seu mamilo, ela fazia o movimento de engolir com a garganta. Esse era o único gesto da sua sensibilidade. Além disso, pousava as mãos na minha cabeça e afundava os dedos nos meus cabelos. A minha boca enchia-se de leite morno, com um sabor levemente amargo. Ficávamos assim durante um tempo exato, ela escolhia o momento em que me trocava de seio, escolhia o momento em que terminava e em que voltava a compor-se. Esse instante coincidia com aquele em que se levantava, sem uma palavra, e em que saía. Nunca soube o seu nome, o som da sua voz ou as suas razões. Nada disto é ou foi um segredo. Em vez disso, foi e continua a ser algo que nunca consegui explicar a mim próprio, mas que acontecia exatamente assim. A seguir, eu passava o resto do domingo deitado na cama, a cabeça pousada sobre a palma das mãos. Olhava para o teto como se olhasse para o céu porque o mundo à minha volta não tinha forma. Ali, estava parado e perdido. Desordenado, desequilibrado e perdido. Não apenas por não saber onde estava mas, sobretudo, por não saber para onde queria ir.

Abidjongas

Quando se viaja com um português e se passa dias seguidos a falar português apenas com essa pessoa, é normal que se criem pequenas piadas pessoais, que só têm graça entre os próprios intervenientes. Creio que foi assim que o Milagre e eu começamos a chamar "Abidjongas" a Abidjan.

No aeroporto da Portela, na fila para o check-in, enquanto folheávamos o guia da África Ocidental, conhecemos uma rapariga da Libéria. Era namorada de um jogador de futebol, também da Libéria, que jogava numa equipa portuguesa. Demoramos até percebermos que jogava no Caldas da Rainha. Em "liberian english" explicou-nos que tinha uma parte da família exilada em Abidjan.

Simpática. À chegada, ajudou-nos a encontrar um hotel e marcamos novo encontro para o fim dessa tarde. Não nos atrasamos e ficamos a conhecer a irmã dela, bem como um grupo de outras jovens da Libéria. Tiveram de pagar-nos as bebidas porque ainda não tínhamos moeda da Costa do Marfim. Estávamos cansados e bebemos pouco, meia Coca-Cola talvez. A irmã da nossa amiga, já nossa amiga também, ofereceu-se para nos ajudar a cambiar dinheiro na manhã seguinte. Também simpática.

Acordamos cheios de espírito. Tínhamos o nosso livro sobre Abidjan e tínhamos as nossas amigas. Com o primeiro na mochila, fomos ao encontro das segundas. Lindos sorrisos. A irmã da namorada do jogador do Caldas da Rainha sentou-se no banco da frente do táxi. Estava acompanhada por outra que se sentou conosco no banco de trás. As direções foram dadas ao taxista numa língua que não entendíamos. Ainda assim, percebemos uma palavra: Treichville. Esse era o nome do bairro que o livro insistia que evitássemos.

Com frases claras, num pequeno texto cheio de adjetivos assustadores, o livro dizia para nenhum turista se aventurar em Treichville. Lembrávamo-nos desse aviso, mas, como já tínhamos combinado tudo antes, já estávamos no táxi e como tivemos vergonha, lá fomos.

No carro, o silêncio rouco do motor era cortado por elas a falarem numa língua rápida e, noutras vezes, pelo Milagre e eu a falarmos em português. Chegamos a Treichville quando as ruas ficaram cheias de pessoas nos passeios a olhar para o nosso táxi, para nós. Quando abrandamos e paramos, o carro ficou completamente rodeado por rapazes com os rostos encostados aos vidros, inclusive ao para-brisa. No interior do carro, deixou de ver-se luz, apenas rostos. A rapariga do banco da frente abriu uma nesga de vidro e gritou qualquer coisa. Então, como num filme ou na Bíblia, os rapazes afastaram-se, abriram um corredor de corpos e, ao fundo, solene, sólido, estava um homem, de túnica dourada até aos pés, com um cordão de ouro ao pescoço, careca.

Caminhou devagar, abriu a porta da frente e sentou-se ao lado da rapariga. O carro arrancou, deixando todos os rapazes no meio da estrada, t-shirts manchadas, sapatos rotos, pés descalços, pó castanho. Andamos poucas centenas de metros até começarmos a ser perseguidos por um carro colado à nossa traseira, que apitava sem parar. Não tivemos tempo de fazer perguntas porque, de repente, ultrapassou-nos e, com uma derrapagem, atravessou-se à frente do táxi. É possível que, nesse momento, o Milagre e eu estivéssemos de boca aberta.

Sem perder o estilo, o homem da túnica saiu do carro e desapareceu por uma fresta entre barracas. As raparigas disseram-nos para o seguirmos. Atrás, homens desconhecidos gritavam com o motorista do táxi. Deixamos de ouvi-los à medida que avançámos por corredores estreitos entre paredes de lata e de madeira, pareciam infinitos, não tinham sol, apenas sombra. O Milagre e eu tínhamos nos bolsos todos os francos franceses que tínhamos levado. Ao caminharmos, a respiração, cruzávamo-nos com outras pessoas e, à altura dos joelhos, tentávamos não chocar em crianças e cães. Por fim, chegamos a algum lugar. À porta de uma barraca estava um homem a dormir. Acordou quando entramos. Era uma divisão muito pequena com um candeeiro de secretária. O homem da túnica sentou-se num caixote, colocou uns óculos e perguntou-nos quanto queríamos cambiar.

Regressamos ao hotel com dois sacos de plástico cheios de maços de notas. Até então, nunca tínhamos sido ricos. Tiramos fotografias com esse dinheiro. A partir desse dia, quando íamos jantar, convidávamos sempre alguém para jantar conosco. Como é que acabamos no porto de Abidjan numa festa de marinheiros russos e nigerianas? Essa é outra história. Demoraria bastante a contar agora. Se não acreditam, perguntem ao Milagre.

Objetos

Para onde quer que vá, carrego sempre comigo a tampa de uma esferográfica. É uma tampa de plástico, é azul e não há nada que a distinga das outras tampas de esferográficas. Quem olha para ela reconhece imediatamente que é a tampa de uma esferográfica. Encontrei-a na rua, há dez anos, em Paris. Foi numa tarde em que tinha chovido de manhã. O passeio estava molhado e a tampa estava molhada. Ninguém a tinha pisado, estava intacta, como se alguém a tivesse deixado cair no momento em que precisasse de anotar um pensamento. Como se essa pessoa estivesse tão envolvida por esse pensamento que tentava não esquecer, que deixasse cair a tampa da esferográfica e continuasse o seu caminho a escrever palavras tortas numa pequena folha de papel. Não foram poucas as vezes que tentei imaginar que pensamento poderia ser esse que tinha de ser escrito, que não podia ficar à deriva nas marés da memória, esse pensamento que não podia correr o risco de se perder.

Quando seguro a tampa da esferográfica, quando brinco com ela entre os dedos, penso muitas vezes que posso estar enganado. Se calhar não foi alguém que precisava de anotar um pensamento. Se calhar foi um turista de Paris que trouxe a esferográfica dos Estados Unidos, ou do Japão, ou de Itália. Se calhar foi um turista que procurava uma esplanada para escrever um postal. Se calhar foi um turista que tinha um buraco no bolso das calças e que não sentiu quando a tampa da esferográfica lhe atravessou a pele da perna, quando lhe desceu pela perna e caiu na calçada com o som frágil de uma tampa de esferográfica que cai no chão, um som breve e indistinto dos outros sons da cidade. Algumas vezes, com menos frequência, penso que pode ter sido alguém que viu a tampa a cair e, pura e simplesmente, a deixou ficar, olhou sem interesse para ela, sem parar de caminhar, alguém que já tinha perdido a esferográfica antes e que não se importou de deixar a tampa caída e abandonada numa calçada de Paris. Com menos frequência ainda, penso que pode ter sido alguém que enfiou a mão no bolso, encontrou a tampa, olhou para ela e atirou-a de propósito para o chão.

Ao longo do tempo, aprendi a fazer um certo número de habilidades com a tampa da esferográfica. Uso-a como apito, brinco com ela nos dedos. Consigo tocar algumas músicas apenas a apitar com a tampa. Consigo mover a tampa entre os dedos de maneiras insólitas. Durante algumas semanas tentei equilibrar a tampa da esferográfica na ponta do dedo, mas isso nunca consegui fazer.

Durante estes dez anos, passei por muito com a tampa da esferográfica. Hoje, quando olho para ela, quando a descrevo nestas linhas, já não é apenas a tampa de uma esferográfica. Lembro-me de senti-la no bolso no momento em que o meu filho mais velho nasceu e eu estava lá. A tampa da esferográfica estava lá. Vi o meu filho acabado de nascer. Tinha no bolso a tampa da esferográfica. Quando a minha mãe foi operada, quando o médico me chamou para falar comigo, tinha a tampa no bolso. Nunca me esqueço da tampa. Antes de sair de casa, vejo sempre se tenho as chaves, a carteira, o telemóvel e a tampa da esferográfica. Estive com ela em muitos países. Muitas vezes a coloquei nos pequenos tabuleiros onde se colocam os objetos que se tem no bolso, antes de passar na máquina que apita, antes de entrar num avião. Aconteceu esquecer-me da tampa da esferográfica em casa de amigos, em cafés, em restaurantes. Passadas algumas horas, quando voltei atrás, um dos empregados disse: "Nós aqui nunca deitamos nada fora." O empregado abriu uma gaveta atrás do balcão, ergueu a tampa na palma da mão e disse: "Foi isto que perdeu?" De cada vez que isso aconteceu, agradeci e fui-me embora envergonhado sob olhares e comentários sussurrados. Com os meus amigos, telefonei-lhes e, aqueles que não me conhecem bem, ficaram admirados. "A tampa de uma esferográfica?" Não foi apenas uma vez que tive de andar a mudar móveis em casa dos meus amigos até encontrar a tampa caída em qualquer canto de pó, ou enfiada dentro de um sofá. A tampa esteve comigo nos momentos em que recebi as melhores notícias. Rodei-a na mão depois de receber as notícias que, para mim, foram mais terríveis. Por si só, a tampa não me dá sorte ou azar. Por si só, é algo que me acompanha, que vai comigo para os sítios onde eu vou. Considerando as coisas importantes que aconteceram comigo nos últimos dez anos, é algo que partilha a minha história. Olho-a e sinto que ela entende. Esteve tanto tempo comigo, passamos por tanto juntos que, quando algo de bom ou mau acontece, sinto a tampa da esferográfica dentro do bolso e sinto que ela entende. Ela sabe o que está por trás de cada novidade. A tampa da esferográfica, como eu, sabe quais foram os acontecimentos passados que fizeram com que acontecesse aquilo que aconteceu.

Quando estou à espera de alguém ou de algo, quando não estou a fazer nada, quando o meu pensamento procura assuntos para pensar, seguro a tampa da esferográfica e, olhando para ela, imagino onde esteve antes de a ter encontrado numa rua de Paris. Imagino quem lhe terá dado forma de tampa de esferográfica. Deve ter existido um momento em que esta tampa esteve entre muitas tampas exatamente com a mesma cor, exatamente com o mesmo formato, muitas tampas acabadas de fazer. Deve ter existido um momento em que serviu para tapar uma esferográfica. Imagino se terá sido comprada num supermercado ou numa papelaria. Imagino quanto tempo terá demorado até ter sido comprada. As noites que passou numa prateleira. Imagino a mão da pessoa que a escolheu entre outras esferográficas com tampas todas iguais.

Acontece-me pensar também que, inevitavelmente, chegará um dia em que a minha vida e a vida da tampa da esferográfica se irão separar. Poderá ser num dia em que me esqueça dela em casa de amigos, num café ou num restaurante. Chegarei para procurá-la e ninguém entenderá as minhas palavras. "A tampa de uma esferográfica?" Poderá ser no instante em que morrer. A respiração a parar definitivamente nos meus pulmões e as pessoas que me conheceram, a minha família, os meus filhos, adultos, mexerem nos objetos que deixei. Entre eles, esta tampa que, um dia, encontrei numa rua de Paris, que guardei no bolso durante anos e que, depois de mim, continuará em algum lugar.

Enquanto escrevo estas palavras, há instantes em que paro e fico a olhar para ela. Seguro-a na palma da mão. É muito leve. Quando está parada na palma da minha mão quase que não a sinto. Por andar há dez anos no meu bolso, a sua superfície está um pouco baça. Dez anos a tocar em chaves, a tocar em tudo o que carrego nos bolsos, a tocar no tecido dos bolsos. Encontrei-a numa rua de Paris. Agora, está comigo aqui. Para onde quer que vá, carrego-a sempre comigo. Há dez anos, quando a encontrei no chão, nunca poderia imaginar que nos iríamos tornar tão necessários um ao outro. Eu, que alterei o seu destino, sou a única pessoa que se preocupa com esta tampa de esferográfica e, no mundo, não há nada, ninguém, nenhum amigo que me conheça tão bem, que saiba tão bem quem eu sou como esta tampa de esferográfica.

Sete lugares onde já encontrei Portugal

1. Bairro Alto
Foi já há alguns anos. Havia ainda vários lugares onde se podia estacionar e aonde, hoje, já nem vale a pena ir. A rua inclinada do elevador da Glória, quando parava de funcionar, era um deles. O meu carro era um Fiat Punto vermelho, saudades, e devia estar estacionado numa dessas ruas. Eu devia ter alguma coisa às voltas na cabeça, devia estar com pressa para ir ter com alguém que me esperava à porta de algum bar. Já não sei bem, já não me lembro. Aquilo que recordo foi que entrei pela rua do Gingão, já não havia Gingão, atravessei-a e, quando comecei a escolher um caminho entre os corpos que enchiam a esquina de gargalhadas, teorias e fumo, senti uma mão a puxar-me o braço. Virei-me. Era Portugal. Abriu-se-me um sorriso no rosto. Portugal sorria já. Abraçamo-nos ainda sem palavras. Foi mesmo um abraço. Depois, ficamos durante um instante a olhar um para o outro, ainda com esse sorriso e esse brilho de putos. Portugal disse-me: então, pá? Não era para responder. Havia tanto tempo que não nos víamos. Naquela época, acreditávamos subliminarmente que nada iria desaparecer jamais. Aquele encontro por acaso contribuía para a suposta verdade dessa teoria. Portugal deu um passo para o lado e apresentou-me as duas raparigas italianas com quem estava. Francesca e Francesca. Eu fiquei a conversar com a Francesca morena e mais baixinha. Os seus lábios tinham um sabor suave a caramelo.

2. Norte Shopping
Por mais que tente, nunca fui capaz de chegar desde o centro do Porto até ao Norte Shopping. Dezenas de pessoas já me tentaram explicar, já me fize-

ram desenhos em toalhas de papel rasgadas de mesas de restaurantes, ouço na memória a pronúncia de quando dizem "circunvalação". Se estiverem mais do que um, concordam todos entre si que é muito fácil, mas nunca ninguém me conseguiu explicar. A única vez em que cheguei com facilidade ao Norte Shopping foi quando a Catarina de Penafiel, com quem costumo falar do concerto de Carcass no Porto em 94, conduziu à minha frente e só tive de segui-la. Foi exatamente nesse dia, estava a escrever-lhe uma mensagem no telemóvel para agradecer essa extrema simpatia, eram talvez umas sete horas e era talvez novembro, como agora. Na rua, tinha chovido e havia a cor dos faróis dos carros refletida no alcatrão. No centro comercial, não chovia e as famílias estavam ainda em plena atividade. A luminosidade era constante, como a temperatura, por isso, quando vi Portugal ao longe a empurrar um carro de supermercado cheio, o reconhecimento foi imediato. Caminhei na sua direção a chamá-lo. Distraído, Portugal continuava sem olhar para mim. Quando cheguei junto dele, cumprimentou-me com uma certa timidez, como se fosse um encontro inconveniente. O meu entusiasmo esmoreceu. Portugal tinha um pullover triste de lã cinzenta. Falou-me da mulher e das filhas sem que lhe tivesse perguntado nada sobre isso. Dissemos: pois. Dissemos: enfim. Dissemos frases que não tinham significado e que foi como se não tivessem sido ditas. Houve um momento de silêncio e Portugal estendeu-me a mão. Gostei de te ver. Fiz aquilo que se esperava de mim. Apertei-lhe a mão. Também gostei de te ver. Quando Portugal começou a andar, caminhei na direção oposta, mas, ao fim de alguns passos, parei-me e, em silêncio, fiquei a ver Portugal a afastar-se.

3. Carrazeda de Ansiães

Tinha acordado em Valpaços. O álcool é uma droga poderosa. Tinha o carro mal estacionado, outra vez. Comecei a conduzir para sul. Era quase uma da tarde e decidi juntar o pequeno-almoço ao almoço. Apetecia-me rojões. A localidade estava serena. Quando entrei na localidade, comecei a conduzir mais devagar. Apetecia-me um restaurante com balcão de zinco, televisão ligada no telejornal, pudim molotófe, molotov, molothoff mal escrito na ementa. Quando se fala de grandes invenções, poucas pessoas se lembram de nomear os óculos de sol. Estacionei próximo de um jardim com figuras geométricas de buxo e um lago vazio no centro. Miúdos da escola passavam por mim. Eu olhava-os através do para-brisa e imaginava as suas ilusões. Saí do carro. Os sons do mundo eram libertados num céu enorme. Às vezes, esqueço-me do céu. A passagem do tempo tem peso. Depois de um momento de nostalgia, escolhi a direção que me pareceu mais movimentada e comecei, a pé, a procurar um restaurante. Então, comecei a cruzar-me com pessoas de pele gasta, vestidas com as suas melhores roupas, homens com calças de fazenda, mulheres de lenços novos na cabeça. Traziam caixas de sapatos e galinhas debaixo dos braços. Comecei a ouvir, ainda ao longe, as vozes de ciganos no megafone. Crianças de mãos dadas com os pais, farturas. Dobrei a esquina e havia uma feira enorme, que era como um incêndio transparente. Ciganos de pé no centro de um monte de roupa, com os tornozelos submersos por camisolas de algodão, revolvidas por mulheres; rapazes a experimentarem sapatos com calçadeiras; homens a comprarem navalhas. Estava eu a assistir a isto quando ouvi o meu nome, Zé Luís. Virei-me por instinto, sem acreditar. Era Portugal. Tinha uma boina enfiada quase até às sobrancelhas. Pousou os sacos de plástico e apertou-me a mão com as duas mãos. O que fazes aqui?, perguntou-me, mas não quis ouvir a resposta, porque me puxou pelo braço e disse: vamos beber um copo para comemorar. Entramos numa taberna que cheirava a vinho tinto. Portugal tratou o dono da taberna pelo nome. Obrigou-me a beber dois copos de vinho, que era a última coisa que me apetecia em jejum. No meio das frases dizia "aqui, em Carrazeda de Ansiães". Não entendi tudo, mas saí com a sensação de que era feliz. Quando consegui, fui-me embora. Por outras ruas, voltei para o carro e, a conduzir, passei por um restaurante que era exatamente o que procurava. Entrei. Sentei-me e almocei. Rojões. No final, a empregada brasileira ofereceu-me vinho do Porto, recusei. Na televisão, estava uma mulher a cantar fado, pedi se podia desligar. Quando a empregada brasileira carregou no botão, por acidente, derrubou o galo de Barcelos que estava em cima da televisão e se partiu em cacos coloridos espalhados por todo o chão de mosaicos.

4. Sudoeste

Tinha ido com a Elsa. Supostamente, íamos ficar juntos e partilhar a minha pequena tenda. Eu confiava no poder da intimidade e fiquei muito decepcionado quando, uma ou duas horas após chegarmos, a Elsa conheceu o baixista de uma banda do palco secundário e desapareceu. Vi-a afastar-se, pensei em gritar o nome dela, chamá-la, mas não o fiz. A Elsa era crescida e responsável pelas suas escolhas. Nessa noite, encontrei e perdi-me de diversos amigos que fui encontrando por acaso. Não era muito tarde quando procurei o caminho até à tenda, mas estava cansado. Perdi-me várias vezes no pó e na noite. Tropecei num casal de namorados, sentei-me a conversar com uns desconhecidos que me chamaram para resolver uma disputa e, por fim, cheguei à tenda. Dormi sem sonhar. De manhã, o sol. Queria continuar a dormir, mas o sol. Estendido sobre o saco-cama, transpirava. Sentia-me uma espécie de réptil, boca aberta, seca. A realidade parecia um delírio luminoso e desagradável, quente, mas era a realidade, não era um delírio. Saí da tenda, uma brisa na pele, alívio. Agarrei na toalha e fui procurar os chuveiros. Na fila, cercado por despenteados, fiquei adormecido, dormente. E comecei a reconhecê-lo pelo cheiro. Despertei os sentidos para comprovar. Na fila, à minha frente, estava Portugal. Quando lhe toquei no ombro e me viu, disse: eeeeeee. E abraçamo-nos em tronco nu. Riscamos a pele um do outro com o pó que estava colado e endurecido pelo ar da manhã. Portugal disse: então, pá? Encolhi os ombros e sorri. Nos chuveiros, ficamos ao lado um do outro. Portugal pôs-me um bocado de pasta de dentes no dedo porque me tinha esquecido da escova. Lavadinhos, fomos à tenda de Portugal. Era garrida, vermelha e verde. Um amigo de Portugal tinha ido a Amesterdão e fomos fazer-lhe companhia. Rimo-nos durante toda a tarde com ele. À noite, também nos rimos. Vimos o dia nascer ao som de techno minimal. Sentíamos o ritmo no estômago. Com a voz arrastada e as pálpebras pesadas sobre os olhos, Portugal dizia-me que estava apaixonado por uma rapariga chamada Luísa, que pouco lhe ligava. Enquanto isso, eu olhava para longe e pensava em algodão-doce.

5. Facebook

Eu tinha perfil no Facebook há dois ou três meses. Tinha sido o Alvim a dizer-me que precisava de entrar para o Facebook, que não podia passar mais um dia sem criar um perfil no Facebook. Já se sabe que o Alvim exagera. Um fósforo é um incêndio, um sopro é um ciclone. Mas, com a autoridade de x milhares de amigos, convenceu-me. Fui recebendo os pedidos de amizade com calma e curiosidade. Colegas da escola primária que agora tinham filhos, viviam nos arredores de Londres e me escreviam com erros ortográficos; alunas de escolas secundárias que me enviavam "lol", "bjs" e mensagens a dizer que o mundo ia acabar; mulheres, mulheres; personagens estranhas inventadas por rapazes de catorze ou quinze anos; homens que publicavam livros de poesia com títulos onde entravam as palavras "alma" ou "momentos", reticências. Foi no meio desses pedidos de amizade que recebi um de Portugal. Não o reconheci logo. Tinha uma fotografia que apenas lhe mostrava o tronco: calças de ganga, a parte de cima das cuecas, a barriga e a mão de Portugal a segurar a t-shirt, a outra mão esticada a tirar a fotografia. Escolhendo de modo aleatório, os comentários eram do gênero: Tina — sexy!!!; Paty — uiui!!!; Bomba Algarve — adiciona-me no MSN; Carminho — sem palavras :P; etc. Além disso, tinha fotos em que aparecia sentado numa mota, ou com um cachecol do Benfica, ou numa festa de aniversário num barracão, ou a saltar para dentro de uma piscina, ou a comer mexilhões. No perfil propriamente dito, Portugal tinha mentido na idade, mais jovem. No "relationship status", tinha selecionado a opção "tell you later". Nos filmes preferidos, só tinha escolhido filmes de terror. Nos amigos principais, só tinha raparigas em biquíni. Nos comentários, havia uma sucessão de mulheres a desejarem-lhe votos de bom fim de semana. Aceitei o pedido de amizade de Portugal, claro. Até hoje, pelo Facebook, não trocamos mais do que duas ou três mensagens inconsequentes.

6. Coimbra

Eu tinha acabado de levantar-me de uma esplanada no Largo da Portagem, na Baixa, a metros do rio Mondego. Não me lembro que mês era, mas havia uma certa sensação de outubro, ou talvez fosse apenas eu. Havia alguma coisa que me empurrava os ombros na direção do chão. Sei exatamente o que era, mas prefiro não falar disso agora. Ainda não passou tempo suficiente. Havia alguma coisa que me vencia. As forças desapareciam-me dos braços e dissolviam-se no ar cinzento de Coimbra em outubro, ou talvez não fosse outubro, não interessa. Aqui, o que importa é que me tinha levantado de uma esplanada no Largo da Portagem. Sempre que caminho em Coimbra é como se avançasse por outro tempo, descubro pormenores da minha memória, do meu esquecimento. Aquilo que fui existe ainda em algum lugar. Estava assim, caminhava de mãos nos bolsos, quando percebi que, do lado do Café Santa Cruz, chegava uma multidão de estudantes trajados. Enchiam a rua toda, eram milhares. O coro das suas vozes ficava preso entre as paredes. O espaço entre os andares mais altos de cada lado da rua era pequeno para libertar o clamor daquele monstro feito de muitas cabeças, muitas pernas, muitos olhos, muitas bocas cheias de dentes. Vinham na minha direção. Por instinto, encostei-me à parede. Eram como uma inundação que cobria tudo. Foi nesse momento, capas de estudantes a passarem por mim, colados a mim, a empurrarem-me às vezes, que vi Portugal no outro lado da rua. Tentava libertar-se dos estudantes, mas Portugal estava mesmo no meio da corrente. Eu conseguia perceber que as forças estavam a faltar-lhe. Já devia vir naquela luta desde longe. Gritei-lhe, acenei-lhe. As vozes dos estudantes não deixavam que ouvisse.

Gritei-lhe mais, acenei-lhe com os dois braços. E Portugal ouviu-me. Olhou na minha direção. Nesse instante, por se ter distraído, foi arrastado pelos estudantes ao longo de vários metros. Afastando-se, levado pela multidão, Portugal acenou-me também e, esticando o polegar e o mindinho, fez-me um gesto a pedir que lhe telefonasse.

7. Minha cama

Aconteceu uma só vez. Decidimos nunca mais repetir porque, tanto eu como Portugal tememos que pudesse estragar a nossa amizade. No dia seguinte, quando Portugal se foi embora, troquei os lençóis e esfreguei-me com toda a força no duche. Eu e Portugal não falamos sobre isso. Se, por acaso, acontece lembrar-me, sou atravessado por um arrepio.

Lava-me porco

Sob um ponto de vista ontológico, o verão é uma estação muito interessante. Eu estava a passear na Baixa, Rossio, Rua Augusta. Foi a meio da tarde de sexta-feira da semana passada. Tinha acabado de tratar de uns documentos do carro nos Restauradores e sentira uma vontade súbita de passear. Quando resolvo problemas burocráticos, é sempre assim. Há uma espécie de leveza que se me aloja no peito, que me enche a caixa torácica de ar puro. Talvez não seja mesmo ar puro, não é, mas é estranhamente parecido. Nesses momentos, preciso de atividades tranquilas: passear, deslizar de asa-delta. Na Baixa, estava rodeado por turistas que não sabiam para onde olhar: homens de calções, mulheres de saias curtas de algodão, crianças louras. Apesar do calor e do contato com a burocracia, sentia-me limpo. Era o tipo de asseio que poderia ter sentido com a ponta dos dedos, se os tivesse deslizado ao longo da pele, num movimento de gato. Antes de sair de casa, tinha tomado um duche completo, com água à temperatura certa, sabonete e paciência. Depois, tinha vestido roupas lavadas, escolhidas sem critério: uma t-shirt simples, umas calças simples e uma botas que já andaram por muitos países do mundo. E passeava pela Baixa. A consciência, o sentido do dever cumprido, a realização pessoal. Tudo estava em ordem e eu estava quase tentado a comprar um gelado. No bolso, o telemóvel. Olhei para o nome no visor, sorri sozinho e atendi. Era o meu amigo. Estava com outro amigo em Alvalade, iam para um festival de verão e lembraram-se de me convidar. Tinham um bilhete a mais.

Gosto de estar vivo. Gosto de estar aqui, por exemplo. Gosto de atender o telemóvel e receber notícias agradáveis que me façam repensar aquilo que tinha previsto para as próximas horas. O meu primeiro instinto é aceitar.

"Sim" é uma excelente palavra. Tem um som civilizado. "Não" é uma palavra de monstros. Um "não" verdadeiro e completo tem de dizer-se com voz grave, voz de assustar crianças. Um "sim" diz-se com voz normal e humana. Quando o meu amigo me fez essa proposta, eu ia a descer a Rua Augusta no sentido do rio. Ainda antes de responder, voltei para trás e apressei o passo na direção dos Restauradores. Como é óbvio, tinha aceitado o convite. Não é todos os dias que surgem ofertas de adolescência tão sedutoras. Além disso, tudo o que tinha de fazer era atravessar a cidade, apanhar uma boleia de duzentos e tal quilômetros, divertir-me e regressar a Lisboa no final da noite. Estava tudo certo quando entrei no parque de estacionamento subterrâneo, procurei o meu carro, bem documentado, e liguei o motor. Adoro o trânsito de Lisboa em agosto. Até chegar a Alvalade, ouvi a Rádio Renascença. Estavam a dar conselhos de nutrição.

O meu amigo tem a carta de condução apreendida e, por isso, esperavam no carro do meu outro amigo. Estacionei no lugar de onde saíram, cumprimentos efusivos e entrei para o banco de trás. Partimos. Demoramos mais ou menos quinhentos metros até percebermos que o meu outro amigo não regressaria senão na segunda-feira. Na irresponsabilidade, a responsabilidade. Eu tinha de estar em Lisboa no dia seguinte. Voltamos para trás e voltei para o meu carro. Iríamos em caravana até ao festival. Era tarde para desistir completamente do entusiasmo. Eu ia levar o meu carro, o meu amigo também tinha de regressar no dia seguinte e, assim, vínhamos juntos. A viagem foi habitual e longa. Sozinho, acompanhando a rádio, cantei sucessos da Donna Summer, do Lionel Richie, entre outros. Por telemóvel, decidimos parar a meio do caminho para jantar: arroz de pato. Eu, o meu amigo e o meu outro amigo já não estávamos juntos há algum tempo e demoramos duas horas e meia nessa refeição. Tínhamos muitas parvoíces para dizer. Foi com os cotovelos a esmagarem migalhas de pão, assentes na toalha de mesa de papel, que percebi que o meu amigo tinha reservado um quarto numa casa de turismo rural, perto do festival. Eu cabia nesse quarto. Os planos eram desenhados mesmo à minha frente. Quando voltamos aos carros, o meu amigo veio comigo. Conversa, conversa, quilômetros e, perto da meia-noite, chegamos. Estacionei o carro no campo, entre milhares de carros, o festival via-se lá ao fundo, como um incêndio a explodir. Passamos por pessoas com cães e djambés. Os miúdos da idade da minha sobrinha mais velha já estavam bêbados. Vou agora tentar lembrar-me do nome das pessoas que conhecemos na primeira hora em que estivemos no festival: Mariana, Joaninha, Natacha, Marta, Inês, Francesca. Vou agora inventar alguns nomes para substituir aqueles que esqueci: Paula, Maria, Ana, etc. Havia copos de plástico com cerveja e dávamos dois beijinhos rápidos. O meu outro amigo vinha encontrar-se com a namorada, que já tinha chegado. Encontrou-a. Belo casal. Acho que assistimos a um concerto. As nossas conhecidas tinham muitas piadas para contar. A partir de certa altura, o meu amigo deixou de saber se devia continuar a conversa que estava a ter com uma rapariga de bermudas, fivela gigante do cinto e cabelos compridos, ou se devia aceder aos pedidos que lhe chegavam por mensagem de telemóvel de uma outra conhecida. Pediu-me a opinião, mas deixei-o decidir sozinho. Gritado sobre a música, houve o esboço daquele provérbio dos pássaros na mão e dos pássaros a voar, houve a elaboração profunda desse raciocínio. Há que tomar decisões. Estamos ao pé de, gritava o meu amigo para o telemóvel. A conhecida dele chegou em segundos, a saltitar de copo de plástico em copo de plástico. Aquilo que aconteceu a seguir não tem muita história. Cerveja e, quando o meu amigo se parava a falar com alguém, a conhecida dele aproveitava os tempos mortos para ensinar-me passos de dança. Soube mais tarde que é professora de dança contemporânea. Eram quatro da manhã, ou cinco, quando fomos no carro dela para a casa de turismo rural.

    Havia um quarto para dois e éramos três. O meu amigo disse-me que não havia problema. Eu sabia que havia uma piscina. Ele levou-me ao quarto e desapareceu. A minha t-shirt estava coberta de pó, a minha pele também, as calças, as botas também, tudo tinha uma textura diferente, feita de pó. Eu cheirava a pó. Era tarde e eu não conseguia pensar na ideia de tomar banho. Preparava-me para dormir quando bateram à porta. Era o meu outro amigo e a namorada. Noutro quarto, não conseguiam adormecer com o rugido que um companheiro deles fazia a ressonar. Como um tigre feroz, presumi. Tudo bem. Fomos à rua apanhar algum fresco e refletir. Da direção da piscina, ouvimos o ritmo consistente de objetos a estalar. Voltamos para o quarto e dormimos. Eu, o meu outro amigo e a namorada. Nenhum pesadelo.

    Quando me levantei e vesti as mesmas roupas da véspera, pó amolecido por suor, eles ainda dormiam. Não era cedo, mas era relativamente cedo. Entrei direto na sala do pequeno-almoço. Aqueles que lá estavam pertenciam a uma casta elevada nas hierarquias do festival, procuravam o conforto, apreciavam-no, tomavam um pequeno-almoço com fatias-douradas, mel, tinham camisas lavadas e passadas a ferro. Eu estava despenteado. A boca cheia de pasta de pó. Esperei pela mesa do canto, esperei pelos pássaros que cantavam ao sol. Tomei o pequeno-almoço. Depois de uma hora, chegou o meu outro amigo e a namorada. Emprestou-me uns calções de banho e fui para a piscina. O corpo dentro de água. Depois de uma hora, chegou o meu amigo. Contou que, após o passeio noturno, quando chegou ao quarto e viu tanta gente pensou que se tinha enganado. Foi à recepção deserta e apanhou uma chave abandonada. Tinha dormido pouco. Lisboa, Lisboa, tínhamos de ir para Lisboa. O meu outro amigo ajudou-nos a procurar o meu carro. Todos os carros tinham a mesma cor: pó. Uma hora e meia depois, encontramo-lo. Senti ternura quando o vi. Fiel, esperava-me ainda. Alguém tinha escrito "lava-me porco" no para-brisa. Nada pessoal.

 O meu amigo reclinou o encosto do banco e dormiu durante toda a viagem. O meu amigo é disc jockey (mais ou menos) e, nessa noite, iria passar música em Seia. De hora a hora, ouvi as notícias na rádio. Vista de certa perspectiva, a Ponte Vasco da Gama pode ser comparada a uma serpentina no momento em que é lançada no ar. A tarde terminava. O sol desaparecia no horizonte a uma velocidade que me impressionou. Depois de desaparecer completamente, continuou a haver luz. Deixei o meu amigo em casa: tempo para tomar um duche e seguir para Seia. O meu carro deslizava. Os semáforos eram naturais como árvores no Jardim Botânico, davam frutos de várias cores. É claro que voltei a estacionar no parque subterrâneo dos Restauradores, é claro que voltei à Baixa, ao Rossio e à Rua Augusta. Faltava-me chegar ao rio.

A minha tenda

A meio da noite, na minha tenda, deito-me por cima do saco-cama, com as mãos juntas sobre o peito. O parque de campismo nunca dorme. Há sempre rapazes e raparigas que chegam das discotecas, que riem, que falam demasiado alto. Há sempre homens estremunhados que abrem o fecho da tenda de repente e que os mandam calar. Depois de um minuto de silêncio, os rapazes e as raparigas falam mais alto e riem-se mais.

De manhã, esses homens acordarão cedo, abrirão uma cadeira, abrirão uma mesa e sentar-se-ão debaixo de um pinheiro com a mulher, a comerem pão devagar. Os rapazes e as raparigas estarão a dormir, com o sol a bater diretamente na lona da tenda, transpirados. Eu estarei acordado. Caminharei por lugares onde já estive em verões anteriores: a esplanada do café do parque de campismo, os chuveiros das casas de banho, os tanques de lavar a roupa. Sentir-me-ei ridículo com as minhas sandálias, os meus calções e a minha camisola de alças.

À tarde, ao longe, hei-de analisar os destroços dos grelhadores. Serei capaz de lembrar-me de muitos churrascos antigos. Talvez me sente à sombra, talvez segure agulhas de pinheiro com a ponta dos dedos e talvez finja brincar com elas como se estivesse a pensar. Quem passar nos caminhos de terra não reparará em mim. Terei a marca do relógio no pulso e o tempo será inusitado.

E passará o fim de tarde, um gelado de morango. E passará o serão, as vozes a esmorecerem. E, de novo, a meio da noite, na minha tenda, estarei deitado sobre o saco-cama, com as mãos juntas sobre o peito, a fixar a lona e a estrutura de alumínio que me protegem e a lembrar-me dela, a lembrar-me dela, e a pensar que, este ano, a tenda é grande demais.

A Kate sem mim

Ontem, ou hoje de manhã, quase recebi um telefonema da Kate Perry a pedir-me explicações acerca dos nossos filhos. Não sou defensor da automedicação mas, se o telemóvel tivesse tocado e a Kate me tivesse dito *hello*, eu já teria tomado um Valdispert e estaria aqui, neste mesmo lugar, mas incapaz de me concentrar sem adormecer. Eu teria ficado nervoso, assuntos que envolvam filhos são sempre de grande sensibilidade. É preciso muito cuidado para tratar esse tema sem beliscar o fino véu que o envolve. Não creio que a Kate fosse capaz dessa delicadeza. Não creio que fosse capaz de encontrar imparcialidade emocional para se abster de deixar uma impressão digital, por mínima que fosse, nesse vidro melindroso. A forma intempestiva como tínhamos acabado a nossa relação estaria ainda bastante presente. Seria impossível termos uma conversa sem sentir aquele ardor rubro nas faces. Estaríamos ainda grandemente na fase em que precisávamos de não nos ver. Afinal, passou apenas um mês e meio sobre janeiro de 2011. Teria sido num dia desse mês que acabamos tudo. Não me lembraria do dia exato. Se tivesse acontecido, teria querido esquecer. Gosto de recordar e celebrar as datas boas, dois anos sobre a primeira vez que demos as mãos, mas prefiro esquecer as más. Não quero macular o tempo com esses aniversários. 17 de maio é um bom dia. 9 de agosto é um bom dia.

I can't stand it anymore, José. Sim, o mais certo teria sido ela deixar-me sentado no sofá, apenas uma frase. Os nossos filhos já estariam na Inglaterra, com a nanny que tomaria conta deles na casa dos avós maternos. A Kate não teria levado malas, não precisava, mas não teria sido por isso que a saída perdia em dramaticidade. Eu ficava, claro. Encostava-me ao sofá. A depressão é constituída por uma parte daquilo que eu teria sentido nesse momento e três partes de qualquer coisa, água ou outra matéria neutra, para diluir. Assim, a seco, teria sido apenas choque. No meio desse sufoco, paradoxalmente, haveria momentos que pareceriam ser de alívio. Esse alívio derivaria de, por fim, termos encontrado uma solução. Difícil, mas definitiva. Até porque a nossa relação não teria sido fácil. Após os primeiros meses, com o nascimento dos gêmeos, teríamos despertado para o revés da incandescência dos primeiros tempos, dias e dias atrás de estores fechados, o manager dela a telefonar e nós, a meio de algo que poderia agora ser penoso recordar, a fingirmos que não ouvíamos e ela, mais tarde, a mentir, dizendo que o telemóvel estava avariado, ou que o tinha deixado sem som, ou que o tinha esquecido no carro.

Esse tempo haveria de parecer distante após o nascimento dos gêmeos. Seriam lindos na maternidade, mas em casa, por mais nannies, surgiriam os problemas, as discussões. E ela teria de partir na primeira digressão europeia e eu teria de ficar em casa a ver televisão e a comer bolachas. Eu também tenho os meus sonhos, Kate. Eu também quero conhecer o mundo. O ressentimento iria crescer exatamente à velocidade e à proporção do ímpeto com que nos teríamos aproximado. E teria sido assim: zás. Dois ímãs. Eu, um ímã, e a Kate, outro ímã, e zás. Teríamos olhado um para o outro e logo aí. Em algum momento eu teria perguntado: será? Mas essa pergunta teria logo, um instante depois, sido substituída por uma afirmação, uma certeza. Em algum momento, chegaria o purgatório das revistas, dos fotógrafos, mas teríamos sabido lidar com isso. Os nossos olhos brilhariam demasiado para nos preocuparmos com algo que não fosse aquela força que partilhávamos e que, estaríamos certos, ninguém tinha vivido com tanta sintonia desde o início dos tempos. Maravilhar-nos-íamos com isso. Passaríamos horas a falar de cada detalhe disso.

Quase que foi assim. Em 2009, quando a Kate Perry deu um concerto em Lisboa, no Campo Pequeno, o meu amigo John disse que me telefonava depois. Disse-me, garantiu-me que a Kate Perry era simpática, uma miúda normal e que, depois do concerto, queria ir dar uma volta. O John disse-me que iriam sair com mais algumas pessoas, tanto músicos que vinham com atuar com ela, técnicos, como pessoas que faziam parte da organização do concerto. O John disse que sim, que ligava. Fiquei em casa à espera, mas não ligou. Foi pena. Em 2019, haveriam de passar dez anos sobre o dia em que nos tínhamos conhecido e, com o tanto que já teríamos passado, talvez considerássemos a reconciliação.

Seria bom para os miúdos.

Eu, tu e a rapariga da esplanada

Enquanto escrevo há uma rapariga que bebe um café, fuma um cigarro e, às vezes, olha para mim. Acabou de beber o café há pouco. Agora, apenas fuma e, escondendo-se entre o fumo, olha para mim. Eu rasguei a folha onde estava a escrever. Antes, enquanto escrevia, a rapariga sentou-se e pediu um café. Esperava e reparou que eu escrevia. Curiosidade. Eu pensei que a rapariga pensou: o que pode alguém escrever numa esplanada com uma garrafa quase vazia à frente? Ontem, estive na casa de uma mulher sozinha que guarda numa gaveta postais e cartas que alguém lhe escreveu. A rapariga que bebeu o café, que fuma, que olha para mim, talvez imagine que escrevo uma carta a essa mulher de ontem. Não acredito que consiga imaginar que escrevo estas palavras desta revista. Quando, com movimentos muito lentos, segurei a folha onde escrevia e a rasguei em quadrados de papel, a rapariga olhou para mim e não sei o que entendeu. Talvez tenha pensado que estou triste, que estou desiludido, que sinto que não vale a pena. Eu, que não sei o que sinto, esperei o olhar da rapariga, fiquei satisfeito por comunicar com ela qualquer coisa que não sei e, depois desse instante, comecei a escrever este parágrafo nesta folha que era branca. Quando comecei a escrever a primeira frase, a rapariga bebia um café, fumava e olhava para mim. Quando comecei a escrever a segunda frase, a rapariga já tinha acabado de beber o café.

Isto é verdade: a rapariga é muito bonita. Os seus olhos têm a cor da água que existe em nascentes de montanhas e que escorre em cascatas. Os seus olhos são essa água no momento em que está parada no ar. Vou olhar para ela agora. Passou tempo. Passou tempo entre estas palavras porque olhei para ela. Entre estas palavras seguidas houve tempo que passou. Não muito tempo. Alguns instantes apenas. Os nossos olhares estiveram fixos um no outro talvez durante o tempo de uma frase. Qual é o tempo de uma frase? Não acredito que ela imagine que nos olhamos durante o tempo de uma frase. Eu gostava de escrever uma frase que dissesse qualquer coisa tão forte, tão real, como este tempo breve em que o meu olhar e o dela se encontraram. Não acredito que ela imagine que eu penso o tempo em frases e em parágrafos. Eu rasguei uma folha escrita de frases e parágrafos. Eu rasguei o tempo. Eu escrevo o tempo. Eu escrevo e penso que ela pensa que eu escrevo uma carta. Eu não sei o que ela pensa. Eu talvez esteja a escrever uma carta.

Eu sei que estás aí. Consigo imaginar-te com este livro na mão, este texto. Consigo imaginar estas palavras, que escrevo com a caligrafia que aprendi, a transformarem-se em palavras que têm a forma das palavras escritas com a letra de livro. Quando olho à minha volta, quando vejo a rapariga que olha para mim e que apagou agora o cigarro, quando vejo as pessoas que passam por esta esplanada, tenho pena de não poder ver-te através deste texto. Estas palavras são como um espelho que reflete apenas na tua direção. Eu fico diante desse espelho. Ponho-me em várias posições. Tu vês-me em todas elas. Imaginas-me a partir destas palavras como a rapariga me imagina a partir do meu rosto, da garrafa quase vazia e das folhas que escrevo ou rasgo. Eu posso ver a rapariga. Vou olhar para ela agora. Já está. Eu não te posso ver. Imagino-te apenas. Tu apenas me imaginas. Escrevo-te estas palavras a imaginar que entendes aquilo que imagino por imaginar aquilo que és. Escrevo uma carta. Escrevo uma carta que é para ti e que é para mim por ser uma carta para aquilo que imagino que és.

Ainda seguras o livro? Ainda lês? Quem está à tua volta? Como são as tuas mãos? Penso que não vale a pena imaginar as tuas mãos. Não conheço palavras suficientes para dizer tudo o que imagino das tuas mãos. Finas, grossas, limpas, sujas, pequenas, grandes. Posso dizer muito pouco daquilo que imagino das tuas mãos. Imagino demasiado. Não poderei nunca saber tudo o que as tuas mãos já fizeram. Tu nunca poderás saber tudo o que as minhas mãos já fizeram. Das minhas mãos apenas podes saber que estão agora a escrever estas palavras. Das tuas mãos apenas posso saber que estão agora a segurar este livro onde estão impressas estas palavras. Agora e agora. As tuas e as minhas mãos tocam-se neste tempo quase ridículo que existe durante as palavras, durante as frases, durante os parágrafos. Posso falar-te um pouco das minhas mãos.

Posso estender as minhas mãos entre estas palavras. Deixar as minhas mãos sob estas palavras, como se fosse uma claridade de palavras a iluminar as minhas mãos. Vou levantar-me. Já voltei. Entre estas palavras passou o tempo em que me levantei desta mesa e me aproximei da rapariga que olha para mim. Os olhos dela tentaram perceber a razão por que me aproximava. A minha voz. Pedi-lhe lume. As mãos dela estenderam-me o isqueiro. As minhas mãos estenderam-se para recebê-lo. As nossas mãos ficaram estendidas e próximas. Olhamo-nos e sentimos as nossas mãos. Voltei a sentar-me. O tempo entre duas palavras pode ser isto, mas isto não aconteceu. Isto não é verdade. Tu, que lês, que seguras este livro, consegues perceber por que te conto isto que nem sequer aconteceu, que nem sequer é verdade?

Continuo a escrever e sei tão pouco. Quem pode saber algo sobre mim? Eu sei que tu sabes pouco sobre mim. Eu sei que a rapariga sabe pouco sobre mim. Eu sei que eu sei pouco sobre mim. Sabemos pouco uns sobre os outros e, no entanto, agora estamos juntos nestas palavras. Aproximamo-nos uns dos outros porque queremos conhecer-nos.

Agora, nesta esplanada, eu penso em ti, escrevo-te, e não sei onde estás. Sei apenas que agora seguras este livro, lês estas palavras. Agora, enquanto estou nesta esplanada, talvez caminhes por ruas, talvez converses, talvez discutas. Não consigo imaginar tudo o que podes estar a fazer. Agora, enquanto seguras este livro e lês, talvez eu esteja a fazer coisas que não consegues imaginar. Agora, a olhar para mim, está uma rapariga. É muito bonita. Fumou um cigarro.

Bebeu um café. Olha para mim. Onde estiveres agora, peço-te que procures esta rapariga. Vais encontrá-la. É muito bonita. Quando a vires, fala-lhe de mim, mostra-lhe este texto, mostra-lhe este livro, diz-lhe que eu sou aquele que está agora sentado numa esplanada, com uma garrafa quase vazia à frente, diz-lhe que estou a escrever uma carta porque não tenho coragem de aproximar-me dela, olhá-la nos olhos.

O homem que dizia adeus

Era um homem de óculos. Estava sempre bem-vestido. Normalmente, tinha uma gabardine no braço e tinha um cachecol pendurado no pescoço que lhe descia pelo colarinho do casaco. Tinha o cabelo branco, muito bem penteado. Tinha um sorriso. À noite, estava na Avenida Fontes Pereira de Melo, no passeio ao lado direito de quem desce em direção ao Marquês de Pombal. Quando os carros passavam, toda a gente sabia a razão por que ele estava ali e toda a gente lhe acenava e dizia adeus. Ele, com o cabelo branco, muito bem penteado, sorria e acenava, dizendo adeus a todos os carros.

Vais ver, um dia vamos falar de ti assim. Um dia passaremos de carro com os nossos filhos já crescidos e, num instante, olharemos para o teu lugar vazio, e lembrar-nos-emos das noites em que passávamos na Avenida Fontes Pereira de Melo. E tu sorrias. E nós sorríamos. E dizias-nos adeus. E nós dizíamos-te adeus. E levávamos esse sorriso para as ruas do Bairro Alto. Entrávamos em bares, falávamos de nós, bebíamos qualquer coisa em copos de plástico e, mesmo quando não pensávamos em ti, mesmo quando nos esquecíamos de que naquele momento ainda estavas na Avenida Fontes Pereira de Melo, continuávamos com o sorriso que tinhas acendido no nosso rosto no instante em que nos acenaste. E havemos de dizer aos nossos filhos, sentados no banco de trás, que ficavas ali mesmo nas noites em que chovia. Com uma mão, seguravas o guarda-chuva. Com a outra mão, acenavas-nos, dizias-nos adeus.

Os nossos filhos não irão entender. Da mesma maneira, nós não iremos entender aquilo que eles nos disserem. Os nossos filhos irão perguntar-nos se tu eras maluco e nós iremos dizer que não e continuaremos a falar-lhes de ti, como se falássemos apenas para nós próprios. As nossas palavras encherão o ar desse carro futuro onde estaremos sentados a conduzir. As nossas palavras serão refletidas para o banco de trás pelo espelho retrovisor e os nossos filhos pensarão que perdemos o sentido. Nós continuaremos a falar porque essa será a nossa maneira de lembrarmos todos os detalhes. Continuaremos a falar, mas as palavras não conseguirão mostrar aos nossos filhos a falta que sentiremos de alguém na Avenida Fontes Pereira de Melo, no passeio a acenar-nos, a dizer-nos adeus.

Os nossos filhos desinteressar-se-ão. O seu olhar ficará parado no espelho retrovisor a refletir os nossos olhos. Incrédula, a sua voz quererá saber aquilo que fazíamos quando éramos novos. Os nossos filhos não conseguirão acreditar que éramos novos. Quererão saber aquilo que fazíamos. Haverá uma pausa antes de respondermos que entrávamos em bares, falávamos de nós e bebíamos qualquer coisa em copos de plástico. Isso será aquilo que poderemos dizer aos nossos filhos e isso é exatamente aquilo que podemos escrever nas páginas de um livro, este. A nossa memória ficará cheia de coisas que não são nem entrar num bar, nem falar de nós próprios, nem beber qualquer coisa em copos de plástico, e ficaremos em silêncio durante um instante. Nesse dia quereremos acreditar que os nossos filhos não fazem nenhuma dessas coisas em que pensaremos e, durante esse instante de silêncio, conseguiremos convencer-nos a nós próprios que não, os nossos filhos, que vimos nascer, que nos fizeram sorrir com sílabas atrapalhadas, papá, popó, que vimos na primeira manhã em que foram para a escola, os nossos filhos, quando nos pedem para sair, entram em bares, falam deles próprios e bebem qualquer coisa em copos de plástico. Coca-Cola, sumo de laranja. Nesse dia, estaremos habituados a ser pais e as nossas palavras serão palavras de pais, os nossos gestos serão gestos de pais, o nosso cheiro, entranhado nas roupas, na casa, no carro, será o cheiro de pais. Nesse dia, estaremos habituados a ouvir mal, ao tempo que demorarmos a subir as escadas, à nossa vida e àquilo em que nos tornamos. Tu serás essa memória repentina de um tempo em que passávamos pela Avenida Fontes Pereira de Melo e serás aquilo que era estar ali, passar por ti de carro e acenar-te.

Nesse dia, nós saberemos muitas coisas e teremos esquecido muitas outras. Teremos a certeza de tudo, como os nossos filhos terão a certeza de tudo. Nós, como os nossos filhos, teremos esquecido que um dia tivemos vinte e cinco anos e olhamos para rapazes de dezoito anos, achando que não sabiam nada; tivemos dezoito anos e olhamos para rapazes de quinze anos, achando que não sabiam nada; tivemos quinze anos e olhamos para rapazes de doze anos, achando que não sabiam nada. Nós, quando passarmos de carro pela Avenida Fontes Pereira de Melo, com os nossos filhos sentados no banco de trás, lembrar-nos-emos de ti, e saberemos muito, certezas, e teremos esquecido mais ainda. Iremos para um sítio qualquer que já conhecemos mas que, nesse dia, será muito diferente da primeira vez em que estivemos lá, será muito diferente de todas as vezes em que estivemos lá. Por trás do nosso rosto, durante todo o caminho, continuará a falta que nos faz a tua imagem, o teu sorriso. Se os nossos filhos voltarem a perguntar se eras maluco, mostrar-nos-emos ofendidos. E quase durante um instante, quase por baixo daquilo que estivermos a pensar, quase que reconheceremos que sabíamos tão pouco sobre ti. Sob a música informe do autorrádio, quando os nossos filhos olharem em silêncio pela janela, lembrar-nos-emos de voltarmos para casa, de ser de madrugada e, na cor cinzenta, começarmos a ouvir os pássaros escondidos no céu. Nas paragens de autocarro havia filas de pessoas que tinham acabado de acordar e que tinham cara de pessoas diferentes de nós; e tu, o homem que dizia adeus, já não estavas no teu lugar, na Avenida Fontes Pereira de Melo, porque estavas deitado na tua cama, porque tinhas passado a noite a sorrir, a acenar aos carros, e estavas a descansar de ser feliz.

Vais ver, um dia vamos falar de ti assim. Quando os nossos filhos estiverem distraídos, olharemos para eles e saberemos que chegará um futuro em que este presente será passado. Mas para nós, vais ver, esse dia nunca chegará e continuaremos cheios de certezas boas, como se estivemos sempre, todas as noites, a acenar, a dizer adeus aos carros que passam na Avenida Fontes Pereira de Melo.

Feira do Livro

Agora, quando penso nisso, as nossas cores, as cores das nossas roupas e das nossas ideias são como um quadro de Renoir. Ficávamos sentados sobre a relva inclinada e, à nossa frente, como um rio, estavam as pessoas que subiam e desciam com sacos de plástico cheios de livros, que paravam para ver livros. Ficávamos sentados e apenas falávamos de livros, os que tínhamos comprado e, sobretudo, todos os que éramos capazes de imaginar. O mundo era um caminho que se abria à nossa frente, uma vertigem. Nós não tínhamos medo de nada quando líamos em voz alta de livros que trazíamos de casa. Sem que o soubéssemos, uma parte grande das nossas vozes era já definitiva, a maneira como hesitávamos era já definitiva. A sombra, o cheiro da relva e os altifalantes a anunciarem sessões de autógrafos. Agora, quando penso nisso, sinto um sabor doce nos lábios, fresco, é o sabor a supermaxi.

Agora, nesta tarde de calor, no nosso lugar, estão outros como nós. Compreendem tudo o que também nós compreendíamos, e já esquecemos. São ainda capazes do verão e, por consequência, da liberdade. Para eles, as palavras têm outro valor, encontram-nas em poemas que guardam em papéis dobrados no bolso de trás das calças, em livros que trazem de casa. As cores deles são nítidas como todos os objetos. Agora, enquanto subimos ou descemos, sacos de plástico cheios de livros, tentamos distingui-los e temos medo de já não sermos capazes de o fazer.

Acerca das livrarias

Há muito tempo, talvez há uns quinze anos, quando os telemóveis ainda definiam classes sociais, quando a maioria das pessoas não era capaz de distinguir um endereço de página da internet de um endereço de email, quando o cidadão comum ainda estava a decidir como havia de escrever essa nova letra — @ —, há muito e muito tempo, as livrarias não tinham aquelas barras ao longo da porta que apitam quando alguém sai com um livro que não pagou. Ou quando alguém sai com um livro a que não tiraram o código de barras — no mundo urbano, não deve haver muita gente que não tenha a experiência de estar a sair de uma livraria, ou de outra loja qualquer, e, de repente, levar com a estridência de um alarme no centro da cabeça e com os olhares de todos os presentes. É duro. Nesse cenário de há quinze anos, não existia essa possibilidade, respirava-se um pouco melhor, o ar era mais lisinho, tinha menos grão.

Contaram-me que, nesses tempos de antanho, era possível chegar a uma livraria com um monte de cadernos debaixo do braço, por exemplo, ou de revistas, ou mesmo de livros, que não se vendessem na livraria, outros livros. Depois de procurar algumas leituras nas estantes, depois de folhear, analisar, comparar preços, era possível colocar o livro que se quisesse entre as folhas que já se levava e sair porta fora. Contaram-me isto. Mais, disseram-me que era mais fácil fazê-lo com livros fininhos, mas que era comum fazê-lo com romances ou livros de maior peso. Entre a experiência daqueles que tive oportunidade de ouvir, o livro de maiores dimensões que viajou segundo esta técnica foi um ensaio americano sobre poesia, já clássico, intitulado *A History of Modern Poetry: Modernism and After*, da autoria de David Perkins, numa edição de 694 páginas e de bom papel. Ainda assim, apesar do peso desta obra de referência, foi-me dito que é muito fácil crer que, noutras ocasiões, houve movimentações mais significativas, sobretudo porque não existia a obrigatoriedade de levar apenas um livro. Assim, o transporte de quatro ou cinco romances ultrapassava facilmente o feito alcançado pela obra de Perkins.

Como é rápido de constatar, a técnica dos cadernos/revistas/livros não era única, nem sequer a mais criativa. Apenas a título de exemplo, o método mais frequente era o do casaco, com duas variantes:

1. Casaco na mão
2. Casaco vestido

No primeiro caso, após a escolha do livro ou livros, colocava-se esse volume entre o casaco que seguia convenientemente enxovalhado numa das mãos. É impressionante o número de livros que um casaco pode levar no seu interior sem que a sua forma se torne demasiado artificial (contaram-me).

A segunda possibilidade é, de certa forma, o lugar-comum desta tarefa. Consistia em levar um casaco vestido (de preferência, um blusão com fecho), encontrar a oportunidade certa para colocar o livro pretendido no seu interior e fechar o casaco, cobrindo o livro que se pretendia dissimular.

Segundo percebi, o segredo desta arte residia na performance. Era fundamental chegar à livraria com ar de quem ia a livrarias e comprava livros. Era útil, por exemplo, perguntar preços, gastar algum tempo a ouvir informações, mostrar-se interessado, gracejar. Um erro normal era olhar muitas vezes para todos os lados. Convinha ter uma boa compreensão espacial, um bom sentido de orientação e procurar nunca perder de vista os outros elementos presentes na livraria. Aqueles com quem falei disseram-me que não eram os empregados da livraria que os vigiavam, eram eles que vigiavam os empregados da livraria. Depois, perante o momento certo, não podia haver hesitações ou recuos. Uma vez alcançada a última fase, a saída não devia ser precipitada. O aperto no coração era inevitável, o ar espesso que preenchia o esófago era inevitável, mas a forma correta de sair incluía um sorriso, incluía um boa-tarde educado, agradável, um até breve.

Quando ainda só tinha escrito o título deste texto, tinha a intenção de dissertar sobre livreiros. Sou amigo de muitos, neste hemisfério e no outro. Reconheço-lhes grandes qualidades e devo-lhes bastante. Como autor, passei alguns dos momentos mais importantes da minha vida ao lado de livreiros mas, entre o título e a primeira linha, lembrei-me desses outros amigos, frequentadores de livrarias e dos quais tão pouco se fala, quase nada. Foram tão castigados com a arrelia daquelas barras terríveis, inestéticas, opressoras de todos nós, e ninguém se lembrou de dedicar-lhes uma palavra. Os autores e o mercado livreiro devem muito a essas pessoas. Com frequência, deixo livros que não quero pousados no parapeito da minha janela do rés do chão. Passam dezenas, centenas de transeuntes nesta rua e os livros permanecem lá durante horas, livros bons, livros novos ou quase novos. Em algumas ocasiões, tive de recolhê-los antes que chovesse, uma humilhação indigna para esses pobres livros. Aqueles que desenvolveram as técnicas que descrevi anteriormente, e outras, fizeram-no por amor inquestionável aos livros e à leitura. Hoje, muitos têm vidas ligadas a essa área, alguns acabaram mesmo por tornar-se livreiros.

Como é evidente, tudo isto me foi contado. Eu, claro, não sei de nada. Até porque, nessa época, eu estava a receber aragens de inspiração e a comunicar por telepatia com as musas. O meu álibi pode ser facilmente confirmado em qualquer uma das mil notas biográficas sobre mim. Basta procurarem o meu nome no Google.

Um vezes um

Agora, está aqui uma pessoa com as minhas características, mas eu estou bastante longe daqui, a aproveitar esta bela manhã de sol de outubro. Esta pessoa partilha todas as minhas características fundamentais: idade, aspecto, nome. Se disserem o meu nome, esta pessoa deixa de escrever estas palavras e, muito provavelmente, vira-se na direção de onde a chamarem. Tudo isto é uma probabilidade porque, aqui, não está mais ninguém, está apenas esta pessoa. Aqui, não estou sequer eu próprio, porque eu estou perto do rio, a respirar.

Hoje, separamo-nos cedo. Logo depois de acordar, quando abri os estores e esta luz ocupou toda a janela, eu saí para a rua, levando o meu sorriso, e esta pessoa ficou aqui, a preparar-se para escrever e, depois, a escrever. Esta pessoa tem alguma consciência daquilo que é estar perto do rio, analisar o brilho do Tejo, medi-lo por instantes e deixá-lo escapar para sempre, mas não sabe, como eu, aquilo que é estar agora, a sentir os pequenos pontos de água que se libertam do rio, que se misturam com o ar e que, com o sol, pousam sobre a pele do meu rosto. Ai.

Esta pessoa com as minhas características tem a meio um livro de Heidegger. Eu releio poemas de Rilke. *Ser e tempo* é o livro que esta pessoa tem andado a ler. Eu tenho dois livros de Rilke que releio desordenadamente. Abro uma página e leio, releio. Heidegger e Rilke foram contemporâneos. O filósofo conheceu o poeta, mas creio que o poeta nunca chegou a conhecer o filósofo.

Lisboa. Esta cidade é incandescente. Lisboa divide-se em: pessoas, carros, ruas, casas, céu e rio. As pessoas são universos e são formigas. Cada pessoa é um universo inteiro e completo, mas são muitas, como formigas.

Os carros existem pelo som e pela forma como as pessoas têm de esperar por eles antes de atravessar, ou conduzi-los, semáforos, ou estacioná-los. As ruas são as linhas pavimentadas que levam de um lugar ao outro, têm sombras em outubro. Por dentro, as casas são cenários para os universos que as pessoas, todas, são. Por fora, as casas são cores que se esbatem no olhar, manchas embaciadas que contornam as ruas. O céu é o céu. E o rio, já se sabe, é o rio.

Esta pessoa com as minhas características e eu existimos neste mesmo mundo concreto: Lisboa. Somos simples e nítidos. Não somos irmãos gêmeos e não temos nada a ver com sombra, alma, reflexo, etc. Esta pessoa com as minhas características não é o meu duplo porque eu sou eu. Se esta pessoa com as minhas características fosse o meu duplo, quando digo "eu", ouvir--se-ia um outro "eu" que coincidiria exatamente. Dentro desse eu, estariam dois eus. Não é isso que acontece.

Esta pessoa com as minhas características está aqui, mas eu estou bastante longe daqui. Estamos separados pelo caminho que fiz para chegar ao rio e pela escolha que a pessoa com as minhas características fez de continuar em casa. Não foi a primeira vez que nos separamos. Esse tempo de distância não foi suficiente para deixarmos de partilhar características e, no entanto, agora olhamos para lugares diferentes, ouvimos sons diferentes e, por isso, somos diferentes. Somos dois materiais. Sabemos também que o tempo é feito de momentos como agora, como agora, como agora.

Confiamos demasiado na nossa memória. Confiamos demasiado em papéis escritos e em cicatrizes. Se perguntar o que é o passado, sei que vou fugir da resposta. Se perguntar o que é o futuro, sei que não existe resposta. Agora. Agora, está aqui uma pessoa com as minhas características, mas eu estou bastante longe daqui, a aproveitar esta manhã de sol de outubro. Não tenho pressa. Não tenho problemas, não tenho realmente problemas, tenho uma vida plena e natural como o rio Tejo diante de mim. Esta pessoa com as minhas características que está aqui sorri enquanto escreve. As palavras despedem-se do seu interior de uma forma que também é natural. Tanto esta pessoa que tem as minhas características como eu não procuramos a eternidade em nada. Somos imortais neste momento.

E podemos pará-lo.

Claro que não podemos. Estava só a brincar.

Gosto de brincar às vezes. Esta pessoa que tem as minhas características também gosta de brincar. Gosta de tudo o que eu gosto, menos de algumas coisas. Eu também sou assim, gosto de tudo o que esta pessoa gosta, menos de algumas coisas.

No livro *Sonetos a Orfeu*, há um soneto que começa assim: "Du, mein Freund, bist einsam, weil..." E não termina a frase. A tradução é: "Tu, meu amigo, és solitário porque..." O soneto continua e termina, mas aquela frase inicial não termina. Com ela, também a solidão não termina.

Agora, está aqui uma pessoa com as minhas características, mas eu estou bastante longe daqui, a aproveitar esta bela manhã de sol de outubro. Seria talvez demasiado fácil ir-me embora, voltar para junto da pessoa que tem as minhas características, enquanto ela deixava de escrever e vinha para junto do rio. Trocávamos de lugar. Quando essa pessoa com as minhas características saía, o texto acabava. Ponto final, silêncio.

Para o melhor e para o pior, nem sempre o mundo é tão certo. A pessoa com as minhas características vai continuar aqui, eu vou continuar longe, junto do rio. A casa continua, o rio continua, a cidade continua, o tempo continua.

Só o texto termina.

O que é normal porque o texto não é nem a casa, nem o rio, nem a cidade, nem o tempo, nem eu.

Aqui, aqui e aqui

Quando o cavaleiro acordou, apenas encontrou escuridão à sua volta. Conseguia ainda sentir o cavalo debaixo de si mas, estranhamente, não lhe distinguia um movimento mínimo, nem a respiração, nem um esticão de pele para afastar as moscas, nem o pescoço maciço a virar-se todo para um lado ou para outro. Na verdade, o cavaleiro não conseguia distinguir os seus próprios movimentos, tentava lançar um braço para a frente, tinha a sensação nítida de estar a fazê-lo, mas não conseguia sentir esse gesto simples. Fazia como se estivesse a tocar o seu corpo, passava as mãos pelo peito, sabia-se a fazer esse movimento, mas nem sentia as mãos no peito, nem sentia o peito nas mãos. Chegou a pensar que ainda estava adormecido. Talvez estivesse num daqueles sonhos em que se consegue ter a consciência de estar a sonhar. Esses sonhos tornam-se mais nítidos e reais no momento em que está quase a acordar. Este pensamento acalmou o cavaleiro. Quase adormeceu de novo enquanto esperava por acordar daquele sonho. Então, pareceu-lhe que não podia adormecer dentro de um sonho e, assim, concluiu que não podia estar a sonhar. Foi então que pensou que estava morto. Essa conclusão foi um instante de pânico seguido por uma tranquilidade absoluta. Se estava morto, para que preocupar-se? Tinha pena daquilo que gostaria de ter feito, mas tinha a memória das muitas coisas que conseguiu fazer. Habituou-se à ideia de estar morto. Depois, aos poucos, foi-se aborrecendo da morte. Não acontecia nada dentro da escuridão. Era um negro opaco, sem qualquer quebra. Nessa falta de novidades, havia apenas o som. Em muitas ocasiões, o cavaleiro dirigia toda a atenção para o som. Aquilo que ouvia deixava-o perplexo. Distinguia claramente vozes de pessoas. Mas não conseguia perceber qual era a língua que falavam. Incansável, o cavaleiro tinha percorrido todo o reino. Durante todos esses anos, nunca tinha escutado nada que se assemelhasse àquela língua. Era o outro mundo, pensava, era a morte. Seria aquela a língua dos anjos? O cavaleiro não sabia. Chegou também a pensar que poderia estar cego. Mas, se assim fosse, porque estaria montado no seu cavalo completamente suspenso? O cavaleiro tinha muitas perguntas. Tinha poucas respostas. Ia esperar. Não havia mais nada que pudesse fazer. Inquieto e imóvel, observava a escuridão.

De repente, a escuridão rasgou-se. O cavaleiro de madeira, montado no seu cavalo, chegou às mãos do menino. As cores da árvore de Natal, por trás, brilharam mais nesse momento por efeito do rosto do menino. O avô, sentado a pouca distância, dizia-lhe: calma, devagar. O avô sorria e o presente que ele próprio recebia era poder assistir ao entusiasmo com que o neto segurava no cavaleiro de madeira, imaginando-lhe aventuras. O pai estava no outro lado da sala. Talvez a cidade existisse por detrás das janelas. Ninguém poderia saber ao certo. A mãe aproximou-se do avô, seu pai, e sorriu-lhe. O menino veio a correr e mostrou-lhe os pormenores com que o cavalo e o cavaleiro tinham sido esculpidos. Nesse dia de Natal o menino tinha quatro anos. Mais tarde, já adulto, haveria de ter uma memória, distorcida, daquelas horas. Essa seria uma memória feita de tempo morno. Adulto, quando visitava a mãe e passava pela moldura com a fotografia do avô, pendurada no corredor, sentia ainda o conforto daquela manhã, o amor. O cavaleiro de madeira acompanhou-o ao longo de toda a infância. As suas cores foram-se desbotando. Os pormenores do rosto e das mãos foram-se lascando. Adulto, segurava o cavaleiro de madeira dentro das suas mãos de homem e conseguia ver-lhe as imperfeições, mas conseguia também vê-las cobertas por tudo o que tinha descoberto naquele dia de Natal. O avô tinha conversas com a mãe e sorria ao vê-lo brincar no chão da sala. Às vezes, o pai chegava com braçadas de lenha que, ao longo das horas, ia dispondo na lareira. A felicidade existiu em todos os pormenores daquela sala. O tempo iria decantá-la pelas vidas que ali se reuniram e que ali celebraram a sua reunião.

Gostaram?, perguntou a mãe. Não percebi a última frase, disse a Patrícia. O que significa "decantá-la"?, perguntou a Inês. As gêmeas estavam tão despertas depois de ouvirem a história como tinham estado antes de a começarem a ouvir. A mãe fechou o livro e, antes de explicar, puxou-lhes os cobertores sobre o peito. Então, disse-lhes: o que a última frase quer dizer é que eles estavam muito felizes por estarem juntos, que isso é que era importante e que essa felicidade continuou com eles durante todas as suas vidas. As gêmeas não mexeram o olhar, continuaram a fixar a mãe. E se fechássemos a luz?, perguntou. Estava cansada. Tinha sido um dia longo. Mãe?, chamou a Inês. Sim?, disse a mãe. E a Inês fez-lhe perguntas sobre os presentes. A Patrícia também fez perguntas sobre os presentes. A mãe sempre se admirou com o modo como as gêmeas tinham exatamente as mesmas perguntas para fazer. Era como se uma e outra soubessem exatamente as mesmas coisas. A mãe disse que, na manhã seguinte, quando abrissem os embrulhos, logo saberiam. Disse que, naquele momento, não valia a pena estarem a preocupar-se com isso, o melhor seria descansarem bem porque, quando acordassem, haveria muito para brincar. As gêmeas conformaram-se com esta explicação e, a Patrícia primeiro, a Inês depois, fecharam os olhos. A mãe afastou-se devagar, as meias sobre a alcatifa, e, quando encostou a porta, olhou para os vultos a respirarem longamente sob o cobertor. Com cinco anos, as gêmeas estavam muito crescidas. A mãe chegou à cozinha. Os azulejos brancos refletiam a luz da lâmpada fluorescente. A mãe tirou uma caneca do armário. Era uma caneca de loiça, gasta pelas lavagens da máquina, as cores esbatidas. Do frigorífico tirou um pacote de leite. Encheu a caneca e colocou-a no microondas. Ficou a olhar para ela enquanto rodava, iluminada, como uma caneca que fosse bailarina num palco de vidro. Plim: o toque demasiado alto, demasiado estridente do microondas. A caneca estava a escaldar, mas o leite estava apenas morno. Mexeu-o com uma colher. Então, sentou-se numa cadeira, ao lado da pequena mesa da cozinha onde pousou o cotovelo. E assim ficou, em pijama, de meias, a beber leite morno e a olhar para o ar.

Scrabble

Era a cozinha da casa dos meus pais nos dias anteriores ao Natal. A lareira estava acesa. Havia um cheiro a fritos no ar porque a minha mãe entrava e saía, sem ouvir as nossas conversas. A televisão estava ligada, mas não tinha som. Ainda era de tarde, mas havia pouca luz na rua. As janelas tinham os estores meio descidos sobre uma faixa de cinzento-escuro, que era a cor do quintal àquela hora. Estávamos iluminados pela lâmpada fluorescente, branca. Eu e a minha irmã, sentados à mesa, ainda com a toalha do almoço, limpa de migalhas, jogávamos Scrabble com o Dostoiévski. O jogo decorria, condicionado pela nossa atenção moderada, por baixo das conversas. O Dostoiévski era o que se compenetrava mais quando chegava a sua vez. A minha irmã perguntava: quem é que é a jogar? Nem precisávamos de responder, era sempre ela. Eu jogava a seguir à minha irmã.

Agora, em perspectiva, creio que o Fiódor — era assim que o tratávamos — alimentava algum interesse pela minha irmã. Não perdia nenhuma ocasião para dizer uma gracinha, ou para fazer um comentário sentencioso. Apesar de um pouco forçadas, as suas observações eram um pêndulo que oscilava entre o espirituoso e a busca de uma credibilidade, quase sempre atraiçoada pela insegurança indisfarçável que a presença da minha irmã fermentava. Ainda assim, como é sabido, o Dostoiévski é um tipo interessante.

Por isso, não eram raros os momentos em que eu e a minha irmã nos parávamos a ouvi-lo. Além do mais, a qualidade expressiva das suas descrições era inigualável. Ao descrever as estepes geladas, por exemplo, fez-me sentir fios de frio a entrarem pelo fundo das calças, pelas mangas da camisa de flanela, e a envolverem-me a pele, apesar das fagulhas que estalavam na lareira a pouca distância e apesar do cheiro familiar a fritos que a minha mãe trazia de cada vez que passava por nós, surda e indiferente. O Dostoiévski falava e nós queríamos ouvi-lo, libertava-se em monólogos que apreciávamos, mas ele, talvez movido pela tal insegurança, insistia em fazer-nos perguntas, muitas vezes descabidas, a propósito de nada, numa tentativa de envolver-nos ou num receio, sem fundamento, de estar a monopolizar a conversa. Era assim que, de repente, se virava para a minha irmã e lhe perguntava: a menina aprecia chá? A minha irmã entendia que era ele que desejava um chá e gerava-se um mal-entendido que durava três minutos. Era também assim que o Dostoiévski apanhava a minha mãe de passagem e lhe perguntava: já provou *pashka*? A minha mãe continuava o seu caminho rápido, sem sequer virar a cabeça na sua direção e sem exprimir a mínima mostra de o ter escutado. Então, o Dostoiévski apressava-se a explicar-nos que *pashka* é uma sobremesa russa da Páscoa. Eu e a minha irmã agradecíamos a informação, dizíamos: ah, e continuávamos a jogar Scrabble. Foi também dessa forma desastrada que o Dostoiévski me perguntou se não achava que me expunha demasiado naquilo que escrevia, se não achava que dava demasiado de mim próprio, e terminou a frase com "meu caro". Era muito frequente que o Dostoiévski, quando se dirigia a mim, terminasse as frases com "meu caro". Aguardei por um instante de silêncio antes de responder. Essa era uma resposta que não podia dar com monossílabos.

Então, disse-lhe: Fiódor, o que crês que te dou nessas páginas? Não te dou nada. Dou-te aquilo que todos sabem depois de nascerem e andarem um par de anos nesta superfície que nos puxa e a que chamamos "chão", dou-te aquilo que Deus sabe de cor. Não acredito que aches surpreendente que tenha pernas, braços e pensamentos. Não te dou nada ao dizer-te isso. Porque acreditas que te dou alguma coisa se te digo que como, durmo, faço sexo? Porque acreditas que te dou alguma coisa se te conto que existe uma família com um pai, uma mãe, que entra na cozinha a cheirar a fritos, e com irmãos mesmo irmãos? Ao saberes isso, talvez te pareça que tens alguma coisa, mas garanto-te que continuas sem nada. Aquilo que te digo transforma-se em cinza ainda antes de te tocar. Quando chega à página, quando sai dos meus lábios, quando termina de se formar dentro de mim, já é cinza. Ou ainda menos do que cinza. Ainda menos do que fumo. Nem sequer a sensação de fumo, o calor do fumo, o cheiro do fumo. Aquilo que tens é o pouco, o quase nada que sou capaz de te dar. Eu gostava. Desejava com todas as forças ser capaz de dar-te tudo, mas existe um muro de significados que não o permite. Posso contar-te como são as pessoas que toco, dar-te as suas moradas e os seus horários para que as encontres, fales com elas, para que as confrontes com essa mesma pergunta e, também assim, continuarás sem nada. Toda a informação que conseguirás reunir poderá ser resumida numa palavra: humanos. No fim, no fundo, apenas saberás que somos humanos, que fazemos tarefas de humanos, que nos erramos com equívocos de humanos, que sucumbimos a fraquezas de humanos, que nos alimentamos daquelas ilusões que dão esperança e força aos humanos. A forma como te dou isso é inversa à forma como o recebes. Escondes a mão estendida, como o empregado de hotel que espera uma gorjeta, gorjeta essa que, no seu instante, todos fingem que não existe, mas que, antes de ser entregue, é avaliada e, depois de ser recebida, é avaliada. Eu não avalio. Eu dou. Dou aquilo que posso, que é aquilo que tenho. Dou-te tudo. Tu recebes, e achas demasiado porque achas pouco. Fiódor, é assim todos os dias, nas revistas e na televisão. Fingimos surpreender-nos ao saber que a fulana voltou a trocar de namorado, foi fotografada na praia a dar um beijo a um completo desconhecido. E depois? Essa é a pergunta que não fazemos, Fiódor. E depois? Toda a gente sabe o que é um beijo. Na praia? E depois? Depois, nada. Morreremos, claro. Morreremos e teremos protegido nada. Teremos protegido o assunto inegável de termos sido humanos e de termos encontrado humanos. Humanos tristes às vezes, eufóricos às vezes, cobertos de lama às vezes. Teremos protegido o fato de termos tido braços que abraçaram, bocas, pernas que caminharam numa determinada direção. Grande coisa.

A nossa memória ficará preservada. Respeitada. Por quem? Por ninguém. Para quê? Para nada. Onde? Em lugar nenhum. Acreditamos que, por revelarmos momentos privados e embaraçosos, revelamos alguma coisa, damos alguma coisa. Sem nos apercebermos, somos muito mais fracos. Somos como primitivos que julgam perder a alma por haver quem fotografe a sua imagem. Confundimos os nossos segredos com a nossa identidade, confundimos as nossas fraquezas conosco próprios e, sem que ninguém saiba, sem que ninguém possa saber ou ajudar-nos, transformamo-nos efetivamente nos nossos segredos e nas nossas fraquezas. A verdade existe no oposto desse medo. Quanto mais damos, mais nos permitimos ser. Quanto mais damos, mais somos.

Dostoiévski ouviu-me, com a timidez de não ter previsto que a sua pergunta pudesse resultar em semelhante discurso. Concordou com tudo porque a última coisa que desejava era um conflito, por mais ínfimo. Concordou porque queria mudar rapidamente de assunto. O jogo de Scrabble aproximava-se do fim. Havia poucas letras no saco de onde as tirávamos depois de cada jogada. Foi disso que o Dostoiévski falou. A minha irmã sorriu-lhe e todo o meu discurso foi esquecido. A minha mãe continuava a passar por nós e não se apercebeu do fim do jogo nem de nada. Quando chegou a hora de fazer as contas, ganhei com muitos pontos de vantagem. Beneficiei da displicência com que a minha irmã, a jogar antes de mim, me entregou possibilidades de utilizar as casas onde havia "palavra conta o dobro" e mesmo "palavra conta o triplo". A minha irmã não se preocupava com a circunstância de ganhar ou perder. O Dostoiévski aproveitou a derrota para, implicitamente, requerer consolo junto da minha irmã. Eu, apesar de conhecer a pouca importância de um jogo de Scrabble, não consegui evitar um sentimento nítido de vitória a preencher-me e, despreocupado, comi uma filhós.

Dostoiévski contra o frio
(A partir do início de *O idiota*, de Fiódor Dostoiévski)

Por um tempo amaciado, em que não se imaginava o degelo, fins de novembro, cerca das nove da manhã, o comboio do caminho de ferro Varsóvia–São Petersburgo aproximava-se a todo o vapor do seu destino. O peso dos vagões sobre os carris, como os gestos repetidos e poderosos da máquina, eram um mistério que os corações conheciam com a mesma inquietação com que se haviam habituado à angústia leve, quase incógnita, clandestina, quase a sua própria ausência, que crescia a cada hora desde que saíram da estação de fumo em Varsóvia. Amanhecia devagar. A noite desfazia-se lenta no nevoeiro, espesso, denso, russo, que sibilava à passagem do comboio e que enchia a paisagem de céu. As árvores que se imaginavam depois do nevoeiro opaco eram apenas a memória de florestas antigas, o limiar da emoção que umedecia os olhos daqueles que, longe da pátria, se lembravam dos campos do seu país, diante de um copo de vodka ou diante da memória de um copo de vodka. Entre os passageiros, havia aqueles que regressavam do estrangeiro e havia a maioria: aqueles que vinham de cidades e de aldeias onde visitavam parentes, trabalhavam por temporadas, procuravam razões. Eram esses rostos, mascarrados de realidade, lavados de ilusões, que enchiam a terceira classe. Pousavam os braços cansados no ar. Abandonavam os braços. O inverno aproximava-se desses corpos à mesma velocidade com que o comboio se aproximava de São Petersburgo. A cor da pele era lívida e baça. As mãos, os lábios e os olhos eram frios.

Numa das carruagens de terceira classe, encostados à janela, desde o primeiro início do amanhecer, seguiam dois homens frente a frente. Alternavam movimentos: para se sentirem, passavam a mão pelo cabelo, como num gesto casual de pentearem-se com os dedos; para se aquecerem, agitavam as pernas, como um tique infantil, como um ritmo nervoso; para se entreterem, olhavam em volta e sorriam. O tempo e a vida permitiam-lhes ainda um aspecto jovem. A roupa que usavam tinha o mesmo toque gasto e emprestava-lhes uma cumplicidade inusitada, um companheirismo tão natural que nenhum deles saberia explicar. Ambos viajavam com pouca bagagem. Um deles segurava no colo um exemplar, encadernado a couro, de *O idiota*, de Dostoiévski. É fácil acreditar que o livro lhe aquecia as pernas. Muito direito, tinha as mãos pousadas sobre o livro. Nunca o abriu. Durante todas as horas da viagem, ninguém o viu a ler nem uma página, nem uma palavra. Talvez o livro lhe aquecesse também as mãos. O outro tinha uma pequena trouxa pousada entre os pés. Às vezes, em movimentos mais bruscos do comboio, solavancos que geravam um coro de vozes graves, apertava os tornozelos para segurá-la. Guardavam a vontade de começarem a conversar um com o outro e esperavam um pretexto que justificasse a primeira palavra. Se pudessem saber para lá daquilo que viam, se se permitissem a imaginar todas as possibilidades, decerto se admirariam com o poder e a oportunidade do acaso que, contra todas as hipóteses que a razão se dispõe a considerar, os tinha sentado durante horas, frente a frente, numa carruagem de suor congelado, de angústia invisível, de quase silêncio, na linha Varsóvia–São Petersburgo. Um deles não era alto e tinha precisamente vinte e sete anos, marcados com exatidão num dos minutos daquela madrugada. Tinha sido um instante que passara indistinto de todos os outros e que contava vinte e sete anos exatos sobre o instante, tão assinalado, em que vira o mundo pela primeira vez: um quarto aquecido pelo vapor de bacias cheias de água quente, uma mãe de cabelos soltos e húmidos, uma parteira que dava graças de cada vez que presenciava o nascimento de uma criança limpa e perfeita. Tinha ainda o cabelo encaracolado com que nascera. "Tem tanto cabelo", disse a mãe, emocionada, acreditando que precisava de dizer alguma coisa. E naquele dia, vinte e sete anos depois, os seus olhos cinzentos incendiavam-se com todas as recordações mas, estranhamente, esqueciam-se dessa data que, por todas as idades, nunca se lembrara de celebrar. O nariz, as maçãs do rosto e os lábios poderiam facilmente ser esculpidos numa pedra bruta. Bastaria um cinzel grosso e um escultor desajeitado para lhe serem encontradas as feições. A fronte, alta e elegante, ordenava-lhe a figura e oferecia-lhe um perfil distinto, quase aristocrático. O sorriso malvado, irônico, tornava-o num guerreiro em pose, pintado a óleo, emoldurado por caprichos dourados, na parede de um salão. Às vezes, apertava de encontro a si próprio uma peliça coçada de pele de carneiro e era óbvio que, tanto durante a noite, como durante a hora gélida que antecedera o nascer do dia, não sentira frio. Já o seu companheiro de viagem acolhera no peito o tamanho inteiro do mês de novembro dentro das fronteiras russas. Segurava o romance do grande prosador russo como única fonte de calor. Imaginava talvez todos os incêndios que devastam o seu interior, as palavras que ardem durante páginas e páginas, porque o corpo apenas contava com o agasalho de uma capa sem mangas, bastante grossa e larga, com um capuz enorme, igual àquelas que usam os viajantes de carruagens longínquas, ao atravessarem estradas de terra na Suíça ou no Norte de Itália. Desprevenido, tinha mais corpo para sentir frio. Alguém que o apreciasse ao longe, de passagem, não teria pudor em chamar-lhe alto. Teria talvez os mesmos vinte e sete anos do vizinho que seguia instalado no banco da frente. Os cabelos, contra as cores daquele início cinzento de manhã, brilhavam tons de ouro, respondiam a lembrança breve do sol, a primavera, a inocência tênue de tardes passadas junto ao lago. Do rosto magro e seráfico despontava uma barbicha pontiaguda, uma estalactite. Os seus olhos eram, no entanto, grandes e serenos, como uma imagem do mesmo lago de tardes passadas, primavera, raios de sol a traçarem caminhos oblíquos nas águas. Tirando o grande romance russo em que se apoiava, tudo no seu aspecto eram traços de outros países, com outras maneiras e outros objetos correntes: do penteado discretamente na moda aos sapatos de sola grossa com polainas. O homem que viajava à sua frente, não conseguindo resistir mais ao prazer secreto de encontrar algum conforto no desconforto do outro, perguntou-lhe: "Tem frio?" E encolheu os ombros. Como se a pergunta não o surpreendesse, a resposta foi imediata: "Muito frio." Estas palavras foram ditas dentro de um sorriso, com a entoação arrastada de quem começa uma conversa.

Literatura comparada

Preâmbulo

Fiódor, quando tive a ideia que conduz estas palavras, pensei em tudo aquilo que nos liga, a grande quantidade de assuntos acerca dos quais os contornos das nossas opiniões coincidem milimetricamente. A uma distância média, poderíamos ser considerados irmãos gêmeos. Creio que, com toda a probabilidade, já o fomos mas, como em tantos outros casos, ficamos nessa ignorância do óbvio. Nós sabemos que é assim e, de forma repetida, pensamo-lo com os mesmos verbos. Se resolvi fixar-me naquilo que nos separa, Fiódor, não é por achar que nesses pontos reside o fundamental. Como tu, também eu não tenho dúvidas acerca da localização exata do fundamental. Com um brilho tão incandescente, seria impossível ignorá-lo, seria necessário ser cego. Mas, como também sabes, existe um mundo nos detalhes e o desenho fiel de um negativo só pode ser feito com absoluta atenção ao original. Escolhi as diferenças que me pareceram mais relevantes, Fiódor. São literárias na medida em que tudo é literário. A sede é literária. O lugar vazio é literário. _____ é literário. Com isto, não quero dizer-te que não somos o reflexo um do outro. Com isto, quero apenas pedir-te desculpa.

1. Com 24 anos, Fiódor teve um êxito imenso com o seu primeiro romance e foi uma celebridade do seu tempo.

Eu, pelo contrário, não fui uma celebridade do seu tempo. A crítica literária russa do século XIX ignorou-me por completo. Em diversas ocasiões detive-me, refletindo sobre as razões que levaram a tal atitude. Ser ignorado por um crítico ou por uma família de críticos parecia-me normal, banal até;

ser ignorado durante uma década ou duas, também me parecia comum; mas ser ignorado durante todo um século, cem anos, isso já não pode ser um mero trabalho do azar. Durante muito tempo, culpei os lobbies literários, que dividi em três grandes sensibilidades: o lobby dos lobbies, o lobby contra os lobbies, o lobby que defendia não existirem lobbies. Nunca consegui surpreender em flagrante a ação de nenhum desses grupos. Aquilo que posso garantir é que, ao contrário de Fiódor, fui radicalmente ignorado pela crítica russa do século XIX.

2. Fiódor esteve preso durante quatro anos na Sibéria.

Desde que tenho consciência da minha pele e da minha alma que conheço a maneira como me dou mal com as baixas temperaturas. Se surgir algum convite para visitar a Sibéria, é quase garantido que aceitarei. Não por ser o meu habitat mais confortável, mas porque adoro viajar, conhecer lugares novos, pessoas novas. Essa é mesmo uma das minhas divisas. Mas estou convencido de que se me quisessem reter na Sibéria durante quatro anos, não seriam capazes. Vi os primeiros filmes do Rambo quando o meu espírito se encontrava ainda em plena formação. Em simultâneo, assisti a toda a filmografia que me foi acessível de Bruce Lee e de James Bond. B, JB. Por isso, estou certo de que não ficava na Sibéria. Quatro dias? Certamente. Quatro semanas? Talvez, com condições. Quatro anos? Nem pensar.

3. Após ter estado na prisão, Fiódor desiludiu-se com os pensadores do Ocidente e começou a defender os valores rurais e tradicionais da Rússia.

Também neste aspecto, a minha situação diverge de modo particular. Eu já defendia os valores rurais e tradicionais da Rússia muito antes de me desiludir com os pensadores do Ocidente. Aliás, quando esses movimentos filosóficos começaram a esvaziar-se para Fiódor, ficou livre o lugar que eu próprio haveria de ocupar como admirador dos seus raciocínios. Refiro-me tanto ao niilismo, como ao socialismo. Qualquer teoria do humano, seja ela qual for, só admite um número preciso de apologistas. A forma como se procede ao cálculo desse número depende de diversas variáveis. Para certos matemáticos, esse cálculo faz parte da sua rotina. Assim, para existir um novo adepto da teoria em questão, tem de sair alguém: por morte ou por falta de crença. Quando Fiódor se desiludiu com os pensadores do Ocidente fui eu que ocupei o seu lugar. Os únicos sistemas que comportam um número indeterminado, potencialmente infinito, de crentes são, por acaso, os valores rurais e tradicionais da Rússia.

4. Fiódor casou-se com uma viúva e, mais tarde, ficou ele próprio viúvo da viúva.

No momento em que escrevo, ó gerações futuras, tenho trinta e três anos. Fiódor tomou a decisão de se dedicar ao referido matrimônio com trinta e seis. O futuro é incerto, ainda assim, deixo aqui a minha garantia de que não irei casar-me com uma viúva e não irei, com toda a certeza, ser viúvo dela. Até porque ser viúvo de uma viúva é quase como ser avô, por viuvez, do primeiro marido falecido. Para o meu gosto, parece-me uma opção algo mórbida e, neste campo, creio que se pode falar de algum mau juízo por parte de Fiódor. No meu caso, creio ser possível chegar a divorciado de uma divorciada ou, no máximo, solteiro de uma solteira.

5. Fiódor era um jogador compulsivo.

Esse não é o meu caso. Admito que estou todos os dias no Casino do Estoril às três da tarde; assim que abrem as portas começo a correr para as máquinas. Apenas o faço porque gosto de atletismo. Em particular, gosto de provas de velocidade. Também não desminto os oito mil euros que deixei numa sala de jogo clandestina, em Arroios, na semana passada. Fi-lo sobretudo pelo convívio. Hoje em dia, tenho alguma dificuldade em conhecer pessoas novas.

6. Após publicar o tal livro, em 1866, Fiódor tornou-se um dos mais importantes romancistas russos.

Não publiquei romances em 1866. Talvez tenha sido uma espécie de ano sabático. A verdade é que não tenho recordações muito vivas desse ano. Ao contrário da maioria das pessoas, vivi os anos sessenta de forma recatada. Nada de grandes tropelias ou aventuras. Quando me concentro nos anos sessenta, a minha memória transmite-me uma imagem de negro opaco. Não distingo sequer uma sombra ou um vulto nesse negro total. Aquilo que mais me surpreende nesse fato é que essa ausência de memória não me angustia. Por vezes, dou-me a trabalhos elaborados para saber um nome ou um número que conheci há menos de uma semana e que acabei por esquecer. No entanto, não me ofereço a um esforço mínimo para saber onde estava e o que fiz durante os anos sessenta. Refiro-me tanto aos do século XIX, como aos do século XX.

7. Fiódor morreu.
Eu continuo por cá.

P

Venho por este meio dar conhecimento de que, a partir de hoje, a letra *p* é da minha exclusiva propriedade. Este documento, que torno público, atesta a legitimidade desta reivindicação e tem o poder de efetivá-la. É como uma espécie de bandeira que coloco na superfície deste novo planeta onde cheguei e onde não encontrei ninguém. Aliás, não é por acaso que a forma da letra *p*, minha propriedade, é em tudo semelhante a uma bandeira. O direito que me assiste nesta requisição de um bem que, até aqui era público, que era gasto e desbaratado, é o fato de ter sido a primeira pessoa a considerá-lo como um bem. Repare-se que a minha exigência não é pela letra *o*, nem pela letra *q*. É uma exigência específica, claramente direcionada. Quero a letra *p*. O fato de, até hoje, ninguém ter exigido publicamente a exclusividade dos direitos sobre essa letra é uma das fortes razões pela qual tenho direito a ela. As ideias são assim: quem as têm deve usufruir da sua concretização. Neste caso, a concretização desta ideia são os milhões de vezes que, todos os dias, se utiliza a minha letra *p*. A partir de agora, apenas a velocidade com que circula a informação poderá atrasar a aplicação desta norma, mas, como se sabe, na atualidade, a informação circula a uma velocidade inédita e, por isso, a mensagem de que a letra *p* é minha deve começar a circular desde já em todos os países cujos idiomas incluam a minha letra nos seus alfabetos.

 Como não sou megalômano, não vou exigir uma quantia proibitiva para a utilização da minha letra. Apenas um pequeno sinal de boa vontade, de reconhecimento e alguns cêntimos. Quem não pagar, deverá ser perseguido. Quem for apanhado em flagrante a utilizar a minha letra e não tiver dinheiro para pagar, deverá ser encarcerado. A própria utilização da minha letra em aparelhos, como é o caso dos computadores, deve ser cobrada. A tecla da letra *p* deverá ser considerada como um extra que se compra à parte, dentro de uma caixa, onde junto do logotipo deverá constar um pequeno círculo com um *R* no interior, que significa "marca registrada"; em inglês, *TM*, que significa "trade mark". Quem não quiser ou não puder pagar o valor que me é devido, tem à sua disposição uma possibilidade mais econômica: deixar de utilizar a letra *p*. Acredito que os Pedros e os Paulos não vão deixar de ser quem são apenas por começarem a assinar Edros e Aulos. Abdicar de utilizar a minha letra trará algum transtorno, mas é possível comunicar sem ela. Palavra será alavra, aprender será arender, enciclopédia será encicloédia. Exemplo: eu arendo uma alavra na encicloédia. Procurei um exemplo onde a letra *p* surgisse também no interior das palavras, mais difícil, para se perceber (ara se erceber), que não é impossível (imossível) comunicar sem a minha letra.

"A letra *p* não é a primeira letra da palavra poema", escreveu o célebre poeta. Realmente, os poemas verdadeiros continuarão a sê-lo mesmo que se escrevam com *x*. De igual forma, tudo continuará a ser da maneira que a natureza decidiu, mesmo que se troquem todas as letras. Se, amanhã, a letra *i* passar a ser a letra *n*, sobreviveremos. Pela minha parte, até acharei divertido. Aquilo que ninguém poderá fazer é traçar qualquer tipo de medidas que envolvam a letra *p*. Essa é minha. Tenho um direito histórico à sua posse. Justamente a letra *p* é a primeira letra do meu sobrenome. Esse já era o caso do sobrenome do meu pai. Este último elemento é apenas uma curiosidade. Aqui, a razão histórica reside apenas no fato de pertencer ao meu sobrenome, não ao sobrenome dos meus ascendentes. Isto porque a minha história para mim próprio, para a real formação da minha consciência, começa no instante do meu nascimento. Não tenho responsabilidade sobre mais história do que essa e é desde esse momento germinal que tenho um sobrenome começado pela letra *p*. Além disso, sou natural deste país, Portugal, que agora terá a honra de possuir um cidadão que é dono de uma letra e que, em simultâneo, será devedor a esse mesmo cidadão, eu, se quiser continuar a utilizar a minha letra para designar-se. A outra alternativa será começar a escrever-se Ortugal, o que não deixa de ser um belo nome e, porventura, até mais adequado. Acredito que a língua portuguesa (ortuguesa) resistirá a esse detalhe.

Deste modo, o *p* será preservado de forma muito mais eficaz. Eu e os meus descendentes, nos prazos legais após a minha morte, poderemos utilizá-lo do modo que nos aprouver: pppppppppppppp. Somos poucos e o fascínio da livre utilização da letra *p* gastar-se-á rapidamente. Depois, com a velocidade do mundo moderno, as medidas restritivas de utilização da letra *p* farão com que se agudize a tendência para deixar de utilizar a letra *p*, que, como consequência lógica, será cada vez mais rara também na sua vertente fonética. Será assim até ao ponto em que o indivíduo de formação média comece mesmo a ser incapaz de pronunciar esse som. Então, eu, se ainda assistir a esse fenômeno, e os meus descendentes, distinguir-nos-emos de todos os outros. Acompanhados apenas por aqueles que estiverem dispostos a pagar para utilizar a minha letra, seremos uma aristocracia do *p*. Com vantagens óbvias para a imagem que tivermos de nós próprios mas, como acontece normalmente com essas formas de aristocracia, sendo ignorados pela quase totalidade da população, o que não impedirá de nos sabermos superiores, como é óbvio.

Mais determinante do que o aspecto social será o aspecto econômico. Todas as máquinas que terão de ser substituídas, em virtude do uso ilegal da letra *p*, farão com que a proteção do meu direito seja apoiado com veemência pelas grandes multinacionais. O garante da minha medida será apoiado pela necessidade periódica que as empresas têm de que toda a gente troque de carro, de televisão ou de telemóvel. Neste caso, nem sequer será necessário inventar algo completamente prescindível: sensores de estacionamento, toques polifônicos. O meu direito à letra *p* trará felicidade e postos de trabalho.

Esperando que, a partir de agora, não seja necessário repetir aquilo que aqui fica contratualizado com o mundo e firmado por mim, tomo plena posse da letra *p* e aguardo pelo desenvolvimento legal deste processo.

Rhjtrbhc

Jshbbf luyugd ljhsbdcfjhb, ljhysbb çljsdbe. Ljshdb. Deixar cair as mãos sobre o teclado. Entre as pessoas que escrevem livros, romances, creio que há sempre um momento em que apetece deixar cair as mãos sobre o teclado e escrever desse modo. O computador. À noite, consigo ir para fora de mim, sentar-me no parapeito da janela aberta e ouvir-me a escrever. Os meus dedos no teclado. O som dos meus dedos sobre as teclas em ritmos irregulares e, num momento, o som sempre mais longo, sempre recorrente, da barra de espaços. Como se caminhasse, e tropeçasse, e caminhasse, e tropeçasse. Depois, o silêncio. Eu, parado num pensamento, a tentar imaginar uma palavra e a apetecer-me deixar cair as mãos sobre o teclado e ser essa a minha maneira de escrever. Eu a imaginar a frase: "Quando seguro o teu rosto dentro da palma das minhas mãos é como se iasdnaj oiein koakjn." E talvez seja apenas o meu inconsciente que sonha escrever um texto inteiro, um livro inteiro. Talvez, para isso, apenas possa deixar que as mãos caiam sobre o teclado. Ljhsdc lçkjzds ljsbdf kuywe çiusd. E seria sempre diferente. Se eu deixasse cair as mãos agora, kjljhdsf oisdbf, seria diferente do resultado de deixar cair as mãos agora, ojjhdsb ojhbs. Além disso, parece finlandês. O que me garante que "kjjsdb uydb iytea uhuydsb" não é uma frase bela, equilibrada e expressiva, em finlandês? As mãos caem sempre de maneira diferente sobre o teclado, não se consegue escolher o sítio onde as mãos caem. Tratar-se-ia, por isso, de um texto que não seria escolhido e que seria quase sempre diferente: klçjnasd kisndf ljhnsd khgsdf jhbsd. Seria possível escrever-se as melhores críticas a esse texto: "Uma forma de escrita radicalmente nova. Neste texto, é possível encontrar palavras reconhecíveis em mais de oitenta línguas e dialetos diferentes, num jogo de plasticidade pós-cummings." Seria, obviamente, possível escrever-se as piores críticas: "Um ridículo aleatório. Um desperdício de papel." Mas é sempre assim. Sempre que se pode ler as críticas mais apaixonadas, pode também ler-se as críticas mais insultuosas.

 E a passagem do tempo, lksadf, em estrondos consecutivos no teclado, khdsbf, sempre diferentes, jlodsb, sempre diferentes, lhhdb, agora: ldsnfhj; diferente de agora: kjdsnf; diferente de agora: lsdkjn. Momentos irrepetíveis num texto irrepetível. Lições para serem tiradas. Alunos de universidades estrangeiras a fazerem teses em que relacionam essa forma de escrever, esse texto escrito, com as artes plásticas. Alunos universitários, mestrados e doutoramentos, a demonstrarem que esse aleatório que chegaria finalmente à escrita a ser comparado com o aleatório introduzido na pintura há várias décadas. Mas será realmente o aleatório? Será que o autor não escolheu cada uma das letras e dos seus sentidos? Ljhsd liidf lhbdsf? E a mancha gráfica? Será uma forma sutil de poesia visual? E a noção de autor? Quem é o autor de um texto que é escrito não a partir da vontade, mas a partir do acaso, a partir da forma como os dedos caem sobre teclas? Tenho há poucos meses uma gata. Não foram poucas as vezes em que deixei o computador sozinho e em que, quando regressei, encontrei a gata sentada sobre o teclado. A gata procura calor, como eu procuro calor quando escrevo. Isto é o que acontece quando pouso a gata sobre o teclado: m90 000 000 000 nnnnnnnnnnnnnnnnnnnnnnnnnnnn. E talvez se trate de uma representação do infinito: um nove maximizado por zeros; uma incógnita, "n", repetida; um "m" misterioso, a primeira letra da palavra "mãe" e da palavra "mundo". Mas uma gata pode ser autora de um texto literário? E a mancha gráfica? Lhasdb ljbsd ljhbsdf? E a noção de autor? Questões fascinantes.

 Para além disso, esta seria uma escrita que decorreria do indizível, tanto do seu sublime, como da frustração que lhe é adjacente. Um adjetivo: "Os teus lábios ljdslkjn." Um substantivo: "Na ponta dos meus dedos, o çldsçln da tua pele." Um substantivo e um adjetivo: "Olhei de novo e vi que era um ljnds lhjnds." Um verbo: "Ele jhds lentamente." Trata-se de aprender e de desaprender por vontade, para aprender mais, para saber melhor. A escrita, como um kjhhbsd, a reinventar-se tantas vezes quantas o seu jklhd. E, como os teus olhos sempre diferentes, a descrição dos teus olhos de jkdsc, os teus olhos lisdn, os teus olhos que lusyabdf o mundo. Os teus olhos e o indizível.

Os teus olhos merecem um livro inteiro. Os teus olhos merecem muito mais do que um livro. Os teus olhos merecem lijsadc lsdc ouwe.

Também o som. Quando se escreve uma só palavra muitas vezes, cria-se um ritmo: amo-te amo-te amo-te amo-te amo-te amo-te amo-te amo-te amo-te. Os dedos a fazerem os mesmos movimentos repetidamente. Quando se deixa cair os dedos sobre o teclado, cria-se um ritmo menos organizado e, no entanto, mais suscetível de criar melodia: klnd kjne iuunwe iuwe kjnds çkjnds. Se não for gravado, estaremos perante um som que apenas existe no instante da escrita. Como se fosse pouco estarmos perante uma escrita que cria ritmo e melodia, estamos também perante uma escrita que desafia as leis do eterno e do definitivo, tantas vezes associadas à literatura. Isto é definitivo: pçknd. Isto é um momento: lsdclkjc. Qual é a diferença entre aquilo que é um momento e aquilo que é definitivo? Pensa antes de responderes, Karlheinz Stockhausen.

Quando eu era pequeno, havia na casa dos meus pais uma máquina de escrever. De tempos a tempos, com ou sem o consentimento da minha mãe, eu levantava a tampa de plástico onde estava guardada, acertava uma folha no seu rolo e começava a escrever. O som das letras de metal a fazerem um arco e a acertarem inteiras na fita de tinta e no papel. Pá! Pá! Para escrever maiúsculas, carregava num botão que levantava o teclado. Para escrever a vermelho, carregava num botão que levantava a fita de tinta. Nesses dias de ter nove ou dez anos, começava por escrever alguma coisa que poderia ser duas ou três frases vulgares e, depois, começava a carregar aleatoriamente nas teclas: kvvfiytf ttruredurd. Ao fim de pouco tempo, as hastes de metal, que tinham esculpidas as letras no topo, ficavam embaraçadas entre o seu leque de letras e o papel. Nesse instante, antes que a minha mãe visse, antes que dissesse "Já andas outra vez a estragar a máquina", eu desembaraçava as letras com os dedos. Não me lembro de alguma vez, desde que aprendi a escrever, ter feito o mesmo com uma caneta. Nunca escrevi à mão uma sucessão aleatória de letras. Se o fizesse, não seria a mesma coisa porque teria de pensar cada uma das letras. Teria a tentação de criar-lhes equilíbrios. Teria a tentação de escolher as letras, apesar do seu caos aparente e, assim, condicioná-las, restringi-las. Ainda hoje, quando procuro alguma coisa entre os papéis que tenho na casa dos meus pais, encontro sempre essas folhas, onde está escrito: "ljnads lkjnds ljnsdf". Leio essas palavras estrangeiras ou impossíveis, esses substantivos cheios de ângulos, esses adjetivos estilhaçados, e ouço a voz da minha mãe a atravessar os anos para dizer-me "Já andas outra vez a estragar a máquina".

Deixar cair as mãos sobre o teclado. Um trovão neste pequeno mundo escrito. A gata a brincar com objetos silenciosos no chão do quarto. Tu a dormires, as pálpebras sobre os olhos, como o lençol sobre o teu corpo, a tua pele iluminada apenas pelo ecrã do computador. E eu aqui. Neste canto do quarto, sentado em frente ao computador, com este som de teclas, como o som dos ossos dos dedos a estalarem, e estas pequenas explosões, linfdc, que existem na página da mesma maneira que existem neste quarto e nesta noite. As letras todas à minha frente. Todas as possibilidades. E escolho escrever aquilo que não sei. Escolho "lhdb" e escolho "lsdkbc". Escolho não escolher, que é uma escolha como qualquer outra. E escrevo "lsdnblj" porque tenho esperança de que essas sejam as letras que digam algo muito grande e importante. Escrevo "olhdb" porque tenho esperança de que essa possa ser a palavra de uma voz muito grande e importante, deus, o diabo. Deixar cair as mãos sobre o teclado. Deixar cair as mãos sobre o teclado e ser essa a única maneira de escrever, a mais verdadeira, a mais pura. Assim: lisdnce liihbdc piuewr çpojidsc çnfdscv çlknmdfvc çlkmddcv ouybwed kigv kjnds.

O texto que acabei de escrever

Na semana passada, mostrei à minha mãe um texto que tinha acabado de escrever. A minha mãe foi buscar os óculos e sentou-se. Segurou as folhas e começou a ler. Eu esperava que acabasse e, às vezes, olhava para ela. Durante o tempo em que esteve a ler, vi o seu rosto a mudar muitas vezes de expressão. Depois da última linha, pousou as folhas sobre a mesa e olhou para mim sobre as lentes dos óculos como se não precisasse de dizer nada, como se fosse óbvio aquilo que tinha para dizer. Depois desse instante, disse-me "Não podes publicar isto". Como se perguntasse, disse-me "O que é que as pessoas vão pensar?". Eu olhei para a minha mãe e ri-me. Expliquei-lhe que ela não estava a entender bem. Tentei explicar-lhe que, obviamente, as pessoas ao lerem "eu" não iriam pensar que estava mesmo a falar de mim. Do mesmo modo, ao lerem "a minha mãe" não iriam pensar que estava mesmo a falar dela. A minha mãe tem o cabelo muito encaracolado e eu, como exemplo, apontei-lhe uma frase onde estava escrito: "A minha mãe tem o cabelo muito liso." A minha mãe disse-me "Mas essas pessoas não me conhecem e vão pensar que tenho o cabelo liso e que digo essas coisas que aqui escreveste". Eu perguntei-lhe porque é que ela se importava tanto com a opinião de pessoas que não a conhecem. A minha mãe passou as mãos pelos cabelos e disse que as pessoas que encontra na rua também não a conhecem mas que, mesmo assim, não deixa de se pentear quando sai à rua.

Nada disto é verdade. A minha mãe não disse nada disto. Eu mostrei-lhe o texto, ela leu-o e disse-me "As pessoas vão pensar que eu tenho os cabelos encaracolados e que brigo contigo por causa dos textos que escreves". Eu disse-lhe que não fazia mal porque ambos sabíamos que ela tem os cabelos lisos e que nunca brigou comigo por causa de nenhum texto. Ela ficou meio triste e disse "Sim, nós sabemos isso, mas as pessoas vão pensar de outra maneira". Eu tentei consolá-la, passei-lhe a mão pelos cabelos e mostrei-lhe as frases onde estava escrito: "Nada disto é verdade. A minha mãe não disse nada disto." A minha mãe perguntou-me se eu acreditava mesmo que as pessoas iam achar que eu e ela não tínhamos dito tudo o que estava descrito naquele texto só porque tinha escrito em duas frases em que dizia que nada daquilo era verdade. Nesse momento, como se me deixasse a pensar nisso, a minha mãe levantou-se e foi fumar um cigarro para a janela.

Que eu saiba, a minha mãe nunca fumou um cigarro na vida. Só com um grande esforço da imaginação, consigo pensar na ideia de algum dia a minha mãe acender um cigarro e fumá-lo. Quando lhe mostrei o texto que tinha acabado de escrever, a minha mãe disse-me "Nem penses em publicar isto". Poucas vezes vi os seus olhos tão furiosos. Disse-me "Se eu souber que publicaste isto, esqueço-me de que tenho um filho e nunca mais te quero ver a pisar o chão desta casa". Olhei para ela sem entender de onde vinha toda aquela fúria. Continuou a falar. Era por causa de ter escrito que ela tinha ido fumar um cigarro para a janela. Falou em falta de respeito. Disse-me "Não te esqueças que já tenho cinquenta e três anos, não sou nenhuma rapariga da tua idade". Disse-me "Se te esqueceres disso, pelo menos não te esqueças que sou tua mãe". Voltou a falar em falta de respeito e, quando saiu, bateu a porta com toda a força.

"O que é que as pessoas vão pensar?", sussurrou a minha mãe. "De certeza, vão achar que eu ando por aí com ataques de fúria, a bater com as portas." Olhou para mim preocupada e disse "Pensarem que eu ando a fumar ainda é o menos". A sua preocupação era um sentimento constante que permanecia no seu rosto. "De certeza que as pessoas vão pensar que eu estou sempre a pensar naquilo que elas poderão ficar a pensar." Tentei explicar-lhe que, obviamente, as pessoas ao lerem "eu" não iriam pensar que estava mesmo a falar de mim. Do mesmo modo, ao lerem "a minha mãe" não iriam pensar que estava mesmo a falar dela. Tentei convencê-la de que, num texto como aquele, "eu", "a minha mãe" eram conceitos abstratos, eram personagens de um mundo onde eu e a minha mãe entrávamos apenas muito ligeiramente. Expliquei-lhe que só eu e ela pensávamos de fato um no outro enquanto líamos aquelas palavras. As outras pessoas não nos conhecem, por isso ao lerem "eu" pensarão em si próprias, ao lerem "a minha mãe" pensarão nas suas próprias mães. Eu gosto muito da minha mãe. Saber que a minha mãe está preocupada cria em mim uma angústia muito grande. Por essa razão, segurei as páginas e apontei para a frase onde estava escrito: "Eu gosto muito da minha mãe." A minha mãe olhou para mim e sorriu um sorriso inocente.

Quando acabou de ler, a minha mãe pousou as folhas sobre a mesa, pousou os óculos sobre as folhas, olhou para mim e riu-se. "Que texto mais estranho que tu escreveste", disse-me. Por contágio, ri-me também, mas fui parando devagar porque não entendia bem a razão por que me ria. Perguntei-lhe porque achava o texto "estranho". A minha mãe disse-me que quem o lesse ficaria sem saber se ela tem o cabelo encaracolado ou se tem o cabelo liso, se fuma ou não, se é nervosa ou calma, se fica preocupada com aquilo que as outras pessoas pensam ou não. Eu disse-lhe que isso não tornava o texto estranho, disse-lhe que as pessoas ficariam sem saber isso, mas que, de qualquer modo, isso seria sempre algo que nunca poderiam saber através de qualquer texto. A minha mãe perguntou-me "Então, para que é que escreveste este texto?" Senti-me ofendido e humilhado. Não era evidente o motivo por que tinha escrito aquele texto?

A minha mãe, a minha mãe, a minha mãe. Atirou as páginas para cima da mesa e disse "Estou muito decepcionada contigo". Fiz olhos de criança e perguntei-lhe por quê. "Então tu queres que as pessoas pensem que sou uma mãe que fica decepcionada com o filho só porque escreveu um texto?" Olhei para ela sem entender. "O que é que as pessoas vão pensar?" Ainda com olhos de criança, tentei iniciar uma frase que não sabia muito bem qual poderia ser. A minha mãe, com o mesmo olhar severo, perguntou-me: "Então tu queres que as pessoas pensem que sou uma mãe com um olhar severo que se preocupa com as coisas que as outras pessoas pensam depois de ler um texto?" Eu não sabia o que dizer ou o que pensar. A minha mãe gritou "Então tu queres que as pessoas pensem que eu sou uma mãe que começa a gritar só por causa de um texto em que as pessoas pensam que estou a gritar por causa de elas pensarem que estou a gritar?" A minha mãe olhava para mim e já tinha acabado de dizer o que tinha para dizer. Finalmente, entendia-a. A minha mãe era muito mais do que uma mãe com um olhar severo ou com um olhar doce. A minha mãe era muito mais do que uma mãe com os cabelos encaracolados ou lisos. Dizer apenas que a minha mãe se preocupa com as coisas que as outras pessoas podem pensar é dizer muito pouco sobre a minha mãe. Finalmente, entendi-a. Agarrei as folhas. Nunca as publiquei em lado nenhum. Em vez disso, agarrei-as e rasguei-as em muitos quadrados pequenos de papel. O que é que as pessoas poderiam pensar? Eu próprio não sei o que pensar sobre esse texto que nunca publiquei. Era estranho. Não sei se era um texto sobre a minha mãe. Não sei se era um texto que não era sobre a minha mãe. Ainda assim, lembro-me da primeira frase desse texto: "Na semana passada, mostrei à minha mãe um texto que tinha acabado de escrever."

Como escrever um texto literário

Uma ideia pode permanecer durante muitos anos dentro da cabeça. Nesse lugar vazio e infinito, uma ideia pode existir durante muito tempo. Não da mesma forma que uma cadeira permanece numa sala deserta, não como uma árvore que cresce lentamente numa floresta onde ninguém consegue chegar. Uma ideia que apenas existe dentro da cabeça tem uma forma única. Não há nada, nem o fumo, nem a luz, que se possa comparar a uma ideia. Às vezes, uma ideia pode chegar ao limiar do esquecimento. As ideias envelhecem como tudo envelhece. O tempo, que apenas parcialmente pode ser comparado com rios, com estradas, passa sobre tudo. Envelhecer pode ser muitas coisas. Uma pessoa que envelhece é diferente de um livro que envelhece. Um livro é, entre muitos outros elementos, feito de ideias. As ideias envelhecem dentro dos livros, da mesma forma que envelhecem dentro da cabeça. Na cabeça, antes do mundo, e nos livros, depois do mundo, as ideias podem envelhecer e morrer ou, tantas vezes, podem envelhecer e só nesse momento serem reconhecidas como ideias, só nesse momento nascerem de fato. Quando as ideias permanecem durante muitos anos dentro da cabeça transformam-se lentamente em memórias. Ao fim de algum tempo lembramo-nos da ideia que tivemos. Não voltamos a ter a mesma ideia. Para ter a mesma ideia temos de esquecê-la e temos, mais tarde, de voltar a tê-la. Se isso acontecer, não nos lembraremos de que já tivemos essa ideia, nunca nos lembraremos, e ter essa ideia pela segunda vez será a mesma coisa que ter essa ideia pela primeira vez. Quando as ideias são memórias pode passar muito tempo sem que nos lembremos delas. Às vezes, uma ideia pode chegar ao limiar do esquecimento. Apenas nos apercebemos de que chegou ao ponto em que quase foi esquecida se, por acaso, estivermos a fazer qualquer coisa, qualquer coisa, conduzir, comer, lavar os dentes, e de repente nos lembrarmos da memória da ideia. Na maioria das vezes, é difícil perceber exatamente qual foi o acontecimento que levou à recordação daquela ideia naquele momento. Nem sempre pensamos nisso. Na maioria das vezes, apenas pensamos: "Se não me lembrasse desta ideia agora, esquecê-la-ia para sempre." Isto, que acontece mais vezes com a memória de coisas que nos aconteceram, situações, detalhes, do que com a memória de ideias, acontece também com a memória de ideias. As ideias que sobrevivem ao tempo são as melhores, são aquelas em que acreditamos mais enquanto ideias. As ideias em que acreditamos mais são as melhores. Quando queremos escrever um texto literário, a primeira coisa que devemos possuir é, pelo menos, uma ideia.

Embora haja pessoas que gostam de escrever no colo, é muito difícil manter uma postura correta enquanto se está a escrever no colo. Escrever um conto no colo pode provocar dores na coluna que se arrastarão durante vários dias antes de desaparecer. Escrever uma novela no colo causará dores que demorarão ainda mais tempo a desaparecer. Escrever um romance inteiro no colo pode causar lesões irremediáveis na coluna. Escrever no colo pode ser aconselhado apenas para a escrita de um poema que não possa esperar: um poema pequeno e rápido. Para escrever, o mais indicado será dispor de uma mesa. Uma mesa de madeira pode ser mais adequada do que uma mesa metálica, uma vez que uma mesa de madeira está mais próxima da natureza e, dessa forma, paradoxalmente, é mais humana, mais próxima de um gesto afetuoso, menos artificial. O paradoxo existe porque a artificialidade é mais próxima do ser humano do que a natureza. Ainda assim, uma mesa, seja de madeira ou de metal, será sempre um objeto e, como tal, um artefato. Ainda assim, sendo de madeira, a sua artificialidade está mais escondida. A sua aproximação à natureza contrabalança a sua artificialidade intrínseca, o que lhe confere uma harmonia adequada à calma que a escrita, normalmente, necessita. No entanto, na impossibilidade de se utilizar uma mesa de madeira, uma mesa metálica é suficientemente prática e melhor do que nada.

Na maioria dos casos, uma esferográfica poderá ser o suficiente. Mas nem sempre é assim. A escrita com lápis tem a vantagem de poder ser apagada com facilidade, mas tem a desvantagem de, após várias vezes, deixar no papel uma nódoa desagradável, uma pequena nuvem de fumo que vai escurecendo quanto mais se apaga sobre ela. Para emendar, usando uma esferográfica, risca-se. Uma folha riscada é, também ela, desagradável e pode ser um fator de perturbação da escrita. É fundamental escolher a cor da tinta da esferográfica mais adequada. A tinta azul, curiosamente, tem menos personalidade do que a tinta preta. Por força da habituação, a tinta azul das esferográficas tornou-se aos olhos da generalidade das pessoas como um tom neutro da cor azul. O azul das esferográficas apenas é azul porque sabemos que é azul. O preto, apesar da habituação, continua a ser preto. Normalmente, a opção entre o uso de uma esferográfica ou de um lápis é algo que vem da infância. Depende daquilo que o professor que tivemos na escola primária nos ensinou. Do mesmo modo que todos os professores avisam que não se deve escrever em livros com esferográficas, há sempre professores que ditam a norma que os alunos devem usar lápis ou esferográfica quando se escreve no caderno. Essa norma, por ser assimilada na altura em que se está a aprender a escrever as primeiras letras, mantém a sua importância ao longo de toda a vida. Quanto a este aspecto há que considerar que aqueles que respeitavam as regras que o professor estabelecia escreverão da forma que o professor determinava, aqueles que se rebelavam contra essas mesmas regras escreverão de uma forma contrária àquela que o professor determinava. Será, portanto, normal que duas pessoas que escrevam com esferográfica o façam por dois motivos absolutamente antagônicos: um escreve com esferográfica porque o professor o ensinou que se deve sempre escrever com esferográfica, o outro escreve com esferográfica porque o professor o ensinou que se deve sempre escrever com lápis. O computador, enquanto objeto de escrita cada vez mais utilizado, tem os seus defensores e detratores. Aqueles que o defendem apoiam-se no fato de nenhuma das desvantagens especificadas para as esferográficas e para os lápis se aplicar. Aqueles que o recusam apresentam argumentos que, de algum modo, se relacionam com as já referidas vantagens da mesa de madeira em relação à mesa metálica. Atualmente, o uso do computador ainda não tem qualquer espécie de relação com as normas definidas pelo professor que se teve no ensino primário.

No caso de se escrever com lápis ou esferográfica, a escolha do papel é um momento importante. Escolher um caderno em vez de folhas soltas é privilegiar a organização. Um caderno é a garantia de que as folhas que se escreveram anteriormente não se irão perder, é garantir que estarão sempre à mão. Se, em algum momento, for necessário reler alguma das passagens anteriores, quer seja em relação à ideia, ou à mesa, ou à esferográfica, ou ao lápis, um caderno será a forma mais fácil de encontrar a informação desejada. Com folhas soltas, será mais fácil perder uma das partes daquilo que se escreveu ou baralhar a sua ordem. Sem esferográfica, esta explicação sobre o papel perde o seu sentido, do mesmo modo que, sem uma ideia, uma mesa serve quando muito para se jogar às cartas sobre ela. Num caderno, tudo está organizado sobre um centro que une as folhas. Escrevendo sobre folhas soltas existe mais liberdade. Liberdade de rasgar aquilo que se escreveu anteriormente que é o início da liberdade de esquecer. No entanto, a liberdade, apenas assim descrita, é um conceito vago que tanto pode servir para criar e gerir as emoções mais belas como pode servir para estabelecer os maiores crimes. A liberdade, por si só, é um conceito vago e amoral. O uso da liberdade pode ser muito vasto, daí que o uso de folhas soltas possa ser igualmente vasto. Tanto no que diz respeito ao uso de cadernos como ao uso de folhas soltas, a escolha de páginas quadriculadas, pautadas ou brancas tem implicações óbvias sobre aquilo que se pretende escrever. Para a escrita de um texto literário, ter uma ideia é tão importante como ter um computador. Conseguir uma mesa é facultativo mas tem a sua importância. Uma folha de papel de nada serve sem uma esferográfica ou um lápis. Para escrever um texto literário, é absolutamente essencial escrevê-lo.

Objetos que tenho em cima da minha mesa

1. Comando do leitor de DVD
Não tenho muito que dizer acerca do comando do leitor de DVD. Está colado com fita-cola.

2. Vela
Tem-me parecido ao longo dos últimos anos que as velas são uma espécie de semirreligião. O que quero dizer é que há um certo tipo de necessidade que leva um certo tipo de pessoas a utilizar velas no seu quotidiano. Há pessoas que chegam a casa e, depois de tudo, depois de respirarem fundo, acendem uma vela. Essas pessoas podem ter muitas diferenças entre si, ambições diferentes, mas partilham esse pequeno pormenor, que é vivido de modo individual, como qualquer experiência do divino. Se as velas fossem efetivamente uma semirreligião, seriam algo como acreditar em anjos. Na realidade, uma vela acesa é a manifestação controlada de um elemento fundador e, na sua essência, indômito: o fogo. Uma vela é como o bonsai de um incêndio. Cheguei recentemente a estas conclusões. Antes, eu temia as velas. Via-as acesas na casa de pessoas, apartamentos onde entrava e saía, e pareciam algo que me era estranho, que não fazia parte de mim. Confundia as velas com aqueles que as possuíam. Depois, um dia, sozinho, aprendi que a serenidade daquela pequena chama é uma forma de determinação. Para ela, o mundo, o ar, tudo o que damos como adquirido, é uma tempestade. Perante isso, oferece a paz, a fragilidade da paz. A força que permite a luz desta vela é a mesma que permite o céu.

3. Pacote de Nestum

Não estou certo de que um pacote de Nestum se possa tornar assunto deste texto. Por um lado, a marca não precisa de publicidade — embora, neste momento, a economia agradeça todo o apoio que lhe possa ser prestado. Por outro lado e essencialmente, o pacote de Nestum que está aqui sobre a minha mesa é demasiado prosaico, insípido, para fazer parte de um texto que, espera-se, deseja-se, traga alguma novidade e/ou informação. Conheço estes conceitos, mas, depois, olho para o mundo e penso: quanta ingratidão. No outono, no inverno, na primavera, quando a minha mãe me acordava para ir para a escola, a primeira coisa que eu comia era uma tigela com Nestum de consistência variável. Quando se come Nestum, a primeira escolha é óbvia: leite frio ou leite quente? Tomada esta decisão, deparamo-nos com o problema da consistência. Haveria muito para dizer sobre este assunto. Ao longo dos anos, a minha opinião tem mudado. Numa discussão sobre a consistência certa do Nestum raramente há vencedores. Em Portugal, em 2009, chega à cidadania plena, à consciência inequívoca, uma geração que associa Nestum a um armazém de memórias e emoções. É muito justo que o pacote de Nestum esteja presente neste texto. É Nestum com mel, o clássico.

4. Livros de poesia

Todos em inglês, à pretensioso. *Selected Poems*, do Mark Strand; e dois da Anne Carson, *Plainwater* e *Decreation*. Todos de poesia, também à pretensioso. Confesso que cheguei a pensar em mudar os livros que estão em cima da minha mesa. Aqui, à minha volta, à vista, estão centenas de outras possibilidades, chamam-me com as suas vozinhas. Mas não posso, tenho de ser sincero para com o título. "Objetos que tenho em cima da minha mesa" não é "objetos que fui buscar para pôr em cima da minha mesa". Hoje, as naturezas-mortas são feitas da passagem do homem pelo meio e não de uma composição geométrica de frutas, que apodreceram após uma semana e que, só ali, na tela, permanecem perfeitas e ridículas. Por isso, deixei os livros que tinha. Além disso, o que se pode dizer de mim por ter estes livros e não outros? Sim, eu sei aquilo que se pensa de quem só escolhe livros estrangeiros para citar. Aqui, esse não é o caso. Gosto da fotografia do Mark Strand na contracapa. Vai começar a sorrir, olha para longe. A fotografia foi tirada pelo Jerry Bauer. Há dois anos, fui fotografado pelo Jerry Bauer, por isso, quando olho para esta imagem, sou capaz de imaginar-me lá. Em silêncio, a não querer incomodar, enquanto o Jerry Bauer, com aquela voz, com aquele rosto, fala para o Mark Strand, que escreveu os poemas brancos deste livro, homem sagrado.

5. Papel com o teu nome
Não o guardo para lembrar-me. Nada me poderia fazê-lo esquecer.

6. Folheto de agência imobiliária
O futuro é o grande enigma. É a luz que cega, o sol. Mas, como com o sol, é necessário e saudável que se abram as janelas, que se respire, que se fechem os olhos e se sinta na pele. Saudemos a temperança da primavera. Essa claridade tem o conforto do riso das crianças, é com essa medida que devemos expor-nos ao futuro. No fundo, foi a esse processo que me propus quando trouxe o folheto da agência imobiliária. Estava na caixa do correio. Eu teria muito para dizer sobre essas pessoas que distribuem publicidade nas caixas de correio. Durante anos, abri-lhes a porta. Duas ou três vezes por dia. Normalmente, são brasileiros. Ora aí está um aspecto em que, diante dos nossos olhos, a tão falada amizade entre os nossos países se exerce. Este folheto é uma espécie de catálogo imobiliário. Para mim, ler as características, os preços, destas casas, foi e tem sido um exercício de imaginar-me vidas. É como quando era pequeno e, na escola, fazíamos um jogo para adivinhar o número de filhos que íamos ter, a idade com que nos íamos casar, o nome da noiva e em que país íamos viver.

7. Computador
Faço pequenos barulhos com ele. As teclas. O som da barra de espaços, distinto de todos os outros, a pontuá-los. A barra de espaços a criar espaços também naquilo que se pode ouvir aqui, onde sou o centro e, à minha frente, tenho este computador e esta mesa.

Um mundo que não existe

Escolho lugares para pousar os pés entre os livros espalhados no chão. Olho para o relógio do microondas e são 03:17. No fim do momento em que olho para o relógio, o sete muda para oito e volto a olhar, porque me parece que talvez os minutos tenham começado a demorar menos do que um minuto. O tempo fica parado: 03:18. Sento-me aqui, à frente do computador, e escrevo palavras. Há vezes em que olho para estas palavras escritas como se estivesse diante da janela a ver um ciclone que destruísse os prédios, os carros estacionados e as árvores. Agora é um desses momentos. Cada frase, exterior a mim, surge neste ecrã de luz para dizer-me aquilo que não sei. Escuto-as e, se for preciso, paro-me a olhá-las. As palavras são bonitas antes do seu significado. Depois de significarem, as palavras são como as pessoas. Podem ser tudo ao mesmo tempo. Todas as palavras podem ser tudo ao mesmo tempo.

 Levanto-me e faço movimentos inúteis. Tiro livros das prateleiras, leio algumas palavras e deixo-os espalhados no chão. Abro a janela. Os prédios, os carros estacionados e as árvores continuam a esperar o dia. Fecho a janela. Entro no quarto devagar, tento medir os gestos para não te acordar. Talvez para que não me esqueça da realidade, os meus joelhos estalam quando me sento numa cadeira para te ver dormir sem mim. Os teus cabelos sobre a almofada, a tua mão fora dos lençóis e o teu rosto. Atrás do teu rosto existem os teus sonhos, ritmados pela respiração. Ouço a tua respiração e imagino que os teus sonhos devem ser como uma daquelas histórias que se contam em tardes grandes, aquelas histórias que têm tempo porque ninguém morreu e porque o mundo não vai acabar. O teu rosto. Devem existir palavras que descrevam o teu rosto tal como o vejo enquanto dormes. Num instante, penso que gostava de conhecer essas palavras. Depois, penso que talvez eu conheça essas palavras, talvez as diga todos os dias. Talvez essas palavras apenas esperem a ordem certa. Depois, penso como é muito mais importante estar aqui, a sentir esta ternura imensa, e esqueço-me das palavras. Deve passar tempo porque respiras. Levanto-me devagar. Saio do quarto. Olho para o relógio do microondas e são 04:32. No relógio, de números luminosos, os ângulos do dois mudam para os ângulos do três. Volto a olhar e imagino que pode existir algum sentido nesta repetição. Como uma brisa que abana as folhas no outro lado da rua, vejo passar a ideia de que talvez os meus olhos tenham o poder de influenciar os minutos. Se existisse alguém para quem me pudesse rir, ter-me-ia rido. Olho para o relógio parado: 04:33. Sei que não sou assim tão importante e rio-me para mim, que é uma maneira de rir muito diferente. Escolho lugares para pousar os pés entre os livros espalhados no chão e sento-me aqui.

Endireito as costas. Os meus pés descalços afastam-se das palavras. Sento-me no sofá, bebo leite de um pacote aberto e ligo a televisão. Começam as notícias das cinco da manhã. São imagens. Um homem que fala e imagens. Não chego a pensar que o mundo poderia ser diferente. Olho para a televisão como se aquelas cores e aquela luz fossem a superfície de um mundo que não existe. Aquelas palavras ditas assim, com aquela gravata, não significam nada. Bebo leite de um pacote aberto e, de repente, paro o pacote de encontro à boca quando vejo um rapaz palestiniano que, atrás de homens que se empurram para falar, fica a olhar para mim. Dá pequenos passos, para um lado e para outro, e fica a olhar para mim, como se também ele não entendesse e como se também ele me visse numa superfície de imagens, num mundo que não existe: cores e imagens. Quando ele desaparece, fica o homem de gravata a ler no meu rosto palavras sem significado. Desligo a televisão. Nesse silêncio, vejo melhor o rosto do rapaz palestiniano. Na minha cabeça, ouço as palavras que o dizem. Palavras e frases. E utilizo vírgulas, utilizo vírgulas, utilizo vírgulas, e um ponto. Outro ponto. Outro ponto. Faço parágrafos.

Escolho lugares para pousar os pés entre os livros espalhados no chão. Olho para o relógio no microondas e são 05:46. E não quero. Tento segurar o seis, mas não consigo. O seis muda para sete como se desse um passo. Não me culpo. Não tenho culpa desta repetição. Continuo a olhar, mas o tempo fica parado: 05:47. Penso que o tempo é como as estrelas cadentes e continuo. Tiro mais livros das prateleiras. Leio páginas e solto palavras dentro de mim, como pássaros que entram pela chaminé e que tento expulsar, abrindo a janela, batendo palmas. E os pássaros, as palavras, voam de encontro às paredes, cada vez mais nervosos, e, de repente, encontram o caminho da janela e, quando desaparecem, fica uma paz verdadeira, o peito limpo. Vejo essas palavras no ecrã do computador, estas palavras. Assisto à sua forma como se olhasse para o lume e pensasse em qualquer assunto da minha vida. Depois, existe o seu significado como todos os movimentos da chama de um fósforo a explodir lentamente. E são palavras como pessoas, amor como sangue. E não são nada como os minutos que não vejo a sucederem-se no relógio do microondas.

Sei que já passa das seis e meia porque ouvi a mulher que, antes de ir para o trabalho, vem deixar o filho com os avós. A luz do dia na janela torna ridículo o candeeiro da minha secretária. E ardem-me os olhos quando me levanto, tonto dos cigarros, e escolho lugares para pousar os pés e, com gestos medidos, deito-me ao teu lado, a escutar a tua respiração e a pensar.

Disco interno

Eu tinha a minha vida inteira dentro do computador quando, de repente, crachou. Eu estava a ver o meu email num hotel em Santa Maria da Feira e, sem explicação, como se tivesse vontade própria, o computador suspendeu-se, deixou de responder. No centro do ecrã, em quatro ou cinco línguas (nenhuma das quais era português) apareceu uma mensagem a mandar-me reiniciar o computador, carregando no botão de ligar/desligar. Em anos de problemas com máquinas, foi a primeira vez que vi essa mensagem. Não me preocupei, há muito de capricho nos circuitos que dirigem um computador. Há muita falta de explicação. Eu e este aparelho específico temos uma história que começa há bastante tempo. Não sei sequer precisar o ano em que nos conhecemos. Desde então, utilizei-o para muitos propósitos. Em ocasiões, ele tinha-me dado sinais da sua vontade. Ora comunicava comigo por apitos agudos de falta de bateria, ora escurecia as imagens do ecrã sem razão aparente. Por isso, foi só depois de reiniciá-lo várias vezes que comecei a preocupar-me. Devo ter ficado branco, senti-me branco e frio. Cada um dos meus poros assinalou a sua existência, a minha pele tornou-se desconfortável. Eu tinha a minha vida inteira dentro de um computador que não me obedecia, que parecia desfalecer. Depois, chegou aquela serenidade dos assuntos sem solução. Essa paz tornou-se um terreno propício, uma planície, para o otimismo. Eu sei e sabia que, hoje em dia, os técnicos de informática são capazes de recuperar a memória de discos muito mais intransigentes. Era sábado, estava em Santa Maria da Feira, ficaria adiada a solução. Eu não queria duvidar da possibilidade de uma solução.

Ainda assim, nesse fim de semana, com amigos, houve algumas vezes em que nos faltou tema de conversa. Depois de falar da chuva e do frio, eu cedia perante a preocupação que escondia sob o otimismo, e contava-lhes o que tinha acontecido ao computador. A resposta que me davam era invariável, admirada, uma pergunta: "Não fazes backups?" Eu ficava a olhar para eles sem nada para dizer. Eu sabia, melhor do que eles, o que estava em causa. Dentro daquele computador estava o salto de paraquedas que tinha feito na semana anterior, mas estavam também as brincadeiras que eu fazia com pedaços de madeira na oficina do meu pai. Estava eu a fazer sexo pela primeira vez com uma rapariga a quem nunca disse que era a primeira vez; estava eu quase a afogar-me numa praia da África Ocidental; estava o nascimento do meu filho mais velho às nove horas da noite de uma quinta-feira; estavam os figos que me rebentavam os lábios quando tinha doze anos; estava o dia anterior, ontem, completo; estava a Ti Rosa Gaifana, as sombras da sua casa; estavam os livros todos, empilhados, desarrumados; estava tudo-tudo. E não, não fazia backups. Antes, já tinha apanhado sustos semelhantes, já tinha jurado a mim próprio que havia de guardar tudo em lugares de confiança: discos sem vontade própria, pedras de basalto. Mas, de todas essas vezes, a vida acabara sempre por se impor. Tinha de ir a Moscou ou tinha de ir ao supermercado, tinha de varrer atrás dos móveis ou tinha de ir salvar a vida a alguém. Depois, já se sabe, o tempo passa.

Passando o tempo, passou o sábado e passou o domingo. Na segunda-feira, cedinho, fui procurar o técnico que me foi sugerido por uma amiga. "Não fazes backups?" Andei por ruas de Alvalade com o computador ao colo até encontrar a direção que tinha escrita num papel mas que já memorizara. Abriu-me a porta de um armazém, passamos por bicicletas com pneus furados, peles de cobras e alvos de dardos. Passamos por caixotes, sacos de plástico cheios e pilhas de revistas antigas. Subimos umas escadas de ferro. Pousei o computador numa secretária iluminada por um candeeiro. O técnico tinha óculos e um vagar simpático. Devia ter fumado milhares de cigarros inclinado sobre aquela secretária. O cinzeiro estava a transbordar e o cheiro estava entranhado no pó. Expliquei-lhe. Ora vamos lá ver. Ligou o computador e não houve problema nenhum. Ligou-o de novo, e de novo, e voltou a não haver problema nenhum. Jurei-lhe que tinha acontecido o que descrevi antes. Olhou para mim, acho que acreditou e deu-me de novo a lição de que, quando se tem a vida toda dentro de um computador, deve fazer-se backups. Isso eu já sabia, obviamente.

Fui para casa, acreditando que era essa a mensagem que o computador me queria transmitir. A vida dos computadores é muito menor do que a das pessoas, menor até do que a dos gatos ou dos cães. Um ano na vida de um computador deve equivaler a uns vinte anos na vida de uma pessoa. Pensado assim, acreditei que o meu computador ancião me queria avisar antes de partir. Talvez sentisse a morte a aproximar-se. Esta ideia foi contrariada quando cheguei a casa, o liguei e, de novo, com a mesma insistência, me mostrou a tal mensagem e se recusou a deixar-me aceder a tudo o que transferi para o seu interior. Senti, por momentos, que era algo pessoal. Pensei em regressar ao armazém do técnico informático mas era o fim da tarde, o início da noite, o trânsito todo, e teria de ficar para outro dia. Esse dia ainda não chegou. Na terça-feira, tinha o compromisso de ir falar a uma escola secundária de Barcelos. Na quarta, tinha de ir deixar o carro na revisão. Na quinta, tinha de escrever este texto. Na sexta, tinha de ir saltar de paraquedas a Évora (outra vez). No sábado e no domingo, o técnico não trabalha.

Por isso e por mil outros motivos iguais a esse, o computador ainda está ali, atrás de mim. Está coberto por cartas abertas, convites para lançamentos de livros e jornais que não leio. Mas creio que não estou preocupado. Ou, melhor, não estou mesmo. Afinal, eu sempre fiz um backup de tudo num disco muito mais importante. Esse disco está coberto pelo meu nome. Funciona com imperfeições. No dia em que deixar de funcionar completamente, nada mais me importará.

Política

Eu usava uma t-shirt contra qualquer coisa: experiências em animais ou o serviço militar obrigatório. Andava na faculdade, mas estava na minha terra de férias. Ia ao correio, casas caiadas, chão de paralelos, fim da manhã. Numa mão levava um maço de envelopes, respostas às cartas que recebia ainda por causa da banda de hardcore/grindcore; na outra mão, levava a minha sobrinha, que era uma minúscula de seis anos e que hoje é uma rapariga de vinte e um. Quando dobramos o cimo da minha rua, começamos logo a vê-los. Eram a comitiva do PSD, tinham bandeiras e ocupavam toda a largueza da rua com um entusiasmo moderado. O cabeça-de-lista do círculo de Portalegre, valentes bigodes, ia ao centro. Disseram-lhe algo ao ouvido e acertou o passo na nossa direção. Eu e a minha sobrinha continuamos ao rés da parede. Quando parou à minha frente, estendeu-me a mão e disse a frase mítica:

— Um homem do PSD quer cumprimentar um homem do PSR.

Mítica. Atrás dele, a comitiva estava expectante. Cumprimentamo-nos. Não sei se disse mais alguma coisa, não me lembro, apenas recordo a frase que acabei de citar. Deu-me a timidez, naquele momento, só queria sair dali. Era como se eu fosse a criança de seis anos e, pela mão, levasse uma menina ainda mais pequena.

Pouco antes, em Lisboa, tinha começado a ler Lenine, Trotsky, continuava a ler Marx e Engels. Eram baratos esses volumes que tinham sido publicados em 75, 76, 77 e que se enchiam de pó nos alfarrabistas. Não aceitava tudo o que lia. Por norma, defendia vias mais radicais, horizontes mais longínquos. Ainda antes, tinha lido Kropotkine, Bakunine, Malatesta, conhecia em pormenor os avanços e recuos da Guerra Civil Espanhola. Com dezoito anos, eu atravessava o Tejo de cacilheiro e passava os domingos à tarde no Centro de Cultura Libertária. Há semanas, estava na zona e passei por lá para ver se ainda existia, pus-me em bicos de pés no passeio do outro lado da rua. Ainda existe. Nessas tardes, éramos talvez uma dúzia de rapazes e raparigas, cuidadosamente despenteados, a planearmos o domínio mundial ou o jantar.

Assim, no meu caso, o marxismo-leninismo foi uma concessão. Entretanto, muito longe, a quilômetros deste quadro mental, a recepção do pedido para a candidatura na junta da minha terra foi recebida com espanto. O filho do Peixoto é candidato pelo PSR, Partido Socialista Revolucionário. Inédito. Esse espanto constituiu toda a minha campanha. Então, as probabilidades que o PSR tinha de eleger um deputado em Portalegre, o círculo eleitoral mais pequeno do país, eram parecidas com as que tenho hoje de ganhar o totoloto, e não jogo, mas isso tinha pouca importância.

Agora, existe o momento presente, a crise e os problemas. Distingue-se nas pessoas que adormecem no autocarro, que esperam nas salas de espera, que passeiam nos centros comerciais. O Benfica ganhou por oito a um, mas não é suficiente. Os miúdos que vêm para as traseiras do meu prédio fumar charros e improvisar rimas têm uma certa razão, o hip hop está correto. Com trinta e cinco anos feitos, através dos estores semiabertos, tenho uma perspectiva própria, claro, com menos certezas, com menos sim/não, com menos viva/morra, mas que se aproxima em diversos pontos pertinentes. Sei que ainda tenho muitos livros para ler. Essa perspectiva não me incomoda, gosto de ler. Além disso, sei também que aquilo a que as pessoas chamam "política" deve ser sempre indissociável da vida, é esta última que justifica a primeira. Estou vivo e sei que há política em cada gesto, em cada palavra. Em tantos aspectos, a esperança é um sentimento político.

Quando eu era bebê, o Mário Soares pegou-me ao colo. Às vezes, quando aparece na televisão, a minha mãe lembra-se, aponta para ele e volta a contar essa história. Foi em Avis, estava uma multidão a esperá-lo. Passou a cumprimentar essa quantidade de gente e pegou-me ao colo. Eu era muito pequeno e talvez estivesse embrulhado no xaile branco que ainda encontro na casa da minha mãe. Ou talvez não, não posso garantir esse pormenor.

Impossível é não viver

Se te quiserem convencer de que é impossível, diz-lhes que impossível é ficares calado, impossível é não teres voz. Temos direito a viver. Acreditamos nessa certeza com todas as forças do nosso corpo e, mais ainda, com todas as forças da nossa vontade. Viver é um verbo enorme, longo. Acreditamos em todo o seu tamanho, não prescindimos de um único passo do seu/nosso caminho.

Sabemos bem que é inútil resmungar contra o ecrã do telejornal. O vidro não responde. Por isso, temos outros planos. Temos voz, tantas vozes; temos rosto, tantos rostos. As ruas hão-de receber-nos, serão pequenas para nós. Sabemos formar marés, correntes. Sabemos também que nunca nos foi oferecido nada. Cada conquista foi ganha milímetro a milímetro. Antes de estar à vista de toda a gente, prática e concreta, era sempre impossível, mas viver é acreditar. Temos direito à esperança. Esta vida pertence-nos.

Além disso, é magnífico estragar a festa aos poderosos. É divertido, saudável, faz bem à pele. Quando eles pensam que já nos distribuíram um lugar, que já está tudo decidido, que nos compraram com falinhas mansas e autocolantes, mostramos-lhes que sabemos gritar. Envergonhamo-los como as crianças de cinco anos envergonham os pais na fila do supermercado. Com a diferença grande de não sermos crianças de cinco anos e com a diferença imensa de eles não serem nossos pais porque os nossos pais, há quase quatro décadas atrás, tiveram de livrar-se dos pais deles. Ou, pelo menos, tentaram.

O único impossível é o que julgarmos que não somos capazes de construir. Temos mãos e um número sem fim de habilidades que podemos fazer com elas. Nenhum desses truques é deixá-las cair ao longo do corpo, guardá-las nos bolsos, estendê-las à caridade. Por isso, não vamos pedir, vamos exigir. Havemos de repetir as vezes que forem necessárias: temos direito a viver. Nunca duvidamos de que somos muito maiores do que o nosso currículo, o nosso tempo não é um contrato a prazo, não há recibos verdes capazes de contabilizar aquilo que valemos.

Vida, se nos estás a ouvir, sabe que caminhamos na tua direção. A nossa liberdade cresce ao acreditarmos e nós crescemos com ela e tu, vida, cresces também. Se te quiserem convencer, vida, de que é impossível, diz-lhe que vamos todos em teu resgate, faremos o que for preciso e diz-lhes que impossível é negarem-te, camuflarem-te com números, diz-lhes que impossível é não teres voz.

Um seis de cabeça para baixo

Ninguém tem autorização para exibir um pingo de alegria em 2009. A economia é um assunto sério e ninguém, com a sempre presente exceção dos loucos inimputáveis, pode demonstrar um sorriso mínimo. 2009 será um ano para passar de portas fechadas, janelas fechadas, debaixo da cama. Estamos em janeiro, tomemos fôlego.

Em 2009, não será tolerada a audição de ritmos demasiado dançantes, nem o uso de roupas demasiado garridas. Desaconselha-se o consumo de bebidas doces. Quem se apaixonar ao longo do ano de 2009 terá de assumir as completas responsabilidades desse risco. O governo não poderá ser acusado, seja de que forma for, desse possível fracasso. Estamos perante uma conjuntura internacional, que transcende largamente a ação de qualquer governo, e que apenas pode ser discutida em linguagem incompreensível.

Separar as emoções das leis de mercado revela irresponsabilidade e leviandade. Se as leis de mercado sofrem, é nossa obrigação sofrer com elas. As leis de mercado podem ser comparadas a um pequeno cachorrinho acabado de nascer, chamemos-lhe Bobby. Fofinho. Reparem, tem os olhinhos quase fechados. Todos queremos que o Bobby corra livre pelos campos, livre, absolutamente livre. Só assim será forte. Se quiserem pôr-lhe uma coleira, somos contra, claro. Quem seria cruel ao ponto de pôr uma coleira num cachorro tão querido? Mas há imprevistos. Neste momento, o Bobby está doente, a crise. Agora, é preciso protegê-lo a todo o custo. É tempo de sacrifícios. Se precisarmos de abdicar do nosso calor para que o Bobby não sinta frio, iremos fazê-lo. Temos bom coração. Não é de ouro, mas é dourado. O Bobby não pode morrer, as leis de mercado são imortais. O que faríamos sem elas? Por esse andar, deixaríamos de usar gravata. Como seguraríamos o colarinho? Só quem já foi criança e sabe o que é perder um cachorrinho pode avaliar esta situação de forma isenta. Podíamos até, quem sabe, arranjar um novo cachorro, podíamos até, talvez, chamar-lhe também Bobby, mas não seria, de certeza, a mesma coisa.

2009 será um ano cinzento. Quem engravidar no primeiro trimestre deste ano deverá tentar encolher-se até, pelo menos, 2010. Uma vez que as previsões apontam para a continuidade da recessão também no próximo ano, o aconselhável será evitar essa situação em absoluto. Mesmo após este aviso, no caso de se avançar efetivamente com essa decisão, será imprescindível uma consulta ao gestor de conta nas primeiras dezasseis semanas de gestação e, depois, novamente, ao cabo das trinta e duas semanas. Se, neste início de ano, a gravidez já estiver avançada, aconselha-se, para os crentes, a oração. Também em qualquer uma destas situações, não se deverá imputar qualquer tipo de responsabilidade ao governo.

A retoma econômica é tarefa individual de cada cidadão. No fundo, mesmo no fundo, foi cada cidadão que colocou a economia neste ponto. Cada um de nós, eu inclusive, o meu irmão gêmeo inclusive, todos sem exceção, somos causadores de um bocadinho desta crise. Há um átomo de crise que pertence a cada um de nós. Se a crise fosse um céu estrelado, que não é, cada indivíduo teria uma estrela com o seu nome. É por isso que é justo que o nosso dinheiro coletivo vá diretamente para aqueles que mais precisam e que sustentam não só as leis de mercado (cachorrinho), como o próprio mercado (mãe do cachorrinho). Refiro-me, claro, aos banqueiros, esses heróis anônimos, mártires abnegados de uma causa que, feitas todas as contas, se resume ao bem comum.

Ou seja, a crise é culpada de: baixas temperaturas, multa em carro mal estacionado, embalagens que custam a abrir, cinema português, mau hálito, pó, arbitragem, leite azedo, palavrões, calvície, insensibilidade, ignorância, stress, tempo de espera pelo autocarro, reflexo no espelho, pilhões, problemas de canalização ou de gás, nódoas, cortes nos dedos com faca de cozinha, chuva a mais ou a menos, etc.

Em 2008, a felicidade foi improvável. Em 2009, será impossível. Mas o que é a felicidade? Se a alcançássemos, seríamos capazes de possuí-la?

Esta juventude de hoje em dia

Quando chegamos, aquilo que tinham para nos contar era uma história incompreensível que metia guerras coloniais, Salazares, emigrações em massa e outras tragédias escolhidas com exemplar mau gosto. Além disso, havia também os vinte e cincos de Abril e os primeiros de Maio, que vocês insistiam em rodear de monossílabos e interjeições. Então, para explicar o que tinham para nos oferecer, fizeram livros chatos, filmes ainda mais chatos e pouco mais. Depois, acusaram-nos de não entender. A culpa não era vossa. Não, nada disso. Vocês explicaram-nos tudo muito bem. A culpa era nossa, por aparecermos nos inquéritos de rua do telejornal a gaguejar, ou a dizer que o Marcello Caetano era um cantor brasileiro.

Um cantor brasileiro, que graça, que barrigada de rir. Ao chamarem-nos ignorantes, esqueceram-se de que eram vocês que deviam ter sido os nossos professores. Digo isto e nem sei se o posso dizer, se mo deixam dizer. Vocês são sensíveis. Há assuntos acerca dos quais não podemos falar, são interditos. Nós não estávamos lá, não sabemos nada e, por isso, temos de nos calar. Até porque, afinal, nós somos uns privilegiados. Não passamos por aquilo que vocês passaram. Vivemos neste mundo confortável que vocês construíram para nós. Sim, porque foram vocês que nos trouxeram pela mão a este lugar onde, com uma licenciatura, dezasseis anos de escola, podemos aspirar a dobrar camisolas na Zara, a arrumar livros na Fnac ou, fardados, a fugir dos clientes que procuram informações no Ikea. Com sorte, um contrato de seis meses. Com sorte, um estágio não remunerado.

Nós somos uns privilegiados. Não podemos culpar as guerras coloniais, nem os Salazares, nem as emigrações em massa porque aquilo que nos assalta não tem rosto. É como o dinheiro das contas que pagamos por multibanco: existe, mas não existe. Ao mesmo tempo, não podemos sonhar com vinte e cincos de Abril ou primeiros de Maio porque vocês já gastaram essas possibilidades, já mostraram onde chegam esses caminhos. Se, por momentos, nos iludimos com um pedaço de vinte e cinco de Abril, olhamos para vocês e desistimos imediatamente.

Isso, emprestem dinheiro aos bancos. Coitadinhos dos bancos. Coitadinhos dos banqueiros e dos administradores. Nós ficamos calados. Afinal, não passamos por aquilo que vocês passaram. Sabemos isso. Seria importante que soubessem igualmente que vocês não passaram por aquilo que nós passamos e passamos ainda. Uma casa para pagar, por pagar, a dezenas de quilômetros de onde trabalhamos, se tivermos trabalho. Um futuro incerto. Infantários, hipermercados, o Natal.

Aproveitem agora para se divertir. Vão passar muito tempo sem possibilidade de resposta. Quando chegamos, vocês já cá estavam, por isso, devem saber muito acerca do tempo e da sua duração. Se é assim, talvez já tenham reparado que o tempo é rápido, constante e inequívoco no seu curso. Falta pouco para o momento em que vocês se vão embora. E, quando forem, não voltam. Espero não estar a dar-vos nenhuma novidade.

Quando chegar esse definitivo, quando se forem embora, seremos nós os guardiões da vossa memória. Então, abandonaremos ainda mais aquilo que não nos souberam transmitir e, quanto a vocês, quanto aos vossos reflexos nos espelhos, serão apenas aquilo que nós decidirmos. Os vossos Audis e Mercedes a duzentos na autoestrada não vos servirão de nada, os vossos fatos irão para o lixo, as vossas estátuas cairão em minutos e os vossos livros serão comidos pelos bichos. Poderá então acontecer que, por comum acaso, nos esqueçamos de vós, que aquilo que vocês são agora se transforme em nada.

Nessa altura, claro, vocês já terão comido, bebido, passeado, já terão apanhado muito sol à beira da piscina, mas, nessa altura, não terão sequer a memória disso e nós estaremos com aqueles que vocês nunca conhecerão, estaremos a não lhes falar de vocês. Falaremos talvez da natureza, da história de Portugal, de assuntos que queiramos que aprendam, mas não lhes estaremos a falar de vocês. Se isto é uma ameaça? Não, nós não precisamos de fazer ameaças. Ou, melhor, sim, é uma ameaça, embora não precisemos de fazê-las. Nós sofremos, mas temos tempo.

Debaixo da roupa, estamos todos nus

Estava na Alemanha, num encontro de escritores, e, todas manhãs, no pequeno-almoço do hotel, havia uma mesa de homens portugueses. Em voz alta, acreditando que ninguém os entendia, libertavam-se a contar as suas aventuras com prostitutas polacas e os seus negócios de Mercedes em segunda mão. Num desses dias, um deles apontou para a minha orelha e disse: olha para este, parece que caiu em cima de um monte de pregos.

Noutra ocasião, estava no Luxemburgo, também num encontro de escritores. Preparava-me para almoçar, conversava com um poeta holandês, enquanto dois homens iam servindo salada em todos os pratos da mesa. Um deles chegou perto de mim e, em português, disse ao outro: olha para este animal, tem o braço todo sujo. Dessa vez, não fiquei em silêncio. Disse-lhe: por acaso, até tenho o braço bastante bem lavado. Mudou de cor.

Não preciso destes dois exemplos breves para saber aquilo que muitas pessoas pensam repetidamente, todos os dias, e que não me dizem por pudor. Desde que cobri o braço esquerdo com tatuagens que sei aquilo que sentem as mulheres com decotes. É muito frequente o olhar das pessoas que estão a falar comigo fugir-lhes para o meu braço. Depois, disfarçam. No caso dos piercings, é mais inconsciente. Estão a falar comigo e, de repente, começam a ter comichão na sobrancelha, exatamente no lugar do meu piercing.

Eu conheço bem a interpretação geral dos piercings (drogado/homossexual) e das tatuagens (drogado/presidiário). À minha frente, já se referiram aos meus piercings dezenas de vezes como "os brinquinhos". Já fui tratado com desprezo por dermatologistas que acharam que eu não tinha o direito de estar no seu consultório, por estas palavras. Já fui analisado por inúmeras mulheres, senhoras, que, como se estivessem a aproximar-se de uma ferida, perguntaram: isso dói?

Eu compreendo essas pessoas, tanto os putanheiros que negoceiam Mercedes, como as senhoras que comem palmiers na confeitaria. Compreendo até os dermatologistas. À sua maneira, cada um deles se sente rejeitado pelas minhas tatuagens e pelos meus piercings. Acreditam que eu não quero ser como eles, não quero ser eles. Têm de responder de alguma maneira a essa rejeição. É-lhes fácil encontrar falta de sentido em furar o corpo com uma agulha e colocar um pendente metálico ou em preencher uma parte da pele com cicatrizes cheias de tinta. Uma pergunta que também me fazem, visivelmente baralhados, é: por quê?

As razões não são simples e são demasiado íntimas. Não tenho de dá-las. Talvez seja necessário ser eu, estar no meu lugar e ter o meu nome para entendê-las por completo. Essa é a natureza da pele. Para nós próprios, a pele é aquilo que nos protege, a fronteira entre a nossa presença e o mundo físico, o aparelho sensível que capta a percepção daquilo com que interagimos. Para os outros, essa mesma pele é a nossa superfície, a aparência. E, já se sabe, a aparência é tão enganadora, a superfície é tão superficial.

Também é comum admirarem-se com o caráter definitivo das tatuagens, perguntarem-me se não tenho medo de me arrepender. Sorrio. Emociono-me com a inocência daqueles que não percebem que tudo é definitivo e deixa marcas. Eu escrevo livros. Sei que tudo é definitivo e nada é eterno.

Sim, dói fazer piercings e tatuagens. Não, não são uma picadinha e não, não são umas cócegas. Para que fazê-lo? Já respondi, cada um terá as suas próprias razões. São individuais e ninguém deveria sentir-se ameaçado por elas. Quando pedi a opinião da minha mãe, uma mulher que nasceu no início dos anos quarenta e que me trouxe ao mundo nos anos setenta, ela respondeu: desde que não seja no meu braço, tudo bem. Fiquei feliz por ter a aprovação que realmente me importava. Tudo ótimo, mãe, é no meu braço.

Além disso, a vida. Na escola do meu filho, sou o pai tatuado que passa entre os pais de fato. No supermercado, sou aquele que é vigiado pelo segurança a pouca distância. No barbeiro, sinto o embaraço no momento de me tocarem na orelha. Mas, quando estaciono o carro, os arrumadores tratam-me sempre por tu e ninguém mete conversa comigo quando vou a uma bomba da gasolina às quatro da manhã.

Em casa, tomo banho. A água morna na minha pele. Deslizo as mãos pelo meu corpo. É meu. Estou dentro dele.

(trinta e seis anos)

Conversa comigo próprio

— Eu entendo bem que tenhas de escrever sobre alguma coisa mas, por favor, não escrevas sobre mim.
— Por quê?
— Porque prefiro dissolver-me na história do mundo. Um grito que chega ao silêncio, percebes? Um grito que chega ao esquecimento. Quem me conhece, conhece-me. Os outros não existem. Assim, se escreves sobre mim, os outros começam a acreditar que me conhecem também, o que é mentira. No fundo, não quero que escrevas sobre mim porque não quero que pactues com uma mentira.
— Só por isso?
— Não, claro que não. Ser o objeto da tua escrita não é como ser modelo de um quadro, não é como deixar que captes a minha imagem, não é passar algumas horas imóvel e já está. Ser o objeto da tua escrita é ter a minha biologia alterada, é sentir um ligeiro enjoo, um mau gosto na boca, como se tivesse acabado de acordar e tivesse bebido vodka na noite anterior. Sempre assim, durante dias, durante meses, anos, durante a vida toda, como se tivesse acabado de acordar e tivesse bebido vodka na noite anterior.
— Compreendo, mas não concordo.
— Não precisas concordar, basta que compreendas. E respeites.
— Sempre te respeitei.
— Não disse o contrário.
— Ah.
— Olha, escreve aquela citação do Wittgenstein.
— Não me digas o que devo escrever.

— Se escreveres sobre mim, estou, de certa forma, a dizer-te o que deves escrever. Ao ser como sou, determino as palavras que vais utilizar. Só poderás usar as palavras que me dizem. Ficarás privado de usar um grande número de palavras que não fazem parte de mim, nem de nada que sejam os meus movimentos, nem de nada que eu toque com a minha ação ou sequer com um pequeno resto da minha identidade. Essas palavras, signos, só poderão ser usadas se não tiveres qualquer compromisso com a verdade ou se fores incompetente.
— Para ti, tudo é sempre muito simples.
— E é simples, é mesmo simples. Se não tiveres qualquer compromisso com a verdade, não estarás a escrever sobre mim. Mesmo que acredites que estás a escrever sobre mim poderás estar a escrever sobre, por exemplo, um candeeiro.
— Mas o que é a verdade?
— A verdade é o meu cu. Por que é que fazes perguntas idiotas?
— Desculpa. Continua.
— Continuando, se fores incompetente, não conseguirás escrever sobre mim. Serás como uma criança a quem pedem para desenhar a mãe. A própria criança se apercebe de que aqueles riscos não são a sua mãe: os lábios dela não são um risco, o nariz dela não é um risco, os olhos dela não são dois pontinhos cegos. Então, a criança culpa-se a si própria e julga-se incompetente, não percebendo que a sua mãe, aquilo que para ela é a sua mãe, é impossível de desenhar.
— Então mesmo que eu queira, não posso escrever sobre ti, não consigo, é isso?
— Não. Não foi isso que eu disse. Se fosse assim, não te pedia para não o fazeres. Deixava-te andar, chamava-te passarinho e deixava-te andar.
— Passarinho?
— Ou pardal. Olha, porque é que não usas aquela citação do Wittgenstein? Qual citação?
— Aquela que tens na porta do frigorífico.
— Ah.
— Se começares com uma citação, ainda por cima do Wittgenstein, verás que é como se já estivesse meio trabalho feito. Os leitores vão considerar que tens um alto nível intelectual e vão querer associar-se a ti, vão querer dizer que já te leram porque vão estar convencidos de que, desse modo, também eles demonstram um alto nível intelectual. Na realidade, nem é necessário

que cites o Wittgenstein, basta que refiras o seu nome. Assim: Wittgenstein. É claro que, mais tarde, começarão também a apenas referir o teu nome. Muito poucos te lerão realmente, mas serão aqueles que importam: professores universitários, críticos, júris de prêmios literários. Mas o teu nome será referido. É isso que importa, não é?

— Sim, é isso que importa.
— Como vês, não há motivo para escreveres sobre mim.
— Enganas-te. Há motivos fortes para escrever sobre ti.
— Há? — Há.
— Há?
— Há.
— Quais?
— O primeiro motivo é o amor.
— Piegas. Não tens nada melhor do que esse sentimentalismo básico?
— O segundo motivo é que estou grávido de ti.
— Como aconteceu isso? Não tivemos nenhum contato a esse nível e, além do mais, que eu saiba, os homens não engravidam.
— Se a lógica explicasse tudo, a felicidade poderia ser calculada. A lógica é sempre o mais fácil, é sempre o caminho mais simples.

Infelizmente, o mundo não se compadece com essas invenções.
— Mas o que há para além da lógica?
— Há o teu medo, toda a extensão do teu medo. E há muito mais. Esse também é um dos motivos pelos quais quero escrever sobre ti.

Explica.
— Como tentaste dizer quando falaste sobre o compromisso com a verdade e a incompetência, escrever sobre ti será sempre escrever sobre mim. Definir-te implica, muito antes, definir-me.
— Egocêntrico.
— Desculpa, não ouvi. Podes repetir?
— Egocêntrico.
— Chama-me o que quiseres, piegas, egocêntrico, tanto me faz. O mundo não se compadece com os teus medos e com as tuas inseguranças. Vou escrever sobre ti porque és o único assunto.
— E, no fundo, vais sempre escrever sobre ti, não é?
— Sim, no fundo, vou sempre escrever sobre mim.

Urgência

Havia mulheres, viúvas, que se mexiam no banco ao tirarem um lenço que guardavam na manga. Havia rapazes, de sapatinho fino, que puxavam as calças pelos vincos quando se sentavam, vindos da rua, com um rosto que era conscientemente sério. O tempo não passava em nenhum desses movimentos. Ele estava sentado ao meu lado, tinha os olhos fechados como se fosse obrigado a olhar para dentro e a ver a sua própria dor. Sei hoje que ele respeitava o mundo. Naquele preciso momento, era o mundo que o mantinha. Por baixo de todo o peso da dor, ele continuava a erguer a memória do mundo: manhãs de sol, manhãs de sol, manhãs de sol. Quando eu começava a pensar que devia sair para ir ver como estava a minha mãe e a minha irmã, eu olhava para a sala, como se estivesse a vê-la, a memorizá-la, antes de me despedir. Era como se, depois de tanto tempo a ignorá-la, só naquele momento lhe começasse a dar importância. Não existia um sopro de ar naquela sala de espera e, no entanto, todos respirávamos. Menos ele. Ele não respirava. Ele estava noutro lugar, um lugar só de fogo, uma casa com paredes de fogo, um campo de fogo com árvores de fogo e céu de fogo. As pessoas que estavam sentadas, que esperavam também, consistiam em olhos flácidos e corpos abandonados sobre um banco comprido de madeira, polido por multidões diárias de outros corpos abandonados. As paredes cinzentas. A luz branca iluminava-nos com a realidade visível, com o lado mais cruel e menos verdadeiro da realidade. Todos tínhamos vontade de gritar mas todos sabíamos que não valia a pena gritar. Às vezes, enfermeiros ou médicos saíam de uma porta e ignoravam-nos. Nós seguíamo-los com o olhar.

Eu pousava a minha mão sobre a mão dele. Dizia-lhe que ia ver como estava a minha mãe e a minha irmã. Nesse momento, ele abria uma pequena fresta dos olhos. Ele compreendia-me. Sabia que me custava deixá-lo. Mas compreendia-me. Eu pousava a minha mão sobre a mão dele e, se quiséssemos, não precisávamos de falar. Na rua, existia a tarde. Era a tarde impossível. Eu passava pelas ambulâncias. Eu passava por pessoas que passavam por mim. A minha mãe e a minha irmã estavam na relva, debaixo de uma árvore que, durante aquele tempo, existia como uma pessoa a abraçá-las. A minha mãe estava sentada com os joelhos dobrados e tapados pela saia, como uma menina sentada sobre a manta de um piquenique. A minha irmã ficava de pé, dava alguns passos ou baixava-se junto da minha mãe. Eu aproximava-me. A minha mãe olhava para um mundo que estava diante de si, mas que só ela podia ver. Os olhos da minha irmã existiam dentro de pele avermelhada por lágrimas, pele de sangue. Olharam para mim como se esperassem notícias. A voz da minha irmã. Mas eu não tinha notícias. Havia um grupo de ciganos que, como nós, acompanhava alguém que estava nas urgências. Estavam sentados na relva. As crianças corriam à volta das saias da mulher mais velha. Os filhos dessa mulher eram homens que falavam entre si com voz suave. Sem nós, a minha mãe sentiu uma palavra dentro de si que a fez chorar. O desespero. A minha mãe morria. Viúva, morria longamente. A minha irmã chorava. Um dos ciganos aproximou-se da minha mãe e disse algumas palavras. Perguntou se precisávamos de alguma coisa. Perguntou se podia fazer alguma coisa. Ainda hoje, guardamos esse gesto.

Os meus passos na direção da porta das urgências. A fachada do hospital, todas as suas janelas e o cimento não deixavam que o céu existisse. Os corredores de macas. As luzes que fingiam a realidade. A sala. Ele sentia os meus passos e abria uma linha dos olhos. Quando me sentava ao seu lado, esforçava-se para dizer algumas palavras, perguntava por elas e preocupava-se por estarmos preocupados com ele. Quando lhe perguntava se estava melhor, os seus lábios eram finos, o seu rosto era o de uma criança e dizia que as dores não o largavam. Estas dores não me largam. Consigo ouvir a sua voz. Consigo vê-lo. Ele voltava a fechar os olhos. Eu imaginava que só ele conhecia aquela dor. Não havia palavras para descrevê-la. Era uma dor que não tinha nome. O tempo. O tempo continuava parado. A vida era algo de que, às vezes, nos lembrávamos. Era uma memória vaga. Uma mentira em que se finge acreditar. Eu era forte. Tens de ser forte, dizia-me uma voz. Eu sou forte, repetia e repetia eu para essa voz que existia silenciosa dentro de mim e que talvez fosse minha também. Juntos, albergávamos uma dor sem nome. E desejamos que chovesse sobre os nossos corpos. Desejamos que os nossos corpos fossem a terra a receber a chuva. Aquilo que podíamos fazer era apenas desejar. Desejamos a chuva. As nossas mãos eram inúteis.

 A minha mãe, a minha irmã e eu nunca mais falamos naquela tarde e, no entanto, enquanto vivemos, enquanto fazemos aquilo que tem de ser feito, enquanto brincamos com os nossos filhos, netos, sobrinhos, enquanto esperamos o momento de adormecer, existe aquela tarde entre os dias que nos compõem. Existe aquele tempo parado. Aquela dor que não tem nome. Todos os dias entramos e saímos por portas, todos os dias respiramos, todos os dias erguemos a memória do mundo: manhãs de sol. Às vezes, duvidamos do tempo. Sabemos rir. Tentamos planos como crianças que dão os primeiros passos. Eu, a minha mãe e a minha irmã nunca mais falamos naquela tarde e, no entanto, sabemos que agora temos de viver com ela para sempre.

Metrô de Paris

São gritos desesperados. Entram em nós e perdem-se no nosso interior. Encontram um lugar no nosso corpo onde ficam a doer. São como mães que perdem os filhos, como órfãos, como pessoas que acordam mortas dentro da própria morte. São como lâminas. Alguém me disse que é entre as estações de Saint-George e Pigalle que são mais fortes. Guinchos de ferro contra ferro. As rodas dos vagões gritam de encontro aos carris da maneira que tantas pessoas gostavam de saber gritar. Dentro do metrô, iluminadas pela luz demasiado branca, demasiado clara, há pessoas que fazem uma expressão de incômodo, dor, há pessoas que permanecem, como se nada, mas todas são atravessadas pelos gritos de ferro, carris, ferro compato e cortante, ferro estridente e desesperado.

Vejo a letra *M* erguer-se num passeio, vejo as escadas que descem e, a cada degrau, vejo as ruas a desaparecerem. Tenho um mapa no bolso de dentro do casaco. Tenho bilhetes no bolso direito das calças. Hoje de manhã, comprei dez bilhetes. Seguro um deles. Aponto o bilhete na ranhura de uma máquina que mo puxa de entre os dedos e que, nesse instante, o faz surgir noutra ranhura à frente. Dou um passo, recupero o bilhete e afastam-se portas automáticas diante de mim. Quero passar depressa antes que se fechem de novo. E caminho por corredores que são outra cidade. Acredito vagamente que treino o meu francês quando leio os cartazes que envolvem os túneis ou quando leio as frases escritas nas paredes com marcadores. Desvio-me das pessoas que caminham na minha direção. Essas pessoas sabem bem para onde vão. Abrando um pouco quando passo por homens a tocarem acordeão, ou a tocarem guitarra, ou a cantarem acompanhados por um gravador. A música avança por todos os túneis com multidões que passam. São elas que levam a música ou é a música, sem autorização, que as persegue. Encosto-me a uma parede para abrir o mapa e decorar o caminho que quero fazer. Há linhas de todas as cores que se cruzam. Penso que é como uma teia de linhas cruzadas, mas ontem, durante o jantar, disseram-me que os parisienses costumam comparar o mapa do metrô com uma *étoile*. Parece-me bem. É menos evidente. É mais elegante. Há linhas vermelhas, amarelas, roxas, vários tons de verde, vários tons de azul. Todas as cores são numeradas. Estou na estação Boissière, linha 6, quero ir para Pernety, linha 13. Tenho de seguir na direção da Nation, sair em Montparnasse-Bienvenue, trocar para a linha 13 e seguir na direção de Châtillon-Montrouge. Não é difícil. Surge-me um raciocínio talvez evidente mas que, num momento, me parece certo: talvez as escolhas fundamentais sejam feitas como se andássemos no metrô de Paris sem mapa e sem os nomes das estações assinalados em placas. Movemo-nos em labirintos e decidimos sair numa estação quando escolhemos uma profissão ou um amor. Depois, quando saímos, podemos estar no Trocadéro, ou em Madeleine, ou na Porte de Clignancourt. Se nos enganamos na estação, se a escolhemos a achar que queríamos aquilo que não queremos, custa sempre voltar para o labirinto, seguir de novo por linhas, trocar novamente de estações e ganhar coragem para sair noutra estação que pode ser qualquer uma, qualquer uma entre tantas que não conhecemos.

Espero entre pessoas que esperam. Vejo no mostrador eletrônico a queda dos segundos que faltam para que chegue um metrô. Esse é tempo inútil. Chegará um dia em que talvez me arrependa de todo o tempo inútil mas, agora, apenas olho para os números que diminuem, que desapareçem, como se quisesse apressá-los. Chegam pessoas que se aproximam da linha branca antes do buraco dos carris. Às vezes, há uma voz fechada no eco dos altifalantes que anuncia para se prestar cuidado com os carteiristas. Chega o metrô. Juntam-se multidões à frente das portas. Alguém levanta a alavanca que abre a porta. Todos entram e dirigem-se aos bancos. Alguns sentados, outros de pé. Há o silêncio. Ouve-se um apito elétrico e constante durante um tempo medido, sempre igual. Fecham-se as portas num tiro e o metrô começa a andar. Existem os olhares. O cheiro é uma mistura de ferro, óleo e suor. Existem pessoas altas e baixas, africanos e magrebinos, gordos, magros, loiros, morenos. Existem crianças que não querem parar no colo das mães.

Existem adolescentes que têm auscultadores para ouvirem uma música que mais ninguém ouve. Existem homens com bengalas que se sentam nos lugares reservados aos deficientes, idosos, mulheres grávidas e veteranos da Segunda Guerra Mundial. Olho para todos e pergunto-me sobre o que será realmente possível saber acerca de uma pessoa quando apenas se conhece a capa do livro que está a ler, a expressão do rosto e a forma do corpo.

Na linha 6, desde pouco depois da estação de Trocadéro e até pouco antes da estação Pasteur, o metrô sobe à superfície. De repente, é surpreendente percebermos que, afinal, existíamos no mesmo mundo que esta cidade, Paris. Subimos à altura de um terceiro andar, vemos as pessoas dentro das suas casas, atravessamos o Sena, vemos a Torre Eiffel e descemos de novo para debaixo da terra, para o mundo onde conto as estações que faltam para chegar à estação em que trocarei de linha, escadas rolantes, passadeiras rolantes, pessoas a caminharem na minha direção, cartazes, frases escritas nas paredes, túneis, túneis, túneis; onde ouço na cabeça as frases em francês que me poderão dizer quando chegar ao meu destino; onde preparo as respostas em francês que poderei dar; onde olho para pessoas que têm corpos altos e baixos, gordos e magros, que fazem expressões serenas e preocupadas, que leem livros sobre informática ou romances de autores com nomes de sonoridade tcheca e, contra tudo aquilo em que acredito, tento imaginar-lhes vidas, noutro mundo, muito longe dali, Paris.

Desistir

Uma única vida é pouco. O rosto é demasiado rápido a mudar nas fotografias. As crianças imaginam tantas coisas acerca do mundo e, mais tarde, percebem que não conseguiram imaginar aquilo que era mais importante. Ainda crianças e já quase adultos, ainda levados por miragens e, no entanto, com a certeza absoluta de que não acreditam em nada, surpreendem-se com os braços que cresceram no espelho, com os truques que são capazes de fazer de olhos fechados, com os cigarros que começam a arder-lhes na ponta dos dedos e, arrogantes ingênuos, desejam que o tempo passe mais depressa, desejam que os anos passem mais depressa. Depois, a idade não conta. A idade não conta, mas um dia têm trinta anos, têm quarenta anos, um dia têm cinquenta anos. Os números deixam de ser números. Então, esqueceram tantas coisas e, no entanto, têm a certeza absoluta de que sabem tudo. Ridículos. Entretanto, apaixonaram-se e desapaixonaram-se; saltaram por cima de momentos que foram como abismos; existiu a casa; existiram todos os objetos da casa, divididos e arrumados em caixas de papelão; existiu a mágoa como se fosse o mundo inteiro, não era; existiram as pessoas que morreram mesmo ao lado, que pareciam eternas e que, devagar ou num instante, foram esquecidas; existiram as pessoas que estavam mesmo ao lado e que receberam telefonemas para comunicar-lhes que a mãe tinha morrido num hospital; e repetiram a vida continua, a vida continua; e o verão e o verão e o outono, a primavera, tão bom, e o verão, o outono, e o inverno e o inverno. Um dia, acordam e o passado não é suficiente sequer para lhes encher a palma de uma mão.

E convencem-se de uma mentira diferente todas as manhãs para obrigarem o corpo a fazer cada movimento e, apesar disso, acreditam nessa mentira exatamente como se fosse verdade, exceto às vezes. E estão cansados da mulher que, cansada, os olha ao serão e que, apesar disso, os enternece quando se debruça sobre o lavatório da casa de banho, com toalhas pelos ombros, para pintar o cabelo. Pode então haver um momento em que o mundo para. A idade para. É nesse instante que se pode pensar: nunca quis ser aquilo em que me tornei, quis sempre não ser aquilo em que me tornei. Então, rodeados de fragmentos: uma existência inteira feita de vidro estilhaçado e espalhado no chão: o mais natural é baixarmo-nos e esticar as mãos para, com a ponta dos dedos, com cuidado, se começar a escolher cada fragmento e tentar perceber aquilo que se quer manter e aquilo de que se tem de desistir. Desistir, como morrer, não é sempre mau. Há vezes em que não se pode evitar. Todos nos dizem continua, continua, mas é o mundo que desiste, inteiro, à nossa volta.

Uma única vida é pouco. Para se fazer aquilo que se sabe, se pode, se quer e se deve fazer é preciso deixar muitas outras coisas para trás. Essa é a conclusão a que se chega logo no fim da adolescência. Quando os números deixam de ser números. Trinta, quarenta, cinquenta anos. As gerações sucedem-se. Os degraus de uma escada rolante que desaparecem lá em cima enquanto subimos, subimos, olhamos para trás e ainda vemos o primeiro degrau, quase como quando tínhamos acabado de chegar e, no entanto, continuamos a subir e vemos já o fim. Os nossos avós mortos, os nossos pais mortos, nós, os nossos filhos, os nossos netos. E, se existir um horizonte, podemos olhá-lo e perceber finalmente que levamos o tempo dentro de nós.

Eu olho para esse horizonte, arrependo-me, não me arrependo e tento compreender ou lembrar-me daquilo que quero mesmo. Penso em tudo o que posso fazer para que aconteça: os gestos e as palavras. Então, hoje é um dia mais forte e, de repente, imenso. No instante dessa constatação, aceito tudo o que nunca fiz e que acredito que não terei vida suficiente para fazer. Num dia, avisado ou sem aviso, morrerei. Aceito essa certeza sem que ninguém me pergunte se estou disposto a aceitá-la. É então que me convenço finalmente de que nunca serei campeão de xadrez, nunca registrarei uma patente, nunca conduzirei uma Harley-Davidson, nunca invadirei um pequeno país, nunca venderei relógios roubados aos transeuntes da Rua Augusta, nunca serei protagonista de um filme de Hollywood, nunca escalarei o monte Evereste, nunca farei uma colcha de renda, nunca apresentarei um concurso de televisão, nunca farei uma neurocirurgia, nunca ganharei a lotaria, nunca casarei com uma princesa, nunca ficarei viúvo de uma princesa, nunca me mudarei para Detroit, nunca farei voto de silêncio, nunca tocarei harpa, nunca serei o empregado do mês, nunca descobrirei a cura para o cancro, nunca beijarei os meus próprios lábios, nunca construirei uma catedral, nunca velejarei sozinho à volta do mundo, nunca decorarei uma enciclopédia, nunca despoletarei uma avalanche, nunca apresentarei cálculos que contradigam Einstein, nunca ganharei um Oscar, nunca atravessarei o canal da Mancha a nado, nunca participarei nos Jogos Olímpicos, nunca esfaquearei alguém, nunca irei à lua, nunca guardarei um rebanho de ovelhas nos Alpes, nunca conhecerei os meus tetranetos, nunca repararei a avaria de um avião, nunca trocarei de pele, nunca bombardearei uma cidade, nunca serei fluente em finlandês, nunca comporei uma sinfonia, nunca viverei numa ilha deserta, nunca compreenderei Hitler, nunca exibirei um quadro no Louvre, nunca assaltarei um banco, nunca darei um salto mortal no trapézio, nunca atravessarei a Europa de bicicleta, nunca lapidarei um diamante, nunca farei patinagem artística, nunca salvarei o mundo.

Ainda assim, além de tudo isto, há o universo inteiro.

O professor que aprendia

Todos os dias, eu acordava com o som de um ferro a bater numa jante velha. Eram sete e meia da manhã no relógio do contínuo, um homem de óculos e penteado moderno que, ao passar por mim, me pedia repetidamente para lhe trazer cordas de viola quando fosse a Portugal. Em menos de cinco minutos, antes do segundo toque, antes de o contínuo voltar a bater com o ferro na jante, eu estava a entrar no liceu, despenteado, com olhos de sono, a comer uma banana. Punha um pé na sala dos professores, tirava o livro de ponto, décima sexta ou décima sétima turma, e, à entrada da sala de aula, estavam quarenta e tal alunos a olhar para mim, calmos.

Em Cabo Verde, na Cidade da Praia, na Achada de Santo António, eu tinha vinte e quatro anos e morava a cem metros do liceu. Tinha alunos do décimo ano que eram quase da minha idade. Segundo a lei, as alunas grávidas perdiam o direito a frequentar a escola. Por isso, ninguém reparava ou comentava quando a fazenda das camisas dos uniformes aumentava. Só no dia em que as alunas voltavam mais magras, depois de faltarem às aulas durante uma semana, é que perguntávamos se tinha sido menina ou menino e lhes desejávamos felicidades. Os uniformes eram verdes: saias ou calças verdes, camisa às risquinhas brancas e verdes. Ao longo do dia, cruzávamo-nos com multidões desses uniformes pelas ruas da cidade. Nas aulas que dava no horário da tarde e da noite, noutro liceu, o uniforme era azul-escuro, risquinhas também.

O Estado Português não sabia de mim.

Cheguei a Cabo Verde com bilhete apenas de ida. O salário de um horário completo não era suficiente para sobreviver. Apresentei-me na secretaria de dois liceus. Com a falta de professores, fui aceite imediatamente. Cada horário consistia em vinte e cinco horas de aulas semanais. Nesse ano, eu lecionava cinquenta horas de aulas semanais. Cada turma tinha pelo menos quarenta alunos. Nesse ano, eu tinha cerca de setecentos alunos. Passaram-se meses até que conseguisse saber o nome de todos. A maioria era bastante diferente do que estava habituado: muitos nomes de jogadores de futebol dos anos oitenta (Chalana, Jordão, Zico), alguns nomes de políticos (Lenine, Kennedy), nomes mal escritos de figuras conhecidas (Leidy Diana, Elton Djone), nomes masculinos acabados em "son" (Gerson, Edmilson, Vanilson, Fredson, Adilson), nomes arcaicos (Onivalda, Hermengarda, Aguinaldo), nomes da mitologia e da antiguidade grega (Eurídice, Péricles, Euclides) e outros nomes incomuns (Itália, Leão). Duas ou três vezes por período, havia testes (setecentos) para corrigir.

No liceu onde dava aulas de manhã, tinha uma colega cabo-verdiana chamada Romy Schneider, dois nomes próprios que ninguém estranhava. Só nesse liceu, havia professores de Cuba, do Senegal, dos Estados Unidos, do Brasil, da Alemanha, da Rússia, da China, do Líbano e uma portuguesa que vivia em Cabo Verde havia muitos anos. Um dos chineses, além de professor, negociava em imobiliário e queria trocar comigo aulas de português por aulas de cantonês. Uma das americanas deu-me o único presente que recebi no Natal de 1998, uma cassete. Um dos russos, que só falava russo e inglês, tentava dar aulas de Física a uma turma que eu coordenava como diretor de turma. Os alunos, bilingues em português e crioulo, queixavam-se de não o entender. O professor queixava-se do comportamento dos alunos, puxava-me pelo braço e dizia: Milton mau! Artemisa má! Má! Delcileisa má! Eriksson mau!

A sala de professores tinha algumas cadeiras.

No intervalo grande, vinte minutos a meio da manhã, havia uma senhora que chegava à sala dos professores com um alguidar. Vendia pastéis de milho ou de peixe a dez escudos. Vendia copinhos de plástico com sumo de laranja (sumo cor de laranja) que vertia de um termo, também a dez escudos. Às vezes, vendia quadradinhos de bolo que cortava de uma forma de alumínio (dez escudos). Tinha sempre troco. Nesse intervalo grande, os professores podiam ficar a segurar o seu copo de sumo ou podiam ir à casa de banho. Num liceu que tinha mais de quatro mil alunos, havia uma casa de banho. Destinava-se ao uso exclusivo dos professores. Ninguém se incomodava, ninguém se queixava, ninguém considerava que houvesse algo a discutir em relação a esse assunto. Na realidade, a casa de banho era pouco utilizada. Às vezes, havia água. Nunca nas torneiras. Às vezes, havia água num bidão que estava encostado a um canto e de onde se tirava água à caneca.

O liceu estava rodeado por mulheres com alguidares cheios de rebuçados e pastilhas. Havia também mulheres com malas térmicas a venderem fresquinhas de tamarindo, que eram gelados feitos em casa, no congelador, pequenos sacos de plástico cheios de sumo congelado de tamarindo, ou cuvetes cheias de sumo congelado de tamarindo, com um palito para segurar. Havia também mulheres a venderem bolas de massa frita, pastéis, cigarros avulsos ou copos de água a cinco escudos. Além disso, claro, o liceu estava rodeado por rapazes a mijarem de encontro aos muros e raparigas agachadas pelos cantos.

Enquanto estava a dar aulas, encostado ao quadro, via-os pelas janelas. Nos cem metros que fazia de manhã, sete e meia, chegava ao portão já a transpirar. As janelas das salas de aula, se existiam, estavam sempre abertas. As portas também. Precisávamos de ar. Cada professor levava o seu próprio giz e apagador. Os alunos tinham quase sempre caderno mas quase nunca tinham livro. Eu falava-lhes de tudo. Eles perguntavam-me se conhecia pessoalmente algum jogador do Benfica. E Paris?, perguntava outro. Demorávamo-nos a falar sobre autoestradas, ríamo-nos bastante e, no meio, sobrava tempo para a matéria.

Os alunos queriam muito aprender.

Mas o que tinha eu para lhes ensinar? No ano letivo de 1998-1999, aquilo que eu sabia melhor era que somos passageiros, somos instantes diluídos em séculos de vontades e de destinos. Quando atravessava a ilha de Santiago até ao Tarrafal, o meu pai surgia-me transparente no topo das montanhas. Era nessa direção que eu falava. Nesse tempo, o céu estava próximo. Depois, havia o oceano. À noite, a lua estendia-se sobre todo aquele oceano e eu era capaz de imaginar o peito de um menino que tinha acabado de fazer dois anos, lá longe. Essa distância era do tamanho da esperança.

Comprei bilhete de regresso. Quando chegou o dia, tinha uma mala cheia. Em Lisboa, ninguém me esperava no aeroporto mas havia táxis. Regressava, e trazia uma fortuna invisível.

Espero que o contínuo tenha encontrado alguém para lhe levar cordas de viola.

Os teus olhos em Cabo Verde

Gostava que alguém tivesse viajado comigo entre São Vicente e Santo Antão. Eu chegava sempre sozinho ao Porto Grande, no Mindelo. Falava em crioulo para comprar o bilhete. Levava uma mochila às costas. As outras pessoas vinham de muito longe. Carregavam malas atadas com cordas ou cintos. Eram malas cheias de tudo. Havia muitas vozes que rodeavam o barco. O barco chamava-se Mar Azul. No porão, havia gente a vender galinha assada e garrafas de cerveja. Quando o barco deixava o porto, eu sentia na pele a claridade salpicada por uma brisa de água que se levantava do mar. Afastava-se lentamente dos homens que tinham estado a carregar ou a descarregar bananas. O barco afastava-se lentamente dos homens que esperavam as malas à saída dos táxis e que se encostavam a carrinhos de ferro vazios. O barco afastava-se e o Mindelo crescia a partir do Porto Grande. As casas subiam as encostas. As casas eram cubos de cimento que enchiam as encostas. Dentro de cada casa estavam vidas que eu imaginava. O Mindelo espalhava-se e eu reconhecia edifícios e sítios na cidade: ruas onde tinha passeado, casas onde tinha estado. O barco afastava-se, entrava no mar. Em frente, Santo Antão levantava-se do mar, como o fim do horizonte.

Quando chegava a Porto Novo, Santo Antão, podia ter alguém à minha espera. Entre a confusão de pessoas que ofereciam carros para ir para outros pontos da ilha, entre os homens que carregavam ou descarregavam bananas, entre os homens que esperavam as malas à saída do barco, procurava um rosto conhecido. O rosto dela. Quando me esperava no porto, estava vestida com o uniforme do liceu: a camisa branca, a saia azul-escura. Caminhávamos juntos. A rua junto ao mar. As ondas a desfazerem-se em espuma sobre as rochas. A areia negra. As rochas negras. Caminhávamos envergonhados e não acreditávamos que estávamos juntos outra vez. Os nossos passos eram naturais e lentos como a tarde.

À volta da porta da avó dela andavam as crianças que saíam da escola e que entravam para comprar rebuçados. Lembro-me da avó dela a fazer rebuçados. O açúcar ardia na panela. A avó dela esticava o açúcar com as mãos sobre a mesa. Tiras de açúcar que a faca cortava, e os rebuçados ficavam feitos. Custavam cinco escudos. Quando as crianças chegavam com uma moeda de dois escudos, a avó dela partia um rebuçado ao meio. Às vezes, havia fresquinha. A avó dela organizava no congelador saquinhos de plástico cheios de groselha. As crianças mordiam um canto dos saquinhos de groselha congelados. Bô crê um fresquinha?, perguntava-me. Às vezes, havia fresquinha de tamarindo. Quando passávamos a porta, a avó dela parava o que estava a fazer, saía de trás do balcão, entre os rebuçados, a moreia frita e as garrafas de grogue, e caminhava na minha direção para me abraçar. Fazia uma expressão que eu tentava entender. Eu gostava muito da avó dela. Tinha a idade da minha mãe. Em certos dias, fazia-me peixe no forno com banana cozida. Fechava a porta do bar e, na mesa onde os homens passavam a tarde a tomar grogue, punha uma toalha estampada com desenhos de Natal. Trazia-me uma cerveja e uma travessa com peixe e banana. As crianças, os netos da avó, filhos de todas as filhas da avó, ficavam a espreitar-me encostados à porta do quintal. Era demasiada comida. Por respeito, eu comia tudo. A mesa era levantada. A porta voltava a abrir-se. Os homens voltavam a entrar para beber grogue. As crianças da escola voltavam a entrar para comprar rebuçados.

O tempo passava quando eu olhava para o mar. À noite, na distância, viam-se as luzes de São Vicente. Eu e ela ficávamos juntos diante do mar. Passavam pessoas na rua, sobre o chão de rochas negras. Passavam por nós. No nosso silêncio havia sempre o som das ondas. Os primos dela chegavam a querer brincar. Havia uma menina que chegava perto de mim e sorria sempre tanto. O seu sorriso era tão bonito. Eu brincava com eles. Agora, se parar um pouco de escrever, ainda consigo ouvir as suas vozes, aquele crioulinho de Santo Antão. "Mana" era como a chamavam. "Mamã" era como chamavam a avó. Diziam: Ó mana, acudi mamã. Agora, mesmo enquanto escrevo, consigo ver os seus rostos naquelas tardes. Consigo vê-los, ao domingo, quando ela os vestia de lavado e, no quintal, ficavam as meninas todas à espera para serem penteadas. Uma fila de meninas de várias idades, ansiosas. Ela chegava e penteava-as com pentes fortes. As meninas pousavam-lhe as cabeças no colo, enquanto ela lhes fazia tranças. A menina que sorria tanto, a Sabrina, fechava os olhos. As suas pálpebras eram finas. As suas pestanas eram longas. A pele do seu rosto era muito serena. Depois, íamos pelas ruas. A rua junto ao mar. As ondas a desfazerem-se em espuma sobre as rochas. A areia negra. Eu sabia que ela tinha sido uma daquelas meninas com um vestido de tule. Eu não pensava nisso enquanto caminhávamos rodeados de crianças. Eu sabia.

Dávamos as mãos. Eu segurava-lhe nas mãos. Estávamos sentados sob a árvore que as crianças trepavam. Eu punha uma das mãos dela sobre a minha mão. Eu passava um dedo pelas costas da mão dela, como se a desenhasse. A sua pele era tão suave. Eu não conhecia nenhuma pele tão suave. A sua mão ficava sobre a minha. A luz passava pelos ramos da árvore. A luz vinha do céu, era limpa, passava pelos ramos da árvore e pousava na mão dela sobre a minha. A palma da minha mão aberta era grande. A mão dela tinha a cor da terra. Quando eu levantava o rosto, via os olhos dela. Os mesmos olhos que, agora, vejo aqui, entre estas letras, entre estas palavras que escrevo. Agora, perante esses olhos, apenas posso escrevê-los. Senti tanto por eles e, agora, apenas posso escrevê-los. Escrevo palavras que nem sequer dizem aquilo que soube dos teus olhos. Escrevo palavras que nem sequer dizem aquilo que era ter a tua mão sobre a minha, que não dizem as ondas, que não dizem a luz que existia em Santo Antão. Agora, dessa vida, resta-me apenas escrevê-la.

Não merecias o que aconteceu. Tinhas sonhos que me contavas. Sorrias e eras feliz quando estávamos juntos e eu ouvia a tua voz. Eras feliz quando descrevias os teus sonhos. Enquanto falavas, parecia que tudo iria acontecer com as palavras que dizias. Depois do tempo, tudo iria acontecer. Sorrias, eras feliz já a sentir o futuro naquele momento. Agora, o futuro passou. Eu estava lá. Vi o que aconteceu. Tu não merecias. O teu rosto era o mesmo que tinha na pele a claridade e o mar. As tuas mãos eram as mesmas que eu segurava e eram as mesmas que faziam tranças no cabelo das crianças. Onde estariam as crianças na hora em que tudo aconteceu? O mundo dá a inocência por momentos. O mundo leva a inocência consigo, como um barco que se afasta cada vez mais do sítio de onde partiu. A inocência fica lá longe. À noite, podemos ver as suas luzes na distância. As ondas marcam o tempo nesse silêncio. Eu estava contigo. Vi o que aconteceu. Tu não merecias. Ninguém, por muitos erros, merece aquilo que aconteceu. Eu estava lá. Vi tudo. Dentro de mim, carrego esta mágoa tão grande, este lugar escuro que agora, enquanto escrevo, me preenche. Penso em ti, penso no que aconteceu e não sinto o coração. Tu não merecias. Não merecias o que aconteceu. Dentro de mim, sinto apenas este lugar escuro, esta mágoa tão grande que vejo em cada palavra mas que nunca, nunca poderei escrever.

O cadáver de James Joyce

Quando acabei de escrever o meu primeiro romance, fechei-me em casa durante duas semanas. Nesse tempo fechado do mundo vivi cada olhar de cada personagem, cada esperança, cada angústia. Na altura, era muito novo. Creio que se o tivesse feito hoje me teria suicidado no último dia dessas duas semanas, como desfecho lógico. A lógica, o absurdo da lógica e a lógica precisa, milimétrica, do absurdo são para mim assuntos que me absorvem, como se fossem, de fato, a primeira regra da minha vida. Mas, como disse, era muito novo, e esse pânico não tinha ainda atingido as dimensões atuais que, juntamente com outros pânicos e cansaços, acabarão por ser o meu fim. Nesse tempo, eu era o único leitor de mim próprio e ninguém esperava nada das minhas palavras. A vida era menos difícil, portanto. Eu considerava-me um grande escritor desconhecido e era quase feliz, porque fechava os olhos a muitas coisas.

No primeiro dia em que saí à rua, depois dessas semanas, trazia ainda no olhar o olhar das personagens e passeei-me por Lisboa, como se não conhecesse Lisboa, como se me admirasse com tudo. As horas dessa tarde muito fria de janeiro passaram e eu passei com elas. Aos poucos, deixei de ser as personagens para ser o narrador: uma voz maior que eu, uma voz que tinha surgido no romance como uma voz da terra. Descrevi, para mim próprio, as paredes, os pombos a andarem devagar no chão, como se todos os pombos fossem uma criatura maior que se amontoa e se estilhaça. Descrevi, para mim próprio, as pessoas a olharem-me e imaginei o que elas imaginavam de mim. Mas também aos poucos o narrador saiu de mim, talvez assustado com o ridículo de ser um narrador a descrever mentiras dentro de uma pessoa, e voltei a ser o que sou: qualquer coisa absurda que procura uma lógica impossível e que se chama Zé Luís. No entanto, depois de duas semanas a observar palavras, depois de um ano a desenterrar palavras, eu era alguém que só podia fazer coisas grandiosas. Só essa ideia me parecia lógica. Entrei numa livraria do Chiado. Vi-me a entrar na livraria e imaginei: José Luís Peixoto entra numa livraria, onde ainda se ignora a importância das suas palavras. Creio que o narrador ainda devia andar dentro de mim, escondido em algum canto escuro.

Não sei como explicar. Tirei um exemplar do *Ulisses* da prateleira e comecei a ler. Nunca o tinha lido todo. Ainda não li. Não acredito que alguma vez o vá ler todo. No entanto, tirei um exemplar da prateleira e li dois parágrafos. Gostava de escrever assim. O efeito que aquela breve leitura teve em mim foi inesperado. Instantaneamente, lembrei-me de ter lido, havia alguns anos, numa enciclopédia da minha irmã, que o James Joyce estava enterrado em Zurique. Lembrei-me também de que, na altura, tinha acabado de ler *Dubliners* e que senti algo de revolta. Na livraria, sem que os meus olhos vissem a livraria, imaginei-me, secretamente, um herói. Eu tinha escrito um dos maiores romances da história da literatura. Eu só podia fazer coisas grandiosas.

Em casa, guardei duas camisolas dentro de uma mochila e saí. Tinha dinheiro e fui para Santa Apolônia. Comprei um bilhete para Zurique. Não sabia que se podia ir para Zurique de comboio mas fui informado de que o Sud-Express ia sair dentro de poucos minutos e que, assim que chegasse a França, devia mudar de comboio. Fui todo o caminho de pé no corredor. Assustava-me a ideia de não me conseguir controlar e de poder contar o meu plano a qualquer emigrante de Paris ou a qualquer francês que andasse a fazer um interrail e que partilhasse comigo o vagão. Fui sempre a olhar pela janela e, interrompido de vez em quando por revisores, pensei sempre que ia chegar a Zurique e que ia desenterrar o corpo do James Joyce e que ia levá-lo para Dublin. Donde nunca devia ter saído. Troquei de comboio e cheguei a Zurique.

O dia estava a acabar. Telefonei à minha mãe e disse-lhe que estava no Rossio. Estava num telefone público da Suíça. Tenho uma licenciatura em alemão. Tenho um diploma carimbado que garante que sou licenciado em alemão. Debaixo do carimbo, falta dizer que foram quatro anos de cábulas e de ajudas por parte de alguns colegas mais caridosos. Mas, mesmo assim, o meu alemão básico chegou-me para alugar um quarto numa pensão pequena, pequena, minúscula, mesmo ao lado do cemitério. A senhora da recepção, com as mãos sobre os papéis de registro, virou os óculos na ponta do nariz quando lhe disse que fazia questão de ficar no quarto ínfimo, que tinha uma janela do tamanho de um isqueiro com vista para o cemitério. Pousei a mochila na única cadeira que cabia entre a cama e a parede, e passei a noite, de joelhos sobre a cama, a espreitar para o negro do cemitério: o branco das campas desenhado no negro, as formas das árvores esculpidas no negro.

Quando o sol nasceu, tinha as pernas dormentes. Desci para o pequeno-almoço: torradas e café com leite que a senhora da recepção me serviu contrariada. Comi devagar. Não tenho apetite de manhã. Esperei três cigarros até que abrissem o portão do cemitério. Eu e duas velhas fomos as primeiras pessoas a entrar. Tentei procurar a campa sozinho, mas perdi-me. Encontrei uma das velhas a trocar flores murchas de uma jarra e perguntei-lhe. James Joyce? Nunca ouvi falar. Não lhe expliquei. Há coisas que não vale a pena tentar explicar. Andei toda a manhã, às voltas no cemitério, a olhar para nomes, a olhar para datas. Por fim, era já hora de almoço, estava com fome e com frio, encontrei a campa do James Joyce. Estava abandonada. Nenhuma velha lhe ia trocar as flores murchas, não tinha flores. Tinha musgo à volta das letras. James Joyce escrito a musgo.

Voltei à pensão. A senhora da recepção assustou-se com a minha chegada. Assustou-se ainda mais quando lhe perguntei pelo almoço. Pão, duas salsichas fritas e dois ovos estrelados pela senhora da recepção com um avental de folhos. Saí para ir comprar uma picareta e uma pá. Tive que apontá-las com o dedo. Não sei dizer picareta em alemão. Fui para o meu quarto dormir e sonhar. Acordei a meio da noite. Acordei logo totalmente desperto, como se não tivesse acordado, como se não tivesse dormido. Agarrei a picareta, a pá e a mochila. Saí do quarto sem fazer barulho. Na rua, vesti as duas camisolas que trazia na mochila. Estava muito frio. Subi para cima de um Mercedes que estava estacionado e saltei o muro do cemitério. Procurei o caminho que conhecia e fui direto à campa do James Joyce. Enfiei a ponta da picareta numa das juntas do mármore e fiz força, força e força. O mármore não se movia um único som de mármore a arrastar-se. Quando as minhas forças já se desesperavam, fechei os olhos e, com toda a vontade dos meus braços e do meu corpo inteiro, ouvi o mármore a soltar-se. Comecei a cavar. A picareta e, depois, a pá. O som da picareta e, depois, o som da pá. O meu entusiasmo a apressar-me. Depois, a picareta a acertar em algo. O tesouro. A pá a tirar a terra solta. As minhas mãos a tirarem a terra solta. A tampa do caixão partiu-se debaixo dos meus pés. Afastei pedaços de caixão. Lá estava o James Joyce. Segurei-lhe o braço direito, a mão que escreveu o *Ulisses*, e os ossos separaram-se pelas juntas. Segurei-lhe o crânio: os olhos do James Joyce, os dentes do James Joyce. Surpreendeu-me o pouco peso do crânio do James Joyce, o crânio onde nasceu o *Ulisses*. Olhei para o céu e não encontrei a lua. Algumas estrelas entre as nuvens. Na noite, senti-me grandioso e feliz. Guardei tudo o que me parecia pertencer ao James Joyce dentro da mochila. Os ossos, uns contra os outros, faziam um barulho brando. Saí da cova e comecei a tapá-la com pás cheias de terra. Animado pelo peso do James Joyce nas minhas costas, empurrei de novo a pedra sobre a campa. De manhã, estava na estação de comboios.

Sentado num vagão, levava a mochila sobre o colo. Pensava que era revelador que o James Joyce, ele próprio, pesasse menos do que a maioria das edições do *Ulisses*, quando à passagem pela fronteira, o comboio abrandou e parou. Entrou um polícia, bigode, patilhas, e pediu-me o passaporte. Apontou para a mochila e perguntou: chocolates? Sorri. Saiu. Meio cigarro depois, o comboio continuou. A paisagem, as árvores despidas, as poças de água, deixavam-me pensar. Por vezes, as aldeias. Na pequena estação de uma aldeia cinzenta e verde, decidi sair. Entrei num café, conheci um senhor. Ofereceu-me um quarto, ofereceu-me trabalho a tratar de cinco vacas. Apaixonei-me pela filha do senhor. Guardava a mochila atrás de uma cômoda. Passava as noites, no quarto ao lado da filha do patrão, Sabine era o seu nome, a pensar nela e a sofrer por ela. Às vezes, retirava o James Joyce de dentro da mochila e estendia-o sobre a cama para não ganhar mofo. Passaram-se três meses de que não me orgulho.

Quando decidi ir-me embora, era já primavera. Três das cinco vacas iam parir, mas eu estava farto de amor não correspondido e Dublin esperava-me. De madrugada, dirigi-me à pequena estação e apanhei o primeiro comboio que passou em direção a Paris. Não fui à Torre Eiffel, nem ao Arco do Triunfo, nem ao Louvre. Telefonei à minha mãe e disse-lhe que estava no Rossio. Estava no telefone público de uma estação de Paris. Troquei de comboio. Estava cansado. Mesmo o James Joyce, tão leve, parecia-me demasiado pesado. Considerei ainda a hipótese de abandoná-lo num contentor do lixo de Paris e voltar para casa de avião, mas eu não sou daqueles que desistem. Eu não sou daqueles que desistem. Enquanto tenho um resto de força, tenho um resto de esperança. Eu não sou daqueles que desistem. E cheguei a Calais. Os barcos estavam cheios e só podia seguir viagem no dia seguinte. Enganei um inglês. Roubei-lhe o bilhete e também lhe teria roubado a carteira e o relógio se me apetecesse, mas o bilhete bastava-me. Em Inglaterra viajei sempre de autocarro. Passei metade do tempo enjoado e metade do tempo a dormir, de boca aberta, tombado sobre o passageiro do lado, abraçado ao James Joyce. Em Londres, decidi apanhar um avião direto para Dublin. Estava muito cansado e muito sujo. Ainda cheirava a vaca. Tinha saudade das personagens do meu romance e vontade de telefonar à minha mãe e dizer-lhe que estava no Rossio, estando mesmo no Rossio.

Depois do check-in, depois de a mochila ter sido radiografada como bagagem de mão, depois de me terem avisado com uma piscadela de olho que não se podia viajar com comida, mas que desta vez passava, sentei-me numa das cadeiras da primeira classe. A hospedeira tirou-me uma palha do cabelo e serviu-me champanhe. Respirei. A centenas de metros de altura, abri um pedacinho do fecho da mochila e olhei para o James Joyce. Confiei nele, já éramos amigos, pousei-o no meu assento e fui à casa de banho. Lavei a cara. Quando voltei, estavam dois miúdos a atirar o James Joyce um para o outro. Agarrei a mochila furioso e contive-me para não dar uma estalada ao miúdo. A mãe dele, sentada ao lado, acordou e disse: Oh, Sean. Apetecia-me chegar a Dublin. A aterragem foi suave.

As ruas, os pubs, as pessoas. Atravessei três pontes até encontrar um parque. No parque, caminhei até encontrar uma árvore que me agradasse. Era uma árvore grande, talvez um plátano. Entre as raízes, cavei com as mãos. Primeiro a relva, depois a terra. A noite crescia devagar na tarde. Passavam pessoas que me olhavam por um instante, mas todas desviavam o olhar. Quando não estava ninguém, nem nos caminhos do parque, nem atrás dos arbustos, enfiei o James Joyce, dentro da mochila, no buraco e cobri-o com terra e com uma camada de relva. Olhei por instantes para o sítio onde o deixei e considerei que tinha feito algo de bom. Afastei-me em direção ao aeroporto. Levava uma falta no coração. Sentia pena de deixar o James Joyce. Na altura, ainda não sabia que quem deixa as coisas que ama espalhadas pelo mundo sente sempre falta de algo onde quer que esteja. Fui para Lisboa. Na noite seguinte, dormi já na minha cama, abraçado ao manuscrito do meu primeiro romance.

Podes matar-me

Em janeiro, os nossos pés amassavam a neve onde havia marcas de outros passos. Tu sabias que eu nunca tinha visto casas cobertas de neve, árvores cobertas de neve. Tu sabias que eu nunca tinha caminhado sobre um rio gelado. Tu não sabias que a paisagem me parecia feita de mármore. Tu não sabias que eu caminhava sem medo sobre o rio.

Avançávamos juntos por uma rua de Bihać, e era primavera. Eu conheço a primavera. Havia pássaros nos ramos das árvores. As folhas eram novas. O ar era limpo porque era novo. Em Bihać, as paredes têm buracos de balas. Eu, quando olhava para os buracos nas paredes, imaginava os olhares atravessados por balas.

Em janeiro, quando estava sozinho nas ruas, ouvia as conversas das pessoas por trás dos meus pensamentos. Às vezes, ficava a olhar para as pessoas que falavam. Ao longe, as palavras eram iguais às nossas palavras. Quando me aproximava, notava que as palavras, iguais, estavam partidas em pedaços que tinham sido misturados uns com os outros. Eu ficava a olhar para as pessoas. Dos rostos, tentava entender o que diziam. Seguras, convictas, diziam sons misturados de palavras partidas em pedaços. E admiravam-se, ou sorriam, ou faziam um ar grave. Eu ficava parado, sozinho nas ruas. A neve era lenta, muito lenta, a cobrir o meu cabelo e o meu rosto.

Quando atravessamos a fronteira, já no lado da Bósnia, houve um guarda que falou para mim. Tu estavas a meu lado e falaste para ele. Disseste-lhe que eu não entendia. Ele olhou-me para ver que éramos de dois mundos diferentes. O passaporte nas suas mãos era a prova de que as nossas vidas eram diferentes. Era primavera. Na estrada, o carro que eu conduzia passava por outros carros. Dentro deles, as famílias não imaginavam que éramos de dois mundos diferentes. As crianças, sentadas no banco de trás, olhavam para mim e imaginavam que eu entendia os seus olhares.

    Nas ruas de Bihać, explicaste-me as frases escritas nas paredes. Explicaste-me o significado das consoantes. Sentamo-nos num jardim. Ao fundo, estava o rio a correr sob uma ponte. Era domingo, não era? As pessoas caminhavam como se não fossem para lado nenhum. Passavam grupos de rapazes e de raparigas. Quando olhavam para mim, também eles não sabiam que eu não os podia entender. Depois das árvores, estavam as casas, estavam as paredes com buracos de balas. Eu sei que, numa tarde, houve um rapaz que se escondeu atrás do banco onde nos sentamos. Tinha a arma encostada ao ombro. Dentro do peito, batia o seu coração. Nas casas, atrás das janelas, sob o chão de vidros partidos, estava outro rapaz. Tinha a arma encostada ao ombro. Dentro do peito, batia o seu coração. Seria talvez primavera. Talvez domingo. Havia pássaros nos ramos das árvores. As folhas eram novas. O ar era limpo porque era novo.

    Em janeiro, quando falavas para mim, eu olhava tanto para os teus olhos. Pensava que nunca nos iríamos separar. Gostava que não tivesses esquecido esses instantes em que havia tempo. A casa ficava parada dentro do mundo. No centro do mundo estava a casa. Tu falavas para mim. Eu olhava tanto para os teus olhos. Havia tempo nesses instantes.

    Sabes o que estão a cantar?, perguntaste-me. Caminhávamos juntos, de braço dado. Havia vezes em que apertavas o meu braço dentro do teu, de encontro ao teu corpo. Caminhávamos pelas ruas de Bihać, havia buracos de balas nas paredes e éramos duas pessoas que passeavam. Sabes o que estão a cantar?, perguntaste-me. Ao fundo de uma rua, estavam duas meninas a brincar. Eram duas meninas pequenas. Tinham talvez seis ou sete anos, a pele muito branca, as faces rosadas. Tinham os olhos claros e a luz dos seus olhos era como a água do rio. As meninas tinham mãos pequenas e faziam com as mãos um desses jogos de meninas pequenas: uma geometria invisível de mãos a baterem. Ouvia-se o som breve, ritmado, das mãos pequenas sob as suas vozes de meninas a cantar. Sabes o que estão a cantar?, perguntaste-me. Eu, que não entendia, olhei para ti. Olhaste também para mim e disseste-me. As meninas cantavam: Podes violar-me,/ podes matar-me,/ a mim, tanto me faz. Naquela rua de Bihać, naquela tarde, era primavera e duas meninas pequenas cantavam: Podes violar-me,/ podes matar-me,/ a mim, tanto me faz.

Em janeiro, eu aproximava-me da janela para ver a neve cair do céu. Pontilhada no ar, caía do céu branco sobre as coisas brancas do mundo. A neve arredondava as formas dos telhados e pesava sobre os ramos das árvores. Construía ruínas brancas onde antes havia casas e árvores vivas.

Em janeiro, havia neve e frio no lugar onde, naquela tarde, em Bihać, era primavera. Os buracos de balas nas paredes estavam cobertos de neve. Eu sei que no cemitério, enterrado sob a neve, está um rapaz que caminhou sobre o rio gelado, que agarrou neve com as mãos, que trepou às árvores em dias de primavera. Eu sei que esse rapaz se escondeu na rua onde encontrei as duas meninas a cantar. Era de tarde e escondeu-se na esquina dessa rua. Nesse dia, tinha a arma encostada ao ombro. Nesse dia, dentro do peito, batia o seu coração.

Estou tão cansado. Não me serve de nada lembrar-me de que caminhávamos juntos, de braço dado. Não me serve de nada saber que existiu tempo dentro dos instantes em que olhava tanto para os teus olhos. Eu pensava que nunca nos iríamos separar. Estou tão cansado. Há buracos de balas na minha pele coberta de neve. Imóvel, caminho ainda sobre o rio gelado. Podes matar-me, mas é tarde demais. Comecei a morrer naquela primavera em Bihać. Comecei a morrer em janeiro. Podes matar-me. A mim, tanto me faz. Estou tão cansado. Sei que essa arma que tens encostada ao ombro não pode matar a memória de caminharmos juntos, de braço dado, a memória de haver momentos em que olhava tanto para os teus olhos e havia tempo. Não me arrependo da ilusão de pensar que nunca nos iríamos separar. Podes matar-me. Mas é tarde demais. Eu comecei a morrer em janeiro e, agora, estou cansado e morto, enterrado sob a neve.

O polaco invisível

Foi na terça-feira passada, quando estávamos na cave, que, pela primeira vez, senti claramente a sua presença. Talvez haja alguma razão, camuflada por argumentos psicológicos que nunca serei capaz de entender na totalidade, porque nunca ninguém se dará ao trabalho de sentar-se, com tempo, a explicar-me. Ou talvez não haja nenhuma razão. O certo é que, na terça-feira passada, na cave, quando tu estavas deitada no sofá e eu estava sentado no tapete, senti pela primeira vez que estávamos a ser observados por um polaco invisível.

Nunca fui à Polônia, mas já conheci vários polacos. Há alguns meses, conheci um casal de polacos mais ou menos da minha idade. Ele é dramaturgo, ela escreve argumentos para telenovelas polacas. Estão sempre juntos, vivem na casa do irmão dele, no centro de Varsóvia, têm um cão, obrigam-se mutuamente a trabalhar um determinado número de horas por dia, deitam-se tarde e acordam tarde. São muito divertidos quando bebem. Para tentar imaginar aquilo que o polaco invisível pensa enquanto conversamos, imaginei-me a mim próprio, invisível, a ouvir uma conversa desse casal, quando creem que estão sós e conversam em polaco. Não entendendo, restar-me-iam os gestos, o tom e as reações para conseguir encontrar um sentido. Possivelmente, são também essas as ferramentas do polaco invisível que nos acompanha. Mas, reparo agora, as palavras que dizemos quando estamos sozinhos, quando me contas coisas, quando te falo das minhas opiniões extravagantes, estão quase sempre desencontradas dos gestos e, sobretudo, do tom com que as dizemos. Só muito raramente temos uma reação de acordo com aquilo que dissemos de fato. Divertimo-nos a inventar novas maneiras de dizer as palavras que conhecemos. Temo que o polaco invisível que nos tenta entender se sinta baralhado.

O que pensará sobre nós? Seria agradável saber que nos respeita à distância. O respeito é sempre baseado na admiração, exceto quando é inspirado pelo medo. Dessa forma de respeito estamos livres, pois é altamente improvável que inspiremos medo em alguém. Depois, penso, penso e chego à conclusão de que, em tudo, rejeitamos a distância. Mesmo sozinhos, na cave, ou no carro, ou no quarto, procuramos sempre a proximidade. Faz parte da nossa natureza desde que nascemos. Se há muros, queremos derrubá-los; se há portas, queremos abri-las. Por isso, do mesmo modo, se houver respeito para existir, que seja pela proximidade, que seja a dizer "tu" e nunca "o senhor", "a senhora". É arriscado, mas sabemos que só assim vale a pena e, como já disse, está na nossa natureza, não é uma escolha baseada em reflexões demoradas de cachimbo na mão, fixando o horizonte. Seria também agradável saber que nos considera seus amigos. Não é uma possibilidade totalmente descabida. Quando as pessoas são condenadas a penas de prisão ou quando lhes é diagnosticada uma doença incurável, passam por várias fases que terminam sempre na aceitação. Se o polaco invisível está condenado a nós, talvez acabe por habituar-se. Ou talvez não. Seja como for, as minhas preferências são inúteis porque não depende de mim aquilo que o polaco invisível pensa de nós.

Se não te falei dele antes, não foi por ter algumas dúvidas acerca da sua posição perante a realidade. Tenho dúvidas, mas há todo um imaginário a apoiar-me: os fantasmas, os espíritos, os anjos, as almas, os planos dimensionais dos livros do Richard Bach. Além disso, há muito tempo que dispensamos a realidade como assunto exclusivo das nossas conversas. Se não te falei dele antes, foi por ser desnecessário, por fazer parte daquele oceano de pormenores que sabes há tanto tempo e que eu, só agora, começo a conhecer.

Não disse nada porque não me pareceu importante. Afinal, existe aquilo que escolhemos. Eu escrevo estas palavras que são lidas. Não é um polaco invisível que vai descobrir a maneira de nos limitar. Até porque não existe maneira de nos limitar. Somos ilimitados e ilimitáveis. Aliás, tenho a certeza absoluta de que o polaco invisível não tem nenhuma intenção de nos limitar. É apenas e sempre o medo que limita. Nem eu nem tu compreendemos o medo. Nunca consegui entender a razão por que, nos filmes ou nos desenhos animados, está implícito o medo de fantasmas que apenas pairam e que, às vezes, fazem buu. Compreendo o susto, não compreendo o medo. O nosso polaco invisível é discreto. Assiste às nossas conversas, tira conclusões que não nos pertencem e nem sequer faz buu. Não há nenhum motivo para deixar de fazer o que sempre fizemos. Antes pelo contrário, nós dependemos do seu olhar. Sem ele, não teríamos ninguém para confundir e perdíamos quase tudo o que nos justifica. É esse o motivo pelo qual quando dizemos palavras apenas para ele não as compreender, somos capazes de ignorá-lo absolutamente. Só os deuses conseguem o absoluto. Como deuses, rimos e choramos sempre que temos de rir e chorar. Quando cito Dostoiévski e te digo que é necessário amar mais a vida do que o seu sentido, o mais certo é que o polaco invisível pense que estou a falar-te de como hoje, à tarde, me escorreu sangue do nariz. Quando te conto que o meu pai, por ter sido emigrante em França, disse "polonês" até ao fim da sua vida, o mais certo é que o polaco invisível pense que estou a falar-te da planta que me compraste e que morre lentamente no vaso junto à janela. Não faz mal. Está bem assim. Somos parte de alguma coisa que nasce num lugar puro, intocado, que nos atravessa e chega ao interior desse polaco invisível que, agora, está aqui, sobre o meu ombro, a ler estas palavras, a não entender nenhuma e, no entanto, a depender delas, exatamente da mesma maneira como elas dependem dele.

Cão morto, férias, Alzheimer

Eu já sou crescido, pois é?, pergunta o meu filho muitas vezes. Na sua voz, que ainda não pronuncia os erres, ser crescido significa deixar de ter vigilância. Ontem, quase no fim da manhã, enquanto me dirigia para enterrar o cão, tive a certeza nítida de que sim, ser crescido significa deixar de ter vigilância.

Não era um cão grande, mas não conseguia levá-lo apenas com uma mão. Segurava a ponta da saca com as duas mãos e esticava os braços tanto quanto conseguia, não queria que me tocasse. A coluna vergada do cão notava-se através da saca. Nada se pode comparar ao peso de um corpo morto, é um peso com textura e consistência. Entre as mãos, com a ponta da saca, levava também o cabo da enxada, mas, como já tentei explicar, esse era um peso diferente. Pela estrada de areia branca e pó, buracos e pedras, caminhava em direção aos pinheiros onde, quando era pequeno, apanhava pinhas com a minha mãe para acendermos o lume no inverno. Nesse tempo, havia lebres que saíam disparadas por detrás do mato e havia os nossos cães, que trazíamos para passarem as férias conosco. Esses eram os cães da minha infância. Como gostaria de poder revê-los.

Eu não conhecia bem o cão que enterrei ontem. Tive pena de ver o seu corpo morto, o pelo ainda molhado pela cacimba, as formigas já a cobri-lo e a rodeá-lo, fez-me impressão, mas, em mim, no lugar de cores carregadas encontrei apenas cinzento. Ontem, eu estava de calções, chinelos, t-shirt velha, sentado numa cadeira reclinável de campismo quando a minha mãe, a sussurrar, para as crianças não se aperceberem, me contou o que viu. Levantei-me devagar. Na rua, o cão estava arrumado ao nosso muro. Agora, enquanto escrevo, não me lembro do nome banal que chamávamos a esse cão que não pertencia a ninguém. Fui buscar a saca e a enxada. Noutros tempos, segundo letras estampadas, a saca serviu para carregar cinquenta quilos de adubo. Ontem, serviu para receber o corpo de um cão, empurrado por uma enxada, serviu depois para levá-lo até ao terreno de pinheiros e embrulhá-lo no interior de uma sombra, feita de areia fresca, sob o tronco de um pinheiro velho.

Aqui, a maioria das pessoas vem de férias, ou vem passar o fim de semana, ou são reformados. Lembro-me deste lugar com muitas diferenças mas, parando-me a pensar, sei que nós fomos aquilo que mais mudou. Lembro-me do meu pai a comprar pés de pessegueiros no mercado, as raízes dentro de sacos atados; lembro-me de pedir que eu segurasse esses troncos fininhos enquanto cobria as raízes de terra. Agora, não consigo apanhar os pêssegos que crescem nos ramos mais altos destas árvores que, durante estes anos, nunca saíram daqui. No entanto, nós fomos aquilo que mais mudou, porque o meu pai já não está cá e porque o rapaz que o ajudava já não sou eu, também já não está cá.

Quando chegamos, há sempre o mesmo cheiro de casa fechada, há a luz que vem perturbar um tempo onde não aconteceu nada, não existiu nada: sombras e silêncio. Entre os objetos que vieram aqui parar, o pinguim de loiça, que sempre conheci sobre o frigorífico da minha avó, assiste à chegada de crianças que não a conheceram, que não ouviram a sua voz e que, mesmo assim, correm, observam o mundo e dizem palavras que nunca foram ditas. Talvez eu seja também feito de loiça porque é com a mesma surpresa que assisto a esse milagre. As crianças, atentas ao presente, agora-agora, conseguem transformar tempo comum em férias. Eu, ao deixar de saber como fazê-lo, ganhei a capacidade de observá-lo.

Ontem, o sol já queimava. No regresso, levava apenas a enxada. Estava um homem descalço, de pijama, encostado ao reboco de um muro. Apesar de não ser habitual, não havia motivo para estranhá-lo demasiado. Assustei-me apenas quando caminhou na minha direção e me agarrou no braço. É só brincar? Querem lá ver o menino. Pensas que é só brincar? Os seus dedos eram muito fracos. Talvez oitenta anos. Os seus olhos eram vazios, ou feitos de água, dirigiam-se a outra pessoa no meu lugar. Tratava-me por menino e, entre aquilo que repetia, falava de brincar. Reconheci-o. Lembrei um rosto de há dez, quinze anos. Segurei-lhe no braço e levei-o comigo. Então, menino? Chega de brincar. Reconheci-o e fui levá-lo à casa onde a filha e o genro estavam preocupados, o portão de ferro. Ó menino, menino. Antes, enquanto subíamos, carregávamos as duas únicas sombras assentes na areia branca e a mim, erradamente, parecia-me que a estrada era infinita.

Uma jiboia a comer o Barack Obama

— Seria como aquelas séries de hospitais e de médicos, mas apenas com doentes terminais.

Quem me falava assim era uma rapariga que, sob aquela luz, parecia indígena. Cabelos lisos, negros, pronúncia do Minho. Talvez Viana do Castelo. Ela já me tinha dito o nome, mas olhou-me nos olhos, o que me desconcentrou. Em algum momento haveria de voltar a perguntar-lho. Apanhamo-nos perto do bar. Começamos por conversar acerca de uma garrafa de água. Não me lembro como chegamos à conversa dos doentes terminais. Eu preferia que terminasse.

— Os doentes terminais existem. Agora, neste momento, eles estão lá, sabias?

Sim, sabia. Ainda sei. Não precisava que me falasse de enfermarias. A música não estava demasiado alta, mas tinha de falar-me ao ouvido, eu tinha de sentir o toque do seu hálito, o que não me desagradava.

— Existiria uma renovação quase total do elenco a cada episódio.

Eu olhei para ela e deixei de ouvi-la. A música desapareceu à nossa volta. Foi como se tudo tivesse ficado branco por instantes, como se as pessoas que dançavam lá ao fundo não fizessem sentido, como se as pessoas com copos na mão estivessem na ilustração de um postal antigo. Foi então que pensei no que me esperava em casa e quis ir-me embora. Sorrindo, disse-lhe que ia à casa de banho. E despedi-me como se não fôssemos voltar a ver-nos.

Eu tinha chegado com o Costa. Tínhamos ido juntos no meu carro. Quando a rapariga e eu começamos a falar, o Costa desapareceu. Deve ter percebido isso pelos sorrisos, mal-entendido. Aproximei-me da pista e não o encontrei, fui à casa de banho, fui ao bengaleiro. Telefonei-lhe. Não atendeu. Podia estar a dormir, podia estar ali mas não ouvir, podia estar noutro lado mas não ouvir. Achei que podia estar sempre a chegar aos sítios de onde eu saía e, por isso, não valia a pena continuar a procurá-lo. Pensei no que me esperava em casa, dirigi-me para a saída com o casaco dobrado sobre o braço.

Parecia indígena e estava à saída, a sorrir. Conversamos acerca de uma caneta. Escrevi-lhe o meu número num papel. Essa teria sido uma boa ocasião para lhe voltar a perguntar o nome. Mas íamos na mesma direção, mais ou menos. Eram quatro da manhã e ainda havia pessoas a entrar. Na rua, ao afastarmo-nos, a batida ia diminuindo e, aos poucos, era como um monstro a definhar. Ela e eu tínhamos caminhado desde o centro do seu coração. O meu carro estava frio. Eu fazia movimentos sobre o travão de mão, as mudanças, os pedais. Parados em semáforos, teria dado jeito ter-lhe pousado a mão sobre o joelho, mas não o fiz. Ela disse-me as piadas certas para um riso morno, confortável. A minha consciência do interior/exterior era forte, mas chegamos depressa à rua inclinada onde vivia, havia estacionamento e, quando perguntou se queria subir, pareceu-me que apenas estava em posição de dizer que sim.

Disse que sim. Era um prédio sem elevador, mas com vasos de plantas grandes ao longo das escadas. Estranhei o cheiro frio da casa dela. Estranhei as carpetes. Sentamo-nos no sofá. Sem música, sem bebida, sob uma luz amarela, começamos por comparar o tamanho das mãos. Depois, comparamos o tamanho dos braços, os meus eram maiores. Não comparamos o tamanho dos cabelos. Os cabelos dela quase que lhe chegavam à cintura. Comparamos o tamanho das pernas, as calças de ganga esfregadas de encontro à pele aquecem, as minhas pernas eram maiores. Depois, medimos o peito com as mãos, a cara com a orelha, os lábios com os lábios, outras coisas com outras coisas.

Enquanto me vestia, o corpo mexido, arranhado, sentia um sabor que não pertencia à minha boca e só pensava em ir para casa. Ainda era de noite. Ao descer as escadas, lembrava-me da rapariga através de uma sucessão de imagens e pensava que não ia voltar a ter oportunidade de lhe perguntar o nome. Os semáforos ao frio e à noite. Cheguei a casa. A luz do lava-loiças esperava-me.

Deixo sempre uma luz acesa a esperar-me, habitualmente a do lava-loiça. Assim, quando chego, não está a escuridão, não está o ato de acender um interruptor na escuridão.

Além disso, na semana seguinte, o meu filho mais velho iria ter um teste de ciências da natureza e, nesse mesmo dia, à tarde, o meu filho mais novo tinha-me mostrado um desenho feito por ele que, segundo as suas palavras, representava uma jiboia a comer o Barack Obama.

Como imagino a primeira vez que fizermos sexo

Considero-me um otimista. Desde que tenho opiniões e que consigo distanciar-me o suficiente para me observar a tê-las, que me considero um otimista. Como seria de esperar, encontro alguma paz nessa assunção, mas não consigo ter a certeza se considerar-me otimista não será, em si, um sinal de otimismo. Talvez. Seja como for, não é bom ter certezas em relação a tudo. São as incertezas que esbatem os contornos, que diluem as cores. Precisamos das incertezas para não sermos geométricos e insuportáveis. Suponho que considerar a possibilidade de algum dia fazermos sexo pela primeira vez é também um sinal desse mesmo otimismo. Não há garantias. Aquilo que imaginamos é responsabilidade nossa. É apenas certo que te materializaste a distância suficiente para que te abraçasse. Depois, pareceu-me que o teu corpo cabia perfeitamente nos meus braços. A perfeição, a perfeição, sei que ambos somos capazes de rir-nos dessa palavra.

Há tanto que já aconteceu antes. Há palavras repetidas que, no momento de serem ditas, parece que chegam de outras idades. Há frases que chegam de momentos específicos, que regressam inteiros no momento em que digo ou ouço essas mesmas frases. A intrusão desses momentos faz com que me sinta estranho em mim, como se os meus olhos, de repente, fossem atravessados por um olhar que me pertenceu há anos mas que, agora, é de outra pessoa. Chega desta conversa. Se ainda não percebeste, explico-te melhor quando estivermos juntos. Agora, acredito que deves ter mais curiosidade de saber como imagino a primeira vez que fizermos sexo.

Vai ser na minha casa. Vamos estar a beijar-nos no sofá. Ainda não sei bem se gosto que me mordas a língua. Da última vez, vieram-me lágrimas aos olhos. Acho que não notaste, escondi-as, mas, acredita, estavam lá. Aquilo que me parece é que, neste momento, gosto de tudo o que me queiras dar, mesmo que sejam dentadas na língua que me põem lágrimas nos olhos, que ultrapassam aquela fronteira em que a dor é cômoda e chegam à dor-dor. Esta é a situação atual mas, espero que saibas, não será sempre assim. Por favor, não deixes que esta informação te iniba. Podes morder-me a língua. Podes morder-me onde quiseres.

As minhas mãos. Tu ainda não conheces bem as minhas mãos. Sei que tens uma ideia sobre elas, mas ainda não as conheces muito bem. Eu próprio me surpreendo com elas frequentemente. As minhas mãos vão procurar as formas do teu corpo. Gosto de começar por perceber a dimensão das coisas. Vou segurar-te nos ombros, nos braços, na barriga de lado, nas ancas e nas pernas. A escolha destes lugares no teu corpo não tem nada a ver com a procura de um crescendo, com uma gradação que, no seu auge, chegue a lugares mais íntimos e/ou pornográficos. Aliás, não chegarei a estes lugares pela escolha, mas sim pelo instinto. Eu conheço os meus instintos, os bons e os maus, os que me fortalecem e os que me enfraquecem. Gosto de todos, não os contrario, todos fazem parte de mim, sou todos eles. Mais, nos teus ombros, braços, barriga, ancas e pernas, estarei já inteiro. Nesse momento, não terei ainda a certeza de que iremos, de fato, fazer sexo. Não estarei preocupado. Não consigo imaginar-me preocupado enquanto estiver a beijar-te, a abraçar-te e enquanto as minhas mãos estiverem no teu corpo. Estar preocupado significaria estar longe de ti. Contigo, não consigo estar longe de ti. Contigo, apenas sou capaz de estar contigo.

Posso desabotoar-te as calças? O momento em que tiver os dedos no botão das tuas calças será determinante. Se sentir que me facilitas o gesto que farei com o polegar e o indicador, se não sentir a tua mão a afastar a minha, será dado um grande passo entre nós. É claro que eu não pensarei com estas palavras. Estes pensamentos apenas são possíveis porque estou aqui, longe, e porque a minha mente se aventura por caminhos desaconselháveis. Baixar-te as calças com as duas mãos.

Certezas que tenho:

— A tua pele é suave.

— As minhas pernas cabem no interior das tuas.

— Aguento o teu peso com facilidade.

Vou querer abrir os olhos para, em instantes, ver o teu rosto. Vou querer guardar essas imagens paradas, fotografias, do teu rosto. Após um vinco na respiração, entraremos num mundo que se construirá à nossa volta, um mundo que se propagará a partir de nós. Deixaremos de saber os nossos próprios nomes.

O meu corpo pesado, lançado pelos meus braços para o teu lado. Quanto tempo passou? Onde estamos? Enquanto recuperarmos a respiração, estaremos cheios de perguntas.

Além disso, há este texto. Se chegarmos a fazer sexo, há a possibilidade de este texto interferir, de nos sentirmos na obrigação de contrariar os seus detalhes para o garantirmos como ficcional e não nos acharmos previsíveis. Então, não me irás morder a língua, não ficaremos no sofá e não me deixarás desabotoar-te as calças, irás tu própria desabotoá-las. Mais tarde, daqui a semanas ou meses, falaremos deste texto e será como uma piada. Iremos, pelo menos, sorrir. Tudo estará bem se, semanas ou meses após termos feito sexo pela primeira vez, estivermos juntos a rir ou a sorrir.

Se nunca chegarmos a fazer sexo, este texto continuará a existir. Se tiver de ser assim, espero que estas palavras não tenham qualquer interferência com essa possibilidade, que ficará no lugar invisível onde se acumulam todas as possibilidades que nunca se concretizaram. Seria bastante rebuscado que este texto impedisse esse encontro, mas já me surpreendi com coisas bastante menos surpreendentes. Em todas elas, a vida e o tempo continuaram. Se assim for, se assim não for, espero que a memória deste texto seja a memória destes dias e que, dessa maneira, seja algo de bom, que nos faça bem e que, nesse futuro, sozinhos ou acompanhados por rostos que agora desconhecemos, sejamos capazes de um sorriso que mais ninguém entenda e que não tentaremos explicar a ninguém.

A palavra mais utilizada em canções e poemas

Nós não queríamos dizer a palavra, mas precisávamos de referir-nos a ela. Sim, tínhamos medo da palavra. No passado, tínhamo-la dito em mil situações diferentes, todas muito diferentes daquela em que estávamos. Essas situações, esses momentos, a pessoa a quem a dissemos e a pessoa que éramos quando a dissemos foram circunstâncias que alteraram a própria palavra. O seu significado mudou para nós e, por isso, mudou em absoluto, uma vez que a nossa percepção de qualquer palavra é parte do significado absoluto que essa palavra consegue ter. Talvez mal comparado foi como naqueles momentos em que se rejeita nomes para filhos futuros porque, em tempos, se conheceu alguém que tinha esse nome e com quem, por mil motivos, se teve má relação. Ou seja, uma só pessoa, indivíduo individual, acabou por influenciar todo um nome. Por um Alfredo, pagam todos. Por uma Roberta, pagam todas.

Nessa terra de ninguém, nesse terreno cinzento, nevoeiro, entre querer dizer e não dizer, lembramo-nos de que talvez, em muitos aspectos, essa palavra seja um ângulo segundo o qual se define grande parte da nossa contemporaneidade. Essa palavra é uma espécie de perspectiva, uma espécie de lente. Em muitas medidas, essa palavra absorve a tonalidade de cada época. Não havendo dúvidas de que se trata de uma palavra que existe desde os primeiros pensamentos do ser humano, a definição que cada tempo aceita dessa palavra define esse próprio tempo. Da mesma forma, a definição que cada pessoa guarda dessa palavra define a própria pessoa. Interessante: uma definição que define para lá do seu próprio âmbito, que faz definir. Um significado que faz significar.

Talvez todas as palavras sejam assim. É possível. Guardo essa possibilidade de dúvida, não afirmo com plena certeza porque sei, aprendi no xadrez, que todas as afirmações devem ser estudadas com rigor, todas as hipóteses devem ser consideradas, feitas todas as contas, analisadas todas as geometrias. Mas, ainda assim, parece-me bastante provável, percentagem alta, que sejam as definições que temos que conseguem nos definir. O espelho do nosso próprio olhar serve sobretudo para nós. É o mundo que tem a capacidade de nos definir. Nós definimo-lo a ele e, justiça simétrica, ele define-nos a nós. Assim, o medo que possamos ter, que nós tínhamos de uma palavra, tem influência nas curvas e arestas do nosso próprio contorno. A forma como essa influência se manifesta está a ser trabalhada, desenvolvida por uma legião internacional de especialistas de múltiplas áreas. Se a ciência evoluir como até aqui, se o espírito humano mantiver a sua constância, as notícias desses avanços irão continuar a ser apresentadas com periodicidade. Umas ainda virão a tempo, durante a nossa vida, outras chegarão depois.

Aparentemente, estas considerações afastam-se do problema com que nos deparamos: não querermos dizer uma palavra, mas termos necessidade de exprimir o seu significado. Entre todas as palavras, não querer dizer aquela, com artigo definido. Em muitos aspectos o problema também era fonético. Tratava-se de sons demasiado quentes para esta época do ano. Precisaríamos de lábios vermelhos, de batom, para dizê-los, precisaríamos de voz grossa. Não demasiado grossa, claro, não voz de monstro, mas precisaríamos de voz rouca de cantora de cabarés dos anos vinte. Nenhum de nós possui esse tom. Quando em consciência total, articular uma palavra pode ser uma atividade comparável à escultura.

Não sou capaz de esgotar todos os motivos pelos quais não queríamos dizer a palavra, mas creio que não era porque quiséssemos criar um grande mistério à sua volta. Agora, ao escrever, também não é com essa intenção que ainda não a referi. Penso que será pelos mesmos motivos que, antes, naquele momento específico, não tínhamos vontade de dizê-la e, assim, nos confrontávamos com uma questão que nos transcendia em tantos aspectos. Ao escrever cada uma destas ideias, ao descrevê-las, sinto que a palavra está implícita em todas elas e, em silêncio, é como se a repetisse para dentro de mim. Sozinho, não tenho medo de dizê-la. Sozinho, sei que tenho de aceitar tudo aquilo que compõe o mundo, as vantagens e desvantagens de respirar.

Ficamos nesse impasse durante algum tempo, purgatório de tudo o que fomos, corredor necessário para chegarmos a outro lado. Mas, depois, dissemos a palavra.

E encolhemo-nos, à espera que acontecesse alguma coisa, um terramoto, que o mundo mudasse de cor. Não foi isso que aconteceu. Aconteceu outra coisa.

E voltamos a dizer a palavra.

Algumas coisas invisíveis

Ontem, perdi a carteira com todos os meus cartões e documentos.

Quero pedir-vos desculpas antecipadas por ter de voltar a escrever sobre a morte. Não é por mal. Não é porque queira perturbar-vos. Às vezes, perguntam-me se não tenho outro tema e chego a pensar que não. Perguntam-me se não me canso. Eu canso-me. Antes do verão, uma senhora disse-me: um escritor vê beleza nos lugares mais difíceis. Eu sorri, cobri a sua frase com silêncio e pensei: não é verdade.

Nesta semana que passou, na terça-feira, sentei-me no sofá da casa da minha irmã e estive a ver filmagens antigas. Metade das conversas eram: estás a filmar?, não me filmes, ela está a filmar?, não está a filmar, pois não? Depois, havia minutos longos em que esqueciam a máquina ligada e filmavam o chão: as pedras da rua, os passos mais lentos ou mais rápidos, a respiração. Está a filmar? Isto está a filmar? Havia partes em que estávamos todos juntos, todos mais novos. Entre nós, a falar conosco, a rir conosco, estavam os nossos mortos. A minha sobrinha, que agora se deprime e usa soutiens, era um bebê ao colo de um dos nossos mortos. Eu era um adolescente despenteado e desagradável, com um pullover de lã. A minha mãe raramente se sentava. Como nós, os nossos mortos perguntavam: ela não está a filmar, pois não? E ouvia-se a voz da minha irmã, atrás da máquina, a dizer: olhe para aqui, diga lá qualquer coisa.

Cada vez que participo num programa de televisão em direto, tenho vontade de me levantar e de, a completo despropósito, dar uma estalada no apresentador. Não tenho nenhuma espécie de aversão para com qualquer apresentador. Pelo contrário. Normalmente, são pessoas que sabem fazer muito mais expressões faciais do que aquelas que mostram. A corrente que me puxa é a curiosidade acerca daquilo que aconteceria depois. Fazem-me perguntas: quando começou a escrever?, por que escreve?, quais são os autores que mais o influenciaram? Eu respondo devagar, e, por detrás de cada palavra, sinto vontade de levantar-me, ter a completa percepção de todos os meus movimentos e dar-lhes uma estalada.

Houve um dia desta semana em que perguntei aos nossos mortos se podia ser insensato. Eles disseram logo que sim.

No domingo, quando já começava a anoitecer, passei por uma criança que estava à espera, sozinha, dentro de um carro. Era um rapaz de seis ou sete anos. Estava sentado, muito direito, no banco de trás, e brincava com os dedos. Temo não ser capaz de explicar a opressão que senti no peito. Num instante, fui levado para um passado de há trinta anos atrás. Lembrei-me de ser aquele exato menino e de não saber se os meus pais voltavam. Posso ir também? Não, espera aí. Por favor, posso ir também? Não, espera aí. O tempo passa de maneira diferente para as crianças. Cinco minutos é muito tempo, dez minutos é muito tempo, meia hora nunca mais acaba. Eu olhei para esse rapaz de seis ou sete anos, mas creio que ele não me viu. Melhor assim. Eu não iria querer um estranho a olhar para mim enquanto me doía o medo de ficar sozinho para sempre.

Perguntei aos nossos mortos se podia chorar. Eles disseram que sim, podia chorar o quanto quisesse.

Chorei dentro do carro com seis ou sete anos e chorei fora do carro, trinta e quatro anos, atrás de uma árvore, ridiculamente, a fingir que atava um sapato.

Quero pedir-vos desculpa por ter chorado.

Nestes últimos dias, nesta semana, no supermercado e noutros lugares bem iluminados, tem-me acontecido estar a conversar com a minha mãe ou com a minha sobrinha e, de repente, reparo que estou a falar para uma pessoa qualquer que não conheço e que olha para mim muito admirada. A minha mãe ou a minha sobrinha ficaram lá atrás a ver qualquer coisa e eu fico muito envergonhado por estar a demonstrar tanta familiaridade para uma desconhecida que só de modo remoto poderia ser confundida com a minha mãe ou com a minha sobrinha. Uma vez, só reparei nesse engano quando já ia começar a zangar-me por não me responder. Noutra vez, só reparei quando já estava a abanar-lhe o braço para que visse algum objeto que me parecia importante e que, agora, já não me consigo lembrar do que era.

Durante esta semana, várias vezes, também perguntei aos nossos mortos se podia fechar os olhos. Eles disseram que sim, claro que sim. E pediram para não lhes fazer mais perguntas, disseram que a resposta será sempre sim.

Equilíbrio

Esta hora foi ganha à noite. Na semana passada, quando mudou a hora, acertei todos os relógios: o relógio da cozinha, do quarto, do microondas, do carro, o meu relógio de pulso. Esta hora é como terra ganha ao mar, é como a Holanda. Agora, são talvez sete e meia e é ainda de dia, é o mês de abril e a claridade de tudo faz-nos pensar no verão. És tão bonita. Precisávamos de sol. Obrigado pelo sol, obrigado pela hora nova, estamos em tempo de florescer. Depois da janela, a cidade é serena, existe alguma coisa invisível que se desprende do céu e que paira devagar até pousar sobre os contornos da cidade, até lhes abrandar as cores. Aqui, a este quarto, parece só chegar o silêncio. Existem pequenos sons, claro; do outro lado da janela está a cidade. Mas estamos deitados lado a lado sobre a cama, e não dizemos nada. É esse o silêncio a que me refiro. Estamos a ler. Eu tenho um livro e tu tens outro livro. Os nossos corpos são quase paralelos sobre a cama. Poderíamos agora ser fotografados de diversos ângulos, a nossa posição seria harmoniosa a partir de todos eles. Esta hora é perfeita. Respiramos ao mesmo tempo.

Bonita, bonita, como oxigênio, há um fluxo de palavras que se entorna dentro de nós. Não têm pressa e são frescas, frias. Lemos livros diferentes e, por isso, na realidade, enchemo-nos de sentidos diferentes. Mas acreditamos que o outro nos é simultâneo em tudo, é por isso que lemos juntos, na mesma posição. O meu corpo imita o teu corpo a imitar o meu. Se não tivesse este nome e estas palavras, eu seria um espelho. Só a prestar atenção a cada detalhe que imitasse, a cada tom da tua pele e de todas as cores que contrastam com a tua pele. Eu seria um espelho a refletir a ligeira mudança de cor do ar que, agora, anoitece sobre nós. Como fumo que sobe e se desfaz sobre nós, existem milhares de pontos transparentes, respiramo-los, que recebem uma cor cada vez mais escura, cinzento ou azul, prata. Eu sei que, daqui a pouco, deixaremos de ser capazes de ler. Teremos de acender o candeeiro da mesinha de cabeceira. Essa será uma luz amarela, confortável como uma sala morna no inverno. Mas esse será outro tempo. Agora, deitados, a ler, estamos apenas aqui, este instante. Ao recebermos este tempo tão plenamente, morremos um pouco. Aqui, temos o cheiro das almofadas, o toque da manta através das meias, a certeza de que o corpo do outro tem volume e peso. Posso esticar um braço e pousá-lo sobre ti, bonita.

Não quero falar do livro que estou a ler. Não quero falar do livro que estás a ler.

Na cidade, os autocarros são agora mais lentos. O som dos autocarros espreguiça-se no ar, passa pelas frinchas das janelas, por baixo das portas. Apesar de ser abril, o som dos autocarros é já como setembro. Aqui, há já muitas coisas que são como setembro. Se esta hora, estes pássaros que pousam no parapeito da janela, nos lembra o verão, então, lembra-nos o fim do verão, setembro, quando as feridas, por fim, descansam.

Beber um copo de água. Muito daquilo que estamos a fazer aqui, agora, deitados um ao lado do outro, tem a ver com beber um copo de água. Existe nesses dois atos a mesma simplicidade, a natureza está presente nos dois da mesma forma branca e primordial. Se o mundo fosse desenhado apenas com duas cores, duas únicas cores seriam suficientes para desenhar este momento. Estarmos aqui é um quadro de Mondrian, mas não só. Estarmos aqui é um pouco mais do que isso. Por exemplo, quando lemos e lemos, existe um mundo que cresce em ogiva a partir de cada um de nós. Esse mundo é orgânico. Podem existir florestas dentro desse mundo, podem correr rios de água ou de sangue. Não me refiro às possibilidades daquilo que está escrito nos livros que lemos; este e esse, respectivamente; refiro-me às nossas próprias possibilidades. Bonita, nós somos de matérias diferentes. Há coisas que vejo e que prefiro que tu não saibas que vi; noutras vezes, há significados que percebo e que prefiro que não saibas que percebi. Eu sei que contigo acontece exatamente o mesmo. Nesses momentos, calamo-nos e deixamos que essas imagens se dissolvam dentro de nós. Dentro de mim, num lugar onde não tens acesso; dentro de ti, num lugar onde não tenho acesso. Não o fazemos para enganar o outro ou por algum motivo forte. Ainda não temos esses motivos fortes. Fazemo-lo por nada e com detalhes insignificantes. No entanto, é por isso que não somos espelhos, ainda.

Bonita, estamos em abril. Vamos ficar aqui deitados até setembro, pelo menos. Temos a obrigação de aproveitar esta hora diária de luz nova, limpa. Nada é mais importante do que isso. Com todas as voltas e contradições dos anos, nunca nos vamos arrepender deste tempo.

Todos sabemos que, agora, não estou realmente deitado ao teu lado a ler. Como é óbvio, agora estou a escrever estas palavras. És tu quem está a ler. Mas agora não estamos sequer em abril, estamos nos primeiros dias de março. Mas isso é indiferente, bonita. Isso tanto faz.

Conto de Natal

A televisão estava sempre ligada, era sempre dezembro. O aquecedor a gás punha-nos as orelhas vermelhas, os chinelos não faziam barulho na alcatifa. A lâmpada do candeeiro da sala dava luz amarela. Em pijama, sentávamo-nos ou estendíamo-nos no sofá. Então, havia alguma coisa que um de nós dizia e que o outro não entendia, também podia acontecer que estivesse indisposto ou contrariado. Em qualquer dos casos, respondia com maus modos.

Ontem, na segunda circular, lembrei-me de nós. O trânsito avançava pouco, chovia, passavam motas entre os carros. Comecei por pensar que há um lugar onde os engarrafamentos nascem. Há alguém que abranda por um instante, apenas ligeiramente, e essa pausa obriga todos os que o seguem a abrandar também. Esse instante vai-se propagando, crescendo, até que os carros mais atrás começam a ter de parar. A distância a partir do início do engarrafamento torna as paragens cada vez mais longas. E lembrei-me de nós. Perguntei-me se saberás que, neste verão, na China, houve engarrafamentos que duraram doze dias e que se estenderam por cem quilômetros. Deves saber. Quando os carros começaram a andar, percebi que abrandavam para ver um acidente que tinha acontecido na outra faixa.

Ainda no sofá da sala, ainda dezembro, mais tarde, haveríamos de discutir essa resposta, as diferentes formas de dizê-la: um acabaria por repeti-la num tom casual e o outro num tom agressivo, cada um a garantir que estava certo, que tinha sido assim. Mas isso seria mais tarde. No momento em que a resposta era dada, aquele que a ouvia sentia-se ofendido e devolvia os maus modos. Então, o outro parava o que estava a fazer, recebia a ofensa de volta, sentia a mesma injustiça e só muito raramente respirava antes de responder de novo.

Um guincho agudo, estridente, ensurdecedor, impossível ouvi-lo sem contrair os músculos da cara, sem contrair o corpo inteiro. Há algumas semanas, num sorteio de rifas, também me lembrei de nós. O apresentador, de laço, segurou o microfone demasiado perto do amplificador. O microfone captou qualquer ruído quase imperceptível do amplificador que, ao ser transmitido e amplificado por este, voltou a ser captado e transmitido e captado e transmitido, aumentando sempre, até se transformar nesse guincho que fazia impressão nas unhas, que descascava os dentes. Os bebês de colo começaram a chorar. As idosas entornaram a laranjada. Ironicamente, saiu-me uma latinha chinesa de bálsamo de tigre branco para as dores de cabeça.

A partir da meia hora de discussão, mais ou menos, começávamos a culpar-nos um ao outro. Tu queixavas-te daquilo que eu tinha dito e eu queixava-me daquilo que tu tinhas dito. Tu só dizias "tu" e eu só dizia "tu". Tu exigias que eu admitisse que te tinha falado com maus modos e eu exigia que tu admitisses a mesma coisa. Tu ficavas presa à ofensa que sentias e ignoravas a minha, eu ficava preso à ofensa que sentia e ignorava a tua. A marcar um ritmo, a árvore de Natal, de plástico, tinha luzes que piscavam.

Pi. 3,14. Acho que iria divertir-te saberes que, agora, fora de tempo, interesso-me por matemática. Cada vez que me deparo com *pi*, lembro-me de nós. Toma uma qualquer circunferência como exemplo, não conheço figura mais perfeita, divide o seu perímetro pelo seu diâmetro e terás *pi:* 3,1 415 926 535 897 932 384 626 433 e podia continuar a enumerá-lo, as suas casas decimais estendem-se indefinidamente. É um número real, mas irracional. O recordista de memorização de casas decimais do *pi* é um chinês que conseguiu recitar de cor 67.890 dígitos.

O momento exato em que um de nós começava a culpar o outro das palavras que ele próprio tinha dito, e da forma como as tinha dito, era variável. Chegaria mais cedo ou mais tarde. Lembro-me desse momento também. Acreditávamos nele. Se parávamos um pouco, só as vozes da televisão, só as cores intermitentes da árvore de Natal, ouvíamos dentro de nós aquilo que não éramos capazes de dizer. Mais tarde, chamaríamos "orgulho" a essa incapacidade. Podíamos, então, lembrar-nos de outras discussões, sobre outros assuntos, e retomá-las. Agora, parece-me que, nessa altura, tínhamos uma memória comparável à do recordista do *pi*. Cada um desses assuntos era de dimensão indefinida, propagava-se por inúmeras casas decimais, que éramos capazes de recitar durante horas. E, no entanto, todos eles se esmigalharam no passado, dissolveram-se, misturaram-se com zero.

Não tenho medo de nada, só tenho medo de tudo

Sou um merdas. Hoje, desde que acordei, comovi-me com toda a espécie de repetições. Se nesta casa coubesse uma máquina de costura como a da minha mãe, aquelas rajadas cíclicas de metralhadora, creio mesmo que teria chorado. Hoje, ao contrário de quase sempre, parece-me que há mais verdade no pessimismo dos velhos do que no otimismo dos adolescentes. Contra isto, acabei de fazer a barba. Não resultou. Utilizei o pincel para espalhar o creme, utilizei uma lâmina de barbear nova, tenho a pele lisa e morna, mas não resultou.

Nunca gostei de dizer "as minhas ex-mulheres" (duas). Não apenas pelo tom de Elizabeth Taylor que essa expressão confere a qualquer frase, mas sobretudo pelo fato de as pessoas em questão não serem ex-nada, ambas continuam a ser o que são e, hoje, talvez até sejam bastante mais do que eram perto de mim.

É justo que mude de parágrafo para explicar que, da mesma maneira, não gosto de dizer "as minhas ex-namoradas" (não as contei). Nesse caso, creio que a expressão induz um número enganadoramente elevado. Já estive em muitos lugares, mas a primeira vez que, como homem, me aproximei de uma mulher aconteceu quando já estava firme na idade adulta. Antes disso, dedicava-me em exclusivo à poesia e ao heavy metal.

Foi em Cabo Verde que aprendi a expressão "mães dos meus filhos". É a mais correta. Não apenas porque tem a palavra "mãe", algo que elas são de forma infinita, mas também porque não nomeia aquilo que são para mim, o que é certo, uma vez que aquilo que são para mim não tem nome, existe no meu interior e, lá, tem todos os nomes impossíveis da gratidão absoluta e do afeto indelével e absoluto.

Mudando outra vez de parágrafo, não tenho nada para chamar às pessoas com quem tive algo, nem sequer tenho palavra para esse "algo". Aquilo que sei com certeza é que, a haver um ex-qualquer-coisa, esse ex-tudo só posso ser eu. Quando tive uma namorada croata que fazia investigação no Técnico, eu era, por contraste, o artista excêntrico, o idealista e, a despropósito, repetia a gracinha de empregar a meia dúzia de palavras croatas que conhecia. Quando tive uma namorada semiaristocrata, eu usava polos e, se o entardecer ficava fresco, deixava que ela me pousasse um pullover verde-escuro nas costas. Quando tive uma namorada de Chelas, mudei-me para os Olivais e comecei a usar expressões como "aguenta-te à bomboca" ou "o teu cota é bué de corta-feelings". Quando tive uma namorada que, se fosse preciso, ficava duas horas a contemplar uma paisagem óbvia e que parecia que estava sempre com uma ligeira moca de erva ou bêbada de champanhe, eu era, de novo por contraste, o stressado, o gajo que só falava do irs e da Segurança Social.

Esta enumeração poderia continuar com muita facilidade. É melhor pará-la porque, hoje, as repetições têm-me comovido desde que acordei. Por norma, sei onde estão essas mulheres que têm nomes, não sei onde estão os seus pais, os seus irmãos e outras figuras que se dissiparam como nevoeiro. Não sei o que fizeram às fotografias que tiramos juntos. Sei que alguns dos seus namorados atuais me odeiam com ódio mesmo. Mas nada disso é demasiado importante. Hoje, agora, barba feita e inútil, apenas quero dizer que, em vez de tudo isto, gostava de ter a coragem de ser como aquele escritor americano que há cinco/seis anos conheci em Haia, na Holanda. Desde a hora em que fomos apresentados, ele sentiu uma ternura instantânea e evidente por mim, uma ternura paternal, que aceitei. Era de noite, caminhávamos pelas ruas desertas de Haia, chovia um véu que nos cobria o rosto. Ele passava dos sessenta anos, eu ainda não tinha trinta, falava-me dos filhos que eram homens e lhe telefonavam duas ou três vezes por ano, falava-me da solidão. Disse que estava sozinho há quase quinze anos. Quando lhe perguntei o motivo pelo qual não procurava companhia, respondeu-me que não queria fazer mal a mais ninguém. Essas palavras ficaram-me, ouço-as muitas vezes. Nessa noite, enquanto passeávamos, o escritor americano tropeçou e caiu com muita violência no chão, as mãos escorregaram-lhe quando ia para amparar a queda. Tentei ajudá-lo a levantar-se, recusou. Perguntei-lhe se devia chamar uma ambulância, recusou. Disse-me que só precisava de ficar deitado durante um instante. E assim foi. Ficou deitado no passeio, de barriga para cima, de olhos fechados, com a chuva a cobri-lo devagar. Eu baixei-me e fiquei ao seu lado. Durante esse instante, no silêncio, dentro da dor, houve paz.

Atualizações

Estes dias são perfeitos para apagar mensagens da memória do telemóvel. Antes, reservo alguns minutos para ler pela última vez uma antologia instantânea das mensagens que guardei. Faço-o do fim para o início, das mais antigas para as mais recentes. Chegaram de muitas origens e cada uma delas comporta o momento em que fez plim no meu telemóvel, têm data e hora. Algumas falam de praia, estou na praia, vens cá ter?; outras falam de múltiplos cenários que passaram. São mensagens que não apaguei por motivos diversos: porque não fui capaz (por serem importantes, parte de uma história), porque quis guardá-las (para reler quando precisasse de lembrar o que diziam, quando precisasse de força) ou porque me esqueci, não tive tempo de apagá-las (minoria). Sinto diversos tons de nostalgia, ternura, melancolia, tristeza até e procuro a opção "apagar tudo". Inspiro e carrego num botão.

Logo depois de carregar no botão, há o impulso invisível de voltar atrás, de interromper o processo, mas, felizmente, não se pode voltar atrás. Em poucos segundos a pasta de mensagens recebidas fica vazia. Nos momentos que se seguem, não é apenas o telemóvel que fica mais leve, é todo o corpo. Os músculos relaxam. Trata-se de uma realidade física.

Após esse asseio, após saborear a leveza desse oxigênio, chega o momento ideal para ligar o computador. É como uma janela lenta, a abrir-se só depois de montar apressadamente toda a paisagem que desvenda. Nessa vista, está sempre a mesma estação, uma mistura de primavera e centro comercial. As cores são mais perfeitas do que as dos objetos que se podem segurar: o azul apaziguador do Facebook, o branco limpo do Google. Além disso, há as linhas certas das tabelas de Excel, há o aspecto elegante das palavras escritas no Word que, ao longe, em Times New Roman, parecem ter sido escritas por Eça, Raul Brandão ou por tantos outros exemplos literários habituais, igualmente mortos e inequívocos. Há também a setinha que repete os meus movimentos no ecrã, mosca contra o vidro da janela sem perceber que não pode atravessá-lo. Com ela, abro caminho até "desfragmentar disco". Carrego no botão do rato. Tão bom esse clique.

Então, ao longo de um par de horas, inicia-se um processo que transmite grande satisfação: existem bits espalhados por todo o disco rígido e, um a um, organizados por cores, são transferidos e arrumados ao lado uns dos outros, aproveitando-se assim o espaço do disco ao máximo e ganhando-se em rapidez e eficácia. Assistir a este fenómeno da natureza (dos computadores, da natureza dos computadores) é como receber uma massagem nas costas. Os músculos do rosto descontraem completamente e a pele dá descanso à sua elasticidade. Assistir à desfragmentação do disco é um tempo reparador que se pode partilhar a dois. Não o comparo a assistir ao pôr do sol, mas poderia fazê-lo.

100% concluído. Os mesmos objetos, depois de arrumados, ganham um cheiro diferente, mesmo que não tenham cheiro. Com movimentos leves e com espaço para mexer-me, entro no meu email. Nas opções, procuro o lugar para trocar de password. Escrevo a antiga pela última vez, os meus dedos sabem escrevê-la num restolhar súbito de teclado. Como se deixasse cair os dedos sobre as teclas e, um a um, pela ordem correta, acertassem em cada caractere. Logo a seguir, muito mais devagar, escrevo a nova password. E, apenas uma linha abaixo, é-me logo pedido para voltar a escrevê-la, como se pudesse ter-me arrependido em segundos, ou como se fosse preciso testar que não a escolhi por capricho. O que pensariam as pessoas sobre mim se conhecessem a password do meu email? Não sei se o pudor com que considero esta pergunta se deve ao significado que dou a essa combinação de caracteres ou ao próprio significado dos mesmos. Para além de mim, ninguém a conhece. Se me acontecer alguma coisa, o meu endereço eletrónico continuará a receber correspondência que ninguém lerá, caixa de correio invisível, trancada por fechadura de aço. Não importa. Assim está bem. No email, a password está antes de tudo; em mim, está no fim de tudo, é o último sinal antes do desconhecido.

O Hotmail, o Gmail e outros aconselham trocar de password periodicamente. Agradeço, mas sempre o fiz sem precisar desse alerta. Reconheço a passagem dos dias e dos anos. O tempo, o tempo e nós somos outros. Sei e sempre soube, embora a minha password antiga fosse: nuncamudes974.

Pacheco

Voltei.
   Na semana passada, estava a confraternizar com meia dúzia de groupies de uma banda rock quando, com o barulho, a barulheira, elas entenderam que o meu nome era Pacheco. Eu não as corrigi logo. Deixei-as dirigirem-me diversas frases a terminar em Pacheco, pedidos, observações. Passou talvez meia hora, o barulho diminuiu bastante, e eu, com falta de assunto, lembrei-me de explicar-lhes que não me chamo Pacheco. Demasiado tarde. Já não fui a tempo de as convencer. Nos emails que trocamos desde então, trataram-me sempre por Pacheco.
   Em 1997, quando José Saramago fez um livro com Sebastião Salgado, fui assistir a uma apresentação em Coimbra, na biblioteca municipal, no cimo do Jardim da Sereia. Levava o *Memorial do convento* e, quando se proporcionou, pessoas de um lado e de outro, estendi-o ao autor. Naquele momento, nem eu, nem ele, nem ninguém imaginava que, anos mais tarde, eu iria receber um prêmio com o seu nome, iríamos tirar fotografias juntos. Não sei se alguém imaginaria que, pouco depois, também iria ele receber um prêmio, passearia de samarra em Estocolmo. Eu não imaginava nenhum desses futuros, apenas tentava que se interessasse pelo livro que eu tinha trazido de casa, já a pensar. Foi por um impulso difícil de explicar, por um instinto, que lhe disse o meu nome completo. Durante alguns segundos esteve a escrever só para mim. Deu-me o livro fechado. Afastei-me, outras pessoas queriam falar com ele. Ainda nessa sala, quando abri o livro na folha autografada, dizia: A José Luís Pacheco, com a estima de José Saramago. Ainda tenho esse livro.
   Com vinte e dois anos, reuni alguns contos sob um mesmo título, foto-copiei-os e enviei-os a algumas editoras. Recebi resposta de duas. Uma pro-

punha-me publicar apenas metade dos contos. A outra publicava o volume completo desde que eu pagasse a edição. Felizmente, esse livro nunca foi publicado. Ainda assim, cheguei a ter um encontro com esse último editor. Atravessando corredores com prateleiras altas de livros, chegamos a um gabinete onde, recordo, tinha uma secretária com um envelope endereçado ao Álvaro Cunhal. Foi aí, sem luz natural, que me disse que o meu nome não funcionava. Propôs que passasse a assinar Luís Peixoto. Pensando nisso, dei um passeio pelas ruas de Lisboa. Esse ainda era o tempo em que eu dava passeios.

Anos mais tarde, no jardim do Príncipe Real, sentei-me ao lado do Luiz Pacheco. Falou-me com aquela voz que eu já conhecia de documentários do segundo canal. Queixou-se do tamanho das letras dos livros. As lentes diminuíam-lhe os olhos. E ria-se. Enquanto ele falava das gajas, eu lembrava-me da minha terra e da vista desde a janela do meu quarto, a igreja lá ao fundo. Depois, pediu-me desculpa por ter dito numa entrevista que um livro meu era uma merda. Eu tinha lido a entrevista. A frase em que ele afirmava que o meu livro era uma merda, por estas palavras, estava em destaque. Desta maneira, tive o Luiz Pacheco à minha frente, no Jardim do Príncipe Real, a pedir-me desculpa, a dizer-me "Não leve a mal". Anos antes, tinha lido *Comunidade* e estava ali a ouvir aquele homem que, em tantos aspectos, me lembrava o meu padrinho. Era um homem que queria contar histórias, sabia muitas. Ontem, li no rodapé do telejornal que vão leiloar o espólio do Luiz Pacheco.

No Brasil, se eu não disser nada, toda a gente escreve Luís com *z*. "José Luiz Peixoto" tem dezenas de resultados no Google. Todos se referem a mim e todos provêm do Brasil. Um *z* é um *s* ao contrário, sem curvas, com retas e ângulos.

Em 2003, estive numa entrevista de televisão com José Saramago. Nas várias vezes em que ele se dirigiu a mim, houve uma em que, diretamente, me chamou José Luís Pacheco. Em todas as outras, ia para dizer Pacheco, mas corrigiu para Peixoto. Assim: Pache-oto, Pach-eioto. Na época, várias pessoas me falaram disso, é evidente quando se vê a gravação.

A Hermínia Silva tinha um guitarrista chamado Pacheco. No meio dos fados, em momentos certos, dizia "Dá-lhe, Pacheco". Essa tornou-se numa das suas frases de marca, que muita gente repetiu.

Uma amiga da Andaluzia chama-me Paxoxo, mas isso não vem agora ao caso.

Há poucos anos também, um embaixador fez-me uma extensa apresentação. A sala estava semipreenchida por senhoras de vestido, muito direitas nas cadeiras. Era possível que alguma tivesse chapéu. Havia uma ambiência de centro paroquial. As palavras do embaixador faziam eco. A cada dado da minha biografia, acrescentava as suas considerações pessoais. Ninguém suspeitava do mundo que existia lá fora. Depois do embaixador, seria a minha vez de falar. As suas palavras, vagamente sobre mim, eram como uma contagem decrescente. O seu discurso começou a dirigir-se para um fim. Sentia-se, era como quando uma canção se dirige para o fim, percebia-se que estava a terminar e, estendendo-me a mão, o embaixador disse "É com muito prazer que vos deixo o José Luís Pacheco".

Talvez o José Luís Pacheco seja um heterônimo que ainda desconheço. Ou talvez eu seja um heterônimo dele e tudo isto seja uma espécie de *Quinta Dimensão* (série de TV). Se assim for, talvez o José Luís Pacheco tenha escrito aqueles livros de que muitas vezes me falam: o *Outro olhar*, o *Aquele olhar*, o *Um olhar*. Talvez seja ele também o autor de *Mordeste-me*, essa obra acerca da qual uma senhora me fez perguntas na feira do livro de Leiria. Ou, claro, o *Afinador de pianos*, o *Rapaz em ruínas*, a *Casa em ruínas*. Dá-lhe, Pacheco.

Um escritor sem caneta

É uma mesa de plástico com um chapéu de sol. Tento estacionar o carro, há um polícia que me arregala os olhos e me diz que não com o dedo. Tento estacionar o carro, e não cabe, tento estacionar o carro, estaciono o carro, e é muito longe. À frente dos meus pés, estão os passos que me levam pelas ruas até ao Parque Eduardo VII. Por ser mais rápido, subo por um caminho atrás das barraquinhas dos livros. A toda a velocidade, contorno mães com crianças a fazerem xixi, contorno namorados a darem beijos e a segurarem sacos cheios de livros atrás das costas, ouço o meu nome nos altifalantes e apresso-me ainda mais, contorno livreiros a fumarem cigarros, contorno autores que se autopublicam e que já venderam mais de trinta e seis mil exemplares do seu primeiro livro. Mães, crianças, namorados, livreiros, autores e chego finalmente. É uma mesa de plástico com um chapéu de sol.

Sento-me na cadeira. À minha frente está uma rapariga que sorri. Eu sorrio e pergunto-lhe o nome. Não sei se os nossos rostos estão corados pelo sol. Ela sorri e diz o nome. Enquanto finjo que procuro a caneta nos bolsos, penso, descanso e sorrio. Claro que não tenho caneta. Peço uma caneta emprestada à pessoa que está na barraquinha da editora dos livros que escrevi. Tenho de ouvir: um escritor sem caneta, um escritor sem caneta. Eu próprio digo: pois é, um escritor sem caneta. Pergunto o nome à rapariga e começo a conversar com ela. Ela conta-me como é que encontrou um livro meu pela primeira vez. Fico a ouvir e sorrio porque no momento em que essa história se estava a passar com ela e com um livro que eu escrevi, eu estava a fazer qualquer outra coisa que era muito longe disso e, porque eu não imaginava que pudesse haver uma história assim com um livro que escrevi, sorrio. Para a Paula, para o senhor Macedo, para a Filomena e escrevo palavras onde está aquilo que vi ou imaginei. Escrevo também: com a estima de. E sinto estima por aquela rapariga que sorri. Mas, por detrás dela, estão pessoas à espera, dão passos no mesmo sítio para criarem para si próprias a ilusão de que estão a andar. Assino o livro, escrevo a data e despedimo-nos, sorrindo. A seguir, chega um casal. Estendem-me um livro. Pergunto os nomes. Pergunto: namorados? Casaram-se há dez anos e chamam duas meninas gêmeas, iguais, que andam na primeira classe, na mesma carteira, e que seguram duas bolas de algodão-doce. Pedem-me para escrever o nome delas no livro. Este senhor é escritor, diz-lhes o pai. Eu, senhor escritor, sorrio-lhes enquanto elas escondem os rostos por detrás do algodão-doce. Depois, aproxima-se um rapaz que me diz: então, estás bom? O que é que tens feito desde a última vez que nos vimos? A cara dele não me é estranha. Respondo: cá vamos andando, sabes como é. Com o livro à minha frente, aberto na folha de rosto, pergunto: é para quem? O rapaz sorri e atravessa o silêncio com pequenos sons de quase gargalhadas, responde: é para mim. Continuo a olhar. A cara dele não me é estranha. Arrisco. Pergunto: e tu, o que é que tens feito? Resposta: cá vamos andando, sabes como é. Sorrimos um silêncio breve e há uma rapariga que diz: ó Ricardo, despacha-te que a tua mãe já telefonou duas vezes. Ele chama-a e apresenta-nos. Muito prazer. Muito prazer. Como sei que a mãe já telefonou duas vezes, escrevo rapidamente: para o Ricardo. Escrevo palavras, o meu nome e a data.

 Quando eu tinha doze ou treze anos, chegava à feira do livro com os meus pais e com as minhas irmãs. Nessa altura, eu ainda estava a aprender que existem todas as estações do ano durante as semanas da feira do livro, por isso surpreendia-me sempre com o sol intenso ou com a chuva. E começávamos a subir por um dos lados. A minha mãe comprava romances ou livros de culinária: *A rosa do adro*, *Cem maneiras de cozinhar frango*, *Amor de perdição*. As minhas irmãs dividiam-se pelas barraquinhas de várias editoras. O meu pai andava de mãos nos bolsos e parava-se diante dos mostradores a ver as capas de livros que ensinavam a desenhar plantas de casas. E uma das minhas irmãs chegava-se ao pé dele e pedia-lhe para comprar um livro e pedir um autógrafo ao senhor que estava sentado por detrás de mesa de plástico, debaixo de um chapéu de sol. E o meu pai dizia: Vou cá agora pedir um autógrafo. E a minha irmã insistia: Vá lá. E o meu pai dizia: Por que é que não vais tu? E a minha irmã tinha vergonha. O meu pai ficava na fila com uma mão no bolso e com a outra mão a segurar o livro. E ficava no meio das outras pessoas, mas tão diferente das outras pessoas.

Não levanto o olhar da mesa. Recebo o livro e ouço a voz. Vejo as calças, vejo o cinto, vejo a corrente do relógio. Não levanto o olhar da mesa. Pergunto o nome. Ouço a voz. Ouço: é para minha filha. Ouço o nome. Não levanto o olhar da mesa. Escrevo o nome, escrevo algumas palavras, assino. Estendo o livro e vejo a mão a recebê-lo. Vejo os dedos gastos e curvados. Vejo a palma da mão e vejo a cicatriz daquela serra que um dia a atravessou. Ouço a voz, ouço a pronúncia da nossa terra, ouço: obrigado. Levanto o olhar e vejo-o de costas, o cabelo de caracóis, os passos a afastarem-se. Ao longe, vejo-o a entregar o livro a uma rapariga que não tem mais de vinte anos. Vejo-a no momento em que abre o livro e lê as palavras que escrevi. Sorri. E continuam a descer entre barraquinhas de livros e pessoas, pessoas que os substituem, submergem, fazem desaparecer.

Encostados à mesa de plástico estão dois meninos de sete ou oito anos. Estendem-me duas folhas de papel. Começo a desenhar uma estrela, mas a caneta deixa de escrever. Aproximo-me da barraquinha e peço outra caneta. Tenho de ouvir: um escritor sem caneta, um escritor sem caneta. Roubo dois livros de poemas escritos por mim e ofereço-os aos meninos. Desenho uma estrela num deles, desenho um sol no outro. Assino. Os meninos ficam felizes, sorriem. Eu sorrio-lhes. Levanto-me já debaixo das cores do anoitecer. Devolvo a caneta. Vou-me embora e, atrás de mim, fica a mesa de plástico sozinha, fica o chapéu de sol agora inútil. Desço por detrás das barraquinhas. Passo devagar pelas mesmas mães com as mesmas crianças a fazerem xixi; passo por casais de namorados agora mais íntimos; passo por livreiros a fumarem cigarros com os pés rodeados de beatas apagadas; passo por autores que se autopublicam e que, durante este tempo que passou, venderam mais mil exemplares do seu primeiro livro e que colaram um sete por cima do seis no letreiro que diz: trinta e sete mil exemplares vendidos. Continuo a caminhar e chego ao carro. Está um polícia com um bloco de multas. Diz-me que não deixei moedas suficientes no parquímetro. Pergunta-me o nome, a data de nascimento e a morada. Pergunta-me a profissão e, depois de algum silêncio, não sei o que lhe responder. Escreve: desempregado. Depois, pede-me para assinar. Olho para ele, as suas mãos a estenderem-me o bloco das multas, e digo-lhe que não tenho caneta.

Alcatrão

Imagino aquilo que me poderão estar a dizer com as suas vozes silenciosas. Tenho a certeza de que falam. As plantas que crescem em dois vasos sobre a impressora, à minha frente, sobre a secretária, resistem contra todas as faltas. São como crianças caladas. Acabaram de passar quase três meses sem água e sem luz. Contorceram-se na escuridão solitária desta sala, esperaram por mim. Onde andei, não pensei nelas, distraí-me com cores e temperaturas, mas acredito que elas contaram cada instante desses dias, temeram que fosse definitivo.

Ontem, assim que pousei as malas na alcatifa, abri a janela e senti o sorriso vegetal que as plantas estenderam no verde amarelado e na seiva. Enchi um copo de água, que dividi pelos dois vasos, e sei que se comoveram ao recordarem a esperança que alimentaram durante estes meses. Então, pelo caule de uma delas, assisti à luta de uma lagarta que se atravessava por ondas ao subir pelo caule de uma dessas plantas. Era uma criatura branca, pequena, do tamanho de quase nada. Com cuidado, segurei-a na ponta da unha do indicador e vi a maneira como se apressava sem destino, ansiosa para fugir. Percebi que, naquele instante, eu estava a ser o seu mundo inóspito, a sua dificuldade. Não podia matá-la de morte sólida e opaca. Decidi levá-la para o jardim que existe nas traseiras da minha casa, dar-lhe a conhecer um pouco de vida real, acreditando que é essa a aspiração de todas as lagartas: conhecer a noite e o dia, as estações do ano, alimentar-se de ervas que compreendem o ar puro, que crescem com a força da terra profunda, da terra que sustenta árvores.

Com a pequena lagarta na ponta do dedo, procurei a chave de casa, encontrei-a. Abri a porta, dei alguns passos no eco da entrada do prédio e abri a porta da rua. Passei por um homem que estava a passear um cão e pensei que, de certa forma, estávamos a fazer a mesma coisa. A lagarta continuava com grande desenvoltura a dar voltas lentas e infinitas ao meu dedo. Não tinha força ou peso que chegassem para senti-la, nem sequer uma comichão, impressão, sugestão. Já ouvia as vozes distorcidas pelo movimento dos baloiços e dos escorregas, pelo vento, estava a uns dez metros do jardim, sobre o alcatrão da estrada, quando fiquei parado a olhar para a lagarta, como se me despedisse. Aquele ser tinha nascido na minha sala, nas minhas plantas abandonadas, sobre a minha impressora e, durante a maior parte da sua vida, tudo o que conhecera incluía a minha ausência, as minhas coisas sem mim.

Então, num instante, a lagarta não se conseguiu segurar ao meu dedo e eu não consegui acompanhar o seu movimento. Caiu. Analisei o alcatrão à minha volta como se procurasse um anel. Nenhum movimento, nenhum grão de areia com a forma de lagarta se movimentou. Mexi os pés com atenção extrema para não a pisar. Passou um grupo de rapazes e raparigas da escola secundária que interromperam o novelo da sua conversa para tentarem perceber o que estava a fazer. Eu, um homem de trinta e cinco anos, envergonhei-me daquilo que eles não poderiam saber e voltei para casa. Sentei-me no sofá a pensar. Olhei os objetos que me rodeavam, ouvi-os, e acreditei que é exatamente daquela maneira que o tempo passa quando não estou. E imaginei a lagarta, cega, perdida numa superfície de alcatrão que talvez lhe parecesse imensa, insuperável. Arrependi-me de ter interferido na sua vida.

Hoje de manhã, quando saí para comprar o jornal, olhei para o lugar onde a lagarta caiu. Quanto tempo viverá uma lagarta? Talvez os biólogos saibam. Por instinto, desejei que tivesse conseguido chegar ao passeio e que tivesse conseguido prosperar entre as pequenas ervas que vingam à volta das pedras, nutrindo-se de linhas finas de terra. Desejei que o vento a tivesse empurrado nessa direção ou que, pelo menos, lhe tivesse levado uma lâmina dessas ervas mínimas. Eu não consegui encontrá-la, mas o vento deve ter conseguido. Depois, também por instinto, acreditei que não. Para uma lagarta daquele tamanho, o alcatrão deve ser um país cheio de obstáculos, de relevos negros que precisam de ser contornados com esforço, sacrifício. Para a lagarta, para o seu entendimento do mundo, talvez o momento em que caiu do meu dedo tenha sido o início da idade adulta, talvez o tempo confuso em que esteve no meu dedo tenha sido a adolescência e talvez recorde a infância nas plantas sobre a minha impressora com dificuldade. Isto, claro, se não tiver sido esmagada pelo pneu de um carro, se não tiver sido pisada por sapatilhas feitas numa fábrica da Indonésia, se não tiver secado debaixo do sol.

    Sei que vou esquecê-la. Aos poucos, vou deixar de olhar para o lugar onde caiu do meu dedo, tenho sempre tanto em que pensar. Aqui, neste ponto de tempo, fica este texto, estas palavras tão ínfimas como essa lagarta, estas letras que são quase do seu tamanho, que têm quase a sua forma: mmm. Também aos poucos, hei-de deixar de olhar para este instante, esta idade. Agora, há livros a serem escritos, paixões a animarem-se e silêncio em tantos lugares. A vida parece ter o tamanho do sol e eu, que tenho sempre tanto em que pensar, perco-me no meu próprio alcatrão.

Aqui dentro

Comecei por escrever uma frase simples, como esta. Não tinha uma direção precisa, algo que quisesse dizer. Apenas tinha palavras. Tinha muitas palavras, como um aquário cheio de peixes irmãos, como um aquário pousado debaixo de uma noite feita de estrelas maiores, menores, quase a desaparecerem ou a pulsarem como um coração intermitente. E tinha papel. Apenas papel e uma caneta simples. Foi de repente, ou se foi devagar não distingui a fronteira longa do momento em que aconteceu. Quando me apercebi, tinha a mão direita e o braço até ao cotovelo mergulhados na folha de papel, dentro da página de palavras. Rodei o pulso e senti um jeito de primavera na pele. Enfiei o resto do braço na folha, depois o ombro, depois a cabeça. Fiquei assim durante algum tempo. Foi bom e prático. Hoje e muitas vezes antes de hoje, recordei esses instantes de deslumbramento. O mundo era uma novidade que se comparava a sonhos. Já então havia uma voz, havia vozes que me tentavam avisar. Não quis ouvi-las porque era demasiado novo e sabia demasiado, não sabia o suficiente. Agora, sou um velho a falar. Ou talvez não. Nessa altura, com um braço, um ombro, o pescoço e a cabeça submersos na página escrita, já me considerava um velho e, no entanto, agora sei finalmente que sou muito mais velho. Nessa altura, tinha certezas imóveis e, no entanto, agora tenho certezas muito mais imóveis. São estátuas para a eternidade. E também, no entanto, a eternidade onde estiver ri-se de mim. Aquilo que é certo, factual, inquestionável, é que devia ter percebido antes, devia ter ouvido as vozes que tentavam avisar-me daquilo que era evidente, daquilo que é evidente agora.

Num momento, talvez de repente, caí inteiro dentro da folha que eu próprio escrevia. O meu corpo, a minha pele, o corpo que nasceu da minha mãe e que cresceu, afastando-se dela, que se transformou devagar no corpo de um homem que desconheço, atravessou as palavras. O meu corpo atravessou as palavras. Quando consegui levantar-me, ou ainda com as mãos apoiadas no chão, como um animal, olhei para as palavras que tinha escrito e eram uma espécie de céu. Como os segredos desnecessários, como as vinganças, foi óbvio que estariam sempre ali. Eram milhões de olhos a vigiarem-me: olhos de crianças e de homens cansados. Não adiantava esticar os braços para tentar tocá-las, não adiantava saltar, não adiantava subir a árvores, não adiantava atirar-lhes pedras. As palavras eram inalcançáveis e continuavam sem reação, estendidas até ao horizonte.

Construí uma prisão com aquilo que julgava libertar-me. Descobri, tarde demais, que existem muros feitos de planícies. Também tarde demais, só podia lamentar-me. E não era suficiente. E o meu reflexo, sem espelhos, apenas imaginado, era ridículo. E também só podia lamentar esse ridículo. E, no entanto, nenhum lamento me era verdadeiramente permitido porque, se existia musgo, tinha sido eu que o criara; se existiam pântanos, tinha sido eu que os criara. O mesmo com tudo, o mesmo comigo próprio, ou com a imagem de mim próprio.

As palavras que escrevi, estas também, a serem manhãs intermináveis de tédio e de sol. Verões esquecidos e inventados a partir de nada, outonos e invernos mentidos pelas minhas mãos. E as perguntas: quando terminará?, como terminará?, quem serei quando terminar? E as perguntas de respostas impossíveis. E a loucura, confusa e verdadeira, a caminhar com um ritmo constante. Lento, mas constante. Eu a ser capaz de caminhar mais depressa, muito mais depressa, mas a saber que a loucura continua na minha direção, a um ritmo constante. Não demasiado depressa, mas constante. E eu a saber que hei-de cansar-me. E eu a saber que a loucura não se cansará nunca.

E as palavras partidas dentro de mim. Inteiras sobre mim.

As palavras contra as palavras.

Mas havia vozes nítidas que não quis ouvir. E condenei-me a repetir esta evidência, a repetir o silêncio que pousei sobre essas vozes. Arrependimento desfeito em pó e lançado sobre o meu rosto, entranhado nos meus cabelos, a cobrir-me os olhos, a encher-me os pulmões de cada vez que respiro.

Aqui, sem saber regressar, desconfiando que é impossível regressar e imaginando-me condenado, tenho saudades dos meus filhos.

A minha vida real.

A minha vida real. Sinto dores concretas pelas horas em que não vi os meus filhos crescer. Sou previsível, embora humano. E reúno os momentos de ternura que tivemos, como peças de um puzzle incompleto. Olho-os ao longe, aqueço-me neles como numa lareira. E continuo a escrever. Cada palavra é sobre os seus rostos. Cada palavra é outra tentativa de aproximar um traço dos contornos que recordo dos seus rostos. Cada palavra é para a sua pureza, porque essa é a única maneira que sei, é a única e última tentativa de regressar.

O fotógrafo

Nove horas da manhã. Eu estava a dormir quando ele me ligou. Acordei já a falar ao telefone, já a responder a perguntas aparentemente simples, perguntas de resposta sempre sim.

Há muito tempo que me habituei a marcar encontros com fotógrafos. Posso dar o seu número ao fotógrafo?, perguntam os jornalistas. Depois, em frente à Brasileira no Chiado ou por baixo da pala do Siza Vieira no Parque das Nações, procuro uma pessoa carregada de malas, dirijo-me a ela e apresento-me. A meio caminho, essa pessoa começa também a dirigir-se para mim e encontramo-nos. Gosto de fotógrafos. São pessoas despachadas, que têm pressa porque, logo a seguir, têm de apanhar um táxi para chegar ao final de uma reunião do Conselho de Ministros, ou têm de montar-se nas suas motas, serpentear por entre o trânsito e chegar a casa de uma personagem qualquer que só conheço pela televisão. Antes, trocavam rolos; agora, têm máquinas digitais muito maiores do que aquela que levo no bolso do casaco quando passeio por alguma cidade nova. Os fotógrafos têm sempre histórias para contar acerca das suas máquinas e nunca conheci nenhum que preferisse as máquinas digitais às outras, as antigas. As máquinas, digitais ou analógicas, valem sempre tanto como um carro. Não o meu carro, as máquinas são sempre mais valiosas do que o meu carro. Há muito tempo que me habituei a olhar para a objetiva das máquinas e a pensar qualquer coisa. Normalmente, penso nos textos que interrompi para vestir roupas lavadas e atravessar metade da cidade. As indicações dos fotógrafos não são difíceis de seguir e não foram poucas as vezes em que tive ideias que me entusiasmaram enquanto me encostava a uma parede, ou me sentava em degraus com as mãos pousadas sobre os joelhos, debaixo do olhar de uma máquina fotográfica. Normalmente, a premissa dessas poses é o à-vontade. Senta-te numa posição em que fiques confortável, dizem-me. É o que faço. Os fotógrafos tratam-me imediatamente por tu e eu trato-os da mesma maneira. Noutras situações, tenho de perguntar: podemos tratar-nos por tu? Com os fotógrafos, felizmente, não é necessário. A situação seria ainda mais estranha se não nos tratássemos por tu. As piadas que temos para dizer nessas situações são sempre muito parecidas. Apesar disso, rimo-nos com vontade. A luz pode ser a melhor ou pode ser demasiado qualquer coisa, mas acabamos sempre por nos rir com vontade. Às vezes, quando o sol fica mesmo na direção do lugar para onde tenho de olhar, fico completamente encandeado, não consigo levantar as pálpebras, nem deixar de franzir a testa. Então, os fotógrafos dizem: espera. Pedem-me para fechar os olhos e para abri-los apenas no momento de dispararem. Agora!, e abro os olhos, e a máquina dispara duas ou três ou quatro vezes, como uma metralhadora de brincar. E fecho os olhos. Agora!, e acontece tudo outra vez. Noutras situações, quando querem fotografar-me de perfil, apanhar o lado dos piercings, pedem-me para olhar para longe. Nesse momento, fixo qualquer pormenor, um semáforo lá muito longe, ou uma janela, ou o ramo mais alto de uma árvore. E, como habitualmente, penso nos textos incompletos ou na vida, também incompleta.

 Noutros tempos, épocas, eras, idades, tirava fotografias apenas nos casamentos, usava sapatos que me apertavam os pés e roupas que me davam comichão no corpo. As noivas estavam coradas pelo sol de agosto, eram meninas envergonhadas, os pais das noivas estavam demasiado alegres e as crianças corriam ao longo dos muros de buxo dos jardins, à volta dos lagos dos jardins. Era também nesse tempo que tirava fotografias nas férias do verão, agarrado à minha mãe, com aquela t-shirt que era tão importante para mim, usava sandálias e calções que tentavam imitar os calções longos dos surfistas, que começavam então a estar na moda. Quem tirava essas fotografias eram as minhas irmãs e usavam a máquina Kodak que o meu pai comprou em Paris muito antes de eu nascer. Haveria muito para dizer sobre essa máquina, essas fotografias e sobre os álbuns infinitos onde essas fotografias permanecerão para sempre.

 Naquela manhã, quando me telefonou para o quarto de hotel e se apresentou, fiquei sem saber o que dizer. Aquilo que me é natural é dizer que sim. Em qualquer ocasião e circunstância, sim. Mas, daquela vez, em Nova Iorque, tive um sentimento estranho quando desliguei o telefone. Aceitei que nos encontrássemos para tirar fotografias, claro, mas não percebi a razão desse encontro que marcamos. Ao telefone, disse-me que iria reconhecê-lo facilmente. Segundo a sua descrição, era uma mistura de Woody Allen e de Elton John. Com dificuldade, tentei imaginar essa espécie híbrida, anotei o seu nome num papel, e, apesar de não me considerar de natureza desconfiada, fiquei apreensivo. Pareceu-me demasiado. Segundo as suas palavras, era um fotógrafo experimentado de escritores. Era, mais concretamente, o fotógrafo de escritores mais experimentado do mundo. Um pouco por acaso, de forma aleatória, tinha enumerado alguns dos nomes que se pararam diante das suas lentes: Naipaul, Simone de Beauvoir, Borges, Beckett, Nadine Gordimer, Saroyan e um longo etecétera. Depois de verificar o meu email, mais tarde, fiz uma busca na internet sobre o seu nome, googlei-o e descobri que aquele nome aparecia também como autor de fotografias de Ionesco, Margaret Atwood, John Updike e muitos outros. Pareceu-me demasiado, mas resolvi esperar.

No dia que tínhamos marcado, na hora que tínhamos marcado, desci no elevador e, na recepção do hotel, lá estava. Talvez fosse um pouco exagerada a comparação com Woody Allen ou com Elton John. Tanto num caso como noutro, o elemento em comum eram os óculos. Tirando isso, aquilo que havia era um homem de setenta ou oitenta anos, com um capachinho de muito má qualidade, fios de cabelo colados em madeixas endurecidas por óleo ou por tempo, com roupas antigas, sapatos antigos, com as mãos trêmulas e com uma maneira de falar igual à do Andy Wharol nos documentários a preto e branco. Além disso, tinha um cheiro orgânico e, porque fazia a barba com dificuldade, tinha tufos de cabelos branco por trás dos maxilares. Saímos para as ruas, Lexington Avenue. Mostrou-me fotocópias de fotografias assinadas pelo nome que me disse ser o seu, copyright, de autores como Jack Kerouak, Joyce Carol Oates, William Boyd. Eu já não conseguia estar mais impressionado. E avançamos até lugares não muito distantes, eu a abrandar o passo para acompanhá-lo, e tiramos fotografias, alternando as duas máquinas, analógicas, que tinha penduradas ao pescoço por correias de couro. Quando precisávamos de atravessar ruas, nunca éramos capazes de chegar ao outro lado antes de o semáforo mudar de cor. Em Nova Iorque, as pessoas não se param a olhar para nada mas, mesmo assim, havia algumas que se paravam a olhar para o esforço daquele homem a tirar-me fotografias. Nos intervalos, contava-me que vive entre Roma e Nova Iorque, falava-me do fraco serviço das companhias aéreas e queixava-se da paranoia da segurança nos aeroportos. Eu concordava com tudo. Fui ensinado a concordar com tudo o que me seja dito por pessoas daquela idade. E não aconteceu mais nada. Voltamos ao hotel. Disse que o seu assistente me iria enviar algumas dessas fotografias por email. Ainda não recebi nenhuma. Mesmo que nunca venha a receber, mesmo que chegue à conclusão que não foram aquelas máquinas que fotografaram todos aqueles escritores admiráveis, não faz mal. Fui fotografado e, sem máquina, fotografei também. Logo a seguir, revelei esse meu rolo invisível. Todas as fotografias ficaram bem.

A passagem do tempo no aeroporto de Frankfurt

Em nenhum lugar as horas são tão lentas como no aeroporto de Frankfurt. Pessoas de todo o mundo. Cadeiras de plástico. Corredores infinitos com passadeiras rolantes infinitas. Lojas de revistas. Lojas de chocolates. Pessoas de todo o mundo. Autocarros que ligam o terminal A ao terminal B, o terminal D ao terminal C. Gente a fumar de pé, encostada aos balcões de zinco onde se pode fumar. As letras dos voos a mudarem sempre que algum avião parte para Nova Iorque, ou para Tóquio, ou para Joanesburgo. Pessoas de todo o mundo. Lojas de discos. Lojas de recordações. Vozes que dizem: Não deixe as suas bagagens sem vigilância. Vozes que dizem nomes incompreensíveis e que dizem: deve dirigir-se ao portão 78 do terminal D. Cadeiras de plástico. Lojas. Pessoas de todo o mundo.

Nas horas lentas do aeroporto de Frankfurt, espero aviões que me levem para casa. Tinha vinte anos quando andei de avião pela primeira vez. Eu e a minha irmã éramos dois aventureiros a fazer o check-in. Olhávamos para todos os lados. Fomos mais cedo para ver as lojas do duty free. Tiramos à sorte quem ficava à janela. Cumprimos cada sinal para apertar os cintos. Decoramos as instruções e os gestos das hospedeiras sobre o que fazer em caso de acidente. Lemos as revistas do avião da primeira à última página. Admiramo-nos quando chegaram os tabuleiros de plástico com a comida. Roubamos os pacotinhos de açúcar.

Nas horas do aeroporto de Frankfurt, sinto o tempo e sinto que envelheço dentro do tempo. Quando eu era pequeno, quando o meu pai ia a cafés, levava-me com ele. O meu pai e os outros homens bebiam vinho ou bebiam cervejas. Eu bebia sumos de laranja. Eu não estava habituado a beber sumos, por isso, quando o homem do café abria a garrafa, sobre o tampo de mármore da mesa, eu bebia o sumo em goles pequenos, para durar mais, para saborear cada gole. No aeroporto de Frankfurt, eu sento-me em cadeiras de plástico e bebo latas de sumo. Não sinto o seu sabor. Já não sinto o sabor daqueles sumos, que são exatamente iguais aos que bebia quando era pequeno. O que mudou em mim? O que foi que deixei que mudasse em mim?

Fico sentado. No aeroporto de Frankfurt não há dias e não há noites. Há uma luz artificial que brilha na cor cinzenta dos objetos. Fico sentado. As horas. As horas. Fico sentado. Vejo as pessoas que passam, arrastando carrinhos de ferro, e imagino-lhes histórias. Mesmo que não queira, mesmo que tente ler um livro, acabo sempre por ficar, sentado, a olhar para as pessoas que passam e a imaginar histórias. Olho para o balcão de fumadores e imagino o fim do mundo. Poderia estar um tailandês a fumar um fino e longo cigarro tailandês, poderia passar uma senhora norueguesa a puxar uma malinha com rodas. O cigarro poderia tocar a ponta de um lenço que saía da pequena abertura que o fecho da mala não conseguia fechar. Depois, a senhora parava na loja de revistas, na loja de chocolates, na loja de discos e na loja de recordações. Atrás de si, deixava chamas que incendiavam todo o aeroporto. Os pilotos dos aviões, vendo o aeroporto todo em chamas, avançavam para a pista. Alguns colidiam antes de chegar à pista; outros, já em chamas, conseguiam ainda levantar voo e faziam arder os aeroportos das suas cidades: Dubai ou Rio de Janeiro. Volto a beber da minha lata de sumo sem sabor. Continuo sentado. Passam duas raparigas que parecem russas e imagino a sua história. Se calhar, conheceram-se no avião. Não, conhecem-se desde pequenas. Trazem as suas melhores roupas porque saíram da Rússia pela primeira vez. Sim, alguém as foi buscar a uma aldeia no interior da Rússia, muito longe de Moscou. Alguém lhes prometeu um emprego no estrangeiro. Ao chegarem ao destino, talvez Bruxelas, talvez Copenhaga, terão à sua espera um homem com músculos e uma camisola de alças. Levá-las-á para uma casa de onde nunca sairão. Esperarão por homens. Qualquer homem. Serão enganadas por homens. Vejo-as afastarem-se e, muito baixinho dentro deste pensamento, há outro pensamento que me diz: não, talvez não. Talvez cheguem ao aeroporto de Miami e talvez tenham lá a família à espera: primos da prima da mãe. Talvez sejam irmãs. Bebo da minha lata de sumo. Passa um homem, com o filho e a filha. O filho tem talvez oito anos. A filha tem talvez doze anos. O pai está vestido com um fato e com uma camisa. As pontas do colarinho são muito grandes e bicudas. Leva o casaco debaixo do braço. O filho está vestido como o pai. Tem um laço. A filha tem uma camisola muito usada, mas lavada e passada a ferro. Tem uma saia vermelha, quase desbotada, passada a ferro. O pai e o filho passeiam pelo aeroporto de mãos nos bolsos. A filha anda atrás, tentando acompanhá-los. Talvez sejam albaneses. O pai avança pelo aeroporto com o seu fato guardado durante anos no armário do quarto. Às vezes, desaparece, tapado por excursões de reformados italianos. O pai fala para o filho e explica-lhe tudo o que é novo. O filho, com as mãos dentro dos bolsos das suas pequenas calças, escuta e sente-se seguro porque o pai sabe tudo. A filha aproxima-se para ouvir também as explicações. Vejo-os afastarem-se e imagino a sua história. Chegarão ao aeroporto de Paris. Dentro de uma cabine, um polícia pedir-lhes-á os documentos. O pai tirará do bolso do casaco três passaportes novos. O polícia olhará para os passaportes e, depois, olhará em silêncio para o rosto do homem. O polícia perguntará qualquer coisa ao homem e ele não entenderá, não saberá responder. O polícia perguntará de novo. O filho perguntará ao pai sobre o que se está a passar. O pai dirá que está tudo bem. Chegará outro polícia que os encaminhará para uma sala. O pai e o filho puxarão os vincos das calças antes de se sentarem. A filha sentar-se-á em silêncio.

Fico sentado. Envelheço. As horas são muito lentas. As pessoas entram e saem das lojas. As pessoas passam dirigindo-se para qualquer lado. Fico sentado a ver e a imaginar. Como no dia em que vi o meu pai entre as pessoas que passam no aeroporto de Frankfurt. O meu pai morreu há seis anos. Eu vi o meu pai morto no caixão. Vi o meu pai antes de ser enterrado. Os meus lábios beijaram o rosto morto do meu pai. Mas eu, sentado no aeroporto de Frankfurt, vi o meu pai passar. O meu pai olhou para mim. Reconheceu-me, mas teve de continuar. No aeroporto de Frankfurt, vi como o meu pai olhou para mim. No seu rosto, estava a mágoa de me ver ali sozinho e de me deixar. Eu bebia um sumo que era igual àqueles que ele me comprava quando eu o seguia nos cafés. Vi o meu pai e não pude segui-lo. Tive medo de não o entender. Tive medo de que me falasse numa língua estrangeira. Nunca contei a ninguém. Nesse dia, cheguei a casa e dei dois beijos à minha mãe. Não lhe contei que tinha visto o meu pai no aeroporto. Talvez ela pensasse que apenas o imaginei, ou talvez lhe brilhasse um olhar de esperança nos olhos. Nunca contei a ninguém, mas eu vi o meu pai no aeroporto de Frankfurt. Talvez fosse partir no mesmo avião em que partiu há seis anos.

    Em nenhum lugar as horas são tão lentas como no aeroporto de Frankfurt. Fico sentado durante horas. Envelheço durante horas. Bebo sumos que não têm sabor. Recordo os sumos que bebia devagar. O que mudou em mim? O que foi que deixei que mudasse em mim? Quando, finalmente, chega a hora de entrar no avião que me levará a casa, não paro nas lojas do duty free, não me importo se fico ou não à janela, aperto o cinto automaticamente, ignoro os gestos das hospedeiras, nunca leio as revistas do avião, não como quase nada da comida que chega em tabuleiros de plástico e só muito raramente roubo os pacotinhos de açúcar.

Aeroporra

Zé Luís, não vale a pena continuares a procurar o amor em aeroportos. Toda a gente tem um avião para apanhar. Até tu tens um avião para apanhar. Na extrema coincidência de a pessoa por quem te interessares estar à espera do mesmo avião que tu, o mais certo é que, ao aterrarem, tenham destinos completamente diferentes: tu estás a ir encontrar-te com pessoas que não conheces num lugar que não conheces; ela está, por exemplo, a chegar a casa. Além disso, o mais habitual e provável será que as malas dela cheguem muito antes do que as tuas e a vejas a afastar-se, empurrando o seu carrinho, enquanto tens a intenção de lhe estender o braço, mas não o fazes e apenas constróis essa imagem mentalmente. Não, Zé Luís, não é a luz que as faz parecer mais atraentes. A claridade branca dos aeroportos, o ar-condicionado, nunca beneficiou ninguém. És tu, são os teus olhos de fantasma, criatura destacada do mundo. Podes ver, mas não podes tocar. Se lhes disseres alguma coisa para além do "por favor/please", "obrigado/thank you", não serás ouvido. A tua voz, Zé Luís, existe sobretudo dentro de ti, mas isso já sabes, claro. Seria muito difícil que não o soubesses.

E mesmo quando chegas, quando pensas que chegas. Telefonas a alguém que se surpreende. "Estás cá? Pensava que não estavas cá." Não chegas nunca, Zé Luís. Quando fizeres escala num aeroporto — sim, Frankfurt, Zurique, Munique, Londres, Paris, Milão, São Paulo, Nova Iorque — não olhes para a rapariga da caixa que te vende uma senha e que te devolve o troco. Esse é o teu erro. Não interessa a forma dos seus olhos, nem se lhe distingues um sorriso, nem o tom da sua pele, nem o seu pescoço. Não te imagines a deslizar as costas dos dedos no seu pescoço. Não imagines nada. Queres tomar um café? Então, pede um café. Zé Luís, vai lá e pede um café/coffee. Depois, transforma-te em sueco. Não olhes a rapariga da caixa nos olhos. Agradece — "obrigado/thank you" — apenas. Sempre sueco, leva o café na pequena bandeja e senta-te. Não vejas as pessoas que estão à tua volta. Não as descrevas para dentro de ti. Ao fazê-lo, estarás a transportá-las para o teu interior e, sabes bem, esse caos já está sobrepovoado.

Zé Luís, Zé Luís. Procura o terminal de onde parte o teu voo. Segue as setas. Olha apenas para as setas, as letras, os números. Depois, procura o portão de onde parte o teu voo. Não procures amor no ecrã das partidas, procura nomes de cidades e horários. Quando chegares ao lugar de onde vais partir, senta-te e espera. Não olhes em volta, Zé Luís, pode algum olhar cruzar-se com o teu e, depois, já sabes. Inventas tanto. Se andas sempre a carregar esses livros todos, a derrotar as costas, porque não lês um pouco? Vais ver que o tempo passa depressa. Depois, no interior do avião, também passará depressa. Agora, até as viagens de dez horas passam depressa. Tudo se aprende, Zé Luís. Até a ser sensato. Sobretudo quando as circunstâncias te obrigam. Por isso, não procures o amor em aeroportos, procura after-shave no free shop. E se passar uma hospedeira e olhar para trás, diretamente para ti, se voltar a olhar e voltar a sorrir, lembra-te que deve trabalhar na Emirates, deve ir para o Dubai e que as probabilidades de revê-la são zero. Mas, ainda mais a sério, ainda mais a sério, se aquela rapariga da cafetaria, a que está sentada na mesa ao lado, com um vestido de alças, se ela se virar para ti e disser "olá/hello", finge que não a ouves. Zé Luís, peço-te que continues a fazer aquilo que estiveres a fazer, nada, que continues a brincar com os dedos, que continues com o olhar embaciado numa cor ou em várias cores. Bastará olhares para ela uma vez. As drogas e as mentiras são assim. Se olhares para ela, se responderes — "olá/hello/salut/hola/ciao/bok/hej" —, sabes o que vai acontecer? Ela vai sorrir para ti. E tu, claro, de certeza absoluta, vais sorrir para ela. E vão conversar. E não interessa aquilo que ela diga, não interessa a vida que tenha para te descrever em meia dúzia de frases escolhidas. Também tu vais descrever uma parte ínfima da tua vida na mesma meia dúzia de frases. E esses esboços de vidas vão parecer duas peças de lego que encaixam na perfeição. E os vossos nomes vão parecer lindos lado a lado: Zé Luís e Paloma, Zé Luís e Brigitte, Zé Luís e Zjelka Marja. Trocam endereços de email, claro. Mais tarde, irás venerar o papelinho onde ela escreveu o seu contato, irás olhar para ele dezenas de vezes. Depois, se ela for escandinava ou se estiverem embriagados, despedem-se com um beijo nos lábios. Metaforicamente, não vais precisar de avião para voar. Num instante, vão passar-te pela cabeça todas as possibilidades de não apanhares o avião que tens para apanhar e ires com ela. Mas é impossível, claro. Não há possibilidade de comprares bilhete para um voo que vai partir daí a cinco minutos e cujo check-in já fechou há muito. Além disso, as tuas malas já estão no porão do avião que tens de apanhar. Ai, Zé Luís, só te metes em porras. Já vais tendo a idade, mas, para aquilo que interessa, ainda estás longe, muito longe.

Por isso, escuta bem estes três conselhos que tenho para ti:

1. — Não vale a pena continuares a procurar o amor em aeroportos;
2. — Onde quer que estejas, telefona todos os dias aos teus filhos;
3. — Escreve livros e cala-te.

Bilhetes para amanhã

No fim de tudo, a única coisa que fica é um grupo maior ou menor de pessoas a despedirem-se no aeroporto. Depois do fim, afastar-se-ão com o carro, voltarão à cidade e os dias em que estivemos juntos irão dissolver-se, um rio que atravessa a foz e se dissolve no oceano. Eu terei malas num carrinho de malas e, sobre um chão de mármore, contornarei outros carrinhos em movimentos redondos e em pequenas atenções. Mais tarde, será quase preciso que nos tenhamos amado durante segundos para sermos capazes de trocar mais de dois ou três emails. Se apenas conversamos, nos embebedamos juntos e prometemos que iríamos estar a par da vida um do outro, não chegamos a trocar um único email. Os papéis onde escrevemos os nossos endereços gastar-se-ão nos compartimentos menos usados da carteira. Acumular-se-ão quadrados rasgados de papel, costas de cartões, pedaços de guardanapo, cantos de jornal. E, no entanto, quisemos acreditar como estátuas. Enquanto ainda estivemos juntos, vestimos as últimas roupas lavadas e acreditamos que iríamos realmente conhecer-nos e que o resto da vida levaria em conta aqueles três, ou quatro, ou cinco dias. Mas, no aeroporto, obrigam-nos a passar pelo detector de metais, a tirar o cinto e as botas, a ter as malas radiografadas. Procuram, talvez, memórias que sejam sólidas como o metal, laços como correntes. A máquina não apita e deixam-nos passar. Os outros, contrabandistas sentimentalistas, se pretendem seguir viagem, são obrigados a abandoná-los numa caixa grande e transparente onde se acumulam corta-unhas, tesouras e outras pequenas lâminas.

Existe também o avião, com os seus procedimentos e com mantas para tapar as pernas. Pode também existir uma janela, é sempre a mesma, com uma planície de nuvens, que poderão ser bolas brancas repetidas infinitamente. É sobre essa superfície que se estendem as memórias, que se materializam os seus rostos. São esses momentos magnéticos que atraem tudo o que foi bom e mau, solene e ridículo, tudo o que significou.

Quando esperamos pelas malas junto ao tapete rolante, somos já outras pessoas. A luz fez-nos trocar de pele. Distraidamente, estamos como se ouvíssemos ou fôssemos capazes de compreender a voz que diz nomes de cidades no altifalante, ou nomes de pessoas, ou números. As malas sucedem-se. No interior de todas elas haverá um mapa feito de roupas e de objetos mais ou menos ocasionais. A minha mala é diferente de todas as outras. É o lugar selado por fechos-ecleres onde está dobrada e guardada esta minha cidade precária. De novo, o carrinho das malas, agora com ligeiras alterações, a pega tem uma textura diferente, os anúncios são escritos com outras letras. Quando as portas de vidro se abrirem à minha frente, passarei os olhos por uma sucessão de folhas de papel com nomes de pessoas e, como num filme, encontrarei o meu nome numa dessas folhas. Se estiver mal escrito, não ficarei surpreendido. Então, como num clarão, surgirá um rosto. Antes, costumava passar algum tempo a imaginar esses rostos e, quando chegava, poderia ter uma ligeira reação perante pormenores como a cor do cabelo ou a facilidade discursiva. Hoje, penso nisso apenas no momento em que chego, reconheço o meu nome escrito, etc. Ou também pode acontecer não pensar nisso, pensar em nada e seguir pelo caminho que me apontam.

Na viagem entre o aeroporto e o hotel, poderemos começar a conversar. Talvez seja um homem, talvez seja uma mulher, tem qualquer idade possível, tem qualquer nome e qualquer história possível. Esse é o início. Depois de sair do aeroporto, poderemos passar por algo que não se repetirá em mais nenhum ano das nossas vidas, um acontecimento não identificado que, à sua dimensão, poderá ser como um desses cometas que apenas são visíveis da terra de x em x décadas. Depois do aeroporto, haverá todas as possibilidades de roletas permanentes a girarem sempre para decidir tudo, para decidir cada mínimo detalhe.

Começam novos dias. Pedir no hotel para lavarem a roupa. As minhas camisas não terão o cheiro de quando estou na cozinha e pouso a mão sobre um monte de roupa para passar. As roupas terão um cheiro que, sem justificação, me trará a memória de imagens desconexas: o tanque de águas verdes onde nadava durante os verões, ou as garrafas que ficavam esquecidas nos cantos da despensa, ou a frescura das pedras grandes, levantadas da terra, molhadas de terra.

É este o ponto exato em que esse tempo se cola com aquele que chegará, inevitavelmente, a um grupo maior ou menor de pessoas a despedirem-se no aeroporto. E as noites a chegarem depois dos dias, as estações trocadas por fusos horários como brindes especiais em concursos de televisão. Pessoas a despedirem-se no aeroporto. Não sei como serão os seus rostos. Da mesma maneira, não sei como será o meu próprio rosto. Porque entre mim e a vida há sempre a própria vida. Porque o voo para amanhã fará várias escalas. Porque eu sou capaz de imaginar muitas coisas mas só em momentos raros consigo acertar naquilo que acontece realmente.

Assim, trocaremos endereços de email, que escreveremos em quadrados de papel. E acreditaremos mesmo que iremos utilizá-los. Mas quando chegarmos, quando chegarmos, quando chegarmos, seremos outras pessoas, seremos outras pessoas, seremos outras pessoas.

Os corredores dos hotéis

À noite, quando atravesso os corredores desertos dos hotéis, tento não pensar na palavra "solidão". Os meus passos pousam sobre a alcatifa e esse som abafado, alcatifado, é um som que existe sobre o silêncio e sobre a voz das televisões atrás de portas fechadas. Os corredores dos hotéis são infinitos. Caminho por eles como se nunca fosse chegar. Tento não pensar na palavra "solidão", sem saber para onde vou, sem saber para onde quero ir. As luzes iluminam-me a pele como se ficassem coladas. Nessas noites, olho para a minha pele amarela e acredito que será lavada de manhã pelas senhoras que arrastam carros de toalhas e de lençóis. A minha pele feita da luz amarela dos corredores, como uma camada fina do pó dos corredores, a minha pele que, naquele momento, é a superfície de uma lâmpada acesa.

Ao longo do corpo, os meus braços desencontrados das pernas. O braço direito para a frente, quando a perna direita fica para trás, quando a perna esquerda vai para a frente, quando o braço esquerdo vai para trás. Olho para o lado e não vejo ninguém, olho para a frente e o corredor é infinito, iluminado por luzes amarelas, demasiado nítidas e brilhantes, infinitas. São todos iguais. As portas têm números. Em todos os corredores existe uma alcatifa limpa e existem os meus passos no momento em que tento não pensar na palavra "solidão". Em todos eles existem lâmpadas a iluminar lugares vazios.

Haverá o momento em que chegarei ao quarto. Deitado sobre a cama, ligarei a televisão para olhar para o ecrã. Atrás da porta fechada, no corredor, talvez passe alguém, um homem que caminhará, ouvindo o som da minha televisão ligada e tentando não pensar na palavra "solidão". As minhas roupas no chão. As minhas botas cansadas. Eu estarei deitado sobre a colcha da cama. Na minha pele hei-de sentir a superfície lisa da colcha. Tenho a certeza de que será lisa. Estarei a olhar para a televisão, mas estarei a ouvir as vozes que ouvi durante o dia e que se acumularam dentro de mim como camadas sobrepostas. O meu corpo afundar-se-á lentamente na colcha da cama. Será como se deixasse de o sentir, como se lentamente desaparecesse e eu, devagar, me tornasse num corpo que é apenas uma cabeça a olhar para uma televisão, uma cabeça cheia de vozes sobrepostas.

Adormeço.

De manhã, nas pernas, nos braços, sinto o sangue a atravessar-me veias como se atravessasse corredores infinitos. O sangue cansado. Olho para a minha roupa, para os meus objetos e tento não pensar na palavra "solidão". Caminho pelo quarto sem querer descobri-lo. Só na banheira, depois de ter encontrado a forma de criar água morna com torneiras de água fria e quente sempre rebeldes, só no momento em que a água me toca a pele, é que penso que gostaria de te encontrar em algum canto daquele quarto. De repente, a água fica gelada ou a ferver e eu penso que gostaria que saísses de trás de uma cortina, ou que batesses à porta de vidro da varanda, ou que saísses de dentro do armário vazio de cabides sem nada, como ossos pendurados, costelas. Saio da banheira e fico atento aos movimentos das cortinas, aos pequenos sons. Passa tempo na manhã e não apareces.

A mulher que arrasta um carro com lençóis e toalhas bate delicadamente com as pontas dos dedos na porta. Estou de saída e abro-lhe a porta. No quarto, ficam os meus despojos, toalhas usadas, a cama aberta, papéis. Saio e deixo espalhado pelo quarto todo o silêncio que usei. Se, por acaso, olho para trás, vejo a desolação por um instante. Raramente olho para trás. Avanço pelo corredor e a luz das lâmpadas mistura-se com um pouco da luz do dia que entra por alguma janela e que, contra mim, avança pelo corredor. As escadas. Ou um elevador de botões. Avançarei por esse dia de vozes a sobreporem-se dentro de mim exatamente como se atravessasse o corredor de outro hotel, sabendo que a noite chegará. A noite sempre chega.

Os leitores japoneses

À noite, depois do jantar, os japoneses que me convidaram para estar aqui e que me acompanham por cada rua, por cada corredor desta cidade de ruas e de corredores, descansam de sorrir ao deixarem-me na porta do hotel e certificarem-se de que lhes aceno antes de entrar no elevador. Amanhã será um novo dia, longo e cheio, era o que pensava ao entrar no quarto. Chovia em Tóquio. Na terceira noite, entrei no quarto, descalcei os sapatos enquanto caminhava e deitei-me na cama, de barriga para cima, com os braços abertos e com a camisa fora das calças. A mudança aconteceu a seguir: levantei-me da cama, lavei a cara, calcei-me e saí. Não pensei em nada enquanto descia no elevador. A luz da recepção, ou uma família de australianos encostados ao balcão, ou as plantas verdes e tropicais não me surpreenderam. Refletido pelo mármore do chão, caminhei até ao bar do hotel. Sob luzes mortas e música americana de voz rouca, estava um homem que me olhou, levantando os olhos com o mesmo esforço com que ergueria um braço. Mudei o olhar de direção e, fingindo procurar alguma coisa, passei o meu olhar pelas mesas de vidro à altura dos joelhos, rodeadas por sofás vazios. Atrás do balcão estava um homem que folheava o jornal e que não se apercebeu de mim. Não tirei as mãos dos bolsos e saí. Depois da recepção, atravessei as portas de vidro que se afastaram à minha frente como se me lançassem num mundo vasto, onde apenas eu seria responsável, onde podia fazer qualquer coisa. Não andei mais do que cem metros, atravessei a rua e entrei num bar.

Ninguém olhou para mim enquanto desci as escadas. Apoiando-me no corrimão, eu olhava para toda a gente. A música não estava muito alta, apenas o suficiente para preencher os silêncios entre as conversas. Cheguei ao balcão guiando os meus ombros de lado, entre as pessoas. Encontrei lugar num banco alto do balcão que, por sorte, ficou livre no momento em que ia a passar por ele. Ainda estava a sentar-me quando, do outro lado do balcão, me perguntaram algo. Disse: "Whisky." Poderia ter dito qualquer coisa, mas pareceu-me que whisky era a forma mais fácil e internacional de resolver aquela situação. Ele fez-me um gesto que era gelo ou água. Em português, disse "simples" e fiz um gesto como se cortasse o ar. Ele percebeu. O seu rosto era sereno de perceber. Olhei um pouco em volta. À minha frente, no balcão, primeiro a base de copos circular, depois o copo de whisky com duas pedras de gelo. Não percebeu que eu não queria gelo. A primeira coisa que fiz quando segurei o copo foi agitar as pedras de gelo e aceitar o conforto desse som familiar e plenamente justificado. Senti uma mão a tocar-me no braço. Era um escritor sueco que estava a participar no mesmo encontro de escritores que me levou a Tóquio. Tínhamo-nos cruzado num qualquer corredor mas não tínhamos falado. No entanto, conhecíamo-nos porque as nossas fotos estavam nas brochuras que nos tinham dado, com caracteres torneados, como os manuais de instruções das calculadoras de bolso. Em inglês, ele disse-me: "És português, não és?" Abanei a cabeça e ele, sorrindo, disse em português: "Bom-dia, obrigado." Sorri-lhe também e, nesse momento, já estava quase encostado a mim, a dizer-me que no início dos anos oitenta tinha vivido perto de Sagres. Durante quatro meses, vendeu pulseiras e trabalhou numa padaria. Depois, voltou para a Suécia, mas nunca se esqueceu nem de "bom-dia", nem de "obrigado". Eu também lhe sorri e disse-lhe uma sílaba qualquer. Perguntou-me: "É a primeira vez que vens ao Japão?" Não esperou que respondesse, disse-me que tem quatro livros traduzidos para japonês. Fez uma pausa. Disse: "Os leitores japoneses são tudo aquilo que um escritor pode desejar." O escritor sueco tinha o cabelo feito de palha e olhava-me com olhos que pareciam não acertar bem nos meus olhos, segurava um copo de whisky e disse-me: "Os leitores japoneses são fiéis. Se, num momento, conseguires chegar a eles, nunca te deixarão cair. É como se fossem teus amigos e, acredita, vais precisar sempre de amigos ao longo da vida." Então, ergueu o copo à minha frente e disse: "Aos leitores japoneses." Brindamos, bebemos e ele disse: "Os leitores japoneses não esperam nada. Quando começam a ler, são os seus olhos que procuram significados. Espera até um livro teu chegar às mãos de um estudante de mestrado japonês." Ergueu o copo e voltou a dizer:

"Aos leitores japoneses." Pousamos os copos vazios no balcão e ele, enquanto segurava o meu braço, como se me impedisse de movê-lo, pediu mais duas bebidas com um gesto simples que memorizei. Disse: "Quando estás numa livraria, sentado atrás de uma mesinha, os leitores japoneses mantêm-se à distância, olham-te como sombras. É como sombras que te pousam o livro à frente. Se lhes sorrires, eles sorriem-te. Se ficares sério, eles ficam sérios. Não te perguntam se o narrador dos livros és tu. Não te perguntam se gostas mais de escrever de dia ou de noite. Não te perguntam se escreves à mão ou se escreves no computador. Não se sentem donos de ti e não ficam à espera de um pretexto para se decepcionarem porque sabem que tu não és as ilusões deles." E levantou o copo e disse: "Aos leitores japoneses." Brindamos mais duas vezes até os copos ficarem de novo vazios. Voltou a segurar-me o braço, mas eu, com o outro braço, não o deixei fazer o gesto que nos traria mais duas bebidas e, possivelmente, mais brindes aos leitores japoneses. Despedimo-nos. Ele disse "bom-dia" e "obrigado" em português. Nunca aguentei bem o álcool e, quando saí, a música parecia mais alta, as marés de pessoas que circulavam no bar pareciam mais densas e impenetráveis, mas consegui sair. Fiz em segurança os cem metros que me separavam do hotel. Nessa noite, adormeci com uma fresta da janela aberta e de manhã, ao acordar, foi como se a cidade inteira de Tóquio tivesse acordado comigo.

Aqueles que dormem

Em livrarias, bibliotecas, auditórios, a partir de uma dessas mesas normais dos encontros literários, vê-se a sala inteira. Colocam-nos num lugar onde todos nos vejam e acabamos por vê-los todos. Também há os palcos, com luzes a apontar para os olhos, a não deixarem ver nada, mas, por felicidade, são pouco frequentes. O habitual é uma mesa com garrafas de água, com um arranjo floral, talvez com microfones e três ou quatro pessoas sentadas por trás dessa mesa, entre as quais estou eu. Essa mesa pode estar ligeiramente elevada em relação àqueles que assistem, sentados noutras cadeiras. O nível de conforto de que essas pessoas dispõem depende do lugar onde se realize essa conversa, debate, apresentação, leitura pública, encontro literário. Enquanto se espera que os outros terminem de falar ou de ler, pode fazer-se desenhos difusos, cornucópias, numa folha de papel, ou pensar no almoço, ou, mais frequentemente, pode olhar-se para a assistência. De um modo geral, nesses lugares, há pessoas de vários formatos. É possível imaginar muitas coisas diferentes sobre essas pessoas que olham, com cabelos compridos ou curtos, com roupas de lã ou de algodão, com gabardinas, com rostos distendidos ou tensos. Entre essas pessoas misteriosas, há, no entanto, um grupo uniforme que se distingue. A sua condição ultrapassa fronteiras e, ainda assim, é igual na Finlândia e em Castelo Branco. Refiro-me àqueles que dormem.

Os encontros literários propõem uma possibilidade que não permite um número exagerado de alternativas. Mas há sempre autores e teóricos que se esforçam por inovar, por dar algo que ultrapasse aquilo que se espera à partida. Aqueles que dormem, indiferentes a esse esforço, dormem e, no seu rosto, existe apenas paz. Dá a impressão de que quiseram chegar àquela cadeira e encontrar ali, por fim, o sossego. Tiveram um dia difícil de certeza. Caminharam a pé entre o trânsito, resistiram à chuva, contornaram pessoas que queriam chocar com eles nos passeios, e chegaram ali, ao paraíso. Os autores e os teóricos falam com palavras emparelhadas, frases emparelhadas. Eles dormem. Eu, quando os vejo, fixo-os com curiosidade. Sei que, por detrás dos seus rostos, existe outro mundo e que, nesse lugar, tudo é possível. Se o sono for suficientemente profundo, poderão estar a sonhar com jardins, que é um espaço estereotipado dos sonhos. Se estiverem a dormir apenas ligeiramente, como acontece quando cabeceiam, talvez o lugar ébrio onde estejam seja ditado por algumas das palavras que vão sendo ditas na mesa de copos de água e arranjos florais. Talvez estejam num pesadelo, coitados. No entanto, numa ou noutra circunstância, quando estou nessa mesa de microfones e os vejo dormir, sinto uma ternura por eles que só pode ser comparada ao amor. É uma ternura imensa e absoluta. Não sei ainda se esse sentimento existe por identificação, porque gostaria de estar no lugar deles, a dormir sem rugas na pele. Sei sim que é um sentimento de laço familiar, como se, implicitamente, essas pessoas fossem meus irmãos, irmãs, pais, filhos. É como uma necessidade de cuidar deles, de pousar-lhes uma manta sobre as pernas, uma almofada sob o pescoço perdido. É como uma vontade de falar baixo para que não despertem, para que tenham a sua tranquilidade assegurada por mais um instante, nem que seja por mais um instante.

Mas o inevitável não pode ser evitado. Ou porque o coletivo decide em silêncio que se bate palmas no fim da fala de todas as pessoas, para aliviar o stress, ou porque alguém diz algo levemente polêmico e metade da multidão decide exprimir a sua concordância, aqueles que dormem acabam sempre por ser despertados. Se for num momento de palmas, acordam e aplaudem também. Se for num momento de gargalhadas, acordam e riem-se com vontade. Enquanto o fazem, os seus olhos habituam-se à luz e às formas. Nesses momentos, tenho vontade que se materialize uma flor entre os meus dedos, uma flor pequena, e que, perante o silêncio, saia do meu lugar para oferecê-la, com um sorriso carinhoso, àqueles que dormem e que, entretanto, despertaram. Num dia que já esteve mais longínquo, colherei uma das flores do arranjo que está no centro da mesa e farei isso mesmo.

Após esses sobressaltos, aqueles que são mais persistentes na procura de si próprios voltam a adormecer. Entre esses, há alguns que ressonam.

Ressonar é uma característica corrente do sono de uma parte assinalável da população mundial. Não deveria ser algo que constituísse surpresa, assombro ou repugnância. No entanto, a tendência primeira das pessoas que estão à volta daqueles que dormem nos encontros literários é chamar-lhes a atenção, é acordá-los. Quando são conhecidos, abanam-lhes o braço. Noutros casos, tossem de maneira desproporcional à tosse que realmente têm. Numa das perspectivas possíveis perante essa situação, aquela que partilho, essas são medidas lamentáveis. Dormir é bom, ressonar é normal.

De um modo geral, aqueles que dormem são uma minoria da assistência. Em situações excepcionais, já identifiquei dois, três, ou mesmo quatro, numa só sala. Mas continuo a participar em encontros literários e continuo a ter esperança. Aguardo com paciência pelo dia em que toda a sala adormeça. Três ou quatro autores e teóricos, sentados a uma mesa com garrafas de água e um arranjo floral, a falarem muito baixinho para não acordarem a assistência, que dorme mais ou menos profundamente: uma sinfonia de respirações, paz. Como se o aplauso mais puro fosse o contrário de palmas. Mundos e sonhos a desenrolarem-se por detrás dos rostos.

Comovente e maravilhoso.

Garrafas de água

Existe um oceano de água doce maior do que qualquer um dos oceanos de água salgada, dividido por pequenas garrafas de plástico e espalhado por todo o planeta. Essas garrafas estão principalmente nas mesas de colóquios, congressos ou palestras. Em qualquer uma dessas situações, essas garrafas de água são imprescindíveis, são mais importantes do que os próprios participantes da mesa. Se, por acaso, algum deles tiver faltado, os outros terão oportunidade de falar um pouco mais (como sempre sonharam) e, no final, ninguém lamentará essa ausência. No entanto, se faltar alguma garrafa de água, haverá um incômodo generalizado entre os oradores. De modo mais ou menos inconsciente, aquele que não tiver garrafa de água sentir-se-á discriminado, dará voltas à memória dos pequenos sinais dos seus parceiros e dos organizadores para tentar descobrir a razão de ser ele, entre todos, que não tem garrafa de água. Acabará por atribuir as culpas a um lobby altamente organizado que, por qualquer motivo (o corte de cabelo, um poema que escreveu nos anos oitenta) o quer desacreditar. No caso de haver copos e de faltar uma garrafa, é de bom-tom que o parceiro do lado ofereça um pouco de água ao indivíduo que estiver em falta. Apesar da capa de cordialidade, trata-se de uma situação ainda mais desagradável. O seu desenvolvimento será, por força, antinatural. Aquele que estiver a dar um pouco da sua água fá-lo-á por uma questão de obrigação cortês, não por desejo voluntário de que o seu colega não esteja a pigarrear em seco, sendo esse um ponto de partida bastante errado para uma relação. Por outro lado, a superioridade moral daquele que ceder um pouco da sua água fica expressa de uma forma crua, quase obscena. O desequilíbrio de poder insinua-se de uma forma evidente. Temos de um lado o indivíduo A, que não tem garrafa de água. Por quê? Ninguém sabe. Mas deverá haver alguma razão, talvez seja uma falha de caráter, tudo no mundo tem alguma razão. E temos do outro lado o indivíduo B, que tendo uma garrafa de água que lhe pertence, que lhe está destinada e que é apenas sua, decide oferecer um pouco ao indivíduo A. Por quê? Porque é generoso, é uma pessoa excepcionalmente virtuosa, não pode haver outra razão. Parece simplista, e é, mas estes são os raciocínios implícitos generalizados.

 Demasiadas garrafas de água podem ser um problema ainda mais gravoso. Num colóquio, congresso ou palestra, só muito raramente os oradores bebem água porque têm sede. É importante umedecer a garganta, mas também se sobrevive com a garganta seca. Na grande maioria dos casos, as garrafas de água servem essencialmente para manter os oradores ocupados quando precisam de estar muito sérios a desenvolver qualquer atividade. Também para esse efeito, alguns levam cadernos ou folhas. Notas ocasionais revelam empenho e seriedade, mas alguns goles de água também desempenham esse papel de forma razoável. É por isso que os oradores beberão toda a água que lhes ponham à frente. De certa forma, são como os peixes de aquário que comem toda a comida que lhes coloquem, mesmo que isso os leve à morte. Não há, naturalmente, notícia de oradores que tenham morrido por excesso de água mas, em auditórios modernos, quando existem funcionários constantemente a substituir garrafas vazias por garrafas cheias, o público, para além dos discursos mais ou menos articulados, polvilhados de mais ou menos citações, acaba por assistir também à falência das bexigas dos oradores. Uma franja de público mais sensível a esta questão poderá observá-la no rosto dos oradores, que se contraem ligeiramente e que assumem uma coloração amarelada, equivalente ao tom da própria urina. Esta situação, como é evidente, leva a que o discurso tenha de ser apressado. Ao mesmo tempo, a intrusão permanente da vontade de ir à casa de banho na mente do orador faz com que se desconcentre e que salte muitos dos argumentos de que dispõe. Esta situação tanto se verifica numa assembleia geral das Nações Unidas ou num parlamento nacional, como na conversa pública que um jovem escritor (eu) tem com alunos de uma escola secundária numa biblioteca municipal. Abstenho-me de comentar este último exemplo, mas, no que diz respeito às Nações Unidas ou aos parlamentos nacionais, penso que seria interessante despendermos um momento a imaginar a quantidade de resoluções que foram mal tomadas por causa de uma garrafa de água a mais ou, mesmo, por causa de meia garrafa de água a mais.

H_2O, essa matéria. Dá que pensar. O corpo humano é constituído por cerca de 60% dessa matéria. Quando somos incinerados, deve haver uma boa parte de nós que evapora. Desse valor, deve haver uma dimensão, variável de indivíduo para indivíduo, que chega diretamente da ingestão da água contida nas garrafas previamente referidas. Juntas, formam um oceano. Existem em todos os países, todos os continentes. Se esse oceano fosse incluído na cartografia do mundo, haveria de cobrir extensões consideráveis do planeta e haveria de dar lugar a novas explicações acerca dos movimentos das placas tectônicas, das alterações climáticas e da evolução das espécies. Mas fiquemo-nos por aqui. Este texto breve já é suficiente para abrir algumas consciências. Além disso, o mundo já é bastante complicado mesmo segundo as formas mais convencionais de analisá-lo. Existe um sistema lógico em vigor. Vamos deixar que o sigam até ao fim. Vamos ver no que dá. Não precisamos agora de grandes descobertas científicas. Precisamos de tranquilidade.

Tóquio

Hoje de manhã, quando cheguei ao aeroporto de Tóquio, senti que as minhas lágrimas tinham vontade própria, nasciam de mim, e subiam aos meus olhos e eram os meus olhos que tentavam segurá-las e havia algumas que desciam pelo meu rosto e eu levava a mão para limpá-las, como se as apagasse; não porque tivesse vergonha delas ou porque as tentasse negar, mas porque havia muito que queria ver.

Hoje de manhã, quando cheguei ao aeroporto de Tóquio, senti vontade de ligar à minha mãe de uma cabine pública, com uma mão sobre o carrinho das malas, e imaginei o sinal do telefone a chamar, e imaginei-me a imaginar aquilo que sempre imagino quando lhe ligo e ouço o sinal do telefone a chamar: a minha mãe a limpar as mãos numa toalha da cozinha e a correr com passos pequenos pelo corredor e a dizer alô, como se falasse com a voz da sua caligrafia cheia de voltas e pormenores de perfeição: a voz da minha mãe rodeada de todos os lugares que, um dia, foram todos os lugares que imaginei porque, até hoje de manhã, eu nunca consegui imaginar o aeroporto de Tóquio e todas as expressões dos rostos, as mãos dadas e a surpresa, os cabelos lisos das mulheres, os seus lábios a dizerem palavras impossíveis.

Hoje de manhã, quando cheguei ao aeroporto de Tóquio, não senti o cansaço das horas que passaram e que não passaram dentro do avião de crianças a chorar e de tabuleiros de plástico e de planos de pedir licença e atravessar o corredor e fazer todo o caminho até à casa de banho, onde lavar a cara era uma distração; senti apenas que tinha de receber tudo, entender tudo, aceitar tudo, compreender até os pormenores das paredes que me pareciam diferentes das paredes que conheço, até a maneira de as pessoas caminharem, ou os cartazes de publicidade, ou as letras a anunciarem os voos e a girarem, deixando os nomes de destinos igualmente impossíveis, impossíveis?, e quando me aproximei da pessoa que tinha o meu nome escrito num cartão, Jose Piexoto, com a ternura imensa do *i* antes do *e*, tentei lembrar-me de tudo o que li sobre o Japão em guias de viagem, e nenhum desses conselhos foi útil porque éramos dois homens a sorrir, eu a inclinar o início de uma vênia, ele a estender-me a mão esquerda, porque a direita segurava o cartão com o meu nome, e eu a estender-lhe a mão direita e a entendermos que era suficiente, humano e verdadeiro cumprimentarmo-nos com sorrisos.

 Hoje de manhã, depois de sair do aeroporto de Tóquio, existia um táxi e as estradas que o taxista conhecia como se não fossem espantosas, como se o carro não avançasse por imagens novas que nasciam em cada curva, e os postes de lâmpadas apagadas que me faziam acreditar que também existe noite naquelas estradas e que, agora, enquanto estou aqui a escrever estas palavras, enquanto estás aí a ler estas palavras, existem esses postes nessas estradas que ligam o aeroporto à cidade de Tóquio, como existem estes objetos concretos à minha volta, como existem esses objetos concretos à tua volta; e o homem que me esperava com o meu nome escrito num cartão era silencioso, e dizia às vezes algumas palavras em inglês que eu percebia, e voltava outra vez ao seu silêncio, que era profundo porque crescia de um respeito pelo mundo e da tranquilidade necessária para entrar em Tóquio, entre carros cheios de pessoas e, depois a imagem de Tóquio ao fundo, a imagem de Tóquio subitamente a erguer-se diante de nós, mil e mil e mil janelas até ao céu, e tudo a acontecer num momento, pessoas que esperam a nossa passagem para atravessar a rua, que não nos veem e que, no entanto, transportam dentro de si a tranquilidade necessária para estarem vivas com veias dentro de si a bombearem sangue, como as ruas de Tóquio bombeiam pessoas que não param e que, mesmo quando param, não param.

 Hoje de manhã, à entrada no hotel, o taxista a tirar as malas de dentro do porta-bagagens e eu parado no passeio, pessoas a passarem ao meu lado, como se passassem por baixo dos meus braços ou como se me atravessassem, e eu parado no passeio, a olhar para as minhas primeiras moedas japonesas, a levantar o meu olhar como um papagaio de papel de encontro às superfícies limpas das janelas, outro céu, de encontro aos néons de palavras japonesas como flores de luz, de encontro a um mundo inteiro; e o homem que me esperou no aeroporto fez um gesto largo e lento com o braço, sorriu e disse-me em inglês: This is Tokio; e eu já sabia que não conseguia segurar todos os detalhes daquilo que acontecia e acontecia, que não parava de acontecer à minha volta, que tentava equilibrar; e eu já me perdia e me encontrava naquilo que conhecia e naquilo que não conhecia, naquilo que já tinha tocado e naquilo que olhava, sabendo que era inalcançável aos meus dedos; e eu já sorria disse-lhe em inglês: Yes, this is Tokio; e as palavras desta frase tão simples eram atravessadas por túneis, por pontes, por estradas onde, agora, enquanto escrevo, enquanto lês, existem postes concretos de lâmpadas apagadas ou acesas.

Matriosca

O início do dia é uma chapa de luz no vidro da janela. As cortinas abertas são grossas e castanhas. Depois de tentar abrir os olhos de encontro ao muro incandescente do início do dia, reparo que as cortinas estão abandonadas em cada um dos lados da janela como corpos altos, pesados e fortes. Moscou. Estes são os lençóis frescos, lavados, passados e brancos do quarto do hotel. Aos poucos, começa a existir também a alcatifa castanha e o papel de parede avermelhado e antigo. Estendo o braço na direção da mesinha de cabeceira. Frio no ombro destapado. Os meus olhos tocam a madeira envernizada. Os meus dedos seguram o comando da televisão. Sob os lençóis e o peso dos cobertores, carrego nas cores dos botões e, na televisão, vejo o resultado dos meus gestos e da minha vontade. Em todos os canais, esta língua de palavras que não distingo, palavras de aço, esta torrente. No ecrã, há um homem de fato e gravata a dizer notícias; depois, há famílias a cantar e a sorrir; depois, há pessoas que falam e há um coro de risos e falam e há um coro de risos e falam, risos. Numa imagem, letras do alfabeto cirílico e o mapa da Rússia e desenhos de nuvens dizem-me que hoje estarão três graus em Moscou. Por cima da televisão, está a matriosca que ontem escolhi de uma mesa dobrável com um tampo de fórmica onde estavam outras. Escolhi-a por causa do brilho. Dentro da boneca maior, cabem quatro bonecas, cada vez mais pequenas, que agora estão estendidas ao seu lado. São uma escada, uma idade, são gerações. O início do dia, todo o som de Moscou a estender-se depois da janela, treme como brilho a arder no olhar da boneca maior. No lenço pintado à volta do rosto, na forma cilíndrica de braços colados ao corpo, existem todas as cores da cidade.

Em cada uma das bonecas mais pequenas existem os restos condensados de tudo aquilo que existe nas bonecas maiores. O desenho pormenorizado do inferno na boneca maior pode ser apenas uma pintinha vermelha na boneca mais pequena. Um labirinto condensado num traço. Ontem, quando ia a sair do mercado de velharias, sob o vulto da catedral a erguer-se ao céu como uma montanha, parei-me diante de uma mesinha coberta de matrioscas. O vendedor começou a gesticular, e a falar-me nesta língua de aço, e a dizer-me ok, e a perguntar-me yes? Estava frio. O cachecol tapou-me o sorriso no momento em que vi esta matriosca. Perguntei o preço e o vendedor escreveu números com um lápis numa folha de papel pardo. Enquanto lhe estendia os rublos, ele embrulhava apressadamente a matriosca no papel com números escritos, como se eu pudesse mudar de ideias a qualquer momento. Foi depois disso, que voltei para o hotel e te telefonei. Depois, desembrulhei a matriosca e tirei cada uma das bonecas. Segurei a segunda boneca com as duas mãos. Pousei-a entre as outras. Com o indicador, alinhei-as sobre a televisão. Aproximei-me da janela para estender um pensamento sobre Moscou. Afastei as cortinas que eram grossas, castanhas, altas, pesadas e fortes.

    Não desci para jantar. Não me apeteceu ficar de novo sozinho num salão a ser atendido pelos mesmos empregados da noite anterior e da noite anterior, a segurar talheres maiores do que as minhas mãos, a ouvir os murmúrios incompreensíveis que chegam da cozinha. Tinha de acordar cedo. Daqui a poucas horas, estarei a entrar na universidade. Os corredores, os óculos das professoras, os papéis afixados nas paredes, os passos, a sala da diretora do departamento, o silêncio e os alunos à porta da sala onde vou falar. Daqui a minutos, vou ouvir o apito do elevador e vou sentar-me sozinho no salão a tomar o pequeno-almoço. Os murmúrios que chegam sibilados da cozinha. Mesmo quando não estiver aqui neste quarto, todas as cores de Moscou estarão paradas na superfície destas cinco bonecas. O céu. As expressões nos rostos das pessoas que esperam pelos semáforos, a neve suja na berma das estradas, as árvores negras dos jardins. Todas as cores de Moscou estarão neste quarto de hotel, sobre a televisão, na superfície destas cinco bonecas. Este é o quarto onde está o telefone de onde te ligo, onde te ouço. Esta janela enorme e Moscou até ao fim do horizonte. A terceira boneca olha-me fixamente. Não tenho medo do seu olhar doce.

    Aproveito estes minutos. Gostava de levantar-me para endireitar a quarta boneca. Está quase torta em relação à linha imaginária que ordena as cinco bonecas. Se me levantasse, teria frio. Se me levantasse, ficaria definitivamente acordado. Não me levanto. O som da televisão existe dentro dos espelhos do quarto, dentro das minhas roupas desarrumadas sobre o cadeirão, dentro das páginas onde tentei escrever um poema. Não consegui. Em vez disso, comprei as bonecas. Vais gostar delas. Gostava de poder endireitar a quarta boneca com a força do meu pensamento. Direita ou quase torta, nas suas cores, nas suas pintinhas douradas, estão todas as cores. Aproveito estes minutos. Penso em ti.

 A memória da tua voz ao telefone. O telefone. Depois do vidro da janela, Moscou e todo o mundo. Na televisão, imagens do espaço e do centro da terra. A última boneca, a mais pequena, sou eu. Num dia sem hotéis, sem ti, eu, sozinho, sentado, eu, com os braços a envolverem as pernas, numa rua de Moscou.

Título com facas

A terra onde nasceu o Juan Rulfo é conhecida internacionalmente pelas suas facas. De carro, pelas ruas, as pessoas afastam-se, encostam-se às paredes e, um pouco por todo o lado, existem anúncios de oficinas onde se constroem, decoram e vendem facas e canivetes. Os dois rapazes escolhidos pela organização da Feira do Livro de Guadalajara para me acompanharem, que me mostravam discos de rock mexicano no autorrádio, o diretor do liceu e o representante da câmara municipal (maratonista amador) levaram-me a visitar a oficina mais antiga da terra. As facas mais trabalhadas vinham envolvidas em panos de veludo e eram pousadas com cuidado sobre o balcão. O dono da oficina, pai de filhos e avô de netos a gravarem cornucópias no cabo e na lâmina de facas, explicou-me que as vendem pela internet a colecionadores americanos, europeus e japoneses (alguns). Imaginei esses homens solteiros, casados, com jardim, sob a luz certa, a prepararem uma mesa limpa (na Dinamarca) e a abrirem a encomenda dos correios com uma faca. O dono da oficina tinha um bigode elegante, sexagenário, e contou-me que conheceu muito bem o tio do Juan Rulfo. Não privou muito com o próprio escritor, viu-o várias vezes quando chegava para visitar a família, mas garantia que o tio era um homem de bem, nobre nos gestos, cortês, eloquente nas pequenas conversas. Contou duas ou três histórias que não recordo, mas que me fizeram rir (sorrir) na altura em que as contou. E afastamo-nos do balcão para caminhar por um corredor em direção à própria oficina onde as facas eram feitas.

Essa foi a primeira vez que visitei uma oficina de facas, mas havia muito que reconhecia de outras tardes, longe dali. Os homens estavam na hora de almoço e, por isso, as máquinas estavam paradas, as ferramentas estavam pousadas sobre os bancos de trabalho. Os calendários de mulheres nuas lembravam anos passados (1985) e eram iguais aos que existiam nas paredes da carpintaria do meu pai. Os montes de chapa dobrada eram iguais aos montes de ripas na carpintaria do meu pai. O cheiro a ferro era igual ao cheiro a serradura. Pensei no que seria o meu pai a assistir àquela explicação, a apreciar aquelas máquinas e fiz como imaginei que ele faria, utilizei a sua voz para responder quando se esperavam reações minhas (Pedro Páramo). Passei tanto tempo a pensar na sua morte. Levo esse pensamento para todos os lugares aonde vou. Esse é um pensamento sem carimbos no passaporte, não reconhecido pelos funcionários das alfândegas, desconhecido das máquinas que apitam com metais, cintos e botas de biqueira de aço. Os dois rapazes que me acompanhavam, o diretor do liceu e o representante da câmara municipal ficaram à entrada da oficina, comparavam ideias. Eu seguia o dono. Eu era o escritor a fazer comentários adequados a um escritor (com a voz do meu pai). Foi então que eu, o dono da oficina e o seu bigode branco entramos numa arrecadação pequena (porta pequena). Ele acendeu a luz e, por um instante, vi uma organização de facas. A lâmpada fundiu-se logo no instante seguinte, como se fosse necessário interromper o tempo. Ao sairmos da arrecadação, quando olhei de novo para o dono da oficina, ele era uma mulher morena, de cabelos compridos, sorriso, como uma namorada futura.

 Uma surpresa elétrica. A mulher falava comigo como se o tempo mantivesse o seu ritmo natural. Continuava conversas de antes, repetia frases que tinha dito quando ainda era um homem seco. No meu espanhol atrapalhado, perguntei-lhe o que tinha acontecido. Ela era uma mulher linda e espantada sem saber o que responder. Os outros, sem estranhar, aproximaram-se e fizeram-lhe uma pergunta sobre facas. A mulher respondeu com a mesma seriedade de antes. Depois, voltou a olhar-me ainda a estranhar a minha pergunta. Camuflei essas palavras com um acrescento improvisado. Facas. Como se especificasse, imitando o tom de antes, perguntei-lhe o que tinha acontecido com as facas. Continuou sem entender. Perguntei-lhe o que tinha acontecido que a levasse a dedicar-se ao fabrico de facas. Essa já era uma pergunta que a mulher conseguia compreender. Senti o alívio na pele do seu rosto. Iniciou uma longa explicação. Fiquei a olhá-la, sem a ouvir. Os outros também a olhavam, pareciam atentos a cada dobra do seu discurso e, ainda assim, nenhum deles demonstrava qualquer estranheza por o dono da oficina se ter transformado numa mulher de olhos doces, lábios. Eu apaixonava-me lentamente.

Sei hoje que não haveria qualquer esperança de futuro entre mim e aquela mulher instantânea mas, durante minutos, não me impedi de imaginar um longo casamento mexicano. Assim, também eu aceitei aquela mudança súbita, deixei de questioná-la. Quando terminou a explicação, sorri-lhe como um idiota. A oficina não era muito grande e estava toda vista. Voltamos à entrada, ao balcão onde se vendiam facas (e canivetes). Então, a mulher alinhou seis copos e segurou uma garrafa de mescal pelo gargalo. A sua mão sem anéis era firme. Imaginei muito a partir dos seus olhos atentos ao balcão, a partir das suas pálpebras. Brindamos. Então, os rapazes que me acompanhavam apresentaram-me, disseram o meu nome e disseram que estava a participar na Feira do Livro de Guadalajara. O diretor do liceu disse que, nessa manhã, eu tinha falado para os seus alunos. Em silêncio, percebi que tínhamos acabado de chegar. A mulher mostrou-nos facas, explicou que as vendiam sobretudo pela internet, contou que, quando era muito pequena, conheceu o tio do Juan Rulfo. E aconteceu tudo de novo.

Quando voltei a entrar com a mulher na arrecadação, a lâmpada não se fundiu. Foi ela que a apagou. Selvagens, agarramo-nos um ao outro e beijamo-nos, os dentes a baterem. Quando saímos, os outros conversavam ainda e olharam-nos sem estranhar nada, continuavam um sorriso anterior. A mulher era de novo o dono da oficina, sessenta e tal anos, bigode agora despenteado. Os seus olhos brilhavam e voltamos ao balcão, ao início, onde a garrafa de mescal, meio vazia, nos esperava.

A morte de Susana San Juan
(A partir de *Pedro Páramo,* de Juan Rulfo)

Tenho a boca cheia de terra, disse. E ficou à espera. O seu rosto que nasceu menino, velho de repente e, por detrás da inocência de menino e da inocência de homem de repente velho, a forma de tudo aquilo que aprendeu em palavras, ou olhando o céu, ou cismando no seu próprio nome. Esperou pouco. Susana era uma mulher, mas foi menina de repente e disse: sim, padre. E o padre: a sua voz: o significado das duas palavras: não digas apenas que sim, nunca digas apenas que sim, vai repetindo aquilo que eu disser. Os olhos do padre iluminaram-se de chamas para dizer estas palavras, mas Susana era uma mulher e, de repente, foi uma menina. A sua pele limpa. Os seus olhos: rios profundos. Os seus cabelos. No seu sofrimento, disse: não pense que me vai confessar outra vez, por que outra vez?, esse é o lugar daqueles que falharam, outra vez chegam aqueles que faltaram, outra vez despedem-se os indecisos, outra vez morrem os que nem sequer sabem morrer. O padre Rentería disse: não, não precisas de confessar-te de novo, estas palavras não são uma confissão. E disse: estas palavras são a voz que te prepara para a morte.

Já vou morrer?

Sim, filha.

Talvez noutro dia os olhos de Susana San Juan se enchessem de lágrimas, revolta, se tivesse dito aquilo que disse naquele quarto: então, dê-me paz, quero encontrar uma brisa ou o ponto mais vivo de uma superfície de brasas para pousar o meu corpo cansado e descansar, quem o encarregou de vir aqui tirar-me o sono?, onde procurarei o sono se o perder para sempre?, melhor será que vá e que deixe ressuscitar ou renascer? a minha tranquilidade. O padre, como se já a esperasse porque já a esperava, disse: sou eu que te trago a paz, Susana, repete as palavras que eu disser para encontrares o sono, quando finalmente adormeceres serás definitiva como a noite sobre a montanha, ninguém nem ele te despertará, irás adormecer e nunca mais despertarás.

Já vou morrer?

Sim, filha.

Susana aceitou as palavras do padre. O tempo tornou-se brando, como se a primavera, como se céu. A voz de Susana: está bem, padre. E silêncio que era tempo a passar. E: farei o que disser.

As paredes do quarto seguravam manchas de pó e eram anos esperados que chegariam. O futuro. O padre, ligeiramente sentado na cama, como se o seu corpo não tivesse peso para apoiar na beira da cama, segurava os ombros de Susana San Juan. Corria sangue grosso pelas veias das costas das suas mãos. Os seus lábios gastos, tantas vezes inúteis, quase colados à orelha dela. Uma penugem ou um contorno ou a linha da luz que os separava. Como um segredo, encontrava maneiras de encaixar cada uma das suas palavras: sílabas a terem a forma certa para se encaixarem em pensamentos: tijolos, tijolos: um muro.

Tenho a boca cheia de terra, disse. E ficou à espera. Esperou pouco. O seu olhar, através de um instante de claridade, viu Susana mover os lábios e repetir em silêncio o significado daquilo que tinha dito e que, na sua memória, era vivo como a certeza da tarde depois das paredes do quarto. Tenho a boca cheia da tua boca a morder-me, disse o padre. Susana suspendeu-se no fio do tempo que passava. Depois, a mesma voz voltou a tocar-lhe o ouvido: engulo saliva, ácido que me derrete a pele, mastigo pedras de sangue, torrões atravessados por vermes que se estendem no interior da minha boca, que se juntam à entrada da garganta para me asfixiar, que me rasgam o interior das faces sempre que os seus corpos de lâmina rastejam, o nariz desfaz-se, derretem-se os olhos, ardem os cabelos. Ouvia as mesmas palavras ditas pelo silêncio dos lábios de Susana, como uma prece, e admirava-se com a sua calma. Aceitação. No espelho embaciado em que via os seus próprios pensamentos, o padre Rentería era capaz de imaginar o entendimento que Susana tinha das imagens que lhe estava cravar, agulhas, punhais; conseguia imaginar a luta do seu coração para recusá-las.

Já vou morrer?

Sim, filha.

Devolveu-lhe o olhar. Disse: e a visão universal infinita incandescente de Deus, a luz que atravessa a pele, crianças mortas e ainda felizes com a alegria das crianças, a última vez daquilo que nunca poderás ter, ser-te-á permitida a alegria dos olhos de Deus apenas para que tenhas essa lembrança a fazer-te sofrer, e o corpo em carne viva, os ossos a arderem por dentro, incêndios a lançarem-se em avalanches pelas tuas veias. Devolveu-lhe o olhar. Disse: o fogo utilizar-te-á para gritar, os seus gritos serão os teus olhos abertos, e não poderás ver Deus por trás das chamas no interior das chamas.

Amor. Dava-me amor. Ele recebia-me nos seus braços.

Porque esperava a última respiração, tênue despedida, um momento entre momentos, perdido de todas as lembranças, ninguém para distinguir esse momento e levá-lo pelos tempos, o futuro, o padre Rentería voltou a deslizar o olhar por todas as figuras que se afastavam para esperar esse mesmo momento, última respiração: junto à porta, encostado ao desespero, Pedro Páramo esperava, de braços cruzados, homem, quase preparado para enfrentar o tempo; depois, esperava o doutor Valencia rodeado de senhores de cartola alta; muito mais longe, encostadas a sombras, uma multidão de mulheres sem rosto, mulheres que eram uma só e que esperavam, mulheres a saberem que se fazia tarde para começarem a recitar a oração dos mortos.

Agooooooora

Na primeira vez que procuramos os nossos nomes no Google, dissolvemo-nos. Foi como se nos tivéssemos lançado desde a janela da tua marquise sobre a paisagem, sobre o manto de luzes de Campolide, Sete Rios, Benfica. Tínhamos outro penteado e, por isso, a nossa voz era diferente. Começo por pensar que acreditávamos em mais coisas, mas corrijo-me. Aquilo em que acreditamos hoje é igualmente grande e vasto, apenas é mais negro, mais em direção à morte. Na primeira vez que procuramos os nossos nomes no Google, foi como se mergulhássemos o braço dentro de um lago. Não sei o que procurávamos. Se ninguém perguntar, não respondemos. Principalmente, porque não temos ou não há resposta.

Ainda não tínhamos respirado tantas vezes, ainda não tínhamos bebido água tantas vezes, ainda não tínhamos adormecido no sofá tantas vezes. Éramos cavaleiros de alguma coisa. Sem cavalo, obviamente. Na primeira vez que procuramos os nossos nomes no Google, perguntamo-nos se éramos os nossos nomes. Eu perguntei-te a ti e tu perguntaste-me a mim. Concluímos juntos que éramos e não éramos. Esse foi o início de perceber, muito mais tarde, que os nossos nomes são, em primeiro lugar, palavras. Como as palavras, os nossos nomes também estão sujeitos a ser moldados pela intenção e pelo tom. A intenção é o lugar onde nascem. O tom é a forma como se desenvolvem. Dependendo da intenção e do tom, numas vezes somos os nossos nomes, noutras vezes não.

Havia muitas coisas que desconhecíamos. Havia também muitas coisas que conhecíamos e que já esquecemos. Havemos sempre de lamentar o tanto que esquecemos, o tanto que perdemos quando aquilo que procurávamos era o caminho em frente, era seguir, crescer, construir. Havemos sempre de lamentar. Aumenta-nos o lamento quando bebemos vodka em copos de plástico, com gelo e limão/laranja. Já éramos assim. Acho que nascemos assim. Lendo a nossa história, cedo chegaríamos a essa conclusão. É possível seguir um rasto, mais ou menos vincado, com hiatos, mas com sequência, que nos leva sem equívocos a essa conclusão. Esse não é o problema. Nós nunca soubemos qual é o problema, e sabemos cada vez menos, não sabemos cada vez mais.

Antes, estávamos rodeados de papéis; agora, também estamos rodeados de papéis. Antes, esfregávamos as caras neles como se lançássemos as mãos cheias de água sobre a pele do rosto, água fresca no verão. Agora, as aranhas que fizeram ninhos entre os papéis e os bichos que se alimentaram do pó sobre os papéis causam-nos alergias. Agora, acordamos cedo ao sábado. Raramente temos o azar de conduzir de madrugada atrás do carro do lixo. Já nunca nos cruzamos com as mulheres que esperam nas paragens pelos primeiros autocarros do dia e, por isso, já nunca sentimos aquele cinzento amargo de vê-las ali. Na primeira vez que procuramos os nossos nomes no Google, era domingo à noite, creio.

O domingo à noite, já sabes, é quando a solidão nos empurra os ombros para baixo. Antes era muito mau, agora é muito pior. Na primeira vez que procuramos os nossos nomes no Google, iniciamos o nosso cansaço. Não o sabíamos. Estavam lá todos os dados da equação, podíamos fazer os cálculos. Mas os cálculos não seriam suficientes. Desde os anos cinquenta que preveem robots a fazer a lida doméstica, a servir cocktails com sombrinhas de papel. Já os viste? Eu também não. Sim, todos os dados da equação estavam lá, mas faltava-nos a experiência. Nunca tínhamos visto alguém a cansar-se desta maneira específica e, por isso, não sabíamos que era uma possibilidade.

Aquilo que éramos nessa altura pode ser descrito num parágrafo: custava-nos passar um dia inteiro sem sair de casa, não duvidávamos de que um dia íamos conhecer a Madonna, íamos para a praia assim que chegava maio. Tu para um lado e eu para outro, estávamos apaixonados sem qualquer hipótese de consolo. Éramos fatais e, por isso, grande parte dos assuntos que se aproximavam de nós eram fatais também. Tudo o que suspeitávamos, o que imaginávamos do outro lado dos muros, jogava a nosso favor, seguia na nossa direção.

Aquilo que somos agora também pode ser descrito num parágrafo: cansados. Às vezes, cansados de nós próprios. Somos capazes de sentar-nos num banco de jardim e ver as crianças que brincam como se estivéssemos a ver televisão. A maneira como falam não nos diz respeito. Os assuntos de que falam não têm importância para nós. Temos demasiadas respostas para as perguntas que fazem. E a luz que toca os objetos é demasiado crua. Refiro-me à luz, qualquer luz, a luz do sol, de um candeeiro, do computador, a luz branca do Google. Toda a luz é agora demasiado crua. Quando tocamos um material, frio, quente, rugoso, liso, pedra, madeira, plástico, as teclas deste computador, temos muito mais dificuldade em sentir a sua extensão e a sua transcendência, temos muito mais dificuldade em imaginar o que quer que seja a partir desse toque. Somos inocentes ao contrário. A nossa perversidade é inocente. Achamos que vimos tudo porque já não somos capazes de ver nada, ficamos cegos.

Quando é que nós éramos mais nós? Antes ou agora? Também não sabemos. De nada nos serve procurar a resposta no Google, mas agora é impossível não o fazer. Agora, estamos fechados no Google, já não sabemos o caminho de volta para esse primeiro dia. Agora, as janelas estão fechadas e as portas que atravessamos só nos levam mais para dentro do Google. Caímos, continuamos a cair, como a Alice.

Cegueira

Que frio, ponto de exclamação. Tapo-me com o meu cobertor branco.
Neste caso, os espelhos são a metáfora óbvia. Antes, ao longo de anos, considerei tantas vezes essa metáfora que, agora, a minha primeira tentação é rejeitá-la. Avalio metáforas mais originais — as enciclopédias, as bicicletas, o musgo — e percebo que não resistem durante tanto tempo à expressão do raciocínio que pretendo seguir. Regresso aos espelhos e acerto-me para acreditar que escolher a metáfora óbvia é uma forma retorcida de originalidade. Aceitar a primeira escolha é o contrário do meu instinto e, hoje, acredito que os meus instintos têm pouca razão.
À parte disso, ou não, os espelhos são expressivos. Há poucos minutos, tive o meu rosto a ser refletido por um. A sua nitidez foi um ligeiro desconforto. Não por incapacidade do espelho, mas pela minha ilusão. Os espelhos nunca têm culpa, são testemunhas muito mais credíveis do que os pensamentos. Num tribunal íntimo, os espelhos são fatos, as impressões são considerações subjetivas sempre prontas a serem desmentidas. E, no entanto, a rapariga de dezassete anos, intoxicada por anorexia nervosa, olha-se ao espelho e vê-se gorda; o homem de quarenta anos, intoxicado pela depressão que lhe abranda os movimentos, olha-se ao espelho e vê-se velho.
Antes dos espelhos, existem os olhos.
O amargo de um iogurte que comi de manhã permanece ainda na saliva.
A grande mentira que contamos a nós próprios, parece-me, é a memória. Mimamos lembranças como bebês, estragamo-las com mimos. Os espelhos refletem com suposta objetividade (x), os nossos olhos interpretam os reflexos com subjetividade garantida (y) e, ao fim de instantes, a memória

transforma esses elementos noutra coisa (z). Ou seja, z afasta-nos de y, que nos afasta de x, que supostamente é a realidade. Nos dias que correm, algum raciocínio matemático vem sempre a propósito. O problema de tudo isto é que y e z somos nós. É y e z que levamos para todos os lados onde estamos. Movemo-nos em x, tomamos decisões com o propósito de interagir com x, mas dependemos de y e de z. Procuramos afinar-nos como os mecânicos que nos enganam nas contas. Dizem-nos que afinaram a direção e, mal saímos da garagem, notamos que o carro tem uma folga. Se levantarmos a mão do volante por segundos, começa a descair para a direita, ou para a esquerda, mas não podemos jurar que não o tivéssemos entregue assim. A nossa memória não é aquele aparelho de números eletrônicos que os mecânicos utilizam para medir a precisão dos volantes.

Todas estas suspeitas se agravam quando se duvida dos próprios espelhos. É possível que o reflexo seja, por natureza, uma distorção. Se os nossos olhos mentem, se a nossa memória é uma mentira, não há motivo para ter certezas tão absolutas em relação às características de objetos que conhecemos mal e que percepcionamos através de meios tão falíveis. Decidimos acreditar nas cores e nas formas porque precisamos de algum conforto. Sem uma crença básica, só nos restaria o medo.

O meu telemóvel toca. Tiro-lhe o som.

Temos de estar vivos. Viver, decidimos acreditar nisso. São determinadas horas neste momento, temos determinada idade, estamos em determinado lugar a pensar em assuntos determinados, isto. Existe aquilo que nos incomoda, aquilo que nos dói e aquilo que nos apazigua.

(Chega de falar de mim.) Com estas variáveis, e mil outras, peço-te que sintas alguma coisa com a ponta dos teus dedos. Pode ser a superfície do papel onde estão escritas estas palavras, ou a textura da tua roupa, ou uma parede que porventura esteja perto de ti. Fixa-te nesse sentido por um instante. Esquece aquela presunção do x, y e z, perdoa-a, e fixa-te nessa tua verdade, embriaga-te com ela. Aquilo que conseguires ver neste instante é mais nítido do que a realidade dos espelhos. Eu e tu sabemos que existem fábricas distantes de vidro, homens com roupas de trabalho a carregarem grandes chapas de vidro e a pousarem-nas ao alto sobre camiões protegidos com tiras de alcatifa velha. Mas que importa aquilo que acontece a essa distância? Muito mais perto do que isso, existem crianças a nascer.

Recordo desde a infância o cheiro do interior de um pinheiro, a resina.

Desculpa estar a mandar-te fazer aquilo que eu próprio não faço. No fundo, pretendia sugerir mais do que ordenar, mas as palavras são um desentendimento ainda maior do que aqueles que já referi. Existem depois do x, do y e do z, mas isso tu já sabes, já sabemos. É demasiado fácil nomear incógnitas e é desnecessário continuar a emaranhar mais aquilo que já se embaraça diante de nós. Até porque é também possível que tudo seja apenas simples. Talvez o branco seja branco, como este cobertor, como o iogurte ou como os sons lá longe. Talvez o x, o y e o z sejam uma única coisa com um mesmo nome.

Fecho os olhos.

Se estes *talvez* falharem, se as piores expectativas forem justas, iremos esquecer estas ideias e este tempo ou, pelo menos, iremos distorcê-los na memória, mas também isso está bem.

Lá estás tu

Outra vez. Em 2004, durante uns dois ou três meses, talvez fevereiro e março, talvez março e abril, escutei com muita frequência a voz do meu pior crítico na cabeça. Não era exatamente a voz de uma pessoa específica. Era a voz de uma espécie de personagem que, em cada situação, me criticava sempre da forma mais severa. As críticas podiam dirigir-se a qualquer situação do quotidiano — estacionamento, condução em geral, escolha de canais de televisão —, mas surgiam com especial insistência nas horas de escrita. Eu pensava na primeira frase e não chegava a datilografá-la porque a voz rejeitava-a com três ou quatro argumentos diferentes. Então, podia ir arrumar as gavetas ou lavar a loiça. Se não dramatizasse, podia ir tomar um duche. Quando, por fim, conseguia defender uma frase da voz, escrevia-a. Ficava então a olhar-me, desde o ecrã do computador, assustada, como um inseto que, de repente, se vê dentro de uma caixa de sapatos, sob o olhar de uma criança gigante. É possível que, nesse momento, eu telefonasse à minha mãe e lhe lesse a frase. Fosse qual fosse a sua opinião, havia de deixar-me mais baralhado ainda.

Lá estás tu outra vez. Eu escrevia a segunda e a terceira frase, podia até escrever mais uma ou duas depois disso, e aquilo que mais ouvia era a voz a dizer-me: *Lá estás tu outra vez*. As variações eram infinitas: *Lá estás tu outra vez a ser cansativo, Lá estás tu outra vez a ser melodramático, Lá estás tu outra vez a ser inconsequente*. Dou três exemplos por comodidade rítmica, a lista podia estender-se. A voz conhecia-me. Escolhia os pontos que mais me incomodavam no momento e era exatamente lá que espetava a agulha.

Reparei na voz logo que surgiu. A severidade de que já falei notava-se-lhe também no tom. Antes, nesse campo, eu era adolescente, preocupava-me com outras coisas. Por isso, reparei na voz logo que a escutei pela primeira vez. Ao fim de um mês, acreditei que nunca me ia conseguir livrar dela. Lembrei-me de alguns indivíduos particularmente assustados que conheço e pensei que, afinal, talvez fosse assim que eles viviam desde sempre, sobreviviam. *Lá estás tu a ser condescendente*, a voz não me dava descanso.

Se uma miúda me tivesse olhado com mais atenção no centro comercial, eu podia chegar a discutir com a voz. *Estás a ser machista com essa conversa da "miúda". Basta "uma miúda" olhar para ti para te levantar a autoestima? És patético.* Então, eu podia dizer-lhe que a referência à "miúda" era apenas uma imagem. Ninguém fica a pensar que houve mesmo uma miúda a olhar para mim no centro comercial. *Sim, sim.* Às vezes, o silêncio que a voz deixava no fim das frases era mais poderoso do que as próprias frases. No exemplo que acabei de dar, o mais certo seria que eu deixasse tanto a miúda como o centro comercial fora do texto. Este parágrafo não existia.

Ainda assim, nesses dois meses, os textos foram-se escrevendo. O tema mais comum desse período foi o nada: a ausência de qualquer coisa em qualquer coisa que não existe. A voz era insistente na luta frase-a-frase, mas era imbatível na escolha de macroestruturas narrativas. *Tu acreditas mesmo que as pessoas vão entender essa mistura de narradores? Quem é que está a dizer isto? Nem tu sabes quem é que está a dizer isto. Uma voz? Essa teoria da voz é ridícula. A sua descrição é suficiente para desacreditá-la. Ouves uma voz? No bairro onde eu nasci, as pessoas que ouvem vozes têm um nome. Preciso dizê-lo?* Quando eu tinha uma ideia, a voz divertia-se a arrasá-la. Agora, a esta distância, percebo que o seu prazer era evidente. *No fundo, estás a armar-te em vítima. Lá estás tu outra vez a armar-te em vítima. É impressionante como até consegues armar-te em vítima acerca de um assunto cuja culpa é exclusivamente tua. Tu és a vítima, de novo, e o agressor é "uma voz". Boa, estás a fazer progressos — este comentário é irônico, para o caso de não teres percebido.* Eu não tinha hipótese. Qualquer tema que escolhesse era cilindrado. Por exemplo:

Recordações da escola primária. *Lá estás tu outra vez com essas merdas. Mas será que tu achas que as outras pessoas não andaram também na escola primária? Será que achas que só tu é que foste um menino e essas tretas todas? Não há motivo para quereres impor as tuas recordações. As outras pessoas têm a sua própria memória e não lhes faz a mínima falta poluírem-se com a tua. Além disso, o que passou está morto. Tens a certeza de que defendes a revisitação do passado? A saudade, etc. Qualquer dia, trazes um galo de Barcelos ao pescoço.*

Política. *Não fales do que não sabes. Tu és um parasita que escreve duas ou três páginas por dia. Acordas à hora a que queres. Se soubesses quanto custa ganhar a vida, calavas-te. Solidariedade com os trabalhadores do vale do Ave? Se não estivesse com tosse, ria-me agora. Mas tu achas mesmo que consegues acrescentar alguma coisa a esse assunto? O teu raciocínio político é primário. Esta é a economia global, já ouviste falar? Tu nem sabes como se calcula o déficit público. Eu sei que não sabes.*

O que aconteceu na véspera. *Tu, tu, tu. Pareces um telefone fora do descanso. Pensas que as outras pessoas não têm mais nada para fazer do que amparar os restos da tua vida banal?*

Dostoiévski. *Leste três ou quatro livros do homem e já te consideras um especialista. Típico de ti. Tens de dizer a todo o mundo que leste isto e aquilo. Mesmo que só tenhas folheado. Mesmo que só tenhas lido acerca do assunto, mesmo que só tenhas ouvido falar. E leste uma biografia do Dostoiévski. Grande coisa. Qualquer dia, começas a chamar Natasha às personagens. Pior do que ser presunçoso, é ser presunçoso assim: sem elegância.*

Etc. *Gostava de saber quem é que te levou a acreditar que usar "etc." é contemporâneo, de hoje. Além de ser uma palavra velha-velha — latim —, já o cummings a contrapôs ao lirismo. Sabes quem é o cummings, por acaso? Qualquer dia, ainda te apanho a utilizar o "&".*

A forma como me libertei da voz foi incrivelmente simples. Coincidiu com a época em que me libertei de umas dores musculares que sentia na nuca. Por minha decisão, deixei de ouvir a voz. Decidi subtraí-la. Não parei de avaliar a pertinência do que dizia, não comecei a contrariá-la em tudo, porque a voz deixou de existir. Criei um lugar de vácuo e atirei-a para lá. Esse lugar está selado por camadas e camadas de Zé Luís. Não sei com exatidão qual a matéria que impede a voz de chegar aos meus ouvidos interiores; sei, no entanto, que essa matéria é constituída por algo que encontrei em mim, uma espécie de minério, um filão desse minério. *Alerta: metáfora de gosto duvidoso.* A voz continua a existir, mas não voltou a assombrar-me. Hoje, sou eu que me rio dela, do seu snobismo, da sua mesquinhez. Mas o futuro vai chegar a qualquer momento. Por isso, este texto fica aqui, como uma espécie de mapa. Se a voz voltar algum dia, irei relê-lo para que nunca me esqueça de mandá-la embora imediatamente. E viver.

Silêncio entre parêntesis

Eu posso ir a caminhar pela rua, estar à espera de vez nos correios, posso estar a tomar um duche e toca o telemóvel. É um número não identificado. Atendo: estou. Ninguém diz nada. Repito o que disse, acrescentando um tom de pergunta: estou? Ninguém responde. Então, existe um instante de silêncio telefónico. Paro a escutar e apenas ouço uma pessoa que também me está a escutar. Esse é um momento parente do vácuo. Talvez por isso, talvez por sabe-se lá, a outra pessoa desliga.

Hoje, imagino essa pessoa anónima como um par de olhos num lugar onde é sempre noite, onde está sempre escuridão. Ao longo dos anos, suspeitei de vários homens e mulheres. Em ocasiões, tive quase a certeza, mas nunca tive a certeza absoluta. É provável que seja melhor desta maneira. Assim, posso imaginar que é Deus que me está a telefonar, quer ouvir-me em direto. Pode também ser o próprio silêncio, quer sentir-se tocado pela minha voz e, depois, porque é o silêncio, não tem voz para responder-me. Pode ser um gato na Austrália a brincar com o telefone enquanto a dona foi ao supermercado.

É claro que também pode ser um assassino obcecado comigo. Não gostou de algum livro meu. Viu-me em algum lado e imaginou alguma coisa má. Nesse caso, é certo que lerá neste texto muito mais do que aquilo que aqui fica escrito, passará horas a cismar e acreditará que este assunto tem muito mais importância para mim do que realmente tem. Esse raciocínio, baralhado e emaranhado, pode levá-lo a decidir-se por assassinar-me. É possível, portanto, que este seja o último texto que escrevo. Às vezes, esqueço-me de que posso morrer todos os dias.

Depois, também posso estar em qualquer lado, também toca o telemóvel e também é um número não identificado. Penso logo que é essa pessoa que telefona para não dizer nada, preparo-me para o silêncio e atendo. Do outro lado, dentro de uma avalanche, irrompe a voz de alguém que se apresenta e que tem uma promoção da TV por cabo, dos telemóveis ou da assinatura de revistas para me oferecer. Essa pessoa pergunta-me o nome. Não para sabê-lo, mas para utilizá-lo no fim de cada frase. No gabinete de uma empresa, existe alguém que acredita que eu (o cliente) me vou sentir mais à vontade se for tratado pelo nome. Numa sala cheia de homens e mulheres com auscultadores e microfones, existe um supervisor que concorda com essa pessoa. É nessa sala que está o homem que me explica as vantagens do crédito ou a mulher que me enumera tarifários. São pessoas que têm vocação para uma quantidade incalculável de destinos e que estão ali, quase Natal. Se nos encontrássemos noutro contexto, teríamos assuntos muito diferentes a tratar. Assim, é uma conversa entre duas pessoas que preferiam estar a fazer outra coisa.

Há quem não saiba que eles não podem desligar o telefone. Decisão do tal alguém no gabinete, supervisão do supervisor. Dessa maravilhosa impossibilidade nasce um mundo de alternativas. Tenho uma amiga na Trofa (Dalila) que gosta de rezar. Quando lhe ligam com essas ofertas, ela atende e diz que só escuta a proposta se rezarem em conjunto um pai-nosso ou uma ave-maria. Até agora, todos aceitaram. Pela minha parte, prefiro cantar. Pergunto-lhes se aceitam ouvir-me cantar antes de exporem o produto. Não hesitam. Tenho uma lista de êxitos preparada, costumo ensaiá-la no carro, no trânsito da segunda circular.

Cada um se diverte como sabe. Em momentos mais circunspectos, coração e inverno, em casa, à tarde, aproveito para lhes ler poesia. Ou poemas de livros empilhados no sofá, no chão, sobre os armários (naquela casa que tu conheces) ou poemas escritos por mim, inéditos que, quase sempre, apago em seguida. Por fim, eles apresentam-me a promoção, oferecem-me fins de semana em Paris, espremedores elétricos de citrinos e eu tenho de recusar tudo. Ele/ela reage como se estivesse a recusar a minha própria felicidade. E talvez esteja.

Assim, se tiveres chegado a estas últimas linhas e tiveres o meu número, procura um telefone não identificado e liga-me. Vamos ficar a ouvir-nos. Só o silêncio suficiente para eu saber que existes e para saberes que eu existo. Depois, desliga. Aquilo que temos para dizer poderia ser demasiado forte.

Silêncio, tempestade

De novo, o silêncio. Os carros passam pelas ruas como se fossem as horas do dia, o tempo a passar pelo dia. Não sei onde se dirigem, carros e horas. Não sei, também, os motivos deste silêncio, do seu regresso. Apenas sei reconhecê-lo. Este silêncio não é sequer silencioso. Todos os sons continuam a ouvir-se, podem ser escutados por crianças ou por pessoas que acordaram de manhã cedo. Na rua, atrás da janela, existem os carros, de que já falei. No andar de cima e de baixo, existem passos, objetos que chocam uns nos outros, ossos que tocam surdos nas paredes. Se fechar os estores, este silêncio é escuro. Se os deixar abertos, como agora, este silêncio é uma falta de sintonia com o mundo, uma incompreensão de parte a parte. Em qualquer das situações, este silêncio é uma ausência de movimentos no corpo, é um peso. E, a cada frase, parece-me que, no passado, falei demasiado sobre este silêncio. Repito-me mesmo quando digo que estou a repetir-me. Tenho palavras porque o mundo continua aqui, a rodear-me. O mundo tem cheiro, posso tocá-lo. Eu sei que o mundo existe. Este silêncio é um véu a cobri-lo, a seguir cada pormenor da sua forma e a tirar-lhe o sentido. Neste silêncio, os sons existem, mas não têm importância; a temperatura, o gosto, as cores existem, mas não têm importância.

Durante anos, quando pensava em escrever um poema, a primeira palavra que me surgia era sempre "silêncio". Cheguei a escrever um poema exatamente acerca desta ideia. Se esta palavra se impõe, é pelo seu caráter absoluto. "Silêncio" é outra forma de dizer "morte". Há momentos em que as pessoas precisam desse absoluto que, em verdade ("verdade"?), não concebem. "Silêncio" é outra forma de dizer "tudo", "nada", "sempre", "nunca", "toda a gente", "ninguém". Em si próprio, o silêncio é um conceito. Como tantas outras coisas, é possível descrevê-lo, sistematizá-lo, mas não nos é permitido tê-lo à frente, segurá-lo na palma da mão. Existe, mas não existe. "Silêncio" é outra forma de dizer "Deus".

Talvez.

Eu também me canso. Com trinta e quatro anos, reconheço este silêncio de tantas idades da minha vida. Descobri este silêncio no final da adolescência. Na altura, imaginei que seria isto a idade adulta. Agora, interrogo-me se irá ser sempre assim. E custa-me. Este silêncio é cinzento como o céu que, aqui, depois da janela, anuncia fevereiro sobre a cidade do Porto. Não é sequer branco, como um lugar infinito, sem fronteiras, como uma emoção ou um sonho, como uma série de ficção científica ou um delírio; não é sequer negro, como a morte. Este silêncio é cinzento, incompleto, imperfeito. Este é o silêncio que desfaz ilusões. Se existe este silêncio, então, não pode existir aquilo a que chamam "o amor". Sob este silêncio existe muito claramente tudo o que está aqui, ao meu alcance, mas tocar qualquer um destes objetos, ou o meu corpo, não tem qualquer valor.

Não tenho fome. Sou capaz de passar um dia inteiro, vinte e quatro horas, sem comer. Até mais. Nesses momentos, alimento-me deste silêncio como se fosse flocos de fumo, como se fosse fumo sólido. Também não preciso de beber qualquer líquido. A boca fica seca, todo o aparelho digestivo seca, é como o leito de um rio que secou. No interior da minha boca tenho exatamente esse sabor: limos secos. Posso apodrecer por dentro. Já aconteceu a muitas pessoas. Algumas das quais me eram bastante próximas. É este silêncio que nos enferruja, claro. É este silêncio que nos mói, que nos vence. Chega muita gente com razões, com lógicas, com raciocínios. Chega muita gente que sabe tudo, que leu tudo. O sorriso que dirigimos a essas pessoas tem pouca força, os lábios não são sequer capazes de mudar de forma. É possível determinar que existe um sorriso, mas essa conclusão será baseada em evidências muito pequenas.

(Silêncio.)

O silêncio é um zumbido. Falta pouco para chegar a noite e os programas de televisão. Depois, o sono. Sei tudo isto.

O silêncio é como a recordação da mãe para um órfão. O silêncio é como a recordação da mãe para qualquer filho. O mundo é pálido perante o silêncio.

O silêncio é uma fábrica. Ninguém é dono do silêncio. É como os oceanos ou as árvores. O silêncio é um elemento eterno ("eterno"), que existia antes de nós, que continuará a existir muito depois de nós. Os nossos pais mortos conheciam este exato silêncio. Os nossos filhos, a viverem depois da nossa morte, continuarão a conhecer este silêncio.

A imperfeição do silêncio tem propriedades essenciais.

De repente, o silêncio. Quando chega, de novo, parece que existiu sempre, e existiu sempre. Mesmo quando não nos lembramos dele, sobretudo nessas ocasiões. E é assim que deixo de atender o telefone, que deixo de responder a emails, que desapareço. Faço apenas o mínimo, existo o mínimo. Como e bebo silêncio. Após algumas semanas, os meus amigos e conhecidos já deixaram de me ligar, quem me escreve já não espera resposta. Penso que isto será o mais próximo a que alguma vez chegarei de conhecer a minha própria morte, de saber como o mundo continuará sem mim.

Agora, estou no Porto; amanhã, estarei fechado na casa onde pertenço.

Às vezes, tenho a sensação de que não existo.

Neste texto, utilizei 38 vezes a palavra "silêncio".

Respira

Depois de atravessar o oceano e ver o que existe do lado de lá, depois de traçar linhas irregulares no mapa da Europa, faço a pé o caminho entre a minha casa e o supermercado. Sou um privilegiado enquanto avanço com um saco dobrado na mão, a carteira no bolso interior do casaco, a conhecer todos os passos deste caminho. Posso descer pela escadinha do jardim, por baixo da oliveira que, no outono, dá azeitonas que ninguém aproveita, ou posso seguir pela rua principal, passar em frente à paragem de autocarros e atravessar a passadeira. Penso em muitas coisas enquanto faço esse caminho: tenho de ir aos correios, às finanças, à segurança social. Encontro sempre alguém para olhar: as pessoas que fumam à porta do supermercado ou a cigana romena, com uma criança a dormir-lhe no colo, que me estende a mão e o olhar. Enquanto avanço entre a minha casa e o supermercado, posso pensar neste texto que estou agora a escrever ou posso pensar nas compras que preciso. Isto, claro, se não tiver feito uma lista num quadrado de papel. Às vezes, deixo um pedaço de papel preso nesses ímãs do frigorífico de Londres ou Ibiza e escrevo lá aquilo de que preciso. Detergente da loiça, por exemplo. É também assim que faço com as ideias para textos como este. Não as afixo no frigorífico, mas anoto-as em papéis que perco e encontro nos lugares mais inesperados da casa, muitas vezes após anos, ou em blocos que começo e que nunca acabo.

Posso estar enganado, mas, conhecendo-me, creio que, se tudo o resto falhar, poderei sempre contar com este caminho entre a minha casa e o supermercado. Bem sei que tudo muda: a casa pode deixar de ser minha, o supermercado pode desaparecer, a casa e o supermercado podem facilmente ser submersos por uma tristeza sem nome. Sei que o mundo pode ainda ser mais terrível do que isso, mas, com otimismo, gosto de pensar que este caminho está garantido. Não é pouco. Ao fazê-lo, carrego vagamente a memória daquelas ocasiões em que a minha mãe tirava um saco de plástico do armário e me pedia que fosse fazer um mandado à mercearia da Ti Ana Dezoito (quadrados de toucinho em cima do balcão de mármore, grãos de sal grosso em cima das folhas de papel pardo), ou quando o meu pai me dava uma garrafa e me mandava ir à do Ti Lourenço (o som e o cheiro do vinho tinto a escorrer do barril para dentro da garrafa, o funil de lata), ou quando a minha mãe me dava a bolsa de renda e me mandava à padaria de Ti Luísa do Peças (a farinha, queres mais bem cozidinho?). Enquanto caminho, eu sou essas memórias. Sou um corpo com pernas, braços e cabeça que é a representação física dessas memórias.

Quando chego ao supermercado, sei o lugar das coisas. A meio da manhã ou da tarde, cruzo-me com homens e mulheres que têm mais de setenta anos e que fazem compras: um pacote de leite, duas maçãs, pão. Vejo-me a ser um deles. Não daqui a muitos anos, mas já hoje, sou já um deles. Como eles, aproximo-me dos homens que estão a jogar às cartas no jardim, e fico a tentar perceber o jogo por cima dos seus ombros. Como eles, leio todas as notícias do jornal, vejo com pormenor todos os papéis que me são deixados na caixa do correio. Como eles, escolho bem cada peça de fruta que disponho nesses sacos de plástico fino, que custam a abrir, e, como eles, tomo-lhes o peso com a balança do braço antes de os atar com um nó cego.

É também como eles que encontro as palavras para este texto. Se tudo o resto falhar, como tantas coisas que já falharam efetivamente, posso sempre contar com este texto ou, pelo menos, com textos como este. Não tem de existir sempre a mais alta ambição em cada gesto. Ninguém aguenta viver assim e, para os vivos, viver é muito importante. Eu estou vivo. Respiro quando faço o caminho entre a minha casa e o supermercado, como respiro agora ao escrever esta palavra, e esta, e esta. Estão vivas também as pessoas com mais de setenta anos que cheiram melões no supermercado e que se balançam na aventura de comprar um (será que já estão maduros?) Será, será? Oh, dilema.

Aquilo que digo a mim próprio, digo também aos outros: tenham calma.

Agora, em especial para ti: do lugar de onde estás, tu próprio és o assunto que melhor vês, tu és a pessoa que está mais perto de ti. Por esse motivo, é normal que te pareça que cada detalhe é fundamental, essencial, que não podes viver sem ele. Mas podes. Os outros, esses que te amedrontam, que te telefonam todos os dias, que te escrevem emails e te perguntam: já está?, onde é que está?, por que é que não está? Esses parecem gigantes, têm os olhos muito abertos, mas, sabes, quando adormecem, são meninos indefesos. Como tu, também eles. Como tu, também eles recebem os mesmos telefonemas, os mesmos emails e, como tu, também eles se encolhem ante gigantes, olhos muito abertos, que, por sua vez, fazem a mesma coisa com outros e outros e outros. Se eles te perguntarem: já está? Podes responder: não, não está. E tudo continua. Se não tiveres o caminho entre a tua casa e o supermercado, terás outra coisa, qualquer coisa. Se não tiveres um texto como este para escrever, terás algo que desconheço, mas que sei que existe. Por isso, respira. O ar é fresco.

Incomparação

Ele não é comparável com ele. Se ele é um quadrado, então ele é uma insônia, e não podem ser comparados. Se ele se chama Zé Manel, então ele chama-se uma palavra daquela língua que se diz com estalidos da língua, e não podem ser comparados. Se ele é uma árvore no jardim das traseiras da minha casa, então ele também é uma árvore, mas na Austrália, e nunca se encontrarão, têm cheiros diferentes, e não podem ser comparados. Ele não é mais honesto do que ele, ele não é mais bem-educado do que ele, ele não tem mais cabelo do que ele.

Ele é fulano e ele é beltrano. Também há ele, que é sicrano, mas este texto é sobre ele e ele, não é sobre ele. Enquanto ele estava a fazer umas coisas, ele estava a fazer outras coisas. Ele estava a remar no lago e ele estava a dormir. Ele estava a dançar slows na garagem das primas e ele estava no funeral do irmão mais novo. Ele estava a resolver equações de segundo grau e ele estava à espera que lhe amputassem o dedo pequeno do pé. Ele estava a rezar e ele estava a fazer sexo pela centésima vez. Estes exemplos não são inventados, eles estiveram mesmo a fazer estas coisas. Logo aí se percebeu que eles não podem ser comparados.

O centro da questão não está nas comparações que são razoáveis em tantos casos. Exemplo: nas páginas dos livros da pré-primária. Aquele triciclo é mais veloz do que aquele triciclo. Aquele prato tem mais papa do que aquele prato. Aquela casa é mais alta do que aquela casa. "Casa" escreve-se com "c". *A, b, c,* esse tipo de coisa. O centro da questão está no fato de nem ele e nem ele serem um triciclo, um prato ou uma casa. E, mesmo esses objetos, não são apenas a sua velocidade, a quantidade de papa que contêm ou o seu tamanho.

Todos os objetos possuem uma imensa quantidade de invisível. Os invisuais e os daltônicos, se conhecem a sua própria razão, sabem bem do que estou a falar. O problema são os cegos. Não todos, só os que não veem o invisível.

Como os objetos, ele e ele possuem uma quantidade também imensa de invisível. A diferença significativa é que o invisível deles é muito maior. O invisível não se pode medir com uma fita métrica. Por isso, quando digo "maior", quero dizer "mais complexa". Mas posso estar enganado porque a complexidade do invisível também é bastante difícil de medir. Ora aqui está, às minhas custas, um exemplo, de como ele e ele recusam comparações. O melhor será voltar ao início.

Ele não é comparável com ele. Talvez seja importante referir que ele é uma pessoa e que ele também é uma pessoa, esse ponto é mais ou menos pacífico e aceite por todos, mas o que é uma pessoa? Esta pergunta sem resposta, primeira pergunta, é o muro em que todos esbarram quando se atrevem a compará-los. Podem exprimir um riso nervoso e ignorar a questão, acusá-la de demasiado vasta, de conter um truque relativista, mas não conseguem evitar de bater com a testa em cheio nesse muro. Têm cabeças redondinhas, que fazem eco. Ouve-se aqui.

Para lá disso, a existência dele continua a ocupar o mesmo espaço, idem para ele. Quando ele conversa com ele, parecem concordar e, assim, geram-se mal-entendidos. O fato de concordarem ou discordarem vale zero para o assunto que está aqui em exposição. Não são mais comparáveis por isso, pelo contrário. Apenas acrescentam algumas ramificações a este raciocínio. Podia segui-las, mas sinto que não vale a pena. Ceder a essa tentação seria encher papel com letras e parece-me que, quem quiser, pode seguir esse raciocínio para si próprio com facilidade e silêncio.

Ele não é mais bonito do que ele, ele não é mais inteligente do que ele, ele não é melhor do que ele. Talvez se possa dizer que ele é melhor do que ele na execução de algumas tarefas específicas sob algum ponto de vista específico, mas dizer isso é dizer nada, é menos do que silêncio, porque existem milhentos outros pontos de vista, também eles específicos e nenhum deles é melhor, ou mais certo, ou mais bonito. Igualmente, existem inúmeras tarefas que serão executadas sempre de forma diferente. Neste aspecto, só a inconstância é constante. A inconstância é uma forma de diferença, mas mesmo a diferença pode ser diferente de dia para dia, de hora para hora, de cada instante inconstante para cada instante inconstante.

Faço uma pausa neste texto e telefono-lhes.

Ele está na praia, o que é estranho porque são quase cinco da manhã, e ele disse que não me conhece e, por isso, recusou dizer-me onde está. Sorri perante esta afirmação telefônica porque é verdadeira, eu não o conheço. Eu sei que não o conheço e ele sabe que não me conhece a mim. Ao sabermos isto, sabemos mais um sobre o outro do que tantos que se cumprimentam, que trocam emails, que alimentam opiniões fortes um sobre o outro, que se amam ou se odeiam.

Ele está na praia, o maroto, e ele deve estar em algum lado, onde espero que se sinta feliz. Sei que onde estiver, ele não se sente ameaçado por ser diferente dele, ele valoriza essa diferença. Sei que ele, na praia, sente o mesmo, mas de maneira diferente, incomparável.

Papel, pedra, tesoura

1. A tesoura corta o papel

Não ter medo é 95% qualidade e 5% defeito, mais ou menos. Podemos prestar atenção apenas aos 5% e fazer a apologia do medo. É simples, mas não é proporcional à realidade. Mesmo os loucos, daquela categoria que desconhece o medo em absoluto, alcançam muito mais concretizações do que os assustados. Fazem sem consciência, mas fazem. Os medricas já estão a pensar que estas palavras se dirigem ao ataque pessoal, enganam-se. Sei bem que ter medo não depende apenas de uma decisão — não sou um guru da autoajuda. Sei que há indivíduos com bons motivos para o imobilismo, mas não me peçam para admirá-los. Não sou capaz. Prefiro os que tomam decisões. Dizem "sim" e é sim. Dizem "não" e já está, acabou-se. A partir desta perspectiva, o que está em causa não é tanto dizer sim ou não, o que está em causa é dizer, afirmar.

2. O papel enrola a pedra

A convicção é nobre por natureza. Os convictos apaixonam-se e casam-se. Acreditam nos sentidos. Se sentem frio, não duvidam do frio e não duvidam de si próprios. Assim, conhecem momentos irrepetíveis. Ouvem "amo-te" nos lugares certos, dizem "amo-te" mil vezes e acreditam em cada uma delas. Essa é a parte que a população prefere. Ao tomar conhecimento disto, os românticos dizem "Ah, que bonito" e, de fato, é bonito. Mas, na outra face, os convictos também terminam tudo sem um plim de hesitação. Quando se apercebem de que já terminou, não ficam à espera e transformam o fim em palavras e, depois, em atos. Neste ponto, a população tem pena, é caso para isso, mas a pena não deve ser dirigida ao fim em si, à separação, ao divórcio, mas à sucessão de erros e desencontros que tornou sensato esse fim. Há demasiadas pessoas no mundo a partilharem uma cama e um número incontável de ressentimentos. Há demasiadas pessoas no mundo a mentirem a si próprias e a discutirem à frente dos filhos. É característico do humano sorrir mais no momento em que se planeia o destino da lua de mel do que quando se divide em caixas de papelão aquilo que foi escolhido em conjunto no Ikea, mas há razões com igual tamanho para cada um desses gestos. Agora sim, chegou o momento de me dirigir a ti: envelheces um dia por dia, cada dia a mais é um dia a menos. Eu sei que há isto e aquilo, há as outras pessoas e a grande quantidade de coisas que pensas que elas pensam, mas queres uma novidade? As outras pessoas estão-se lixando. Se fizeres aquilo que é imperativo que faças, a respiração das outras pessoas não se perturbará mais do que um nada invisível. Estás à espera de quê? Não respondas, tudo o que puderes dizer será uma espécie de blá-blá-blá.

3. A pedra bate na tesoura

Tinha pensado em não falar de mim mas, chegado a esta frase, não encontro qualquer motivo que me convença a não o fazer. Escrevo estas palavras num computador portátil, é quase novo e está pousado no meu colo. Estou sentado numa cadeira de baloiço numa varanda em Nova Deli, Índia. É de noite, 0:43. Ao longe, os carros não param de apitar, desenham a imensidão desta cidade. Sei que em Portugal está frio, aqui está primavera. Imagina um maio ou um junho da tua infância. Como se não bastasse este conforto, existe uma mulher linda que eu adoro e que me adora, estou certo de que eu e ela partilhamos esta mesma certeza. Além disso e de outras coisas que não me apetece dizer, tenho o privilégio de me dirigir a ti através destas palavras que são impressas milhares e milhares de vezes. Perante isto, pergunto-te: estás convencido de que cheguei a este dia sem convicções? És capaz de conceber que não acreditei em inúmeras ideias certas e erradas até chegar a este instante preciso? Diante da varanda onde estou há uma árvore gigante, de folhas grossas. Os macacos mexem-se nos ramos e, dentro da escuridão, parecem crianças. Para te protegeres, poderás achar-me arrogante. És livre de pensar o que quiseres. Poderás achar que estou cheio de mim próprio. Continuas a ser livre. Mas tanto eu como tu sabemos que não me conheces o suficiente para tirar essas conclusões com propriedade. Nos cafés que servem bagaço, costuma haver um azulejo onde está escrito: "Se tens inveja do meu viver/ vai trabalhar, malandro." Não é isso que te digo, também não te conheço o suficiente para te chamar malandro, mas digo-te: se tens inveja, é bem feito, mereces. Essa inveja há-de envenenar-te mais do que estes mosquitos miudinhos que andam aqui à minha volta a procurar, ingloriamente, um pedaço de mim que não esteja protegido por repelente de insetos.

Maus sentimentos

Eu tenho um cérebro. Hoje, pouco depois das nove da manhã, começaram a querer arrancar-mo do crânio. Agora, enquanto escrevo estas linhas, continuam a tentar. Sentado a esta mesa, sou capaz de lembrar-me da personagem de *The Bell Jar*, o romance de Sylvia Plath, que sofreu uma lobotomia. Com esforço intermitente, consigo também lembrar-me do refrão de "Teenage Lobotomy", dos Ramones ("Lobotomy" x 4). São estes fragmentos de cultura erudita e popular que me fazem perceber que ainda não conseguiram arrancar-me o cérebro. Dói, mas permanece aqui, comigo, eu.

Não, desta vez não são zombies. Também não são discípulos de Egas Moniz. São berbequins e martelos no andar de cima. As brocas furam paredes de pedra e tijolo como se me desfizessem a cabeça. Sinto uma barra de chumbo no lugar da testa. Ontem, tinha planeado escrever sobre moinhos de vento e dentes-de-leão, coisas sopradas. Mas este ruído entra dentro de mim, ofende-me, revolve-me e empurra-me para maus sentimentos. Tenho facilidade, por exemplo, de escrever sobre os locutores de rádio dos programas da manhã. As suas gargalhadas estridentes e sem motivo, as suas graças sem graça. Fantasio uma cena extra de *Natural Born Killers* passada num desses estúdios mal iluminados, a beleza efêmera das armas automáticas, e lamento que Oliver Stone não tivesse tido essa ideia antes de mim. Pelo instinto, não me custa também escrever sobre aquelas pessoas em lojas e estações de serviço que dizem: verde código verde, e que ficam paradas a olhar para o código do multibanco, curiosas acerca de uma combinação de quatro números. Não se chega a perceber se querem assaltar-nos mais lá para a tardinha ou se são apenas idiotas. Já que estamos em maré de exemplos, debaixo desta espécie de terramoto, é-me também fácil escrever sobre aqueles pais que levam os filhos aos estádios com cartolinas onde escreveram: Cristiano, dá-me a camisola. E, por instantes, parece-me que a castração não é uma medida demasiado severa para adultos que ensinam crianças a mendigar um trapo encharcado em suor.

Mas, depois, há uma pausa nas obras do andar de cima. Em momentos de stress, não é difícil inspirar, é a expiração que liberta, que acalma. Sopro mil dentes-de-leão, dou ar a mil moinhos de vento e penso que os locutores dos programas da manhã, coitados, são tristes sem vida social, que têm de acordar todos os dias às cinco da manhã e que, engolindo filas na ponte e na ic19, se obrigam àquela euforia sem sentido, também sofrem. Penso que as pessoas que ficam especadas a olhar para o código do multibanco se alimentam de tédio entre um e outro episódio da telenovela, a sua única distração é apanhar alguém que tenha um 69 ou um 666 e acharem que, assim, ficam a saber o que mais ninguém sabe. Penso que os pais das tais crianças têm esperança de vê-las sorrir, sonham com o dia em que sejam outras crianças a pedirem a camisola dos filhos: Telmo, dá-me a camisola; Sandro, dá-me a camisola; Nélson, dá-me a camisola. São pessoas.

Decido lavar a loiça. É melhor. Seguir as linhas de pratos com movimentos circulares recria uma ordem. As brocas furam-me o crânio, os martelos ecoam-me na superfície das têmporas, transformam-me o cérebro em pudim, mas acredito em Freud. As emoções moldam o subconsciente. O sarcasmo não é superioridade. Os maus sentimentos não são inteligência. São sinais de um sofrimento igual ou maior do que estas obras no andar de cima. Com esta certeza, começo a lavar os talheres, um a um, o pormenor dos intervalos entre os dentes dos garfos, e faço por rir desse veneno que, se deixasse, me intoxicaria de ressentimento, de medo. Podem partir o andar de cima à vontade. Se precisarem de ajuda, contem comigo. Eu também sei destruir, mas prefiro construir, edificar, dá mais trabalho e os resultados só chegam a longo prazo, mas vale a pena, mesmo que a alma seja minúscula. Se os sentimentos são inerentes a estar aqui e ser humano, é necessário que, à partida, se procure os melhores, os positivos. Amar é um esforço intelectual. E quando se ama muito e só, sem espaços de sombra, transformamo-nos num sol. As plantas vivas dependem dessa estrela para chegarem à fotossíntese.

Importante

1. Não é importante dizer quem ela é. Estava em casa há demasiado tempo. Tinha perdido tardes inteiras com pormenores e, no final de cada dia, acabava sempre por se arrepender. Assim, passou talvez o inverno e a primavera. Em casa, as estações eram estranhamente indistintas. Quando se sentou à mesa da cozinha, abriu o caderno e demorou até escolher uma página. Experimentou a esferográfica várias vezes nas costas de um envelope com a fatura da eletricidade. Pensou muito e escreveu o primeiro ponto da lista, o mais importante: não perder tempo com pormenores. Pensou muito e escreveu o segundo ponto da lista, o segundo mais importante: fazer primeiro e pensar depois.

2. Quando cheguei atrasado ao encontro, ela estava sentada num degrau da igreja. Ao ver-me, fechou o jornal, sorriu, levantou-se e disse: não faz mal. Eu, no entanto, só conseguia lembrar-me da frase que ela tinha dito, havia duas semanas, estávamos na sua casa, bebíamos de uma garrafa de licor que alguém lhe tinha oferecido e falávamos de outras pessoas: é importante chegar sempre a horas. Foi por isso que lhe paguei o almoço quando o mais normal seria que dividíssemos a conta.

3. Esta porcaria é importante, pensava o taxista.

4. Eu e ela estávamos sentados lado a lado. As cadeiras eram incômodas. O tema da palestra era importante, mas não se percebia uma única palavra. Alguém tinha deixado uma janela aberta. Embora não os pudesse ver, sei

que passavam autocarros na rua. Quando acabou e saímos, a única coisa que dissemos sobre a palestra foi: este tema é importante. Fui eu que disse. Ela concordou. Duvido que ela tenha conseguido perceber alguma coisa. Havia demasiado barulho na sala. Mas não falamos sobre isso porque, no momento em que um homem se levantou para fechar a janela, foi ela quem o impediu. Na verdade, com a janela fechada, o calor teria sido insuportável.

5. Quando me telefonou e convidou para ir a casa dela, não sei por que, mas pareceu-me importante aceitar logo. Disse-me que andava a desperdiçar muito tempo e que tinha decidido não perder mais tempo com pormenores. Não percebi o que queria dizer com isso, mas quando lhe perguntei, deixei de ter rede e deixei de conseguir ouvi-la. Como não sabia a morada dela, enviei-lhe uma mensagem escrita. Respondeu-me dois dias depois.

6. É importante conhecermo-nos melhor, disse ela quando me parecia que tinha chegado o momento de darmos o primeiro beijo.

7. Através do vidro, o agente Soares perguntou-me a marca, a cor e a matrícula do carro. Respondi-lhe sem ouvir a minha própria voz. A ligeira depressão misturava-se devagar com a aceitação firme. Pelos corredores, passava uma brisa e passavam polícias fardados que pareciam dirigir-se sem pressa para algum lugar onde, de certeza, não iria acontecer nada. Não gosto de esquadras como não gosto de hospitais. O agente Soares estendeu-me o papel pela abertura do vidro e pediu-me para assinar. Pedi-lhe a esferográfica emprestada e, enquanto escrevia o meu nome, não prestei atenção a banalidades que me dizia como: se não tem garagem, é importante ter um alarme no carro.

8. Não me lembrava da última vez em que tinha andado de táxi. Entrei para o banco de trás. Depois de dizer para onde queria ir, esperei que o taxista dissesse alguma coisa mas, felizmente, continuou calado. Na rádio, música, o boletim meteorológico, o estado do trânsito. Céu limpo, trânsito a circular sem problemas. Pousei as mãos sobre as pernas e olhei pela janela, não reparei naquilo que via até ao momento em que percebi que todos os carros estavam parados. Lá à frente, dois polícias mandavam parar o trânsito. Tentando perceber o que se passava, o taxista mexia-se no banco. Passaram pelo menos quinze minutos até que, lá à frente, começassem a passar motas da

polícia e carros longos de vidros escuros. O taxista manteve o seu silêncio, afastou o boné para coçar a cabeça e, quase como se continuasse calado, disse: deve ser alguém importante.

9. Trocamos emails durante meses. Nunca trocamos fotografias. Aos poucos, ela formava uma imagem de mim, da mesma maneira que eu formava uma imagem dela. Pelas minhas palavras, ela imaginava o meu rosto: os olhos pelos adjetivos, os lábios e o nariz pelos substantivos, os cabelos pelas figuras de estilo. Quando falamos pela primeira vez ao telefone foi estranho. Durante meses, telefonemas ocasionais e mensagens escritas. Ela começou a imaginar o meu rosto pela minha voz. Nunca alimentou esperanças porque tinha medo de se desiludir. A aparência física não é o mais importante, pensava ela enquanto se maquilhava antes da noite em que eu iria chegar a casa dela para nos vermos pela primeira vez. Passava um risco por baixo dos olhos, apertava os lábios um de encontro ao outro para espalhar o batom, levantava muito as pálpebras para alongar as pestanas com rímel e repetia dentro de si: a primeira impressão é muito importante.

10. O amor é importante, pensava ela, mas o mais importante é que as pessoas se deem bem.

11. Antes de me roubarem o carro, pensava mais nela. Às vezes, parecia que sentia ainda o gosto do licor que tomamos em cálices de vidro fino. Depois de me roubarem o carro, pensava nela apenas quando sentia o telemóvel a apitar com uma mensagem recebida ou quando ligava o computador e via um email por responder. A presença distante que ela tinha na minha vida era importante para mim, mas o carro era igualmente importante. Sem ele, tinha de andar de transportes públicos.

12. Já era tarde. Ela tinha-me acompanhado à porta e partilhávamos a timidez de querermos beijar-nos e não sermos capazes. Eu sentia as faces mais quentes do que o habitual. Sentia um calor que me enchia todo o rosto e tinha medo de ter as orelhas demasiado vermelhas. Tinha medo que se notasse. Ela tinha um sorriso desajeitado a tremer-lhe nos lábios. Tínhamos uma conversa pouco importante sobre um assunto importante. Ela disse-me: há uma palestra sobre esse assunto daqui a duas semanas. Queres ir?

Rés do chão

Os Olivais Sul são um mundo encantado. Tenho a certeza de que as crianças que chegam de manhã ao jardim de infância que fica em frente da minha casa veem estas ruas, estes carros estacionados e a luz na fachada dos prédios, veem tudo isto tingido de cores vaporosas, cores que são um véu assente sobre as coisas. Eu, que aparentemente já não sou criança, talvez ainda seja criança, porque também vejo o mundo assim. Quase sempre assim. A partir do rés do chão que ocupo nos Olivais Sul, imagino muito. Na maioria das vezes, as cores vaporosas de que falei existem justificadas pelas cortinas das janelas. Também esse pano, cansado mas cómodo, doméstico, um pouco manchado mas puro, esbate os contornos e suaviza as cores mais garridas. Isto, claro, referindo-me ao cenário que se desenvolve na parte da frente da casa. Na parte de trás, há outros assuntos, outras matérias. Após poucos metros, a janela das traseiras esbarra num muro, que não é desagradável. Aprendi a gostar dele, como se aprende a gostar de tantas inovações que não são imediatamente atraentes, mas que se repetem e que, ao fim de algum tempo, se tornam habituais e começam a fazer parte daquilo que consideramos seguro e nosso. Além disso, é um muro com natureza: fresco, pintado por manchas de musgo, os pássaros escolhem-no para conhecer companheiros e acasalar. Sobretudo de manhã, os pássaros gostam desse muro sobretudo de manhã.

Os pássaros têm patinhas pequenas para pousarem na superfície desse muro e, possivelmente, fazerem tic tic tic, enquanto perseguem algum bichito de tamanho semelhante. Não abro esses estores com tanta frequência porque há menos para ver, a luz é mais racionada e, durante o dia, raramente uso essa divisão. No entanto, porque gosto do ar que circula, deixo muitas vezes a janela aberta, mantendo os estores com aquelas filas paralelas de buraquinhos. O ar limpa mais do que a água. Por essa via, entra ar higiênico e entra som. Podem ser pequenos sons ou podem ser vozes. Uns e outros transportam a frescura do cimento à sombra, de janeiro com sol, de luz fria. Por ser um espaço abrigado entre as traseiras de um prédio e um muro, esse lugar logo depois da minha janela é favorável a encontros secretos, a palavras secretas. Eu, na minha vida, na minha casa, sozinho, desfruto de quase todos, perco muito poucos.

Os mais recorrentes são os alunos das escolas secundárias que têm beijos para dar e que precisam de se apertar uns aos outros de encontro àquelas paredes. Os beijos podem ser mais ou menos sonoros e a sua audição pode ter um grau de interesse variável. Podia agora dizer que, nesses momentos, fecho a janela porque sou pudico. Estaria a mentir e não vejo razão para estar aqui a mentir. Além desses, existem os grupos de rapazes que vêm fumar charros, que chupam ar por entre os dentes, que falam a reter o ar nos pulmões. Vejo-os depois quando saem pela frente: têm bonés, blusões de desporto, calças de ganga e sapatilhas brancas. São uns pintas. Acho que aqui nos Olivais Sul o conceito romantizado de gângster está bem-visto entre esse tipo de rapazes. Não porque eles sejam gângsters, coitados, mas porque se percebe que gostavam de ser. Grande parte das conversas que têm são sobre carros roubados ou sobre chinos (facas) e chinadas (facadas). Eles possuem umas navalhitas. Aquecem-nas com um isqueiro e usam-nas para cortar pedras de haxixe se, por acaso, querem dar um bocado a algum amigo. É muito improvável que alguma vez as tenham espetado em alguém. Quanto aos carros roubados, também não me parece. Eles andam todos a pé. Nunca vi nenhum chegar de bicicleta ou de motorizada e muito menos de carro. Têm um prazer especial em falar de personagens com nomes exuberantes e esses, sim, roubam os carros. Mas também não devem fazer grande fortuna com isso, até porque uma das coisas que eles gabam bastante é a capacidade de andar de táxi. "E chegou de táxi, todo repimpado, como um doutor." Ou então: "Pensas o quê? Foi de táxi, e mais nada, pois foi, foi de táxi, ali, mais nada, todo repimpado, de táxi, como um doutor." É assim que eles falam. Há carros a serem roubados. Eu próprio tive um carro que me foi subtraído recentemente. E foi aqui mesmo, à frente da porta, durante a noite. Mas não foi nada de grave. Esse carro apareceu dois dias depois com um pneu furado.

Deixaram dois brincos de mulher no banco de trás e um caixote sujo de madeira no porta-bagagens. Além disso, o carro é um Fiat Punto e toda a gente sabe que não há carro que seja mais fácil de roubar do que um Fiat Punto. Já lhe arrombaram as portas por quatro ou cinco vezes nos mais diversos pontos da cidade. Um primo meu que é mecânico disse-me que basta ter uma bola de tênis, ou dar um murro numa certa zona da porta, algo assim.

Nas traseiras da minha casa, há muito mais a acontecer do que o que já contei. Para mim, é uma espécie de biblioteca, uma espécie de internet. Eu preciso de escrever romances. Neste momento da minha vida escrever romances é algo que me faz sentir válido e me dá força para acordar de manhã, para fazer tudo o que não me apetece fazer. Esta janela virada para estas traseiras enche-me de uma boa parte daquilo que dá substância aos romances. As personagens são inúmeras: os amantes na casa dos quarentas, ambos casados e com intrigas a decorrer no café onde tomam todos os dias a bica; os homens que passeiam os cães e que falam com eles; os velhos que andam devagar e que têm problemas intestinais, etc. Ainda assim, não é muito habitual que espreite pelos buraquinhos dos estores. Gosto de deixar algo para a imaginação e, além disso, tenho mais que fazer. No entanto, há umas semanas atrás tive de espreitar. Era o fim de tarde, os pais que vêm buscar as crianças ao jardim de infância já tinham arrancado com todos os seus carros estacionados em segunda fila e com todo o seu rebuliço, forrado ainda pelo ambiente do escritório e dos empregos contrariados. Então, comecei a ouvir um gritaria anormal nas traseiras. Era a voz de um rapaz a gritar a plenos pulmões com uma rapariga. Acusava-a de ter cumprimentado uns colegas da escola e dava a esse fato uma importância maior do que grande parte das pessoas que conheço dão ao adultério consumado. No fim da frase mais banal, gritava os palavrões mais crus. E ficava à espera que a rapariga respondesse, mas a rapariga não dizia nada. Quando me começou a parecer que ia haver violência, ou que essa era uma perspectiva altamente provável, decidi olhar pelos buraquinhos dos estores. O meu espanto aumentou quando percebi que o rapaz, dezasseis ou dezassete anos, estava a falar ao telemóvel. Estava naquela gritaria absurda, naquele estereótipo da violência doméstica, ao telemóvel. Melhor assim, pensei. O problema foi que, passados poucos dias, voltou a acontecer. Após mais alguns dias, voltou a acontecer pela terceira vez. Essa era uma situação bastante incômoda porque, mesmo fechando a janela, os gritos do rapaz, atravessavam vidros, estores e paredes. A minha casa é pequena, mas tem bom ambiente, há um equilíbrio zen na minha desarrumação e o meu bem-estar depende dessa linha tênue. Assim, após a repetição dessas sessões de gritaria, tomei uma decisão. Há três dias atrás, na sexta-feira, ele voltou a aparecer e voltou à gritaria de sempre. Saí de casa, dei a volta ao prédio e, mesmo ao lado dele, com o meu telemóvel, comecei a gritar da mesma maneira, no mesmo nível, com a mesma entoação, com os mesmos palavrões. Olhou para mim durante segundos e foi-se embora. Ainda não voltou. Neste preciso momento, ao escrever isto, sorrio como sorri nesse dia e, interiormente, sinto gratidão por não ser uma pessoa normal e por viver aqui, no rés do chão.

Paraty invisível

(A partir de *As cidades invisíveis*, de Italo Calvino)

Kublai Khan escolhe a melhor posição para ouvir. Faz pequenos acertos até sentir o corpo como uma rocha que vê o mundo desde o lugar onde nasceu. As condições ficam completas quando o fim de tarde traz um fundo de serenidade às palavras. Então, Marco Polo experimenta uma palavra, experimenta outra palavra e assiste à suavidade com que o fim de tarde as leva. Marco Polo está preparado para contar. Kublai Khan está preparado para ouvir. Ambos sabem que precisam ainda de um instante de silêncio. Será esse instante que lhes trará a vontade quase irresistível de contar e de ouvir. Aguardam esse instante, sentindo o crescer dessa vontade, como uma comichão de pequenos pensamentos no pensamento. Então, como se atravessasse uma fronteira invisível, a primeira descrição de Marco Polo.

As cidades e os sinais

Poucos poderão entender tão bem como tu, sábio Kublai, o valor que tem o tempo. Da passagem dos minutos depende a felicidade ou a infelicidade das horas. Da passagem dos dias depende o sucesso da vida inteira. Por isso te quero falar de Paraty, a cidade onde o tempo é atrasado por ruas de pedras irregulares. Há muito que a população conhece as garras com que o tempo caminha pelas ruas de todas as cidades. Há muitos séculos, era também assim em Paraty. Grandes são aqueles que aprendem. Não passaram muitos anos de destruição até que a população começasse a escolher as pedras mais fortes e mais disformes da montanha e começasse a dispô-las por todas as ruas da cidade, utilizando uma lógica única, calculada por equações secretas e variáveis de peso e forma e medida.

Hoje, como desde há muitos séculos, o tempo precisa de parar antes de entrar em Paraty. Escolhe com cuidado cada passo porque se correr, como costuma, o mais certo será cair passados poucos metros, derrubado pela forma inesperada de uma pedra demasiado redonda ou de outra pedra demasiado alta. O viajante que chega a Paraty surpreende-se com a visão do tempo, caminhando devagar pelas ruas, com passos medidos de bailarina, escolhendo as pedras que pisa.

Em Paraty, o tempo envelheceu e perdeu toda a crueldade. As crianças brincam à sua volta. As mulheres dão-lhe o braço e ajudam-no a atravessar a rua. Os mais velhos sentam-se ao lado dele nos bancos da praça.

As cidades e o desejo

Quem chegue sem aviso acredita durante os primeiros instantes que não são os seus olhos que veem as imagens que se erguem diante de si, mas que a sua imaginação encontrou maneira de emprestar delírios ao mundo. Na cidade de Paraty, cada uma das mil vezes mil vezes mil pessoas que caminham pelas ruas e pelas pontes leva debaixo do braço um livro, onde está contida a história longa, palavra por palavra, do seu desejo.

Homens com barba, mulheres lindas e crianças-crianças folheiam páginas para se descobrirem a si próprios, contados por palavras escritas em lugares misteriosos e concretos por mãos misteriosas e concretas. São livros de palavras como espelhos. São livros de palavras como as águas do rio de manhã, quando homens, mulheres e crianças se inclinam sobre o seu reflexo para descobrirem todos os dias o seu rosto.

As cidades e os olhos

Entre a população que enche as praças e as ruas enfeitadas de cores, há homens e mulheres separados. Caminham sobre os olhares e só muito lentamente percebem que Paraty é a sua cidade. Chegaram há poucos dias e só muito lentamente perceberam que nasceram sempre ali. À chegada, nas maletas, traziam livros e pedaços de paisagem. Procuraram uma pousada entre as casas brancas da cidade e, no quarto, quando os barulhos de Paraty entravam apenas pela janela de guilhotina, abriram a mala e viram que estava vazia porque os seus livros e os seus sonhos e as suas memórias tinham chegado antes deles às ruas da cidade e subiam, como fumo, como vapor, para o céu.

Aos poucos, esses homens e essas mulheres separados percebem que fazem parte dos olhares que os veem. Afinal, não estão separados. Nunca estiveram. E mesmo que tenham de partir de novo, mesmo que tenham de chegar muitas vezes, sabem agora que os seus livros passados e futuros existirão sempre e apenas em Paraty.

Mesmo que tenham de partir, nunca partirão realmente.

As cidades contínuas

Todos os dias, a maré sobe e avança livre pelas ruas. A água passa pelas pedras como a consciência passa pelos gestos. Quem vive em Paraty conhece a maré que se aproxima dos pés como se viesse falar de ternura e de vida.

Todos os dias, as águas trazem uma pele nova e mais limpa à cidade. Ao acordar, na sombra fresca das árvores, no fundo branco das paredes, quem vive em Paraty vê uma cidade nova.

Todos os dias, Paraty renasce.

As cidades e os nomes

Poderia agora contar-te como existe uma cidade com um rio que tem duas margens. Em Paraty, há um rio com pontes sempre cheias de pessoas a passarem para um lado e para o outro. Quem está num lado pensa que também gostava de estar no outro. Por isso, existem barcos e pontes constantemente atravessadas.

Numa das margens, existem homens e mulheres que têm palavras. À sua frente, centenas de pessoas, como tu, nobre Kublai, sentam-se a ouvir o significado mais profundo dessas palavras. Em cada palavra, mil cidades. Na outra margem, telas refletem o rosto dos homens e das mulheres que têm palavras, altifalantes repetem as suas palavras e são ainda mais centenas de pessoas que ouvem e que, dentro de si, constroem novas cidades.

É assim que Paraty se multiplica pelo infinito. O rio é feito de palavras líquidas que escorreram de uma e de outra margem. Ao atravessá-lo, as pessoas transportam palavras e muitas cidades dentro de si. As duas margens são como dois espelhos a refletirem-se mutuamente por todo o infinito, através de toda a eternidade.

As cidades e as trocas

Em Paraty, as pessoas trocam-se umas pelas outras. Passa uma mulher e troca-se pelo olhar de uma criança que brinca na praça. Passa um homem que encontra outro homem e, quando se separam, saem com o rosto e as palavras um do outro. Passa um homem que se troca por uma mulher que se trocou por uma criança que se trocou por um pedaço de céu que se trocou por palavras e livros que se trocaram por um instante completo e estruturado pelo encontro verdadeiro de um homem que se trocou por uma mulher que se trocou por um homem que se trocou por outro homem e assim sucessivamente.

Diante do trono de Kublai Khan, Marco Polo desprende o silêncio. Nesse mesmo instante, o silêncio enche a sala, toca todos os azulejos.
É um gesto de Grão Kublai que atravessa o silêncio e que estende sobre o seu colo o mapa da cidade que acabou de conhecer. Os seus dedos seguem linhas retas como estradas, linhas irregulares como rios, pontos como cidades.
E, sem que Kublai lhe tenha feito qualquer pergunta, Marco Polo responde:
— Não, senhor, todos os atlas são inúteis. Não há cartógrafo suficientemente prodigioso que consiga traçar todos os caminhos de uma cidade assim. O mapa mais exato é a nossa pele. É nessa superfície que temos rios e pontes e ruas de pedras e casas pintadas de branco e rostos e palavras: palavras: palavras que ferem, que apaziguam, que multiplicam.
Kublai Khan levantou o olhar na direção de Marco Polo e, através do silêncio que regressou, percebeu a memória das suas palavras e encontrou, finalmente, a paz.

Cuiabá

Tanto calor. Ao anoitecer e de madrugada, durante todo o dia e durante toda a noite, o calor embacia o ar e mesmo as cores das casas ou dos carros não são formas marcadas por contornos, são manchas garridas que talvez se evaporem da terra e que se agitam com a imprecisão de rostos a sucederem-se nos passeios. Igualmente vagos, existem homens de chinelos encostados a carros de vender pipocas, rapazes sentados em caixas de engraxar sapatos. Não adianta fugir do sol ou procurar uma sombra porque não existe sol e não existem sombras. Toda a gente sabe que, atrás das nuvens, existe um sol grandioso e imenso, como um mundo a nascer, mas ninguém o pode distinguir. As nuvens que o protegem, que o aumentam e que o tornam uniforme sobre toda a cidade são uma faixa branca que cobre o céu. E não existem sombras. A luz é a mesma por baixo das árvores e no meio das estradas, entre os carros que passam. A luz é a mesma sob o tamanho dos edifícios e na saída da cidade, nas planícies de terra, entre os arbustos à altura do tornozelo. O calor ferve o ar que respiramos e, da maneira que nos envolve a pele, entra em nós e toca o sangue nas veias, atravessa as passagens ínfimas entre os músculos e ocupa cada espaço livre e ocupa o lugar de tudo o que existe no nosso interior. Como os edifícios de janelas que se erguem para o céu, como os carros constantes em todas as direções das estradas, como as árvores espetadas na terra por mil raízes, como as pedras a arderem dispostas nos passeios, o calor. Como o motor permanente que se ouve sob as palavras que se podem dizer, permanente sob todas as formas de vida, respiração de um monstro ou de um deus de fogo, o calor.

É o centro da tarde na feira do livro. No teto, existem canos e chuveiros que lançam água que seca antes de chegar ao chão. A água dissolve-se no ar. Transforma-se em qualquer coisa invisível. Ordenadamente, começam a chegar alunos de muitos liceus. Primeiro, multidões de rapazes e raparigas, manchas de corpos vestidos com uniformes brancos, amarelos, verdes, azuis, que se movem, que se afastam e aproximam, que se contraem e dilatam, segurando livros por momentos, apontando e falando sobre três ou quatro assuntos diferentes. Depois, explodem uniformes por toda a extensão da feira do livro: passa uma rapariga de uniforme amarelo ao lado de duas raparigas de uniforme verde, um rapaz de uniforme branco com alguns rapazes de uniforme verde e azul, rapazes e raparigas de uniformes de todas as cores com rapazes e raparigas de uniformes de todas as cores. Atravessando essa vida, da mesma maneira que atravessariam uma chuva de papéis coloridos, passam homens e mulheres que distinguem livros ao longe, que caminham na sua direção e que se emocionam secretamente no momento em que as suas mãos lhes sentem o peso e, devagar, passam uma página. É então que desaparecem dentro das palavras. Mergulham no seu interior e transformam-se em olhares submersos que deixam de distinguir o tempo e o calor. É assim que um homem sozinho se perde. Nas suas mãos, dentro das palavras, existe outro calor. Mais asfixiante e, ao mesmo tempo, mais límpido.

A poucos metros, com os cotovelos sobre uma mesa, sozinho e sentado, está o homem, camisa e bigode, cabelos brancos, o homem e as mãos que um dia escreveram as palavras daquele livro. Manoel de Barros. Há tantos anos, em Cuiabá, estava este calor no dia em que nasceu. Quem o veja de onde estou poderia imaginar que recorda ainda esse calor. Todos os homens nascem um dia. Manoel de Barros, em silêncio, atravessado por grupos de alunos de uniforme, sobre um fundo de capas de livros esbatidas pelo calor, coberto por um teto de esguichos de água que desaparecem no ar, é um homem entre todos os que nasceram um dia. Por detrás dos óculos, os seus olhos veem. Universos de palavras nunca ditas repetem versos infinitos que se estendem e que, como água lançada do teto sobre o calor, desaparecem dentro de si. Por detrás dos seus óculos, Cuiabá é outra cidade. Todo o estado do Mato Grosso é uma construção de pó soprada no ar. Existe um outro Brasil, inventado com outro mapa, mais asfixiante e, ao mesmo tempo, mais límpido.

Ao longe, também eu estou sentado. À minha volta, pedaços de Portugal afixados em cartazes, azulejos. O calor cobre livros onde está escrita a palavra Portugal. Nítida, uma aluna, morena, cabelos negros e compridos, de uniforme amarelo, aproxima-se e pergunta-me: "Moço, você é português?" Sem palavras, respondo que sim. "Diga qualquer coisa para eu ouvir como é que você fala." Não sei o que dizer, mas digo qualquer coisa. "Ora, você está falando igual; diga qualquer coisa diferente." Falo e falo para dizer que falamos a mesma língua e que acredito lentamente que são as palavras que nos tornam mais iguais. É nas palavras que nos encontramos. Digo-lhe que, em Portugal, em qualquer cidade do interior, poderia haver uma rapariga quase igual a ela a fazer as mesmas perguntas a um homem brasileiro, quase igual a mim, que lhe daria as mesmas respostas. Não sei se o seu sorriso é satisfeito ou decepcionado quando se despede. Às vezes, sei pouco e nunca quero parecer que sei mais do que sei realmente. Agora, neste momento assinalado, sei, sei mesmo, que é o centro da tarde na feira do livro, Manoel de Barros continua sozinho e sentado, alunos de vários liceus de Cuiabá misturam-se com livros, homens e mulheres misturam-se com livros, água lançada do teto dissolve-se no ar e as cores todas, capas de livros, paredes de edifícios, carros, as letras da palavra Portugal, as letras da palavra Brasil, são manchas indistintas, embaciadas, garridas, que talvez se evaporem da terra e que se agitam diante dos meus olhos, sob o calor. Tanto calor.

Zé Luís ama Clarice

Amo-a. Poderia tentar palavras, substantivos, adjetivos, que tornassem mais compreensível aquilo que sinto por ela, mas não acredito que conseguisse encontrar nenhuma palavra mais próxima desta leve nebulosa que me cobre os gestos, o olhar e todas as palavras que consigo dizer para falar dela ou para me lembrar dela ou para fazê-la existir um pouco mais ao meu lado. É um amor claro e bom. Pensar nela é sentir um dia que nasce dentro de mim e que me anima de toda a claridade possível. Pensar nela é um sorriso. A palavra "inalcançável" não me magoa. Basta-me saber que existe. Sinto uma felicidade imensa por saber que, em mim, existe uma invenção bonita da pessoa concreta que existia e que se chamava Clarice. É claro, bom e verdadeiro o amor que sinto por Clarice Lispector.

 É inocente o amor que sinto por Clarice Lispector. Posso estar em qualquer lugar, parado no trânsito, repartição de finanças, prisão, e basta lembrar-me da voz que ouço nas suas palavras para estar na beira de um rio que passa sereno, a grandiosidade simples daquilo que é genuíno, a matemática suave e fresca de uma catedral desenhada no horizonte, lá longe, mármore dissolvido no ar. Como se não servisse de nada a distância entre aqueles que escrevem e aqueles que leem, entre aqueles que morrem e aqueles que continuam aqui, arrastando dúvidas, sinto amor e respeito quando a música das palavras de Clarice é um ciclone dentro de mim. Não me destrói porque eu próprio sou transformado nessa força de vento, túneis invisíveis, mãos invisíveis. Nesses momentos, entrego-me apenas a acreditar que tudo o que entendo é verdadeiro. E entendo simplicidade e, não há outra palavra, pureza e, não há outra palavra, delicadeza. Palavras, como um véu transparente sobre o mundo, a mostrar com nitidez as cores genuínas que a realidade distorce. É assim que aceito a ilusão de conhecê-la melhor do que conheço as pessoas que vivem no meu prédio, com quem me cruzo muitas vezes, a quem cumprimento ocasionalmente e que nunca olho nos olhos. É assim que fixo Clarice nos olhos e lhe digo, e digo a mim próprio, que uma parte de mim nasceu na Ucrânia em 1920. E seguro os seus livros como se segurasse a sua mão. O toque elegante dos seus dedos.

E, quando seguro os livros de Clarice, sei que fui criança no Recife, sei que hoje sou muito velho no Rio de Janeiro. Em momentos indistintos, linhas misturadas, encontro rostos em mim e quase compreendo que sou o pai da menina da fotografia que, com nove anos, veste luto pela mãe e, no jardim, pousa a mão sobre o muro de pedra do lago, águas negras, e tenta sorrir, e as árvores lá atrás, as árvores suspendem a respiração; quase compreendo que sou o pretendente mais tímido e mais secreto da rapariga de unhas pintadas, anel, de lábios pintados e perfeitos, que me olha decidida desde a fotografia de formatura na Faculdade de Direito, que assusta e fascina com a força das suas certezas; sou o homem anônimo, aquele em que ninguém repara e que fica imóvel, silencioso, no momento em que, na fotografia, passa a mulher indizível que segura uma criança nos braços; sou o filho da senhora da fotografia que está sentada no sofá de uma sala, o Rio de Janeiro entra transformado em luz pela janela, e equilibra sobre as pernas uma máquina de escrever, e equilibra nos lábios um sorriso brando, e os seus olhos têm a forma recortada de quem olha apenas com simplicidade e pureza e delicadeza. Esta palavra partida: de: esta palavra feita de ar: li: esta palavra feita de brisa: ca: esta palavra lenta: de: esta palavra límpida: za. Então, como uma espiral, imagino a partir das palavras que imagino das palavras dela. Distancio-me cada vez mais para tentar encontrar-lhe um significado ainda mais último. Em algum momento, tarde ou cedo, encontro a palavra "amor" como um muro. Essa é a última palavra por trás de todas as outras.

Amo-a. Converso em silêncio comigo próprio, espero entre multidões de indivíduos silenciosos que esperam para atravessar, atravesso ruas e procuro-a dentro de mim. Encontro-a quando estou sozinho. Às vezes, é ela que vem ter comigo. A sua voz chama-me com palavras que não são o meu nome. Eu conhecia a sua voz antes de tê-la ouvido. Conheci a sua voz em páginas. A pronúncia das palavras entendida pela escolha das palavras. Às vezes, também sozinho, sinto que talvez não a conheça completamente. Esse é um pensamento mau e gelado, como uma lâmina rente aos ossos, como um guincho estridente de metal. Essas são as horas em que deixo de saber muitas coisas que, noutras ocasiões, são evidentes como a terra, as árvores ou as rochas. Não chega a ser uma angústia. Não tem esse tamanho porque, depois de um pensamento, fico tranquilo e sei que a Clarice que conheço tem de existir porque existe para mim. Não é a lonjura dos seus mistérios que é importante. Todos temos uma noite para lá de nós, uma noite cega. É a sua imagem concreta a partir da imagem vaga, embaciada pela memória e misturada comigo, que me importa. É a imagem que tenho que me importa.

Amo-a. Talvez por isso, em certos dias, quando consigo ficar sozinho, sentado num banco de jardim, passeamos juntos. Temos muito para dizer um ao outro, mas escolhemos caminhar em silêncio. E paramos. Fechamos os olhos e ficamos, lado a lado, apenas sentindo a presença um do outro, apenas escutando a respiração do outro em todos os sons da natureza e da cidade. É quase sempre fim de tarde. E, mais do que uma vez, desejei ver em muros, entre as palavras com que os alunos dos liceus escrevem a caligrafia da sua inocência, os nossos nomes juntos: "Zé Luís ama Clarice". Como uma promessa de eternidade para aquilo que todos sabem perdido, exceto nós. Como uma imagem concreta daquilo que todos sabem impossível, exceto nós. Como uma prova em que ninguém acredita, exceto nós.

A paixão segundo
(A partir do início de *A paixão segundo G.H.*, de Clarice Lispector)

Encontrei, encontrei. Tudo o que me faltava entender transformou-se em vidro súbito, quanta transparência. Aquilo que vivi é um presente embrulhado em palavras, nitidez de um lado e de outro, caminho até ao centro de alguma coisa ou de alguém, eu. Aquilo que vivi é a oferta única de um sorriso que não precisa de explicação. O hábito de objetos como este que carrego na pele, no desprendimento da pele, é serem respirados. São leves e transparentes, como as certezas de uma menina, como? Uma menina, sim, eu chamada por um nome ligeiro, um hálito fresco, pronto a ser respirado, organizado pela satisfação inquieta do tempo, da idade, organização boa daquilo que vivi, pronto a ser entregue em mãos estendidas, palmas das mãos que merecem o mundo que fui capaz de viver, descodificar e que me viveu e me descodificou a mim.

Mas eu confio nas pontas de sensibilidade que me crescem da aura, meu contorno. São elas que tocam na superfície dos materiais e a transmitem ao meu modo, fazendo-o quase infinito de tão grande. Um, uma, unidade compacta, o mundo feito de mim e vice-versa.

Encontrei a ligação entre tudo o que já possuía, envolvia-me, era-me essencial e, no entanto, só depois dessa ligação ganhou incomparável sentido. De uma vez, por uma vez, caminhava sem perder um detalhe da estrada, duas pernas a alternarem-se como se fossem a mesma perna a ir e a vir, passos alternados de uma perna que mantém a sua sensibilidade ao ar, à temperatura e, ainda, a tudo o que é constante para lá do tempo, para lá das pequenas misérias, fúteis, minúsculas, chuva de pequenos grãos de pó a tocarem o solo, o chão, exatamente como a minha pele, o chão a ser a ligação, eu a ser a única distância, eu aqui, sempre aqui, a encontrar-me por fim.

A ordem justa, como é correta, traz-me muito mais do que pensei alcançar. Nenhuma pergunta sem resposta. E esta coragem que sempre conheci, feita de silêncio familiar, de fresco familiar, esta coragem espalhada sobre as cores — o mundo com as suas cores, os seus verdes, os seus azuis, e este conforto estendido sobre esses tons, a espreguiçar-se numa expressão longa, feita de sábados de manhã. Quero lançar-me e planar na certeza de que a ausência de palavras é, em si própria, uma palavra significante, um modo de ser inteira. Ao fazê-lo, regressarei ao tão bom, à razão perfeita de tudo o que nem sequer precisei de procurar. Nasci com esse dom, graça tamanha, bênção de prata. Como uma organização meticulosa, arquivada e a necessidade capacitada de caminhar. Nenhuma pergunta sem resposta? Sim, nenhuma pergunta sem resposta. Toda a liberdade.

Sim. Sinto cada sílaba. Enquanto penso, imagino novas ideias, soltando--me dentro delas, mergulhando. Entro num túnel e, lá ao fundo, a sua luz é claramente uma saída, mas a escuridão que me envolve é, também ela, uma possibilidade. Entro e sei que vou sair, seja qual for a direção que escolha, irei sair e, sem nenhuma dúvida, será para melhor, ainda melhor, sempre melhor. Mais do bom, menos do mau. Sempre foi assim, sempre segui essa maré.

Ontem, no entanto, excedi mais ainda a forma humana da minha sombra, tornei-me mais cheia de detalhe, mais milimétrica. E não preciso de coragem para continuar na ordem que sempre me constituiu, para permanecer. Assim, sei-me destemida, sôfrega, sem precisar de mais garantias do que aquelas que me são dadas pelo momento presente, pela satisfação do ontem e, claro, pelo amanhã, conhecido e desconhecido, eleito e brilhante. Abro os braços e recebo a vantagem de ser, inundo-me com ela, encho-me da sua forma. Este é o hemisfério da vida, não poderia escolher o outro — chegará, mas não será hoje. Aqui, vou vivendo, vou crescendo, organizadamente.

E, no entanto, é sempre a confirmação esperada de uma surpresa boa. Recebo sempre mais do que espero — e espero muito. A primeira surpresa é desconhecer a desilusão. Talvez a desilusão seja o medo de não pertencer mais a um sistema. Talvez a desilusão seja um oceano à volta e a necessidade de nadar. Mas um nadador deseja sempre água, sonha com oceanos. Nos seus símbolos interiores, um nadador sabe que a vida é um oceano. Para um nadador, a felicidade é líquida, o afogamento é incompreensível. O nadador aspira à diluição. O que eu era antes era-me bom. Esse bom transformou-se em melhor, a caminho de ótimo. Antevejo futuro em cada ínfimo que me cerca, os ângulos mostram positivo, muito doce. Se eu lhes tocar com a minha pele, sei que me vão acariciar, confortar. Esse é o acaso feito do que sei. Sem qualquer risco. Substituo a probabilidade pelo destino.

Todas as descobertas da infância, no laboratório dos oito anos, dez anos, foram a descoberta do que precisava achar. Encontrei aquilo que era certo, que se adequava a cada ponto da idade e, mesmo, a cada hora do dia. Como criança eu corria, como adulta corro mais ainda, avanço dentro de mim — galáxia —, nado dentro de mim — oceano —, perco-me por vontade, presa, aterradora, contente, sonsa, inquieta, feliz, habituada. E, latejando, acredito que latejar é ser uma pessoa. É? É.

Oração por Aníbal

A baronesa tem castiçais de cobre com cães esculpidos na base. Todos os objetos da casa são antigos. Para encontrar alguma coisa que seja vagamente atual, é preciso ir à cozinha e abrir os armários. Aí, talvez seja possível encontrar uma caixa de flocos de cereais que tenha sido comprada no pequeno supermercado da vila, a três ou quatro quilômetros. Naturalmente que essa caixa, a existir, será um objeto estranho, descontextualizado. Como um soldado romano com relógio de pulso num daqueles filmes bíblicos que passam na televisão (Natal ou Páscoa). Esta é uma mansão aristocrática na Toscana. A torre é do século XV. No seu último andar, Bruce Chatwin recolheu-se para escrever vários dos seus livros de viagens. Aqui, só há objetos que tenham sido utilizados por várias gerações, que tenham sido preciosos em algum momento e que, agora, são velhos e aguardam um futuro incerto.

A baronesa é bastante simpática. Se forem do gênero de guardar ressentimentos contra a aristocracia, peço-vos que não o façam em relação a esta baronesa em particular. É italiana e tem o cabelo fraco e despenteado. Há vários pontos da sua cabeça que não são completamente cobertos por aquela cabeleira feita de tufos brancos e de abertas. Esse cabelo irregular dá-lhe, por aproximação, um aspecto de ave. Existe uma raça de galinhas sem crista e sem penas no pescoço e na cabeça que tem alguma relação com o seu perfil. Os olhos da baronesa são claros e brilhantes. Num rosto jovem, devem ter sido apontados centenas de vezes como o principal motivo da beleza. Não me admiraria se soubesse que foram citados em cartas de namoro ou em poemas, onde se comparavam, certamente, a pedras preciosas. Hoje, essa comparação poderia continuar a ser atual, mas teria de ser adaptada. Os movimentos da baronesa são ligeiros, guarda a elegância. É uma baronesa em vários sentidos. As suas palavras e a sua voz possuem extrema sabedoria na forma como gerem o tempo, o veludo do tempo. Por vezes, há pormenores de que se esquece, há informações que confunde, mas esses pequenos instantes dão-lhe uma graça suplementar, fazem-na ainda mais simpática porque a carregam de volta à sua extrema humanidade. Gosto de ficar sentado a ouvi-la. De fixá-la nos olhos e de ouvi-la. É nítido que ela também gosta que a oiça. Conta histórias de Milão, fala de quando conheceu o Picasso e, com frequência, diz que é excêntrica. Até agora, ainda não lhe notei nenhuma excentricidade. Gosta de imaginar-se como excêntrica. Pode fazê-lo. Esse é um detalhe que não incomoda ninguém.

Pela casa, há fotografias da baronesa quando era mais nova. Esta é uma casa onde se vive o passado. Existem também fotografias e mesmo pinturas dos vários cães, passados e presentes. Os cães são apresentados muito antes das empregadas. As empregadas nunca chegam a ser apresentadas. São do Sri Lanka e é difícil comunicar com elas. Os cães sentam-se sobre os nossos pés e são tranquilos, são agradáveis. Têm um sentido preciso do que podem e não podem fazer. São como crianças bem-educadas, que não ultrapassam certas fronteiras de civilidade mas que, ao mesmo tempo, são crianças. Entre estes, há um cão pequenino, de raça, para o qual, no fim das refeições, a baronesa corta tiras muito finas de pera, como papel. Ele mastiga-as e não consegue manter a língua dentro da boca. Os outros cães parecem anestesiados. As suas pálpebras são muito pesadas. Mas, chamei-vos aqui hoje para falar-vos especificamente do Aníbal.

Aníbal é um jovem pastor-alemão. Logo desde a primeira vez que o vi, notei que o estavam a tratar de maneira diferente. Não lhe era dada a mesma confiança que aos outros cães. Recebia uma certa frieza. Por contraste, Aníbal era o mais entusiasta de todos. Enquanto que os outros cães se aproximavam devagar, de cabeça baixa para receber festas. Aníbal vinha aos saltos. Saltava para cima de qualquer pessoa, indiscriminadamente, e, porque queria brincar, dava pequenas dentadas e lambidelas. No entanto, Aníbal sendo um pastor-alemão, ainda que jovem, é já bastante grande e as pessoas não gostam que ele lhes ponha as patas em cima. Estão sujas de lama ou molhadas. Além disso, as suas pequenas dentadas já rasgaram uma camisa do poeta Robin. Quanto às lambidelas, uma é suficiente para encharcar as calças de um líquido grosso: saliva de cão. Aníbal não entra em casa e, assim que saímos, corre para cima de nós, carente. Abana muito a cauda. A baronesa contou-me que Aníbal não vai ficar aqui. Na próxima oportunidade, a pessoa que o trouxe irá levá-lo de volta.

Aníbal não terá direito a fotografias nas paredes da casa. Não terá direito a uma campa como aquelas que existem no fundo do jardim, que têm as datas de nascimento, de morte e uma frase sobre cães de nome Laszlo, Catherina, etc. Não se sabe aquilo a que Aníbal terá direito. O seu futuro é incerto. Mais tarde, na confusão das suas memórias, irá talvez manter alguma imagem da passagem por este lugar de jardins parados e de musgo. Ignorante disto, é evidente a felicidade de Aníbal quando vê alguém, qualquer pessoa, e, num sobressalto, se lança na sua direção. O seu pelo é grosso. Os seus olhos são castanhos e doces. Chamei-vos hoje aqui para partilharmos uma qualquer espécie de sentimento coletivo acerca do destino incerto de Aníbal. Na ordem do mundo, talvez esta nossa união invisível o possa ajudar a prosseguir num caminho onde encontre sorte, aceitação e boa vontade. Reflitamos sobre isto por um instante.

Porque ele ainda está aqui, vou agora terminar este texto, vou procurá-lo, não será difícil, e vou fazer-lhe uma festa por todos nós.

Fora de formato

1 cão para Nova Iorque

Estávamos na Toscana. As refeições eram servidas a horas certas, havia uma empregada do Sri Lanka que nos apresentava a travessa pela esquerda para que nos servíssemos. Era o início da primavera, como agora. Ao serão, quando ficávamos a conversar, os cães vinham encostar-se às nossas pernas. Durante o dia, dormiam ou deixavam-se atravessar pela natureza, que estava em todo o lado. Também nós podíamos refletir e, quando nos sentávamos frente à paisagem, imaginávamos longos passeios de mãos dadas. Se baixávamos as pálpebras, para sentir a luz, havia um pastor-alemão de nove ou dez meses que nos saltava para cima, que nos mordia as mangas da camisa e que nos lambia as mãos com saliva espessa. Nós ríamo-nos. Eu olhava para ti, tu olhavas para mim, encolhíamos os ombros e ríamo-nos. Mas eles ficavam sérios, zangavam-se e falavam em italiano como se afiassem tesouras. Quando a dona da casa me contou que ia oferecer o cão a um escritor americano, contou duas vezes seguidas a história de como o cão caiu para dentro da piscina e o escritor americano mergulhou, vestido, para salvá-lo. Alguém tinha de levar o pastor-alemão até Nova Iorque. Ofereci-me e, dois dias depois, cheguei ao aeroporto de Florença no carro velho do jardineiro. Ao abrir a porta, o cão saltou para o parque de estacionamento, a abanar a cauda, sem conter pequenas poças de xixi. Então, eu e o jardineiro colocamo-lo na caixa onde iria viajar. Pousamo-la em cima de um carrinho de aeroporto e fui preencher papéis, mostrar o passaporte e não me perder. Durante as horas da viagem, entre tentar ler, tentar comer e tentar dormir, pensei nele. No aeroporto em Nova Iorque, quando consegui sair do avião, mostrar o passaporte e olhar o polícia nos olhos, esperei o cão junto das bagagens fora de formato. Quando chegou, abri a porta da caixa e enfiei a cabeça lá dentro para nos abraçarmos. O escritor americano estava à nossa espera com um papel que tinha escrito o nome do cão: Aníbal. Nessa noite, jantamos na casa da mãe do escritor em Queens. Dormi no sofá. Acordei com o cão a lamber-me a cara. O pai do escritor contou-me a forma como em dois verões as térmitas são capazes de destruir uma casa inteira. Almoçamos e foram levar-me ao aeroporto. Tinha de voltar para Florença.

Pedras para a barragem da Fonte da Moura

Quando eu era pequeno e ia pescar para a Fonte da Moura, passava horas a atirar pedras para dentro da barragem. Antes de lançar cada uma, olhava-a e pensava que, durante o tempo da minha vida, aquela pedra não iria voltar a ver as margens da barragem. O destino daquela pedra seria alterado para sempre. Então, despedia-me dela e lançava-a com toda a minha força.

1 mesa e 4 cadeiras para Sófia

Ainda não me conhecias. Não sei se teriam começado já os anos oitenta. Estavas em Cabul com uma pessoa que amavas e que seguias para qualquer lugar. Não sei muito acerca dessa viagem. Sei aquilo que vi fugazmente nas fotografias que guardas no armário do escritório. Nunca me parei a olhar para elas, apenas as vi a serem passadas nas tuas mãos, a grande velocidade. Sei também o que contaste nas poucas vezes que o assunto veio a propósito: o abismo entre o Irão e o Afeganistão. As diferenças entre pessoas, vida e cores, separadas por poucos quilômetros e por uma fronteira. Eras muito mais nova e, talvez num mercado, apaixonaste-te por uma mesa e um conjunto de cadeiras que tinhas de comprar para a tua irmã. A tua irmã estava a terminar o curso de medicina veterinária em Sófia e, nesse verão, ia casar-se com um búlgaro. Segundo creio, a mobília foi transportada às costas por vários homens e, depois, expedida por barco. Não sei em que porto europeu desembarcou e quem a levou para Sófia. Sei que a mesa e as cadeiras chegaram lá. Hoje, a tua irmã já tem uma filha de doze anos e está casada com o pai dela, que se chama Zé Pedro e é português. Afinal, o noivo búlgaro da tua irmã já era casado. Nesse ano, a tua irmã passou o mês de julho a chorar. A mesa e as cadeiras, no entanto, ficaram em Sófia. A tua irmã não queria olhar para nada que a recordasse do desgosto que tinha tido.

3 fatos para Aberdeen

Ainda não te conhecia. Estava sozinho em Londres e, num pub, tinha acabado de apertar a mão ao RR. Foi-me apresentado por alguém que já esqueci. Na época, o RR poderia ter sido pouco mais do que uma espécie de "conhecido de um conhecido", mas existiu uma empatia imediata e creio que foi a força dessa ligação, a sua verdade, que fez com que nos encontrássemos logo no dia seguinte, que fez com que, ainda hoje, quando recebo um telefonema de Inglaterra, haja dois terços de possibilidades que seja o RR. Nessa época ele ainda não se tinha casado e, consequentemente, ainda não se tinha divorciado. Ou seja, a sua ex-mulher era a sua futura mulher. Trabalhavam os dois em editoras de livros, ainda trabalham. Ela tinha assuntos que precisavam de ser tratados com a viúva do T. S. Eliot e, numa tarde, quando ia a chegar a casa da Mrs. Eliot, reparou que havia vários fatos completos no lixo, mesmo à frente da casa. Perguntou-lhe e, sim, é verdade, eram fatos do T. S. Eliot. A futura ex-mulher do RR perguntou-lhe se podia levá-los, a viúva do T. S. Eliot disse-lhe imediatamente que sim, que não os queria, que ninguém os queria. Enganava-se. Assisti ainda a um resto da incandescência dos olhos do RR no momento em que me deu a notícia de que tinha recebido os fatos como presente de aniversário de namoro, seis semanas. Estávamos na casa dele em Clapham Junction e, claro, experimentámos os fatos. Ficavam bastante largos, mas, ainda assim, a emoção de vesti-los fazia todo o sentido naquele momento. Na semana seguinte, quando o RR levou os fatos para a casa da mãe em Aberdeen, fui com ele. Tinha vontade de sair de Londres, de espairecer um pouco. Dobrámos os fatos e fizemos um embrulho para cada um deles. Como eu não tinha quase nada para levar, foram na minha mochila.

1 bateria para Helsínquia

Já sabes que o Mike não tem qualquer dificuldade em desmontar a bateria, guardar os pratos, os bombos, as tarolas, os timbalões, e enviá-la para Helsínquia ou para onde quer que seja. O Mike demora entre quinze a vinte minutos a desmontar a bateria inteira e a prepará-la para viajar.

1 trampolim para Lisboa

O trampolim tem dois metros e meio de diâmetro. Descalço-me para subir com a ajuda de uma cadeira. Eu costumo chamar-lhe "cama elástica", mas aqui a maioria das pessoas chama-lhe "trampolim". No centro, tem uma estrela. Quando salto, faço pontaria para lhe acertar. Nem sempre consigo. Assim que começo, exatamente desde o primeiro salto, começo também a rir-me sem qualquer controlo. É o contrário absoluto de chorar convulsivamente. É rir convulsivamente. Aqui na Toscana, o céu é muito alto e, apesar das árvores, apesar dos ramos que se agarram às casas e aos troncos, apesar dos pássaros que deslizam, que traçam quedas no céu, não há perigo de bater com a cabeça em nada. A dona do trampolim chama-se Brigida. E bastou-lhe testemunhar uma única exibição minha para mo querer oferecer. Não quis aceitar, fui educado assim. Explicou-me que não fazia mal, que nunca o utiliza, que apenas ficou com ele porque sobrou de uma sessão fotográfica, explicou-me que ninguém tinha espaço para ele e que os que tinham não o queriam. Disse-me que os meus filhos iriam gostar, e acertou. Os meus filhos iriam adorar. E foi assim que cheguei a esta situação. Agora tenho um trampolim de dois metros e meio de diâmetro para levar para Lisboa. Ainda tenho de perceber como vou desmontá-lo, embalá-lo e transportá-lo. Mas não faz mal, o mais difícil já foi feito, a decisão já foi tomada.

A corte no Rio

A baronesa desaprova a maneira como os brasileiros se vestem. Horroriza-se com o número de homens em tronco nu. A baronesa diz que os brasileiros vêm para a rua com a mesma roupa com que saem da cama. E não é uma questão de rendimentos, diz ela, porque, em Itália, até as pessoas mais modestas fazem questão de se vestir com brio.

Se a baronesa achar que alguma coisa é para um lado e passar por um sinal a indicar que é para o outro, a baronesa determina imediatamente que o sinal está errado. A baronesa tem um excelente sentido de orientação. Se achar que alguma coisa é de uma maneira e eu lhe mostrar um livro a dizer que é de outra, ela, numa frase, contradiz o livro e não deixa espaço para contestação. A baronesa acredita que o mundo está cheio de livros com gralhas.

Duzentos anos após a chegada de D. João VI ao Rio de Janeiro, eu e a baronesa caminhamos pela Avenida Nossa Senhora de Copacabana. Procuramos um banco. Não um banco qualquer, mas o banco x, tem de ser o banco x. Quem a aconselhou mencionou o nome do banco x e, por esse único motivo, tem de ser o banco x. Num tom de exigência, a baronesa pergunta-me várias vezes onde está o banco e quanto falta para chegarmos. Tento explicar-lhe que, pela indicação dada no hotel, ainda faltam alguns quarteirões. A baronesa não quer ouvir essas palavras, está impaciente, escolhe a primeira pessoa e obriga-me a perguntar onde é o banco. A pessoa não sabe. A baronesa olha-me de um modo que põe em dúvida a minha tradução e que certifica a minha total incompetência. Quem a aconselhou disse-lhe que há bancos x em toda a parte, por isso ela não entende. A custo, chegamos ao banco. Há que convencer a baronesa a respeitar as filas. Ao chegar a nossa vez, passamos uma hora a ser atendidos.

Com apenas outro balcão a escoar clientes, a fila atrás de nós aumenta, duplica. Chegamos ao hotel quase três horas depois de termos saído para procurar o banco. Na recepção, a baronesa informa-me de quando vai querer sair de novo e vira-me as costas. Não agradece. A baronesa nunca agradece.

Eu sou um escritor e foi nessa condição que conheci a baronesa há alguns meses. No entanto, quando ela me apresenta a alguém, mesmo que seja alguém que acabou de conhecer, diz que sou "o jovem que a acompanha". Depois, por eu ter dois filhos de mães diferentes, diz às pessoas que eu tenho duas mulheres e solta um risinho. As pessoas olham-me com um sorriso oblíquo. Logo, a seguir diz-me para mostrar as tatuagens.

Repito: eu sou um escritor. Vim ao Brasil promover o meu último romance: apresentações, entrevistas, etc. Venho a convite da minha editora e a baronesa não me paga absolutamente nada, mas os taxistas, os empregados de restaurante ou de hotel tratam-me como se fosse um gigolô. Muitas vezes, depois de eu pagar a conta, entregam o troco à baronesa.

Já não me lembro exatamente como é que, sabendo ela que eu estaria no Rio, aceitei ajudá-la. Sei que, depois, ficou ponto assente. E tudo sem que ela pedisse. Ela nunca pede nada. Há vezes em que me parece que o único motivo porque estou nesta situação é a minha incapacidade de dizer que não a pessoas com mais de sessenta e cinco anos. A baronesa tem oitenta e dois.

Há dias, a baronesa disse que se eu não saísse com ela à noite, ela saía sozinha. Disse que podia ser perigoso mas não aguentava ficar no hotel e, se eu não saísse com ela, iria sozinha enfrentar o perigo. A baronesa anda muito devagar e, com meio empurrão, de certeza que cai e parte a bacia. Então, tive de levá-la a um jantar com a editora dos meus livros. Carioca desde sempre e uma das principais editoras do Brasil, passou a noite a ser simpática com a baronesa, pagou-nos o jantar num restaurante caro e atravessou o Rio para nos levar à porta do hotel. Logo após a despedida, a baronesa disse-me que só era pena a editora ser uma pessoa que ignora o que se passa à sua volta, que vive num mundo à parte. Depois, parou-se a perguntar: não é? A repetir: não é? Não lhe respondi.

E, no entanto, tenho admiração e afeto por esta mulher que tem os mesmos olhos de quando era menina; que, daqui a dias, vai sozinha para Salvador da Bahia e, depois, para Manaus; que, às vezes, diz que esta é a última vez que vem ao Brasil porque vai morrer; e que, a meio de uma conversa, quando se desinteressa, vira as costas e vai-se embora.

Vasco da Gama II

Há muito tempo que me habituei a assistir com tranquilidade a coisas que nunca imaginei que pudessem acontecer. Estou neste momento no lugar 56 J de um voo entre Londres e Deli. Sempre imaginei que, mais tarde ou mais cedo, iria à Índia. Não é a isso que me refiro quando falo do que nunca imaginei. Ontem, enquanto fazia a mala, senti-me elétrico com essa perspectiva. Dentro de mim, repetia: Índia, Índia, Índia! Assim mesmo, exclamativo, em grupos de três, sem entoação.

O avião segue sereno, zero turbulência. Existe o som do motor como um outro chão alcatifado, uma outra parede de muitas janelinhas seguidas, um outro teto com símbolos de proibido fumar e o espaço para guardar as malas. À minha frente, vai um casal de louros escandinavos. Ela tem as costas da cadeira completamente inclinadas para trás. Ora aí está um bom exemplo do incompreensível. Não me surpreende que a dinamarquesa de cabelo pintado esparrame a cadeira toda para trás e se babe quase no meu colo. Aquilo que me surpreende é que as companhias aéreas, que estudam milimetricamente as quantidades de sumo de laranja que podem dispensar por passageiro, não tenham ainda percebido que é ridículo, dado o espaço ínfimo, que as cadeiras possuam a função de estender as costas. O resultado é semelhante ao que acontece quando alguém se levanta nas bancadas de um jogo de futebol ou de um concerto. Os que estão atrás têm de se levantar também para conseguirem ver. No caso das cadeiras dos aviões, quando alguém inclina o encosto, obriga o vizinho de trás a inclinar também o dele para conseguir respirar.

No mapa do ecrã onde desliza um pequeno avião, aprendo que vamos a passar ao lado de Dnipro. Há já bastantes anos, no tempo do Vata, do Valdo e de vários jogadores suecos, lembro-me de o Benfica vir jogar aqui e lembro-me de ter ganho. Um dos golos foi do Mozer, se não estou em erro. Faltam 4150 quilômetros. Não é muito. Tenho livros para ler.

Quando escolho os livros para as viagens sou demasiado otimista. Acho sempre que vou desbastar uma boa parte do imenso matagal de livros por ler que tenho em casa. Falso. Quando consigo voltar com um ou dois romances lidos, já não é mau. Tenho pena de não ser um desses óculos e barba que já leram tudo. Neste preciso momento, estão eles a ler. Se for um livro de Dostoiévski, Proust, Tolstói, estão a reler. Imagino que estejam numa biblioteca como a do Borges. Apenas possuem livros de qualidade reconhecida e inquestionável, leem-nos com método, sob um candeeiro que tem a luz perfeita: a mistura certa de branco e amarelo. A biblioteca onde leem tem o cheiro perfeito.

Pois. Não me parece. Creio que esse silêncio não me está reservado. No tal ecrã, pespegado nas costas do banco da frente, quase em cima da minha cara, vejo a indicação de que viajamos a 10 668 metros de altitude, a novecentos e tal quilômetros por hora, faltam agora 4022 quilômetros para chegar a Deli.

Afasto-me de uma grande quantidade de coisas que conheço. De ti, por exemplo. Na realidade, a imensa maioria das coisas que conheço (por alto, calculo uns 92%), estão na direção exatamente oposta à que me dirijo. Se excluir a vez em que estive em Istambul, atravessei uma ponte e disseram-me que estava na Ásia, esta será a estreia dos meus pulmões com ar asiático. Aproximo-me de uma grande quantidade de coisas que não conheço.

Anoiteceu há uns quinze minutos atrás. Comecei a escrever este texto com a janela aberta sobre uma planície de nuvens brancas e, agora, a escuridão lá fora é tão absoluta que, quando olho pela janela só vejo o meu reflexo. No mapa do ecrã, passamos ao lado de Volgograd. Os escandinavos do banco da frente estão acordados aos beijos. Sinto cada um dos seus movimentos na barriga: as costas da cadeira empurram o computador onde escrevo, o computador empurra a barriga. A refeição foi *chicken tika massala* e este aperto quente do computador na barriga não é agradável. Preferia que os escandinavos parassem de se beijar e sossegassem a ver um filme. Não vou pensar nisso. Sei que, se desejar muito que parem, se der muita atenção a isso, demorarão mais a parar. Em tolices destas, sou supersticioso.

A hora local na origem é 16:20. A hora local no destino é 21:50. Ou seja, nos Olivais Sul é meio da tarde. Os meus vizinhos do andar de cima estão a ver aqueles programas de televisão com pessoas tristes, que choram às vezes e que, depois, de repente, entram numa euforia de cores garridas e começam a gritar e a telefonar para a casa de mulheres reformadas para lhes oferecerem quinhentos euros. Em Deli, é depois do jantar. Neste momento, o mais que imagino são imagens da internet, ilustrações do Lonely Planet, manobras de riquexós abstratos entre a multidão abstrata. O que me intriga é que, nessas fotografias, nunca é depois do jantar. É sempre uma manhã ensolarada ou uma tarde primaveril. Por isso, neste momento, não posso ter certezas sobre Deli. O avião do ecrã passa a pouco mais de um centímetro de Astrachan e faltam 3476 quilômetros para saber um pouco mais.

Vejo uma hospedeira a avançar pelo corredor, a aproximar-se com um tabuleiro cheio de copos de água e de sumo. Apertado pelos beijoqueiros escandinavos, estava a ficar com sede. A hospedeira oferece a um lado e outro. É surpreendente a forma sôfrega como toda a gente aceita. Quando chegar aqui, vou escolher sumo, sempre serão algumas vitaminas a entranhar-se no meu organismo. Depois, com esse alimento, vou começar a ler um livro. Não será Dostoiévski, nem Proust, nem Tolstói. A hospedeira tem apenas dois copos no tabuleiro. Um de água e outro de sumo de laranja. Coloca-os ao alcance da escandinava. Como se colocasse um par de bandarilhas, mas ao contrário, a escandinava tira os dois copos. A hospedeira vira as costas. Fico à espera que volte. O avião do ecrã está a passar por Tashkent, faltam 3074 quilômetros para chegar a Deli. E a hospedeira não volta, não volta, não volta.

Os errados

Não temas os erros. Os erros não existem.
Miles Davis

Perante a encomenda de uma certeza registrada de garantias, apresenta uma bicicleta brilhante, nova, a pedalar incansável através do verão. Depois, exibe um fósforo aceso, a que chamarás *Prova A*, como nos filmes. Depois, farelos. Abandona a imoralidade de ser infalível e dá tamanho ao mundo inteiro, galáxias desgovernadas incluídas, lembranças e segredos incluídos. Saberás então que há poucas belezas mais extensas do que o despropósito de uma ideia: a liberdade de estar rotundamente errado.

Olha aqui uma cadeira pequenina, senta-te. Farás tanto bem nessa escolha. Por momentos, poderás desfrutar da reprovação das cabeças e da paz macia de repousares sozinho no desconhecido. Contempla o desconhecido imenso, é maior do que uma barragem. Se os teus olhos não estiverem apontados para ele, não há artifício que te comunique o que esconde. Poderás atirar abundância em qualquer direção porque, se não tiveres medo de acertar em ti próprio, serás invisível e talvez acertes em algum terreno que necessite de abundância.

Começa hoje a estar errado, começa agora. No armário, tens as gravatas e os fatos necessários para participar na reunião da direção. Quando o presidente der início à ordem de trabalhos, oferece-lhe algodão-doce. Se fores promovido, aceita. Se receberes um silêncio incrédulo e incômodo, sorri. Garante que fica registrado em ata. Estas são as regras básicas do comportamento em reuniões: erra e aceita/sorri. Outro exemplo: vai à reunião de condomínios e não te queixes do elevador. Basta isso, não te queixes do elevador. Se te convidarem para tomar chá, aceita. Se te estranharem, sorri. Uma vez mais, garante que fica registrado em ata.

Não queiras existir sem erros. As vestes de imperador conservam um homem assustado. Repara na angústia amargosa com que tenta manter fronteiras e castelos de areia contra as ondas do oceano. Não queiras fronteiras. Quer antes a distância, os teus braços a afastarem-se sem horizonte, as tuas palavras a desfazerem-se no ar. A imperfeição é muito mais bonita do que a perfeição porque a perfeição não existe. Ou, se existe, está ao lado do erro, faz parte dele. Se ainda estivéssemos nos princípios da espécie, poderíamos talvez acreditar em vidas certas e inteiras, mas acumulamos história, somamos milhares de anos, séculos a perder de vista, e tu tens o dia de hoje, tens este pedacinho de horas, esta coisa. Tens tanto.

Engana-te de propósito a fazer as contas. Falha o golo em frente à baliza. Despenteia-te. Escreve "sapo" com cê de cedilha: çapo. E também "sopa": çopa. Inventa combinações de números quando o multibanco te pedir o código. Contraria o gps. Põe sal no café. Telefona à tua mãe e diz que querias ligar para as finanças. Despede-te quando chegares e diz olá quando partires. Senta-te no chão. Veste a camisola ao contrário. E, por favor, calça o sapato do pé esquerdo no pé direito e calça o sapato do pé direito no pé esquerdo. Verás que não é assim tão desconfortável, que o calçado ortopédico é um exagero e que há muito mais do que aquilo que esperas naquilo que não esperas.

Perante a encomenda de uma certeza registrada de garantias, apresenta a inconsciência mil vezes. Depois, à milésima primeira vez, quando esperarem que lhes apresentes uma canção ou um lápis, apresenta-lhes mesmo uma certeza registrada de garantias porque tu sabes que só estarás errado se concordares com eles quando te acusam de erro, porque tu sabes e sais da tua *comfort zone*, assim mesmo, em inglês imperialista, para dares a tua pele à vida, às cicatrizes e às cócegas feitas com penas de pavão. Não tentas preservar o que tens porque sabes que não tens nada e podes sempre ter mais nada ainda. Quando deixas de fazer sentido, é porque foste capaz de encontrar um novo sentido e há muito boas possibilidades que esse sentido esteja enfeitado por canteiros de plantas necessariamente selvagens, onde a seiva corre desgovernada, feita de sol liquefeito, claridade liquefeita, incandescência tão limpa que cega.

Texto para mim

Saber é lembrar-se.
Aristóteles, *Poética*

Zé Luís, nunca te esqueças dos homens que puxam riquexós nas ruas de Deli. Nas subidas, levantam-se do banco das bicicletas para usarem o peso inteiro do corpo em cada pedalada. No banco do riquexó, podem ir sentadas três pessoas, quatro, uma família com filhos ao colo, pode estar empilhada uma altura de sacos, madeira, pedras, barras de ferro. Os homens que puxam riquexós nas ruas de Deli têm vinte, trinta ou sessenta anos, parecem ter setenta, e vestem todos os dias a mesma camisa rasgada, os pés desfazem-se nos chinelos, as mãos agarram o guiador da bicicleta porque esse é o seu ponto de apoio no mundo, é ele que os impede de se afogarem no pó: terra castanha que se cola ao suor. Os homens que puxam riquexós nas ruas de Deli são capazes de sorrir debaixo dessa terra que os cobre, os seus olhos existem; são capazes de dizer algumas palavras em inglês, *thank you, sir*.

Quando o trânsito não tem solução, quando a estrada é um muro de camiões feitos de lata e parados, motas a passarem pelas folgas estreitas de autocarros negros como galeras, carros antigos, vacas desentendidas, cães exaustos, e pessoas em todas as direções, esses homens de ossos desenhados na pele do rosto são capazes de levantar os riquexós no ar, de passá-los sobre os separadores centrais e de continuar a puxá-los, todo o seu peso, no outro lado da estrada, em contramão. Não te esqueças deles, Zé Luís. Não te esqueças da sua vontade muito maior do que a miséria, muito maior do que todas as facas, todo o veneno. Esses homens foram aqueles meninos que, hoje, agora, caminham sozinhos nessas mesmas ruas de Deli e estendem a mão a pedir uma rupia ou brincam, esquecidos das buzinas que se embaraçam à sua volta. As suas mães, vestidas com saris, continuam a cavar buracos na berma da estrada, a carregar alguidares com terra e pedras à cabeça. Os seus pais continuam a atravessar a cidade a pé apenas para chegarem ao outro lado e regressarem sem nada. O calor queima-os a todos por igual.

Por isso e por mais do que isso, não te esqueças dos homens que puxam riquexós nas ruas de Deli, Zé Luís. Depois de quilómetros a puxarem um casal de namorados, o rapaz irá pagar-lhes 10 rupias (60 rupias = 1 euro, mais ou menos) e se o homem, ainda sentado no banco da bicicleta, achar que merece 20, se abrir a boca para dizer duas palavras abafadas em hindi, o rapaz há-de dar-lhe dois murros onde o apanhar, no peito ou na cara. E o homem que puxa o riquexó há-de encolher-se porque estará já rodeado por muitos outros rapazes, de castas mais altas, que o olham com o mesmo desprezo do casal de namorados. Como te atreves?

Durante o dia, os homens que puxam riquexós nas ruas de Deli poderão trocar uma nota suja por pão (*naan*) e água. Enquanto o estiverem a mastigar, terão os olhos abertos e sentir-se-ão privilegiados. À sua volta, monges com os braços cortados pelos pulsos, cegos agarrados às paredes, raparigas despenteadas a vasculharem montes de lixo. Ao serão, os homens dobrar-se-ão sobre o banco do riquexó e, após instantes, poderão adormecer por fim. Se alguém chegar e lhes empurrar os ombros, serão capazes de reconstruir a organização dos ossos, passar a palma da mão aberta pelo rosto, lixa, e pedalar até onde for preciso, 10 rupias. O que se espera da vida? Há um corpo, a pele, e há o sofrimento que se é capaz de conceber, o conforto que se desconhece. Zé Luís, os homens que puxam riquexós nas ruas de Deli estão neste momento a sonhar com aquilo que rejeitas e agradecer aquilo que deixaste de sentir. Não são eles que correm o risco de se esquecer da vida, és tu. O teu padrinho tinha uma bicicleta igual àquela com que eles puxam o riquexó. Lembras-te ainda de como soava a sua campainha à entrada da Rua de São João? Lembras-te ainda da sua voz quando falava para ti?

Quando estiveres a ponto de te preocupar com merdas, os dilemas da poesia portuguesa contemporânea, o irs, o código do multibanco, os carros que te roubam o estacionamento, a falta de rede no telemóvel, as reuniões de condomínios, o tampo da sanita, lembra-te dos homens que puxam riquexós nas ruas de Deli. É essa a tua obrigação.

Nunca te esqueças do mundo, Zé Luís.

Podes estar descansado, Zé Luís. Eu não me esqueço.

As cidades

O que são as cidades? Nós passávamos verões inteiros a imaginar as cidades. No inverno, ao anoitecer, à noite, também imaginávamos as cidades. Juntávamo-nos no terreiro, ou no jardim, e sabíamos que, numa cidade, nos perderíamos uns dos outros, talvez nem nos chegássemos a conhecer. As cidades eram como o fundo do mar: fascinantes, mas assustadoras. No terreiro ou no jardim, nós não tínhamos medo das cidades. Havia uma aragem. Às vezes, passava um carro; às vezes, a lâmpada falhava no poste. Num caso, encandeávamo-nos com a luz, parávamos a conversa por instantes; no outro, ficávamos às escuras e continuávamos a conversar, sozinhos com a noite. Nós tínhamos as festas em agosto e as séries de televisão à tarde. Tudo cabia dentro do tempo. Era por isso que não compreendíamos as cidades. Aquilo que imaginávamos não existia. Nós sabíamos o que era pedalar pela estrada nova, passar ao lado do cemitério; sabíamos o que era pedalar pela estrada do campo da bola, de sombra em sombra, os sobreiros suspensos sobre a estrada. Esse era um movimento que compreendíamos. Nós conhecíamos as árvores no olhar dos velhos. Nós éramos capazes de encontrar rapazes da nossa idade no olhar dos velhos. Eram sete horas da tarde. Nós jogávamos à bola na mesma rua onde os velhos estavam sentados à porta. Nós jogávamos à bola em todas as ruas, os velhos estavam sentados à porta em todas as ruas. E as vozes deles misturadas com as nossas. Eles a perguntarem, nós a respondermos. Os velhos tinham estado nas cidades em dias assinalados, lembravam-se de todos os pormenores. Enquanto os ouvíamos, as horas tornavam-se líquidas.

Hoje, somos agentes imobiliários. Esperamos telefonemas. Temos certezas em relação às cidades, como temos em relação à maioria das coisas. Hoje, temos memórias, sabemos caminhos, decoramos mapas. Convencemo-nos de que as cidades são um pequeno medo, feito dos nossos pequenos problemas. Acreditamos que a nossa vida escorre em direção à terra como a água da chuva desce pelas fachadas dos prédios. Hoje, as cidades desfazem-se no fundo dos nossos sentidos. Amanhã, segunda-feira, às oito em ponto, tomaremos o nosso café entre desconhecidos e teremos a certeza de que as cidades são um ligeiro enjoo matinal, teremos a crença de que passará mais um dia. De manhã, saberemos todas as ruas onde iremos estar. E a nossa idade mudará depressa. Ainda há pouco tempo tínhamos menos um ano, daqui a pouco tempo teremos mais um ano. E respiramos todos os tons de cinzento, tocamos todos os ângulos da cidade, sentimos o cimento a tocar diretamente na pele. Ao serão, ao fim da tarde, juntávamo-nos no terreiro ou no jardim e imaginávamos as cidades. Agora, temos preocupações e caminhamos no centro delas. Foi nessas preocupações que, como tínhamos previsto, nos perdemos uns dos outros. Afinal, as cidades eram essas preocupações, as vistas de todas as janelas eram essas preocupações. Carregamos pelas cidades o tempo em que apenas as imaginávamos, ninguém pode ver esse tempo passado porque é invisível. E, no entanto, neste preciso momento, enquanto escrevo estas palavras, o terreiro e o jardim estão lá, no mesmo lugar onde fomos outros, onde o mundo existiu. Temos quase a certeza de que é assim. Agora é domingo no terreiro. No jardim, cheira a laranjas verdes, cheira a folhas grossas de laranjeira. Talvez haja ainda crianças a correr na terra, ou talvez as crianças tenham todas envelhecido, talvez os seus pais tenham todos morrido. O lago está vazio. Se ainda houver crianças, algumas estão agora a correr à sua volta. No terreiro, há, primeiro, as vozes dos homens a conversarem, são como uma só voz. Se quiserem, podem entrar na venda e olhar para a televisão. Agora, alguém caminha pela rua do correio, alguém cumprimenta alguém.

 Mesmo que o aqui seja esta mesa, haverá sempre esse lugar onde estivemos e onde nunca poderemos regressar. E, no entanto, uma parte de nós ainda está no jardim, encostada ao coreto. Se levantarmos o olhar, atravessaremos uma nuvem de pombos e chegaremos à cor clara escura limpa do céu. No terreiro, sentados nos muros da cooperativa, estarão para sempre os nossos contornos invisíveis. Antes, quando estávamos lá, não nos imaginávamos a recordar esse momento. Agora, somos capazes de nos imaginar a esquecê-lo.

Esse passo marcará o fim, terminaremos. Não, afinal não somos capazes de imaginar esse momento. Estamos aqui. À minha volta, perguntas. O que são as cidades? Agora, quero chegar aos teus braços. Atravessarei a cidade como atravessei já muitos anos. E, no momento em que pousar as minhas mãos no teu rosto, quando sentir a pele do teu rosto nos meus dedos, quando te olhar, estarei tão distante das cidades como do terreiro ou do jardim. As perguntas que me rodeiam serão substituídas por ar. Será uma reação físico-química. As hipóteses de explicação para esse fenômeno são muitas e poderiam ser sintetizadas num texto com o tamanho deste. Ainda assim, não será necessário escrevê-lo. No nosso caso, é sempre possível simplificar. Amamo-nos.

O acidente

Entrei no carro depois de ter aberto a porta de casa e visto o dia. Já tinha visto o dia através da janela, através das cortinas, mas, só quando cheguei à rua é que percebi a grandeza daquele céu feito de um cinzento frio, quase branco. Neste final de maio de dias quentes, aquele domingo sem sol era a memória de uma tarde abstrata de outono. Abri a porta de casa. Vi o dia. Entrei no carro.

O meu olhar sobre a chave e a ignorar a chave, como o meu olhar sobre gestos mecânicos e a ignorá-los; e o carro começou a trabalhar debaixo das minhas mãos e debaixo dos meus pés. Abri a janela: o dia a cobrir o meu rosto. Não me lembro daquilo que pensava. Eram, de certeza, pensamentos pequenos e quotidianos. A memória desses instantes em que conduzia a imaginar pensamentos esquecidos parece, agora, tocada para sempre por aquilo que aconteceu a seguir.

O semáforo ficou vermelho mais de dez metros à minha frente. Reduzi a velocidade, abrandei, parei. As minhas mãos, que fizeram tantas coisas durante a minha vida, estiveram no volante e no manípulo das mudanças. Os meus pés estiveram na embraiagem e no travão. Fiquei parado na primeira fila, logo depois do semáforo. A cor do dia era igual à cor mais escura que, ao longe, avançava pela corrente do rio. Eu olhava apenas para os três círculos do semáforo. Tinha o cotovelo esquerdo pousado na janela aberta. Distingui a cor verde no círculo de baixo. Olhei para os carros que estavam ao meu lado. Não percebi a razão pela qual estavam parados, com a mesma cara. Pensei que ainda não tinham visto que o semáforo estava verde. As minhas mãos no volante e no manípulo das mudanças. Os meus pés na embraiagem, a levantar ligeiramente, e no acelerador, a pisar ligeiramente. O carro avançou. O carro passou pelo semáforo.

De repente: o estrondo dos carros a chocarem, a encher um momento, como o estrondo de uma explosão. Esse foi o momento em que tudo mudou. A colisão de dois mundos cobertos de metal. Agora, ao lembrar-me, sei que o meu corpo foi lançado de encontro ao lado esquerdo do carro. A minha cabeça bateu no tejadilho. O meu ombro e o meu braço bateram duros de encontro a qualquer parte dura do carro. Os discos que estavam no banco ao meu lado espalharam-se pelo carro, saltaram num momento que os atirou de encontro ao porta-luvas. Esse foi o ruído que se ouviu por baixo da grande explosão do para-brisa. O céu todo, cinzento, quase branco, partiu-se em pequenos pedaços que eram a imagem impossível do mundo inteiro a despedaçar-se. Aquilo que não podia acontecer, a acontecer diante de mim, sobre mim.

Depois, o silêncio. O único momento de absoluto, absoluto silêncio da minha vida. E pessoas a saírem de carros e a virem ter conosco. Primeiro dirigiram-se ao outro carro e, lá de dentro, saiu um homem atordoado, agarrado à cabeça, a dar passos fracos e inseguros entre outras pessoas que olhavam para ele e lhe estendiam os braços, como uma concha feita de corpos, como se caminhasse na palma de uma mão, envolto por pessoas, como se estivesse envolto por dedos. Depois, dirigiram-se ao meu carro. Eu tinha o colo cheio de pequenos pedaços do para-brisa. Estava sentado sem forças, como se tudo aquilo fosse algo a que só pudesse assistir.

Perguntaram-me se estava bem. Eu não consegui responder logo. Ouvi a pergunta quando foi colocada, mas fiquei a olhar para quem ma fez. Não respondi senão depois de perceber que estava realmente ali, que aquela pergunta me tinha sido feita a mim. Estava vivo, por isso, disse que estava bem. Abri a porta com a mão esquerda e saí com passos fracos e inseguros iguais aos do homem do outro carro. Tinha o braço direito pendurado ao longo do corpo e não o conseguia sentir pois existia uma dor muito forte a envolvê-lo.

Enquanto caminhava, via o homem do outro carro sentado no passeio à minha frente e percebi pelo olhar das pessoas à minha volta que o culpado daquele acidente tinha sido eu. Havia mesmo palavras. Havia vozes que explicavam a quem tinha acabado de chegar que eu passara pelo semáforo vermelho. Mas o cheiro da colisão enchia todo o ar daquele dia claro, um domingo sem sol no final de maio. Era o cheiro de fogo, óleo, metal ardente, pneus raspados de encontro ao alcatrão. E foi nesse momento que percebi que o meu braço direito pingava sangue. A manga da camisa que tinha vestida tinha a cor do negro embebido em sangue.

Passou um instante de pessoas à volta. O homem do outro carro continuou sentado e não falamos. Chegou a polícia que começou a fazer os carros circular à volta dos nossos carros desfeitos em dois montes de ferro misturados um no outro. Os polícias perguntaram-me se estava bem. Não sei que voz em mim lhes respondeu. Disse que estava bem. Chegou a ambulância. Caminhei pelos meus pés, ao lado de dois bombeiros, para o interior da ambulância.

Depois, o caminho até ao hospital. O céu através do vidro da ambulância. E as formas da cor do céu. E a porta a abrir-se. Eu a entrar nas urgências do hospital. Memórias de outros dias. Pessoas com olhos cansados a verem-me passar. Os bombeiros que iam comigo na ambulância disseram várias vezes: "Tem o braço partido." Foi isso que o médico disse. Doeu-me muito quando o ligaram. Doeu-me muito durante vários dias.

Passou mais de uma semana. Tenho pensado sobre o que posso escrever na superfície branca do gesso. Pensei em escrever três versos de Rilke de que gosto muito. O braço ainda me dói mas agora já consigo pensar. Tive de contar a história do acidente a todos os amigos que me vieram visitar a casa. Tive de repeti-la. Neste momento, consigo contá-la como se contasse algo que aconteceu a outra pessoa, algo que me contaram a mim. No entanto, há sempre um ponto em que tenho de parar. Tento explicar esse ponto melhor do que todos os outros. Ainda assim, sinto que ninguém me entende completamente. Eu próprio não entendo completamente. O semáforo estava verde. Eu vi o instante em que o semáforo ficou verde. Eu tenho a certeza absoluta de que o semáforo estava verde.

Medalha de ouro

(Há esmagamento dos dedos? Acalme-se, minha senhora. Há esmagamento dos dedos? Mas há amputação dos mesmos?) No dia 21 de Agosto de 2008, o atleta Nelson Évora estava em Pequim, no Estádio Ninho de Pássaro, e eu estava em Lisboa, na Estefânia. E, no entanto, eu vi a maneira como, antes de saltar, levantou os braços e bateu palmas, ritmando todos os aplausos do estádio, exatamente como se esses aplausos, por sua vez, ritmassem todos os corações. (E ela está consciente? Aparenta estar alcoolizada? Sabe se a autoridade já chegou ao local?) Vi, mas não ouvi. O som está desligado nos ecrãs de televisão que existem no Centro de Orientação de Doentes Urgentes, no inem. É uma divisão grande com secretárias, pessoas sentadas à frente de computadores e telefones que tocam, onde se acende uma luz vermelha. (Emergência médica, boa tarde.) O atleta Nelson Évora saltou nos segundos exatos em que o Tiago, a meu lado, não tinha nenhuma chamada. Antes, em conversas breves, sempre interrompidas, concluímos que conheço os primos dele em Tomar. 17 metros e 67 centímetros e, logo depois, tocou o telefone. Longe de Pequim, na margem sul do Tejo, em casa, uma senhora, que tinha tido um aborto espontâneo, acabara de assistir à expulsão do feto e tinha uma hemorragia que não parava. Nos meus auscultadores ouvi-a dizer que o feto estava sem batimentos cardíacos desde terça-feira. O dia 21 de Agosto de 2008 foi uma quinta-feira.

Triplo salto. Em câmara lenta, parece que nunca vai cair. Nas fotografias, nunca vai cair. Em direto, é demasiado rápido. A corrida numa pista estreita, marcada no chão, o pé que não pode ultrapassar o risco, o primeiro salto, o segundo salto e o terceiro, ai, ai, estica-se todo e cai na areia. Talvez o triplo salto seja uma metáfora da vida. Quando se presta atenção, quase tudo pode ser uma metáfora da vida. (Mas está espetada no braço? E qual o tamanho da lâmina? Sim, mais ou menos.) E a tarde aproxima-se de terminar. Na garagem, o Fernando mostra-me e explica-me tudo o que vai numa ambulância, arrumado em gavetas e malas. A grande maioria dos objetos existem em tamanho adulto e infantil. E, de repente, sempre de repente, vamos embora. As pessoas que caminham nos passeios param-se a olhar para a sirene. À frente, os carros desarrumam-se na estrada. A Xana sabe qual é o número da porta. Sobem e vou atrás deles. Está uma senhora caída nas escadas. Fala, mas não abre os olhos. Bateu com a cabeça. Enquanto a colocam no plano duro e a imobilizam, eu e os vizinhos continuamos de pé, a olhar. Não sabemos fazer nada. Uma vizinha diz que o problema é a água de regar as plantas. Os degraus ficam molhados e as pessoas escorregam. Os degraus são de mármore. No caminho para o Hospital de S. José, a Xana faz festas com as pontas dos dedos nos cabelos da senhora, fala para ela. (Emergência médica, boa-noite.) Quando a noite chegou à garagem das ambulâncias, podia-se respirar. Afinal, era Agosto. Quase no centro e, no entanto, a cidade parecia distante. Em Pequim, com as diferenças horárias, era tempo de descansar. Em Lisboa, meia hora depois, a ambulância passava entre as esplanadas das Portas de Santo Antão, as pessoas que caminhavam na rua afastavam-se, os seus rostos eram iluminados pelo azul intermitente da sirene.

Na manhã seguinte, VMER significava viatura médica de emergência e reanimação. Estava estacionada ao lado da Avenida de Roma. O desfibrilador é um aparelho que impressiona. É uma espécie de arma ao contrário. Enquanto que uma serve para matar, o outro serve para ressuscitar. Talvez por isso, por ser bastante mais fácil matar do que ressuscitar, um desfibrilador é um aparelho que impressiona muito mais do que uma arma. Foi o doutor Álvaro que mo mostrou antes de almoçarmos. O doutor Álvaro é do Sporting. Não cheguei a dizer-lhe que sou do Benfica. Melhor assim. Durante o almoço, assistimos à cerimônia da entrega da medalha ao atleta Nelson Évora. Enquanto soou o hino, não saíram cafés. Depois, a VMER, conduzida pelo enfermeiro Luís, passa entre os carros como um tiro. Naquele início de tarde, demorou minutos até chegar a uma senhora que tinha tomado 80 comprimidos na véspera e que tinha acabado de ser encontrada.

Acidente/Trauma/Agressão. Agora, eles estão lá, estão sempre lá. O Tiago, o Fernando, a Xana, o doutor Álvaro, o enfermeiro Luís e muitos outros que também têm um nome. E, sim, a medalha de ouro é merecida.

Carta à senhora que ultrapassei pela direita na semana passada, na zona de Santa Apolónia

Cara senhora, o olhar que me dirigiu quando, pouco mais de duzentos metros depois, ficamos parados no semáforo tem-me assombrado desde então. É claro que, nesse instante, não tinha dúvidas das minhas razões e foi por isso que fingi aquele rosto com todos os traços estereotipados de autoconfiança. Não sei como o viu, não sei o que entendeu dele mas, fingindo ignorá-la, aquilo que estava a tentar dizer-lhe com os lábios contraídos era: o teu olhar é-me indiferente. Em primeiro lugar, eu sei que não tenho justificação para tratá-la por tu, nem sequer nos meus pensamentos e/ou intenções; em segundo lugar, acredite que lamento a agressividade dessa falsa amostra de indiferença. Saiba que, nesse mesmo instante, estava a tentar anular um ligeiro tremor que sentia nas mãos e nas pernas. E, sim, embora pudesse parecer que estava a ajustar o rádio, reparei bem na forma reprovadora como abanou a cabeça.

À luz desta nova informação, peço-lhe que reavalie a maneira intempestiva como arranquei logo que o semáforo ficou verde. No fundo, eu não queria ser bruto, primário e machista, embora compreenda que possa ter dado essa impressão, eu apenas estava envergonhado do que tinha acontecido e queria sair dali o mais depressa possível.

Talvez tenha reparado no blazer cinzento que eu trazia vestido. Sem entrar em pormenores desnecessários, confesso-lhe que vinha de um compromisso bastante desagradável, vinha de uma daquelas tarefas que requerem um escritor de blazer cinzento. Por isso, quando o seu carro me apareceu à frente, ainda antes do Cais do Sodré, foi-me fácil alimentar o crescimento de uma irritação no espírito. Desacelerar atrás de si, fez-me prestar atenção súbita à realidade concreta daquele fim de tarde: o trânsito, as apitadelas, o céu escuro, a quase noite. Quando me aproximei da traseira do seu carro, encontrei-a na faixa da esquerda, a 30/40 quilómetros por hora, a faixa da direita esteve deserta até ao momento em que fomos ultrapassados por uma procissão de dezenas de carros, carrinhas, camionetas. Depois, numa folga dessa coluna, à mesma velocidade, posicionou-se entre as duas faixas, a meio de uma e de outra, como se o traçado intermitente lhe indicasse a rota. Eu, atrás, a assistir a essa indecisão lenta, não tinha motivos para deixar a minha irritação desenvolver-se mas, naquele instante, não consegui lembrar-me de nenhuma das tantas possibilidades que poderiam justificar esse seu comportamento: não conhecer bem a cidade, estar distraída, etc. Eu já conduzi muitas vezes em cidades que não conhecia bem, já me distraí muitas vezes e deveria, pelo menos, ter-me lembrado dessas hipóteses mais evidentes.

Sem me querer desresponsabilizar, acrescento que a decisão de ultrapassá-la pela direita foi tomada numa fração de momento, repentina, assim que se encostou ligeiramente para a esquerda. O alarido dessa má escolha foi muito sublinhado pelo rugido do motor, leão de aço e óleo. Compreendo que a possa ter assustado, a mim também me assustou. Mas nenhum destes detalhes justifica o que aconteceu. Eu sei muito bem que é de momentos como esse, de sentimentos como esse que nascem aquelas horas sombrias que mudam a vida dos seus intervenientes para sempre. Eu conheço as histórias dos acidentados, dos atropelados e de todos os que os acompanham na dura adaptação às suas mazelas definitivas ou que ficam cá a recordá-los. Por saber, por conhecer, tenho ainda menos desculpa. Além disso, nem sequer tinha pressa de chegar ao meu destino e, mesmo que tivesse, que pressa poderia justificar esse aumento voluntário das probabilidades de matar ou morrer?

Gostava que soubesse que me arrependo dessa ultrapassagem pela direita. Agora, não posso desfazê-la, mas espero que, na próxima vez, não seja preciso passar uma semana até me aperceber da minha falta e vir aqui escrever este longo pedido de desculpas. Garanto-lhe que irei empenhar-me e tentarei reduzir o tempo dessa tomada de consciência, cada vez menor, cada vez menor, até que seja anterior ao impulso dos meus gestos.

Homenagem a um coração de lata

O meu carro morreu. Na semana passada, depois de uma avaria prolongada que se foi intensificando, o meu carro deixou de trabalhar definitivamente. Para trás ficam oito anos e 188.637 quilômetros. É muito passado. Ontem, antes de nos despedirmos, voltei a sentar-me no lugar do condutor e, uma vez mais, quis ver o mundo através daquele para-brisa. Carreguei na embraiagem até ao fundo, no travão e no acelerador morto. Puxei o travão de mão para ouvir, uma vez mais, aquele som demorado e único, como um pescoço a partir-se, que conseguiria distinguir em qualquer circunstância ou lugar. Demorei tempo a olhar para o volante, a senti-lo no interior das mãos. Em algumas áreas, a textura original do volante estava completamente gasta. Pensei em todo o tempo que as minhas mãos levaram a gastar aquela borracha. Lembrei-me de, durante o verão, entrar no carro estacionado ao sol e de queimar-me no volante. Lembrei-me de, em madrugadas de inverno, ter as orelhas e o nariz gelado e, com a chave apontada à ignição, tocar o volante com uma mão e sentir que tocava em gelo com a forma de volante. Rodei a manivela para abrir o vidro e lembrei-me de quando trabalhava a setenta e cinco quilômetros de casa e, ao fim de algumas semanas, começou a saltar-me a pele das mãos.

Na semana passada, depois de o condutor do reboque saltar da camioneta, com um pedaço de desperdício desfiado a sair-lhe do bolso das calças, depois de me dar um passou-bem de homens, parou-se a olhar para o carro e disse: "Este já não vai muito longe." Eu sabia que ele tinha razão, mas, por instantes, quase me pareceu que tinha motivos para ficar um pouco zangado com esse comentário. Não tinha. Afastei-me com as mãos nos bolsos e senti-me triste enquanto assisti à instalação dos cabos do reboque, a humilhação que o meu pobre carro aceitava, resignado.

Foi a minha irmã que foi buscá-lo ao stand da Fiat. Já não me lembro por quê. Tenho quase a certeza de que esse foi um dia de sol. Quando entrei nele pela primeira vez, o conta-quilômetros mostrava um número mais pequeno do que cinquenta. Quis saber que quilômetros eram aqueles. A minha irmã disse-me que era a distância entre a casa dela e o stand e mais alguns quilômetros residuais que talvez alguém tenha feito para testá-lo. Achei uma boa explicação e não pensei muito nisso. Queria entrar dentro dele e conduzi-lo. O cheiro a novo. "Cheira a novo", disse ao abrir a porta pela primeira vez.

Ao telefone, o homem da oficina disse-me: "É melhor vir cá." Quando cheguei disse "Sou o dono do" e senti uma espécie de vergonha quando disse a marca e a cor. O homem mudou de olhar e, como se se desinteressasse, disse: "Ah." Segui-o pelo chão de cimento a empapar óleo, afastando-me de chaves inglesas e do barulho de motores. Entre outro carro, mas, ao meu olhar, destacando-se de todos os outros, estava o meu carro. Abatido, murcho e velho, como se levantasse os olhos pesados para ver-me sem esperança. E o homem da oficina começou por dizer-me que o preço da reparação era mais alto do que o valor do carro. Não compensava mandá-lo arranjar. Com esse dinheiro, podia comprar outro. Foi nesse momento que deixamos de ouvi-lo. Sei que ele continuou a dizer palavras que eu não entendia, mas eu e o meu carro não o podíamos ouvir e foi como se baixássemos as pálpebras perante a dor e nos abraçássemos longamente.

Quando tinha o carro havia apenas poucos meses, talvez influenciado por algum filme americano que vi na televisão ao domingo à tarde, resolvi dar-lhe um nome. Por um instante, tive a ilusão de que poderia ser giro tratar o carro pelo seu nome próprio. Essa veleidade não teve consequências ainda mais ridículas porque nunca cheguei a partilhá-la com ninguém. Ainda assim, acabei por encontrar um nome que, no entanto, era um adjetivo. Apenas entre nós, comecei a chamar-lhe "amigo". Era assim que o tratava quando me acontecia algo tão grande que precisava de partilhar com ele. Era assim que o tratava quando, por algum motivo, ele me assustava e parecia querer desistir. A rodar a chave na ignição, a tentar ultrapassar um obstáculo, dizia-lhe: "Vá lá, amigo." Ultimamente, disse-lhe estas palavras muitas vezes.

No meu Fiat Punto conduzi pessoas das mais variadas nacionalidades. Desde bósnios a australianos, desde argentinos a estônios. Uma vez pediram-me para dar uma boleia a uma deputada francesa do Parlamento Europeu. E ela lá foi, toda contente, a falar francês. No meu carro, conduzi inúmeros romancistas e ainda mais poetas. No banco de trás, com uma queimadura do cigarro de alguém que nunca se acusou, estiveram sentados músicos, atores, realizadores, palhaços trajados a rigor e toda a espécie de artistas. Nesse banco de trás, o meu filho mais velho fez a primeira viagem de carro de toda a sua vida.

Há quase três anos, eu e o meu amigo Costa decidimos ir a Dubrovnik. Alternávamos a condução e essa foi das poucas vezes em que o meu carro foi conduzido por outra pessoa. Recordo-me de tentarmos encontrar sítio para estacionar o carro em Split. Recordo-me de, todos os dias, irmos pôr moedas num parquímetro em Dubrovnik. As nossas mães apenas souberam que levamos o carro algumas semanas depois de chegarmos. No regresso, lembro-me do dia em que acordamos de madrugada em Turim e em que adormecemos também de madrugada em Lisboa.

No stand de carros usados aonde o levei, como a um lar da terceira idade ou como a um cemitério, houve um homem que me cumprimentou à distância e que começou a rondá-lo e a colocar-lhe toda a espécie de defeitos. Esperei que esse tempo passasse. Disse-lhe que sim quando ele se parava a olhar-me e a esperar que eu dissesse que sim. Eu e o meu carro pensávamos em assuntos distantes. Ambos sabíamos que aquele homem nunca os poderia entender. Era muito de manhã. Quando o homem disse um número como se me fizesse um favor, aceitei imediatamente. Antes de nos dirigirmos ao escritório, que era como uma barraca com um telhado de zinco, passei a mão pela última vez sobre a cor desbotada do capô e essa foi a nossa maneira de nos despedirmos. Nesse momento, em algum lugar do mundo, um pai largava a mão de um filho.

Fevereiro no estabelecimento prisional

Eu costumava ir a Tires ao dentista. Por isso, tenho as minhas próprias memórias da autoestrada de Cascais, molhada e incandescente. Estacionei o carro, mas tenho ainda as mãos pousadas sobre o volante. Ao meu lado, estão os livros que escrevi. Eu sou um escritor e tenho um nome de escritor. Esta afirmação pode facilmente ser comprovada pela minha documentação: o bilhete de identidade que apresento ao senhor agente. Os portões são feitos de ferro e sente-se o esforço quando são abertos e sente-se o estrondo, um trovão interior, no momento em que são fechados. É simpática a senhora que me acompanha, que me diz quantas reclusas estão atualmente aqui, que me refere alguns dados estatísticos e impressões pessoais. Caminhamos para o pavilhão *B* e conversamos. Choveu de manhã? Sim, choveu de manhã. As estações têm mudado bastante. Pois é. O tempo está maluco. Pois é, o tempo está maluco.

 Mais chaves e mais portões, mais chaves e mais portões. Estou parado em frente a um grupo de mulheres que me olham. Pousei os livros na mesa que está à minha frente. A senhora que me acompanhou despediu-se porque tem outros assuntos para tratar, voltará no fim. A formadora apresentou-me com algumas frases que já ouvi antes. E cheguei a este momento em que estou parado em frente a um grupo de mulheres que me olham, estou em silêncio, antes de uma palavra qualquer. Pelas janelas, entra a claridade. Eu sou um escritor. Começo a falar: os livros. Sorrio aos olhares. Eu sabia que iria ser assim. Eu sabia que poderia ter-me cruzado com estas mulheres na rua, poderiam ser minhas vizinhas, poderiam ser minhas namoradas, ex-namoradas, irmãs, algumas destas mulheres poderiam ser a minha mãe. Sem surpresa, é possível e provável que já me tenha cruzado com alguma destas mulheres na rua. É certo que são vizinhas de alguém, namoradas de alguém, ex-namoradas, irmãs e mães. Continuo a falar: os livros isto e aquilo. Continuo a falar: os livros qualquer coisa. Os olhos das mulheres desenham-me o rosto. Por vezes, escolho o olhar de alguma e tento tocar-lhe com uma espécie de brilho. Elas têm batas e não sei o que estarão a pensar. Nas paredes, existem cartazes com folhas de cartolina. Imagino estas mulheres crescidas a fazerem trabalhos de grupo sobre a roda dos alimentos ou os malefícios do tabaco. Imagino-as a recortarem imagens de revistas e a usarem tubos de cola para as colarem na cartolina, imagino-as a decidirem qual delas tem a caligrafia mais bonita e qual delas sabe desenhar melhor, imagino-as a escolherem a cor certa entre as canetas de feltro. Continuo a falar. Escrevi livros e, por isso, agora, tenho de falar. Mas vejo estas mulheres. Nesse olhar que partilhamos, não sou escritor e não escrevi qualquer livro. E não sei o que pensam. Eu penso que é totalmente por acaso que os erros que já cometi não são puníveis com pena de prisão. Foram e são puníveis de outras maneiras. E penso que, ao longo de uma vida, todas as pessoas tomam decisões erradas. Algumas dessas decisões magoam outros, causam-lhes sofrimento verdadeiro. No entanto, a grande maioria desses erros não são citados pelo código penal. Na verdade, só estão citados aqueles que são concebíveis pelos espíritos práticos: os que são quantificáveis, claramente observáveis, indiscutivelmente concretos. Só é pena que a vida não seja assim: indiscutivelmente concreta. Talvez seja por isso que convidaram um escritor para vir aqui falar. Calo-me.

 E falo com elas. Sorrimos muito. Rimo-nos.

 O céu. A senhora acompanha-me na direção da saída. Continuamos a conversar. Gostou? Gostei muito. Ainda à distância, começamos a ouvir as crianças. As mulheres são autorizadas a ficar com os filhos até aos três anos. Ficam no pavilhão das mães. Nós chamamos-lhe o pavilhão das mães. Passo pelas crianças com batas e chapéus na cabeça. Dizem-nos adeus. São crianças.

 Estou sentado no carro. Estou na autoestrada de Cascais. Estou em casa e escrevo. Sou escritor. É fevereiro. É março. Não interessa o mês. O tempo está maluco. Pois é, o tempo está maluco. Existe o mundo e elas continuam lá. Agora, neste momento, elas continuam lá.

Trabalhos sensíveis

Se há uma coisa que tenho aprendido com os bichos-da-seda é que o ódio não faz falta neste mundo. À tardinha, recolho folhas frescas das amoreiras que se alinham ao longo da estrada nova, ao pé da escola ou da junta e guardo-as num saco de plástico transparente que levo dobrado no bolso de trás das calças de ganga. Quando chego a casa, abro as caixas de sapatos e disponho um par de folhas em cada uma. É à farta. Os bichos-da-seda regalam-se. Está claro que, antes de lhes pôr as folhas novas, lhes tiro os restos das velhas e lhes limpo as caganitas, pretas, duras, que pontuam o cartão. Quando me sentem nesse serviço, os bichos-da-seda ficam logo malucos, começam logo a correr, na sua velocidade lenta de lagartas. Eu sou capaz de distinguir essa azáfama, parece que nunca viram uma folha de amoreira. Gosto desse entusiasmo. Os bichos-da-seda dão-me muito mais do que recebem. Eu dou-lhes amor, mas eles dão-me muito mais amor porque eles são muito mais do que eu.

Há vinte e tal anos, quando eu era pequeno, usava ter uma caixa de bichos-da-seda de cada vez e bastava-me, era até demasiado. Passava horas a apoquentar os animais. Destapava-os e ficava a assistir aos seus enredos. Noutras vezes, pegava-lhes e pousava-os, por exemplo, em cima da mesa. Com certas diferenças, eram como carrinhos de brincar ou bonecos de guerra de brincar. O bicho-da-seda é de uma natureza muito tímida e essa minha falta de respeito acabava por matá-los. Ao fim de uma semana ou duas, por mais folhas de amoreira que lhes servisse, lá tinha de segurar aqueles corpos secos, finos, segurava-os com a ponta dos dedos, não tinham o viço da vida. Abria a janela e atirava-os para a terra do quintal.

Hoje, conhecendo muito melhor a espécie, a psicologia desta raça, sou capaz de imaginar o medo com que esses bichos-da-seda me encaravam. Sinto remorsos, sinto um peso no peito, sinto um ó. Já na adolescência, à medida que os fui deixando viver a sua vida, começaram a ser capazes de cumprir o seu ciclo. Melhor ou pior, sobreviviam até alcançarem a construção dos seus casulos, amarelos e leves, colados com fios às paredes da caixa. Aos poucos, fui aprendendo tudo aquilo que os bichos-da-seda tinham para me ensinar. Ainda hoje, diariamente, aprendo com eles. Quando acabo de os nutrir com folhas novas, guardo o saco com as que sobram no frigorífico. Volto a tapar cada uma das caixas e sei que eles ficam descansados debaixo dessa sombra. Sei também que eles conseguem sentir-me através das paredes de cartão, como eu consigo sentir cada um deles. Estamos ligados por esse invisível. Eu deixo-os ser bichos-da-seda e eles deixam-me ser pessoa.

Depois, transformados em borboletas, quando saem dos casulos, não é um momento feliz, é um momento da vida, uma fatalidade, é mesmo assim. Olhamo-nos e encolhemos os ombros, apesar de eles/elas não terem essa parte do corpo. Têm asas, grossas e feias. São tão diferentes das borboletas dos desenhos animados. São muito mais parecidos/as com as traças, castanhas e tóxicas, desorientadas por candeeiros no verão. Mas não têm a culpa, não foi por escolha sua que se sujeitaram àquela metamorfose. Nessa hora, resignamo-nos, consolamo-nos com a ideia de que tivemos aquilo que fomos capazes de apreender. Querer mais seria bruteza. Abro a janela, abro a caixa de sapatos, pousada no parapeito, e vejo-os/as afastarem-se no ar, habituando-se ao mundo todo, tão grande, a voarem desengonçados/as, a tropeçarem em si próprios/as e a levarem um pedaço irrecuperável de mim nesse voo.

Eu caminho pelas ruas e passo por cães que, com frequência, ladram, mostram os dentes. Os bichos-da-seda não ladram. Se têm dentes, são tão pequenos, tão microscópicos, que não se sentem. Nos anos em que tenho mantido esta criação nunca assisti a uma disputa mínima entre dois bichos-da-seda. Têm maneiras corteses, polidas. Por isso, não precisam de trela e, como sempre digo a quem me pergunta, são os melhores animais para guardar a casa, porque guardam-na pelo lado mais vulnerável: por dentro.

Eduardo

Não tenho a certeza de que exista algo a que se possa chamar "sentido", mas creio que sim. Digo isto agora, desta maneira, porque soube da notícia pela rádio quando estava a arrumar os meus livros. Há três anos que não os arrumava, apenas os acumulava, com risco eminente de desabamento e de pequenas avalanches ocasionais. E foi precisamente na manhã de sábado, ontem, quando estava a arrumá-los, rodeado por pilhas de livros que me chegavam à altura dos joelhos, que ouvi a notícia na rádio. Mais tarde, agora, parece-me que só podia estar numa sala cheia de livros para receber essa notícia, como se esse fosse um pormenor do tal "sentido". Eu e as pessoas que falam comigo pensávamos que o pior já tinha passado, por isso ouvir aquela notícia, a última notícia, foi um choque. Escolhi os espaços vagos para pousar os pés entre os livros, avancei até onde me pude sentar e sentei-me a ouvir as palavras. Quando o noticiário passou a outra notícia, tirei o telemóvel do bolso e, antes de ligar a alguém, procurei o seu nome na lista e fiquei a olhar para ele. Desde que tenho o seu número, liguei-lhe talvez duas ou três vezes, não mais do que isso. Não queria incomodá-lo e, nessas ocasiões, foi sempre para falar-lhe de assuntos específicos, muito pensados, muito acompanhados pela dúvida: deverei ligar-lhe? Ainda assim, recordo bem a sua voz tranquila ao telefone. E recordo a sua voz frente a frente, aquilo que me dizia.

Foi também numa manhã de sábado que acordei e que, ao abrir a porta do quarto, a apontar para mim, estava no chão do corredor um jornal aberto na página que ele assinava no suplemento "Leituras", no jornal *Público*. Esse jornal tinha sido deixado por um dos amigos com quem, então, eu partilhava um apartamento a precisar de obras. Essa página tinha uma crítica que li vezes e vezes seguidas, onde ele tinha escrito sobre o meu primeiro romance. Até hoje, considero que esse é um dos momentos mais inesquecíveis da minha vida, dia 7 de outubro de 2000. Antes desse dia, nunca tínhamos falado e apenas o tinha visto ao longe, nos corredores ou no pátio da Universidade Nova, onde eu era um rapaz de t-shirt e calças de ganga remendadas. Mais tarde, quando fomos apresentados, senti timidez na hora de estender-lhe a mão e gaguejei ao dizer-lhe um par de palavras. Ele não, falou-me com a voz que recordo ainda, tranquila, e quis pôr-me à vontade. Ele tratava-me por José Luís, não Zé, José. Depois de o encontrar por várias vezes, em diversas atividades literárias, depois de termos falado várias vezes, ainda a minha timidez e a minha gaguez, pediu-me que o tratasse por Eduardo. Nunca fui capaz. Mas, ao longo destes anos, rimo-nos com frequência. As piadas que ele contava tinham graça.

Estivemos juntos em Paris numa única ocasião. Ainda assim, foi suficiente para perceber que essa cidade também lhe pertencia. Cultivava os pormenores, reparava neles e, se o seguíamos até algum lugar de Paris, se atravessávamos portas giratórias atrás dele, como as do café Les Deux Magots, em Saint-Germain, fazia-nos entrar em mundos onde havia uma lógica, onde permaneciam sombras de grandes pensadores e de grandes escritores que, durante aqueles instantes, voltavam a materializar-se e a existir. Ao longe, era fácil perceber que o seu lugar era entre eles, pertenciam ao mesmo nível de lucidez.

Talvez haja essa palavra, "sentido". Se existir, os livros fazem parte dela e tentam descrevê-la. Se existir, cada uma das palavras dos livros são uma peça das engrenagens infinitas que tentam descrever essa única palavra. A última vez que o vi, a última vez em que falamos, foi na Feira do Livro do Parque Eduardo VII. Eu subia, atrasado, sempre atrasado, para a mesinha branca onde me iria sentar sob um guarda-sol. Ele descia devagar, folheando e escolhendo. Trocamos algumas frases, sorrisos; e a voz dele, tranquila, e a minha falta de jeito para dizer alguma coisa de que, mais tarde, me orgulhasse. No fim, dissemos: até breve. E sempre os livros, por todo o lado.

Falar daqueles que conhecemos acaba sempre por ser uma forma de falarmos de nós próprios. Falar do que quer que seja é sempre uma forma de falarmos de nós próprios. É assim agora, quando tento escrever sobre ele, e foi assim sempre que ele falou ou escreveu sobre tantos assuntos. Da mesma maneira, contemplarmos o desaparecimento de alguém acaba sempre por ser uma forma de anteciparmos e refletirmos sobre o nosso próprio desaparecimento. Somos pessoas. Como todos os que pisam este chão, encontramo-nos e abandonamo-nos nas palavras. Fazemo-lo de uma forma que é sempre humana, com aquilo que aí existe de mais forte e de mais frágil. Lutamos com o tempo e só perdemos se não tivermos a consciência dessa luta. Vivemos, somos contemporâneos uns dos outros dessa maneira tênue, expressa no poema curto de Ruy Belo: "Cruzamos nossos olhares em alguma esquina/ demos civicamente os bons-dias:/ chamar-nos-ão vais ver contemporâneos."

Há instantes em que sentimos as mãos inexoravelmente vazias. O seu número de telefone continua na lista do meu telemóvel. O horizonte continua. E, em pilhas que chegam à altura dos joelhos, os livros continuam desarrumados em toda a superfície da minha sala.

Acerca disto

No início, não existe a folha em branco, essa chega muito depois. No início, existe uma linha de sentido mergulhada no interior do caos. Há o tempo, pessoas que nascem e que morrem, séculos que imaginamos antes e depois de nós, idades que usamos como disfarces, como fatos nos casamentos; há o mundo, todos os seus cenários, esgotos e planícies, adereços à distância dos nossos gestos, muros que condicionam o caminho; e existimos nós, indecisos e incorretos, com braços e pernas, com pele e feitio, com espírito ou, pelo menos, com a possibilidade de espírito, com a ideia. Depois, existem as dúvidas que lançaram estes três elementos — tempo, espaço e sujeito — uns contra os outros. Para nos guiar nesse caminho, encontramos meia dúzia de semáforos avariados, intermitentes. O aleatório faz malabarismos à nossa volta e, de repente, podemos distinguir uma linha de sentido: algo que se relaciona com algo. Essa peça, por sua vez, poderá relacionar-se com outra, que se relacionará com outra, etc. Ignorando o rio, salta-se de pedra em pedra. Por sua vez, o rio também nos ignora, continua a passar e, no último fim, a sua vontade vencerá. Sabemos que a sua vontade é invencível. Mas não é nisso que pensamos. Para avançar, temos de ignorar essa certeza. Continuamos a juntar os pequenos pontos e, aos poucos, distinguimos uma forma. Esse é o início. Só a seguir, consoante a lua e o aparelho nervoso, chega a folha em branco com todas as suas lendas.

Uma das razões principais para a mitificação do processo literário é o tanto que se desconhece do seu real funcionamento. A ignorância, coberta de cosmética, mitifica. Num dos extremos do pêndulo está o silêncio açucarado da adolescente que admira o ídolo sem lhe imaginar misérias e, do outro, está o desdém invejoso, que também ignora misérias e, assim, não as inveja. Para além disto, em salas mais ou menos iluminadas, com lâmpadas e máquinas ou com luz natural a atravessar vidraças, o processo literário é constituído na sua essência por elementos de grande subjetividade e/ou abstração. Não completamente, claro, se os elementos do processo literário fossem apenas subjetivos e abstratos não podíamos sequer mencioná-los, faltar-nos-ia um corpo para agarrar, mas são-no de forma parcial, o que acaba por lhes conferir as medidas ideais para o mistério. Ou seja, o raciocínio sobre o processo literário é feito através da distorção dos elementos objetivos e concretos (substantivos) pelos elementos subjetivos e/ou abstratos (verbos, adjetivos). As possibilidades são infinitas. Por um lado, temos o tempo, o espaço e o sujeito e, por outro, temos a linguagem. Sinto fraqueza nos pulsos perante a grandeza destes conceitos. São realmente enormes, condicionam vidas, mas é evidente que, no mundo, há muito mais atividades humanas repletas de mistérios teóricos e que nem por isso atingem o nível de mitificação do processo literário.

Um motivo para essa diferença, e outra razão-chave para a sua mitificação, prende-se com o fato de este ser desenvolvido por escritores. Dobrar o tapete sobre si próprio e utilizar o processo literário para refletir sobre o processo literário é uma tentação demasiado forte. Essas são águas em que se pode navegar livremente. Naquilo que é essencial, o tempo encontra-se suspenso. O cenário metafórico dessa experiência é um lago, a superfície a refletir o céu, e um barco sereno, com todas as possibilidades de rota. Além disso, no mundo prático dos objetos, os escritores dispõem de maneiras privilegiadas para manter a discussão sobre o processo literário e, assim, voluntária ou involuntariamente, manter a sua mitificação. Existem máquinas a imprimir opiniões constantes sobre o assunto, existem casas que organizam e armazenam tudo o que se publica sobre o assunto (bibliotecas), existem livros como este e textos como este nas mãos de pessoas (tu). Existe até um grupo de iniciados, com a exclusiva função social de produzir e professar teorias sobre o processo literário, organizado em universidades segundo uma ordem complexa que, por conforto analítico, se pode comparar a uma estrutura eclesiástica de padres, bispos, etc.

Com isto e para lá disto, existem as pequenas pedras na berma das estradas e que se podem ajeitar mais ou menos à forma da mão. Quando atiradas de encontro a uma paisagem ampla, essas pedras desaparecem para sempre.

Podemos ver onde acertaram, podemos vê-las a saltar duas, três vezes, mas não podemos voltar a atirá-las da mesma maneira, no mesmo lugar, na mesma ocasião. Isto acontece assim, sobretudo porque existem as pedras, que são uma matéria concreta, com uma forma concreta, com uma luz e uma emoção associadas, e existe o instante da decisão.

Talvez por isso, ainda antes de um traço de sentido no caos, o verdadeiro início acontece na convicção. As perguntas que se possam fazer à convicção têm sempre respostas imperfeitas. As convicções só existem quando nos transformamos nelas, somos a sua representação física. Não é evidente se as convicções nascem de nós, se somos nós que nascemos delas, se as duas opções são verdadeiras ou falsas. As convicções são o centro, escrever páginas infinitas sobre isso é escolha de alguns. Em qualquer dos casos, faremos parte do universo. Desconhecer ainda mais o que julgamos conhecer é metade da tarefa, a outra metade — desconhecer o que já desconhecemos — está concluída.

Enredo

Já tentei contar esta história por diversas vezes a várias pessoas, nas mais rocambolescas situações. Já tentei contá-la aqui mesmo, nas páginas deste livro, em pelo menos dois momentos anteriores a este. Nunca consegui. Em todas essas tentativas, fui o único elemento comum, fui a única variável que se manteve. Por isso, é quase evidente que o culpado dessa ineficácia fui eu próprio. Assumo essa culpa com tranquilidade, não pelo prazer da vitimização, ou pelo jogo lamentável de menorizar-me, esperando que os outros me contradigam e, assim, me gabem (ridiculice a que os ingleses mais perspicazes chamam *fishing for compliments*). Assumo essa culpa porque essa é a realidade tal como a interpreto. Escondê-la não traz proveito a ninguém. Mesmo em crimes menores como este, sinto que uma averiguação das culpas não é totalmente desprovida de inutilidade. Pode até servir como um bom introito para a história propriamente dita, aquela que já tentei contar e que não consegui. Chegado a este ponto, torna-se inevitável que avance. Muito bem, então, aqui acaba o dito introito. Chega de introito. Guerra, morte aos introitos.

E pronto, pela última vez, vou tentar contar esta história. Era uma tarde de terça-feira, nada de especial. Havia uma luz, uma espécie de boa memória, que entrava pela janela da sala, e eu estava na sala. Havia os ruídos dos vizinhos de cima e de baixo a revolverem-se no interior das paredes e, nem sequer ocasionalmente, eu ignorava-os porque tinha este mesmo livro nas mãos e lia este mesmo texto.

Mudo de parágrafo, faço uma paragem na narração da história que mal comecei, porque me parece importante assinalar este pormenor, talvez responsável pela dificuldade em fazer-me entender: eu estava a ler este mesmo texto, publicado nestas mesmas páginas, escrito com estas mesmas palavras. Aqui, os mais incautos perguntam: como é possível? Logo a seguir, os mais acostumados afirmam: com milênios de tradição literária e, sobretudo, com o século XX e o pós-modernismo, a autorreferencialidade anacrônica já não é o elemento subversivo que foi noutras épocas. Logo, logo a seguir, eu, que sou o autor, o narrador e a personagem principal, peço desculpas aos incautos, mas aviso que esta história se destina sobretudo aos mais acostumados. Com isto, quero dizer: talvez a situação seja impossível, mas está aqui escrita e não é difícil imaginá-la. É este exercício simples que vos peço para que possa continuar: imaginem que eu estava a ler este mesmo texto, exatamente como está aqui, com estas palavras, tal e qual, até esta, e esta, e mais estas palavras — que talvez não tenham nenhuma utilidade ou que, possivelmente, até sejam fundamentais, se pensarmos bem nisso.

Enfim. Nessa tarde, eu lia este texto e segurava o livro com as duas mãos, com cuidado, tentando não ferir a lombada. Ou seja, tinha sempre as pontas dos dedos sobre uma boa porção de texto. E estava compenetrado nas palavras que lia, sem perceber qual seria o sentido de toda aquela verborreia — estava a parecer-me que iria ser um daqueles textos habituais em que se fala de uma história que, afinal, acaba por não existir —, quando, comecei a sentir algo, como um ser vivo, como um inseto cheio de ângulos que se raspou na ponta do meu indicador — mais concretamente, entre a folha e a ponta do meu indicador. Levantei a mão com rapidez, esperando encontrar algo como uma centopeia e, para grande espanto meu, quase terror...

As reticências são um sinal de pontuação pouco honesto. Interrompem aquilo que, no texto, não deveria ser passível de interrupções. A realidade, sim, é cheia de reticências. A realidade é fragmentada de mil maneiras: uma batida de coração é feita de reticências, uma tomada de respiração é feita de reticências. Os textos, com as suas regras próprias, com a sua realidade transfigurada, não deveriam tê-las. Mas não se deve dizer aos textos aquilo que podem ou que não podem. Ou deve. Ou não deve.

Como dizia antes deste último parágrafo, levantei a mão e, para grande espanto meu, quase terror, reparei que aquilo que se friccionava na ponta do meu indicador era, nada mais, nada menos, do que a palavra "enredo". Esta mesma que acabaram de ler. Com aspas e tudo. A palavra "enredo" levantava-se na página e contorcia-se. Era como um inseto amigável, como uma larva dessas que se guardam em caixas de sapatos, dão dentadinhas pequenas nas folhas de amoreira que lhes damos, constroem casulos amarelos, mil linhas sofridas que saíram do seu interior e, depois, se não nos esquecermos da caixa, se nos lembrarmos do seu milagre, surgem como borboletas, não mais bonitas, ao contrário do que diz o estereótipo, mas metamorfoseadas e, este sim, é um conceito muito bonito. Com alguma coragem, não demasiada, pousei o dedo ao lado da palavra "enredo" e deixei-a subir. Não picava, mas não era mole. Era rija e negra, mas de ângulos suaves, mas de formas miúdas. Senti um instante de ternura por aquela palavra, indefesa, simpática, na ponta do meu dedo. De algum modo que não sei explicar, acreditei que me sorria.

E voltei a pousá-la na página. Aqui: "enredo". Fiz-lhe festas com a ponta do mindinho, enquanto se enroscava entre as outras palavras. E, nesse instante, não consegui evitar um sentimento talvez paternal, talvez com o rosto do meu próprio pai a ser o molde do meu rosto naquele momento. E todas as outras palavras a serem uma espécie de noite a envolver a palavra "enredo", que parecia adormecer à medida que o texto, este texto, na folha, nesta folha, prosseguia para o seu fim. Fim.

Não sei se esta história foi bem entendida. Não porque seja difícil de entender, mas porque não sei se sou capaz de explicar, com as tais ressalvas que já fiz. Se soubesse exatamente quais são os problemas que esta história levanta, aqueles que a obrigam a ser escorregadia, movediça, saberia contorná-los. Não sei, mas duvido que sejam apenas a questão da autorreferencialidade que transcende tempos, a suposta abstração disto que me aconteceu ou a plasticidade que a palavra "enredo" assume (e que possui de fato). Talvez existam outros problemas, invisíveis ou transparentes. Pouco interessa. Seja como for, tentei. Pela última vez, garanto.

Como ainda disponho de algumas linhas, aproveito para voltar a escrever a palavra "introito". Trata-se de uma palavra de que gosto, mas que, infelizmente, não tenho muita oportunidade de usar. Assim, ao mesmo tempo, permanece uma certa ideia de circularidade, cujo significado, de certeza, alguém se encarregará de desvendar.

O conto

O conto termina de maneira abrupta e algo surpreendente. Depois das paredes cinzentas do hospital, é já o início da noite. Com o peito encostado ao metal gelado da máquina de radiografias, a bibliotecária percebe que engoliu a personagem Faustine, de uma edição encadernada a couro, décima quarta, de *La invención de Morel*, da autoria de Adolfo Bioy Casares.

Se fosse obrigado a dedicar o conto a alguém, tê-lo-ia dedicado a um amigo que, desde sempre, tem um fascínio imenso por Jorge Luis Borges, também por Julio Cortázar, também por Adolfo Bioy Casares. Se tivesse chegado a escrever essa dedicatória, fá-lo-ia não apenas por essas preferências, mas pela razão muito mais válida de se tratar de um amigo verdadeiro que, em várias ocasiões concretas, o demonstrou com assinalável sinceridade. Considero-me agradecido e fiel. Ainda assim, sempre acreditei que uma dedicatória é algo que faz parte do texto como qualquer adjetivo, qualquer figura de estilo, qualquer parágrafo. Dessa forma, a dedicatória deve ser um acrescento de sentido e não um pagamento de dívidas pessoais. Existe honradez na gratidão, mas existem momentos adequados para exprimi-la. Quando há linhas, parágrafos, páginas com destinatários específicos, creio que o leitor comum deveria ser avisado. Qualquer coisa do gênero: pode saltar a linha/parágrafo/página x porque se destina apenas a um amigo meu que vive em Budapeste. Ou: pode saltar a linha/parágrafo/página x porque se destina apenas a um conhecido meu que gostava que reparasse mais em mim porque, tal como ele, sou proprietário de uma magnífica coleção de borboletas e gostava que trocássemos alguns exemplares. Neste caso particular, nem eu, nem o meu amigo somos colecionadores de borboletas. Somos amigos. Também por isso, não vi necessidade de enxertar uma dedicatória no conto: um ramo de laranjeira num ramo de oliveira.

O conto começa num tom bastante tranquilo. Numa biblioteca universitária de Buenos Aires há estudantes sentados a secretárias com tampos repletos de papéis, há duas ou três moscas que desenham retas e ângulos abruptos na penumbra, há estantes cheias de livros, divididos por seções mais ou menos pacíficas, há dicionários e enciclopédias. É o centro da tarde, mas o tempo está parado. Num canto de onde se vê grande parte da biblioteca, também sentada a uma secretária, iluminada por um candeeiro, está uma bibliotecária. Tem óculos, claro. É uma senhora extremamente conveniente, solteira, habituada a respirar os mistérios dos livros e a aturar as exigências dos alunos. Nada de muito extravagante.

Se não estou em erro, as páginas de agradecimentos não têm grande relevância na nossa tradição literária. Creio que devem ter chegado pela via anglo-saxônica. *Acknowledgements*, linda palavra. Na verdade, pouco importa de onde vêm. Sem certezas em relação a possíveis acrescentos de sentido ao texto, estava certo de que existe honradez na gratidão, como já referi. Apesar de só muito raramente se enumerarem agradecimentos no que respeita a contos, considerei que não se tratava de um conto habitual e, não apenas por isso, senti que deveria incluir uma lista de agradecimentos. Colocá-la no fim, depois de toda a gente saber que a bibliotecária engoliu Faustine, seria pouco interessante, uma vez que a maioria dos leitores poderiam sentir-se tentados a ignorar os nomes que tanta importância tiveram para que o conto existisse. Surgiriam isolados, abandonados, quase indignos. Por isso, a minha primeira intenção era colocar essa lista dentro do próprio conto. Tinha algumas ideias sobre como fazê-lo. Ainda assim, quando comecei a escrever nomes no pequeno caderno que tenho sempre ao lado do computador, começaram a surgir outros e outros nomes. Cada nome de que me lembrava trazia dois ou três nomes associados. Lembrava-me dos meus amigos na Argentina e lembrava-me dos amigos que me apresentaram os amigos da Argentina. Lembrava-me da minha mãe, que me ensinou as primeiras palavras, e lembrava-me da minha avó, que ensinou as primeiras palavras à minha mãe. Tinha noventa e sete nomes quando comecei a tentar organizá-los. Apenas por preguiça poderia utilizar a ordem alfabética. Enquanto desenvolvia possibilidades de gradação, continuavam a surgir nomes novos e imprescindíveis.

Tinha cento e quarenta e dois nomes para agradecer, quando desisti de incluir a lista de agradecimentos.

Sem grandes ideias para títulos, decidi chamar-lhe apenas "O conto". Às vezes, a solução mais singela seduz-me. É tão simples que, é tão simples que.

O desenvolvimento do conto, o seu tronco, o seu corpo, não têm grandes segredos. A bibliotecária está sentada. Lê um livro que não irá esquecer que leu, mas que irá esquecer. Lê porque sabe que, mais tarde, quando lhe perguntarem, quando surgir em conversa, poderá dizer: já li. A sua concentração é importante. É fácil. São os estudantes, uma rapariga com um casaco manchado, um rapaz de cachecol na mão, um rapaz de calças de ganga, que reclamam. Aproximam-se da sua secretária e pedem-lhe que faça alguma coisa. Ela levanta o olhar do livro uma vez, duas vezes e, à terceira vez, sem vontade, sente-se na obrigação de fazer qualquer coisa. Atravessa a biblioteca com passos habituais. Ao longo dos anos, atravessou a biblioteca muitas mil vezes. Quando chega, junto do homem que está empoleirado num escadote a martelar, a sua voz é sumida, discreta. Diz: podia tentar fazer menos barulho? O homem não tem paciência. Diz: estas estantes são um perigo, como é que as arranjo sem fazer barulho? A bibliotecária concorda, mas não tem tempo para desenvolver a concordância porque uma das estantes, a que está por baixo daquela que o homem arranja, solta-se da madeira velha e cansada. A bibliotecária está a olhar para cima e, no centro do seu rosto e da sua atrapalhação, caem-lhe os pregos que o homem tinha alinhados sobre a estante e uma chuva de romances, entre os quais: *Rayuela*, de Julio Cortázar; *Eisejuaz*, de Sara Gallardo, e *La invención de Morel*, de Adolfo Bioy Casares. Entre o estrondo, o voo de páginas, o tilintar de pregos no chão, a bibliotecária faz um movimento de engolir com a garganta. Abre mais os olhos, há um momento de silêncio, parece longo, e há um momento de pânico. No cimo do escadote, o homem olha para a bibliotecária e espera que algo aconteça. Rodeada de livros abertos no chão, a bibliotecária diz: acho que engoli um prego. O homem salta do escadote, dá-lhe o braço, leva-a para a camioneta que tem estacionada à porta da reitoria da universidade e avança pelas ruas de Buenos Aires, serpenteando entre carros lentos, buzinando, até chegar às urgências do hospital.

José

Há três meses, em Deli, conheci a tradutora dos livros de José Saramago para hindi. Antes, conheci tradutores dos seus livros para búlgaro, alemão, holandês, italiano, croata, húngaro, romeno, finlandês, etc. A partir de certa altura, deixou de ser invulgar para mim chegar a um país e, antes ou depois de me apresentarem alguém, sussurrarem-me: é o tradutor do José Saramago. Entre os tradutores, entre aqueles que atravessam fronteiras com a delicadeza das palavras, traduzir a obra de José Saramago é um estatuto. Não vale a pena explicar aqui e agora, com detalhe, as razões para esse privilégio. Não sou a pessoa indicada para essa tarefa, não quero ser.

José Saramago disse-me muitas vezes: o José tem de pensar na sua obra. O José era eu. Aquilo que recordo com mais nitidez neste instante são as conversas que chegamos a ter, essa voz que me ensinava, que me incentivava a não me afastar do essencial: a vida, a vida. Eu ouvia.

Não sei há quantos anos foi, mas sei que foi no dia 1 de maio. Estava a participar na Feira do Livro de Buenos Aires e, enquanto me dirigia para a sessão com José Saramago, não imaginava aquilo que ia encontrar. Milhares de leitores, dezenas de jornalistas. Essas imagens passam-me agora pela memória. Tenho pena que, em Portugal, a maioria das pessoas não as conhecera. Iriam ter orgulho, tenho a certeza.

Telefonam-me de jornais e pedem-me um comentário à morte de José Saramago. Quando desligo, duvido dos adjetivos que escolhi, das palavras que fui capaz de dizer em segundos. O José tem de pensar na sua obra. A obra é tão oposta a tudo isto. Eu, José, não sei o que pensar.

Estou em Londres. Recebi a notícia há pouco mais de uma hora, sem adjetivos, por mensagem de telemóvel. Estava ao lado do Tâmisa e fiquei parado no passeio, a olhar para uma frase simples. Este tempo: sem chuva, sem sol, apenas um céu opaco de nuvens indistintas, uma massa compacta de branco.

A Pilar del Río sorria quase sempre, chamava-lhe José. Ele sorria-lhe de volta. Antes de conhecê-lo, imaginava toda a espécie de coisas sobre ele. Tinha lido os seus livros e tinha um deles autografado em Coimbra, após uma espera na fila em que observei cada um dos seus gestos e em que, durante segundos, lhe disse o meu nome. Anos mais tarde, quando o conheci, percebi que era uma pessoa e que essa verdade simples, que sempre estivera ao meu alcance, era grandiosa. Lembro-me muito bem do seu sorriso.

Estou em Londres. Depois de receber a notícia, regressei ao meu quarto de hotel. Escrevo estas linhas e, entre parágrafos, vou à janela e fico a olhar a Russel Square por instantes, os autocarros, as pessoas que passam. Regresso ao computador, na internet, uma amiga do Facebook cita Saramago: "Todos sabemos que cada dia que nasce é o primeiro para uns e será o último para outros e que, para a maioria, é só um dia mais."

Recebo um email do *Jornal de Letras* com links para diversos textos antigos sobre José Saramago. Há um que me chama a atenção, chama-se "Todas as palavras". Penso na banalidade desse trocadilho com o título do romance de Saramago. Que título desengraçado, penso. Decido ler o texto e percebo que foi escrito por mim em 2005.

É a morte, essa palavra, que me confunde. Passou pouco mais de uma hora desde que recebi a notícia. José Saramago era uma grande quantidade de coisas, mas há uma quantidade ainda maior de outras que continua e continuará a ser. Em todo o mundo, continuam os seus tradutores e continuam os seus leitores, continuam as inquietações, as respostas e os silêncios, também necessários, que construiu dentro deles. Num canto da Europa, junto ao oceano, continua o seu país.

Temos o nosso país, pequeno e grande, e temos, espalhadas por séculos, figuras com a força suficiente para erguer um espelho que nos reflete enquanto portugueses e enquanto seres humanos. Este dia, 18 de junho de 2010, ficará associado ao tempo de um desses enormes. Começaremos hoje a tentar perceber o tamanho do quanto perdemos. Esperemos ser capazes de não nos afastarmos do essencial: a vida, a vida. A vida, José.

Saramago

Tenho uma folha em branco à frente, da mesma maneira que ele teve tantas vezes. Começo por escrever uma frase, da mesma maneira que ele fez tantas vezes. É isso que os escritores fazem. Os carpinteiros lidam com madeira, os escritores lidam com palavras, mas as palavras, em si próprias, não são um material, são feitas de significado, mas o significado, em si próprio, não é um material, é feito de tempo. O tempo, sim, é um material.

A pessoa que escreve é uma pessoa. É fácil e óbvio questionar aquilo que escreve, cada frase é cheia de interrogações possíveis, mas o que é uma pessoa? A pergunta permanece, sem uma resposta única e conclusiva. Ninguém permanece perante uma pergunta deste tamanho. Ninguém dispõe de tanto tempo, nem mesmo aqueles que entregam a esta pergunta todo o tempo que possuem. Mas são esses que nos aproximam de uma resposta, da resposta.

Estamos aqui. Lisboa apresenta as mesmas ruas que Ricardo Reis percorreu, ainda as percorre. Mas nós não continuaremos aqui. Há outra Lisboa que nos espera, estamos a construí-la neste preciso momento. Utilizamos os materiais de que dispomos. Os carpinteiros utilizam madeira, os escritores utilizam tempo, 16 de novembro de 1922, 18 de junho de 2010, este tempo, agora, como ontem, como amanhã.

Termino este texto breve, como ele terminou tantas vezes outros tantos textos, mas sei que não termina efetivamente aqui. O seu significado continua, o seu tempo continua. Tudo continua sempre, exceto nós.

A minha madrinha a nove mil quilômetros do alto da Praça

A minha madrinha sonhava com hipermercados. Enquanto ouvia as nossas descrições de corredores enormes, esvaziava o olhar daquilo que a rodeava, paredes caiadas, e enchia-o com o brilho que conseguia imaginar das nossas palavras. Agora, ao lembrar-me dela, tenho uma espécie de sorriso brando, parecido com o sorriso que ela própria tinha nesses momentos. A minha madrinha morava no alto da Praça, na continuação do adro, e conseguia ver uma boa parte da vila, os campos ao longe, mas a maior distância que fazia sem ajuda chegava apenas até à mercearia, poucas dezenas de metros. Em algum momento do passado, antes de mim, a minha madrinha tinha sido uma menina, filha única e delicada, estimada pelos pais; mas, quando a conheci, já era uma mulher de setenta anos, pouco cabelo, poucos dentes, gorda, com pernas finas e ruins, amparada por muletas. Na mercearia, a minha madrinha analisava os pacotes de bolachas, os iogurtes, provava cada sabor novo, coco, baunilha, e guardava-os para eu provar também.

Estou na Califórnia.

A cada dois ou três meses, quando os meus pais iam a Lisboa, a minha madrinha escrevia uma lista de compras com a sua caligrafia certa, gabada em tempos. Depois, entre vozes, descarregávamos caixas de detergente para a máquina de lavar roupa, sprays ambientadores, pacotes de leite.

Ontem, escritor, apresentei um romance meu, o primeiro, numa espécie de livraria, onde se oferece café, numa pequena cidade da Califórnia, na área do deserto do Mojave. Sentado num banco de pé alto, para uma dúzia de mulheres com mais de sessenta anos, li excertos que já li muitas vezes e, como se falasse apenas do romance, falei das ruas da terra onde nasci. Eram mulheres de cabelo pintado, com blusas em tons pastel, a dona da livraria, um par de gêmeas, Betty e Jeannine, mulheres amigas umas das outras, amáveis umas para as outras, a tratarem-me por "young man". Enquanto falava, sentia que me olhavam com um sorriso adormecido, como se estivessem congeladas noutro pensamento. A excepção era uma mulher de pescoço esticado para a frente, fato de treino cor-de-rosa, que sorria quando eu olhava na sua direção. Era cedo, três e tal da tarde. Lá fora, havia sol e tempo parado, uma estrada sem movimento, a avenida principal. Antes de terminar, li um excerto sobre gêmeos. As gêmeas gostaram. Várias mulheres compraram o romance, quinze dólares, e pediram-me para escrever o nome. A mulher do fato de treino cor-de-rosa esperou pelo fim. Estendeu-me o livro de maneira diferente, já o conhecia. Chamava-se Mary Ann.

Um livro novo pesa menos do que um livro lido, peso bom. Um livro lido aquece as mãos. Falamos pouco enquanto caminhamos pelo passeio de cimento. Devagar, terrenos baldios, paredes de madeira com lascas encaracoladas de tinta velha, pátios com esqueletos de bicicletas abandonadas. Chegamos ao seu portão, entramos. Subimos dois degraus de madeira até ao alpendre, abriu a porta de rede e entramos. Sobre a mesa, havia caixas de cartão do Carl's Junior, Taco Bell, Burger King, Denny's. A televisão estava ligada. Ela, Mary Ann, ia à minha frente, arranjava pormenores, almofadas nas poltronas, e olhava-me com olhos tímidos e claros, água. Seguindo-a, passei pela cozinha e cheguei ao alpendre das traseiras. Perguntou-me se queria tomar alguma coisa.

Deixou-me sozinho. Sentei-me numa cadeira grande de baloiço, presa ao teto por correntes, almofadada, padrão desbotado de flores antigas, década de oitenta. Voltou com um copo de plástico gigante e sentou-se ao meu lado. Apontou para uma caravana que estava no mesmo terreno da casa e, sussurrando, explicou-me que a neta vivia ali com o namorado. E, nesse momento, foi uma mulher de setenta anos com um rosto de preocupação ou mágoa. Entretanto, o silêncio. À nossa frente, estava a distância imensa do deserto castanho e as montanhas a receberem o sol. Era como se existisse ali o segredo lento do dia e da noite: aquela luz quente, amarelo quente a escorrer pela garganta.

Era isto que queria mostrar-te, disse Mary Ann.

E desde o lixo e o pó, perto, até aos contornos monstros das montanhas, longe, tive a oportunidade de ver aquela imagem com os olhos de quem tinha passado a vida inteira ali.

A saudade em 2011

Talvez o Skype não tenha lugar na literatura portuguesa.

É possível que os pensadores da portugalidade desconheçam a palavra "Skype" e não a ouçam quando é dita, não a leiam quando é escrita. Sou capaz de imaginar, sem ironia, os pensadores da portugalidade a considerarem o Skype como uma ferramenta transitória, efêmera. E talvez não se enganem. É facilmente possível que, daqui a poucos anos, o Skype tenha outro nome e cumpra outras funções. Os pensadores da portugalidade calculam o mundo em séculos, os programadores de software consideram obsoleto o mundo de há três anos atrás.

Não tenho críticas a fazer à natureza de uns ou de outros. São naturezas certas, corretas, com razões particulares. Já tive oportunidade de me cruzar tanto com pensadores da portugalidade como com programadores de software, sei o tipo de vestuário que cada um deles utiliza. Ainda assim, quem corrige toda a gente que tenta pronunciar "Søren Kierkegaard" deveria ter a obrigação de saber dizer "Skype", duas sílabas. Isto, claro, se é que se podem pedir obrigações numa área tão feita de liberdade como esta.

Ah, os pensadores da portugalidade: a considerarem "contemporâneos" os filósofos que morreram nos anos cinquenta e a julgarem os livros publicados no ano passado pelo nome de quem assina as traduções. Ah, os programadores de software: a criarem aplicações para o Facebook sobre personagens das revistas de salas de espera e a terem demasiada pressa até para acabarem de ver um vídeo de dois minutos no Youtube.

Malditos preconceitos, inimigos do conhecimento. É muito provável que os pensadores da portugalidade sejam completamente diferentes deste esboço de caricatura. Ninguém consegue acordar e adormecer sempre com o mesmo fato cinzento, a mesma camisa passada, a mesma gravata. Além disso, é sabido que os programadores de software, se forem competentes, têm de ter noções bastante precisas do uso das três dimensões, da forma como os objetos se dispõem no espaço.

Malditos preconceitos. As acusações, sobretudo as implícitas, sobretudo aquelas que são lançadas sem alvo, sobretudo as que nem parecem acusações, são as mais venenosas. Vão cheias de arestas, picam mesmo onde não se imaginou chegar. Os pensadores da portugalidade sabem ao que me refiro. Para os programadores de software são como vírus que se autoenviam. "Uma pessoa tal num sítio tal é tal coisa." Todos já fomos essa "pessoa tal", todos já estivemos num "sítio tal" e, claro, todos já fomos "tal coisa". Quanto mais cedo deixarmos de fingir, mais depressa nos humanizamos.

Assim, em vez de acusar implicitamente, talvez fosse melhor perguntar: Será que o Skype tem lugar na literatura portuguesa?

O raciocínio anterior, chamemos-lhe assim, não foi elaborado com maldade. Em nenhum momento, tive a intenção de encurralar ninguém, pensadores ou programadores, num conceito estático, que não admite contestação e que apenas deixa a alternativa aos acusados de se defenderem e, ao fazê-lo, de assumirem as características que lhes são imputadas. Não, não se tratava de nada tão elaborado. Na verdade, tratava-se até de algo bastante elementar. Tenho um filho de seis anos e, a mais de nove mil quilômetros de distância, acabei de falar com ele no Skype.

Um sentimento também é uma ideia, mas descontrolada, e eu fico deslumbrado com o tamanho deste fato que existe dentro de mim. Ficarei a observá-lo durante o tempo que for necessário. Essa não é uma tarefa apenas pacífica. Existe muito que dói nessa contemplação vegetal, a distância, ter e não ter, uma dor líquida, algo que escorre. E, já se sabe, a dor dá lugar a mais dor, inventa formas de contágio, é elástica e lança-se por cada fresta que encontra. Ainda bem que existem as palavras, os pensadores da portugalidade chamam-lhe "literatura", os programadores de software chamam-lhe qualquer nome de origem inglesa. São as palavras que atenuam esses sentimentos e os transformam em ideias simples, apenas ideias, e, ao fazê-lo, oferecem-lhes controlo, contenção, ponderação. Retiram-lhes com uma seringa tudo o que é desnecessário e, com sorte, com bênção, transmitem-lhes um propósito.

Tenho uma vista sobre a avenida na janela do quarto, estou no vigésimo sétimo andar, mas escolho uma parede para servir de cenário ao meu rosto filmado pela webcam. Enquanto falo com o meu filho, não lhe falo do que vi, centro-me no dia dele, pergunto-lhe sobre o que almoçou na escola. Quero que ele, neste momento, acredite que o mundo em que está é o único, o mais importante que existe, quero que o veja com olhos de microscópio e que saiba que estou aqui, com ele. Mesmo num ecrã, hei-de saber de que cor são as caneleiras que comprou para o futebol e hei-de saber que brinquedos o Martim Ferreira recebeu na festa de anos, hei-de saber que hoje almoçou sopa e carne e purê de batata e maçã. E ele há-de saber que eu sei. O mundo estará aqui, a seu tempo, a esperá-lo.

E, depois de nos despedirmos, depois de desligar o computador, fico a imaginar o momento em que tiver vencido estes nove mil quilômetros e, de novo, não existir nenhuma distância entre nós, bastar-me-á estender uma mão para tocá-lo. E fico a imaginar o momento em que, de novo, estiver a conduzir na segunda circular, a ouvir rádio, TSF, ou a entrar numa pastelaria nas Antas, a escolher um bolo da vitrina, ou a pagar a portagem em Coimbra, a universidade lá em cima.

Se for caso disso, peço desculpa aos pensadores da portugalidade e aos programadores de software por tê-los desinquietado e chamado para um assunto que, claramente, não lhes dizia respeito.

Aproveito e peço também desculpa ao mundo, inclusivamente a mim próprio, por ter duvidado de uma evidência tão óbvia:

Sim, o Skype tem lugar na literatura portuguesa.

Mesmo que daqui a alguns anos, poucos, esta afirmação tenha de ser explicada por uma nota de rodapé.

Testemunha

Eu estava sentado num banco de cimento morno, liso, gasto talvez pelo tamanho do céu. Não era um banco gasto pelo tempo, pelos séculos, não. Em Venice Beach existem detalhes com a idade do mundo — o oceano Pacífico, a areia, as montanhas ao longe ou o céu que já referi —, mas não são esses detalhes que gritam, que atiram o seu garrido de encontro às coisas, que gastam. Pelo contrário, esses pormenores, mar, terra, céu, tentam apaziguar os espíritos, esforçam-se por criar-lhes um sentido de continuidade, calma, calma. Por isso, na semana passada, meados de janeiro, a luz que emanava de todos esses pontos, mar, terra, céu, era feita de primavera, podia ser bebida num copo, espécie de limonada, e eu estava sentado num banco de cimento morno, a olhar para uma bola de gelado que derretia no chão, também de cimento. Descansava nessa imagem lenta, rodeada por uma superfície de areia, multidão pontilhada, que se deslocava em conjunto, véu, e que era atravessada por passadas ocasionais, grandes e pequenas, até ao tornozelo, com ou sem meia. Tinha-me afastado das áreas mais movimentadas, precisava de sossego mínimo. O meu corpo sabia onde estavam essas áreas mais agitadas; mesmo pensando noutra coisa, o meu corpo era o centro dessa rosa dos ventos: num lado, centenas de pessoas a tocarem tambores na praia; no outro, uma corrente infinita de famílias a passarem entre objetos à venda e toda a ordem — desordem — de ruídos; no outro, malabarismos e pessoas de patins, de skate, de bicicleta, a fazerem o pino, a fazerem o pino. Se era uma rosa dos ventos, tinhas muitos nortes, muitos oestes.

Acho que levantei o olhar porque quis ver as palmeiras. Não sei, talvez quisesse certificar-me de que estava em Venice Beach, Califórnia. As pessoas que nasceram em Galveias são assim, impressionam-se com esse tipo de coisas. Se esse foi o caso, se levantei o olhar, é bem provável que tenha sido, então estava à procura de sentir aquele instante de quase-consciência da quase-transcendência que está presente na constatação de pequenos milagres como as diferenças horárias, a distância e o simultâneo. Tenho como certo que não levantei o olhar para ver os sapatos quadrados e antiquados que se aproximavam. Ainda assim, no caminho entre o chão e as palmeiras, reparei nesses sapatos, nesse andar que lançava um pé para um lado e o outro pé para o outro, dando pontapés consecutivos no ar; reparei também nesse fato branco, passado a ferro, o vento a bater-lhe e, quando reparei no rosto — o bigode, as sobrancelhas, o cabelo — soube: é o Samuel Clemens. E pensei: mas não pode ser, mas é, mas não pode ser, mas é, mas não pode ser, mas é.

Sorriu para o meu rosto espantado. Não o segui. Deixei-o continuar pelo seu caminho, livre das minhas dúvidas, livre. Podia tê-lo seguido. Agora, estou feliz de não o ter feito. Assim, sou capaz de imaginá-lo em direção a uma cadeira de baloiço, onde poderá estar neste preciso momento. Assim, sou capaz de ter toda a consciência completa de toda a transcendência. Pelo menos assim me parece. Continuei nesse banco de cimento, sentado, em Venice Beach e longe de Venice Beach, a sentir o olhar de Samuel Clemens a tocar-me no rosto e, abençoado, a pensar naqueles que amo e, não importa a distância, a enviar-lhes um beijo, o beijo exato que não lhes dei tantas vezes quando estava ao seu lado e me bastava esticar um braço, esticar os lábios, quando podia cheirá-los.

Por isso:

1. Para o homem que passou por mim na semana passada em Venice Beach (no caso de ser Samuel Clemens)

Agradeço-lhe tanto, caro Samuel. Perdoe a familiaridade destas palavras, vindas de um Zé Luís tão pequenino, mas, sabe, passei tanto tempo a imaginá-lo, a ouvi-lo através do que escreveu e a conversar consigo. Acreditei mesmo que nos poderíamos compreender. Vê-lo passar por mim na semana passada, cruzarmos o olhar, é tudo aquilo que nunca fui suficientemente ambicioso para pedir. Agora, possuo esse brilho. O toque do seu olhar converteu-me noutro material. Precisava desse sorriso, selo daquilo que importa.

2. Para o homem que passou por mim na semana passada em Venice Beach (no caso de não ser Samuel Clemens)

Poderia ser meu avô, caro homem. Quando nasci, filho de pais órfãos, também os meus avós eram uma lembrança emoldurada. Agradeço-lhe muito por ter escolhido aquele instante na semana passada para fazer exatamente o que fez e para ter sido exatamente aquilo que foi. Eu também estava lá.

Em Venice Beach, o pôr do sol.

Como voam os helicópteros

É de tarde, cinco da tarde, numa rua residencial, com filas de palmeiras nos passeios, com árvores nos relvados, imensas, antigas, diante das casas pintadas, madeira americana. Lá ao fundo, um mexicano de boné trata de um jardim com um ancinho. Mais perto, noutro jardim, no outro lado da rua, uma mulher de luvas e avental, planta flores. E há os pássaros, estas pequenas criaturas, corações a baterem a mil, que enchem de miudeza viçosa o cenário de tantos lugares do mundo. Primavera, essa palavra feita de pássaros. Aqui, Los Angeles. Aqui, neste bairro paralelo à Fairfax, a rega automática dispara em vários relvados, deve ser a hora certa, o minuto certo. A água é vaporizada a baixa altura. Respira-se ar limpo, tudo é muito nítido.

Separados por minutos incertos, como se fizessem parte desta natureza, passam helicópteros. O céu é tão grande. É enorme e evidente. Não se pode calcular o tempo entre a passagem de um e outro. São aleatórios, têm direções aleatórias, existem pelos seus próprios motivos. O mexicano jardineiro não levanta a cabeça para olhar. A senhora loira jardineira de luvas também não. E é normal ou, melhor, é "normal". Enquanto as pessoas conversam, o som dos helicópteros. Enquanto as pessoas pensam, o som dos helicópteros. Por baixo dessas palavras, com frequência, o som de motores desde o céu, o som de longas facas que giram pelo céu, lâminas que o cortam sucessivamente, como se o céu fosse grosso, sólido, espessura de banha ou manteiga. Eu levanto a cabeça e olho para os helicópteros. Não apenas porque sou de um lugar onde não passam helicópteros a toda a hora, mas porque eu não quero habituar-me àquilo que, para mim, não tem explicação. Eu quero afundar-me no mistério.

Sim, eu era um rapaz que corria pelas ruas a tentar, em terra, perseguir os objetos que passavam no céu. Ainda sou, digo-o para mim próprio sempre que preciso de ouvi-lo e rejubilo com essa verdade líquida, feita de infância. Desde essa idade, hoje, agora, os helicópteros continuam a ser insetos tão incríveis como as libelinhas sobre o tanque verde de limos e de março ameno. Pergunto ainda: como voam os helicópteros? E não me convenço com nenhuma resposta daqueles que me tentam explicar aquilo que também não sabem. As hélices fazem força, o ar, etc. Atenção, a pergunta é: como voam os helicópteros? Quem tentar responder a essa pergunta sem se deslumbrar não sabe a resposta. Pode dizer uma sucessão longa de palavras com sentido, mas não está a dizer nada, está em silêncio absoluto, nada. Porque um helicóptero pesa toneladas, porque as pessoas que estão lá dentro pesam também, porque nós damos um salto e, se formos elásticos, levantamos voo por um metro, um metro e meio e voltamos logo ao chão. Perante isto, os helicópteros não só erguem todo esse peso a centenas de metros do solo, como também, através de pequenos manípulos, são capazes de o passear pelos céus, escolhendo o seu destino, a sua velocidade e aterrando consoante a sua decisão. Quem não se impressiona com isto não se impressiona com uma borboleta, não se impressiona com a chuva, não se impressiona com uma pena a flutuar.

Aquilo que desconhecemos é fascinante, desde que consigamos ter a noção da sua existência. Olho para as árvores, as palmeiras, e imagino o seu interior. Conheço a seiva, a resina. Sim, também ouvi dizer que as raízes absorvem nutrientes da terra, água, e transformam-nos nestes contornos de anos e décadas. Mas, volto a perguntar: como o fazem exatamente? Mesmo quem sabe não sabe. A ciência explica aquilo que consegue explicar e aquilo que conseguimos entender. Cada uma dessas linhas tem limites. Passa outro helicóptero. O que andará a fazer? Como serão as pessoas que vão no seu interior? O que será que estão a pensar neste momento? Será que me está a ver? Será que são capazes de me imaginar a vê-los? Será que são capazes de vos imaginar a ler este texto sobre eles? Será que existem?

Esta rua é tão calma. Tem lombas. Quando passa algum carro, raramente, segue muito devagar, não perturba a ordem dos jardins, dos relvados, das casas pintadas, serenas, americanas. Por vezes, passam pessoas pouco cansadas a correr, ouvem música por auscultadores. É fim de tarde nesta cidade que tem uma avenida enorme dedicada ao pôr do sol, está lá ao fundo. Chegará a noite, eu sei. Então, poderei abrir as cortinas às vezes para ver os helicópteros que passam a lançar focos de luz sobre o chão. Perseguem alguma coisa, alguém. Esses são helicópteros que estão num mundo diferente, próximo, mas tão distante. Sim, os paradoxos. Mas, agora, ainda é dia, este dia. Toda a sua dimensão deve ser aproveitada, com os limites daquilo que pode ser aproveitado e com os limites daquilo que conseguimos aproveitar. Não são infinitos esses limites, mas são tão grandes. Estamos vivos. Respiramos cada lufada de qualquer coisa limpa, nítida. Seguimos uma sequência de pensamentos, de emoções, de estímulos. Esse é o mistério ou, melhor, o Mistério.

Las Vegas

Não existe dia e não existe noite. Existem apenas luzes de todas as cores a acenderem e a apagarem, permanentemente, mais rápidas do que todos os corações que enchem a sala. Uma mulher que tem talvez sessenta anos está sentada em frente a uma slot machine. Ao seu lado, tem uma mala de viagem com o autocolante do check-in de um aeroporto. Carrega no botão e o número 7, a palavra bar e desenhos de frutas giram à sua frente. É impossível perceber se acabou de chegar e ainda não conseguiu ir ao quarto do hotel deixar a mala, ou se já deixou o quarto e não consegue ir-se embora. Um homem está sentado em frente a outra máquina. Tem talvez setenta anos e segura um charuto com os lábios. As figuras não param de girar à sua frente. Giram, giram, ficam paradas durante menos de um segundo e a sua mão cheia de anéis grossos com pedras de cores, vermelhas, azuis, verdes, carrega de novo no botão. Passam mulheres com tabuleiros de bebidas. Têm pernas altas. As saias acabam no ponto exato onde começam as pernas. E ouvem-se muitas músicas ao mesmo tempo. Há músicas que vêm de muitas direções. Uma mistura de valsas, tangos, rumbas, boleros. Há a música que vem de cada um dos bares, espalhados e simétricos, em todos os cantos da sala. Há a música da sala. Há todas as músicas que vêm da rua quando alguém, muito distante, abre as portas por um momento. Passa um grupo de rapazes com bonés ao contrário com as palmas das mãos cheias de fichas e aproximam-se de uma mesa de dados. Passa um casal de asiáticos. Não se despedem quando ele se senta junto à roleta e ela se afasta em passinhos rápidos na direção de uma mesa de blackjack. Em toda a parte, o som das máquinas como uma cidade eletrônica que não tem descanso. Como o mundo mil vezes mais rápido. O som frenético das máquinas. O número 7, a palavra bar e desenhos de frutas a girarem, quase indistintos, como se fossem os olhos que girassem. E as luzes fazem as formas de pontes e de moinhos e de casas que não existem. A alcatifa tem a imagem de flores impossíveis porque não há flores tão entrançadas umas nas outras, com cores que gritem tanto. Numa fila de buracos na parede estão os rostos emoldurados das mulheres da caixa. Os cabelos pintados de loiro. Contam notas de cinco dólares ou de vinte dólares ou de cinquenta dólares. As unhas pintadas de vermelho. Ao lado, uma parede coberta de ecrãs com os resultados dos jogos de basebol, de basquetebol e de futebol americano. Uma rapariga loira, de olhos azuis, vestida de noiva, lança gargalhadas, levanta o vestido até aos joelhos e caminha pela alcatifa até se sentar em frente a uma slot machine. O noivo, de fato preto, de laço branco, senta-se em frente da máquina que está ao lado. Por cima das máquinas, há números sempre a crescerem, escritos em letreiros eletrônicos, a mudarem de vermelho para verde para amarelo. Há máquinas com a imagem da Marilyn Monroe, do James Dean, do Humphrey Bogart e do Elvis. Uma mulher que tem talvez setenta anos passa a apoiar-se numa muleta e a fumar um cigarro. Tem o cabelo pintado de loiro. Tem uma permanente de caracóis frágeis. Tem o brilho de pulseiras douradas e largas nos pulsos. Devagar, aproxima-se de uma cadeira em frente a uma slot machine e senta-se. Uma mulher que tem talvez trinta anos passa ligeira. Os tênis brancos parecem não tocar a alcatifa. Tem um fato de treino que parece ser feito de veludo. Tem os cabelos presos por uma fita com flores. Tem o brilho de pulseiras douradas e largas nos pulsos. Senta-se na máquina que fica ao lado da mulher que passou apoiada na muleta. Alternadamente, ouvem-se os gritos de entusiasmo das pequenas multidões que rodeiam as mesas de dados. Há canteiros de flores de plástico espalhados por toda a extensão da sala. Quem começar a andar desde uma das paredes extremas da sala, demora pelo menos cinco minutos a chegar ao outro lado e, se olhar para um lado e para outro, verá outras salas, iguais ou maiores, repletas de homens sentados à frente de máquinas, com a barriga pousada sobre as pernas, a esticarem os braços para carregar mais uma vez, mais uma vez, em botões iluminados com os dedos grossos, gordos; salas repletas de mulheres com mais de sessenta anos, com os óculos presos por correntes que lhes passam por trás do pescoço, com malas enfiadas nos braços, a carregarem em botões mais uma vez, mais uma vez, só mais uma vez, só mais uma, e outra, e outra, e outra. A palavra bonus pisca em milhares de cores, em milhares de formatos, em milhares de luzes. E as músicas todas misturam-se com os barulhos das máquinas todas e com as vozes todas. E as cores das luzes misturam-se todas e piscam todas ao mesmo tempo. E o teto, feito de espelhos, reflete tudo. Tudo o que acontece na sala, sobre a alcatifa, nas máquinas e nas cores das paredes, acontece refletido no teto.

    Atravesso corredores de máquinas para procurar os elevadores que me irão levar ao quarto de hotel que fica nos andares de cima. Procuro e encontro no bolso o cartão que abre a porta. Junto aos elevadores está uma rapariga sentada no chão, tem pouco mais de vinte anos e segura a cabeça dentro das palmas das mãos. Passo por ela. Entro no elevador e carrego no 28. Fecham-se as portas, fico refletido até ao infinito pelos espelhos que cobrem as paredes, o teto e que são separados apenas por pequenas barras douradas preenchidas por cornucópias douradas. Abrem-se as portas e saio. Encontro a tabuleta que assinala a direção do meu quarto. Um pequeno retângulo onde está gravado 28 064-28 174. Caminho por um corredor que parece que nunca irá terminar. Não sei se termina. O padrão de canas de bambu da alcatifa. O papel de parede. A luz branca. Paro na porta do meu quarto e entro. Estendo o meu corpo cansado sobre a colcha da cama. Na mesinha de cabeceira, está o comando da televisão. Carrego no botão que a liga e, sem reação, fico parado durante horas, a ver uma mulher que imita várias celebridades e que explica todas as regras do bacará e todas as variantes do blackjack.

Adeus, Olivais Sul

Lembro-me de o meu filho e eu a atravessarmos o largo das mamas. O meu filho a dar pontapés na bola, em direção ao campo, e eu a caminhar atrás dele, a segui-lo. Antes, num dia que não recordo com data, contei-lhe que se chamava largo das maminhas, como se o diminutivo tornasse mais tolerável o fato de avançarmos entre elevações arredondadas da calçada, mamilos gigantes de pedra. Chegados ao campo, lembro-me de o meu filho a rematar à baliza com toda a sua força e eu, que já tinha desistido das minhas ambições futebolísticas do início da adolescência, que já as tinha esquecido, a recuperá-las de novo durante uma hora.

Pensamos que é por pouco tempo e, de repente, passam cinco anos, dez anos, uma idade, uma fatia de vida. Não sei quanto tempo contamos viver. Creio que preferimos não pensar nisso. Para fazê-lo, teríamos de considerar aquilo que, um dia, irá acontecer a estas mãos, a este corpo, a estes ossos. Pó. Todas as despedidas são parte dessa grande despedida.

Sair da segunda circular e chegar a casa. Se pudesse, criava um dia novo e oferecia-o aos Olivais: manhã de sábado, tarde de domingo e noite de sexta-feira. Os Olivais mereciam um dia assim. Os senhores podiam passear os cães o dia inteiro e as senhoras podiam vestir aqueles vestidos e aqueles sorrisos de ir ao centro comercial. As testemunhas de Jeová podiam ficar sentadas à sombra, com as revistas no colo, a porem a conversa em dia enquanto esperavam que passasse alguém. As crianças podiam encher-se daquela alegria limpa, antes de entrarem na Quinta Pedagógica, de mãos dadas entre a mãe e o pai.

Tantas manhãs, tantos almoços e jantares, foi com tanta tranquilidade que pousei as pálpebras sobre os olhos para adormecer nos Olivais. Tantas vezes que andei à procura de lugar para estacionar o carro e tantas vezes que, no dia seguinte, não me lembrei onde o tinha estacionado. E, ao longo da tarde, tocava a campainha: quem é? E uma voz brasileira através do intercomunicador do prédio: publicidade, pode abrir a porta, senhor? E os autocarros a passarem de dia, de noite, e eu a aprender o barulho que fazem quando vão vazios. Os Olivais no verão, os Olivais no inverno. Os homens do lixo às três da manhã.

Pertence-me este pedaço de céu que está aqui, à minha frente. Estou a captá-lo com a abrangência máxima dos meus sentidos. Se quem vai a conduzir aquele carro é dono dele por dentro, eu sou dono dele por fora enquanto o sigo com o olhar. É por isso que os Olivais me pertenceram e que eu pertenci aos Olivais, respiramos o ar um do outro. Enquanto acartava carradas de livros, eu sentia os prédios dos Olivais a despedirem-se de mim, eu sentia as árvores a recordarem-me tudo, bom e mau, que seria fácil esquecer. Os lugares são mais espertos do que as pessoas em assuntos dessa cor. Conhecem muito melhor o tempo, aceitam-no.

E ainda tudo. Eu a carregar livros e objetos, como se assaltasse uma casa, como se fugisse, e ainda tudo. Os velhos a deslizarem pelos passeios como barcos. Ou sentados em cadeiras de plástico do centro comercial, a verem televisão, sozinhos, a lerem jornais gratuitos, a olharem uns para os outros. As mulheres escolheram brincos e trouxeram a mala para passarem a tarde, sentadas ao lado dos homens, em silêncio, nas mesas da praça da alimentação, sem consumir. Ou no supermercado, a compararem preços, a olharem para todas as prateleiras e a saírem com um pão, um pacote de margarina, um pacote de leite, duas maçãs. Se pudesse, abraçava agora os velhos dos Olivais um a um, mesmo os maldispostos, mesmo os rezingões, mesmo os fascistas.

E ainda tudo. Os carros das escolas de condução a estacionarem de marcha atrás, a pararem sempre antes das passadeiras, a fazerem sempre pisca, cheios de letras fluorescentes e jovens assustados em segunda, como carrinhos de pilhas, sem pararem nunca, às voltas, às voltas. Eu a levar caixas, a sentir o tamanho solene daquele momento e os alunos do ciclo preparatório, condenados perpetuamente àquela idade, sem crescerem ao longo de todo o tempo que ali passei, a rirem-se despropositadamente e a fumarem cigarros como se estivessem muito habituados, e ainda aqueles bonés, aquelas sapatilhas, aquelas mochilas, ainda tudo.

Despeço-me agora, Olivais Sul, mas hei-de voltar. Por favor, não te esqueças de mim.

Uma casa cheia de livros

Os livros, esses animais sem pernas, mas com olhar, observam-nos mansos desde as prateleiras. Nós esquecemo-nos deles, habituamo-nos ao seu silêncio, mas eles não se esquecem de nós, não fazem uma pausa mínima na sua vigia, sentinelas até daquilo que não se vê. Desde as estantes ou pousados sem ordem sobre a mesa, os livros conseguem distinguir o que somos sem qualquer expressão porque eles sabem, eles existem sobretudo nesse nível transparente, nessa dimensão sussurrada. Os livros sabem mais do que nós mas, sem defesa, estão à nossa mercê. Podemos atirá-los à parede, podemos atirá-los ao ar, folhas a restolhar, ar, ar, e vê-los cair, duros e sérios, no chão.

Quando me pediram para entrar numa sala, entrei. Não contava surpreender-me. Estávamos numa biblioteca pública e eu era capaz de imaginar com antecedência o que me queriam mostrar. A senhora que caminhava dois passos à minha frente era dona de uma voz branda, feita de boa fazenda, e dizia que se tratava da oferta de um senhor que tinha morrido. O filho tinha cumprido a vontade do pai e tinha acordado as condições com a biblioteca: quase nenhumas. A sala não era uma sala, era uma sucessão de salas. Cada uma delas estava completamente ocupada por estantes cheias. Com a mesma voz de antes, a senhora explicava-me que os livros tinham vindo nas próprias estantes onde estavam. Uma empresa de mudanças tinha-se ocupado desse serviço durante dia e meio, sem parar, meia dúzia de homens.

Eu já vi muitos livros e não contava surpreender-me mas, depois, prestei mais atenção. Enquanto ouvia a descrição do cenário em que encontraram os livros — uma casa cheia de livros, todas as paredes cheias, do chão ao teto, prateleiras com duas fileiras de livros, pilhas de livros — foquei o meu olhar nas lombadas, nos títulos. A forma como estavam ordenados, lembrou-me a caligrafia da minha avó, uma caligrafia septuagenária, agarrada a uma perfeição talvez desnecessária, a um esforço de manter a correção mesmo depois de estar quase tudo perdido, como se essa correção pudesse salvar. Tratava-se de uma organização que previa a dimensão estética — o tamanho das edições, as coleções, as cores das capas — mas, também, uma vertente literária — gêneros, história da literatura — e alfabética — B depois do A. Por vincos ínfimos, dava para perceber que eram livros lidos. Mas tão bem tratados, tão minuciosamente acarinhados. Ao mesmo tempo, entre prateleiras, entre salas, fui percebendo quais eram os autores que, criteriosamente, não estavam representados e quais os que tinham toda a sua obra naquelas estantes; fui percebendo quais os períodos e os temas que interessavam à pessoa que juntou todos aqueles milhares de livros.

É uma vida, repetia a senhora, é uma vida inteira. E contou que aqueles livros estavam agora à espera de ser catalogados e, a pouco e pouco, arrumados junto dos outros. Foi nesse momento que consegui distinguir com clareza o quanto estavam assustados. Olhavam para todos os lados, não conheciam o futuro que os esperava. Afinal, o eterno podia mudar com tanta facilidade, bastava um sopro. Foi nesse momento que consegui distinguir as suas vozes fininhas a cruzarem-se no ar daquelas salas, cheiro a livros e a medo. Vestidos com roupas novas, roupas nobres e tão despreparados para as exigências de uma realidade feita de mãos e transtornos, feita de pressa real.

Muito tempo depois de sair de lá, a quilômetros de distância, voltei a pensar naqueles livros. Aquela seleção privada iria diluir-se nas prateleiras da biblioteca. O fim de uma ilusão costuma causar-me melancolia. Foi o caso. Muito provavelmente, na memória daqueles livros, o tempo que passaram nessa casa antiga, protegida, iria diluir-se também. Daqui a anos, depois de mundo e cicatrizes, ao encontrarem-se por acaso poderão nem sequer reconhecer-se. Poderão ser como aquelas pessoas que se reencontram e que não sabem se devem cumprimentar-se ou não e que, ao não fazê-lo, é como se tivessem deixado de conhecer-se.

Os livros, esses animais opacos por fora, essas donzelas. Os livros caem do céu, fazem grandes linhas retas e, ao atingir o chão, explodem em silêncio. Tudo neles é absoluto, até as contradições em que tropeçam. E estão lá, aqui, a olhar-nos de todos os lados, a hipnotizar-nos por telepatia. Devemos-lhes tanto, até a loucura, até os pesadelos, até a esperança em todas as suas formas.

Quatro zero

Agora, temos quarenta anos, temos quarenta e um e dois e três e cinco e sete anos. Agora, temos casais amigos. E, agora, chegou a primavera, os dias até às oito e o bom tempo. Temos de aproveitar o bom tempo. Nós não somos como essas pessoas que passam os domingos nos centros comerciais, nós rimo-nos dessas pessoas e não as conhecemos. Se contamos uma história em que, por acaso, tivemos de ir a um centro comercial num domingo, desculpamo-nos primeiro. Fazemos o mesmo se queremos falar de algo que lemos numa revista cor-de-rosa, dizemos: li na sala de espera do dentista, vi a capa numa bomba de gasolina, mostrou-me a minha mulher-a-dias, que vê telenovelas enquanto passa a ferro.

É domingo e, ao estacionarmos, há um sentimento de domingo que envolve o som dos pneus na gravilha. Com as duas mãos, transportamos uma travessa coberta com papel de alumínio. Nos rostos dos nossos amigos, existe um entusiasmo que nasce e morre quando chegamos. Nós não bebemos cerveja, bebemos vinho tinto. Já temos um copo na mão. As nossas mulheres também bebem vinho, fumam no alpendre e, às vezes, mandam-nos ir ver onde andam as crianças. As crianças estão lá fora, andam a brincar com os cães. Vamos pôr a mesa? Vamos pôr a mesa? Sim, vamos pôr a mesa. O especialista em grelhados já está a analisar pedaços de entrecosto e de entremeada há mais de meia hora. Passamos a segurar a saladeira e diz-nos que as brasas estão boas. Mentalmente, agradecemos a informação. Faltam cadeiras. Tragam cadeiras, por favor.

Logo, quando estivermos nos nossos carros, a regressar, falaremos da sorte que os nossos amigos têm. Se tivéssemos uma casa assim perto da natureza, e a frase ficará incompleta e suspensa. Depois, concluiremos que não têm sorte, têm pais com dinheiro. E, para varrermos essa sensação de injustiça, diremos duas piadas sobre o nosso amigo, o dono da casa, que é advogado ou, melhor, que não é advogado. Tem o curso de Direito, tem o estágio de advocacia, mas não é advogado. Limita-se a contratar advogados que recebem menos do que ele e que trabalham de fato. Depois, vai amealhando a diferença. É esperto, mas não é inteligente. De certeza que seremos capazes de rir-nos disso. Agora, não nos rimos. Agora, estamos a mastigar. O nosso amigo, o dono da casa, pergunta se queremos mais pão. Recusamos, estamos cheios, desapertamos o cinto. Já estamos todos a acabar de comer quando o especialista em grelhados acede, por fim, a largar a grelha. Sentimo-nos todos na obrigação de lhe dizer como a carne estava bem grelhada. Recebe as nossas frases com seriedade, como se fossem indicações preciosas para fazer ainda melhor na próxima vez. E ficamos à espera que o especialista em grelhados acabe de comer. As mulheres passam-lhe batatas, salada, enchem-lhe o copo de vinho.

Depois das sobremesas, depois do café, não pode faltar o café, estendemo-nos o máximo que nos for possível e disputamos conversas. Esse é o momento em que a ligeira embriaguez do vinho é como uma espécie de película transparente sobre os olhos e dizemos palavras de que, mais tarde, sentiremos um leve arrependimento. As crianças correm lá longe, perseguem alguma coisa invisível. A única adolescente, resultado do primeiro casamento de uma nossa amiga, está em absoluto silêncio, a um canto, a enviar mensagens infinitas de telemóvel. Nós respiramos um prazer sincero pela comida, pela sua memória e pela consciência de termos comido. E, se nos permitimos um instante de silêncio, pensamos: quando foi que tudo isto aconteceu? Quando foi que nos transformamos em cozinheiros de quiches, especialistas de grelhados, temperadores de saladas? As crianças não nos veem. Não nos compreendem. Falamos com elas através de uma linguagem que aprendemos e que demonstra que também nós deixamos de vê-las e de compreendê-las. A única adolescente acredita que nos conhece e, para ela, somos como personagens chatas de uma série de televisão, somos como um purgatório. Aceitamos tudo isto enquanto fazemos a digestão. Conformamo-nos com a faixa de gordura que nos cresceu à volta da barriga. Acreditamos que vai ficar aqui para sempre. A partir de agora, só pode piorar. Mas não dizemos nada, ficamos calados. Atribuímos estes pensamentos aos vapores do vinho e comemos uma fatia de torta, esperamos que passe.

Novidades

Estava sentado num dos bancos do jardim. Passava o dedo pela tinta branca, brilhante, escorregadia, que cobre as tábuas do banco e não reparava nos lagos com a cor de piscinas, nem nos juncos, nem nos canaviais, nem nos pássaros que desapareciam sem ordem no céu, nem nos outros idosos que caminhavam dobrados sobre bengalas pelos caminhos de tijolos entre tapetes de relva muito verde e canteiros de flores de plástico. Não reparava nas mulheres que tratam de nós, que sorriem sempre e que perguntam três ou quatro vezes por dia: "Como é que se está a sentir hoje, senhor Peixoto?" Pensava no meu filho mais novo que me vem visitar às vezes e que no domingo anterior me tinha telefonado a dizer que vinha passar aquela tarde comigo. Através dele contava receber novidades dos meus amigos e daqueles que conhecia. O tempo tinha-nos transformado em ilhas. Como eu, aqueles que tinham a minha idade estavam em lugares de onde não conseguiam e não podiam sair: na casa de filhos, mortos ou, como eu, em lares da terceira idade. Aos poucos, Lisboa tornara-se numa cidade estranha. Tínhamos deixado de conhecê-la e de compreendê-la. Em algum ponto das nossas vidas, tínhamos deixado de tentar entender as máquinas e os transportes públicos. Ganháramos o medo de nos perdermos e de nunca mais sermos encontrados entre a Estrela e o Saldanha. Preferíamos ficar quietos, esperar pelo almoço, pelo jantar e acordar todos os dias.

Quando ouvi o som sibilado das calças de bombazina, uma perna a tocar na outra, um passo e outro passo, virei o rosto já a saber que o meu filho mais novo tinha chegado. Beijamo-nos com a barba por fazer e dissemos pedaços das palavras habituais nestas ocasiões. Dissemos: "Ol...", "Então, tudo b...?",

"Olha, cá estam...". E, no meio dessas palavras incompletas, o meu filho disse uma frase inteira sobre aquilo que sabia que eu queria ouvir: novidades. Começou por falar da Joia, a cadela já velha neta da cadela que lhe acompanhou toda a infância e parte da adolescência. No momento de silêncio que se seguiu, senti ternura ao lembrar-me de como a Joia vinha lamber-me as mãos quando me sentava em frente à marquise da varanda, nos três meses que passei na casa do meu filho, antes de vir para aqui. "E a Marta?", perguntei-lhe. Esperava uma resposta rotineira, talvez o pedaço de uma das palavras habituais que se dizem nestas ocasiões, quando o vi a baixar o olhar e o ouvi dizer-me que ela tinha decidido sair de casa. Aquilo que tentava demonstrar no tom de cada palavra era que tinha sido inevitável, que não podia ter sido de outra maneira. Não quis saber mais. Nos três meses que passei na casa deles, adormecia muitas vezes com as discussões abafadas que tinham no quarto. Palavras gritadas em sussurros que atravessavam as paredes. Entre as palavras que se enrolavam, que se misturavam e que se tornavam incompreensíveis, deitado na cama, com as luzes apagadas, conseguia entender quando ela dizia: "Tens de fazer alguma coisa." Conseguia entender quando o meu filho dizia: "Ele é meu pai." Quando o meu filho estava a guardar as minhas malas no porta-bagagens do carro, despedi-me da Marta. Sorri-lhe e, quando lhe desejei felicidades, ela disse-me: "Vai ver que daqui a poucas semanas já nos estamos a encontrar outra vez." Não nos voltamos a encontrar. Em algum lugar a vida dela continuará. Pousei-lhe a mão no ombro como se o consolasse. Ele levantou o rosto e disse: "Não te preocupes, é melhor assim."

Esperei um momento e perguntei-lhe pelo pai dela. O meu filho não respondeu logo. Penso que não me queria magoar. O pai dela era muito mais novo do que eu. Quando publicou o seu primeiro romance, já eu tinha mais de cinquenta anos e mais de uma dezena de romances publicados. Para além da sensação que as suas metáforas causaram, houve alguns conhecidos que vieram contar-me aquilo que dizia de mim. Eu sabia que era uma forma de se evidenciar como qualquer outra e, no íntimo, até o entendia, mas cheguei a alimentar uma polémica de mais de dois meses em vários jornais. Conhecemo-nos pessoalmente algum tempo depois de os nossos filhos, com pouco mais de vinte anos, começarem a namorar. Quase imediatamente, tornamo-nos amigos. Ele mandava-me mensagens de telemóvel quando estava a dar alguma coisa interessante na televisão. Eu telefonava-lhe ao fim do serão e ficávamos durante horas a comentar assuntos nossos. Tínhamos os mesmos interesses. No essencial, tínhamos exatamente as mesmas opiniões. Tinha falado com ele pouco tempo depois de ter entrado para o lar. Uma das senhoras entrou no meu quarto quando estava a vestir o pijama e disse-me: "Tem um telefonema." Falamos de trivialidades. Depois, nada. Estranhei o silêncio, mas foi só naquela tarde que o meu filho me contou que o Alzheimer tinha chegado de repente. Num dia estava em casa e não sabia onde estava, noutro dia não conhecia a filha, noutro dia tratava o reflexo do espelho da casa de banho por "doutor Fonseca". Esteve um mês na casa do meu filho. Foi essa gota de água que fez com que se separassem. Lamentei.

Perguntei-lhe pelo Teles, o vocalista de uma mítica banda de heavy metal que conheci quando escrevi o meu quinto romance e com quem, durante décadas, fazíamos piqueniques de rissóis e croquetes em Sintra. O meu filho sorriu e disse que continuava a ser vereador na Câmara da Chamusca. Pedi-lhe para que o convencesse a vir-me visitar. Perguntei-lhe pelo Fernando, pelo Costa e pelo Milagre. Disse-me que estavam todos na mesma. Quando lhe perguntei pela Mónica, lembrou-se de qualquer coisa e começou a revolver tudo o que trazia dentro da mochila até encontrar uma caixinha pequena que me estendeu na palma da mão. "A Mónica mandou-te isto." Abri a caixinha com as pontas dos dedos e sorri. Era um piercing prateado, uma argola. Acabei agora de colocá-la na sobrancelha. Sento-me sobre a cama e fixo os olhos do meu reflexo no espelho do armário. Sorrio e não reparo no relógio que mostra que já passou a hora do jantar, nem no ruído de televisões ligadas que ecoa pelos corredores, nem nos livros que alinhei por ordem alfabética nas prateleiras, em cima da cômoda e no chão, nem no jardim a anoitecer definitivo na janela do meu quarto.

Manifesto branco

Pureza, esta palavra. Os poemas da Sophia, os poemas do Eugénio, os poemas da Fiama, as crianças. Endeusa esta palavra. Uma palavra pode ser um deus, como um rio pode ser um deus (Ganges). Uma palavra pode ser um deus, como o invisível pode ser um deus. Um significado pode ser um deus. Sorri.

Se eu descrevesse agora a pureza iria construir uma ordem de palavras diferente da tua e diferente da minha amanhã, ontem. Esta é uma certeza evidente. É assim porque eu e tu somos diferentes, porque eu agora sou diferente de eu amanhã, eu ontem. Os filósofos tiraram essas conclusões antes da eletricidade. Não há um grande mistério nessa ideia apesar de ser a tentação de um poço e, já sabes, os poços servem sobretudo para cair. Não deixes que esse pormenor te impeça de nada.

Pureza, aceita esta palavra nos teus gestos, em cada uma das tuas palavras e, aos poucos, chegará ou regressará aos teus pensamentos. Nuvens e sombras hão-de dizer-te que não é assim tão fácil, tentarão desencorajar-te com todos os tipos de veneno e dependerás apenas de ti. Haverá rostos a transfigurar-se, vozes a adensar-se de noite e de morte, pedidos irrazoáveis, e só poderás contar contigo, com o teu corpo necessariamente magro, com a tua força a parecer-te insuficiente. Não há limites para a forma daquilo que se pode atirar no teu caminho, uma árvore, uma bomba, a polícia, a tua própria mãe. Continuar a enumerar essas dificuldades seria ceder perante elas, dar-lhes tamanho. Deves ignorá-las. Se lhes deres força, terão força. Deves cobri-las de branco, responder-lhes com aquela palavra-deus.

Pureza.

Define essa palavra apenas dentro de ti. Utiliza apenas os teus materiais, as tuas próprias palavras. Demoraste tanto a aprendê-las, pensa nisso. Deste-te a tantos trabalhos e a tanta vida. Talvez tenhas tido filhos em nome de definições, talvez tenhas amado e perdido, talvez tenhas passado meses a procurar diariamente alguma coisa que te pareceu que não encontraste, mas acabaste por encontrar qualquer outra coisa que te moldou e que te fez chegar aqui, com estes significados unicamente teus. Recolhe tudo isso, considera tudo isso. É essa a tua bagagem, as tuas ferramentas, tu és isso.

Talvez te pareça que já não podes ver com pureza, talvez te pareça que perdeste essa capacidade entre as coisas reais, como quem perde uma chave na rua, como quem perde a carteira. A diferença entre um sentido e uma chave ou uma carteira, por exemplo, é que um sentido pode materializar-se na palma da mão, não é feito de ferro. Se precisares de renascer, renasce. É permitido renascer.

Na verdade, nada é proibido.

Nada é proibido.

Pureza, repito a palavra apenas pelo prazer de articulá-la. Experimenta. Se te sentires ridículo ao fazê-lo, sabe que essa é uma armadilha que deixaste que te colocassem. Ignora-a. Diz: Pu-re-za. Ao fazê-lo, é como se cantasses no duche ou no trânsito. Sorri.

O que é um deus? Por favor, não me faças perguntas dessas. Faze perguntas para dentro de ti. Só as tuas respostas são válidas. O sol ilumina tudo. Senta-te ao sol e sente-o. Assim, com aliterações e tudo o que mereces. Tu és tão natural como uma árvore. As preocupações que te dobram a pele do rosto e que te apoquentam os músculos das costas, os pesadelos com que acordas de manhã podem dissolver-se no lago imaginário que fores capaz de criar diante de ti. Repara, é sempre fim de tarde nesse lago, tem sempre paz e descanso. Está tudo feito. Lá longe, os filhos reencontram os pais e contam-lhes as histórias de mais um dia que terminou.

Tão bom. A claridade a passar-te entre os dedos como fios de areia. Bebe água nessa fonte, enche-te. É uma fonte infinita e tu tens a composição desse mesmo infinito. Podes beber infinitamente.

Pureza, repito agora para que se instale e se respire. Retira a maldade até das coisas más. Se te sentires ingênuo ao fazê-lo, sabe que, uma vez mais, essa é uma armadilha que deixaste que te colocassem. Se não conseguires evitá-la, ignorá-la, aceita a ingenuidade. A ingenuidade faz o sangue circular com mais fluidez do que o cinismo. A ingenuidade desconhece o colesterol. O cinismo é hipertenso.

Se apreciaste as referências iniciais à poesia portuguesa, aceita que a felicidade da ceifeira de Pessoa não é uma contradição do pensamento. Essa felicidade chega depois dele porque o pensamento inteligente dirige-se à felicidade. É possível que não sejamos um nome, nem um corpo, nem uma alma. Tudo é possível, nada é impossível. Não deixes que te armadilhem de cálculos e labirintos. São demasiado fáceis de construir. Quando mal entendidos, são máquinas de guerra. E, no entanto, não há palavras más. Perante a pureza, deus, só há palavras boas. Avança no incandescente, na música sem muros. Não existe horizonte nessa paisagem. Pureza, repete. Tu tens direito à felicidade.

Agora, vai. Tens a vida à espera de abraçar-te.

Nota do autor

Os textos presentes neste volume foram publicados ao longo de dez anos (2001-2011).

A maioria surgiu nas páginas do *Jornal de Letras* e da revista *Visão*, mas também em *Rodapé, Time Out Lisboa, Ficções, Jornal do May Day Lisboa, Revista de Domingo* e *Help Orphans Worldwide Journal*.

Alguns foram incluídos em *Os melhores contos e novelas portugueses*, organizado por Vasco Graça Moura, Seleções Reader's Digest, 2003; *Um Natal assim*, Quid Novi, 2008; *Portugal XXI*, fotografias de Rita Carmo, *Blitz*, 2008; *La distancia entre la piel y el tatuaje*, de José Luís Peixoto, Publifahu, Universidad de Santiago de Chile, 2010.

Para esta edição, todos os textos foram revistos pelo autor.

Este livro foi composto na tipografia Arno Pro,
em corpo 11,5/15, e impresso em
papel off-white no Sistema Cameron da
Divisão Gráfica da Distribuidora Record.